COMME UN VOL D'AIGLES

Romans

Ken Follett est né à Cardiff, pays de Galles, en 1949.
Licence de philosophie (University College, Londres) ; puis reporter, d'abord au *South Wales Echo* puis au *London Evening News*.
Tout en travaillant à l'*Evening News*, écrit son premier roman, un roman à suspense qu'il publie sous un pseudonyme.
Ce premier livre s'étant mal vendu, Ken Follett travaille alors avec un éditeur afin de comprendre ce qui ne va pas. Une dizaine de romans publiés pour la plupart sous un pseudonyme avant *L'Arme à l'œil* qui fait de lui le plus jeune auteur millionnaire du monde. Ce roman lui vaut également l'Edgar des Auteurs du Roman Policier d'Amérique, et fut interprété à l'écran par Donald Sutherland et Kate Nelligan.
Par la suite, Ken Follett publia plusieurs autres romans qui arrivèrent en tête de la liste des best-sellers : *Triangle, Le Code Rebecca, L'Homme de Saint-Pétersbourg, Comme un vol d'aigles, Les Lions du Panshir, La Nuit de tous les dangers* et *Les Piliers de la terre*, une œuvre monumentale, dont l'intrigue, aux rebonds incessants, s'appuie sur un extraordinaire travail d'historien.

KEN FOLLETT

Comme
un vol d'aigles

TRADUIT DE L'ANGLAIS PAR JEAN ROSENTHAL

LE LIVRE DE POCHE

Titre original :

ON WINGS OF EAGLES
William Morrow, New York.

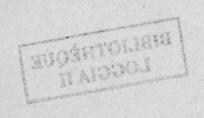

[...] je vous ai porté *comme* sur des ailes d'aigles et je vous ai fait venir vers moi.

Exode, 19,4.

PRÉFACE

Ceci est l'histoire authentique d'un groupe de gens qui, accusés de crimes qu'ils n'avaient pas commis, décidèrent de se faire justice eux-mêmes.

Une fois l'aventure terminée, l'affaire vint devant les tribunaux et ils furent acquittés de tous les chefs d'accusation. Le procès ne fait pas partie de mon récit mais, comme il a établi leur innocence, j'ai inclu des détails et des attendus du jugement dans un appendice.

En racontant cette histoire, j'ai pris de petites libertés avec la vérité.

Plusieurs personnages sont mentionnés sous des pseudonymes ou des surnoms, en général pour les protéger de la vengeance du gouvernement iranien. Ces faux noms sont : Majid, Fara, Abolhassan, M. Fish, Gorge Profonde, Rachid, le Motard, Mehdi, Malek, Gholam, Seyyed et Charlie Brown. Tous les autres noms sont vrais.

Second point : en évoquant des conversations qui ont eu lieu trois ou quatre ans plus tôt, il est rare que les gens se rappellent les termes exacts qu'ils ont utilisés ; en outre, une vraie conversation, avec ses gestes, ses interruptions et ses phrases inachevées, ne donne souvent rien lorsqu'elle est transcrite. Les dialogues dans ce livre sont donc tout à la fois reconstruits et aménagés. Toutefois, chaque conversation ainsi reconstituée a été montrée à au moins un des participants pour correction ou approbation.

A ces deux réserves près, je crois que chaque mot de ce qui suit est authentique. Il ne s'agit pas d'un « récit romancé », ni d'un « roman non romanesque ». Je n'ai rien inventé. Ce que vous allez lire c'est ce qui s'est vraiment passé.

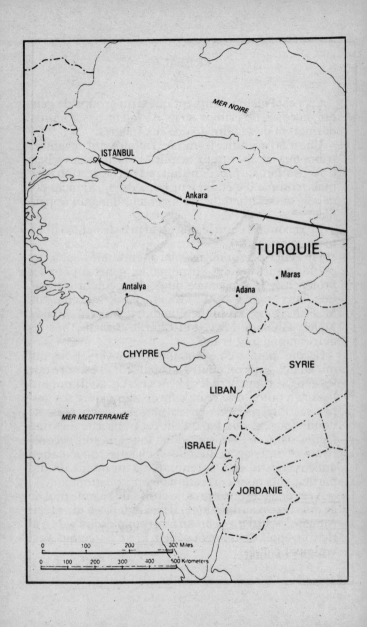

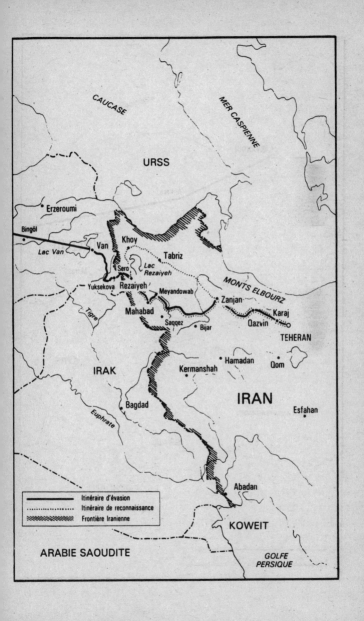

Itinéraire d'évasion
Itinéraire de reconnaissance
Frontière Iranienne

LISTE DES PERSONNAGES

Dallas

Ross PEROT, président du conseil d'administration d'Electronic Data Systems Corporation, à Dallas, Texas.

Merv STAUFFER, le bras droit de Perot.

T. J. MARQUEZ, un des vice-présidents d'E.D.S.

Tom WALTER, directeur financier d'E.D.S.

Mitch HART, un ancien président d'E.D.S. qui avait de bonnes relations au sein du parti démocrate.

Tom LUCE, fondateur du cabinet d'avocats Hughes & Hill.

Bill GAYDEN, président d'E.D.S. International, une filiale d'E.D.S.

Téhéran

Paul CHIAPPARONE, directeur régional d'E.D.S. Iran ; Ruthie, sa femme.

Bill GAYLORD, assistant de Paul ; Emily, sa femme.

Lloyd BRIGGS, le numéro trois de Paul.

Rich GALLAGHER, assistant administratif de Paul ; Cathy, sa femme ; Buffy, le caniche de Cathy.

Paul BUCHA, ancien directeur régional d'E.D.S. Iran installé depuis peu à Paris.

Bob YOUNG, directeur régional d'E.D.S. au Koweit.

John HOWELL, avocat chez Hughes & Hill.

Keane TAYLOR, directeur du projet de la banque Omran.

L'équipe

Colonel Arthur D. « Bull » SIMONS, commandant du groupe.

Jay COBURN, commandant en second.

Ron DAVIS, éclaireur.

Ralph BOULWARE, tireur.

Joe POCHÉ, chauffeur.

Glenn JACKSON, chauffeur.

Pat SCULLEY, flanc-garde.

Jim SCHWEBACH, flanc-garde et spécialiste en explosifs.

Les Iraniens

ABOLHASSAN, assistant administratif de Paul Chiapparone et le plus élevé dans la hiérarchie des employés iraniens.

MAJID, assistant de Jay Coburn ; Fara, sa fille.

RACHID, SEYYED et le MOTARD : ingénieurs de systèmes, stagiaires.

GHOLAM, responsable du personnel et des achats pour Jay Coburn.

Husayn DADGAR, magistrat instructeur.

A l'ambassade américaine

William SULLIVAN, ambassadeur.

Charles NAAS, ministre conseiller, adjoint de Sullivan.

Lou GOELZ, consul général.

Bob SORENSON, fonctionnaire de l'ambassade.

Ali JORDAN, Iranien, employé par l'ambassade.

Barry ROSEN, attaché de presse.

Istanbul

M. Fish, agent de voyage débrouillard.

Ilsman, agent du M.I.T., service de renseignements turc.

Charlie Brown, interprète.

Washington

Zbigniew Brzezinski, conseiller à la Sécurité nationale.

Cyrus Vance, secrétaire d'Etat.

David Newsom, sous-secrétaire au Département d'Etat.

Henry Precht, directeur des affaires iraniennes au Département d'Etat.

Mark Ginsberg, Liaison Maison-Blanche-Département d'Etat.

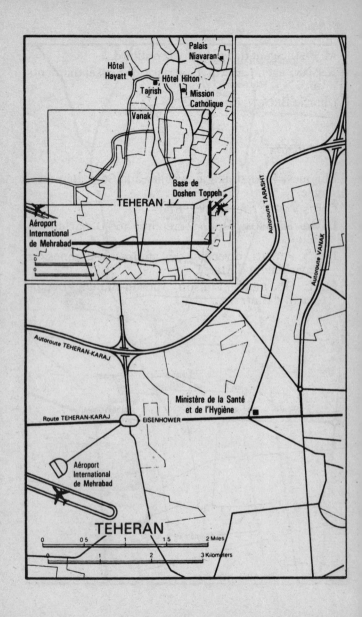

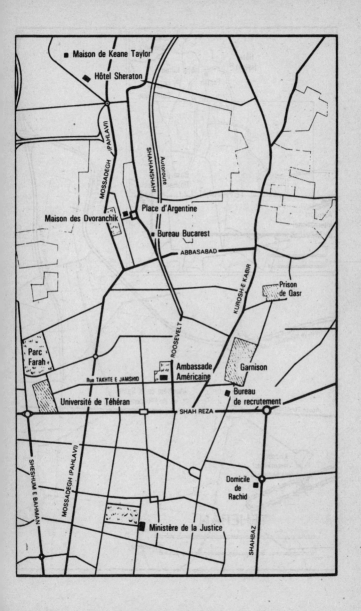

CHAPITRE PREMIER

1

Tout commença le 5 décembre 1978. Jay Coburn, directeur du personnel de la société E.D.S. Iran, était assis dans son bureau, dans le centre de Téhéran, et les préoccupations ne lui manquaient pas.

Le bureau se trouvait dans un immeuble de trois étages qu'on appelait le Bucarest (parce qu'il était dans une petite ruelle qui donnait dans la rue Bucarest). Coburn était au premier étage, dans une pièce que même aux Etats-Unis on aurait jugée vaste. Il y avait du parquet, un petit bureau directorial en bois et une photographie du shah au mur. Il était assis le dos à la fenêtre. Par la porte vitrée, il apercevait la grande salle sans cloisons où ses collaborateurs étaient assis derrière des machines à écrire et des téléphones. Il y avait des rideaux sur la porte vitrée, mais Coburn ne les fermait jamais.

Il faisait froid. Il faisait toujours froid : des milliers d'Iraniens étaient en grève, l'alimentation de la ville en électricité était intermittente et presque tous les jours le chauffage était coupé plusieurs heures.

Coburn, un grand gaillard aux épaules larges, mesurait un mètre soixante-dix-huit et ne pesait pas loin de quatre-vingt-dix kilos. Ses cheveux d'un brun roux étaient coupés court et soigneusement peignés avec une raie. Bien qu'il n'eût que trente-deux ans, il n'en paraissait pas loin de quarante. Si on le regardait de plus près, sa jeunesse se révélait dans son visage ouvert et affable, toujours prêt à sourire ; mais il avait un air de maturité précoce, l'air d'un homme qui a grandi trop vite.

Toute sa vie, il avait eu des responsabilités : jeune garçon déjà, quand il travaillait dans la boutique de fleuriste de son père ; à vingt ans, comme pilote d'hélicoptère au Vietnam ; comme jeune mari et jeune père ; et maintenant, en tant que directeur du personnel, de lui dépendait la sécurité de cent trente et un Américains et des deux cent vingt membres de leur famille habitant une ville où l'émeute régnait dans les rues.

Aujourd'hui, comme tous les jours, il donnait des coups de téléphone aux quatre coins de Téhéran pour essayer de savoir où avaient lieu les combats de rue, où ils risquaient d'éclater ensuite et quelles étaient les perspectives pour les quelques jours à venir.

Il appelait l'ambassade américaine au moins une fois par jour. L'ambassade avait une salle des informations qui fonctionnait vingt-quatre heures sur vingt-quatre. Des Américains téléphonaient des différents quartiers de la ville pour signaler des manifestations et des bagarres, et l'ambassade annonçait alors que tel ou tel secteur de la ville était à éviter. Mais, pour les renseignements préventifs et les conseils, Coburn trouvait l'ambassade pratiquement inutile. Lors des réunions hebdomadaires, auxquelles il assistait fidèlement, il s'entendait toujours dire que les Américains devaient rester chez eux le plus possible, éviter à tout prix les rassemblements de foule, mais que le shah contrôlait la situation et que pour l'instant on ne recommandait pas l'évacuation. Coburn comprenait leur problème — si l'ambassade américaine disait que le pouvoir du shah chancelait, le monarque ne manquerait pas de tomber — mais ces diplomates se montraient si prudents que les renseignements fournis étaient à peu près sans valeur.

Déçue par l'ambassade, la communauté des hommes d'affaires américains à Téhéran avait mis en place son propre réseau d'informations. La plus importante société américaine à Téhéran était celle des Hélicoptères Bell, dont la branche iranienne était dirigée par un général en retraite, Robert MacKinnon. MacKinnon disposait d'un service de renseignements de première classe et il en faisait profiter tout le monde. Coburn connaissait aussi deux ou trois officiers de renseignements parmi les militaires américains et il les appelait aussi.

Ce jour-là, la ville était relativement calme : il n'y avait pas de manifestation importante. Les derniers troubles sérieux remontaient à soixante-douze heures plus tôt, au 2 décembre, premier jour de la grève générale où sept cents personnes, disait-on, avaient été tuées dans les combats de rue. D'après les sources de Coburn, on pouvait s'attendre à voir cette trêve se poursuivre jusqu'au 10 décembre, jour de la fête musulmane de l'Ashura.

Coburn était inquiet de voir l'Ashura approcher. Cette fête musulmane d'hiver ne ressemblait pas du tout à Noël. Jour de jeûne et de deuil pour célébrer la mort du petit-fils du prophète Husayn, la tonalité dominante en était le remords. Il y aurait de grandes processions dans les rues, au cours desquelles les plus dévots des croyants se flagelleraient. Dans une pareille atmosphère l'hystérie et la violence pouvaient jaillir vite.

Cette année, Coburn le redoutait, la violence risquait de se diriger contre les Américains.

Une série d'incidents déplaisants l'avaient convaincu que les sentiments anti-américains se développaient rapidement. On avait glissé sous sa porte une carte qui disait : « Si tu tiens à ta vie et à tes biens, quitte l'Iran. » Des amis à lui avaient reçu des cartes semblables. Des artistes de la bombe à peinture avaient inscrit « Des Américains habitent ici » sur le mur de sa maison. Le bus qui emmenait ses enfants à l'école américaine de Téhéran avait été chahuté par un groupe de manifestants. D'autres employés de l'E.D.S. s'étaient fait interpeller dans les rues et avaient eu leurs voitures endommagées. Un terrible après-midi, les Iraniens du ministère de la Santé et de la Sécurité sociale — le plus gros client d'E.D.S. — s'étaient déchaînés, brisant les carreaux et brûlant les photographies du shah, pendant que les cadres d'E.D.S. qui se trouvaient dans le bâtiment se barricadaient dans un bureau en attendant la fin de l'émeute.

A certains égards, le développement le plus sinistre était le changement d'attitude du propriétaire de Coburn.

Comme la plupart des Américains de Téhéran, Coburn louait la moitié d'une maison conçue pour deux familles : sa femme, ses enfants et lui occupaient le premier étage et la famille du propriétaire habitait le rez-de-chaussée. Quand les Coburn étaient arrivés, en mars de cette année-là, le propriétaire les avait pris sous sa protection. Les deux familles étaient devenues amies. Coburn et le propriétaire discutaient religion : le propriétaire lui donna une traduction anglaise du Coran et la fille lisait à son père des passages de la Bible de Coburn. Ils allaient tous passer des weekends ensemble à la campagne. Scott, le fils de Coburn âgé de sept ans, jouait au football dans la rue avec les fils du propriétaire. Un week-end, les Coburn eurent le rare privilège d'assister à un mariage musulman. Ils avaient été fascinés. Toute la journée, hommes et femmes étaient séparés, si bien que Coburn et Scott étaient allés avec les hommes, tandis que son épouse Liz et leurs trois filles suivaient les femmes, et Coburn n'eut jamais l'occasion de voir la mariée.

Après l'été, les choses avaient peu à peu changé. Les voyages de fin de semaine avaient cessé. Les fils du propriétaire s'étaient vu interdire de jouer avec Scott dans la rue. Tout contact avait fini par s'interrompre entre les deux familles, même dans les limites de la maison et de la cour, et les enfants iraniens se faisaient gourmander s'ils s'avisaient seulement d'adresser la parole à la famille Coburn.

Le propriétaire ne s'était pas mis tout d'un coup à détester les Américains. Un soir, il avait même prouvé qu'il s'intéressait encore aux Coburn. Il y avait eu une fusillade dans la rue : un de ses fils avait été surpris après le couvre-feu, et des soldats avaient tiré sur le jeune garçon alors qu'il rentrait chez lui en courant et qu'il escaladait le mur de la cour. Coburn et Liz avaient suivi toute la scène de leur véranda du premier étage et Liz avait eu très peur. Le propriétaire était monté leur raconter ce qui s'était passé et leur assurer que tout allait bien. Mais de toute évidence il estimait que, dans l'intérêt de sa famille, il ne pouvait pas se laisser voir en termes amicaux avec les Américains : il savait dans quel sens le vent soufflait. Pour Coburn ce fut encore un mauvais signe de plus.

Coburn maintenant venait d'apprendre par le téléphone arabe que de folles rumeurs couraient dans les mosquées et les bazars d'une guerre sainte contre les Américains qui se déclencherait à l'occasion de l'Ashura. C'était dans cinq jours, et pourtant les Américains de Téhéran faisaient preuve d'un calme surprenant.

Coburn se souvenait quand on avait instauré le couvre-feu : cela n'avait même pas gêné la partie de poker mensuelle d'E.D.S. Ses partenaires et lui s'étaient contentés d'amener femmes et enfants et de prolonger la partie jusqu'au matin. Ils s'étaient habitués au bruit des fusillades. La plupart des batailles de rue se déroulaient dans les vieux quartiers, au sud de la ville, où se trouvait le bazar, et dans le secteur de l'université ; mais de temps en temps tout le monde entendait des coups de feu. Après la surprise des premières fois, ils y étaient devenus étrangement indifférents. La personne qui parlait s'interrompait, puis reprenait quand la fusillade cessait, tout comme elle aurait pu le faire aux Etats-Unis quand un avion passait au-dessus de leurs têtes. C'était comme s'ils ne pouvaient pas s'imaginer qu'on pourrait tirer sur eux.

Coburn, lui, n'était pas du tout blasé sur ce point. Au cours de sa jeune existence, il avait essuyé pas mal de coups de feu. Au Vietnam, il avait piloté aussi bien des hélicoptères de combat, destinés à soutenir les opérations au sol, les transports de troupe et de matériel qui atterrissaient et décollaient en plein champ de bataille. Il avait tué des gens et il avait vu des hommes mourir. A cette époque, l'armée décernait une médaille de l'Air pour chaque période de vingt-cinq heures de vol en combat : Coburn en avait rapporté trente-neuf. Il avait eu aussi deux Distinguished Flying Crosses, une Silver Star et une balle dans le jarret, la partie la plus vulnérable chez un pilote d'hélicoptère. Il avait appris au cours de cette année-là qu'il pouvait se comporter assez bien au feu quand il y avait tant à faire et pas le temps d'avoir peur ; mais, chaque fois qu'il rentrait de mission, lorsque tout était fini et qu'il pouvait réfléchir à ce qu'il avait fait, ses genoux tremblaient.

Bizarrement, il était content d'avoir vécu cette expérience. Il avait grandi vite et cela lui avait donné un certain avantage sur ses contemporains dans la vie professionnelle. Et aussi un sain respect pour le bruit de la fusillade.

Mais la plupart de ses collègues ne réagissaient pas ainsi, pas plus que leurs épouses. Chaque fois qu'on discutait d'une évacuation possible, ils résistaient à cette idée. Ils avaient investi dans la société E.D.S. Iran du temps, des efforts et de l'orgueil, et ils ne voulaient pas lâcher tout cela. Leurs femmes avaient fait des appartements loués de vrais foyers, et ils étaient en pleins préparatifs de Noël. Les enfants avaient leurs écoles, leurs amis, leurs bicyclettes et leurs animaux familiers. Il suffisait, se disaient-ils, de baisser la tête et de tenir, les choses finiraient bien par se tasser.

Coburn avait essayé de persuader Liz de ramener les enfants aux Etats-Unis, non pour leur sécurité, mais parce que le temps viendrait peut-être où il devrait évacuer quelque trois cent cinquante personnes à la fois ; il aurait besoin alors de consacrer à cette tâche toute son attention sans qu'elle fût distraite par l'inquiétude qu'il pourrait éprouver pour sa propre famille. Mais Liz avait refusé de partir. Il soupira en pensant à Liz. Elle était drôle, gaie et tout le monde l'aimait bien, mais elle n'était pas faite pour être la femme d'un cadre supérieur. E.D.S. exigeait beaucoup de ses cadres : si, pour terminer quelque chose il fallait travailler toute la nuit, on travaillait toute la nuit. Liz n'aimait pas cela. Lorsqu'il était aux Etats-

Unis, et qu'il travaillait comme recruteur, Coburn était souvent loin de chez lui du lundi au vendredi, à voyager à travers tout le pays, et elle avait horreur de ça. A Téhéran, elle était heureuse car il était à la maison tous les soirs. S'il devait rester, disait-elle, elle aussi. Et puis les enfants se plaisaient en Iran. C'était la première fois qu'ils habitaient en dehors des Etats-Unis et ils étaient intrigués par la langue différente, par la culture différente. Kim, l'aîné, à onze ans avait trop d'assurance pour s'inquiéter. Christi, sa cadette âgée de huit ans, se montrait un peu anxieuse mais c'est vrai qu'elle était plus émotive : elle réagissait toujours plus vite que les autres. Aussi bien Scott, sept ans, que Kelly, le bébé de quatre ans, étaient trop jeunes pour se rendre compte du danger.

Ils restèrent donc, comme les autres, en attendant que les choses s'arrangent — ou empirent.

Coburn fut interrompu dans ses réflexions par un coup frappé à la porte, et Majid entra. C'était un petit homme trapu d'une cinquantaine d'années, à la moustache luxuriante et qui jadis avait été riche : sa tribu possédait autrefois de vastes propriétés qu'elle avait perdues dans la réforme agraire des années 60. Il travaillait maintenant pour Coburn en qualité d'assistant administratif, et c'était lui qui assurait les rapports avec la bureaucratie iranienne. Il parlait couramment anglais et était un collaborateur extrêmement précieux. Coburn l'aimait beaucoup : Majid s'était mis en quatre pour les aider quand la famille de Coburn était arrivée en Iran.

« Entrez, fit Coburn, asseyez-vous. Qu'y a-t-il ?

— C'est à propos de Fara. »

Coburn hocha la tête. Fara était la fille de Majid et elle travaillait avec son père : sa tâche consistait à s'assurer que tous les employés américains avaient des visas et des permis de travail à jour.

« Un problème ? fit Coburn.

— La police lui a demandé de prendre deux passeports américains dans nos dossiers *sans prévenir personne.* »

Coburn fronça les sourcils.

« Quels passeports ?

— Ceux de Paul Chiapparone et de Bill Gaylord. »

Paul était le patron de Coburn, le directeur de la société E.D.S. Iran. Bill, son adjoint, était responsable de leur plus gros projet, le contrat avec le ministère de la Santé.

« Qu'est-ce qu'il se passe ? demanda Coburn.

— Fara court un grand danger, fit Majid. On lui a recommandé de ne parler de cela à personne. Elle est venue me demander conseil. Bien sûr, il fallait que je vous le dise, mais j'ai peur qu'elle n'ait de très graves ennuis.

— Attendez, voyons un peu, fit Coburn. Comment ça s'est-il passé ?

— Elle a reçu ce matin un coup de téléphone de la police, le service des permis de résidence, section américaine. Ils lui ont demandé de venir à leur bureau. Ils ont dit qu'il s'agissait de James Nyfeler. Elle a cru que c'était une affaire de routine. Elle est arrivée au bureau à onze heures et demie et s'est présentée au chef de la section américaine. Il a commencé par demander le passeport et le permis de séjour de M. Nyfeler. Elle lui a dit que M. Nyfeler n'était plus en Iran. Il a demandé alors où se trouvait Paul Bucha. Elle a dit que M. Bucha lui non plus n'était plus dans le pays.

— Elle a dit ça ?

— Oui. »

Bucha était bel et bien en Iran, mais Fara pouvait ne pas le savoir, se dit Coburn. Bucha avait été résident à Téhéran, avait quitté le pays et venait de rentrer pour un bref séjour : il devait revenir le lendemain.

Majid poursuivit son récit :

« L'officier a dit alors : "J'imagine que les deux autres sont partis aussi ?" Fara s'aperçut qu'il avait quatre dossiers sur son bureau et elle demanda de quels deux autres il parlait. Il lui dit M. Chiapparone et M. Gaylord. Elle répondit qu'elle était venue dans la matinée chercher le permis de séjour de M. Gaylord. L'officier lui dit de prendre les passeports et les permis de séjour de M. Gaylord et de M. Chiapparone et de les

24

lui apporter. Elle devait le faire discrètement, pour n'inquiéter personne.

— Qu'a-t-elle répondu ? demanda Coburn.

— Elle lui a dit qu'elle ne pouvait pas les apporter aujourd'hui. Il lui a ordonné de les apporter demain matin. Il lui a déclaré qu'il la tenait pour officiellement responsable dans cette affaire.

— Tout ça ne rime à rien, dit Coburn.

— S'ils apprennent que Fara leur a désobéi...

— Nous trouverons un moyen de la protéger », dit Coburn.

Il se demandait si les Américains étaient tenus de remettre leurs passeports sur simple demande. Il l'avait fait récemment après un accident de voiture sans gravité, mais on lui avait dit par la suite qu'il n'y était pas obligé.

« Ils n'ont pas précisé pourquoi ils voulaient les passeports ?

— Non. »

Bucha et Nyfeler étaient les prédécesseurs de Chiapparone et de Gaylord. Etait-ce un indice ? Coburn n'en savait rien.

Il se leva.

« La première décision que nous ayons à prendre c'est de savoir ce que Fara va raconter à la police demain matin, dit-il. Je m'en vais parler à Paul Chiapparone et je vous recontacte. »

Paul Chiapparone était assis dans son bureau au rez-de-chaussée de l'immeuble. Lui aussi avait un parquet en bois, une imposante table de travail, une photographie du shah au mur et bien des préoccupations.

Paul avait trente-neuf ans, il était de taille moyenne et un peu bedonnant, surtout parce qu'il aimait bien la bonne chère. Avec son teint olivâtre et ses cheveux noirs et drus, il faisait très italien. Sa mission consistait à bâtir un système moderne et complet de sécurité sociale dans un pays primitif : ce n'était pas facile.

Au début des années 70, l'Iran avait connu un système de sécurité sociale rudimentaire qui ne parvenait pas à recueillir les cotisations et si facile à frauder qu'un assuré pouvait toucher plusieurs fois des allocations pour la même maladie. Quand le shah décida de consacrer une partie des vingt milliards de dollars que lui rapportait chaque année le pétrole à créer un Etat providence, ce fut E.D.S. qui décrocha le contrat. E.D.S. gérait les programmes Medicare et Medicaid pour plusieurs Etats des Etats-Unis, mais en Iran il fallut partir de zéro. Il fallut délivrer à chacun des trente-deux millions d'Iraniens une carte de sécurité sociale, organiser les prélèvements sur les salaires pour être sûr que les salariés paient leurs cotisations et mettre sur pied un système de versement des allocations. Tout cela devait être géré par des ordinateurs, la spécialité d'E.D.S.

La différence entre installer un système de traitement des informations aux Etats-Unis et faire la même chose en Iran revenait, comme Paul le découvrit, à la différence qu'il y a entre faire un gâteau à partir d'un mélange tout préparé et en confectionner un à l'ancienne avec tous les ingrédients de base. C'était souvent frustrant. Les Iraniens n'avaient pas du tout l'attitude « on y arrivera » des cadres américains et semblaient souvent créer des problèmes au lieu de les résoudre. Au siège d'E.D.S. à Dallas, au Texas, on attendait non seulement des gens qu'ils fassent l'impossible, mais en général c'était pour la veille. Ici, en Iran, tout était impossible et en tout cas pas faisable avant « fardah » — qu'on traduisait en général par « demain » et qui se ramenait dans la pratique à « à une date ultérieure ».

Paul avait attaqué le problème en utilisant la seule méthode qu'il connaissait : un travail acharné et une détermination implacable. Enfant, il avait trouvé le travail à l'école difficile, mais son père italien, avec la foi caractéristique des immigrants dans l'éducation, l'avait obligé à étudier et il avait fini par avoir de bonnes notes. La pure obstination lui avait depuis lors bien servi. Il se souvenait des premiers jours d'E.D.S. aux Etats-Unis, dans les années soixante, quand chaque nouveau contrat pouvait signifier pour la compagnie un bond en avant ou la faillite ; et il avait contribué à en faire une des entreprises les plus dynamiques et les plus prospères du monde. L'opération iranienne suivrait la même voie, il en était certain, surtout depuis que le programme de recrutement et de formation de Jay Coburn avait commencé à amener de plus en plus d'Iraniens capables d'occuper des postes de responsabilité.

Il s'était entièrement trompé et il commençait tout juste à comprendre pourquoi.

Lorsqu'il était arrivé avec sa famille en Iran, en août 1977, le boom du pétrodollar était déjà terminé. Le gouvernement était à court d'argent. Cette année-là, un plan anti-inflationniste avait accru le chômage juste au moment où de mauvaises moissons amenaient de plus en plus de paysans affamés dans les villes. Le régime tyrannique du shah se trouvait affaibli par la politique humanitaire du président américain Jimmy Carter. Et les conditions étaient réunies pour une agitation politique.

Pendant quelque temps, Paul n'avait guère prêté attention à la politique locale. Il savait qu'il y avait un certain mécontentement, mais on pouvait en dire autant d'à peu près tous les pays et le shah semblait tenir les rênes du pouvoir d'une main aussi ferme qu'un autre dirigeant. Comme le reste du monde, Paul ne remarqua pas les événements significatifs qui se déroulèrent dans la première moitié de 1978.

Le 7 janvier, le quotidien *Etelaat* publia une ridicule attaque contre un dignitaire religieux en exil qui s'appelait l'ayatollah Khomeiny, laissant entendre, entre autres choses, qu'il était homosexuel. Le lendemain, à cent trente kilomètres de Téhéran, dans la ville de Qom — le principal centre de l'éducation religieuse du pays —, des étudiants en théologie scandalisés organisèrent une marche de protestation qui fut réprimée de façon sanglante par l'armée et la police. La confrontation connut une nouvelle escalade et, dans les deux jours de trouble qui suivirent, soixante-dix personnes furent tuées. Quarante jours plus tard, le clergé organisa une procession commémorative pour les victimes selon la tradition musulmane. Cette procession fut l'occasion d'un nouveau déchaînement de violence et, après un nouveau délai de quarante jours, une procession eut lieu pour célébrer la mémoire des victimes... Les processions continuèrent, prenant de l'ampleur et dans un climat de violence croissante tout au long des six premiers mois de l'année.

Après coup, Paul comprenait que qualifier ces défilés de « processions funéraires » n'avait été qu'une façon de circonvenir l'interdiction promulguée par le shah de toute manifestation politique. Mais, à l'époque, il ne se doutait absolument pas qu'un énorme mouvement politique était en train de se constituer. Il n'était d'ailleurs pas le seul à ne pas s'en rendre compte.

En août de cette année-là, Paul partit en congé pour les Etats-Unis. (Tout comme William Sullivan, l'ambassadeur américain en Iran). Paul adorait tous les sports nautiques et il s'était rendu à un concours de pêche à Ocean City dans le New Jersey, avec son cousin Joe Porreca. Sa femme Ruthie et les enfants, Karen et Ann Marie, étaient allées à Chicago voir les parents de Ruthie. Paul était un peu inquiet car le ministère de la Santé n'avait toujours pas payé la note d'E.D.S. pour le mois de juin ; mais ce n'était pas la première fois qu'ils payaient avec retard et Paul avait laissé ce problème aux mains de son assistant, Bill Gaylord ; il était bien sûr que Bill ferait rentrer l'argent.

Pendant son séjour aux Etats-Unis, les nouvelles en provenance d'Iran n'étaient pas bonnes. La loi martiale fut déclarée le 7 septembre et le lendemain plus de cent personnes furent tuées par des soldats lors d'une manifestation sur la place Jaleh, en plein centre de Téhéran.

Lorsque la famille Chiapparone revint en Iran, l'air même semblait différent. Pour la première fois, Paul et Ruthie entendirent des coups de feu dans les rues la nuit. Cela les inquiéta : ils comprirent soudain que des problèmes pour les Iraniens signifiaient des problèmes pour eux aussi. Les grèves se succédaient. L'électricité était continuellement coupée, aussi dînaient-ils aux bougies et Paul gardait-il son pardessus au bureau pour ne pas avoir froid. Il devenait de plus en plus difficile de retirer de l'argent des banques : Paul mit sur pied un service d'encaissement des chèques au bureau pour les employés. Lorsqu'ils commencèrent à manquer de mazout pour chauffer leur appartement, Paul dut patrouiller dans les rues jusqu'à ce qu'il trouvât un camion citerne, puis il dut acheter le chauffeur pour le persuader de venir leur livrer du carburant.

Les problèmes qu'il avait au bureau étaient pires. Le ministre de la Santé et de la Sécurité sociale, le docteur Sheikholeslamizadeh, avait été arrêté en vertu de l'article 5 de la loi martiale qui permettait à un procureur d'emprisonner n'importe qui sans raison. En prison aussi le ministre adjoint Reza Neghabat, avec qui Paul avait étroitement collaboré. Le ministère n'avait toujours pas payé sa note de juin, ni aucune depuis, et devait maintenant à E.D.S. plus de quatre millions de dollars.

Pendant deux mois, Paul essaya de faire rentrer l'argent. Les gens auxquels il avait eu affaire précédemment étaient tous partis. Leurs remplaçants ne le rappelaient en général pas. De temps en temps, quelqu'un promettait de se pencher sur le problème et de lui retéléphoner. Après avoir attendu une semaine un appel qui ne venait jamais, Paul décrochait une fois de plus son téléphone pour s'entendre dire que la personne à qui il avait parlé la semaine dernière ne faisait maintenant plus partie du ministère. Des rendez-vous étaient pris puis annulés. Le montant de la dette s'accroissait au rythme d'un million quatre cent mille dollars par mois.

Le 14 novembre, Paul écrivit au docteur Heidargholi Emrani, le ministre adjoint chargé de l'organisation de la Sécurité sociale, pour l'aviser officiellement que si le ministère ne payait pas dans un délai d'un mois, E.D.S. cesserait son travail. La menace fut répétée le 4 décembre par le patron de Paul, le directeur d'E.D.S. International, lors d'une rencontre avec le docteur Emrani.

Cela s'était passé la veille. Si E.D.S. se retirait, tout le système de la Sécurité sociale iranienne s'effondrerait. Et pourtant il devenait de plus en plus évident que le pays était en faillite et ne pouvait tout bonnement pas régler ses factures. Qu'allait donc faire maintenant le docteur Emrani ? se demandait Paul.

Il se posait encore la question lorsque Jay Coburn entra dans son bureau avec la réponse.

Au début, toutefois, l'idée ne vint pas à Paul que la tentative de confisquer son passeport aurait pu être destinée à le faire rester en Iran, lui et par là même E.D.S.

Quand Coburn lui eut exposé les faits, il demanda :
« Pourquoi diable ont-ils fait ça ?

— Je ne sais pas. Majid ne sait pas et Fara ne sait pas. »

Paul le regarda. Au cours du dernier mois, les deux hommes étaient devenus très proches. Pour le reste des employés, Paul arborait un visage de courageuse insouciance, mais avec Coburn il pouvait fermer la porte et dire :
« Bon, quel est vraiment ton avis ? »

— La première question, dit Coburn, c'est : qu'est-ce qu'on fait pour Fara ? Elle pourrait avoir des ennuis.

— Il faut qu'elle leur donne une sorte de réponse.

— Un semblant de coopération ?

— Elle pourrait retourner leur dire que Nyfeler et Bucha ne résident plus en Iran...

— Elle le leur a déjà dit.

— Elle pourrait en guise de preuve montrer leur visa de sortie.

— Oui, fit Coburn, peu convaincu. Mais maintenant c'est à toi et à Bill qu'ils s'intéressent vraiment.

— Elle pourrait dire qu'on ne garde pas les passeports au bureau.

— Ils risquent de savoir que ce n'est pas vrai : Fara

a très bien pu dans le passé leur rapporter les passe-ports qu'ils réclamaient.

— Tiens, si on disait que les cadres supérieurs n'ont pas à conserver leur passeport au bureau ?

— Ça pourrait marcher.

— N'importe quelle histoire assez convaincante pour expliquer qu'il lui était matériellement impossible de faire ce qu'on lui demandait.

— Bon. Je vais en discuter avec elle et avec Majid. »

Coburn réfléchit un moment.

« Tu sais, Bucha a une réservation pour un vol qui part demain. Il pourrait tout simplement partir.

— Il le devrait sans doute : de toute façon ils sont persuadés qu'il n'est plus ici.

— Tu pourrais en faire autant. »

Paul réfléchit. Peut-être devrait-il filer maintenant. Que feraient alors les Iraniens ? Ils pourraient essayer de retenir quelqu'un d'autre.

« Non, dit-il. Je devrai être le dernier à partir.

— Parce que nous partons ? demanda Coburn.

— Je ne sais pas. »

Chaque jour depuis des semaines ils se posaient mutuellement la question. Coburn avait mis sur pied un plan d'évacuation qu'on pourrait appliquer instan-tanément. Paul hésitait, le doigt sur le bouton. Il savait que son patron, là-bas, à Dallas, souhaitait l'évacua-tion : mais cela voulait dire abandonner le projet sur lequel il travaillait si dur depuis seize mois.

« Je ne sais pas, répéta-t-il. Je vais appeler Dallas. »

Ce soir-là, Coburn était chez lui, au lit avec Liz, et dormait à poings fermés quand le téléphone sonna.

Il décrocha dans le noir.

« Oui ?

— C'est Paul.

— Bonjour. »

Coburn alluma la lampe de chevet et regarda sa montre : il était deux heures du matin.

« Nous allons évacuer, dit Paul.

— D'accord. »

Coburn reposa le combiné et s'assit au bord du lit.

Dans une certaine mesure, c'était un soulagement. Il allait y avoir deux ou trois jours d'activité frénétique, mais au moins il saurait que les gens dont la sécurité le préoccupait depuis si longtemps auraient regagné les Etats-Unis, hors d'atteinte de ces fous d'Iraniens.

Il repassa dans son esprit les plans qu'il avait préparés précisément pour cette éventualité. Tout d'abord, il devait informer cent trente familles qu'elles allaient quitter le pays dans les quarante-huit heures. Il avait divisé la ville en secteurs, avec un chef d'équipe pour chaque secteur : il allait les appeler et ce serait à eux de prévenir les familles. Il avait préparé des formulaires pour les évacuer, leur disant où ils devaient aller et ce qu'ils devaient faire. Il n'avait qu'à remplir les blancs en mettant les dates, les heures et les numéros de vol, puis faire photocopier et distribuer les formulaires.

Il avait choisi un jeune informaticien iranien, à l'esprit vif et imaginatif, un nommé Rachid, et lui avait confié la tâche de s'occuper des maisons, des voitures et des animaux familiers que laisseraient derrière eux les Américains rapatriés, en le chargeant — éventuellement — d'expédier leurs affaires aux Etats-Unis. Il avait constitué un petit groupe logistique pour s'occuper des billets d'avion et du transport jusqu'à l'aéroport.

Enfin, il avait procédé à une répétition miniature de l'évacuation avec quelques personnes. Ça avait marché.

Coburn s'habilla et prépara du café. Il ne pouvait rien faire avant deux heures mais il était trop anxieux et trop impatient pour dormir.

A quatre heures du matin, il appela la demi-douzaine de membres du groupe logistique, les réveilla et leur dit de le retrouver au bureau Bucarest juste après la fin du couvre-feu.

Le couvre-feu commençait chaque soir à neuf heures pour s'achever à cinq heures du matin. Pendant une heure, Coburn resta assis à attendre, à fumer et à boire une tasse de café après l'autre tout en relisant ses notes.

Quand le coucou du vestibule sonna cinq heures, il était à la porte de la rue, prêt à partir.

Dehors, il y avait un épais brouillard. Il monta dans sa voiture et se dirigea vers le Bucarest en roulant à vingt-cinq à l'heure.

A trois blocs de sa maison, une demi-douzaine de soldats jaillirent de la brume et se disposèrent en demi-cercle autour de sa voiture, leurs fusils braqués vers son pare-brise.

« Oh ! merde », fit Coburn.

Un des soldats était encore en train de charger son arme. Il essayait d'introduire le chargeur à l'envers et, bien entendu, ça n'entrait pas. Il le laissa tomber et s'agenouilla en tâtonnant par terre pour le retrouver. Coburn aurait bien ri s'il n'avait pas eu si peur.

Un officier interpella Coburn en farsi. Coburn abaissa sa vitre, il montra sa montre à l'officier en disant :

« Il est cinq heures passées. »

Les soldats tinrent une conférence. L'officier revint et demanda ses papiers à Coburn.

Coburn attendit avec angoisse. Ce ne serait vraiment pas le jour pour se faire arrêter. L'officier allait-il croire que la montre de Coburn était à l'heure et pas la sienne ?

Enfin les soldats dégagèrent la route et l'officier fit signe à Coburn de repartir. Coburn poussa un soupir de soulagement et repartit lentement.

L'Iran, c'était comme ça.

2

Le groupe logistique de Coburn se mit aussitôt au travail pour réserver les places d'avion, louer des cars afin d'emmener les gens à l'aéroport et photocopier les formulaires d'évacuation. A dix heures, Coburn réunit les chefs d'équipe au Bucarest et commença à appeler les évacués.

Il trouva des places pour la plupart d'entre eux sur un vol Panam à destination d'Istanbul le vendredi

8 décembre. Les autres — y compris Liz et les quatre enfants — prendraient un vol Lufthansa à destination de Francfort le même jour.

Sitôt les réservations confirmées, deux cadres supérieurs du siège d'E.D.S., Merv Stauffer et T. J. Marquez, quittèrent Dallas pour Istanbul afin d'accueillir les évacués, les installer dans des hôtels et organiser la prochaine étape de leur rapatriement.

Pendant la journée, intervint un petit changement de programme. Paul répugnait toujours à abandonner son travail en Iran. Il proposa qu'une équipe réduite d'une dizaine de personnes reste sur place pour garder le bureau ouvert, dans l'espoir que l'Iran allait se calmer et qu'E.D.S. finirait par pouvoir recommencer à travailler dans des conditions normales. Dallas donna son accord. Parmi ceux qui se portèrent volontaires pour rester, il y avait Paul, son adjoint Bill Gaylord, Jay Coburn et la plupart des membres du groupe logistique d'évacuation de Coburn. Deux autres personnes restaient à contrecœur, Carl et Vicki Commons : Vicki était enceinte de neuf mois et ne partirait qu'après la naissance de son bébé.

Le vendredi matin, les membres de l'équipe de Coburn, les poches bourrées de billets de dix mille rials (environ mille francs français) destinés à payer des pots-de-vin, s'emparèrent pratiquement d'une partie de l'aéroport de Mehrabab, à l'ouest de Téhéran. Coburn avait des gens qui remplissaient des billets derrière le comptoir de la Panam, des gens au contrôle des passeports, des gens dans la salle d'embarquement et des gens qui enregistraient les bagages. On avait comme d'habitude vendu plus de billets qu'il n'y avait de places : quelques prébendes judicieusement distribuées permirent de s'assurer que personne d'E.D.S. ne serait refoulé au moment de l'embarquement.

Il y eut deux épisodes particulièrement tendus. L'épouse d'un collaborateur d'E.D.S. qui possédait un passeport australien n'avait pu obtenir un visa de sortie, car les services iraniens qui les délivraient étaient tous en grève. (Son mari et ses enfants titulaires de passeports américains n'avaient donc pas besoin de visa de sortie.) Lorsque le mari arriva au contrôle des passeports, il remit le sien et celui de ses enfants en pile avec six ou sept autres passeports. Pendant que le gardien essayait de les trier, des gens d'E.D.S. dans la queue commencèrent à pousser et à provoquer une bousculade. Des membres de l'équipe de Coburn se groupèrent autour du comptoir en posant des questions d'une voix forte et en faisant semblant d'être furieux de ce retard. Dans la confusion, la femme avec le passeport australien pénétra dans la salle d'embarquement sans avoir été arrêtée.

Une autre famille d'E.D.S. avait adopté un bébé iranien et n'avait pas encore pu se procurer un passeport pour l'enfant. Agé de quelques mois seulement, le bébé s'était endormi et reposait le visage enfoui dans les bras de sa mère. Une autre épouse E.D.S., Cathy Marketos — dont on disait qu'elle était capable de tout — prit le bébé endormi dans ses bras, le recouvrit de son propre imperméable et le porta ainsi jusqu'à l'avion.

Des heures toutefois s'écoulèrent avant que personne pût embarquer. Les deux vols étaient retardés. On ne trouvait aucun produit alimentaire à acheter à l'aéroport et les évacués étaient affamés, alors juste avant le couvre-feu, quelques membres de l'équipe de Coburn sillonnèrent la ville en achetant tout ce qu'ils pouvaient trouver de comestible. Ils firent ainsi l'acquisition de tout le contenu de plusieurs *kuche* — des éventaires où l'on vend des bonbons, des fruits et des cigarettes — puis ils entrèrent chez un volailler et conclurent un marché pour l'achat de tous les petits pains qu'il avait en stock. De retour à l'aéroport, lorsqu'ils se mirent à distribuer les vivres aux gens d'E.D.S. qui se trouvaient dans la salle d'embarquement, ils faillirent se faire écharper par les autres passagers non moins affamés qui attendaient le départ des mêmes vols. En rentrant en ville, deux membres de l'équipe furent surpris et arrêtés pour être dehors après le couvre-feu ; mais les soldats qui les avaient interpellés se trouvèrent distraits par une autre voiture qui essayait d'échapper au contrôle, et les hommes d'E.D.S. filèrent pendant qu'ils tiraient dans l'autre direction.

Le vol pour Istanbul décolla peu après minuit. Le vol pour Francfort partit le lendemain, avec trente et une heures de retard.

Coburn et presque toute son équipe passèrent la nuit au Bucarest. Personne ne les attendait chez eux.

Pendant que Coburn organisait l'évacuation, Paul s'efforçait de découvrir qui voulait confisquer son passeport et pourquoi.

Son adjoint administratif, Rich Gallagher, était un jeune Américain qui excellait à négocier avec la bureaucratie iranienne. Gallagher était un de ceux qui s'étaient portés volontaires pour ne pas quitter Téhéran. Sa femme Cathy était restée avec lui. Elle avait une bonne situation à la base américaine. Les Gallagher n'avaient pas envie de partir. En outre, ils n'avaient pas d'enfants pour qui s'inquiéter — rien qu'un caniche du nom de Buffy.

Le jour où il avait été demandé à Fara de remettre les passeports — le 5 décembre — Gallagher se rendit à l'ambassade américaine avec l'une des personnes dont on avait réclamé le passeport : Paul Bucha, qui ne travaillait plus en Iran, mais qui se trouvait là de passage.

Ils furent reçus par le consul général Lou Goelz. Goelz, un consul plein d'expérience d'une cinquantaine d'années, était un homme corpulent et dont une frange de cheveux blancs dissimulait mal la calvitie naissante : il aurait fait un très bon Père Noël. Avec Goelz se trouvait un membre iranien du personnel consulaire, Ali Jordan.

Goelz conseilla à Bucha de prendre son avion. Fara avait dit à la police — en toute innocence — que Bucha n'était pas en Iran, et les policiers avaient paru la croire. Il y avait toutes les chances que Bucha parvînt à s'éclipser discrètement.

Goelz proposa aussi de garder les passeports et les

permis de séjour de Paul et de Bill dans son coffre. De cette façon, si la police réclamait officiellement ces documents, E.D.S. pourrait leur dire de s'adresser à l'ambassade.

Pendant ce temps, Ali Jordan contacterait la police et tâcherait de savoir ce qui se passait.

Dans le courant de la journée, les passeports et les permis furent remis à l'ambassade.

Le lendemain matin, Bucha prit son avion et quitta l'Iran. Gallagher appela l'ambassade. Ali Jordan avait parlé au général Biglari, de la police municipale de Téhéran. Biglari avait déclaré que Paul et Bill ne devaient pas quitter le pays et qu'ils seraient arrêtés s'ils essayaient de le faire.

Gallagher demanda pourquoi.

Jordan avait cru comprendre qu'on les gardait comme « témoins indispensables dans une enquête ».

« Quelle enquête ? »

Jordan n'en savait rien.

Paul se montra déconcerté aussi bien qu'inquiet lorsque Gallagher lui rapporta tout cela. Il n'avait pas été impliqué dans un accident de la circulation, il n'avait pas été témoin d'un crime, il n'avait aucun lien avec la C.I.A... A propos de qui ou de quoi procédait-on à une enquête ? D'E.D.S. ? Ou bien l'enquête n'était-elle qu'un prétexte pour retenir Paul et Bill en Iran de façon qu'ils continuent à faire fonctionner les ordinateurs de la Sécurité sociale ?

La police avait quand même fait une concession. Ali Jordan avait fait observer qu'elle avait le droit de confisquer les permis de séjour, qui étaient la propriété du gouvernement iranien, mais pas les passeports, lesquels étaient la propriété du gouvernement américain. Le général Biglari l'avait admis.

Le lendemain, Gallagher et Ali Jordan se rendirent au commissariat de police pour remettre les documents à Biglari. Pendant le trajet Gallagher demanda à Jordan si à son avis il y avait un risque de voir Paul et Bill accusés d'un quelconque méfait.

« J'en doute fort », répondit Jordan.

Au poste de police, le général prévint Jordan que

l'ambassade serait tenue pour responsable si Paul et Bill quittaient le pays par quelque moyen de transport que ce soit — par exemple, un appareil militaire américain.

Le lendemain, 8 décembre, le jour de l'évacuation, Lou Goelz appela E.D.S. Il avait appris, par une « source » au ministère iranien de la Justice, que l'enquête dans laquelle Paul et Bill étaient censés être des témoins indispensables concernait des accusations de corruption portées contre le ministre de la Santé, le docteur Sheikholeslamizadeh, actuellement en prison.

Ce fut un certain soulagement pour Paul que de savoir enfin de quoi il s'agissait. Il s'empressa de dire la vérité aux enquêteurs : E.D.S. n'avait versé aucun pot-de-vin. Il doutait d'ailleurs que personne eût acheté le ministre. Les bureaucrates iraniens étaient notoirement corrompus, mais le docteur Sheik — c'était ainsi que Paul abrégeait son nom — ne semblait pas sortir du même moule. Chirurgien orthopédiste de formation, il avait une intelligence aiguë et un don impressionnant de maîtriser les détails. Au ministère de la Santé, il s'était entouré d'un groupe de jeunes technocrates progressistes qui avaient découvert des moyens de diminuer la paperasserie et d'obtenir des résultats. Le projet E.D.S. n'était qu'une partie de son plan ambitieux d'amener les services d'hygiène et de santé iraniens à la hauteur de leurs homologues américains. Paul ne pensait pas que le docteur Sheik en profitait pour se remplir les poches par la même occasion.

Paul n'avait rien à craindre — si la « source » de Goelz disait bien la vérité. Mais était-ce le cas ? Le docteur Sheik avait été arrêté trois mois plus tôt. Etait-ce une coïncidence si les Iraniens s'étaient soudain rendu compte que Paul et Bill étaient des témoins indispensables après que Paul leur eut annoncé qu'E.D.S. allait quitter l'Iran si le ministère ne réglait pas ses factures ?

Une fois l'évacuation terminée, les hommes d'E.D.S. qui demeuraient s'installèrent dans deux maisons et restèrent là à jouer au poker le 10 et le 11 décembre, les deux jours fériés de l'Ashura. Il y avait une maison où l'on jouait gros jeu et une où les mises étaient plus faibles. Paul et Coburn étaient dans celle où on jouait gros. En guise de protection ils avaient invité les barbouzes de Coburn — ses deux contacts dans les services de renseignements — qui étaient armés. Mais comme on n'autorisait pas d'armes à la table de poker, les barbouzes durent les laisser dans le vestibule.

Contre toute attente, l'Ashura se passa dans un calme relatif : dans tout le pays, des millions d'Iraniens participèrent à des manifestations contre le shah mais il n'y eut que peu de violences.

Après l'Ashura, Paul et Bill envisagèrent une nouvelle fois de quitter l'Iran mais une douloureuse surprise les attendait. Ils commencèrent par demander à Lou Goelz à l'ambassade de leur rendre leurs passeports. Goelz répondit que dans ce cas il serait obligé d'en informer le général Biglari. Cela voulait dire que la police serait avertie de l'intention de Paul et de Bill d'essayer de quitter discrètement le pays.

Goelz affirma qu'il avait prévenu E.D.S., en prenant les passeports, que c'était le marché qu'il avait conclu avec la police ; mais il avait dû le faire à voix fort basse, car personne ne s'en souvenait.

Paul était furieux. Pourquoi diable Goelz devait-il traiter avec la police ? Rien ne l'obligeait à dire aux Iraniens ce qu'il faisait d'un passeport américain. Ce n'était pas son travail d'aider la police à retenir Paul et Bill en Iran, bon sang ! l'ambassade était là pour aider les Américains, non ?

Goelz ne pouvait-il pas revenir sur le stupide engagement qu'il avait pris et rendre discrètement les passeports, en informant peut-être la police deux jours plus tard, quand Paul et Bill seraient rentrés sans encombre ? Absolument pas, dit Goelz. S'il avait des difficultés avec la police, les Iraniens créeraient des problèmes à tout le monde et Goelz devait se préoccuper des douze mille Américains séjournant encore en Iran. D'ailleurs, les noms de Paul et de Bill étaient maintenant sur la liste rouge de la police de l'air : même avec tous leurs papiers en ordre, ils ne franchiraient jamais le contrôle des passeports.

Lorsqu'on apprit à Dallas que Paul et Bill étaient bel et bien coincés en Iran, E.D.S. et ses avocats se mirent aussitôt au travail. Leurs contacts à Washington n'étaient pas aussi bons qu'ils l'auraient été sous une administration républicaine, mais ils avaient quand même des amis. Ils s'adressèrent à Bob Strauss, un important personnage de la Maison-Blanche qui se trouvait être texan ; à l'amiral Tom Moorer, ancien chef de l'état-major interarmes, qui connaissait un grand nombre des généraux qui faisaient maintenant partie du gouvernement militaire d'Iran ; et à Richard Helms, ancien directeur de la C.I.A. et ancien ambassadeur américain en Iran. A la suite de leurs efforts auprès du Département d'Etat, l'ambassadeur à Téhéran William Sullivan évoqua le cas de Paul et de Bill lors d'un entretien avec le Premier ministre iranien, le général Azhari.

Rien de tout cela ne donna le moindre résultat.

Les trente jours que Paul avait accordés aux Iraniens pour régler leurs factures arrivèrent à expiration et, le 16 décembre, il écrivit au docteur Emrani pour annuler officiellement le contrat. Mais il n'avait pas pour autant renoncé. Il demanda à quelques cadres évacués de regagner Téhéran pour bien montrer qu'E.D.S. était prête à régler ses problèmes avec le ministère. Certains d'entre eux, encouragés par le calme dans lequel s'était passée l'Ashura, revinrent même avec leur famille.

Ni l'ambassade ni les avocats d'E.D.S. à Téhéran n'avaient réussi à savoir qui avait donné l'ordre de retenir Paul et Bill. Ce fut Majid, le père de Fara, qui finit par obtenir le renseignement du général Biglari. L'enquête était menée par le juge d'instruction Husayn Dadgar, rattaché au bureau du procureur dans un service qui s'occupait des crimes commis par les fonctionnaires et qui disposait de pouvoirs très étendus. Dadgar était chargé de l'enquête sur le docteur Sheik, l'ancien ministre de la Santé, actuellement en prison.

Puisque l'ambassade ne parvenait pas à persuader les Iraniens de laisser Paul et Bill quitter le pays et qu'elle refusait en même temps de leur rendre discrètement leurs passeports, ne pouvait-on au moins s'arranger pour que ce Dadgar interroge Paul et Bill le plus tôt possible, ce qui leur permettrait de rentrer chez eux pour Noël ? Noël ne voulait pas dire grand-chose pour les Iraniens, répondit Goelz, mais le Nouvel An, ce n'était pas pareil, aussi essaierait-il d'organiser une rencontre avant cette date.

Dans la seconde moitié de décembre, les émeutes reprirent (et le premier soin des cadres d'E.D.S. qui étaient revenus fut de préparer une seconde évacuation). La grève générale se poursuivait et les exportations de pétrole — la source de revenus la plus importante du gouvernement — avait stoppé, réduisant à néant les chances d'E.D.S. de se faire payer. Si rares étaient les Iraniens à se présenter au travail au ministère que les hommes d'E.D.S. n'avaient rien à faire, aussi Paul renvoya-t-il la moitié d'entre eux aux Etats-Unis pour Noël.

Paul fit ses bagages, ferma sa maison et alla s'installer au Hilton, prêt à rentrer à la première occasion.

Les rumeurs les plus diverses couraient dans la ville. Jay Coburn recueillait la plupart d'entre elles grâce à son réseau d'informateurs et signalait à Paul celles qui semblaient dignes d'intérêt. Une rumeur plus inquiétante que les autres lui fut ainsi transmise par Bunny Fleischaker, une Américaine qui avait des amis au ministère de la Justice. Bunny avait travaillé pour E.D.S. aux Etats-Unis et elle gardait le contact avec le bureau de Téhéran bien qu'elle n'appartînt plus à la compagnie. Elle appela Coburn pour lui annoncer que le ministère de la Justice envisageait d'arrêter Paul et Bill.

Paul en discuta avec Coburn. C'était en contradiction avec ce qu'on leur disait à l'ambassade américaine. Les renseignements de l'ambassade étaient sûrement mieux fondés que ceux de Bunny Fleischaker, se dirent-ils. Ils décidèrent donc de ne rien faire.

Paul passa Noël tranquillement, avec quelques collègues, au domicile de Pat Sculley, un jeune directeur d'E.D.S. qui s'était porté volontaire pour revenir à Téhéran. Mary, la femme de Sculley, était rentrée avec lui et ce fut elle qui prépara le dîner de Noël. Paul souffrait de l'absence de Ruthie et des enfants.

Deux jours après Noël, coup de téléphone de l'ambassade. On avait réussi à ménager un rendez-vous à Paul et à Bill avec le magistrat instructeur, Husayn Dadgar. La rencontre devait avoir lieu le lendemain matin, 28 décembre, au ministère de la Santé, sur Eisenhower Avenue.

Bill Gaylord arriva dans le bureau de Paul peu après neuf heures, une tasse de café à la main et revêtu de l'uniforme E.D.S. : costume sombre, chemise blanche, cravate discrète, chaussures noires.

Comme Paul, Bill avait trente-neuf ans, il était de taille moyenne et plutôt trapu ; mais la ressemblance s'arrêtait là. Paul était brun avec le teint mat, il avait des sourcils en broussaille, des yeux enfoncés dans leurs orbites et un grand nez : lorsqu'il était en costume de sport, on le prenait souvent pour un Iranien jusqu'au moment où il ouvrait la bouche et parlait anglais avec l'accent de New York. Bill avait un visage rond et la peau très blanche : personne ne risquait de le prendre pour autre chose qu'un Anglo-Saxon.

Ils avaient pourtant beaucoup de points communs. Tous les deux étaient catholiques, encore que Bill fût plus pratiquant. Ils adoraient la bonne chère. Tous deux avaient une formation d'informaticien et étaient entrés à E.D.S. dans les années 60, Bill en 1965 et Paul en 1966. Tous deux avaient fait une superbe carrière dans la compagnie mais, bien que Paul fût entré un an plus tard, il occupait maintenant un poste plus important que Bill. Bill connaissait à fond les rouages de la Sécurité sociale et il était un « homme de contact » de première classe, mais il n'avait pas le côté entreprenant et dynamique de Paul. Bill était un esprit réfléchi et doté du sens de l'organisation. Paul ne s'inquiétait jamais quand Bill avait à présenter un projet important : Bill aurait préparé chaque mot de son exposé.

Ils travaillaient bien ensemble. Quand Paul allait trop vite, Bill l'obligeait à s'arrêter pour réfléchir. Lorsque Bill voulait préparer son chemin en étudiant chaque cahot de la route, Paul lui disait d'aller de l'avant et de foncer.

Ils s'étaient déjà rencontrés aux Etats-Unis, mais c'était surtout dans les neuf derniers mois qu'ils en étaient venus à bien se connaître. Quand Bill était arrivé à Téhéran, en mars dernier, il avait habité chez les Chiapparone jusqu'à la venue de sa femme, Emily, et des enfants. Paul avait une attitude un peu protectrice envers lui : il était navré de voir que Bill n'avait eu que des problèmes depuis son arrivée en Iran.

Bill était beaucoup plus inquiet des émeutes et des fusillades que la plupart des autres — peut-être parce qu'il n'était pas ici depuis longtemps, peut-être parce qu'il était d'un naturel plus anxieux. Il prenait également plus au sérieux que Paul le problème des passeports. A un moment, il avait même suggéré qu'ils prennent tous les deux un train pour gagner le nord-est de l'Iran et qu'ils franchissent la frontière russe, en arguant que personne ne s'attendait à voir des hommes d'affaires américains s'échapper par l'Union soviétique.

Bill souffrait aussi de l'absence d'Emily et des enfants, et Paul se sentait un peu responsable, car c'était lui qui avait demandé à Bill de venir en Iran.

Enfin, c'était presque fini. Aujourd'hui, ils allaient voir ce Dadgar et récupérer leurs passeports. Bill avait une place réservée sur l'avion du lendemain. Emily préparait une soirée pour fêter son retour le soir du réveillon du Nouvel An. Bientôt, tout cela ne serait plus qu'un mauvais rêve.

Paul regarda Bill en souriant.

« Prêt ?

— Quand tu voudras.

— Prévenons Abolhassan. »

Paul décrocha le téléphone. Abolhassan travaillait

avec Rich Gallagher comme assistant administratif de Paul. C'était l'employé iranien le plus élevé dans la hiérarchie et c'était lui qui conseillait Paul sur les pratiques commerciales iraniennes. Fils d'un brillant avocat, il avait épousé une Américaine et parlait un excellent anglais. Une de ses tâches consistait à traduire les contrats d'E.D.S. en farsi. Aujourd'hui, il allait servir d'interprète à Paul et à Bill pour leur entrevue avec Dadgar.

Il arriva aussitôt dans le bureau de Paul et les trois hommes partirent. Ils n'emmenaient pas d'avocat avec eux. A en croire l'ambassade, cette rencontre serait de pure routine et les questions qu'on leur poserait de pure forme. Emmener des avocats avec eux serait non seulement inutile, mais risquerait d'agacer M. Dadgar et de l'amener à penser que Paul et Bill avaient quelque chose à cacher. Paul aurait aimé être accompagné d'un membre de l'ambassade, mais Lou Goelz avait également repoussé cette proposition : ce n'était pas dans les habitudes d'envoyer des représentants de l'ambassade à ce genre de rendez-vous. Goelz toutefois avait conseillé à Paul et Bill d'emporter avec eux des documents établissant la date de leur arrivée en Iran, la nature de leurs occupations officielles et l'ampleur de leurs responsabilités.

Tandis que la voiture se frayait un chemin dans la circulation comme toujours démente de Téhéran, Paul se sentait déprimé. Il était ravi de rentrer chez lui, mais il avait horreur d'avouer un échec. Il était venu en Iran pour développer sur place les affaires d'E.D.S., et voilà qu'il se trouvait en train de les démanteler. De quelque façon qu'on envisageât les choses, la première tentative de la compagnie pour s'ouvrir un marché extérieur s'était soldée par un échec. Ce n'était pas la faute de Paul si le gouvernement iranien s'était trouvé à court d'argent, mais c'était une mince consolation : les excuses ne faisaient pas les bénéfices.

Ils descendirent Eisenhower Avenue, bordée d'arbres, aussi large et droite qu'une autoroute américaine, et entrèrent dans la cour d'un bâtiment carré de neuf étages un peu en retrait de la rue et gardé par des soldats armés de fusils. C'était l'Organisation de Sécurité sociale du ministère de la Santé et de l'Hygiène. Ce devait être le cœur même du nouveau système d'assistance sociale iranien : là, côte à côte, le gouvernement iranien et E.D.S. avaient travaillé pour mettre sur pied un système de Sécurité sociale. E.D.S. occupait la totalité du sixième étage : c'était là que se trouvait le bureau de Bill.

Paul, Bill et Abolhassan montrèrent leur laissez-passer et pénétrèrent dans l'immeuble. Les couloirs étaient sales, pauvrement décorés et il faisait froid : le chauffage, une fois de plus, était coupé. On les dirigea vers le bureau où s'était installé M. Dadgar.

Ils le trouvèrent dans une petite pièce aux murs crasseux, derrière un vieux bureau métallique gris. Devant lui il y avait un cahier et un stylo. Par la fenêtre, Paul apercevait le centre informatique qu'E.D.S. était en train de construire juste à côté.

Abolhassan fit les présentations. Il y avait une Iranienne assise sur une chaise auprès du bureau de Dadgar : elle s'appelait Mme Nourbash et elle était l'interprète de Dadgar.

Ils s'installèrent tous sur des chaises métalliques délabrées. On servit le thé. Dadgar prit la parole en farsi. Il avait une voix douce mais assez grave et parlait d'un ton totalement neutre. Paul l'examinait tout en attendant la traduction. Dadgar était un homme courtaud d'une cinquantaine d'années, il avait le teint brun et les cheveux coiffés en avant, comme pour dissimuler une calvitie naissante. Il portait une moustache et des lunettes et était vêtu d'un costume d'une grande sobriété.

Dadgar avait fini de parler et Abolhassan dit :

« Il vous prévient qu'il a le pouvoir de vous arrêter s'il n'est pas satisfait de vos réponses à ses questions. Au cas où vous ne l'auriez pas compris, il dit que vous pouvez remettre à plus tard cette entrevue pour donner à vos avocats le temps de préparer une caution. »

Paul fut surpris par cette déclaration mais il eut tôt fait de l'analyser tout comme il le faisait pour n'importe quelle décision à prendre dans le cadre des affaires. Bon, se dit-il, le pire qui puisse arriver c'est qu'il ne nous croie pas et qu'il nous arrête — mais nous ne sommes pas des meurtriers, nous serons libérés sous caution dans vingt-quatre heures. Nous risquerons alors de nous voir interdire de quitter le pays et il nous faudra consulter nos avocats pour essayer d'arranger les choses... ce qui n'est pas pire que la situation dans laquelle nous nous trouvons en ce moment.

Il regarda Bill.

« Qu'en penses-tu ? »

Bill haussa les épaules.

« Goelz dit que c'est une rencontre de pure routine. Cette histoire de caution me paraît une simple formalité : c'est un peu comme quand on te fait la lecture de tes droits. »

Paul acquiesça.

« Et ce que nous ne voulons surtout pas, c'est remettre ce rendez-vous.

— Alors finissons-en. »

Paul se tourna vers Mme Nourbash.

« Voudriez-vous dire à M. Dadgar qu'aucun de nous n'a commis de crime, que ni l'un ni l'autre n'a connaissance de qui que ce soit ayant commis un crime, que nous sommes donc persuadés qu'on ne retiendra aucune accusation contre nous et que nous aimerions en terminer avec cette affaire aujourd'hui pour pouvoir rentrer chez nous. »

Mme Nourbash traduisit.

Dadgar dit qu'il voulait d'abord interroger Paul. Bill n'aurait qu'à revenir dans une heure.

Bill sortit.

Bill monta jusqu'à son bureau du sixième étage. Il décrocha son téléphone, appela le Bucarest et demanda Lloyd Briggs. Briggs était le numéro trois de la hiérarchie après Paul et Bill.

« Dadgar dit qu'il a le pouvoir de nous arrêter, expliqua Bill à Briggs. Nous aurons peut-être besoin d'une caution. Appelez donc nos avocats iraniens et voyez ce que ça peut représenter.

— Entendu, fit Briggs. Où êtes-vous ?

— A mon bureau, ici, au ministère.

— Je vous rappelle. »

Bill raccrocha et attendit. L'idée d'être arrêté lui paraissait tout à fait ridicule : malgré le degré de corruption auquel on était parvenu en Iran, E.D.S. n'avait jamais versé de pots-de-vin pour obtenir des contrats. Mais, même si des gens avaient été achetés, ce n'était pas Bill qui les aurait payés : son travail consistait à fournir le produit, pas à emporter la commande.

Briggs le rappela quelques minutes plus tard.

« Vous n'avez rien à craindre, dit-il. La semaine dernière encore un homme accusé de meurtre a vu sa caution fixée à un million et demi de rials. »

Bill fit un rapide calcul : cela représentait vingt mille dollars. E.D.S. pouvait sans doute verser cette somme en espèces. Depuis quelques semaines ils gardaient pas mal d'argent en liquide, aussi bien à cause des grèves des banques que pour s'en servir au moment de l'évacuation.

« Combien avons-nous dans le coffre du bureau ?

— Environ sept millions de rials, plus cinquante mille dollars. »

Donc, songea Bill, même si nous sommes arrêtés, nous pourrons verser immédiatement la caution.

« Merci, dit-il. Ça me rassure. »

Pendant ce temps, dans son bureau, Dadgar avait noté les nom et prénoms de Paul, ses date et lieu de naissance, les collèges et universités qu'il avait fréquentés, son expérience en informatique et ses qualifications ; et il avait examiné avec soin le document qui nommait officiellement Paul directeur régional de la société Electronic Data Systems d'Iran. Il demanda ensuite à Paul de lui expliquer comment E.D.S. avait obtenu son contrat avec le ministère de la Santé.

Paul prit une profonde inspiration.

« Tout d'abord, j'aimerais souligner que je ne travaillais pas en Iran à l'époque où le contrat a été négocié et signé, si bien que je n'ai pas là-dessus de renseignements de première main. Toutefois, je vais vous expliquer comment à mon avis les choses se sont passées. »

Mme Nourbash traduisit et Dadgar acquiesça de la tête.

Paul continua, en parlant lentement et de façon un peu officielle pour faciliter la tâche de l'interprète.

« En 1975, un des directeurs d'E.D.S., Paul Bucha, apprit que le ministère cherchait une compagnie de traitement de données ayant l'expérience de l'assurance maladie et de la sécurité sociale. Il se rendit à Téhéran, eut des entretiens avec des fonctionnaires du ministère et détermina la nature et l'importance du travail que le ministère voulait faire exécuter. On lui dit que le ministère avait déjà reçu pour ce projet des offres de Louis Berger et Cie, de Marsh and McLendon, d'I.S.I.R.A.N. et d'U.N.I.V.A.C. et que la Cap Mini Sogeti était en train de faire à son tour une offre. Il expliqua qu'E.D.S. était la principale société de traitement de données aux Etats-Unis et que notre firme se spécialisait précisément dans ce genre d'organisation de service de santé. Il proposa au ministère une étude préliminaire gratuite. Son offre fut acceptée. »

Lorsqu'il s'arrêta pour permettre la traduction de ses propos, Paul remarqua que Mme Nourbash semblait en dire moins qu'il n'en avait dit lui-même et que ce que Dadgar notait était plus court encore. Il se mit à parler plus lentement en marquant des arrêts plus fréquents.

« De toute évidence, les propositions d'E.D.S. plurent au ministère, car on nous demanda alors de procéder à une étude détaillée pour deux cent mille dollars. Les résultats de notre étude furent présentés en octobre 1975. Le ministère accepta notre offre, et les négociations commencèrent. En août 1976, le contrat fut signé.

— Tout s'est-il passé régulièrement ? demanda Dadgar par le truchement de Mme Nourbash.

— Tout à fait, dit Paul. Il a fallu encore trois mois pour obtenir toutes les autorisations nécessaires de nombreux services gouvernementaux, y compris de la cour du shah. Tous ces accords ont été obtenus. Le contrat est entré en vigueur à la fin de l'année.

— Les termes du contrat étaient-ils exorbitants ?

— Ils prévoyaient un bénéfice maximal avant impôts de vingt pour cent, ce qui est conforme à d'autres contrats d'une autre importance, aussi bien ici que dans d'autres pays.

— Et E.D.S. a-t-elle rempli les obligations prévues par le contrat ? »

C'était là un point sur lequel par contre Paul avait des renseignements de première main.

« Oui, parfaitement.

— Pourriez-vous en fournir la preuve ?

— Certainement. Le contrat prévoit que je dois rencontrer des fonctionnaires du ministère à certaines dates pour vérifier l'avancement des travaux : ces réunions ont eu lieu et le ministère en a le compte rendu dans ses dossiers. Le contrat prévoit une procédure de réclamation pour le ministère si E.D.S. ne remplit pas ses obligations : cette procédure n'a jamais été utilisée. »

Mme Nourbash traduisit, mais Dadgar ne nota rien. De toute façon, songea Paul, il doit savoir tout cela.

« Regardez par la fenêtre, ajouta-t-il. Voici notre centre informatique. Allez le voir. Il y a des ordinateurs là-bas. Touchez-les. Ils fonctionnent. Ils fournissent des renseignements. Lisez les imprimantes. On les utilise. »

Dadgar nota brièvement quelque chose. Paul se demandait où il voulait vraiment en venir.

La question suivante fut :

« Quelles sont vos relations avec le groupe Mahvi ?

— Lorsque nous sommes arrivés en Iran, on nous a dit que nous devrions avoir des associés Iraniens pour pouvoir travailler ici. Nos associés, c'est le groupe Mahvi. Cependant, leur principal rôle est de nous fournir du personnel iranien. Nous les rencontrons périodiquement, mais ils n'ont pas grand-chose à voir dans le fonctionnement de notre affaire. »

Dadgar demanda pourquoi le docteur Towliati, un

fonctionnaire du ministère, figurait parmi les salariés d'E.D.S. N'y avait-il pas là un conflit d'intérêts ?

Voilà enfin une question qui rimait à quelque chose. Paul voyait fort bien comment le rôle de Towliati pouvait paraître irrégulier. Toutefois, il s'expliquait facilement.

« D'après notre contrat, nous nous engageons à fournir des conseillers pour aider le ministère à faire le meilleur usage du service que nous fournissons. Le docteur Towliati est un de ces conseillers. Il a une formation de traitement de données et il connaît aussi bien les méthodes commerciales iraniennes qu'américaines. Il est payé par E.D.S. plutôt que par le ministère, car les salaires du ministère sont trop bas pour attirer un homme de son envergure. Malgré cela, le ministère doit nous rembourser son salaire, comme c'est prévu dans le contrat ; il n'est donc pas véritablement payé par nous. »

Une fois de plus, Dadgar nota très peu de chose. Il aurait pu trouver tous ces renseignements dans les dossiers, se dit Paul ; c'est peut-être le cas.

« Mais pourquoi, demanda Dadgar, le docteur Towliati signe-t-il des factures ?

— La réponse à cela est facile, répondit Paul. Il ne le fait pas et il ne l'a jamais fait. Le plus qu'il fait, c'est ceci : il informe le ministre qu'une certaine tâche a été accomplie, lorsque les détails de cette tâche sont trop techniques pour être vérifiés par un profane. » Paul sourit.

« Il prend très au sérieux sa responsabilité envers le ministère : il est de loin notre plus sévère critique et il pose toujours un tas de questions très précises avant de s'assurer que tel ou tel travail a été effectué. Je voudrais parfois bien l'avoir dans ma poche. »

Mme Nourbash traduisit. Paul se demandait : où Dadgar veut-il en venir ? D'abord, il m'interroge sur les négociations à propos du contrat, sur ce qui s'est passé avant mon arrivée en Iran ; puis il m'interroge sur le groupe Mahvi et le docteur Towliati, comme s'ils étaient d'une importance vitale. Peut-être que Dadgar lui-même ne sait pas ce qu'il recherche au juste : peut-être qu'il se contente de pêcher à la ligne en espérant tomber sur la preuve d'une illégalité quelconque.

Combien de temps cette farce peut-elle durer ?

Bill était dans le couloir, en manteau pour se protéger du froid. On lui avait apporté un verre de thé et il se réchauffait les mains dessus tout en le buvant à petites gorgées. Le bâtiment était aussi sombre que glacial.

Dadgar avait aussitôt paru à Bill différent de l'Iranien moyen. Il était glacial, bourru et hostile. L'ambassade avait dit que Dadgar était « favorablement disposé » envers Bill et Paul, mais ce n'était pas l'impression que Bill avait.

Bill se demandait quel jeu jouait Dadgar. Essayait-il de les intimider ou envisageait-il sérieusement de les arrêter ? Dans un cas comme dans l'autre, l'entrevue ne prenait pas la tournure prévue par l'ambassade. Le conseil des diplomates, de venir sans être accompagné d'avocats ni de fonctionnaires de l'ambassade, semblait maintenant erroné : peut-être les gens de l'ambassade ne voulaient-ils tout simplement pas se mouiller. Quoi qu'il en fût, Paul et Bill étaient maintenant livrés à eux-mêmes. La journée ne s'annonçait pas agréable. Mais, quand elle serait terminée, ils pourraient rentrer chez eux.

En regardant par la fenêtre, Bill put voir qu'une certaine animation régnait sur Eisenhower Avenue. Un peu plus bas dans la rue, des dissidents arrêtaient les voitures pour placarder sur les pare-brise des affiches représentant Khomeiny. Les soldats qui gardaient les bâtiments du ministère arrêtaient à leur tour les voitures afin de déchirer les affiches. Pendant que Bill observait la scène, il constata que les soldats s'énervaient. Ils cassèrent le phare d'une voiture, puis le pare-brise d'une autre, comme pour donner une leçon aux conducteurs. Peu après ils firent sortir un automobiliste de sa voiture et entreprirent de le tabasser.

Le prochain véhicule sur lequel ils jetèrent leur dévolu était un taxi, un des taxis orange de Téhéran. Il continua son chemin sans répondre aux sommations, ce qui n'avait rien d'étonnant ; mais les soldats semblaient furieux et le poursuivirent en tirant des coups de fusil. Le taxi et les soldats disparurent au regard de Bill.

Après cela, les soldats interrompirent leur sinistre jeu et reprirent leur poste à l'intérieur de la cour fermée devant le bâtiment du ministère. L'incident, avec son étrange mélange de puérilité et de brutalité, semblait résumer ce qui se passait en Iran. Le pays s'en allait à vau-l'eau. Le shah avait perdu tout contrôle et les rebelles étaient déterminés à le chasser ou à le tuer. Bill plaignait les occupants des voitures, victimes des circonstances et qui ne pouvaient qu'espérer voir les choses s'améliorer. Si les Iraniens ne sont plus en sûreté, songea-t-il, les Américains doivent être encore plus en danger. Il va falloir quitter ce pays.

Deux Iraniens traînaient dans le même couloir et observaient ce qui se passait sur Eisenhower Avenue. Ils semblaient aussi consternés que Bill par ce qu'ils voyaient.

La matinée s'achevait. Bill eut droit à une nouvelle tasse de thé et à un sandwich en guise de déjeuner. Il se demandait ce qui se passait dans la salle des interrogatoires. Il n'était pas surpris qu'on le fît attendre : en Iran, « une heure » ne signifiait rien de plus précis que « peut-être plus tard ». Mais, à mesure que la journée s'avançait, il commençait à s'inquiéter. Paul avait-il des ennuis ?

Les deux Iraniens restèrent dans le couloir tout l'après-midi, sans rien faire. Bill se demandait vaguement qui ils étaient. Il ne leur adressa pas la parole. Il aurait voulu voir le temps passer plus vite. Il avait une réservation sur l'avion du lendemain. Emily et les enfants étaient à Washington où habitaient les parents d'Emily et ceux de Bill. Une grande fête était prévue pour le soir du réveillon. Il avait vraiment hâte de les revoir tous.

Il aurait dû quitter l'Iran voilà des semaines, quand les attentats à la bombe avaient commencé. Parmi les gens dont les maisons avaient ainsi été attaquées, il y avait une femme avec qui il était allé au lycée à Washington. Elle était mariée à un diplomate américain. Bill avait discuté de l'attentat avec eux. Par chance, personne n'avait été blessé, mais ils avaient tous eu très peur. J'aurais dû comprendre la leçon et filer à ce moment-là, se dit-il.

Enfin Abolhassan ouvrit la porte et appela :

« Bill ! Voulez-vous venir ? »

Bill consulta sa montre : cinq heures. Il entra.

« Il fait froid, dit-il en s'asseyant.

— On se réchauffe vite quand on est sur le gril » dit Paul avec un sourire crispé.

Bill le regarda : il avait l'air très mal à l'aise.

Dadgar but un verre de thé et prit un sandwich avant de se mettre à questionner Bill. En l'observant, Bill se disait : attention... Ce type est en train d'essayer de nous coincer pour ne pas avoir à nous laisser quitter le pays.

L'interrogatoire commença. Bill déclina son nom, ses date et lieu de naissance, énuméra les universités et collèges qu'il avait fréquentés, ses diplômes et son expérience professionnelle. Dadgar, impassible, posait les questions et notait les réponses : on aurait dit un automate, songea Bill.

Il commençait à comprendre pourquoi l'interrogatoire de Paul avait duré si longtemps. Chaque question devait être traduite du farsi en anglais, et chaque réponse d'anglais en farsi. C'était Mme Nourbash qui interprétait, Abolhassan l'interrompant pour préciser et corriger.

Dadgar l'interrogea sur la réalisation par E.D.S. du contrat avec le ministère. Bill répondit longuement et en détail, bien que le sujet fût à la fois compliqué et extrêmement technique, et il était certain que Mme Nourbash ne pouvait pas vraiment comprendre ce qu'il disait. Personne en tout cas ne pouvait espérer se faire une idée de la complexité de tout le projet en posant quelques questions générales. A quoi tout ça rimait ? se demandait Bill. Pourquoi Dadgar tenait-il à passer toute la journée dans une pièce glacée et à poser des questions stupides ? Ce devait être une sorte de rituel persan, conclut Bill. Dadgar avait besoin d'étoffer ses dossiers, de montrer qu'il avait exploré chaque possibilité et de se protéger d'avance contre toute critique éventuelle pour les avoir laissés partir. En mettant les choses au pire, il pourrait les retenir encore un peu en Iran. De toute façon, tout ça n'était qu'une question de temps.

Aussi bien Dadgar que Mme Nourbash semblaient hostiles. Cela tournait de plus en plus au contre-interrogatoire devant un tribunal. Dadgar affirmait que les rapports d'E.D.S. au ministère sur les progrès en cours étaient faux et qu'E.D.S. s'en était servi pour faire payer au ministère un travail qui n'avait pas été fait. Bill fit remarquer que les fonctionnaires du ministère, qui étaient bien placés pour le savoir, n'avaient jamais laissé entendre que les rapports étaient faux. Si E.D.S. n'avait pas fait son travail, où étaient les plaintes ? Dadgar n'avait qu'à examiner les dossiers du ministère.

Dadgar l'interrogea sur le docteur Towliati et, lorsque Bill se mit à expliquer le rôle de Towliati, Mme Nourbash — parlant avant même que Dadgar lui eût donné quoi que ce fût à traduire — répondit que l'explication de Bill était fausse.

Il posa aussi des questions très variées, et notamment une tout à fait déconcertante : E.D.S. avait-il des employés grecs ? Bill répondit que non, en se demandant pourquoi on lui demandait cela. Dadgar paraissait impatient. Peut-être avait-il espéré que les réponses de Bill seraient en contradiction avec celles de Paul ; et maintenant, déçu, il continuait simplement pour la forme. On sentait la négligence dans son interrogatoire et une certaine précipitation ; aux réponses de Bill, il n'opposait pas d'autres questions ni des demandes d'explications ; au bout d'une heure, il en eut terminé.

Mme Nourbash dit alors :

« Voudriez-vous maintenant, s'il vous plaît, apposer votre signature devant chacune des questions et réponses dans le cahier de M. Dadgar.

« — Mais c'est en farsi : nous ne pourrons pas en lire un mot ! », protesta Bill.

C'est un piège, songea-t-il ; nous allons signer des aveux de meurtre ou d'espionnage ou de Dieu sait quel autre crime inventé par Dadgar.

Abolhassan proposa :

« Je vais regarder et vérifier. »

Paul et Bill attendirent pendant qu'Abolhassan lisait le cahier. Cela semblait une vérification bien sommaire. Il reposa le carnet sur le bureau.

« Je vous conseille de signer. »

Bill était certain qu'ils ne devraient pas — mais ils n'avaient pas le choix. S'il voulait rentrer chez lui, il fallait signer.

Bill regarda Paul. Ce dernier haussa les épaules.

« Je pense que nous ferions mieux d'accepter. »

Chacun à leur tour, ils feuilletèrent le cahier en apposant leur signature auprès des incompréhensibles gribouillis en farsi.

Quand ils eurent terminé, l'atmosphère dans la pièce était tendue. Maintenant, se dit Bill, il va nous annoncer que nous pouvons rentrer.

Dadgar pendant plusieurs minutes s'adressa à Abolhassan en farsi, tout en mettant de l'ordre dans ses papiers. Puis il quitta la pièce. Abolhassan se tourna vers Paul et Bill, le visage grave.

« Vous êtes en état d'arrestation », déclara-t-il.

Bill sentit son cœur se serrer. Pas d'avion, pas de Washington, pas d'Emily, pas de réveillon du Nouvel An...

« La caution a été fixée à quatre-vingt-dix millions de tomans, soixante pour Paul et trente pour Bill.

— Seigneur ! fit Paul. Quatre-vingt-dix millions de tomans, ça fait... »

Abolhassan avait fait le calcul sur un bout de papier.

« Un peu moins de treize millions de dollars.

— Vous plaisantez ! fit Bill. Treize *millions* ? Là caution d'un meurtrier est de vingt *mille*.

— Il demande, reprit Abolhassan, si vous êtes prêts à verser la caution. »

Paul se mit à rire.

« Dites-lui que je suis un peu à court d'argent liquide pour l'instant et qu'il va falloir que j'aille à la banque. »

Abolhassan ne répondit rien.

« Il ne peut pas parler sérieusement, fit Paul.

— Il est très sérieux », dit Abolhassan.

Bill soudain fut pris de fureur : il était furieux contre Dadgar, contre Lou Goelz, contre le monde entier. C'était un piège qu'on leur avait tendu et ils étaient entrés droit dedans. Mieux, ils étaient venus ici de leur plein gré. A la suite d'un rendez-vous pris par l'ambassade américaine. Ils n'avaient rien fait de mal et personne n'avait l'ombre d'une preuve contre eux... Et pourtant on allait les jeter en prison et, pire encore, dans une prison iranienne !

Abolhassan reprit :

« Vous êtes autorisés à donner un coup de téléphone chacun. »

Absolument comme dans les séries policières à la télé : un coup de fil et puis en taule.

Paul décrocha l'appareil et composa un numéro.

« Passez-moi Lloyd Briggs, s'il vous plaît. Pour Paul Chiapparone... Lloyd ? Je ne peux pas dîner avec vous ce soir. Je vais en prison. »

Bill pensa : Paul n'y croit pas encore vraiment.

Paul écouta un moment, puis dit :

« Et si tu appelais Gayden, pour commencer ? »

Bill Gayden, dont le nom était si proche de celui de Bill Gaylord, était président d'E.D.S. International, et le supérieur direct de Paul. Dès que cette nouvelle parviendra à Dallas, songea Bill, ces clowns d'Iraniens vont voir ce qui se passe quand E.D.S. se met vraiment en branle.

Paul raccrocha et ce fut au tour de Bill. Il appela l'ambassade des Etats-Unis et demanda le consul général.

« Goelz ? Ici Bill Gaylord. Nous venons d'être arrêtés et la caution a été fixée à treize millions de dollars.

— Oh ! mon Dieu, je...

— Je me fous de vos "Oh ! mon Dieu" ! » Bill était furieux du ton calme et mesuré de Goelz.

« C'est vous qui avez organisé ce rendez-vous et qui nous avez dit qu'ensuite nous pourrions partir !

— J'en suis sûr, si vous n'avez rien fait de mal...

— Comment ça : si nous n'avons rien fait de mal ? cria Bill.

— Je vais envoyer quelqu'un à la prison dès que possible », fit Goelz.

Bill raccrocha.

Les deux Iraniens qui avaient passé la journée à traîner dans le couloir entrèrent. Bill remarqua qu'ils étaient grands et costauds et il comprit que ce devaient être des policiers en civil.

Abolhassan dit :

« Dadgar a estimé qu'il ne serait pas nécessaire de vous mettre les menottes.

— Oh ! merci beaucoup », fit Paul.

Bill se rappela soudain les histoires qu'il avait entendues à propos de prisonniers torturés dans les prisons du shah. Il s'efforça de ne pas y penser.

« Voulez-vous, proposa Abolhassan, me donner vos serviettes et vos portefeuilles ? »

Ils les lui remirent. Paul garda sur lui cent dollars.

« Savez-vous où est la prison ? demanda Paul à Abolhassan.

— On va vous emmener à un centre de détention provisoire au ministère de la Justice, dans Khayyam Street.

— Retournez tout de suite au Bucarest, et donnez tous les détails à Lloyd Briggs.

— Entendu. »

Un des policiers en civil maintenait la porte ouverte. Bill regarda Paul. Ce dernier haussa les épaules.

Ils sortirent.

Les policiers les escortèrent dans l'escalier et jusque dans la cour où une voiture les attendait.

« Je pense que nous allons devoir rester en prison deux ou trois heures, fit Paul. Ça prendra bien ça pour que l'ambassade et E.D.S. envoient des gens là-bas payer la caution.

« Ils y sont peut-être déjà », fit Bill avec optimisme.

Le plus grand des deux policiers se mit au volant.

Son collègue s'assit devant, à côté de lui. Ils sortirent de la cour et s'engagèrent à vive allure dans Eisenhower Avenue. Brusquement, ils tournèrent dans une étroite rue à sens unique, roulant à toute vitesse en sens interdit. Bill se cramponnait au dossier de la banquette. Ils zigzaguaient, évitant les voitures et les autobus venant en sens inverse, les autres conducteurs klaxonnant et brandissant le poing dans leur direction, tout cela le temps de parcourir cinq interminables pâtés de maisons.

Ils se dirigeaient vers le sud et un peu à l'est. Bill songeait déjà à ce qu'allait être leur arrivée à la prison. Y aurait-il sur place des gens d'E.D.S. ou de l'ambassade pour négocier une diminution de la caution de façon qu'ils puissent rentrer chez eux au lieu d'être jetés dans une cellule ? Le personnel de l'ambassade, assurément, devait être outré de ce qu'avait fait Dadgar. L'ambassadeur Sullivan allait intervenir pour les faire libérer aussitôt. Après tout, c'était un déni de justice que de jeter deux Américains dans une prison iranienne alors qu'ils n'avaient commis aucun crime et puis de fixer le montant de la caution à treize millions de dollars. Tout cela était ridicule.

Sauf qu'il était là, assis à l'arrière de cette voiture, regardant par la vitre et se demandant ce qui allait se passer.

Comme ils continuaient toujours vers le sud, ce qu'il vit par la portière l'effraya encore davantage.

Dans le nord de la ville, où les Américains avaient leur résidence et leur bureau, les émeutes et les combats de rue étaient un phénomène épisodique, mais ici — Bill maintenant s'en rendait compte — ce devait être permanent. Les carcasses noircies de cars incendiés fumaient encore dans les rues. Des centaines de manifestants étaient en pleine émeute, vociférant et chantant, allumant des incendies et dressant des barricades. Des garçons de quinze ans lançaient sur les voitures qui passaient des cocktails Molotov — des bouteilles pleines d'essence avec des chiffons enflammés en guise de détonateur. Ils ne semblaient pas avoir d'objectif précis. *Nous pourrions aussi bien être* la prochaine cible, se dit Bill. Il entendit des coups de feu mais, comme la nuit était tombée, il n'arrivait pas à voir qui tirait sur qui. Le chauffeur continuait à rouler pied au plancher. Une rue sur deux était bloquée par un groupe de manifestants, une barricade ou une voiture qui flambait : le chauffeur donnait un coup de volant sans se soucier des feux rouges et fonçait dans des ruelles à tombeau ouvert pour contourner les obstacles. Nous n'arriverons pas là-bas vivants, songea Bill. Il palpa le chapelet qu'il avait dans sa poche.

Le trajet parut durer une éternité ; et puis, tout à coup, la petite voiture s'engouffra dans une cour circulaire et s'arrêta. Sans un mot, le chauffeur descendit et entra dans le bâtiment.

Le ministère de la Justice était un vaste ensemble de bureaux occupant tout un pâté de maisons. Dans l'obscurité — les lampadaires étaient tous éteints — Bill distinguait ce qui semblait être un immeuble de cinq étages. Le chauffeur resta à l'intérieur dix ou quinze minutes. Lorsqu'il ressortit, il se remit au volant et fit le tour de l'immeuble. Sans doute, songea Bill, avait-il fait enregistrer ses prisonniers au bureau.

A l'arrière du bâtiment, la voiture monta sur le trottoir pour s'arrêter devant des grilles d'acier installées dans un mur de brique long et haut. Quelque part sur la droite, là où le mur s'achevait, on distinguait vaguement un petit parc ou un jardin. Le chauffeur descendit. Un judas s'ouvrit dans une des portes d'acier et il y eut une brève conversation en farsi. Les portes s'ouvrirent. Le chauffeur fit signe à Paul et à Bill de descendre de voiture.

Ils franchirent les grilles.

Bill regarda autour de lui. Ils se trouvaient dans une petite cour. Il aperçut dix ou quinze gardiens qui patrouillaient là, fusil mitrailleur en bandoulière. Devant lui, une allée circulaire où étaient garés des voitures et des camions. Sur sa gauche, adossé à un mur de brique, un bâtiment à un seul étage. Sur sa droite, une autre porte d'acier.

Le chauffeur s'approcha de cette porte et frappa.

Par un autre judas il y eut un autre échange bref en farsi. Puis la porte s'ouvrit, et Paul et Bill pénétrèrent dans le bâtiment.

Ils se trouvaient dans une petite salle avec un bureau et quelques chaises. Bill regarda autour de lui. Pas d'avocat, pas de représentant de l'ambassade, pas de cadre d'E.D.S. venu les faire sortir de prison. Nous voilà tout seuls, songea-t-il, et cela va être dangereux.

Un garde était installé derrière le bureau avec un stylo à bille et une pile de formulaires... Il posa une question en farsi. A tout hasard, Paul répondit : « Paul Chiapparone », et il épela son nom.

Remplir les formulaires ne prit pas loin d'une heure. On fit venir un prisonnier parlant anglais pour faire office de traducteur. Paul et Bill donnèrent leur adresse à Téhéran, leur numéro de téléphone, leur date de naissance et énumérèrent ce qu'ils possédaient. On leur confisqua leur argent et on leur laissa à chacun deux mille rials, environ trente dollars.

On les emmena ensuite dans une pièce voisine où on leur dit d'ôter leurs vêtements. Tous deux se déshabillèrent, ne gardant que leur slip. On fouilla leurs affaires et on procéda aussi à une fouille corporelle. On ordonna à Paul de se rhabiller, mais pas à Bill. Il faisait très froid : là aussi le chauffage était coupé. Tout nu et frissonnant, Bill se demandait ce qui allait se passer maintenant. De toute évidence, ils étaient les seuls Américains de la prison. Tout ce qu'il avait jamais lu ou entendu sur le sort des prisonniers était épouvantable. Qu'est-ce que les gardes allaient leur faire, à Paul et à lui ? Que feraient les autres prisonniers ? Ça n'était pas possible. D'une minute à l'autre quelqu'un allait venir le libérer.

« Est-ce que je peux mettre mon manteau ? » demanda-t-il au gardien.

L'homme ne comprenait pas.

« Manteau », fit Bill en mimant le geste d'enfiler un manteau.

Le gardien le lui tendit.

Un peu plus tard, un autre gardien arriva et lui dit de s'habiller.

On les ramena dans la pièce d'où ils venaient. Une fois de plus, Bill chercha d'un regard anxieux des avocats ou des amis ; une fois de plus, il fut déçu.

On leur fit traverser la salle. Une autre porte s'ouvrit. Ils descendirent un escalier qui menait au sous-sol.

Il faisait froid, sombre et les couloirs étaient crasseux. Il y avait plusieurs cellules, toutes bourrées de prisonniers, tous iraniens. Devant la forte odeur d'urine, Bill s'efforça de respirer en se bouchant à moitié le nez. Le gardien ouvrit la porte de la cellule numéro 9. Paul et Bill y pénétrèrent.

Seize visages mal rasés se tournèrent vers eux, brillants de curiosité. Paul et Bill les contemplèrent à leur tour, horrifiés.

La porte de la cellule se referma bruyamment derrière eux.

CHAPITRE II

1

Jusqu'alors la vie avait fort bien traité Ross Perot.

En ce matin du 28 décembre 1978, il se trouvait dans son chalet de montagne à Vail, dans le Colorado, attablé devant le petit déjeuner que venait de lui servir Holly, la cuisinière.

Perché au flanc de la montagne et à demi dissimulé dans la forêt de peupliers, le chalet comprenait six chambres, cinq salles de bain, une salle de séjour de soixante mètres carrés et une « salle de récupération » d'après-ski avec un bassin jacuzzi devant la cheminée. Ce n'était qu'une simple maison de vacances.

Ross Perot était riche.

Il avait lancé E.D.S. avec mille dollars, et aujourd'hui les actions de la compagnie — dont il possédait plus de la moitié — valaient plusieurs centaines de millions de dollars. Il était l'unique propriétaire de la Petrus Oil and Gas Company dont les réserves représentaient des centaines de millions de dollars. Il possédait aussi une importante proportion du patrimoine immobilier de Dallas. Il était difficile d'estimer avec précision le montant de sa fortune — ça dépendait beaucoup de la façon dont on comptait — mais elle s'élevait certainement à plus de cinq cents millions de dollars et probablement presque un milliard.

Dans les romans, on représente les gens fabuleusement riches comme avides, fous de puissance, névrosés, haïs et malheureux — toujours malheureux. Perot ne lisait sans doute pas beaucoup de romans. Il était heureux.

Il ne pensait pas que c'était l'argent qui faisait son bonheur. Il croyait à l'idée de gagner de l'argent ; il croyait aux affaires et aux bénéfices, parce que c'était ça qui faisait marcher l'Amérique ; il appréciait quelques-uns des jouets que l'argent permettait d'acheter : le yacht, les vedettes rapides, l'hélicoptère ; mais se vautrer sur un lit de billets de cent dollars n'avait jamais été un de ses rêves. Il avait rêvé par contre de bâtir une entreprise qui emploierait des milliers de gens ; mais son plus beau rêve devenu réalité était là, sous ses yeux : sa famille, qui circulait autour de lui, en sous-vêtements de laine, prête à partir faire du ski. Il y avait Ross junior, vingt ans, et dans tout l'Etat du Texas, Perot n'avait pas encore rencontré jeune homme plus accompli. Il y avait ses quatre — je dis bien quatre — filles : Nancy, Suzanne, Carolyn et Katherine. Ils étaient tous en pleine santé, intelligents et charmants. Perot avait souvent dit à des journalistes venus l'interviewer qu'il mesurerait sa réussite dans la vie à l'avenir qu'auraient ses enfants. S'ils devenaient de bons citoyens s'intéressant sincèrement à autrui, il estimerait que sa vie avait valu la peine d'être vécue. (Les journalistes disaient alors : « Fichtre, je vous crois, mais si je mets ça dans l'article, les lecteurs vont s'imaginer que j'ai été acheté ! », et Perot se contentait de répondre : « Ça m'est égal : je vous dirai la vérité. Vous écrirez ce que vous voudrez. ») Et les enfants étaient devenus exactement ce qu'il avait souhaité pour l'instant. Le fait d'avoir été élevés en enfants riches et privilégiés ne les avait pas gâtés le moins du monde : c'était presque un miracle.

Courant derrière eux avec les tickets pour le remonte-pente, les chaussettes de laine et l'huile solaire, il y avait la personne responsable de ce miracle, Margot Perot. Elle était belle, aimante, intelligente, elle avait de la classe et c'était une mère parfaite. Elle aurait pu, si elle l'avait voulu, épouser un John Kennedy, un Paul Newman, un prince Rainier, un Rockefeller. Au lieu de cela, elle était tombée amoureuse de Ross Perot, de Texarkana, au Texas ; un mètre soixante-huit, avec le nez cassé et rien dans les poches que ses espoirs. Toute sa vie, Perrot avait cru qu'il avait de la chance. Aujourd'hui, à quarante-huit ans, il pouvait regarder en arrière et constater que la plus grande chance qu'il avait jamais rencontrée, c'était Margot.

Il vivait donc en homme heureux, entouré d'une famille heureuse, mais en ce Noël-là une ombre s'était abattue sur eux. La mère de Perot était mourante. Elle avait un cancer des os. La veille de Noël, elle était tombée chez elle : pas une chute bien grave, mais comme le cancer avait rendu ses os fragiles, elle s'était brisé la hanche et il avait fallu la conduire d'urgence au Beylaur Hospital, à Dallas.

Beth, la sœur de Perot, avait passé cette nuit-là avec leur mère ; le jour de Noël, Perot, Margot et les cinq enfants avaient entassé les cadeaux dans le break et étaient partis pour l'hôpital. Ils avaient trouvé la grand-mère de si bonne humeur que ç'avait été une excellente journée. Toutefois, elle ne voulut pas les voir le lendemain : elle savait qu'ils avaient projeté d'aller faire du ski, et elle insista pour qu'ils partent, malgré sa maladie. Margot et les enfants partirent pour Vail le 26 décembre, mais Perot resta.

Suivit alors une de ces luttes comme Perot en avait mené avec sa mère depuis son enfance. Lulu May Perot n'avait guère plus d'un mètre cinquante-trois ou quatre et elle était frêle, mais elle avait l'énergie d'un sergent de carrière. Elle lui dit qu'il travaillait dur et qu'il avait besoin de vacances. Il répondit qu'il ne voulait pas la laisser. Les médecins finirent par intervenir pour lui affirmer qu'il ne faisait aucun bien à la malade en restant contre sa volonté. Le lendemain, il partit rejoindre sa famille à Vail. Elle avait gagné comme toujours quand il était enfant.

Ils s'étaient opposés ainsi à propos d'une expédition de boys-scouts. Il y avait eu des inondations à Texarkana, et les scouts devaient camper non loin de la zone sinistrée pendant trois jours pour aider la population. Perot était décidé à y aller, mais sa mère savait qu'il était trop jeune : il ne serait qu'un fardeau pour le chef scout. Il insista auprès d'elle et elle se contenta de lui sourire doucement en disant non.

Cette fois-là, il avait pourtant obtenu de sa part une concession : il avait eu l'autorisation d'aller aider à planter les tentes le premier jour ; mais il avait dû rentrer le soir. Il était absolument incapable de la défier : il n'avait qu'à imaginer la scène quand il rentrerait et qu'à penser aux mots qu'elle utiliserait pour lui expliquer qu'il avait désobéi : il savait qu'il ne pourrait pas le faire.

Jamais il n'avait reçu de fessée. Il ne se souvenait pas davantage qu'on lui eût crié après. Elle ne régnait pas par la crainte. Avec ses cheveux blonds, ses yeux bleus et son caractère uni, elle le tenait prisonnier — tout comme sa sœur Beth — dans les chaînes de l'amour. Elle n'avait qu'à vous regarder dans le blanc des yeux en vous disant ce qu'il fallait faire et on ne pouvait tout simplement pas se décider à la rendre malheureuse.

Même quand il avait vingt-trois ans, alors qu'il avait fait le tour du monde, elle disait :

« Avec qui as-tu rendez-vous ce soir ? Où vas-tu ? A quelle heure rentreras-tu ? »

Et lorsqu'il rentrait à la maison, il devait toujours aller l'embrasser pour lui dire bonsoir. Mais, en ce temps-là, ils ne s'opposaient plus que rarement, car les principes qu'elle lui avait inculqués, il avait fini par les faire siens. Elle régnait maintenant sur la famille comme un monarque constitutionnel, arborant les symboles du pouvoir et légitimisant les vrais décisionnaires.

Il avait hérité plus que ses principes. Il avait aussi sa volonté de fer. Et lui aussi avait la manie de regarder les gens dans les yeux. Il avait épousé une femme qui ressemblait à sa mère. Blonde, les yeux bleus, Margot avait aussi le genre de tempérament doux que possédait Lulu May. Mais Margot ne dominait pas Perot.

C'est la règle de perdre sa mère, et Lulu May avait maintenant quatre-vingt-deux ans, mais Perot ne parvenait pas à s'y résigner. Elle jouait encore un grand rôle dans sa vie. Elle ne lui donnait plus d'ordres, mais elle lui prodiguait les encouragements. C'était elle qui l'avait incité à fonder E.D.S., et elle avait été la comptable de la société durant les premières années, en même temps qu'une des directrices de l'entreprise. Il pouvait discuter des problèmes avec elle. Il l'avait consultée en décembre 1969, au plus fort de la campagne qu'il menait pour faire mieux connaître le triste sort des prisonniers de guerre américains au Nord-Vietnam. Il avait envisagé de se rendre en avion à Hanoï et ses collègues d'E.D.S. lui avaient fait remarquer que, s'il s'exposait ainsi, la cote de l'action risquait de chuter. Il se trouvait confronté à un dilemme : avait-il le droit de faire souffrir ses actionnaires, fût-ce pour la plus noble des causes ? Il avait posé la question à sa mère. Sa réponse avait été sans ambages.

« Qu'ils vendent leurs actions. » Les prisonniers étaient en train de mourir, et c'était infiniment plus important que le prix des actions E.D.S.

C'était la conclusion à laquelle Perot serait parvenu tout seul. Il n'avait pas vraiment besoin d'elle pour lui dire ce qu'il devait faire. Sans elle, il serait le même homme et agirait selon les mêmes principes. Mais elle allait lui manquer. Voilà tout. Elle allait lui manquer vraiment beaucoup.

Toutefois, il n'était pas homme à broyer du noir. Il ne pouvait rien faire pour elle aujourd'hui. Deux ans plus tôt, lorsqu'elle avait eu une attaque, il avait mis Dallas sens dessus dessous un dimanche après-midi afin de trouver le meilleur neurochirurgien de la ville et de l'amener à l'hôpital. Devant une crise, il répondait par l'action. Mais, s'il n'y avait rien à faire, il était capable de chasser le problème de son esprit, d'oublier la mauvaise nouvelle pour s'attaquer à la tâche suivante. Il ne voulait pas gâcher les vacances de sa famille en se promenant avec une figure d'enterrement. Il participerait à la fête et savourerait pleinement la compagnie de sa femme et de ses enfants.

Le téléphone sonna, l'interrompant dans ses pensées, et il passa dans la cuisine pour répondre.

« Ross Perot, fit-il.

— Ross, ici Bill Gayden.

— Salut, Bill. »

Gayden était un vieux d'E.D.S., qui était entré dans la société en 1967. Par bien des côtés, il était le type même du vendeur. C'était un homme jovial, copain avec tout le monde. Il aimait plaisanter, boire un coup, fumer une cigarette ou faire une partie de poker. C'était aussi un habile financier, très fort quand il s'agissait d'acquisitions, de fusions et d'accords, et c'était pourquoi Perot l'avait nommé président d'E.D.S. International. Gayden avait un sens de l'humour irrépressible — il trouvait quelque chose de drôle à dire dans les situations les plus graves — mais, cette fois, il paraissait sombre.

« Ross, nous avons un problème. »

C'était une formule très E.D.S. : *nous avons un problème.* Cela signifiait : mauvaise nouvelle.

Gayden poursuivit : « Il s'agit de Paul et de Bill. »

Perot sut bientôt de quoi il parlait. La façon dont ses deux principaux collaborateurs en Iran avaient été empêchés de quitter le pays était extrêmement inquiétante et il n'avait cessé d'y penser alors que sa mère était à l'agonie.

« Mais ils sont censés pouvoir partir aujourd'hui ?

— Ils ont été arrêtés. »

La colère naquit comme un petit nœud bien dur au creux de l'estomac de Perot.

« Voyons, Bill, on m'avait assuré qu'ils seraient

autorisés à quitter l'Iran dès cet interrogatoire terminé. Je veux savoir comment cela s'est passé.

— Les Iraniens les ont tout simplement flanqués en prison.

— En les accusant de quoi ?

— Ils n'ont donné aucune précision.

— En vertu de quelle loi les ont-ils emprisonnés ?

— Ils n'ont rien dit.

— Qu'allons-nous faire pour les tirer de là ?

— Ross, ils ont fixé la caution à quatre-vingt-dix millions de tomans. Ça fait douze millions sept cent cinquante mille dollars.

— Douze *millions* ?

— C'est exact.

— Voyons, comment diable est-ce arrivé ?

— Ross, j'ai passé une demi-heure au téléphone avec Lloyd Briggs, en essayant de comprendre, mais le fait est que Lloyd ne comprend pas non plus. »

Perot marqua une pause. Les cadres d'E.D.S. étaient censés lui fournir des réponses, pas lui poser des questions. Gayden n'était pas homme à l'appeler sans s'être renseigné le plus complètement possible. Perot ne tirerait rien de plus de lui pour l'instant ; Gayden n'en savait tout simplement pas davantage.

« Convoquez Tom Luce au bureau, dit Perot. Appelez le Département d'Etat à Washington. Cela a priorité sur tout. Je ne veux pas qu'ils restent une minute de plus dans cette nom de Dieu de prison ! »

Margot dressa l'oreille en l'entendant dire *Nom de Dieu !* C'était extrêmement inhabituel pour lui de jurer, surtout devant les enfants. Il revint de la cuisine le visage crispé. Ses yeux avaient le bleu de l'océan Arctique et ils étaient aussi glacés. Elle connaissait ce regard-là. Ce n'était pas simplement de la colère : il n'était pas le genre d'homme à dissiper son énergie en manifestant sa mauvaise humeur. C'était un regard d'une détermination inflexible. Elle comprit qu'il avait décidé de faire quelque chose et qu'il remuerait ciel et terre pour y parvenir. Elle avait vu cette détermination, cette force en lui la première fois qu'elle l'avait rencontré, à l'Académie navale d'Annapolis... Cela pouvait-il vraiment faire vingt-cinq ans ? Elle retrouvait la qualité qui le mettait à part, qui le rendait différent de la masse des hommes. Oh ! il avait d'autres qualités — il était intelligent, il était drôle, il avait du charme à revendre — mais, ce qui le rendait exceptionnel, c'était la force de sa volonté. Lorsqu'il avait dans les yeux ce regard-là, on ne pouvait pas plus l'arrêter qu'un train dans une descente.

« Les Iraniens ont mis Paul et Bill en prison », annonça-t-il.

Margot tout de suite pensa à leurs épouses. Elle les connaissait toutes les deux depuis des années. Ruthie Chiapparone était une petite femme placide et souriante avec une crinière de cheveux blonds. Elle avait l'air vulnérable : les hommes avaient envie de la protéger. Ça allait être un coup dur pour elle. Emily Gaylord était plus coriace, du moins en apparence. Blonde et mince, Emily était vive et pleine d'entrain : elle allait vouloir sauter dans un avion et s'en aller elle-même tirer Bill de prison. La différence entre les deux femmes se manifestait dans leur toilette : Ruthie choisissait des tissus aux tons pastel et des coupes aux lignes douces ; Emily préférait des lignes strictes et des couleurs vives. Mais Emily souffrirait intérieurement.

« Je rentre à Dallas, dit Ross.

— Mais il y a une tempête de neige », objecta Margot en regardant les flocons qui tourbillonnaient au flanc de la montagne. Elle savait qu'elle perdait son temps : ce n'était pas la neige ni le verglas qui l'arrêteraient maintenant. Ses pensées allaient même plus loin : Ross serait incapable de rester assis bien longtemps derrière un bureau à Dallas alors que deux de ses hommes se trouvaient dans une prison iranienne. Il ne va pas à Dallas, songea-t-elle ; il va en Iran.

« Je vais prendre la jeep, dit-il. Je peux attraper un avion à Denver. »

Margot réprima ses craintes et arbora un grand sourire.

« Conduis prudemment, n'est-ce pas », dit-elle seulement.

Perot était assis, penché sur le volant de sa jeep, roulant avec prudence. La route était verglacée. La neige s'amassait au bas du pare-brise, rétrécissant le champ balayé par les essuie-glaces. Il fixait la route devant lui. Denver était à cent soixante-dix kilomètres de Vail. Ça lui donnait le temps de réfléchir.

Il était toujours furieux.

Pas seulement parce que Paul et Bill étaient en prison. Ils se retrouvaient en prison pour être allés en Iran, et ils étaient allés en Iran parce que Perot les avait envoyés là-bas.

Cela faisait des mois qu'il s'inquiétait de la situation en Iran. Un jour, après avoir passé une partie de sa nuit sans trouver le sommeil à y réfléchir, il était arrivé à son bureau en déclarant : « Evacuons. Si nous nous trompons, tout ce que nous aurons perdu, ce sera le prix de trois ou quatre cents billets d'avion. Faites-le aujourd'hui. »

Ç'avait été une des rares occasions où on n'avait pas exécuté ses ordres. Tout le monde avait traîné les pieds, à Dallas et à Téhéran. Certes, il ne pouvait pas le leur reprocher. Il avait manqué de détermination. S'il s'était montré ferme, l'évacuation aurait eu lieu le jour même ; mais ce n'avait pas été le cas et le lendemain les Iraniens avaient réclamé les passeports.

Il devait beaucoup à Polliet. Il se sentait particulièrement redevable envers des hommes qui avaient joué leur carrière en entrant à E.D.S. quand ce n'était encore qu'une jeune entreprise qui luttait pour se faire une place. Bien des fois, il avait trouvé l'homme qu'il lui fallait, l'avait reçu, l'avait intéressé et lui avait proposé le poste pour découvrir que, après en avoir discuté avec sa famille, l'homme avait décidé qu'E.D.S. c'était trop petit, trop nouveau, trop risqué.

Paul et Bill non seulement avaient fait le plongeon, mais ils avaient trimé dur pour s'assurer que leur pari serait gagnant. C'était Bill qui avait conçu le système informatique de base pour l'administration des programmes Medicare et Medicaid qui, utilisés maintenant dans bien des Etats américains, constituaient la fondation même du portefeuille d'E.D.S. Il avait travaillé de longues heures, il avait passé des semaines loin de chez lui et il avait fait déménager sa famille à travers tout le pays. Paul ne s'était pas montré moins dévoué. A l'époque où la société n'avait pas assez d'hommes et très peu de liquide, Paul avait fait le travail de trois ingénieurs de systèmes. Perot se rappelait le premier contrat de la société à New York avec Pepsico ; et Paul traversant le pont de Brooklyn sous la neige pour échapper à un piquet de grève — car l'usine était en grève — et se rendre au travail.

Perot devait à Paul et à Bill de les tirer de là.

Il leur devait d'amener le gouvernement américain à peser de tout le poids de son influence sur les Iraniens.

Une fois, l'Amérique avait demandé l'aide de Perot ; et il avait donné trois ans de sa vie et des tonnes d'argent pour la campagne en faveur des prisonniers de guerre. Maintenant c'était lui qui allait demander l'aide de l'Amérique.

Ses pensées revinrent à 1969, à l'époque où la guerre du Vietnam battait son plein. Certains de ses amis de l'Académie navale avaient été tués ou faits prisonniers : Bill Leftwich, un homme merveilleux, chaleureux, fort et bon, avait été tué au combat à trente-neuf ans. Bill Lawrence était prisonnier des Nord-Vietnamiens. Perot trouvait pénible de voir sa patrie, le plus grand pays du monde, perdre une guerre par manque de volonté ; il trouvait plus dur encore de voir des millions d'Américains protester, non sans justification, que cette guerre n'était pas juste et qu'on ne devrait pas la gagner. Et puis, un jour de 1969, il avait rencontré le petit Billy Singleton, un garçon qui ne savait pas s'il avait un père ou non. Le père de Billy avait été porté disparu au Vietnam avant même d'avoir jamais vu son fils : pas moyen de savoir s'il était prisonnier ou mort. C'était à vous briser le cœur.

Pour Perot, le sentiment n'était pas une émotion

qu'on cultivait dans la mélancolie, mais un coup de clairon qui appelait à l'action.

Il découvrit que le cas de la mère de Billy n'était pas unique. Même si le gouvernement ne l'avouait pas, il y avait beaucoup, peut-être des centaines, de femmes et d'enfants qui ne savaient pas si leurs maris et leurs pères avaient été tués ou simplement faits prisonniers. Les Vietnamiens, prétextant qu'ils n'étaient pas tenus par les règles de la Convention de Genève puisque les Etats-Unis ne leur avaient jamais déclaré la guerre, refusaient de divulguer les noms de leurs prisonniers.

Pire encore, nombre de ces prisonniers mouraient à cause des brutalités et du manque de soins. Le président Nixon projetait de « vietnamiser » la guerre et d'arriver dans trois ans à un désengagement des Etats-Unis, mais d'ici là, d'après les rapports de la C.I.A., la moitié des prisonniers seraient morts. Même si le père de Billy Singleton était vivant, il ne survivrait peut-être pas pour rentrer chez lui.

Perot voulait faire quelque chose.

E.D.S. avait de bons rapports avec la Maison-Blanche. Perot se rendit à Washington et eut un entretien avec le conseiller en politique étrangère Henry Kissinger. Et Kissinger avait un plan.

Les Vietnamiens prétendaient, du moins pour leur propagande, qu'ils n'en voulaient pas au peuple américain, mais simplement au gouvernement américain. En outre, ils se présentaient au monde comme le David d'un combat contre Goliath. Ils tenaient, semblait-il, à leur image. Peut-être pourrait-on, songea Kissinger, les amener en les embarrassant à améliorer le sort qu'ils réservaient aux prisonniers, à donner leurs noms, et ce grâce à une campagne internationale qui insisterait publiquement sur les souffrances endurées par les prisonniers et leurs familles.

La campagne devait être financée par des fonds privés et devait absolument paraître n'avoir aucun lien avec le gouvernement, même si en réalité elle allait être étroitement surveillée par une équipe de collaborateurs de la Maison-Blanche et du Département d'Etat.

Perot releva le défi. (Perot pouvait résister à n'importe quoi sauf à un défi. Quand il était arrivé en classe, son institutrice, une certaine Mme Duck, l'avait compris.

« C'est bien dommage, avait dit Mme Duck, que tu ne sois pas aussi malin que tes amis. »

Le jeune Perot affirma qu'il était tout à fait aussi malin que ses camarades.

« Alors pourquoi ont-ils de meilleures notes que toi ? »

C'était simplement qu'eux s'intéressaient à l'école et pas lui, répondit Perot.

« On peut toujours venir me raconter qu'on peut faire quelque chose, répliqua Mme Duck. Mais regardons ton carnet de notes : tes amis y arrivent et toi pas. »

Perot fut piqué au vif. Il lui assura que pendant les six semaines suivantes il n'aurait que des mentions très bien. Il eut des mentions très bien, non seulement pendant six semaines, mais pendant tout le temps qu'il passa au lycée. L'astucieuse Mme Duck avait découvert la seule façon de manipuler Perot : le mettre au défi.)

Acceptant donc le défi de Kissinger, Perot alla trouver J. Walter Thompson, la plus grande agence de publicité du monde, et leur expliqua ce qu'il voulait faire. L'agence proposa de lui présenter un plan de campagne d'ici un ou deux mois et de lui montrer les résultats au bout d'un an. Perot refusa : il voulait commencer aujourd'hui et voir les résultats demain. Il rentra à Dallas et rassembla quelques cadres d'E.D.S. qui se mirent à appeler des journaux et à faire paraître des placards de publicité tout simples qu'ils conçurent eux-mêmes.

Et le courrier commença à arriver par pleins camions.

Pour les Américains qui étaient favorables à la guerre, la façon dont les prisonniers étaient traités montrait que les Vietnamiens étaient bien des méchants, et pour ceux qui étaient hostiles à la guerre, le triste sort des prisonniers était une raison de plus d'évacuer le Vietnam. Seuls les protestataires de la ligne la plus dure désapprouvèrent la campagne. En 1970, le F.B.I. prévint Perot que le Vietcong avait donné pour mission aux Panthères noires de l'assassiner. (En ces folles années, cela n'avait pas paru particulièrement bizarre.) Perot engagea des gardes du corps. Et c'est vrai que quelques semaines plus tard, un groupe d'hommes franchit la clôture qui entourait les sept hectares de la propriété de Perot à Dallas. Ils furent poursuivis par les chiens de garde. La famille de Perot, y compris son indomptable mère, ne voulut pas entendre parler qu'il renonçât à la campagne pour leur propre sécurité.

Son plus grand coup de publicité eut lieu en décembre 1969, lorsqu'il fréta deux avions et essaya d'aller jusqu'à Hanoï avec des repas de Noël pour les prisonniers de guerre. Bien sûr, il ne fut pas autorisé à atterrir ; mais, à la faveur d'un certain ralentissement de l'actualité en cette période, il fit prendre conscience du problème au monde entier. Il avait dépensé deux millions de dollars, mais il convenait qu'une telle publicité lui en aurait coûté soixante. Et un sondage Gallup qu'il fit effectuer peu après montra que, à une écrasante majorité, l'attitude des Américains envers les Nord-Vietnamiens était hostile.

En 1970, Perot utilisa des méthodes moins spectaculaires. A travers tous les Etats-Unis, on encouragea de petites communautés à lancer leur propre campagne en faveur des prisonniers de guerre. On collecta des fonds afin d'envoyer des gens à Paris harceler la délégation nord-vietnamienne qui se trouvait là-bas. On organisa des marathons télévisés et l'on construisit des répliques des cases dans lesquelles vivaient certains prisonniers. On envoya tant de lettres de protestation à Hanoï que le système postal nord-vietnamien ne supporta pas un pareil afflux. Perot arpentait le pays, prononçant des discours partout où on l'invitait. Il rencontra des diplomates nord-vietnamiens au Laos, apportant avec lui des listes des prisonniers détenus dans le Sud, du courrier qu'ils avaient pu faire parvenir et des films montrant les conditions dans lesquelles ils vivaient. Il emmena également avec lui un collaborateur de l'institut Gallup et ensemble ils examinèrent les résultats du sondage avec les Nord-Vietnamiens.

De tels efforts finirent par porter leurs fruits. Les prisonniers de guerre américains commencèrent à être mieux traités, se mirent à recevoir du courrier et des colis et les Nord-Vietnamiens publièrent les premières listes de noms. Ce qui était plus important que tout, les prisonniers entendirent parler de la campagne — par des soldats américains récemment faits prisonniers — et cette nouvelle leur remonta considérablement le moral.

Huit ans plus tard, alors qu'il roulait vers Denver dans la tempête de neige, Perot se rappela une autre conséquence de cette campagne ; une conséquence qui sur le moment ne lui avait pas paru guère plus qu'assez irritante, mais qui maintenant pouvait avoir de précieux résultats. Faire de la publicité autour des prisonniers de guerre, cela voulait dire, inévitablement, faire de la publicité autour de Ross Perot. Il était devenu connu dans tous les Etats-Unis. On se souviendrait de lui dans les allées du pouvoir — et surtout au Pentagone. Ce comité chargé de surveiller la campagne comprenait l'amiral Tom Moorer, alors président de l'état-major interarmes, Alexander Haig, alors assistant de Kissinger et maintenant le général le plus haut en grade à l'O.T.A.N. ; William Sullivan, alors assistant du secrétaire d'Etat adjoint et aujourd'hui ambassadeur des Etats-Unis en Iran ; et Kissinger lui-même.

Tous ces gens allaient aider Perot à se faire entendre du gouvernement, à découvrir ce qui s'était passé et à obtenir de l'aide. Il allait appeler Richard Helms, qui jadis avait été tout à la fois directeur de la C.I.A. et ambassadeur américain à Téhéran. Il allait appeler Kermit Roosevelt, le fils de Teddy, qui avait participé au coup d'Etat monté par la C.I.A. et qui avait ramené le shah sur le trône en 1953...

Mais si rien de tout cela ne marche ? songea-t-il.

Car c'était son habitude de prévoir à long terme.

Et si l'administration Carter ne pouvait ou ne voulait pas l'aider ?

Alors, se dit-il, je les ferai évader de prison.

Mais comment s'y prendre ? Par où commencer ? Qui pourrait nous aider ?

Il pensa à des cadres supérieurs E.D.S. ; à Merv Stauffer, à T.J. Marquez, ainsi qu'à sa secrétaire Sally Walther, qui tous avaient joué un rôle capital dans l'organisation de la campagne en faveur des prisonniers de guerre : procéder à des arrangements compliqués à l'autre bout du monde par téléphone était pour eux pain quotidien, mais... une évasion ? Et qui allait constituer les membres de cette mission ? Depuis 1968, le recrutement E.D.S. avait donné la priorité aux anciens combattants du Vietnam — une politique amorcée pour des raisons patriotiques et poursuivie lorsque Perot s'aperçut que les anciens du Vietnam faisaient souvent des hommes d'affaires de première classe — mais ces hommes qui autrefois avaient été des soldats minces, en pleine forme et parfaitement entraînés étaient aujourd'hui des informaticiens empâtés, hors de forme et plus à l'aise avec un téléphone qu'avec un fusil. Et qui allait préparer et diriger le raid ?

Trouver l'homme le mieux approprié à une tâche, c'était la spécialité de Perot. Bien qu'il représentât une des plus belles réussites dans l'histoire du capitalisme américain, il n'était pas le plus grand spécialiste au monde en ordinateurs, pas plus que le meilleur vendeur du monde ni même le plus habile gestionnaire du monde. Il n'y avait qu'une chose qu'il faisait à merveille : trouver l'homme qu'il fallait, lui donner les moyens nécessaires, le motiver, puis le laisser seul faire son travail.

Et là, tout en approchant de Denver, il se demanda : qui est l'homme le mieux armé pour organiser une évasion ?

Ce fut alors qu'il pensa à Bull Simons.

Personnage légendaire de l'armée américaine, le

colonel Arthur B. « Bull » Simons avait eu droit aux manchettes des journaux en novembre 1970, lorsque lui et un groupe de commando avaient effectué un raid sur le camp de prisonniers de Son Tay, à quarante kilomètres de Hanoï, pour tenter de libérer des prisonniers de guerre américains. Le raid avait été une opération courageuse et bien organisée, mais les renseignements à partir desquels tous les préparatifs avaient été faits étaient erronés. Les prisonniers avaient été transférés et ne se trouvaient plus à Son Tay. L'expédition avait été considérée comme un fiasco, ce qui de l'avis de Perot était une grossière injustice. On l'avait invité à rencontrer les gens du commando de Son Tay pour leur remonter le moral en leur disant qu'il y avait au moins un citoyen américain qui leur était reconnaissant de leur bravoure. Il avait passé toute une journée à Fort Bragg en Caroline du Nord et il avait fait la connaissance du colonel Simons.

Clignant des yeux derrière son pare-brise pour essayer de distinguer quelque chose à travers la tourmente de neige, Perot croyait voir encore Simons : un grand gaillard de près d'un mètre quatre-vingts, avec la carrure d'un bœuf. Il avait des cheveux blancs taillés en brosse, mais ses sourcils broussailleux étaient encore noirs. De chaque côté de son grand nez, deux rides profondes descendaient jusqu'aux commissures de ses lèvres, lui donnant une expression d'agressivité permanente. Il avait une grosse tête, de grandes oreilles, une mâchoire forte et les mains les plus puissantes que Perot eût jamais vues. L'homme semblait avoir été taillé dans un bloc de granit.

Après avoir passé une journée avec lui, Perot se dit : dans un monde de contrefaçons, voilà un homme authentique.

Ce jour-là et au cours des années suivantes, Perot en apprit beaucoup sur Simons. Ce qui l'impressionna le plus, ce fut l'attitude des hommes de Simons envers leur chef : il leur inspirait des émotions qui, de la peur en passant par le respect et l'admiration, allaient jusqu'à l'affection. C'était une figure imposante et un chef plein d'allant, qui jurait beaucoup et disait à un soldat :

« Faites ce que je dis ou je vous fais sauter la cervelle ! »

Mais cela ne justifiait pas en soi son emprise sur des commandos secs et endurcis au feu. Sous cet extérieur coriace se dissimulait une âme fortement trempée.

Ceux qui avaient servi sous ses ordres n'aimaient rien tant qu'échanger des anecdotes sur Simons. Bien qu'il fût bâti comme un taureau, son surnom ne venait pas de là mais, à en croire la légende, d'un jeu inventé par les Rangers et qu'on appelait le toril. On creusait une fosse de près de deux mètres de profondeur dans laquelle un homme seul descendait. Le but du jeu était de voir combien d'hommes il fallait pour éjecter celui qui était au fond du trou. Simons jugeait ce jeu stupide mais il se trouva un jour poussé à y participer. Il fallut quinze hommes pour le faire sortir de la fosse et plusieurs d'entre eux passèrent la nuit à l'hôpital avec des doigts et des nez cassés et de sérieuses morsures. Ce fut après cela qu'on l'appela « Bull », le taureau.

Perot découvrit par la suite que presque tous les détails de cette histoire étaient exagérés. Simons avait joué plus d'une fois à ce jeu ; il fallait en général quatre hommes pour le faire sortir, personne n'avait jamais rien eu de cassé. Mais Simons était simplement le genre d'homme sur lequel on bâtit des légendes. Il s'était acquis la loyauté de ses hommes non par des manifestations de bravoure mais par ses dons de chef militaire. C'était un planificateur méticuleux d'une patience sans borne ; il était prudent et avait pour devise :

« Voilà un risque que nous n'avons pas à prendre. »

Il s'enorgueillissait aussi de ramener tous ses hommes indemnes d'une mission.

Durant la guerre du Vietnam, Simons avait dirigé l'opération White Star. Il se rendit au Laos avec cent sept hommes et organisa douze bataillons de tribus Mai pour combattre les Vietnamiens. Un des bataillons passa dans le camp adverse, faisant prisonniers certains des Bérets verts de Simons. Simons prit un hélicoptère et vint se poser au milieu du camp où s'était installé le bataillon de transfuges. En voyant Simons, le colonel laotien s'avança, se mit au garde-à-vous et salua. Simons lui ordonna de faire sortir aussitôt les prisonniers, faute de quoi il ordonnerait une attaque aérienne qui anéantirait le bataillon tout entier. Le colonel fit sortir les prisonniers. Simons les emmena, puis ordonna quand même le raid aérien. Simons était rentré au Laos trois ans plus tard avec ses cent sept hommes au complet. Perot n'avait jamais vérifié l'authenticité de cette légende : elle lui plaisait telle quelle.

La seconde fois où Perot avait rencontré Simons, ç'avait été après la guerre. Perot avait loué à peu près tout un hôtel de San Francisco et organisé pendant un week-end une réception monstre pour que les prisonniers de guerre rapatriés rencontrent les commandos de Son Tay. Cela coûta un quart de million de dollars à Perot, mais quelle réception ! Nancy Reagan, Clint Eastwood et John Wayne étaient venus. Perot n'oublierait jamais la rencontre entre John Wayne et Bull Simons. Wayne serra la main de Simons, les larmes aux yeux, en disant :

« Le personnage que je joue au cinéma, c'est vous. »

Avant le grand défilé dans les rues de la ville, Perot demanda à Simons de s'adresser à ces hommes pour les mettre en garde contre la façon dont ils pourraient réagir devant les manifestants. « San Francisco a eu plus que sa part de manifestations contre la guerre, expliqua Perot. Vous n'avez pas choisi vos commandos pour leur charme. Si l'un d'eux s'énerve, il pourrait fort bien briser le cou d'un pauvre diable et le regretter par la suite. »

Simons regarda Perot. C'était la première fois que Perot faisait l'expérience du regard de Simons. Il vous donnait l'impression d'être le plus grand imbécile de l'histoire. Il vous faisait regretter d'avoir ouvert la bouche. Il vous faisait souhaiter que le sol s'entrouvre pour vous engloutir.

« Je leur ai déjà parlé, répondit Simons. Il n'y aura pas de problème. »

Durant ce week-end-là, Perot en vint à mieux connaître Simons et à découvrir d'autres aspects de sa personnalité. Quand il le voulait, Simons pouvait être tout à fait charmant. Il fit la conquête de Margot, la femme de Perot, et les enfants le trouvaient merveilleux. Avec ses hommes, il parlait un langage de soldat, émaillé de pas mal de gros mots, mais on était surpris de le trouver parfait lorsqu'il prenait la parole au cours d'un banquet ou d'une conférence de presse. A l'université, il avait fait des études de journalisme. Il avait certains goûts simples — il lisait des tonnes de récits de western et adorait ce que ses fils appelaient de la « musique de supermarché » — mais il lisait aussi de nombreux essais et était curieux de toutes sortes de choses. Il pouvait aussi bien parler d'histoire et d'antiquités que de batailles et d'armement.

Perot et Simons, deux personnalités énergiques et dominatrices, parvenaient à s'entendre en ne se marchant pas sur les pieds. Ils ne devinrent jamais des amis proches. Perot n'appelait jamais Simons par son prénom, Art, même si Margot le faisait. Comme la plupart des gens, Perot ne savait jamais ce que pensait Simons quand celui-ci choisissait de ne pas le lui dire. Perot se souvenait de leur première rencontre à Fort Bragg. Avant de se lever pour faire son discours, Perot avait demandé à Lucille, la femme de Simons :

« Comment est-il vraiment, le colonel Simons ? »

Et elle avait répondu :

« Ce n'est qu'un gros ours en peluche. »

Perot avait répété cela dans son discours et les commandos de Son Tay étaient écroulés de rire. Simons était resté impassible.

Perot ignorait si cet homme impénétrable voudrait bien aller tirer d'une prison iranienne deux directeurs d'E.D.S. Simons lui était-il reconnaissant de la réception de San Francisco ? Peut-être. Après ce week-end, Perot avait financé le voyage de Simons au Laos pour aller rechercher des soldats américains disparus au combat qui n'étaient pas revenus avec les prisonniers de guerre. A son retour du Laos, Simons avait observé devant un groupe de cadres d'E.D.S. :

« Perot est un homme à qui il est difficile de dire non. »

En arrivant à l'aéroport de Denver, Perot se demandait si, six ans plus tard, Simons trouverait encore qu'il était un homme à qui on pouvait difficilement dire non.

Mais il n'en était pas encore là. Perot allait d'abord essayer tout le reste.

Il entra dans le bâtiment de l'aéroport, prit un billet pour le prochain vol à destination de Dallas et trouva un téléphone. Il appela E.D.S. et demanda T.J. Marquez, un de ses plus vieux collaborateurs, qu'on appelait T.J. plutôt que Tom car il y avait de nombreux Tom à E.D.S.

« Je voudrais, dit-il à T.J., que vous alliez prendre mon passeport et que vous m'obteniez un visa pour l'Iran.

— Ross, dit T.J., je crois que c'est la plus mauvaise idée du monde. »

Si on le laissait faire, T.J. était capable de discuter jusqu'à en perdre haleine.

« Je n'ai pas l'intention d'en débattre avec vous, dit sèchement Perot. C'est moi qui ai persuadé Bill et Paul d'aller là-bas, et je m'en vais les tirer de là. »

Il raccrocha l'appareil et se dirigea vers la porte de départ. Dans l'ensemble, ç'avait été un foutu Noël.

T.J. était un peu vexé. Plus vieil ami de Perot en même temps que vice-président d'E.D.S., il n'avait pas l'habitude qu'on lui parle comme à un garçon de bureau. C'était un des défauts de Perot : lorsqu'il était lancé, il bousculait les gens sans jamais se rendre compte qu'il les avait blessés. C'était un homme remarquable, mais pas un saint.

Ruthie Chiapparone, elle aussi, avait eu un fichu Noël.

Elle était descendue chez ses parents, dans une maison presque centenaire de deux étages dans le quartier sud-ouest de Chicago. Dans la bousculade de l'évacuation d'Iran, elle avait laissé là-bas la plupart des cadeaux de Noël qu'elle avait achetés pour ses filles Karen, onze ans, et Ann Marie, cinq ans ; mais peu après son arrivée à Chicago, elle était allée faire des courses avec son frère Bill et en avait acheté d'autres. Sa famille avait fait tout son possible pour que Noël fût pour elle un jour heureux. Sa sœur et ses trois frères étaient venus la voir et il y avait des tas de jouets pour Karen et Ann Marie ; mais tout le monde lui posait des questions sur Paul.

Ruthie avait besoin de Paul. De cinq ans plus jeune que son mari — elle avait trente-cinq ans — c'était une femme douce et dépendante qui l'aimait parce que notamment elle pouvait s'appuyer sur les larges épaules de ce dernier et se sentir en sûreté. Il s'était toujours occupé d'elle. Quand elle était enfant, même quand sa mère était partie travailler pour apporter un supplément au salaire du père de Ruthie — il était camionneur —, Ruthie avait deux frères aînés et une sœur aînée pour s'occuper d'elle.

La première fois qu'elle avait rencontré Paul, il ne l'avait même pas remarquée.

Elle était la secrétaire d'un colonel et Paul travaillait sur des traitements de données dans le même bâtiment. Ruthie avait l'habitude de descendre à la cafétéria chercher du café pour le colonel, certaines de ses amies connaissaient quelques-uns des jeunes officiers, elle s'était assise pour bavarder avec un groupe d'entre eux ; Paul était là mais il avait semblé ignorer sa présence. Elle en avait fait de même pendant quelque temps et puis tout d'un coup il l'avait invitée à dîner. Ils étaient sortis ensemble pendant un an et demi et s'étaient mariés.

Ruthie ne voulait pas aller en Iran. Contrairement à

la plupart des épouses E.D.S. qui trouvaient excitante la perspective de s'installer dans un pays nouveau, Ruthie était extrêmement anxieuse. Elle n'était jamais sortie des Etats-Unis — le plus loin où elle eût jamais voyagé, c'était Hawaii — et le Moyen-Orient lui semblait un endroit étrange et effrayant. Paul l'emmena en Iran une semaine en juin 1977 dans l'espoir que le pays lui plairait, mais cela ne la rassura pas. Elle finit par accepter d'y aller, mais seulement parce que le poste de Paul était si important pour lui.

Pourtant elle avait fini par s'y plaire. Les Iraniens étaient charmants avec elle, la communauté américaine là-bas formait un petit groupe agréable et le caractère serein de Ruthie lui permettait de supporter avec calme les agacements quotidiens qu'on éprouvait à vivre dans un pays primitif, comme l'absence de supermarché et la difficulté de faire réparer une machine à laver en moins de six semaines.

Partir avait été une étrange expérience. L'aéroport était noir de monde, c'était incroyable le nombre de gens qui s'y trouvaient. Elle avait reconnu un grand nombre d'Américains, mais la plupart des gens qui s'en allaient étaient des Iraniens. Elle avait pensé : « Je ne veux pas partir comme ça : pourquoi nous poussez-vous dehors : qu'est-ce que vous faites là ? » Elle avait voyagé avec la femme de Bill Gaylord. Elles avaient fait escale à Copenhague où elles avaient passé une nuit à geler dans un hôtel dont les fenêtres ne fermaient pas : les enfants avaient dû dormir tout habillés. Lorsqu'elle était arrivée aux Etats-Unis, Ross Perot lui avait téléphoné pour lui parler du problème des passeports, mais Ruthie n'avait pas vraiment compris ce qui se passait.

Durant cette déprimante journée de Noël — c'était si peu naturel de fêter Noël avec les enfants sans leur père — Paul avait appelé de Téhéran.

« J'ai un cadeau pour toi, avait-il dit.

— Ton billet d'avion ? fit-elle, pleine d'espoir.

— Non. Je t'ai acheté un tapis.

— C'est gentil. »

Il avait passé la journée avec Mary et Pat Sculley, lui

raconta-t-il. C'était la femme d'un autre qui lui avait préparé son dîner de Noël et il avait regardé les enfants d'un autre ouvrir leurs cadeaux.

Deux jours plus tard, elle apprit que Paul et Bill avaient rendez-vous le lendemain pour voir l'homme qui les faisait rester en Iran. Après cette entrevue, on les laisserait partir.

Le rendez-vous était pour aujourd'hui 28 décembre. Dans l'après-midi, Ruthie se demandait pourquoi personne de Dallas ne l'avait encore appelée. A Téhéran, il était huit heures et demie plus tôt qu'à Chicago : l'entrevue devait être terminée. Paul devait être en train de boucler sa valise pour rentrer.

Elle appela Dallas et demanda Jim Nyfeler, un homme d'E.D.S. qui avait quitté Téhéran en juin dernier.

« Comment s'est passé leur rendez-vous ? lui demanda-t-elle.

— Pas trop bien, Ruthie...

— Comment ça : pas trop bien ?

— Ils ont été arrêtés.

— Arrêtés ? Vous plaisantez !

— Ruthie, Bill Gayden veut vous parler. »

Ruthie attendit. Paul arrêté ? Pourquoi ? Pour quelle raison ? Par qui ?

Gayden, le président d'E.D.S. International et patron de Paul, prit l'appareil.

« Bonjour, Ruthie.

— Bill, qu'est-ce que tout cela veut dire ?

— Nous ne comprenons pas, dit Gayden. C'est l'ambassade là-bas qui a organisé cette entrevue ; ce devait être une rencontre de pure routine, ils n'étaient accusés d'aucun crime... Et puis, vers six heures et demie, heure de Téhéran, Paul a appelé Lloyd Briggs pour lui dire qu'on les emmenait en prison.

— Paul est en prison ?

— Oui. Essayez de ne pas trop vous inquiéter. Nous avons tout un groupe d'avocats qui travaille là-dessus, nous mettons le Département d'Etat sur l'affaire et Ross est déjà en route pour rentrer du Colorado. Nous sommes certains qu'en deux jours nous pouvons régler cela. Vraiment, ce n'est qu'une question de jours.

— Bon », dit Ruthie. Elle était abasourdie. Tout cela ne rimait à rien. Comment son mari pouvait-il être en prison ? Elle dit au revoir à Gayden et raccrocha.

Qu'est-ce qui se passait donc là-bas ?

La dernière fois qu'Emily Gaylord avait vu son mari Bill, elle lui avait lancé une assiette à la figure.

Et maintenant, assise dans le salon de sa sœur Dorothy, à Washington, en train de parler à Dorothy et à son mari Tim de la façon dont ils pourraient aider à tirer Bill de prison, elle ne parvenait pas à oublier cet épisode de l'assiette.

Ça s'était passé dans leur maison de Téhéran. Un soir, au début de décembre, Bill était rentré à la maison en annonçant qu'Emily et les enfants devaient rentrer aux Etats-Unis dès le lendemain.

Bill et Emily avaient quatre enfants, Vicki, quinze ans ; Jackie, douze ans ; Jenny, neuf ans, et Chris, six ans. Emily reconnut qu'il fallait évacuer les enfants, mais elle voulait rester. Elle ne pouvait peut-être pas faire grand-chose pour aider Bill, mais au moins il aurait quelqu'un à qui parler.

C'était hors de question, répondit Bill. Elle partait le lendemain. Ruthie Chiapparone serait sur le même avion. Toutes les autres femmes et enfants du personnel E.D.S. seraient évacués un ou deux jours plus tard.

Emily refusait d'entendre ce que feraient les autres épouses. *Elle* allait rester avec son mari.

Ils commencèrent à discuter. Emily s'énerva jusqu'au moment où, incapable d'exprimer plus longtemps son irritation avec des mots, elle prit une assiette et la lança dans la direction de son mari.

Il ne l'oublierait jamais, elle en était sûre : c'était la seule fois en dix-huit ans de mariage qu'elle avait explosé ainsi. Elle était nerveuse, irritable, prompte à s'emporter — mais pas violente.

Et Bill, si doux, si gentil, il ne méritait vraiment pas ça...

84

Lorsqu'elle l'avait rencontré, elle avait douze ans, lui quatorze et elle le détestait. Il était amoureux de sa meilleure amie Cookie, une fille ravissante, et ses seuls sujets de conversation, c'était avec qui Cookie sortait, si Cookie aimerait sortir avec lui et si Cookie avait le droit de faire ceci ou cela... Les sœurs d'Emily et son frère aimaient bien Bill. Elle n'arrivait donc pas à se débarrasser de lui, car leur famille appartenait au même club de golf et son frère jouait avec Bill. Ce fut son frère qui finit par persuader Bill d'inviter Emily à sortir avec lui, alors qu'il avait depuis longtemps oublié Cookie ; et, après des années d'indifférence mutuelle, ils tombèrent follement amoureux l'un de l'autre.

Bill à cette époque était au collège, où il étudiait la technologie aéronautique à quatre cents kilomètres de là, à Blacksbirds en Virginie, d'où il ne revenait que pour les vacances ou pour un week-end de temps en temps. Ils ne supportaient pas d'être si loin l'un de l'autre ; aussi, bien qu'il n'eût que dix-huit ans, décidèrent-ils de se marier.

Ils formaient un couple bien assorti. Ils venaient du même milieu, de riches familles catholiques de Washington, et la personnalité de Bill — sensible, calme, logique — apportait un correctif à la vivacité et à la nervosité d'Emily. Ils avaient connu bien des épreuves ensemble au cours des dix-huit années suivantes. Ils avaient perdu un enfant terrassé par une méningite et Emily avait subi trois fois de graves opérations. Leurs ennuis les avaient encore rapprochés.

Et voilà qu'une nouvelle crise s'annonçait : Bill était en prison.

Emily n'avait pas encore prévenu sa mère. L'oncle Gus, le frère de sa mère, était mort ce jour-là et la mère d'Emily était déjà dans tous ses états. Emily ne pouvait pas lui parler de Bill. Mais elle pouvait en parler à Dorothy et à Tim.

Son beau-frère, Tim Reardon, était procureur au ministère de la Justice et avait beaucoup de relations. Le père de Tim avait fait partie du cabinet du président John F. Kennedy et Tim avait travaillé pour Ted Kennedy. Tim connaissait aussi personnellement le président de la Chambre des représentants, Thomas P. « Tip » O'Neill et le sénateur du Maryland, Charles Mathias. Il connaissait bien le problème des passeports, car Emily lui en avait parlé dès son arrivée à Washington en rentrant de Téhéran et il en avait discuté avec Ross Perot.

« Je pourrais écrire au président Carter en demandant à Ted Kennedy de lui remettre la lettre personnellement », expliquait-il.

Emily hocha la tête. Elle avait du mal à se concentrer. Elle se demandait ce que Bill était en train de faire en ce moment.

Paul et Bill venaient d'entrer dans la cellule numéro 9, ils étaient engourdis de froid et se demandaient avec désespoir ce qui allait leur arriver.

Paul se sentait très vulnérable : un Américain en costume sombre, incapable de parler plus de quelques mots de farsi, face à une foule de ce qui lui semblait être des bandits et des assassins. Il se rappela soudain avoir lu que des hommes étaient souvent violés en prison et il se demanda avec horreur comment il pourrait supporter une pareille expérience.

Paul regarda Bill. Celui-ci était pâle et crispé.

Un de leurs compagnons de cellule s'adressa à eux en farsi. Paul dit :

« Y a-t-il ici quelqu'un qui parle anglais ? »

D'une cellule de l'autre côté du couloir, une voix répondit ;

« Moi, je parle anglais. »

Une conversation s'engagea alors dans un farsi rapide puis l'interprète traduisit :

« Quel crime avez-vous commis ?

— Nous n'avons rien fait, dit Paul.

— De quoi vous accuse-t-on ?

— De rien. Nous sommes de simples hommes d'affaires américains avec des femmes et des enfants ; nous ne savons pas pourquoi nous sommes en prison. »

On traduisit ces propos. Nouvel échange rapide en farsi, puis l'interprète reprit :

« Celui qui me parle, il est le chef de votre cellule, parce que c'est lui qui est là depuis le plus longtemps.

— Nous comprenons, fit Paul.

— Il va vous dire où dormir. »

A mesure qu'ils parlaient, la tension se dissipait. Paul examina les lieux. Les murs de ciment étaient barbouillés d'une peinture qui avait peut-être jadis été orange mais qui avait maintenant seulement l'air sale. Une sorte de mince natte ou tapis recouvrait presque tout le sol nu. Autour de la cellule se trouvaient six rangées de châlits, disposés par trois les uns au-dessus des autres. La couchette la plus inférieure n'était qu'un mince matelas posé à même le sol. La pièce était éclairée par une unique ampoule et ventilée par un grillage dans le mur qui laissait pénétrer l'air froid de la nuit. La cellule était bien remplie. Au bout d'un moment, un gardien arriva, ouvrit la porte de la cellule numéro 9 et fit signe à Paul et à Bill de sortir.

Ça y est, songea Paul ; on va nous relâcher. Dieu merci, je n'ai pas à passer une nuit dans cette horrible cellule.

Ils suivirent le garde qui monta l'escalier jusqu'à un petit bureau. Il désigna leurs chaussures.

Ils comprirent qu'ils devaient les ôter.

Le gardien leur remit à chacun des pantoufles en matière plastique.

Paul comprit avec une amère déception qu'on n'allait pas les relâcher. Il allait bien devoir passer une nuit dans la cellule. Il pensa avec rage aux gens de l'ambassade : c'étaient eux qui avaient organisé le rendez-vous avec Dadgar, eux qui avaient déconseillé à Paul de prendre un avocat, eux qui avaient assuré que Dadgar était « favorablement disposé »... Comme dirait Ross Perot :

« Il y a des gens incapables d'organiser un cortège funèbre de seulement deux voitures. »

La formule s'appliquait au personnel de l'ambassade américaine. Ils étaient tout simplement incompétents. Tout de même, se dit Paul, après toutes les erreurs qu'ils ont commises, ils devraient venir ici ce soir et essayer de nous faire sortir.

Ils enfilèrent les mules en matière plastique et redescendirent avec le gardien.

Les autres prisonniers s'apprêtaient à dormir, allongés sur les châlits et enveloppés dans de pauvres couvertures de laine. Le chef de la cellule montra par signes à Paul et à Bill où ils devaient s'installer : Bill avait une couchette du milieu, Paul était en dessous de lui avec juste un mince matelas entre son corps et le sol cimenté.

Ils s'allongèrent. La lumière ne s'éteignit pas, mais elle était si faible que cela ne les dérangeait guère. Au bout d'un moment, Paul finit par ne plus remarquer l'odeur mais il ne s'habituait pas au froid. Sur le sol cimenté, avec la bouche d'aération et pas de chauffage, cela revenait presque à dormir à la belle étoile. Quelle vie terrible mènent les criminels, songea Paul, quand ils ont à supporter des conditions pareilles. Je suis bien content de ne pas être un criminel. Une nuit comme ça, ce sera plus que suffisant.

3

Ross Perot prit un taxi de l'aéroport de Dallas au siège d'E.D.S., soit 7171 Forest Lane. Arrivé à la porte de la cour, il abaissa sa vitre pour montrer son visage aux gardiens du service de sécurité, puis se cala de nouveau contre la banquette tandis que la voiture suivait les quatre cents mètres d'allée qui traversait le parc. Il y avait eu là jadis un club sportif et c'était un ancien terrain de golf qu'il traversait. Le siège d'E.D.S. se dressait au loin, un immeuble de sept étages, et, tout à côté, un blockhaus capable de résister aux tornades qui abritait les gros ordinateurs avec leurs milliers de kilomètres de bande magnétique.

Perot régla le chauffeur, entra dans l'immeuble et prit l'ascenseur jusqu'au quatrième étage où il alla directement au bureau d'angle qu'occupait Gayden.

Gayden était assis à sa table. Malgré la sévère étiquette vestimentaire d'E.D.S., Gayden parvenait toujours à avoir l'air négligé. Il avait ôté sa veste, desserré sa cravate, déboutonné son col de chemise, il avait les cheveux en désordre et une cigarette qui pendait au coin de ses lèvres. Il se leva quand Perot entra.

« Ross, comment va votre mère ?

— Elle a bon moral, je vous remercie.

— Tant mieux. »

Perot s'assit.

« Maintenant, où en sommes-nous en ce qui concerne Paul et Bill ? »

Gayden décrocha le téléphone.

« Laissez-moi faire venir T.J. »

Il composa le numéro de T.J. Marquez.

« Ross est ici... Oui. Dans mon bureau. »

Il raccrocha et dit :

« Il arrive. Oh !... J'ai appelé le Département d'Etat. Le responsable du desk iranien est un nommé Henry Precht. Bon sang, ce qu'il est coincé ! Il a commencé par ne pas me rappeler. J'ai fini par dire à sa secrétaire : "S'il ne me rappelle pas d'ici vingt minutes, je m'en vais téléphoner à C.B.S., A.B.C. et N.B.C., et d'ici une heure Ross Perot donnera une conférence de presse pour expliquer que nous avons deux Américains qui ont des ennuis en Iran et que notre pays refuse de les aider." Il a rappelé cinq minutes plus tard.

— Qu'a-t-il dit ?

— Ross, fit Gayden en soupirant, leur position, c'est que si Paul et Bill sont en prison, il doit bien y avoir une raison.

— Mais que comptent-ils faire ?

— Contacter l'ambassade, examiner le dossier, blablabla.

— Bon, il va falloir allumer un pétard sous les fesses de Precht, dit Perot, furieux. Voyons, l'homme qui peut le mieux faire ça, c'est Tom Luce. »

Luce, un jeune avocat combatif, avait fondé à Dallas le cabinet de Hughes & Hill, qui se chargeait de la plupart des problèmes juridiques d'E.D.S. Perot l'avait engagé voilà des années comme avocat conseil d'E.D.S., surtout parce que Perot pouvait facilement comprendre un jeune homme qui, comme lui, avait quitté un gros cabinet pour créer sa propre affaire et qui luttait pour payer des factures. Hughes & Hill, comme E.D.S., avait connu un développement rapide. Perot n'avait jamais regretté d'avoir engagé Luce...

« Luce est ici, annonça Gayden, quelque part dans les bureaux.

— Et Tom Walter ?

— Il est ici aussi. »

Walter, un grand gaillard natif d'Alabama, qui donnait toujours l'impression qu'il venait d'avaler une gorgée de mélasse, était le directeur financier d'E.D.S. et, sur le plan intellectuel, sans doute l'esprit le plus brillant de la société. Perot dit :

« Je veux que Walter s'attaque au problème de la caution. Je n'ai pas envie de la payer, mais nous le ferons si nous y sommes obligés. Walter n'a qu'à calculer comment nous allons nous y prendre pour la régler. Je vous parie qu'ils n'acceptent pas la carte d'American Express.

— Entendu », dit Gayden.

Une voix derrière lui lança : « Salut, Ross ! »

Perot se retourna et aperçut T.J. Marquez. « Salut, Tom. »

T.J. était un homme grand et mince d'une quarantaine d'années, avec un beau type espagnol. Teint olivâtre, cheveux noirs courts et bouclés, et un grand sourire qui révélait de superbes dents blanches. C'était le premier employé que Perot eût engagé et il était la preuve vivante que Perot avait un don extraordinaire pour choisir des gens bien. T.J. était maintenant vice-président d'E.D.S., et sa part personnelle d'actionnaire de la société représentait des millions de dollars. « Le Seigneur a été bon avec nous », disait T.J. Perot savait que les parents de T.J. s'étaient donné beaucoup de mal pour l'envoyer à l'université. Leurs sacrifices avaient été récompensés. Pour Perot, un des résultats les plus satisfaisants de la réussite fulgurante d'E.D.S., ç'avait été de partager le triomphe avec des gens comme T.J.

T.J. s'assit et commença aussitôt.

« J'ai appelé Claude. »

Perot acquiesça de la tête. Claude Schappeear était l'avocat responsable du service juridique de la société.

« Claude connaît bien Matthew Nimetz, qui est conseiller auprès du secrétaire d'Etat Vance. J'ai pensé que Claude pourrait demander à Nimetz de parler à Vance lui-même. Nimetz a téléphoné lui-même un peu plus tard : il veut nous aider. Il va envoyer un câble au nom de Vance à l'ambassade américaine à Téhéran, pour leur dire de se secouer un peu, et il va rédiger une note personnelle pour Vance sur Paul et Bill.

— Bon.

— Nous avons appelé aussi l'amiral Moorer. Il va sûrement faire accélérer les choses parce que nous l'avons consulté à propos du problème des passeports. Moorer va parler à Ardeshir Zahedi. Attention, Zahedi n'est pas seulement l'ambassadeur d'Iran à Washington, c'est aussi le beau-frère du shah, et il est maintenant de retour en Iran, certains disent que c'est lui qui gouverne le pays. Moorer va demander à Zahedi de se porter garant de Paul et de Bill. En ce moment même, nous préparons un câble que Zahedi va expédier au ministère de la Justice.

— Qui le prépare ?

— Tom Luce.

— Bon. En résumé, nous avons le secrétaire d'Etat, le chef du desk iranien, l'ambassade et l'ambassadeur d'Iran qui travaillent tous sur cette affaire. Parfait. Maintenant, voyons ce que nous pouvons faire d'autre.

— Tom Luce et Tom Walter, ajouta T.J., ont rendez-vous demain à Washington avec l'amiral Moorer. Moorer nous a conseillé aussi d'appeler Richard Helms : il a été ambassadeur en Iran après avoir quitté la C.I.A.

— Je vais appeler Helms, intervint Perot. Et j'appellerai Al Haig et Henry Kissinger. Je veux que vous vous concentriez tous les deux sur le problème d'évacuer tous les gens que nous avons en Iran.

— Ross, dit Gayden, je ne suis pas sûr que ce soit nécessaire...

— Je ne veux pas discuter, Bill, répondit Perot. Que ce soit fait. Maintenant Lloyd Briggs doit rester là-bas pour s'occuper du problème : avec Paul et Bill en prison, c'est lui le patron. Tous les autres rentrent.

— Vous ne pouvez pas les faire rentrer s'ils ne le veulent pas, dit Gayden.

— Qui va vouloir rester ?

— Rich Gallagher. Sa femme...

— Je sais. Bon, Briggs et Gallagher restent. Personne d'autre. »

Perot se leva.

« Je vais m'occuper de ces coups de téléphone. »

Il prit l'ascenseur jusqu'au sixième étage et traversa le bureau de sa secrétaire. Sally Walther était là. Cela faisait des années qu'elle travaillait avec lui et elle l'avait aidé à organiser la campagne en faveur des prisonniers de guerre et la réception de San Francisco. (Elle était rentrée de ce week-end avec un commando de Son Tay en remorque, et le capitaine Udo Walther était maintenant son mari.) Perot lui dit :

« Appelez-moi Henry Kissinger, Alexander Haig et Richard Helms. »

Il passa dans son bureau et s'assit à sa table. La pièce, avec ses murs lambrissés, sa somptueuse moquette et ses rayonnages pleins de livres anciens, faisait plutôt penser à une bibliothèque victorienne dans une maison de campagne anglaise. Il était entouré de souvenirs et d'œuvres de ses artistes favoris. Margot achetait des toiles impressionnistes, mais Perot préférait les artistes américains : des originaux de Norman Rockwell et des bronzes du Far West de Frederic Remington. Par la fenêtre, il apercevait les pentes de l'ancien terrain de golf.

Perrot ne savait pas où Henry Kissinger pouvait bien passer les fêtes : cela prendrait peut-être un moment à Sally pour le trouver. Il avait donc le temps de réfléchir à ce qu'il allait lui dire. Kissinger n'était pas un ami proche. Il aurait besoin de tous ses talents de vendeur pour avoir l'attention de Kissinger et, dans la durée d'une brève conversation téléphonique, de se gagner son appui.

La sonnerie du téléphone retentit et Sally annonça. « Vous avez Henry Kissinger. »

Perot décrocha l'appareil.

« Ici, Ross Perot.

— Je vous passe Henry Kissinger. »

Perot attendit.

On avait dit un jour qu'Henry Kissinger était l'homme le plus puissant du monde. Il connaissait personnellement le shah. Mais se souviendrait-il suffisamment de Ross Perot ? La campagne pour les prisonniers de guerre avait fait du bruit, mais les projets de Kissinger en avaient fait encore plus : la paix au Moyen-Orient, le rapprochement entre les Etats-Unis et la Chine, la fin de la guerre du Vietnam...

« Ici Kissinger. »

C'était la voix de basse qu'il connaissait bien, où se mêlaient bizarrement des voyelles prononcées à l'américaine et des consonnes martelées à l'allemande.

« Docteur Kissinger, c'est Ross Perot. Je suis un homme d'affaires de Dallas au Texas, et...

— Voyons, Ross, je sais qui vous êtes », fit Kissinger.

Perot sentit son cœur bondir dans sa poitrine. Le ton de Kissinger était chaleureux, amical et tout sauf officiel. Formidable ! Perot commença à lui expliquer ce qui s'était passé pour Paul et Bill : comment ils étaient allés voir volontairement Dadgar, et comment le Département d'Etat les avait laissé tomber. Il assura à Kissinger qu'ils étaient innocents et fit remarquer qu'on ne les avait accusés d'aucun crime, pas plus que les Iraniens n'avaient produit la moindre preuve contre eux.

« Ce sont mes collaborateurs, c'est moi qui les ai envoyés là-bas, et il faut que je les ramène, conclut-il.

— Je vais voir ce que je peux faire, promit Kissinger.

— Je vous en suis vraiment reconnaissant ! fit Perot, qui exultait.

— Envoyez-moi une petite note avec tous les détails.

— Vous l'aurez aujourd'hui.

— Je vous rappellerai, Ross.

— Je vous remercie, monsieur le secrétaire. »

La conversation s'arrêta là.

Perot était aux anges. Kissinger s'était souvenu de lui, s'était montré amical et disposé à l'aider. Il voulait une note : E.D.S. pourrait la lui envoyer le jour même...

Une pensée frappa soudain Perot. Il n'avait aucune idée de l'endroit d'où Kissinger lui avait parlé. Ç'aurait aussi bien pu être Londres, que Monte-Carlo ou Mexico...

« Sally ?

— Oui, monsieur ?

— Avez-vous découvert où se trouve Kissinger ?

— Oui, monsieur. »

Kissinger était à New York, dans le duplex qu'il occupait en haut de l'élégant immeuble de River House sur la 52e Rue Est. De la fenêtre il apercevait East River.

Kissinger se souvenait fort bien de Ross Perot. Perot était un diamant brut. Il apportait son appui à des causes chères à Kissinger, en général des causes qui concernaient les prisonniers. En pleine guerre du Vietnam, la campagne de Perot avait été courageuse, même si son acharnement avait parfois fini par excéder Kissinger. Aujourd'hui, c'étaient les collaborateurs de Perot qui étaient prisonniers.

Kissinger croyait volontiers à leur innocence. L'Iran était au bord de la guerre civile : la justice et les procédures normales ne signifiaient pas grand-chose là-bas, pour l'instant. Il se demandait s'il pourrait aider Perot. Il en avait envie : c'était une cause valable. Il n'était plus au pouvoir mais il avait encore des relations. Il décida d'appeler Ardeshir Zahedi dès que la note explicative serait arrivée de Dallas.

Perot était ravi de sa conversation avec Kissinger. *Voyons, Ross, je sais qui vous êtes.* Ça valait plus que de l'argent. Le seul avantage d'être célèbre, c'était que cela aidait quelquefois à réaliser des choses importantes.

T.J. entra :

« J'ai votre passeport, annonça-t-il. Il y a déjà un visa pour l'Iran mais, Ross, je ne pense pas que vous devriez y aller. Nous tous qui sommes ici, nous pouvons étudier le problème, seulement vous, vous êtes l'homme clef. Ce que nous voulons à tout prix éviter, c'est que vous soyez hors de contact — à Téhéran, ou quelque part dans un avion — à un moment où nous aurons une décision cruciale à prendre. »

Perot avait complètement oublié son projet de se rendre à Téhéran. Tout ce qu'il avait entendu depuis une heure l'encourageait à penser que ce ne serait pas nécessaire.

« Vous avez peut-être raison, dit-il à T.J. Nous avons tant de choses en train sur le plan de la négociation : il suffit qu'une seule marche. Je n'irai pas à Téhéran. Pour le moment. »

4

Henry Precht n'était pas un imbécile, mais c'était l'homme sans doute le plus harcelé de Washington.

Depuis longtemps fonctionnaire au Département d'Etat, avec un penchant pour les arts et la philosophie et un sens de l'humour dévastateur, il avait plus ou moins fait tout seul la politique américaine à propos de l'Iran pour le plus clair de 1978, pendant que ses supérieurs — jusques et y compris le président Carter — concentraient tous leurs efforts sur les accords de Camp David entre l'Egypte et Israël.

Depuis début novembre, quand les choses avaient vraiment commencé à chauffer en Iran, Precht travaillait sept jours par semaine de huit heures du matin à neuf heures du soir. Et ces fichus Texans avaient l'air de croire qu'il n'avait rien d'autre à faire que de leur parler au téléphone.

Le malheur c'était que la crise en Iran n'était pas la seule lutte d'influence dont Precht avait à se préoccuper. Un autre affrontement se déroulait à Washington, entre le secrétaire d'Etat Cyrus Vance — le patron de Precht, et Zbigniew Brzezinski, le conseiller du président à la Sécurité nationale.

Vance était persuadé, comme le président Carter, que la politique étrangère américaine devait refléter la moralité américaine. Le peuple américain croyait à la liberté, à la justice et à la démocratie, et ne voulait pas soutenir des tyrans. Or, le shah d'Iran était un tyran. Amnesty International avait dit que c'était en Iran que les droits de l'homme étaient le plus sévèrement bafoués et les nombreux rapports sur l'usage systématique que faisait le gouvernement du shah de la torture avaient été confirmés par la commission internationale de juristes. Puisque c'était la C.I.A. qui avait installé le shah sur le trône et les Etats-Unis qui l'avaient maintenu là, un président qui parlait sans cesse des droits de l'homme se devait de faire quelque chose.

En janvier 1977, Carter avait laissé entendre que les tyrans pourraient se voir refuser l'aide américaine. Carter était indécis — dans le cours de l'année il s'était rendu en Iran et avait prodigué les compliments au shah — mais Vance croyait à la primauté des droits de l'homme.

Tel n'était pas l'avis de Zbigniew Brzezinski. Le conseiller à la Sécurité nationale croyait au pouvoir. Le shah était un allié des Etats-Unis et il fallait le soutenir. Bien sûr, on devait l'inciter à cesser de torturer les gens — mais pas encore. Son régime était en proie à de violentes attaques : ce n'était pas le moment de le rendre vulnérable.

Quand le moment serait-il venu ? demandait la faction Vance. Le shah, pendant presque tous ses vingt-cinq ans de pouvoir, avait été en position de force mais n'avait jamais montré un grand penchant à régner en souverain modéré. Brzezinski répondait :

« Citez-moi un seul gouvernement modéré dans cette région du monde. »

Il y avait ceux dans l'administration Carter qui estimaient que, si les Etats-Unis ne défendaient pas la liberté et la démocratie, à quoi bon avoir même une politique étrangère ? Mais c'était là une vue un peu extrême, aussi invoquaient-ils ensuite un argument pragmatique. Le peuple iranien en avait assez du shah et allait se débarrasser de lui sans se soucier de ce que pensait Washington.

Balivernes, disait Brzezinski. Relisez l'histoire. Les révolutions réussissent quand les dirigeants font des concessions, et elles échouent quand ceux qui sont au pouvoir écrasent les rebelles sous une poigne de fer. L'armée iranienne, forte de quatre cent mille hommes, peut facilement réprimer n'importe quelle révolte.

La faction Vance — y compris Henry Precht — n'était pas d'accord avec la théorie des révolutions de Brzezinski : les tyrans menacés font des concessions parce que les rebelles sont forts et non le contraire, affirmait-on. Ce qui était plus important, Vance ne croyait pas que l'armée iranienne fût forte de quatre cent mille hommes. On avait du mal à se procurer des chiffres, mais les soldats désertaient à un rythme qui oscillait autour de huit pour cent par mois, et il y avait des unités entières qui passeraient comme un seul homme dans le camp des révolutionnaires si une guerre civile totale éclatait.

Les deux factions rivales à Washington obtenaient leurs renseignements de sources différentes. Brzezinski écoutait Ardeshir Zahedi, le beau-frère du shah et le plus puissant partisan du shah en Iran. Vance, lui, écoutait l'ambassadeur Sullivan. Les dépêches de Sullivan n'avaient peut-être pas toujours la logique qu'aurait pu souhaiter Washington — peut-être parce que la situation en Iran était bien souvent déconcertante — mais, depuis septembre, la teneur générale de ses rapports était de dire que le shah était condamné.

Brzezinski racontait que Sullivan était comme ce saint qui courait partout avec sa tête coupée sous le bras et qu'on ne pouvait pas lui faire confiance. Les partisans de Vance répliquaient que Brzezinski se débarrassait des mauvaises nouvelles en abattant le messager qui les avait apportées.

Le résultat était que les Etats-Unis ne faisaient rien. Un jour, le Département d'Etat prépara un câble pour l'ambassadeur Sullivan, lui donnant pour instruction d'insister auprès du shah pour qu'il forme un gouvernement fondé sur une large coalition civile. Brzezinski retint le câble. Une autre fois, Brzezinski téléphona au shah pour lui assurer qu'il avait le soutien du président Carter, le shah demanda un câble de confirmation, mais le Département d'Etat refusa de l'envoyer. Dans leur exaspération, les deux camps laissaient filtrer des informations aux journaux, si bien que le monde entier savait que la politique de Washington sur l'Iran était paralysée par des querelles internes.

Au milieu de tout cela, ce que Precht voulait surtout éviter c'était d'avoir sur ses talons une bande de Texans persuadés qu'ils étaient les seuls au monde à avoir un problème.

D'ailleurs, il croyait savoir exactement pourquoi E.D.S. avait des ennuis. Quand il avait demandé si E.D.S. avait un agent qui le représentait en Iran on lui avait répondu : oui, M. Abolfath Mahvi. Cela expliquait tout. Mahvi était un intermédiaire bien connu à Téhéran, surnommé le « Roi des cinq pour cent » à cause de ses interventions dans les contrats militaires. Malgré ses contacts dans les hautes sphères, le shah l'avait mis sur une liste noire de gens à qui il était interdit de faire des affaires en Iran. Voilà pourquoi E.D.S. était soupçonné de corruption.

Precht allait faire ce qu'il pourrait. Il allait demander à l'ambassade à Téhéran d'examiner l'affaire et peut-être l'ambassadeur Sullivan pourrait-il faire pression sur les Iraniens pour obtenir la libération de Chiapparone et de Gaylord. Mais il n'était pas question pour le gouvernement des Etats-Unis de faire tout à coup passer au second plan toutes les autres questions iraniennes. Les Etats-Unis s'efforçaient de soutenir le régime existant, et ce n'était pas le moment de déstabiliser davantage ce régime en le menaçant d'une rupture des relations diplomatiques à propos de deux hommes d'affaires emprisonnés, alors qu'il y avait douze mille autres citoyens américains en Iran, dont tous étaient censés être protégés par le Département d'Etat. C'était regrettable, mais Chiapparone et Gaylord allaient devoir attendre.

Henry Precht était plein de bonne volonté. Toutefois, lorsqu'il commença à s'occuper de Paul et de Bill, comme Lou Goelz, il commit une erreur, qui tout d'abord déforma malencontreusement son point de vue sur le problème et qui par la suite le mit sur la défensive dans tous ses rapports avec E.D.S. Precht agit comme si l'enquête dans laquelle Paul et Bill étaient censés être témoins était une procédure judiciaire normale concernant des soupçons de corruption, et non pas un acte de chantage pur et simple. C'était en partant de cette hypothèse que Goelz avait décidé de coopérer avec le général Biglari, Precht, commettant la même erreur, refusa de traiter Paul et Bill comme des Américains enlevés de façon criminelle.

Qu'Abolfath Mahvi fût corrompu ou non, la vérité c'était qu'il n'avait pas gagné un sou lors de la signature du contrat d'E.D.S. avec le ministère. E.D.S. avait même eu des difficultés au début pour avoir refusé de céder à Mahvi un morceau du gâteau.

Cela s'était passé de la façon suivante : Mahvi avait aidé E.D.S. à obtenir son premier et modeste contrat en Iran : créer un système de contrôle de documents pour la marine iranienne. E.D.S., avertie que légalement ils devaient avoir un associé local, promit à Mahvi un tiers des bénéfices. Une fois le contrat exécuté, deux ans plus tard, E.D.S. paya régulièrement à Mahvi quatre cent mille dollars.

Mais au moment où le contrat avec le ministère se négociait, Mahvi était sur la liste noire. Néanmoins, lorsque le marché fut sur le point d'être conclu, Mahvi — qui à cette époque n'était de nouveau plus sur la liste noire — exigea que le contrat fût confié à une société où participeraient E.D.S. et lui-même.

E.D.S. refusa. Si Mahvi avait mérité sa part du contrat avec la marine, il n'avait rien fait pour l'affaire concernant le ministère.

Mahvi prétendit que son association précédente avec E.D.S. avait permis de faire franchir plus facilement au contrat avec le ministère le barrage successif des vingt-quatre différents organismes gouvernementaux qui devaient l'approuver. En outre, disait-il, il avait contribué à obtenir une décision fiscale favorable à E.D.S. qui figurait dans le contrat. E.D.S. n'avait obtenu cette décision que parce que Mahvi avait passé quelque temps avec le ministre des Finances à Monte-Carlo.

E.D.S. ne lui avait pas demandé son concours et il ne croyait pas qu'il eût fait quoi que ce fût. Et puis Ross Perot n'aimait pas le genre d'« aide » qu'on obtient à Monte-Carlo.

L'avocat iranien d'E.D.S. se plaignit auprès du Premier ministre et Mahvi se retrouva sur la sellette pour avoir réclamé des pots-de-vin. Toutefois son influence était si grande que le ministère de la Santé refusa de signer le contrat si E.D.S. ne lui donnait pas satisfaction.

E.D.S. eut une série de négociations orageuses avec Mahvi. E.D.S. refusait toujours catégoriquement de lui céder une part des bénéfices. Pour finir, on parvint à un compromis qui sauvait la face : une société en participation, agissant comme sous-traitante envers E.D.S., recruterait et emploierait tout le personnel iranien d'E.D.S. En fait, cette société ne gagna jamais d'argent, mais on ne le sut que plus tard : sur le moment Mahvi accepta le compromis et le contrat fut signé avec le ministère.

E.D.S. n'avait donc pas versé de pots-de-vin et le gouvernement iranien le savait ; mais Henry Precht l'ignorait, tout comme Lou Goelz. Aussi leur attitude à tous les deux envers Paul et Bill était-elle équivoque. Les deux hommes consacrèrent de nombreuses heures à l'affaire, mais ni l'un ni l'autre ne lui donna une priorité absolue. Lorsque le pugnace avocat d'E.D.S., Tom Luce, leur parlait comme s'ils étaient paresseux, stupides ou bien les deux, ils répliquaient avec indignation en disant qu'ils pourraient sans doute faire mieux s'il n'était pas sans cesse sur leur dos.

Precht à Washington et Goelz à Téhéran étaient, sur le terrain, les agents dont le rôle était crucial dans l'affaire. Aucun d'eux ne perdait son temps. Aucun d'eux n'était incompétent. Mais tous deux firent des erreurs, tous deux en arrivèrent à éprouver un sentiment d'hostilité envers E.D.S. et, au cours de ces premiers jours d'une importance capitale, tous deux ne réussirent pas à aider Paul et Bill.

CHAPITRE III

1

Un gardien ouvrit une porte de la cellule, jeta un coup d'œil à la ronde, désigna Paul et Bill et leur fit signe.

Bill sentit ses espoirs revivre. Maintenant, on allait les relâcher.

Ils se levèrent et suivirent le gardien dans l'escalier. C'était bon de voir la lumière du jour par les fenêtres. Ils passèrent la porte et traversèrent la cour jusqu'au petit bâtiment à un étage auprès de l'entrée. L'air frais leur parut divin.

Ç'avait été une nuit terrible. Allongé sur le mince matelas, Bill avait dormi d'un sommeil agité, réveillé en sursaut par le moindre mouvement des autres prisonniers, promenant des regards anxieux dans la maigre lumière dispensée par l'unique ampoule. Il avait su que c'était le matin lorsqu'un gardien était venu avec les verres de thé et un quignon de pain en guise de petit déjeuner. Il n'avait pas faim. Il s'était contenté de dire un chapelet.

Il lui semblait maintenant qu'on répondait à ses prières.

Dans le bâtiment à un étage se trouvait une salle pour les visites, meublée très simplement de tables et de chaises. Deux personnes attendaient là. Bill reconnut l'un des visiteurs : c'était Ali Jordan, l'Iranien qui travaillait avec Lou Goelz à l'ambassade. Il lui serra la main et lui présenta son collègue, Bob Sorenson.

« Nous vous avons apporté différentes choses, dit Jordan. Un rasoir à piles — il faudra que vous le partagiez — et des crayons. »

Bill regarda Paul. Paul fixait les deux hommes de l'ambassade, il semblait sur le point d'exploser.

« Vous n'allez pas nous faire sortir d'ici ? fit Paul.

— Je crains malheureusement que ce ne soit impossible.

— Mais, bon sang, c'est vous qui nous avez flanqués dans ce pétrin ! »

Bill se rassit lentement, trop déprimé pour être en colère.

« Nous sommes tout à fait navrés de ce qui s'est passé, dit Jordan. Ça a été une totale surprise. On nous avait dit que Dadgar était favorablement disposé à votre égard... L'ambassade va élever une véhémente protestation.

— Mais qu'est-ce que vous faites pour nous tirer de là ?

— Vous devez utiliser le système juridique iranien. Vos avocats...

— Seigneur, fit Paul écœuré.

— Nous leur avons demandé, reprit Jordan, de vous transférer dans une partie plus confortable.

— Oh ! merci beaucoup. »

Sorenson demanda :

« Heu, y a-t-il autre chose dont vous auriez besoin ?

— Je n'ai besoin de rien, répliqua Paul. Je ne compte pas rester ici très longtemps.

— J'aimerais des gouttes pour les yeux, demanda Bill.

— Je vais m'en occuper, promit Sorenson.

— Bon, dit Jordan. Je crois que tout est dit pour l'instant... »

Il se tourna vers le gardien. Bill se leva.

Jordan s'adressa en farsi au gardien, qui montra la porte à Paul et à Bill.

Escortés du garde ils retraversèrent la cour. Jordan et Sorenson n'occupaient pas un rang élevé dans la hiérarchie de l'ambassade, songea Bill. Pourquoi Goelz ne s'était-il pas dérangé ? On aurait dit que l'ambassade estimait que c'était à E.D.S. de les tirer de là. Employer Jordan et Sorenson était une façon de faire comprendre aux Iraniens que l'ambassade se sentait concernée mais en même temps de faire savoir à Paul et à Bill qu'ils ne pouvaient pas attendre grand-chose du gouvernement américain. Nous sommes un problème que l'ambassade veut ignorer, se dit Bill avec rage.

Lorsqu'ils arrivèrent au bâtiment principal, le gardien ouvrit une porte qu'ils n'avaient pas encore utilisée et ils s'engagèrent dans un couloir. A leur droite, il y avait trois bureaux. A gauche, des fenêtres qui donnaient sur la cour. Ils arrivèrent à une autre porte, celle-là une lourde porte d'acier. Le gardien l'ouvrit et les fit passer.

La première chose que Bill aperçut, ce fut un récepteur de télévision.

En regardant autour de lui, il commença à se sentir un peu mieux. Cette partie de la prison était beaucoup plus civilisée que le sous-sol. C'était relativement propre et clair, avec des murs gris et des tapis gris. Les portes des cellules étaient ouvertes et les prisonniers circulaient librement. Le jour entrait par les fenêtres.

Ils continuèrent à longer un couloir avec deux cellules sur la droite et, sur la gauche, ce qui semblait être des toilettes. Bill attendait avec impatience l'occasion de se laver après sa nuit dans la cellule. En jetant un coup d'œil par la dernière porte sur la droite, il aperçut des rayons de livres. Puis le gardien tourna à gauche et les entraîna par un long et étroit couloir jusqu'à la dernière cellule.

Là ils aperçurent une tête de connaissance.

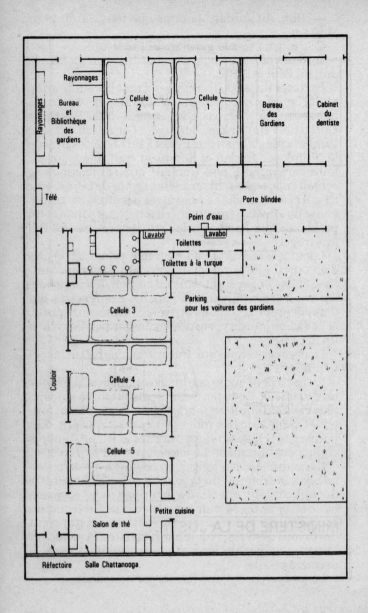

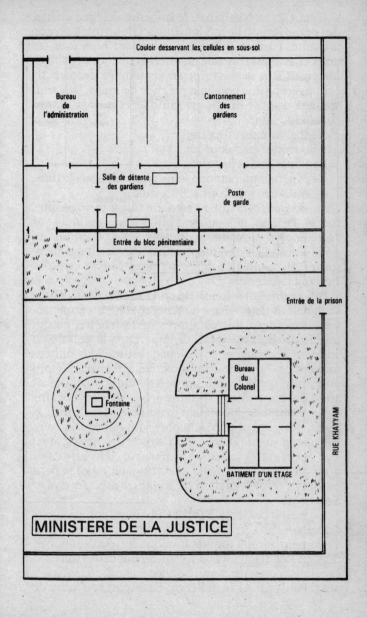

C'était Reza Neghabat, le ministre délégué chargé de l'organisation de la Sécurité sociale au ministère de la Santé. Paul et Bill le connaissaient bien tous les deux et avaient travaillé en étroite collaboration avec lui avant son arrestation en septembre dernier. Ils échangèrent une cordiale poignée de main. Bill était soulagé de voir un visage familier et quelqu'un qui parlait anglais.

Neghabat était stupéfait.

« Pourquoi êtes-vous ici ? »

Paul haussa les épaules.

« J'espérais un peu que vous pourriez nous le dire.

— Mais de quoi vous accuse-t-on ?

— De rien, dit Paul. Nous avons été interrogés hier par M. Dadgar, le magistrat qui fait une enquête sur votre ancien ministre, le docteur Sheik. C'est lui qui nous a arrêtés. Pas d'inculpation. Pas de chef d'accusation. Il paraît que nous sommes censés être des "témoins matériels". »

Bill examina les lieux. De chaque côté de la cellule s'alignaient deux séries de trois couchettes superposées, avec deux autres auprès de la fenêtre, ce qui faisait dix-huit au total. Comme dans la cellule au sous-sol, les couchettes étaient constituées de minces matelas de caoutchouc mousse, celles d'en bas n'étant guère plus qu'un matelas posé à même le sol, il y avait aussi des couvertures de laine grise. Mais ici certains des prisonniers semblaient avoir aussi des draps. La fenêtre du côté opposé à la porte donnait sur la cour. Bill apercevait de l'herbe, des fleurs et des arbres, ainsi que des voitures garées, appartenant, il le supposait du moins, à des gardiens. Il distinguait aussi le petit bâtiment où ils venaient de bavarder avec Jordan et Sorenson.

Neghabat présenta Paul et Bill à leurs compagnons de cellule, qui semblaient plutôt bien disposés et passablement moins inquiétants que les pensionnaires du sous-sol. Il y avait beaucoup de couchettes libres — la cellule n'était pas aussi bondée que celle d'en bas — aussi Paul et Bill s'installèrent-ils de part et d'autre de la porte. Bill prit la couchette du milieu mais Paul se retrouva de nouveau sur le sol.

Neghabat leur fit visiter les lieux. Auprès de leur cellule se trouvait une petite cuisine, avec des tables et des chaises, où les prisonniers pouvaient se faire du thé ou du café, ou simplement s'asseoir pour bavarder. On ne sait pourquoi, on l'appelait la salle Chattanooga. A côté, il y avait un guichet dans le mur au bout du couloir : c'était une petite cantine, expliqua Neghabat, où de temps en temps on pouvait acheter du savon, des serviettes et des cigarettes.

En remontant le long couloir, ils passèrent devant leur cellule — le numéro 5 — et deux autres cellules avant de déboucher dans le vestibule qui partait vers la droite. La pièce dans laquelle Bill avait jeté un coup d'œil en arrivant se révéla être tout à la fois un bureau de gardien et une bibliothèque, avec des livres en anglais aussi bien qu'en farsi. Ensuite, il y avait deux autres cellules. En face de celles-ci se trouvaient des lavabos, des douches et des toilettes proprement dites : elles étaient installées à la turque, comme un bac à douches, avec un trou d'écoulement au milieu. Bill apprit qu'il avait peu de chance de prendre la douche dont il rêvait. Normalement il n'y avait pas d'eau chaude.

Derrière la porte blindée, expliqua Neghabat, se trouvait un petit bureau utilisé par le docteur et le dentiste qui venaient visiter les prisonniers. La bibliothèque était toujours ouverte et la télévision marchait toute la soirée, mais bien sûr les programmes étaient en farsi. Deux fois par semaine, on emmenait les prisonniers de cette section dans la cour pour prendre de l'exercice en marchant en rond pendant une demi-heure. Il était obligatoire de se raser, les gardiens toléraient les moustaches, mais pas les barbes.

Durant la visite, ils rencontrèrent encore deux personnes qu'ils connaissaient. L'un d'eux était le docteur Towliati, le conseiller en traitement de données au ministère à propos duquel Dadgar les avait longtemps interrogés. L'autre était Hussein Pacha, qui avait été le financier de Neghabat à l'organisation de la Sécurité sociale.

Paul et Bill se rasèrent avec le rasoir électrique apporté par Sorenson et Jordan. Et puis midi arriva, l'heure du déjeuner. Dans le mur du couloir était aménagée une alcôve masquée par un rideau. Les prisonniers prenaient là un tapis de linoléum qu'ils disposaient sur le sol de la cellule et une vaisselle rudimentaire. Le repas se composait de riz à l'eau et d'un peu d'agneau, avec du pain et du yoghourt, et comme boisson du thé ou du Pepsi-Cola. Pour manger on s'asseyait en tailleur sur le sol. A Paul et à Bill, qui tous deux aimaient bien la bonne chère, cela parut un piètre déjeuner. Bill constata toutefois qu'il avait de l'appétit : c'était peut-être parce que le cadre était plus propre.

Après le déjeuner, ils reçurent d'autres visites : celle de leurs avocats iraniens. Ces derniers ne savaient pas pourquoi on avait arrêté leurs clients, ils ignoraient ce qui allait se passer et ils ne savaient pas non plus ce qu'ils pouvaient faire pour les aider. Ce fut une conversation dérisoire et déprimante. De toute façon, Paul et Bill n'avaient aucune confiance en eux, car c'étaient ces avocats qui avaient annoncé à Lloyd Briggs que le montant de la caution ne dépasserait pas vingt mille dollars.

Les deux prisonniers passèrent le reste de l'après-midi dans la salle Chattanooga à bavarder avec Neghabat, Towliati et Pacha. Paul décrivit en détail son interrogatoire par Dadgar. Chacun des Iraniens était extrêmement intéressé lorsque son nom était mentionné au cours de l'interrogatoire. Paul raconta au docteur Towliati comment son nom était venu sur le tapis à propos de l'évocation d'un conflit d'intérêts. Towliati expliqua comment lui aussi avait été de la même façon interrogé par Dadgar avant d'être jeté en prison. Paul se rappela que Dadgar lui avait parlé d'une note rédigée par Pacha. C'était une demande tout à fait ordinaire de statistique et personne n'arrivait à comprendre ce qu'elle était censée avoir d'extraordinaire.

Neghabat avait une théorie sur la raison pour laquelle ils étaient tous en prison.

« Le shah fait de nous tous des boucs émissaires afin de montrer aux masses qu'il punit vraiment la corruption — l'ennui, c'est qu'il a choisi un projet dans lequel il n'y a pas eu de corruption. Il n'y a donc rien à punir — mais, s'il nous fait relâcher, il aura l'air faible. En revanche, s'il s'était penché sur les affaires de construction, là il aurait trouvé de la corruption dans des proportions incroyables... »

Tout cela était très vague. Neghabat essayait simplement de trouver des raisons. Paul et Bill voulaient des précisions. *Qui* avait ordonné l'enquête ? *Pourquoi* choisir le ministère de la Santé, *quel* genre de corruption était-on censé poursuivre, et *où* étaient les informateurs qui avaient désigné ceux qui se trouvaient maintenant en prison ? Ce n'était pas que Neghabat se montrât évasif : il n'avait tout simplement pas de réponse. Le vague de ses propos était caractéristique des Iraniens : demandez à un Persan ce qu'il a eu pour son petit déjeuner et une seconde plus tard il vous expliquera sa philosophie de la vie.

A six heures, ils regagnèrent leur cellule pour le dîner. Il n'était guère réjouissant : rien de plus que les restes du déjeuner écrasés en une sorte de purée qu'on pouvait tartiner sur du pain, avec encore du thé.

Après le dîner, ils regardèrent la télé. Neghabat traduisit les informations. Le shah avait demandé à un leader de l'opposition, Chahpour Bakhtiar, de constituer un gouvernement civil pour remplacer les généraux qui gouvernaient l'Iran depuis novembre. Neghabat expliqua que Chahpour était le chef de la tribu Bakhtiar et qu'il avait toujours refusé d'avoir affaire avec le régime du shah. Néanmoins, la question de savoir si le gouvernement de Bakhtiar pourrait mettre fin à l'agitation dépendait de l'ayatollah Khomeiny.

Le shah avait également démenti des rumeurs selon lesquelles il allait quitter le pays.

Bill trouvait tout cela encourageant. Avec Bakhtiar comme Premier ministre, le shah resterait et assurérait la stabilité, mais les rebelles auraient au moins leur mot à dire dans le gouvernement de leur propre pays.

À dix heures, la télévision arrêta ses émissions et les prisonniers regagnèrent leur cellule. Les autres accrochèrent des serviettes et des morceaux de tissu devant leurs couchettes pour se protéger de la lumière : ici, comme en bas, l'ampoule resterait allumée toute la nuit. Neghabat expliqua que Paul et Bill pourraient demander à leurs visiteurs de leur apporter des draps et des serviettes.

Bill s'enroula dans la mince couverture grise et s'allongea pour essayer de dormir. Nous sommes ici pour un moment, songea-t-il avec résignation ; autant en prendre son parti. Notre destin est entre les mains d'autrui.

2

Leur destin était entre les mains de Ross Perot, et au cours des deux jours suivants tous les espoirs de ce dernier allaient se trouver anéantis.

Au début, pourtant, les nouvelles étaient bonnes. Kissinger avait rappelé le 29 décembre pour annoncer qu'Ardeshir Zehadi allait faire libérer Paul et Bill. Mais d'abord les fonctionnaires de l'ambassade américaine devaient avoir deux réunions ; l'une avec des gens du ministère de la Justice, l'autre avec des représentants de la cour du shah.

À Téhéran, le bras droit de l'ambassadeur américain, le conseiller Charles Naas, s'occupait personnellement d'organiser ces entrevues.

À Washington, Henry Precht, du Département d'Etat, était également en contact avec Ardeshir Zehadi. Tim Reardon, le beau-frère d'Emily Gaylord, avait parlé au sénateur Kennedy. L'amiral Moorer maintenait ses contacts avec le gouvernement militaire iranien. La seule déception à Washington, ç'avait été Richard Helms, l'ancien ambassadeur des Etats-

110

Unis à Téhéran : il avait dit carrément que ses amis d'autrefois n'avaient plus aucune influence.

E.D.S. avait consulté trois avocats différents du barreau iranien. Il y avait un Américain dont la spécialité était de représenter des entreprises américaines à Téhéran. Les deux autres étaient iraniens : l'un avait de bons contacts dans les milieux favorables au shah, l'autre était proche des dissidents. Tous trois étaient convenus que la façon dont Paul et Bill avaient été emprisonnés était extrêmement irrégulière et que le montant de la caution fixée était astronomique. John Wetsberg, l'Américain, avait dit que la plus forte caution dont il eût jamais entendu parler en Iran était de cent mille dollars. Cela signifiait que le magistrat qui avait fait emprisonner Paul et Bill n'était pas très sûr de lui.

A Dallas, cependant, Tom Walter, le directeur financier d'E.D.S., le natif d'Alabama qui parlait toujours lentement, étudiait le problème de savoir comment E.D.S. pourrait — si besoin était — verser une caution de douze millions sept cent cinquante mille dollars. Les avocats l'avaient avisé que la caution pouvait être versée sous trois formes : en espèces ; ce pouvait être aussi une lettre de crédit tirée sur une banque iranienne ; ou bien un privilège accordé sur des biens situés en Iran. E.D.S. n'avait rien qui pût avoir une telle valeur à Téhéran : l'ordinateur était la propriété du ministère — et, avec les banques iraniennes en grève et le pays en plein désordre, il n'était pas possible d'expédier là-bas treize millions de dollars en espèces. Walter se préparait donc à faire établir une lettre de crédit. T. J. Marquez, dont c'était le travail que de représenter E.D.S. auprès des banques, avait prévenu Perot qu'il ne serait peut-être pas légal pour une entreprise cotée en bourse de verser une telle somme pour régler ce qui était en fait une rançon. Perot avait habilement éludé ce problème : c'était lui personnellement qui verserait l'argent.

Perot était persuadé qu'il parviendrait à faire sortir Paul et Bill de prison par l'un des trois moyens envisagés : pression juridique, pression politique ou versement de la caution.

C'était alors que les mauvaises nouvelles avaient commencé à arriver.

Les avocats iraniens avaient changé de refrain. L'un après l'autre ils signalèrent que l'affaire était « politique », qu'elle avait un « contenu extrêmement politique », que c'était un « véritable guêpier politique ». John Wetsberg, l'Américain, s'était entendu demander par ses associés iraniens de ne pas s'occuper de l'affaire car cela risquerait de valoir à la firme l'inimitié de gens puissants. De toute évidence, le magistrat enquêteur Husayn Dadgar n'était pas si peu sûr de lui que cela.

Tom Luce l'avocat, et Tom Walter le financier, étaient partis pour Washington et, accompagnés de l'amiral Moorer, s'étaient rendus au Département d'Etat. Ils s'attendaient à s'asseoir autour d'une table avec Henry Precht pour élaborer avec lui une campagne vigoureuse en vue d'obtenir la libération de Paul et de Bill. Mais Henry Precht s'était montré distant. Il leur avait serré la main — il ne pouvait guère faire moins quand ils étaient accompagnés d'un ancien chef de l'état-major interarmes — mais il ne s'était pas assis avec eux autour d'une table. Il les avait confiés à un subordonné. Lequel leur avait annoncé qu'aucun des efforts tentés par le Département d'Etat n'avait abouti : ni Ardeshir Zahedi ni Charlie Naas n'étaient parvenus à faire relâcher Paul et Bill.

Tom Luce, qui n'avait pas la patience de Job, entra dans une rage folle. C'était le travail du Département d'Etat que de protéger les Américains à l'étranger, déclara-t-il, et jusqu'à maintenant tout ce que le Département avait réussi à faire, ç'avait été de faire jeter Paul et Bill en prison. Pas du tout, lui avait-on répondu. Ce que le Département avait fait jusqu'à maintenant dépassait les limites de ses obligations normales. Si des Américains à l'étranger commettaient des crimes, ils étaient soumis aux lois étrangères : la responsabilité du Département d'Etat ne comprenait pas celle de faire sortir des gens de prison.

Mais, protesta Luce, Paul et Bill n'avaient *pas* commis de crime : on les gardait en otages en échange d'une rançon de treize millions de dollars ! Mais il gaspillait son énergie. Tom Walter et lui rentrèrent à Dallas les mains vides.

Tard la veille au soir Ross Perot avait appelé l'ambassade américaine à Téhéran et demandé à Charles Naas pourquoi il n'avait pas encore rencontré les fonctionnaires désignés par Kissinger et Zahedi. La réponse était simple : ces fonctionnaires n'étaient jamais là pour Naas.

Aujourd'hui Perot avait rappelé Kissinger pour lui annoncer la nouvelle. Kissinger était navré : il ne pensait pas pouvoir faire plus. Toutefois il avait rappelé Zahedi et essayé encore une fois.

Une dernière mauvaise nouvelle était venue compléter le tableau. Tom Walter avait tenté de préciser avec les avocats iraniens les conditions dans lesquelles Paul et Bill pourraient être libérés sous caution : par exemple, devraient-ils promettre de rentrer en Iran pour un complément d'interrogatoire si on l'exigeait, ou bien pourrait-on les interroger en dehors du pays ?

Ni l'un ni l'autre, lui avait-on répondu : *s'ils étaient libérés de prison, ils ne pourraient pas encore quitter l'Iran.*

C'était maintenant le soir du réveillon du Nouvel An. Depuis trois jours Perot vivait au bureau, dormant sur un canapé et mangeant des sandwiches au fromage. Il n'y avait personne auprès de qui rentrer — Margot et les enfants étaient toujours à Vail — et, à cause de la différence de neuf heures et demie entre le Texas et l'Iran, des coups de fil importants s'échangeaient souvent au milieu de la nuit. Il ne quittait le bureau que pour aller voir sa mère qui était maintenant sortie de l'hôpital et en convalescence dans sa maison de Dallas. Même avec elle, il parlait de Paul et de Bill : elle s'intéressait infiniment à la progression des événements.

Ce soir-là, comme il en avait assez de manger froid, il décida de braver le mauvais temps — Dallas était en pleine vague de froid — et de faire deux ou trois kilomètres pour aller jusqu'à un restaurant de poisson.

Il quitta l'immeuble par la porte de derrière et s'installa au volant de son break. Margot avait une Jaguar mais Perot préférait les voitures anonymes. Il se demandait quelle influence au juste avait Kissinger maintenant, en Iran ou ailleurs. Zahedi et les autres contacts iraniens de Kissinger étaient peut-être bien comme les amis de Richard Helms : ils n'étaient plus dans le bain, ils n'avaient aucun pouvoir. Le sort du shah ne semblait tenir qu'à un fil.

D'un autre côté, toute cette clique aurait sans doute bientôt besoin d'amis en Amérique et devrait accueillir avec faveur l'occasion de rendre service à Kissinger.

Pendant qu'il dînait, Perot sentit une grande main se poser sur son épaule et une voix de basse lui dire :

« Ross, qu'est-ce que tu fiches ici à dîner tout seul un soir de réveillon ? »

Il se retourna pour voir Roger Staubach, arrière des Cow-boys de Dallas, un camarade de promotion de l'Académie navale et un vieil ami.

« Salut, Roger, assieds-toi donc.

— Je suis ici avec toute la famille, dit Staubach. Il n'y a plus de chauffage chez nous à cause de la tempête.

— Eh bien, amène-les. »

Staubach fit signe à sa famille de le rejoindre, puis dit :

« Comment va Margot ?

— Très bien, je te remercie. Elle fait du ski avec les enfants à Vail. J'ai dû revenir. Nous avons un grave problème. »

Il entreprit de raconter à la famille Staubach l'histoire de Paul et de Bill.

Il revint au bureau de bonne humeur. Il y avait encore bien des braves gens dans ce monde.

Il repensa au colonel Simons. De tous les projets qu'il avait pour tirer Paul et Bill de là, l'évasion était celle qui demanderait le plus de temps : Simons aurait besoin d'une équipe, d'une période d'entraînement, d'équipements... et pourtant Perot n'avait encore rien fait. Cela lui avait semblé une possibilité si lointaine, une dernière carte. Tant que les négociations gardaient un tour prometteur, il avait chassé cette idée de son esprit. Il n'était pas encore prêt à appeler Simons — il attendrait que Kissinger fasse encore une tentative auprès de Zahedi — mais peut-être y avait-il quelque chose qu'il pourrait faire pour préparer l'arrivée de Simons.

De retour à E.D.S., il trouva Pat Sculley. Sculley, qui avait fait West Point, était un homme de trente et un ans avec la minceur et la nervosité d'un garçon de dix-huit. Il avait été directeur de projet à Téhéran qu'il avait quitté avec les évacués du 8 décembre. Il y était retourné après l'Ashura, puis en était reparti quand Paul et Bill avaient été arrêtés. Son travail pour l'instant était de s'assurer que les Américains qui restaient à Téhéran — Lloyd Briggs, Rich Gallagher et sa femme, Paul et Bill — avaient des réservations sur un vol quittant Téhéran tous les jours au cas où les prisonniers seraient relâchés.

Sculley était avec Jay Coburn, qui avait organisé l'évacuation et qui ensuite, le 22 décembre, était rentré pour passer Noël en famille. Coburn était sur le point de repartir pour Téhéran lorsqu'il avait appris la nouvelle de l'arrestation de Paul et de Bill, aussi était-il resté à Dallas pour organiser la seconde évacuation. Placide et robuste, Coburn avait trente-deux ans mais il en paraissait quarante. La raison, Perot en était convaincu, c'était que l'année qu'il avait passée comme pilote d'hélicoptère de combat au Vietnam comptait pour huit. Malgré cela, Coburn souriait souvent, d'un sourire lent, qui commençait comme un pétillement au fond des yeux et se terminait souvent dans un rire qui le secouait tout entier.

Perot aimait bien les deux hommes et leur faisait confiance. Ils étaient ce qu'il appelait des aigles : des chefs de haut vol, qui savaient prendre des initiatives, faire le travail et lui apporter des résultats et non des excuses. La devise des recruteurs d'E.D.S. était : Les Aigles ne volent pas en groupe — on n'en voit qu'un seul à la fois. Un des secrets de la réussite de Perot, c'était son souci constant de rechercher des hommes pareils, plutôt que d'attendre en espérant qu'ils allaient venir demander du travail.

Perot dit à Sculley :

« Pensez-vous que nous faisons tout ce qu'il faut pour Paul et Bill ? »

Et Sculley répondit sans hésiter :

« Non, je ne le pense pas. »

Perot hocha la tête. Ces jeunes gens n'avaient jamais peur de s'exprimer devant le patron : c'était une des choses qui faisaient d'eux des aigles.

« Que croyez-vous que nous devrions faire ?

— Nous devrions les sortir de là, dit Sculley. Je sais que ça paraît bizarre, mais je crois sincèrement que si nous ne le faisons pas, ils ont une bonne chance de se faire tuer là-bas. »

Perot ne trouvait pas que ça semblait bizarre : cette crainte rôdait au fond de son esprit depuis trois jours.

« J'ai la même idée que vous. »

Il lut la surprise sur le visage de Sculley. « Je veux que tous les deux vous établissiez une liste des gens d'E.D.S. qui pourraient nous aider à faire ça. Il nous faudra des hommes qui connaissent Téhéran, qui ont une certaine expérience militaire — de préférence dans les forces spéciales — et à qui on puisse se fier à cent pour cent.

— On s'y met tout de suite », dit Sculley avec enthousiasme.

Le téléphone sonna et Coburn décrocha.

« Salut, Kean. Où es-tu ? Attends... attends une minute. »

Coburn posa sa main sur le combiné et regarda Perot.

« Kean Taylor est à Francfort. Si nous devons monter quelque chose comme ça, il devrait faire partie de l'équipe. »

Perot acquiesça. Taylor, un ancien sergent des Marines, était un autre de ses aigles. Un mètre quatre-vingt-cinq et toujours élégant, Taylor était un homme quelque peu irritable, ce qui en faisait la cible idéale pour les blagues de ses collègues. Perot dit aussitôt :

« Dites-lui de retourner à Téhéran, mais n'expliquez pas pourquoi. »

Un lent sourire s'épanouit sur le visage de Coburn.

« Ça ne va pas lui plaire. »

Sculley tendit la main et pressa le commutateur du haut-parleur pour qu'ils puissent tous entendre Taylor exploser.

« Kean, reprit Coburn, Ross veut que tu retournes en Iran.

— Pourquoi donc ? » interrogea Taylor.

Coburn se tourna vers Perot qui secoua la tête.

« Oh ! dit Coburn, il y a un tas de choses à faire là-bas, des choses à régler sur le plan administratif.

— Tu vas dire à Perot que je ne vais pas retourner là-bas pour des foutaises administratives. »

Sculley se mit à rire.

« Kean, reprit Coburn, j'ai quelqu'un ici qui voudrait te parler.

— Kean, fit Perot, ici Ross.

— Oh ! Bonjour, Ross.

— Je vous renvoie là-bas *pour faire quelque chose de très important*.

— Oh !

— Vous comprenez ce que je dis ? »

Il y eut un long silence puis Taylor dit :

« Oui, monsieur.

— Bon.

— J'y vais.

— Quelle heure est-il là-bas ? interrogea Perot.

— Sept heures du matin. »

Perot regarda sa montre. Elle disait minuit.

1979 avait commencé.

Assis sur le bord de son lit dans sa chambre d'hôtel à Francfort, Taylor pensait à sa femme. Mary était à Pittsburgh avec les enfants, Mike et Dawn, où ils

117

étaient descendus chez le frère de Taylor. Taylor l'avait appelée de Téhéran avant son départ pour lui annoncer qu'il rentrait. Elle avait été très heureuse de l'apprendre. Ils avaient fait des projets pour l'avenir. Ils allaient rentrer à Dallas, mettre les enfants à l'école...

Et voilà maintenant qu'il devait la rappeler pour lui annoncer qu'après tout il ne rentrait pas.

Elle allait s'inquiéter.

Evidemment, lui-même s'inquiétait.

Il pensa à Téhéran. Il n'avait pas travaillé sur le projet du ministère de la Santé, mais il s'était occupé d'un contrat de moindre importance, l'informatisation des vieux systèmes de comptabilité manuelle de la banque Omran. Un jour, il y avait environ de cela trois semaines, un rassemblement s'était formé devant la banque. C'était la banque du shah. Taylor avait renvoyé ses gens chez eux. Glenn Jackson et lui avaient été les derniers à partir : ils avaient fermé les portes à clef derrière eux et étaient partis à pied vers le nord. Au moment où ils tournaient le coin pour prendre la rue principale, ils tombèrent sur la foule déchaînée. A cet instant précis l'armée ouvrit le feu et chargea.

Taylor et Jackson plongèrent sur le seuil d'une porte. Quelqu'un ouvrit et leur cria d'entrer. Ce qu'ils firent mais, avant que leur sauveteur ait eu le temps de la refermer, quatre des manifestants forcèrent le passage, poursuivis par cinq soldats.

Taylor et Jackson s'aplatirent contre le mur et regardèrent les soldats rosser les manifestants avec leurs matraques et leurs crosses de fusil. Un des rebelles tenta une sortie. Il avait déjà les deux doigts d'une main presque arrachés et du sang gicla sur toute la porte vitrée. Il parvint à sortir mais s'évanouit dans la rue. Les soldats traînèrent dehors les trois autres manifestants. L'un n'était plus qu'une masse ensanglantée qui pourtant n'avait pas encore perdu connaissance. Les deux autres étaient évanouis ou morts.

Taylor et Jackson restèrent à l'intérieur jusqu'à ce

que la rue fût dégagée. L'Iranien qui les avait sauvés ne cessait de répéter :

« Quittez donc le pays pendant que vous le pouvez. »

Maintenant, songea Taylor, il faut que j'explique à Mary que je viens d'accepter de replonger dans tout ça.

Pour faire quelque chose de très important.

De toute évidence, cela avait un rapport avec Paul et Bill ; et si Perot ne pouvait pas en parler au téléphone, sans doute était-ce quelque chose d'au moins clandestin et très probablement illégal.

Dans une certaine mesure, Taylor était content, malgré sa peur des émeutes. Alors qu'il était encore à Téhéran, il avait parlé au téléphone avec Emily Gaylord, la femme de Bill, et lui avait promis de ne pas partir sans Bill. Les ordres reçus de Dallas, d'après lesquels tout le monde, sauf Briggs et Gallagher, devait partir, l'avaient empêché de tenir sa parole. Les ordres maintenant avaient changé et peut-être qu'après tout il pourrait tenir sa promesse.

Allons, je ne peux pas revenir en arrière, alors je ferais mieux de trouver un avion.

Il décrocha le téléphone.

Jay Coburn se souvenait de la première fois où il avait vu Ross Perot en action. Aussi longtemps qu'il vivrait, il ne l'oublierait jamais.

Cela se passait en 1971. Coburn était employé à E.D.S. depuis moins de deux ans comme recruteur et il avait son bureau à New York. Scott était né cette année-là dans une petite clinique catholique de Staten Island. L'accouchement s'était passé sans problème et, au premier abord, Scott semblait être un bébé normal et en bonne santé.

Le lendemain de sa naissance, quand Coburn vint la voir, Liz dit qu'on ne lui avait pas amené Scott pour sa tétée matinale. Sur le moment, Coburn n'y prit pas garde. Quelques minutes plus tard, une femme entra en disant :

« Voici les photos de votre bébé.

« — Je ne me souviens pas qu'on ait pris des photos », dit Liz. La femme lui montra les clichés.

« Non, ça n'est pas mon bébé. »

La femme parut un moment déconcertée puis reprit :

« Oh ! Vous avez raison, le vôtre c'est celui qui a un problème. »

C'était la première fois que Coburn et Liz entendaient parler d'un problème quelconque.

Coburn alla voir Scott et il eut un choc terrible. Le bébé se trouvait sous une tente à oxygène, il avait la respiration haletante et il était bleu comme une paire de jeans. Les docteurs réunis en consultation se penchaient sur son cas.

Liz faillit avoir une crise de nerfs et Coburn appela leur médecin de famille pour lui demander de venir à l'hôpital. Puis il attendit.

Quelque chose n'allait pas. Qu'est-ce que c'était qu'un hôpital où on ne vous disait pas que votre bébé nouveau-né était en train de mourir ? Coburn était désemparé.

Il appela Dallas et demanda son patron Gary Griggs.

« Gary, je me demande pourquoi je vous appelle mais je ne sais que faire. »

Et il lui expliqua.

« Ne quittez pas », fit Griggs.

Quelques instants plus tard, il entendit à l'autre bout du fil une voix qu'il ne connaissait pas.

« Jack ?

— Oui.

— Ici, Ross Perot. »

Coburn avait rencontré Perot à deux ou trois reprises, mais n'avait jamais travaillé directement pour lui. Il se demandait si Perot se souvenait même de quoi il avait l'air : E.D.S. à cette époque avait plus de mille employés.

« Bonjour, Ross.

— Ecoutez, Jack, j'ai besoin de certains renseignements. »

Perot commença à lui poser des questions. Quelle

était l'adresse de l'hôpital ? Quels étaient les noms des médecins ? Quel était leur diagnostic ? Tout en répondant, Coburn se disait avec stupéfaction : est-ce que Perot sait même qui je suis ?

« Ne quittez pas, Jack. »

Il y eut un bref silence.

« Je vais vous mettre en communication avec le docteur Urschel, un de mes bons amis qui est un des meilleurs chirurgiens cardiaques de Dallas. »

Un moment plus tard, Coburn répondait à d'autres questions du docteur.

« Ne faites rien, conclut Urschel. Je m'en vais parler au médecin de l'hôpital. Restez à l'appareil de façon que nous puisssions vous contacter de nouveau.

— Bien, docteur », dit Coburn abasourdi.

Perot revint en ligne.

« Vous avez bien noté tout ça ? Comment va Liz ? »

Coburn se dit : Comment diable connaît-il le nom de ma femme ?

« Pas trop bien, répondit Coburn. Son docteur est ici et il lui a donné un calmant... »

Pendant que Perot s'efforçait d'apaiser l'inquiétude de Coburn, le docteur Urschel mettait en branle tout le personnel de l'hôpital. Il persuada les médecins de transporter Scott au centre médical de l'Université de New York. Quelques minutes plus tard, Scott et Coburn étaient dans une ambulance qui roulait vers la ville.

Ils se trouvèrent bloqués dans un embarras de circulation au beau milieu du Midtown Tunnel.

Coburn descendit de l'ambulance, fit en courant plus de quinze cents mètres jusqu'au guichet de péage et persuada un des employés de fermer tous les couloirs de circulation sauf celui dans lequel se trouvait l'ambulance.

Lorsqu'ils arrivèrent au centre médical de l'Université de New York, dix ou quinze personnes les attendaient dehors. Parmi elles se trouvait le meilleur spécialiste de chirurgie cardiovasculaire de la côte Est, qui n'avait pas mis plus de temps à venir par avion de

Boston qu'il n'en avait fallu à l'ambulance pour atteindre Manhattan.

Tandis qu'on emmenait précipitamment Scott à l'intérieur, Coburn remit aux médecins l'enveloppe de radiographies qu'il avait apportées de l'autre hôpital. Une femme médecin y jeta un coup d'œil.

« Où sont les autres ?

— C'est tout, répondit Coburn.

— C'est tout ce qu'ils ont pris comme radios ? »

D'autres radiographies révélèrent qu'en plus d'une ouverture dans le cœur, Scott avait une pneumonie. Une fois la pneumonie soignée, on put maîtriser l'affection cardiaque.

Et Scott survécut. Il devint un robuste petit garçon qui jouait au football, grimpait aux arbres, pataugeait dans les ruisseaux et se mettait les doigts dans le nez. Coburn alors commença à comprendre les sentiments que les gens éprouvaient à propos de Ross Perot.

L'obstination de Perot, le don qu'il avait de se concentrer sur une seule chose en fermant son esprit à tout le reste, jusqu'au moment où le travail était fait, avaient leur côté désagréable. Il pouvait blesser des gens. Un jour ou deux après que Paul et Bill eurent été arrêtés, il était entré dans un bureau où Coburn parlait au téléphone à Lloyd Briggs à Téhéran. Perot avait eu l'impression que Coburn dictait des instructions à Briggs et était fermement convaincu que les gens de Dallas n'avaient pas d'ordres à donner à ceux qui se trouvaient là-bas sur le terrain et qui connaissaient mieux la situation. Il avait passé à Coburn un terrible savon devant un bureau plein de gens.

Perot avait d'autres points faibles. A l'époque où Coburn travaillait au recrutement, chaque année la société nommait quelqu'un « recruteur de l'année ». Les noms des vainqueurs étaient gravés sur une plaque. La liste remontait à plusieurs années et à la longue certains des vainqueurs s'en étaient allés travailler ailleurs. Perot voulait alors qu'on supprimât leur nom de la plaque. Coburn trouvait cela bizarre. Le type avait quitté la société... et alors ? Une fois, il avait été recruteur de l'année : pourquoi changer le cours de l'histoire ? On aurait dit que Perot considérait comme une insulte personnelle que l'on voulût aller travailler pour une autre entreprise.

Les défauts de Perot allaient de pair avec ses qualités. Son étrange attitude envers les gens qui quittaient la société était le revers de sa profonde loyauté envers ses employés. La dureté dont il faisait parfois preuve n'était qu'un aspect de l'incroyable énergie et de la détermination sans lesquelles il n'aurait jamais créé E.D.S. Coburn n'avait pas de mal à pardonner ses défauts à Perot.

Il n'avait qu'à regarder Scott.

« Monsieur Perot, fit Sally. Vous avez Henry Kissinger. »

Perot décrocha, le cœur battant. Se pouvait-il que Kissinger et Zahedi eussent réussi au cours des dernières vingt-quatre heures ? Ou bien Kissinger appelait-il pour dire qu'il avait échoué ?

« Ici Ross Perot.

— Ne quittez pas, je vous prie. Je vous passe Henry Kissinger. »

Un instant plus tard, Perot entendit l'accent guttural qu'il connaissait bien.

« Allô, Ross ?

— Oui, fit Ross, retenant son souffle.

— On m'a donné l'assurance que vos hommes seront relâchés demain à dix heures du matin, heure de Téhéran. »

Perot poussa un long soupir de soulagement.

« Docteur Kissinger, c'est la meilleure nouvelle que j'aie entendue depuis je ne sais quand. Je ne sais pas comment vous remercier.

— Les détails doivent être réglés aujourd'hui par des fonctionnaires de l'ambassade américaine et du ministère iranien des Affaires étrangères, mais il ne s'agit que d'une formalité : on m'a prévenu que vos hommes vont être relâchés.

— C'est formidable. Nous vous sommes vraiment reconnaissants de votre aide.

— Je vous en prie. »

Il était neuf heures trente du matin à Téhéran, minuit à Dallas. Perot était assis dans son bureau, il attendait. La plupart de ses collègues étaient rentrés chez eux, afin de dormir dans un lit pour changer, heureux de savoir que, lorsqu'ils s'éveilleraient, Paul et Bill seraient libres. Perot restait à son bureau pour suivre les choses jusqu'au bout.

A Téhéran, Lloyd Briggs était au bureau de Bucarest Street, et l'un des employés iraniens attendait devant la prison. Dès que Paul et Bill se présenteraient, l'Iranien appellerait le Bucarest et Briggs téléphonerait à Perot.

Maintenant que la crise était presque terminée, Perot avait le temps de se demander quelle erreur il avait commise. L'une lui vint aussitôt à l'esprit. Lorsqu'il avait décidé, le 4 décembre, d'évacuer tout le personnel qu'il avait en Iran, il ne s'était pas montré assez déterminé, il avait laissé les autres traîner les pieds et soulever des objections jusqu'au moment où il était trop tard pour le faire.

Mais, en fait, la grande erreur ç'avait été de faire des affaires en Iran. Avec le recul, il s'en rendait compte. Sur le moment, il avait reconnu avec ses responsables commerciaux — et avec bien d'autres hommes d'affaires américains — que l'Iran, avec ses richesses en pétrole, sa stabilité, ses tendances pro-occidentales, offrait d'excellentes perspectives. Il n'avait pas perçu les tensions sous la surface, il ne savait rien de l'ayatollah Khomeiny et il n'avait pas prévu qu'un jour il se trouverait un président des Etats-Unis assez naïf pour tenter d'imposer à un pays du Moyen-Orient les croyances et les valeurs américaines.

Il regarda sa montre. Minuit et demi. Paul et Bill devaient à cet instant même sortir de prison.

La bonne nouvelle annoncée par Kissinger avait été confirmée par un coup de téléphone de David Newsom, l'adjoint de Cyrus Vance au Département d'Etat. Et ce n'était pas trop tôt pour Paul et Bill d'être libérés. Les nouvelles d'Iran étaient de nouveau mauvaises :

Bakhtiar, le nouveau Premier ministre du shah, avait été repoussé par le Front national, le parti considéré maintenant comme d'opposition modérée. Le shah avait annoncé qu'il allait peut-être prendre des vacances. William Sullivan, l'ambassadeur américain, avait conseillé aux familles de tous les Américains travaillant en Iran de rentrer, et les ambassades du Canada et de Grande-Bretagne avaient suivi son exemple. Mais la grève avait fermé l'aéroport et des centaines de femmes et d'enfants étaient bloqués sur place... Paul et Bill, eux, ne seraient pas bloqués. Perot avait de bons amis au Pentagone depuis la campagne pour les prisonniers de guerre : Paul et Bill seraient évacués à bord d'un appareil de l'Air Force américaine.

A une heure, Perot appela Téhéran. Pas de nouvelles. Bah ! songea-t-il, tout le monde dit que les Iraniens n'ont aucun sens du temps.

L'ironie de toute cette situation, c'était qu'E.D.S. n'avait jamais versé de pots-de-vin, ni en Iran ni ailleurs. Perot avait horreur de l'idée de corruption. Le code de conduite d'E.D.S. était fixé dans une brochure de douze pages distribuée à chaque nouvel employé. C'était Perot lui-même qui l'avait rédigée.

« Sachez bien que les lois fédérales et celles de la plupart des Etats interdisent de faire le moindre cadeau de valeur à un fonctionnaire avec l'intention de l'influencer à propos d'une décision administrative... Comme l'absence d'une telle intention pourrait se révéler difficile à prouver, ni argent ni objet de valeur ne doivent être donnés à un fonctionnaire fédéral, à un fonctionnaire de l'Etat, ni à un fonctionnaire d'un gouvernement étranger... La certitude que la loi n'interdit pas le versement d'une somme d'argent, ni la remise d'un cadeau ne permet pas d'arriver à une conclusion définitive... Il convient toujours d'examiner de plus près la morale des choses... Pourriez-vous traiter des affaires en vous fiant totalement à quelqu'un qui se conduit comme vous le faites ? Là réponse doit toujours être OUI. » La dernière page de la brochure était un formulaire que le nouvel employé devait signer, reconnaissant ainsi qu'il avait reçu et lu le code.

Lorsque E.D.S. s'installa en Iran, les principes puritains de Perot avaient été encore renforcés par le scandale Lockheed. Daniel J. Haughton, président de la Lockheed Aircraft Corporation, avait avoué devant une commission sénatoriale que Lockheed avait l'habitude de verser des millions de dollars en pots-de-vin pour vendre ses appareils à l'étranger. Son témoignage avait été une scène extrêmement embarrassante qui avait écœuré Perot : se tortillant sur son siège, Haughton avait expliqué au comité que ses versements n'étaient pas des paiements, mais des « ristournes ». A la suite de cela, la loi sur la corruption fit un délit d'après le droit américain de verser des pots-de-vin dans des pays étrangers.

Perot avait fait venir son avocat, Tom Luce, et l'avait rendu personnellement responsable de s'assurer qu'E.D.S. ne versait jamais de pots-de-vin. Lors de la négociation du contrat avec le ministère de la Santé en Iran, Luce avait vexé pas mal de gros bonnets d'E.D.S. par la minutie et l'obstination avec lesquelles il les avait interrogés pour être bien sûr qu'ils avaient mené leurs affaires correctement.

Perot ne courait pas après les marchés. Il gagnait déjà des millions de dollars. Il n'avait aucun besoin de s'étendre. S'il faut verser des pots-de-vin pour faire des affaires là-bas, avait-il dit, eh bien, c'est tout simple, nous ne ferons pas d'affaires là-bas.

En matière de commerce, il avait des principes profondément enracinés. Ses ancêtres étaient des Français venus à La Nouvelle-Orléans et qui avaient installé des comptoirs le long de la rivière Rouge. Son père, Gabriel Ross Perot, était courtier en coton. C'était une activité saisonnière, et Ross père avait passé beaucoup de temps avec son fils, souvent à lui parler affaires.

« Ça ne rime à rien d'acheter du coton à un fermier une seule fois, expliquait-il. Il faut le traiter équitablement, gagner sa confiance et nouer des relations avec lui, si bien qu'il sera heureux de te vendre son coton année après année. Là, tu fais des affaires. »

La corruption n'avait pas de place dans ce plan.

A une heure et demie, Perot rappela le bureau d'E.D.S. à Téhéran. Toujours pas de nouvelles.

« Appelez la prison ou envoyez quelqu'un là-bas, dit-il. Tâchez de savoir quand on les libère. »

Il commençait à se sentir mal à l'aise.

Qu'est-ce que je vais faire si ça ne marche pas ? songea-t-il. Si je verse la caution, j'aurai dépensé treize millions de dollars mais Paul et Bill n'auront toujours pas l'autorisation de quitter l'Iran. Les autres méthodes pour les faire sortir dans le cadre de la légalité se heurtaient à l'obstacle soulevé par les avocats iraniens : que l'affaire était politique, ce qui semblait signifier que peu importait que Paul et Bill fussent innocents. Mais jusqu'alors la pression politique avait échoué : ni l'ambassade américaine à Téhéran ni le Département d'Etat à Washington n'avaient rien pu faire ; et, si Kissinger échouait, ce serait sûrement la fin de tout espoir dans ce domaine. Quelle solution restait-il alors ?

La force.

Le téléphone sonna. Perot bondit sur le combiné.

« Ici Ross Perot.

— C'est Lloyd Briggs.

— Ils sont sortis ?

— Non. »

Perot sentit son cœur se serrer.

« Qu'est-ce qui se passe ?

— Nous avons parlé avec la prison. Ils n'ont aucune instruction pour libérer Paul et Bill. »

Perot ferma les yeux. Le pire était arrivé. Kissinger avait échoué.

Il soupira.

« Merci, Lloyd.

— Qu'est-ce qu'on fait maintenant ?

— Je ne sais pas », répondit Perot.

Mais, en fait, il savait.

Il dit au revoir à Briggs et raccrocha l'appareil.

Il se refusait à admettre la défaite. Un autre des

principes de son père était : veille sur les gens qui travaillent pour toi. Perot se rappelait toute la famille faisant quinze kilomètres le dimanche pour rendre visite à un vieux Noir qui tondait autrefois leur pelouse, rien que pour s'assurer qu'il allait bien et qu'il avait de quoi manger. Le père de Perot employait des gens dont il n'avait pas besoin, pour la seule raison qu'ils n'avaient pas de travail. Tous les ans, la voiture familiale des Perot se rendait à la foire du comté, bourrée d'employés noirs à qui l'on avait donné chacun un peu d'argent de poche et une carte de visite de Perot à exhiber si jamais quelqu'un voulait leur faire des histoires. Perot se souvenait d'un des employés qui avait sauté dans un train de marchandises pour aller en Californie et qui, arrêté pour vagabondage, avait montré la carte de visite commerciale du père de Perot. Le shérif avait dit :

« On se fout de savoir quel nègre tu es, on te colle en prison. »

Mais il avait quand même appelé Perot père, qui avait réglé par mandat télégraphique le montant du billet de train pour que l'homme puisse rentrer.

« Je suis allé en Californie et me voilà de retour », avait dit l'homme en arrivant à Texarkana ; et Perot père lui avait redonné son emploi.

Le père de Perot ne connaissait pas l'expression « droits de l'homme » : ce qui comptait pour lui, c'était la façon dont on traitait les autres. Perot n'avait compris que ses parents n'étaient pas comme tout le monde que lorsqu'il avait grandi.

Son père ne laisserait pas ses employés en prison. Perot n'allait pas le supporter non plus.

Il décrocha le téléphone :

« Passez-moi T. J. Marquez. »

Il était deux heures du matin, mais T. J. ne serait pas surpris : ce n'était pas la première fois que Perot le réveillait au milieu de la nuit, et ce ne serait pas la dernière.

Une voix ensommeillée fit :

« Allô ?

— Tom, ça ne se présente pas bien.

— Pourquoi ?

— On ne les a pas libérés, et la prison dit n'avoir aucun ordre à ce sujet.

— Ah ! fichtre.

— La situation là-bas ne fait qu'empirer : vous avez vu les nouvelles ?

— Je pense bien !

— Pensez-vous qu'il soit temps d'appeler Simons ?

— Oui, je crois.

— Vous avez son numéro ?

— Non, mais je peux le trouver.

— Appelez-le », dit Perot.

3

Bull Simons était en train de devenir fou.

Il songeait sérieusement à mettre le feu à sa maison. C'était une vieille baraque en bois, elle flamberait comme une allumette et on n'en parlerait plus. L'endroit pour lui était devenu un enfer, mais un enfer qu'il ne voulait pas quitter, car ce qui lui rendait la vie insupportable là-bas, c'était le souvenir doux-amer de l'époque où ç'avait été le paradis.

C'était Lucille qui avait trouvé la maison. Elle avait vu une annonce dans un magazine et ils avaient pris l'avion tous les deux de Fort Bragg, en Caroline du Nord, pour la visiter. A Red Bay, dans une région desséchée de la Floride, la maison était bâtie au milieu de seize hectares de bois. Mais il y avait aussi un lac d'un hectare avec des brochets.

Lucille l'avait adorée.

On était en 1971, et le moment était venu pour Simons de prendre sa retraite. Cela faisait dix ans qu'il était colonel et, si le raid de Son Tay ne lui valait pas le grade de général, rien ne lui donnerait du galon. La vérité, c'était qu'il n'était pas à sa place dans le club des généraux : il avait toujours été officier de réserve, il n'était passé par aucune grande école militaire comme West Point, ses méthodes n'étaient pas conventionnelles et il n'avait pas l'art de fréquenter les cocktails de Washington ni de faire du lèche-bottes. Il savait qu'il était un fichtrement bon soldat et, si ça ne suffisait pas, eh bien, tant pis pour Art Simons. Il donna donc sa démission et ne le regretta pas. Il avait passé les plus heureuses années de sa vie ici, à Red Bay. Pendant toute leur existence, Lucille et lui avaient connu des périodes de séparation, parfois jusqu'à un an sans se voir, lorsqu'il était affecté au Vietnam, au Laos ou en Corée. Dès l'instant où il avait pris sa retraite, ils étaient ensemble jour et nuit, tous les jours de l'année. Simons élevait des porcs. Il n'avait rien d'un fermier, mais il avait trouvé les renseignements qu'il lui fallait dans des livres et bâti lui-même sa porcherie. Une fois l'affaire lancée, il s'aperçut qu'il n'avait pas grand-chose à faire que de nourrir les cochons et de les regarder, alors il passait pas mal de temps à s'occuper de sa collection de cent cinquante armes à feu ; il finit par ouvrir un petit magasin d'armurerie où il réparait ses armes ainsi que celles de ses voisins, et entreposait ses munitions. Presque tous les jours, Lucille et lui se promenaient, la main dans la main, dans les bois jusqu'au lac où de temps en temps il leur arrivait de pêcher un brochet ou une perche. Le soir, après le dîner, elle montait dans sa chambre comme si elle se préparait à une soirée et elle en redescendait, vêtue d'une robe d'intérieur par-dessus sa chemise de nuit, avec un ruban rouge noué dans ses cheveux tout sombres et venait s'asseoir sur ses genoux...

C'étaient des souvenirs comme ça qui lui brisaient le cœur.

Même les garçons avaient semblé grandir enfin durant ces années dorées. Harry, le plus jeune, était rentré un jour en disant :

« Papa, je me suis intoxiqué à l'héroïne et à la cocaïne, et j'ai besoin que tu m'aides. »

Simons n'y connaissait pas grand-chose en matière de drogue. Il avait fumé de la marijuana une fois, dans le cabinet d'un médecin à Panama, avant de faire à ses hommes un topo sur la drogue, rien que pour pouvoir leur dire qu'il savait ce que c'était ; mais, tout ce qu'il connaissait de l'héroïne, c'était que ça tuait les gens. Malgré cela, il avait réussi à aider Harry en l'occupant, en plein air, en lui faisant bâtir des porcheries. Ça avait pris quelque temps. A plusieurs reprises, Harry avait quitté la maison pour aller chercher de la drogue en ville, mais il revenait toujours et il finit par renoncer à ces expéditions.

Cet épisode avait rapproché Simons et Harry. Simons ne serait jamais proche de Bruce, son fils aîné ; mais au moins il n'avait plus à se faire du souci à propos de ce garçon. Garçon ? Il avait la trentaine et il était à peu près aussi entêté que... eh bien, que son père. Bruce avait découvert Jésus et était décidé à amener au Seigneur le reste du monde — à commencer par le colonel Simons. Simons l'avait pratiquement fichu dehors. Mais, contrairement aux autres emballements de jeunesse de Bruce — la drogue, le I Ching, le retour à la nature —, Jésus avait duré, et Bruce avait fini par s'installer dans une vie stable comme pasteur d'une petite paroisse dans le nord-ouest glacé du Canada.

Simons avait donc cessé de se faire du mauvais sang à propos de ses fils. Il les avait élevés du mieux qu'il pouvait, pour le meilleur et pour le pire, maintenant c'étaient des hommes et ils pouvaient se débrouiller tout seuls. Il se consacrait à Lucille.

C'était une grande et belle femme, sculpturale, avec un penchant pour les larges capelines. Elle était rudement impressionnante au volant de leur Cadillac noire. Mais, en fait, elle était tout sauf redoutable. Elle était douce, gentille et adorable. Fille de deux enseignants, elle avait besoin de quelqu'un qui prenait les décisions pour elle, de quelqu'un qu'elle pouvait suivre aveuglément et à qui se fier totalement ; et elle avait trouvé cela en Art Simons. A son tour, il lui était tout dévoué. Lorsqu'il prit sa retraite, ils étaient mariés depuis trente ans et, pendant tout ce temps, il ne s'était jamais le moins du monde intéressé à une autre femme. Seul son métier, avec ses affectations au loin, les avait séparés ; maintenant c'était fini. Il lui avait dit :

« Mes plans de retraite peuvent se résumer en un seul mot : toi. »

Ils avaient connu sept années merveilleuses.

Et puis Lucille était morte d'un cancer le 16 mars 1978.

Et Bull Simons s'était effondré.

On dit que tout homme a un point de rupture. Simons pensait que cette règle ne s'appliquait pas à lui. Il savait maintenant que si : la mort de Lucille l'avait brisé. Il avait tué bien des gens, il en avait vu mourir plus encore, mais jusque-là il n'avait pas compris la signification de la mort. Pendant trente-sept ans, ils avaient été ensemble et voilà que tout d'un coup elle n'était plus là.

Sans elle, il ne savait pas ce que la vie était censée être. Rien ne rimait à rien. Il avait soixante ans et il ne trouvait aucune raison valable de vivre un jour de plus. Il cessa de s'occuper de lui. Il mangeait des conserves et lui qui avait toujours eu les cheveux si courts les laissait maintenant pousser. Chaque jour, à quatre heures moins le quart, religieusement, il nourrissait les cochons. Il se mit à recueillir des chiens égarés et ne tarda pas à en avoir treize, qui griffaient les meubles et faisaient des saletés sur les tapis.

Il savait qu'il était au bord de perdre l'esprit et seule la discipline de fer qu'il s'était si longtemps imposée lui permit de garder sa santé d'esprit. La première fois qu'il songea à incendier la maison, il comprit que sa raison vacillait et il se promit d'attendre un an, puis de voir alors comment il se sentirait.

Son frère Stanley s'inquiétait à son propos, il le savait. Stan essayait de l'obliger à se reprendre : il lui avait conseillé de donner des conférences, il avait même essayé de le pousser à s'engager dans l'armée israélienne. Simons avait des ascendances juives, mais se considérait comme Américain : il ne voulait pas aller en Israël. Il n'arrivait pas à se dominer. C'était un effort surhumain que de vivre au jour le jour.

Il n'avait pas besoin de quelqu'un pour s'occuper de lui : il n'avait jamais eu besoin de cela. Tout au contraire, c'était lui qui avait besoin de veiller sur quelqu'un. C'était ce qu'il avait fait toute sa vie. Il avait veillé sur Lucille, il avait veillé sur les hommes qui étaient sous ses ordres. Personne ne pouvait le tirer de sa déprime, car son rôle dans la vie, c'était de sauver les autres. C'était pourquoi il s'était bien entendu avec Harry mais pas avec Bruce : Harry était venu lui demander de le sauver de son intoxication, mais Bruce était venu offrir à Art Simons de le sauver en le conduisant au Seigneur. Dans les opérations militaires, Simons avait toujours eu pour but de ramener tous ses hommes vivants. Le raid sur Son Tay aurait été le parfait couronnement de sa carrière, si seulement il y avait eu des prisonniers à sauver dans le camp.

Par un étrange paradoxe, la seule façon de sauver Simons, c'était de lui demander de sauver quelqu'un d'autre.

Et la chose arriva à deux heures du matin, le 2 janvier 1979.

La sonnerie du téléphone le réveilla.

« Bull Simons ? »

La voix lui parut vaguement familière.

« Oui.

— Ici T. J. Marquez d'E.D.S. à Dallas. »

Simons se souvenait : E.D.S., Ross Perot, la campagne pour les prisonniers de guerre, la soirée de San Francisco...

« Bonjour, Tom.

— Bull, je suis navré de vous réveiller.

— Pas d'importance. Qu'est-ce que je peux faire pour vous ?

— Nous avons deux gars en prison en Iran, et il semble que nous ne parviendrons pas à les tirer de là par des moyens habituels. Seriez-vous disposé à nous aider ? »

S'il serait disposé ?

« Fichtre oui, dit Simons. Quand est-ce qu'on part ? »

CHAPITRE IV

1

Ross Perot quitta le bâtiment d'E.D.S., prit à gauche dans Forest Lane, puis à droite pour gagner le Central Expressway. Il se rendait à l'hôtel Hilton où il avait l'intention de demander à sept hommes de risquer leur vie.

Sculley et Coburn avaient dressé leur liste. Leurs deux noms figuraient en haut, suivis de cinq autres.

Combien de chefs d'entreprise américains au XXe siècle avaient-ils demandé à sept de leurs employés de prendre d'assaut une prison ? Sans doute aucun.

Pendant la nuit, Sculley et Coburn avaient appelé les cinq autres, dispersés à travers tous les Etats-Unis, séjournant chez des amis ou des parents après leur départ précipité de Téhéran. A chacun on avait dit seulement que Perot voulait le voir à Dallas aujourd'hui. Ils étaient habitués aux coups de téléphone à minuit et aux convocations soudaines — c'était la façon de travailler de Perot — et tous avaient accepté de venir.

A peine arrivés à Dallas, on leur avait dit, plutôt que d'aller au bureau d'E.D.S., de descendre au Hilton. La plupart d'entre eux devaient y être maintenant, à attendre Perot.

Il se demandait ce qu'ils allaient dire quand il leur annoncerait qu'il voulait qu'ils retournent à Téhéran pour tirer de prison Paul et Bill.

C'étaient des types bien, qui lui étaient fidèles, mais la fidélité envers un employeur n'allait généralement pas jusqu'à risquer sa vie pour lui. Certains d'entre eux allaient peut-être trouver que toute cette idée de sauvetage était démente. D'autres penseraient à leur femme et à leurs enfants, et refuseraient à cause d'eux — ce qui serait bien normal.

Je n'ai aucun droit de demander à ces hommes de faire ça, songea-t-il. Je dois faire attention à n'exercer sur eux aucune pression. Pas de baratin aujourd'hui, Perot : la vérité. Ils doivent comprendre qu'ils sont libres de répondre : non, merci, patron ; ne comptez pas sur moi.

Combien d'entre eux seraient-ils volontaires ?

Un sur cinq, estimait Perot.

Si c'était le cas, il faudrait plusieurs jours pour rassembler une équipe, et il risquait de se retrouver avec des gens qui ne connaissaient pas Téhéran.

Et si *aucun* ne se portait volontaire ?

Il arrêta la voiture devant le Hilton et coupa le contact.

Jay Coburn regarda autour de lui. Il y avait quatre autres hommes dans la pièce : Pat Sculley, Glenn Jackson, Ralph Boulware et Joe Poché. Deux autres étaient en route : Jim Schwebach arrivait d'Eau Claire, dans le Wisconsin, et Ron Davis de Columbus dans l'Ohio.

Ce n'étaient certainement pas les Douze Salopards.

Avec leurs costumes sombres, leurs chemises blanches et leurs cravates discrètes, leurs cheveux coupés court, leurs visages bien rasés et leurs corps bien nourris, ils avaient l'air de ce qu'ils étaient : des cadres américains ordinaires. On avait du mal à les imaginer comme un groupe de mercenaires.

Coburn et Sculley avaient établi chacun une liste séparée, mais ces cinq hommes se retrouvaient sur les deux. Chacun avait travaillé à Téhéran ; la plupart figuraient dans l'équipe d'évacuation de Coburn. Chacun avait soit une expérience militaire, soit une spécialité utile. Et chacun était un homme à qui Coburn faisait toute confiance.

Pendant que Sculley leur téléphonait au petit matin, Coburn avait consulté les archives du personnel et rassemblé sur chacun un dossier, précisant son âge, sa taille, son poids, sa situation conjugale et s'il connaissait ou non Téhéran. Lorsqu'ils arrivèrent à Dallas, chacun d'eux remplit une autre feuille détaillant son expérience militaire, les écoles militaires qu'il avait fréquentées, les armes dont il savait se servir, et ses diverses autres spécialités. Les dossiers étaient destinés au colonel Simons, qui arrivait de Red Bay. Mais, avant l'entrée en scène de Simons, Perot devrait demander à ces hommes s'ils étaient prêts à se porter volontaires.

Pour leur entrevue avec Perot, Coburn avait pris trois chambres communicantes. Seule celle du milieu serait utilisée : les chambres de chaque côté avaient été réservées pour se protéger des indiscrets.

Tout cela était assez mélodramatique.

Coburn étudia les autres en se demandant ce qu'ils pensaient. On ne leur avait pas encore dit de quoi il s'agissait, mais sans doute avaient-ils deviné.

Il ne saurait dire ce que pensait Joe Poché : personne n'en était capable. Petit, taciturne, trente-deux ans, Poché dissimulait bien ses émotions. Il parlait toujours d'une voix sourde et unie, le visage généralement impassible. Il avait passé six ans dans l'armée et avait vu le feu comme commandant d'une batterie d'obusiers au Vietnam. Il avait utilisé à peu près toutes les armes que l'armée possédait et il tuait le temps, au Vietnam, en s'exerçant à tirer au Colt 45. Il avait passé deux ans avec E.D.S. à Téhéran, d'abord pour concevoir le système d'inscription du personnel — le programme informatique énumérant les noms des employés ayant droit au remboursement des frais médicaux, et par la suite c'était lui qui avait conçu le programme d'enregistrement des dossiers qui fournissaient la base de données de tout le système. Coburn savait que c'était un homme à l'esprit logique et méthodique, un homme qui ne donnerait son accord à aucune idée, à aucun plan avant de l'avoir examiné sous tous les angles et d'en avoir envisagé lentement et soigneusement toutes les conséquences. L'humour et l'intuition n'étaient pas ses points forts : c'étaient plutôt l'intelligence et la patience.

Ralph Boulware avait douze bons centimètres de plus que Poché. C'était l'un des deux Noirs de la liste, il avait un petit visage poupin, des yeux vifs, et il parlait très vite. Il avait passé neuf ans dans l'Air Force comme technicien, à travailler sur les systèmes complexes d'ordinateurs et de radars de bord des bombardiers. A Téhéran, en tout juste neuf mois, après avoir débuté comme préparateur de données, il avait été rapidement promu directeur du centre de données. Coburn le connaissait bien et l'aimait beaucoup. Ils s'enivraient ensemble. Leurs enfants jouaient ensemble et leurs femmes étaient devenues amies. Boulware adorait sa famille, adorait ses amis, son travail et la vie. Il aimait la vie plus que personne d'autre que connaissait Coburn, à l'exception peut-être de Ross Perot. Boulware était aussi une grande gueule, un homme à l'esprit extrêmement indépendant et qui n'hésitait jamais à dire ce qu'il pensait. Comme beaucoup de Noirs qui avaient réussi, il était un rien plus susceptible que les autres et se plaisait à faire comprendre qu'il ne fallait pas le bousculer. Pendant l'Ashura, alors qu'il participait aux parties de poker à grosses mises avec Coburn et Paul, tous les autres dormaient sur place pour plus de sécurité, comme ils en étaient convenus ; mais pas Boulware. Cela s'était passé sans discussion ni déclaration préalable : Boulware était simplement rentré chez lui. Quelques jours plus tard, il avait décidé que le travail qu'il faisait à Téhéran ne justifiait pas le risque qu'il prenait pour sa sécurité, alors il était rentré aux Etats-Unis. Ce n'était pas un homme à courir avec la meute simplement parce que c'était une meute : s'il trouvait que les autres couraient dans la mauvaise direction, il les lâchait. Il était le plus sceptique du groupe rassemblé au Hilton : si quelqu'un allait critiquer l'idée de faire évader des gens de prison, ce serait Boulware.

Glenn Jackson était de tous celui qui avait le moins l'air d'un mercenaire. Homme affable, au nez chaussé de lunettes, il n'avait aucune expérience militaire, mais c'était un chasseur enthousiaste et un fin tireur. Il connaissait bien Téhéran, car il avait travaillé là-bas pour les hélicoptères Bell aussi bien que pour E.D.S. C'était, de l'avis de Coburn, un homme honnête, droit et carré, qu'on avait du mal à imaginer dans les manœuvres et les violences qu'entraînerait nécessairement l'évasion de Paul et de Bill. Jackson était un baptiste — les autres étaient catholiques, sauf Poché qui ne disait pas quelle était sa religion — et les baptistes étaient plus connus pour donner des coups de poing sur des bibles que sur des visages. Coburn se demandait comment Jackson allait réagir.

Il avait les mêmes inquiétudes à propos de Pat Sculley. Sculley avait de bons états de service militaires — il avait passé cinq ans dans l'armée, finissant comme instructeur dans les rangers avec le grade de capitaine — mais il n'avait aucune expérience du combat. Agressif et direct en affaires, c'était un des jeunes cadres les plus brillants et les plus prometteurs d'E.D.S. Comme Coburn, Sculley était un incorrigible optimiste, mais alors que l'attitude de Coburn avait été quelque peu tempérée par la guerre, Sculley avait toute la naïveté de la jeunesse. Si les choses tournent à la violence, se demanda Coburn, Sculley sera-t-il assez costaud pour tenir ?

Des deux hommes qui n'étaient pas encore arrivés, l'un était le plus qualifié pour participer à une opération comme celle-là, et l'autre peut-être le moins.

Jim Schwebach s'y connaissait plus en combat qu'en ordinateurs. Durant les onze ans qu'il avait passés dans l'armée, il avait servi avec le cinquième groupe des forces spéciales au Vietnam, accomplissant le genre de travail de commando dans lequel Bull Simons était spécialisé, des opérations clandestines, derrière les lignes ennemies ; et il avait bien plus de décorations que Coburn. Il avait passé tant d'années dans l'armée qu'il était encore un cadre moyen, malgré son âge, trente-cinq ans. Il avait un poste d'ingénieur stagiaire de systèmes en arrivant à Téhéran, c'était un homme pondéré et sur qui on pouvait compter, et Coburn en avait fait un chef d'équipe lors de l'évacuation. Haut de seulement un mètre soixante-trois, Schwebach se tenait droit et le menton relevé comme beaucoup d'hommes petits, et il avait l'indomptable esprit combatif qui est la seule arme du plus petit élève de la classe. Coburn l'admirait de s'être porté volontaire — par pur patriotisme — pour les missions supplémentaires au Vietnam. Sur le champ de bataille, songeait Coburn, Schwebach serait le dernier qu'on voudrait faire prisonnier : si on avait le choix, on abattrait ce petit emmerdeur avant de le capturer, tant il était homme à vous compliquer la vie.

Pourtant, le caractère difficile de Schwebach n'était pas immédiatement apparent. C'était un garçon à l'aspect tout à fait ordinaire. En fait, on le remarquait à peine. A Téhéran, il vivait plus au sud que tout le monde, dans un quartier où il n'y avait pas d'autres Américains, et pourtant il circulait souvent dans les rues, vêtu d'un vieux blouson de combat, d'un blue-jean et coiffé d'une casquette de laine, sans jamais avoir été importuné. Il était homme à se perdre dans une foule de seulement deux personnes — un talent qui pourrait se révéler bien utile dans l'attaque d'une prison.

L'autre qui n'était pas encore arrivé, c'était Ron Davis. A trente ans, il était le plus jeune de la liste. Fils d'un pauvre assureur noir, Davis avait rapidement gravi les échelons dans le monde blanc de l'entreprise américaine. Rares étaient ceux qui, comme lui, avaient démarré tout en bas pour se retrouver à la direction. Perot était particulièrement fier de Davis : « La carrière de Ron, c'est comme une fusée envoyée sur la lune », disait-il. Au cours des dix-huit mois qu'il avait passés à Téhéran, Davis avait acquis de bonnes connaissances de farsi, en travaillant sous les ordres de Keane Taylor, non sur le contrat avec le ministère, mais sur un autre projet plus modeste, visant à informatiser la banque Omran, la banque du shah. Davis était gai, impertinent, il aimait la plaisanterie, un comique sans vulgarité. Coburn estimait que c'était le plus sincère des hommes figurant sur la liste. Davis n'avait aucun mal à parler de ses sentiments et de sa vie personnelle. Pour cette raison, Coburn le considérait comme vulnérable. D'un autre côté, peut-être le don de parler franchement de soi aux autres était-il un signe de grande confiance et de force intérieure.

Quoi qu'il en fût de la solidité affective de Davis, physiquement, c'était un véritable athlète. Il n'avait peut-être pas d'expérience militaire, mais il était ceinture noire de karaté. Une fois, à Téhéran, trois hommes l'avaient attaqué pour le voler : il les avait tous rossés en quelques secondes. Comme le don de Schwebach à se fondre dans la masse, le karaté de Davis était un talent qui pourrait se révéler utile.

Comme Coburn, les six hommes avaient la trentaine.

Ils étaient tous mariés.

Et ils avaient tous des enfants.

La porte s'ouvrit et Perot entra.

Il leur serra la main en disant :

« Comment ça va ? » et « Heureux de vous voir ! » avec l'air de le penser vraiment, se rappelant les noms de leurs femmes et de leurs enfants.

Il a vraiment de bons contacts avec les gens, se dit Coburn.

« Schwebach et Davis ne sont pas encore là, lui annonça Coburn.

— Bon, fit Perot en s'asseyant. Il faudra que je les voie plus tard. Envoyez-les à mon bureau dès qu'ils arriveront. » Il marqua un temps.

« Je leur dirai exactement ce que je m'en vais vous dire à vous tous. »

Il marqua une nouvelle pause, comme s'il rassemblait ses idées. Puis il fronça les sourcils et les regarda longuement tour à tour.

« Je demande des volontaires pour un projet où l'on risque de laisser sa peau. A ce stade, je ne peux pas vous dire de quoi il s'agit, encore que vous puissiez sans doute le deviner. Je veux que vous preniez cinq ou dix minutes, ou plus, pour y penser, puis que vous reveniez m'en parler l'un après l'autre. Réfléchissez bien. Si, pour quelque raison que ce soit, vous choisissez de ne pas accepter, vous pouvez très bien le dire, et personne en dehors de cette pièce ne le saura jamais. Si vous décidez d'être volontaire, je vous en dirai davantage. Maintenant, allez réfléchir. »

Ils se levèrent tous et, un par un, ils quittèrent la pièce.

Je pourrais être tué sur le Central Expressway, songea Joe Poché.

Il savait pertinemment en quoi consistait le projet dangereux : ils allaient faire sortir Paul et Bill de prison.

Il s'en doutait à peu près depuis qu'à deux heures et demie du matin il avait été réveillé chez sa belle-mère à San Antonio par un coup de téléphone de Pat Sculley. Sculley, le moins habile menteur du monde, avait dit :

« Ross m'a demandé de vous appeler. Il veut que vous veniez à Dallas dès ce matin pour travailler à une étude sur l'Europe.

— Pat, avait dit Poché, pourquoi diable m'appelez-vous à deux heures et demie du matin pour m'annoncer que Ross veut que je travaille à une étude sur l'Europe ?

— C'est très important. Nous avons besoin de savoir quand vous pouvez être ici. »

Bon, se dit Poché avec résignation, c'est quelque chose dont il ne peut pas me parler au téléphone.

« Mon premier vol doit être vers six ou sept heures du matin.

— Parfait. »

Poché avait réservé une place d'avion puis était allé se recoucher. En réglant son réveil pour cinq heures, il dit à sa femme : « Je ne sais pas de quoi il s'agit, mais j'aimerais bien que pour une fois quelqu'un soit clair. »

En fait, il se doutait bien de quoi il s'agissait et ses soupçons s'étaient trouvés confirmés dans le courant de la journée, lorsque Ralph Boulware était venu le chercher à l'aéroport et que, au lieu de l'emmener à E.D.S., il l'avait amené jusqu'à cet hôtel en refusant de lui dire ce qui se passait.

Poché aimait bien réfléchir longuement aux choses et le temps ne lui avait pas manqué pour envisager l'idée de faire sortir Paul et Bill de prison. Ça le ravissait, il était content comme tout. Cela lui rappelait le bon vieux temps, quand tout E.D.S. ne comprenait que trois mille personnes et qu'ils parlaient de la foi.

C'était leur mot de passe pour tout un tas d'attitudes et d'opinions sur la façon dont une entreprise doit se comporter envers ses employés : autrement dit, E.D.S. veillait sur les siens. Dès l'instant qu'on consacrait son maximum d'efforts à la société, elle vous soutenait contre vents et marées : quand on était malade, quand on avait des problèmes personnels ou familiaux, quand on se trouvait dans n'importe quel pétrin. C'était un peu comme une famille. Poché aimait cette impression, bien qu'il n'en parlât pas : de toute façon, il ne parlait pas beaucoup.

E.D.S. avait changé depuis ce temps-là. Avec dix mille personnes au lieu de trois mille, l'atmosphère familiale ne pouvait pas être aussi intense. Personne ne parlait plus de la foi. Mais elle existait encore : cette réunion en était la preuve. Et bien que son visage fût aussi dépourvu d'expression que jamais, Joe Poché était enchanté. Bien sûr qu'ils iraient là-bas et qu'ils tireraient leurs copains de prison. Poché était simplement ravi d'avoir l'occasion de faire partie de l'équipe.

Contrairement à ce qu'avait prévu Coburn, Ralph Boulware ne ricana pas à l'idée d'un sauvetage. Boulware le sceptique, l'esprit fort, était partant.

Lui aussi avait deviné ce qui se passait, aidé — tout comme Poché — par l'incapacité de Sculley à mentir de façon convaincante.

Boulware et sa famille étaient descendus chez des amis à Dallas. Le jour du Nouvel An, Boulware n'avait pas fait grand-chose et sa femme lui avait demandé pourquoi il n'allait pas au bureau. Il lui avait répondu qu'il n'avait rien à y faire. Elle n'avait pas avalé ce mensonge. Mary Boulware était la seule personne au monde devant qui Ralph cédait, et il finit par aller au bureau. Là il tomba sur Sculley.

« Qu'est-ce qui se passe ? avait demandé Boulware.

— Oh ! rien, avait dit Sculley.

— Qu'est-ce que tu fabriques ?

— Oh ! je fais surtout des réservations d'avion. »

Sculley lui avait paru d'étrange humeur. Boulware le connaissait bien : à Téhéran, ils allaient au bureau ensemble le matin en voiture et son instinct lui soufflait que Sculley ne disait pas la vérité.

« Il y a quelque chose qui ne va pas, dit Boulware. Qu'est-ce qui se passe ?

— Mais rien, Ralph !

— Qu'est-ce qu'on fait pour Paul et Bill ?

— On essaie tous les moyens de les faire sortir. La caution est fixée à treize millions de dollars et il faut faire parvenir l'argent là-bas...

— Foutaise. Là-bas, tout l'appareil du gouvernement, tout l'appareil judiciaire se sont effondrés. Plus rien ne marche. Qu'est-ce que vous allez faire ?

— Ecoute, ne t'en fais pas pour ça.

— Vous n'allez pas essayer d'aller là-bas pour les tirer de là, non ? »

Sculley ne dit rien.

« Dis donc, fit Boulware, compte sur moi.

— Comment ça : compte sur moi ?

— Il est bien évident que vous allez essayer de faire quelque chose.

— Qu'est-ce que tu veux dire ?

— Cesse de me raconter des histoires. Compte sur moi.

— D'accord. »

Pour lui, c'était une décision toute simple. Paul et Bill étaient ses amis, et ç'aurait tout aussi bien pu être Boulware qui se serait trouvé en prison, auquel cas il aurait voulu que ses amis viennent le tirer de là.

Il y avait un facteur supplémentaire. Boulware aimait beaucoup Pat Sculley. Il adorait Sculley. Il éprouvait aussi à son égard des sentiments très protecteurs. Boulware estimait que Sculley ne comprenait pas que le monde n'était que corruption, crime et péché : il voyait ce qu'il avait envie de voir, une poule au pot pour tout le monde, une Chevrolet pour chacun, un vrai monde de père Noël. Si Sculley se lançait dans une opération comme celle-là, il aurait besoin de Boulware pour veiller sur lui. C'était curieux d'éprouver ce sentiment envers un autre homme qui avait plus ou moins votre âge, mais c'était comme ça.

Voilà ce que s'était dit Boulware le jour du Nouvel

An ; il n'avait pas changé d'avis aujourd'hui. Il revint donc dans la chambre d'hôtel et dit à Perot ce qu'il avait dit à Sculley : « Comptez sur moi. »

Glenn Jackson n'avait pas peur de mourir.

Il savait ce qui allait se passer après la mort ; et il n'éprouvait aucune crainte. Quand le Seigneur voudrait le rappeler à Lui, eh bien, il serait prêt à partir.

Il s'inquiétait toutefois pour sa famille. On venait tout juste de les évacuer d'Iran et ils étaient maintenant dans la maison de sa mère, dans l'est du Texas. Il n'avait pas encore eu le temps de commencer même à chercher un endroit où habiter. S'il se lançait dans cette entreprise, il n'aurait pas le loisir de prendre du temps pour s'occuper des problèmes de la famille : ce serait à Carolyn de le faire. Elle devrait toute seule rebâtir la vie de la famille ici, aux Etats-Unis. Il lui faudrait trouver une maison, des écoles pour Cheryl, Cindy et Glenn junior, acheter ou louer des meubles...

Carolyn était du genre plutôt dépendant. Cela ne lui serait pas facile.

En outre, elle était déjà furieuse contre lui. Elle l'avait accompagné à Dallas ce matin-là, mais Sculley avait dit à Glenn de la renvoyer chez elle. Elle n'était pas autorisée à descendre au Hilton avec son mari. Ce qui l'avait mise hors d'elle.

Mais Paul et Bill avaient une femme et une famille aussi.

« Tu aimeras ton voisin comme toi-même. »

C'était dans la Bible à deux reprises : dans le Lévitique, chapitre 19, verset 18. Et dans l'Evangile selon saint Matthieu, chapitre 19, verset 19. Jackson songea : si j'étais à croupir dans une prison à Téhéran, je serais rudement content que quelqu'un fasse quelque chose pour moi.

Il se porta donc volontaire.

Sculley avait fait son choix quelques jours plus tôt.

Avant même que Perot commence à parler d'une opération de sauvetage, Sculley en avait envisagé l'idée. Elle lui était venue la première fois le lendemain du jour où Paul et Bill avaient été arrêtés, le jour où Sculley avait quitté Téhéran en avion avec Joe Poché et Jim Schwebach. Sculley était consterné à l'idée de laisser Paul et Bill là-bas, d'autant plus que l'atmosphère à Téhéran était devenue spectaculairement plus violente. A Noël, deux Afghans surpris en flagrant délit de vol au bazar avaient été pendus par la foule déchaînée ; et un chauffeur de taxi qui essayait de ne pas faire la queue à un poste à essence avait été abattu d'une balle dans la tête par un soldat. Que feraient-ils à des Américains une fois qu'ils seraient lancés ? Il préférait ne pas y penser.

Dans l'avion, Sculley était assis auprès de Jim Schwebach. Ils étaient tombés d'accord sur le fait que la vie de Paul et celle de Bill étaient en danger. Schwebach, qui avait l'expérience des opérations de commando clandestines, avait reconnu avec Sculley qu'il devrait être possible pour quelques Américains déterminés de sauver les deux hommes d'une prison iranienne.

Aussi Sculley avait-il été surpris et ravi quand, trois jours plus tard, Perot avait dit : « J'ai eu la même idée. »

Sculley avait inscrit son propre nom sur la liste.

Il n'avait pas besoin de temps pour réfléchir.

Il se porta volontaire.

Sculley avait inscrit aussi le nom de Coburn sur la liste — sans prévenir ce dernier.

Jusqu'à cet instant, Coburn l'insouciant, qui vivait au jour le jour, n'avait même pas pensé à faire partie lui-même de l'équipe.

Mais Sculley ne s'était pas trompé : Coburn voulait y aller.

Il se dit : Liz ne va pas aimer ça.

Il soupira. Il y avait bien des choses que sa femme n'aimait pas ces temps-ci.

Elle n'aimait pas ça quand il était dans l'armée, elle n'aimait pas qu'il eût des occupations qui l'éloignaient d'elle et elle n'aimait pas qu'il travaillât pour un patron qui se sentait le droit de l'appeler à n'importe quelle heure du jour ou de la nuit pour lui confier une mission.

Ils n'avaient jamais vécu comme elle en avait envie, et c'était probablement trop tard pour commencer maintenant. S'il s'en allait à Téhéran afin de sauver Paul et Bill, Liz le détesterait peut-être. Mais s'il n'y allait pas, il la détesterait sans doute de l'avoir obligé à rester.

Désolé, Liz, se dit-il ; nous voilà repartis.

Jim Schwebach arriva dans le courant de l'après-midi et il entendit de Perot le même discours.

Schwebach avait un sens du devoir extrêmement développé. (Il avait jadis voulu être prêtre, mais deux ans passés dans un séminaire catholique l'avaient dégoûté de toute religion organisée.) Il avait passé onze ans dans l'armée, il avait été volontaire pour des missions supplémentaires au Vietnam, poussé par ce même sens du devoir. En Asie, il avait vu des tas de gens qui faisaient mal leur travail, et lui savait qu'il faisait bien le sien. Il s'était dit : si je me dégonfle, quelqu'un d'autre fera ce que je fais, mais lui le fera mal et cela aura pour conséquence qu'un homme perdra son bras, sa jambe ou sa vie. On m'a entraîné à faire ça, je le fais bien et je leur dois de continuer à le faire.

Il éprouvait à peu près les mêmes sentiments à propos du sauvetage de Paul et de Bill. Il était le seul membre de l'équipe qu'on se proposait de constituer qui eût l'expérience de ce genre de mission. On avait besoin de lui.

D'ailleurs, ça lui plaisait. Il avait un tempérament de combattant. Peut-être était-ce parce qu'il avait un mètre soixante-trois. Se battre, c'était son truc. Il n'hésita pas à se porter volontaire.

Il avait hâte de commencer.

Ron Davis, le second Noir de la liste et le plus jeune de tous, lui, hésitait.

Il arriva à Dallas tôt ce soir-là et on l'emmena directement au siège d'E.D.S., Forest Lane. Il n'avait jamais rencontré Perot, mais il lui avait parlé au téléphone de Téhéran lors de l'évacuation. Pendant quelques jours, durant cette période, ils avaient gardé une ligne ouverte entre Dallas et Téhéran jour et nuit. A Téhéran, quelqu'un devait dormir avec le téléphone collé à l'oreille et fréquemment c'était à Davis qu'était échue cette tâche. Une fois Perot en personne était au bout du fil.

« Ron, je sais que ça va mal là-bas et soyez sûr que nous vous sommes reconnaissants de rester. Maintenant, y a-t-il quelque chose que je puisse faire pour vous ? »

Davis fut surpris. Il faisait seulement ce que ses amis faisaient et il ne s'attendait pas à des remerciements exceptionnels. Mais il avait quand même un souci particulier.

« Ma femme attend un bébé et je ne l'ai pas vue depuis quelque temps, dit-il à Perot. Si vous pouviez demander à quelqu'un de l'appeler pour lui dire que je vais bien et que je rentrerai dès que possible, je vous en serais reconnaissant. »

Davis avait été surpris d'apprendre plus tard de Marva que Perot n'avait pas demandé à quelqu'un de l'appeler : il lui avait téléphoné en personne.

Maintenant, rencontrant Perot pour la première fois, Davis de nouveau était impressionné. Perot lui serra la main avec chaleur et dit :

« Salut, Ron, comment ça va ? » comme s'ils étaient amis depuis des années.

Toutefois, en écoutant le discours de Perot parlant de « laisser sa peau », Davis avait des doutes. Il voulait en savoir plus long sur le sauvetage. Il ne demandait pas mieux que d'aider Paul et Bill, mais il avait besoin qu'on lui assure que l'ensemble du projet serait bien organisé et sur des bases professionnelles.

Perot lui parla de Bull Simons, et cela régla la question.

Perot était si fier d'eux.

Tous autant qu'ils étaient s'étaient portés volontaires.

Il était assis dans son bureau. Dehors, la nuit était tombée. Il attendait Simons.

Jay Coburn, toujours souriant ; Pat Sculley, avec ses airs de collégien ; Joe Poché, l'homme de fer ; Ralph Boulware, grand, noir et sceptique ; le doux Glenn Jackson ; Jim Schwebach, le bagarreur ; Ron Davis, le comédien.

Tous, comme un seul homme. Il éprouvait de la reconnaissance aussi bien que de l'orgueil, car le fardeau qu'ils avaient accepté d'assumer était plus le sien que le leur.

Dans tous les cas, quelle journée ç'avait été. Simons avait accepté aussitôt de venir à son secours. Paul Walker, un homme de la sécurité d'E.D.S. qui, par une étonnante coïncidence, avait servi avec Simons au Laos, avait sauté dans un avion au milieu de la nuit et avait débarqué à Red Bay pour venir s'occuper des cochons et des chiens de Simons. Sept jeunes cadres avaient tout laissé tomber sur-le-champ et accepté de partir pour l'Iran pour organiser l'évasion de deux prisonniers.

Ils étaient maintenant au fond du couloir, dans la salle du conseil d'E.D.S., à attendre Simons qui venait d'arriver au Hilton et qui était parti dîner avec T. J. Marquez et Merv Stauffer.

Perot songea à Stauffer. Bedonnant, chaussé de lunettes, quarante ans, diplômé d'économie, Stauffer était le bras droit de Perot. Celui-ci se souvenait encore de leur première rencontre, lorsqu'il avait interrogé Stauffer avant de l'engager. Diplômé d'un collège du Kansas, Merv avait l'air de débarquer de sa ferme, avec sa veste de mauvaise qualité et son pantalon de gabardine. Il portait des chaussettes blanches.

Durant l'entrevue, Perot avait expliqué, avec toute la douceur dont il était capable, que des chaussettes blanches n'étaient pas ce qu'il convenait de porter pour un rendez-vous d'affaires.

Mais les chaussettes, c'était la seule erreur commise par Stauffer. Il avait impressionné Perot qui l'avait trouvé intelligent, coriace, organisé et habitué à travailler dur. A mesure que les années passaient, Perot avait découvert que Stauffer avait encore d'autres précieux talents. Il avait un merveilleux sens du détail — ce qui manquait à Perot. Rien ne pouvait le démonter. Et c'était un excellent diplomate. Quand E.D.S. décrochait un contrat, cela voulait souvent dire reprendre un service existant de traitement de données, avec son personnel. C'était parfois difficile : les gens étaient naturellement méfiants, susceptibles, et parfois pleins de rancœur. Merv Stauffer — calme, souriant, toujours prêt à aider, avec sa voix douce et sa détermination qui se cachait sous la gentillesse — parvenait à les rassurer comme personne d'autre.

Depuis la fin des années 60, il travaillait directement avec Perot. Sa spécialité, c'était de prendre une idée vague et un peu folle jaillie de l'imagination toujours en mouvement de Perot, d'y réfléchir, d'en rassembler les éléments et de la réaliser. Il concluait parfois que l'idée n'était pas réalisable — et, quand c'était Stauffer qui disait ça, Perot commençait à croire que peut-être en effet elle ne l'était pas.

Son appétit de travail était énorme. Même au milieu des bourreaux de travail du sixième étage, Stauffer était l'exception. Non content de traduire dans les faits ce que Perot avait rêvé dans son lit la nuit précédente, il dirigeait la société immobilière de Perot ainsi que sa compagnie pétrolière, gérait les investissements de Perot et ses propriétés.

La meilleure façon d'aider Simons, décida Perot, ce serait de lui donner Merv Stauffer.

Il se demanda si Simons avait changé. Cela faisait des années qu'ils ne s'étaient pas vus. Ç'avait été à l'occasion d'un banquet et Simons lui avait raconté une histoire.

Durant le raid sur Son Tay, l'hélicoptère de Simons avait atterri au mauvais endroit. C'était un enclos très comparable aux camps de prisonniers, mais à quatre cents mètres de là ; et il contenait des baraquements pleins de soldats ennemis endormis. Réveillés par le bruit et par les fusées, les soldats étaient sortis de leur cantonnement en titubant de sommeil, à demi vêtus et leurs armes à la main. Simons était planté près de la porte, un cigare allumé au bec. Auprès de lui se trouvait un sergent bâti comme une armoire à glace. Chaque homme qui franchissait la porte apercevait la lueur du cigare de Simons et hésitait. Simons l'abattait. Le sergent écartait le corps. Et puis ils attendaient le suivant.

Perot n'avait pu s'empêcher de poser la question :

« Combien d'hommes avez-vous tués ?

— Oh ! ça a dû faire soixante-dix ou quatre-vingts », avait dit Simons d'un ton détaché.

Simons avait été un grand soldat, mais maintenant il élevait des cochons. Etait-il toujours en forme ? Il avait soixante ans et même avant Son Tay il avait eu une attaque. Avait-il toujours l'esprit aiguisé ? Etait-il toujours un grand meneur d'hommes ?

Il exigerait le contrôle total de l'opération, Perot en était certain. Le colonel ferait les choses à sa façon ou pas du tout. Cela convenait parfaitement à Perot. C'était son style d'engager le meilleur homme pour le travail puis de le laisser s'en charger. Mais Simons était-il toujours le plus grand sauveteur du monde ?

Il entendit des voix dans le bureau voisin. Ils venaient d'arriver. Il se leva et Simons entra avec T. J. Marquez et Merv Stauffer.

« Colonel Simons, comment allez-vous ? » dit Perot.

Il n'appelait jamais Simons « Bull » : il trouvait ça ridicule.

« Bonjour, Ross », dit Simons en lui serrant la main.

La poignée de main était énergique. Simons avait un pantalon kaki, son col de chemise ouvert révélait les muscles de son cou de taureau. Il avait vieilli : il y avait davantage de rides sur ce visage agressif, davantage de mèches grises dans ses cheveux coupés en brosse que Perot n'avait jamais vus aussi longs. Mais il semblait en pleine forme. Il avait toujours la même voix de basse éraillée par le tabac, avec une légère trace bien perceptible d'accent new-yorkais. Il avait sous le bras les dossiers que Coburn avait préparés sur les volontaires.

« Asseyez-vous, dit Perot. Vous avez tous dîné ?

— On est allés chez Dusty, dit Stauffer.

— Quand, demanda Simons, a-t-on vérifié pour la dernière fois qu'il n'y avait pas de micros dans cette pièce ? »

Perot sourit. Simons avait toujours l'esprit vif. Bonne chose. Il répondit :

« On ne l'a jamais fait, colonel.

— Désormais, je veux que chaque pièce que nous utilisons soit vérifiée quotidiennement.

— J'y veillerai, promit Stauffer.

— Tout ce dont vous avez besoin, colonel, intervint Perot, vous le dites à Merv. Maintenant, parlons un peu affaires. Nous vous sommes fichtrement reconnaissants d'être venus ici nous aider et nous voudrions vous dédommager...

— Vous n'y pensez pas, dit Simons d'un ton bourru.

— Tout de même...

— Je ne veux pas être payé pour sauver des Américains dans le pétrin, répliqua Simons. Je n'ai encore jamais touché de prime pour ça et je ne vais pas commencer maintenant. »

Simons était vexé. Son déplaisir était sensible. Perot fit aussitôt machine arrière : Simons était une des très rares personnes dont il se méfiait.

Le vieux guerrier n'a pas du tout changé, songea Perot.

Tant mieux.

« L'équipe vous attend dans la salle du conseil. Je vois que vous avez les dossiers, mais je sais que vous voudrez juger par vous-même les hommes. Ils connaissent tous Téhéran et ils ont tous soit une expérience militaire, soit une spécialité qui peut être utile — mais au bout du compte c'est vous qui choisissez les membres de l'équipe. Si, pour une raison quelconque, ces hommes ne vous plaisent pas, nous en trouverons d'autres. Ici, c'est vous qui commandez. »

Perot espérait bien que Simons ne rejetterait personne, mais il devait bien lui offrir l'option.

Simons se leva.

« Mettons-nous au travail. »

T. J. resta après le départ de Simons et de Stauffer. Il dit à voix basse :

« Sa femme est morte.

— Lucille ? fit Perot. Je suis désolé.

— Cancer.

— Comment a-t-il pris ça, vous en avez une idée ? »

T.J. hocha la tête.

« Mal. »

Au moment où T.J. s'en allait, Ross junior, le fils de Perot, âgé de vingt ans, fit son entrée. Il arrivait couramment aux enfants de Perot de passer au bureau, mais cette fois, où une réunion secrète se tenait dans la salle du conseil, Perot aurait préféré que son fils eût choisi un autre moment. Ross junior avait dû voir Simons dans le couloir. Le jeune homme avait déjà rencontré Simons et savait qui il était. Maintenant, se dit Perot, il a deviné que la seule raison de la présence de Simons ici, c'est pour organiser une opération de sauvetage.

Ross s'assit et dit :

« Salut, papa. Je suis passé voir grand-mère.

— Ah ! bon », fit Perot.

Il regarda avec tendresse son fils unique. Ross junior était grand, il avait les épaules larges, il était mince et bien plus joli garçon que son père. Les filles se précipitaient sur lui comme des mouches : le fait qu'il fût l'héritier d'une grande fortune n'était qu'un de ses attraits. Il acceptait cela comme tout le reste : avec une parfaite éducation et une étonnante maturité.

« Il faut, dit Perot, que toi et moi comprenions bien une chose. Je compte vivre jusqu'à cent ans mais, s'il devait m'arriver quelque chose, je veux que tu quittes le collège et que tu rentres à la maison pour t'occuper de ta mère et de tes sœurs.

— Je le ferai, dit Ross, ne t'inquiète pas.

— Et, si quelque chose arrivait à ta mère, je veux que tu t'installes ici pour élever tes sœurs. Je sais que ce serait dur pour toi, mais je ne voudrais pas engager des gens pour le faire. Elles auraient besoin de toi, d'un membre de la famille. Je compte sur toi pour habiter ici avec elles et veiller à ce qu'elles soient convenablement élevées...

— Papa c'est ce que j'aurais fait, même si tu n'en avais jamais parlé.

— Bien. »

Le jeune homme se leva pour prendre congé. Perot le raccompagna jusqu'à la porte.

Brusquement, Ross passa son bras autour des épaules de son père en disant : « Je t'aime bien, papa. »

Perot le serra contre lui.

Il fut surpris de voir des larmes dans les yeux de son fils.

Ross repartit.

Perot s'assit.

Il n'aurait pas dû être étonné par ces larmes : les Perot étaient une famille bien unie et Ross avait le cœur tendre.

Perot n'avait pas de projet précis de se rendre à Téhéran, mais il savait que, si ses hommes allaient là-bas pour risquer leur vie, il ne serait pas loin derrière. Ross junior l'avait deviné.

Toute la famille le soutiendrait, Perot le savait. Margot aurait sans doute le droit de dire :

« Tu risques ta vie pour tes employés, penses-tu à nous ? »

Mais elle ne le dirait jamais. Durant toute la campagne pour les prisonniers de guerre, lorsqu'il était allé au Vietnam et au Laos, quand il avait essayé d'aller en avion jusqu'à Hanoi, lorsque la famille avait été obligée de vivre avec des gardes du corps, personne ne s'était jamais plaint, n'avait jamais dit :

« Et nous ? »

Au contraire, ils l'avaient tous encouragé à faire ce qu'il considérait être son devoir.

Comme il était assis, perdu dans ses réflexions, Nancy, sa fille aînée, entra.

« Poppy, fit-elle, utilisant le surnom qu'elle donnait à son père.

— Ma petite Nan ! Entre donc ! »

Elle fit le tour du bureau et vint s'asseoir sur ses genoux.

Perot adorait Nancy. Dix-huit ans, blonde, menue mais forte, elle lui rappelait sa mère. Elle était déterminée et entêtée, comme Perot, et sans doute était-elle aussi douée pour les affaires que son frère.

« Je suis venue te dire au revoir : je rentre à Vanderbilt.

— Es-tu passée chez grand-mère ?

— Bien sûr que oui.

— C'est bien, ma petite fille. »

Elle était d'excellente humeur, tout excitée à l'idée de rentrer au collège, elle ne sentait pas la tension ni les rumeurs de mort ici, au sixième étage.

« Et si tu me donnais quelques fonds supplémentaires ? » demanda-t-elle.

Perot eut un sourire indulgent et sortit son portefeuille. Comme d'habitude, il était incapable de lui résister.

Elle empocha l'argent, le serra dans ses bras, planta un baiser sur sa joue, sauta à bas de ses genoux et traversa la pièce en courant, gaie comme un pinson.

Cette fois, c'était dans les yeux de Perot qu'il y avait des larmes.

On aurait dit une réunion d'anciens combattants, songea Jay Coburn : les anciens de Téhéran, dans la salle du conseil, attendant Simons en discutant de l'Iran et de l'évacuation. Il y avait Ralph Boulware qui parlait à cent à l'heure ; Joe Poché qui réfléchissait, l'air aussi animé qu'un robot qui boude ; Glenn Jackson qui parlait de carabines ; Jim Schwebach avec son sourire en coin, ce sourire qui vous faisait penser qu'il savait quelque chose que vous ignoriez ; et Pat Sculley qui parlait du raid sur Son Tay. Ils savaient tous maintenant qu'ils allaient rencontrer le légendaire Bull Simons. Sculley, lorsqu'il était instructeur dans les Rangers, avait utilisé le célèbre raid de Simons comme base d'un de ses cours, et il savait tout des plans minutieux, des répétitions inlassables et du fait que Simons avait ramené ses cinquante-neuf hommes sains et saufs.

La porte s'ouvrit et une voix lança :

154

« Garde à vous. »

Ils repoussèrent leurs sièges et se levèrent.

Coburn se retourna. Ron Davis entra, un large sourire éclairant son visage noir.

« C'est malin, Davis ! » fit Coburn, et tous éclatèrent de rire en se rendant compte qu'ils s'étaient fait avoir.

Davis fit le tour de la pièce en serrant des mains et en disant bonjour.

C'était bien Davis : toujours le clown.

Coburn les regarda tous en se demandant quels changements s'opéreraient chez eux lorsqu'ils se trouveraient confrontés au danger. Le combat était une drôle de chose, on ne pouvait jamais prévoir comment les gens réagiraient. L'homme qu'on croyait le plus brave pouvait s'effondrer, et celui qu'on s'attendait à voir s'enfuir affolé serait solide comme un roc.

Coburn n'oublierait jamais ce que le combat lui avait fait.

La crise était survenue deux mois après son arrivée au Vietnam. Il pilotait un appareil de support, ce qu'on appelait une « banane » parce qu'il n'était pas armé. Six fois, ce jour-là, il était revenu de la zone des combats avec un plein chargement de troupes. Ç'avait été une bonne journée : son hélicoptère n'avait pas essuyé un seul coup de feu.

La septième fois, ce fut différent.

Une rafale de 12,75 atteignit l'appareil et sectionna l'axe moteur du rotor de queue.

Lorsque le rotor principal d'un hélicoptère tourne, le corps de l'appareil a une tendance naturelle à tourner dans la même direction. La fonction du rotor de queue est de contrebalancer cette tendance. Si le rotor de queue s'arrête, l'hélicoptère se met à tournoyer.

Aussitôt après le décollage, alors que l'appareil est à quelques mètres du sol, le pilote peut s'accommoder de la perte du rotor de queue en se posant de nouveau avant que le tournoiement devienne trop rapide. Plus tard, quand l'appareil est à son altitude de croisière et qu'il vole à une vitesse normale, le flux du vent contre le fuselage est assez fort pour empêcher l'hélicoptère de tourner. Mais Coburn se trouvait à une cinquantaine de mètres, dans la pire situation possible, trop haut pour se poser rapidement mais ne volant pas encore assez vite pour que le flux du vent stabilise le fuselage.

La procédure classique était une panne de moteur simulée. Coburn avait appris et répété cela à l'école de pilotage, et il le fit d'instinct, mais sans résultat : l'hélicoptère tournait déjà trop vite sur lui-même.

En quelques secondes, il était si étourdi qu'il ne savait même plus où il était. Il était dans l'incapacité de faire quoi que ce fût pour amortir l'atterrissage en catastrophe. L'hélicoptère se posa sur son patin droit (il l'apprit par la suite) et une des pales du rotor se courba sous le choc, tranchant le fuselage et la tête de son copilote qui mourut sur le coup.

Coburn sentit l'odeur d'essence et déboucla sa ceinture. Ce fut alors qu'il se rendit compte que l'appareil était à l'envers, car il tomba sur la tête. Mais il parvint à sortir de l'hélicoptère, avec pour toute blessure quelques vertèbres cervicales comprimées. Son chef d'équipage survécut aussi.

L'équipage avait des ceintures, mais pas les sept soldats au fond de la carlingue. L'hélicoptère était sans porte et la force centrifuge les avait précipités dans le vide à plus de trente mètres d'altitude. Ils étaient tous morts.

Coburn à l'époque avait vingt ans.

Quelques semaines plus tard, il reçut une balle dans le jarret, la partie la plus vulnérable chez un pilote d'hélicoptère, assis dans un siège blindé mais qui laisse la partie inférieure de ses jambes exposée.

Il était déjà furieux avant, mais maintenant il en avait plein le dos. Il était exaspéré de s'être fait tirer dessus, il alla trouver son commandant et demanda à être assigné sur un appareil armé de façon à pouvoir tuer quelques-uns de ces salauds d'en bas qui essayaient de le tuer, lui.

Sa demande de transfert fut acceptée.

Ce fut alors que le souriant Jay Coburn était devenu un soldat professionnel à la tête froide et au cœur glacé. Il ne s'était pas fait d'amis dans l'armée. Si quelqu'un dans son unité était blessé, Coburn haussait les épaules en disant : « Bah ! c'est pour ça qu'il touche une prime de combat. » Il soupçonnait ses camarades de penser qu'il était un peu malade. Peu lui importait. Il était ravi de piloter des appareils armés. Chaque fois qu'il bouclait sa ceinture, il savait qu'il s'en allait pour tuer ou pour être tué. Pour nettoyer des secteurs en avant des troupes au sol, en sachant que des femmes, des enfants et des civils innocents étaient touchés, mais Coburn se contentait de fermer son esprit et d'ouvrir le feu.

Onze ans plus tard, avec le recul, il se disait : j'étais comme une bête.

Schwebach et Poché, les deux hommes les plus silencieux de la pièce, comprendraient : ils étaient passés par là aussi, ils savaient ce que c'était. Mais les autres pas : Sculley, Boulware, Jackson et Davis. Si cette opération de sauvetage tourne mal, se demanda une fois de plus Coburn, comment vont-ils s'en tirer ?

La porte s'ouvrit et Simons entra.

2

Le silence se fit dans la pièce tandis que Simons s'avançait jusqu'au bout de la table de conférence.

C'est qu'il est costaud, le gaillard, se dit Coburn.

T.J. Marquez et Merv Stauffer entrèrent sur les pas de Simons et s'assirent près de la porte.

Simons lança dans un coin une valise en plastique noir, se laissa tomber dans un fauteuil et alluma un petit cigare.

Il avait une tenue décontractée : chemise et pantalon, pas de cravate et les cheveux longs pour un colonel. Coburn trouva qu'il ressemblait plus à un fermier qu'à un soldat.

« Je suis le colonel Simons », annonça-t-il.

Coburn s'attendait à l'entendre dire : c'est moi qui commande, écoutez-moi et faites ce que je dis, voici mon plan.

Au lieu de cela, il se mit à poser des questions.

Il voulait tout savoir de Téhéran : le temps, la circulation, en quoi étaient construits les immeubles, les gens dans les rues, les effectifs de la police et leur armement.

Il s'intéressait à tous les détails. Ils lui expliquèrent que tous les policiers étaient armés sauf les agents chargés de la circulation. Comment les distinguait-on ? A leur calot blanc. Ils lui dirent aussi qu'il y avait des taxis bleus et des taxis orange. Quelle était la différence ? Les taxis bleus avaient des itinéraires et des tarifs fixes. Les taxis orange, théoriquement, allaient n'importe où, mais en général, lorsqu'ils s'arrêtaient, il y avait déjà un passager à l'intérieur et le chauffeur demandait dans quelle direction on allait. Si on allait dans la même que lui, on pouvait monter et noter la somme déjà inscrite au compteur ; quand on descendait, on payait la différence : ce système était une source de discussion sans fin avec les chauffeurs de taxi.

Simons demanda où se trouvait exactement la prison. Merv Stauffer alla chercher un plan de Téhéran. A quoi ressemblait le bâtiment ? Joe Poché et Ron Davis se souvenaient tous deux d'être passés devant en voiture. Poché fit un croquis.

Coburn se rassit et regarda Simons travailler. Cuisiner les hommes n'était que la moitié de son travail, comme le comprit rapidement Coburn. Coburn pendant des années avait été recruteur pour E.D.S., et il savait reconnaître une bonne technique d'interrogatoire des candidats quand il en rencontrait. Simons jaugeait chaque homme, observait ses réactions, mettait à l'épreuve son bon sens. Comme un recruteur, il posait un tas de questions qu'on pouvait interpréter de façon différente, en les faisant souvent suivre d'un « pourquoi ? », donnant ainsi aux gens l'occasion de se révéler, de se vanter, de critiquer ou de manifester des signes d'inquiétude.

Coburn se demanda si Simons allait recaler un des candidats.

A un moment, il lança :

« Qui est prêt à mourir dans cette opération ? »

Personne ne répondit.

« Tant mieux, fit Simons. Je ne voudrais prendre personne qui compte mourir. »

La discussion se poursuivit pendant des heures. Simons y mit un terme peu après minuit. Il était clair alors qu'ils n'en savaient pas assez sur la prison pour commencer à préparer l'opération de sauvetage. Coburn fut chargé d'en apprendre plus d'ici au lendemain matin : il allait passer quelques coups de téléphone à Téhéran.

Simons lui dit :

« Pouvez-vous poser aux gens des questions sur la prison sans leur faire comprendre pourquoi vous avez besoin de renseignements ?

— Je serai discret », dit Coburn.

Simons se tourna vers Merv Stauffer.

« Il va nous falloir un endroit sûr pour nous réunir. Un endroit qui n'ait aucun lien avec E.D.S.

— Pourquoi pas l'hôtel ?

— Les murs sont minces. »

Stauffer réfléchit un moment. « Ross a une petite maison au lac Grapevine, dans la direction de l'aéroport. Il n'y aura personne là-bas à se baigner ni à pêcher par ce temps, on peut en être sûr. »

Simons semblait hésiter.

« Pourquoi, proposa Stauffer, est-ce que je ne vous emmènerais pas là demain matin pour que vous puissiez jeter un coup d'œil ?

— Entendu, fit Simons en se levant. Nous avons fait tout ce que nous pouvions faire à ce stade de la partie. »

Ils commencèrent à sortir de la pièce.

Comme ils partaient, Simons demanda à Davis de rester.

« Davis, vous n'êtes pas si coriace que ça. »

Ron Davis fixa Simons d'un air surpris.

« Qu'est-ce qui vous fait croire que vous êtes un dur ? » dit Simons.

Davis n'en revenait pas. Toute la soirée, Simons s'était montré poli, raisonnable, mesuré. Voilà maintenant qu'il avait l'air de le chercher. Qu'est-ce qui se passait ?

Davis pensa à sa connaissance des arts martiaux et aux trois voyous dont il s'était débarrassé à Téhéran mais il répondit :

« Je ne me considère pas comme un dur. »

Simons fit comme s'il n'avait pas entendu.

« En face d'un pistolet, votre karaté ne vous avance à rien.

— Sans doute que non...

— Cette équipe n'a pas besoin de petits Noirs nerveux qui cherchent la bagarre. »

Davis commençait à voir de quoi il s'agissait. Du calme, se dit-il.

« Je ne me suis pas porté volontaire pour cette mission parce que je veux me bagarrer, colonel, je...

— Alors pourquoi donc vous êtes-vous porté volontaire ?

— Parce que je connais Paul et Bill et leurs femmes et leurs enfants, et que je veux donner un coup de main. »

Simons le congédia d'un signe de tête.

« Je vous verrai demain. »

Davis se demanda si cela voulait dire qu'il avait passé l'examen.

L'après-midi du lendemain, 3 janvier 1979, ils se retrouvèrent tous dans la maison de week-end de Perot, au bord du lac Grapevine.

Les deux ou trois autres maisons voisines semblaient inoccupées, comme Merv Stauffer l'avait prédit. La maison de Perot était protégée par plusieurs hectares de terrain boisé et des pelouses descendaient jusqu'au bord de l'eau. Elle était une construction en bois et toute petite : le garage qui abritait les canots de Perot était plus grand que la maison.

Le verrou était mis et personne n'avait songé à prendre les clefs. Schwebach força la fermeture d'une fenêtre et les fit entrer.

Il y avait une salle de séjour, deux chambres, une

cuisine et une salle de bain. Tout était décoré dans un bleu et blanc fort gai avec du mobilier sans prétention.

Les hommes s'installèrent dans la salle de séjour avec leurs cartes, leurs bloc-notes, leurs marqueurs et des cigarettes. Coburn fit son rapport. Pendant la nuit, il avait parlé à Majid et à deux ou trois autres personnes de Téhéran. Ç'avait été difficile d'essayer d'obtenir des renseignements détaillés sur la prison tout en prétendant n'y porter qu'un intérêt modéré, mais il estimait avoir réussi.

La prison faisait partie du complexe du ministère de la Justice qui occupait tout un pâté de maisons, avait-il appris. L'entrée de la prison était sur le derrière. Juste après l'entrée, il y avait une cour séparée seulement de la rue par une clôture métallique de trois mètres cinquante. C'était là que les prisonniers allaient prendre de l'exercice. De toute évidence, c'était aussi le point faible de la prison.

Simons acquiesça.

Tout ce qu'ils avaient à faire, dès lors, c'était d'attendre une période d'exercice, d'escalader la clôture, de s'emparer de Paul et de Bill, de leur faire franchir la grille et de quitter l'Iran.

Ils s'attaquèrent aux détails.

Comment allaient-ils franchir la clôture ? Utiliseraient-ils des échelles ou bien se feraient-ils la courte échelle ?

Ils décidèrent qu'ils arriveraient en camionnette et qu'ils en utiliseraient le toit comme point de départ. Circuler dans une camionnette plutôt qu'une voiture présentait un autre avantage : personne ne pourrait voir à l'intérieur pendant qu'ils se rendraient à la prison et, ce qui était encore plus important, quand ils en reviendraient.

On nomma Joe Poché chauffeur car c'était lui qui connaissait le mieux les rues de Téhéran.

Comment allait-on s'y prendre avec les gardiens de la prison ? Ils ne voulaient tuer personne. Ils n'en voulaient pas à l'homme de la rue, pas plus qu'aux gardiens : ce n'était pas la faute de ces gens si Paul et Bill étaient injustement emprisonnés. En outre, s'il y avait meurtre, la réaction qui s'ensuivrait n'en serait que plus vive et rendrait la sortie d'Iran plus périlleuse.

Mais les gardiens de prison, eux, n'hésiteraient pas à leur tirer dessus.

La meilleure défense, déclara Simons, était une combinaison de surprise, de choc et de rapidité.

Ils auraient l'avantage de la surprise. Pendant quelques secondes, les gardiens ne comprendraient pas ce qui se passait.

Les sauveteurs devraient alors faire quelque chose qui obligerait les gardiens à s'abriter. Le mieux serait de tirer des coups de fusil, ce qui faisait beaucoup de bruit, surtout dans une rue : le choc amènerait les gardiens à se mettre sur la défensive au lieu d'attaquer les sauveteurs. Cela leur donnerait quelques secondes de répit.

A condition d'être rapide, ces secondes-là pourraient suffire.

Mais peut-être pas.

A mesure que le plan prenait forme, la pièce s'emplissait de fumée de tabac. Simons était assis là, fumant à la chaîne ses petits cigares, écoutant, posant des questions, guidant la discussion. C'était une armée très démocratique, songea Coburn. A mesure que le plan se développait, ses amis oubliaient leurs femmes et leurs enfants, leurs hypothèques, leurs tondeuses et leurs breaks ; ils oubliaient aussi combien était extraordinaire l'idée même d'aller tirer des prisonniers de leur cellule. Davis cessait de faire le clown, Sculley n'avait plus l'air d'un collégien mais devenait froid et calculateur. Poché, comme d'habitude, voulait aller jusqu'au fond des choses ; Boulware, comme à l'accoutumée, était sceptique.

L'après-midi céda place à la soirée. Ils décidèrent que la camionnette s'arrêterait sur le trottoir auprès de la clôture. Cette façon de se garer n'aurait rien d'extraordinaire à Téhéran, expliqua-t-il à Simons. Simons serait assis sur la banquette avant, auprès de Poché, avec un fusil sous son manteau. Il sauterait à terre et se planterait devant la camionnette. La portière arrière de la camionnette s'ouvrirait et Ralph

Boulware en sortirait, lui aussi avec un fusil sous son manteau.

Jusque-là, rien d'extraordinaire pour Téhéran.

Avec Simons et Boulware prêts à le couvrir, Ron Davis sortirait de la camionnette, grimperait sur le toit, passerait du toit sur le haut de la clôture puis sauterait dans la cour. On choisit Davis pour tenir ce rôle parce que c'était le plus jeune et le plus en forme et que le saut — d'une hauteur de trois mètres cinquante — serait quand même un peu dur.

Coburn suivrait Davis par-dessus la clôture. Lui n'était pas en bonne forme, mais Paul et Bill connaissaient son visage plus que n'importe quel autre, aussi comprendraient-ils, dès qu'ils le verraient, qu'on était en train de les sauver.

Puis Boulware ferait passer une échelle dans la cour.

La surprise leur permettrait peut-être d'aller jusque-là, s'ils étaient rapides ; mais à ce point les gardiens ne manqueraient pas de réagir. Simons et Boulware tireraient alors des coups de fusil en l'air.

Les gardiens de la prison se plaqueraient au sol, les prisonniers iraniens courraient en tous sens, affolés, et les sauveteurs auraient gagné quelques secondes de plus.

Et si quelqu'un intervenait de l'extérieur de la prison ? demanda Simons : la police ou les soldats dans la rue, des émeutiers ou tout simplement des passants soucieux de l'ordre public ?

On posterait, décidèrent-ils, deux hommes de garde à chaque extrémité de la rue. Ils arriveraient en voiture quelques secondes avant la camionnette. Ils seraient armés de pistolets. Leur mission consisterait simplement à arrêter quiconque viendrait s'opposer au sauvetage. On désigna Jim Schwebach et Pat Sculley. Coburn était certain que Schwebach n'hésiterait pas si besoin en était à abattre des gens ; et Sculley, bien qu'il n'eût jamais dans sa vie tiré sur personne, était devenu d'un calme glacial si étonnant au cours de la discussion que Coburn supposait qu'il serait tout aussi impitoyable.

C'était Glenn Jackson qui conduirait la voiture : l'idée de Glenn le baptiste tirant sur des gens ne se posait même pas.

Pendant ce temps, à la faveur de la confusion qui régnerait dans la cour, Ron Davis assurerait la couverture rapprochée en s'occupant des gardiens qui se trouveraient là, pendant que Coburn séparerait Paul et Bill du troupeau et les amènerait jusqu'à l'échelle. Ils sauteraient du haut de la clôture sur le toit de la camionnette, puis de là sur le sol et s'engouffreraient dans le véhicule. Coburn suivrait, puis Davis.

« Dites donc, fit Davis, c'est moi qui prends les plus grands risques. Bon sang, je suis le premier à sortir et le dernier à rentrer... C'est moi le plus exposé.

— Ne déconne pas, fit Boulware. Question suivante. »

Simons remonterait à l'avant de la camionnette, Boulware sauterait à l'arrière et refermerait la porte. Et Poché les emmènerait à fond de train.

Jackson, dans la voiture, ramasserait les deux hommes de garde, Schwebach et Sculley, et suivrait la camionnette. Pendant leur fuite, Boulware pourrait tirer par la vitre arrière de la camionnette et Simons couvrirait la route devant eux. Toute poursuite vraiment sérieuse se heurterait à Sculley et Schwebach dans la voiture.

A un endroit convenu, ils abandonneraient la camionnette pour se répartir dans plusieurs voitures, puis fonceraient vers la base aérienne de Doshen Toppeh, dans les faubourgs de la ville. Un appareil de l'Air Force leur ferait quitter l'Iran : ce serait à Perot d'arranger cela d'une façon ou d'une autre.

A la fin de la soirée, ils avaient l'ébauche d'un plan réalisable.

Avant de les laisser partir, Simons leur dit de ne pas parler de l'opération — ni à leur femme ni même entre eux — une fois sortis de la maison. Chacun devrait imaginer une histoire plausible pour expliquer pourquoi ils quitteraient les Etats-Unis d'ici une semaine environ. Et, ajouta-t-il, en regardant les cendriers pleins et les ventres un peu bedonnants, chaque homme devrait mettre au point son programme de gymnastique pour se remettre en forme.

L'opération de sauvetage n'était plus l'idée folle jaillie dans l'esprit de Ross Perot : cela devenait une réalité.

Jay Coburn fut le seul à tenter un effort sérieux pour dissimuler la vérité à sa femme.

Il regagna le Hilton et appela Liz.

« Bonjour, mon chou.

— Bonjour, Jay ? Où es-tu ?

— Je suis à Paris... »

Joe Poché, lui aussi, téléphona à sa femme du Hilton.

« Où es-tu ? lui demanda-t-elle.

— Je suis à Dallas.

— Qu'est-ce que tu fais ?

— Je travaille à E.D.S., bien sûr.

— Joe, le bureau d'E.D.S. à Dallas m'a appelée, moi, pour me demander où tu étais ! »

Poché se rendit compte que quelqu'un qui n'était pas dans le secret de l'opération avait essayé de le trouver.

« Je ne travaille pas avec ces types, je bosse directement avec Ross. Quelqu'un a dû oublier de prévenir les autres, voilà tout.

— Sur quoi travailles-tu ?

— Il s'agit de choses à faire pour Paul et Bill.

— Ah !... »

Lorsque Boulware regagna le domicile des amis chez qui il était descendu avec sa famille, ses filles, Stacy et Kecia dormaient. Sa femme lui dit :

« Comment s'est passée ta journée ? »

J'ai préparé l'évasion de deux prisonniers, pensa Boulware. Il répondit :

« Oh ! bien. »

Elle le regarda d'un air étrange.

« Ah ! bon, qu'est-ce que tu as fait ?

— Pas grand-chose.

— Pour quelqu'un qui n'a pas fait grand-chose, tu

étais rudement occupé. J'ai appelé deux ou trois fois : on m'a dit qu'on n'arrivait pas à te trouver.

— Je circulais. Tiens, je prendrais bien une bière. »

Mary Boulware était une femme chaleureuse et sans problèmes qui ignorait la tromperie. Elle était aussi intelligente. Mais elle savait que Ralph avait des idées bien arrêtées sur les rôles respectifs du mari et de la femme. Ses idées étaient peut-être démodées mais, dans le cadre de leur mariage, elles fonctionnaient. S'il y avait un domaine dans sa vie professionnelle dont il ne voulait pas lui parler, eh bien, ce ne serait pas elle qui allait le quereller là-dessus.

« Une bière bien fraîche qui arrive... »

Jim Schwebach n'essaya pas de duper sa femme Rachel. Elle avait déjà deviné. Lorsque Schwebach avait reçu le premier coup de téléphone de Sculley, Rachel avait demandé :

« Qui était-ce ?

— Oh ! Pat Sculley à Dallas. Ils veulent que je vienne travailler à un projet sur l'Europe. »

Rachel connaissait Jim depuis près de vingt ans — ils avaient commencé à sortir ensemble quand il avait seize ans et elle dix-huit — et elle savait lire dans ses pensées.

« Ils vont retourner là-bas, dit-elle, pour tirer ces types de prison.

— Rachel, protesta faiblement Schwebach, tu ne comprends pas, ce n'est plus mon truc. Je ne fais plus ça.

— C'est pourtant ce que tu vas faire... »

Pat Sculley ne savait pas mentir, même à ses collègues, et à sa femme il n'essaya même pas. Il raconta tout à Mary.

Ross Perot expliqua toute l'affaire à Margot.

Et même Simons, qui n'avait pas de femme pour le harceler, enfreignit les règles de sécurité en prévenant son frère Stanley dans le New Jersey...

Il se révéla tout aussi impossible de dissimuler le plan de sauvetage à d'autres cadres supérieurs d'E.D.S. Le premier à tout deviner fut Keane Taylor, le grand ex-marine, irritable et bien habillé, que Perot avait rattrapé à Francfort pour le renvoyer à Téhéran.

Depuis ce Jour de l'An où Perot lui avait dit : « Je vous renvoie là-bas pour quelque chose de très important », Taylor avait la certitude qu'on préparait une opération secrète ; et il ne lui fallut pas longtemps pour deviner qu'il en faisait partie.

Un jour qu'il téléphonait de Téhéran à Dallas, il avait demandé Ralph Boulware.

« Boulware n'est pas là, lui avait-on répondu.

— Quand sera-t-il de retour ?

— Nous ne savons pas. »

Taylor, qui n'avait jamais supporté facilement les imbéciles, avait haussé le ton.

« Bon, où est-il allé ?

— Nous ne savons pas.

— Comment ça, vous ne savez pas ?

— Il est en vacances. »

Taylor connaissait Boulware depuis des années. C'était Taylor qui avait donné à Boulware sa première occasion d'avoir un poste de direction. Ils buvaient ensemble. Bien des fois, Taylor, qui terminait une bouteille avec Ralph au petit matin, avait regardé autour de lui pour s'apercevoir qu'il était le seul visage blanc dans un bar plein de Noirs. Ces nuits-là, ils rentraient en trébuchant jusqu'à celui de leurs domiciles respectifs qui était le plus proche, et l'infortunée épouse qui les accueillait téléphonait à l'autre pour dire :

« Ça va, ils sont ici. »

Oui, Taylor connaissait Boulware ; et il avait du mal à croire que Ralph partait en vacances alors que Paul et Bill étaient encore en prison.

Le lendemain, il demanda Pat Sculley et il eut droit au même numéro.

« Boulware et Sculley en vacances alors que Paul et Bill étaient dans un cachot à Téhéran ? Allons donc ! »

Le lendemain, il demanda Coburn.

Même histoire.

Les choses commençaient à se préciser : Coburn était avec Perot lorsque Perot avait renvoyé Taylor à Téhéran. Coburn, directeur du personnel, cerveau du plan d'évacuation, serait tout désigné pour organiser une opération secrète.

Taylor et Rich Gallagher, l'autre homme d'E.D.S. encore à Téhéran, commencèrent à dresser une liste.

Boulware, Sculley, Coburn, Ron Davis, Jim Schwebach et Joe Poché étaient tous « en vacances ».

Les membres de ce groupe avaient quelques points communs.

Quand Paul Chiapparone était venu pour la première fois à Téhéran, il avait trouvé que le bureau d'E.D.S. là-bas n'était pas organisé à sa convenance : tout était trop décontracté, trop nonchalant, trop perçant. Le contrat avec le ministère n'avait pas été exécuté à temps. Paul avait amené avec lui un certain nombre de responsables d'E.D.S. coriaces et à l'esprit pratique qui avaient eu tôt fait de remettre les choses en train. Taylor avait fait partie de l'équipe des durs amenés par Paul. Tout comme Bill Gaylord. Et Coburn, et Sculley, et Boulware, et tous les types qui étaient maintenant « en vacances »...

L'autre point qu'ils avaient en commun, c'est qu'ils étaient tous membres de l'école dominicale catholique romaine de poker d'E.D.S.-Téhéran. Comme Paul et Bill, comme Taylor, ils étaient catholiques, à l'exception de Joe Poché (et de Glenn Jackson, le seul membre de l'équipe que Taylor n'avait pas repéré). Chaque dimanche, ils se retrouvaient à la mission catholique de Téhéran. Après le service, ils allaient tous prendre un « brunch » au domicile de l'un d'entre eux. Et, pendant que les femmes s'affairaient dans la cuisine et que les enfants jouaient, les hommes faisaient une partie de poker.

Il n'y avait rien de tel que le poker pour révéler le vrai caractère d'un homme.

Si, comme Taylor et Gallagher le soupçonnaient maintenant, Perot avait demandé à Coburn de rassembler une équipe d'hommes à qui on pouvait faire totalement confiance, alors on pouvait être sûr que Coburn les avait choisis dans l'école de poker.

« Vacances, mon cul ! dit Taylor à Gallagher. C'est une équipe de sauvetage. »

L'équipe de sauvetage regagna la maison du lac au matin du 4 janvier, et on repassa en revue tous les détails du plan.

Simons avait une patience infinie pour les détails, et il était décidé à être prêt pour tout accroc possible qu'on pouvait prévoir. Il était grandement aidé dans cette tâche par Joe Poché, dont les interrogations sans relâche — même si Coburn les trouvait lassantes — étaient en fait extrêmement productives et amenèrent à de nombreuses améliorations du scénario de sauvetage.

Tout d'abord, Simons n'était pas satisfait des mesures prises pour protéger les flancs de l'équipe de sauvetage. L'idée de poster Schwebach et Sculley, se contentant de tirer sur quiconque essaierait d'intervenir, était trop sommaire. Mieux vaudrait avoir une sorte de diversion pour détourner l'attention des policiers ou des militaires qui pourraient se trouver dans les parages. Schwebach suggéra de mettre le feu à une voiture dans la rue longeant la prison. Simons n'était pas sûr que cela suffirait : il voulait faire sauter tout un immeuble. En tout cas, Schwebach se vit chargé du travail de mettre au point une bombe à retardement.

Ils pensèrent à une simple précaution qui permettrait de gagner une seconde ou deux sur le moment pendant lequel ils seraient exposés. Simons descendrait de la camionnette à une certaine distance de la prison et s'avancerait à pied jusqu'à la clôture. Si aucun obstacle n'était en vue, il ferait de la main signe à la camionnette d'approcher.

Un autre point faible du plan, c'était l'idée de sortir de la camionnette et de grimper sur le toit. Toutes ces manœuvres utiliseraient de précieuses secondes. Et puis Paul et Bill, après des semaines de prison, seraient-ils assez en forme pour escalader une échelle et sauter sur le toit d'une camionnette ?

On envisagea toutes sortes de solutions — une échelle supplémentaire, un matelas disposé sur le sol, des crochets fixés au toit — mais, en fin de compte, l'équipe trouva une solution toute simple : on découperait un trou dans le toit de la camionnette, et ce serait par là qu'on entrerait et qu'on sortirait. Un autre petit raffinement pour ceux qui devraient au retour sauter par le trou, c'était de disposer un matelas sur le plancher de la camionnette pour adoucir l'atterrissage.

La fuite en voiture leur donnerait le temps de modifier leur apparence. A Téhéran ils comptaient mettre des jeans et des vestes de sport, et ils commençaient tous à se laisser pousser la barbe et la moustache pour se faire moins remarquer là-bas ; mais, dans la camionnette, ils auraient des costumes de ville et des rasoirs à piles et, avant de changer de véhicule, tous se raseraient et se changeraient.

Ralph Boulware, indépendant comme toujours, ne voulait pas adopter la tenue jean et veste de sport. Il se sentait à l'aise et capable de supporter un costume de ville avec une chemise blanche et une cravate, surtout à Téhéran où des vêtements occidentaux de bonne coupe identifiaient un homme comme appartenant à la classe dominante de la société. Simons, calmement, donna son accord : le plus important, dit-il, c'était que chacun se sentît à l'aise et en confiance durant l'opération.

A la base aérienne Doshen Toppeh, d'où ils comptaient partir à bord d'un appareil de l'Air Force, les avions et le personnel étaient tout à la fois américains et iraniens. Les Américains, bien sûr, les attendraient, mais si les sentinelles iraniennes à l'entrée leur donnaient du fil à retordre ? Ils auraient tous de fausses cartes d'identité militaires, décida-t-on. Les épouses de certains cadres E.D.S. avaient travaillé pour les militaires américains à Téhéran et avaient encore leur carte d'identité : Merv Stauffer en prendrait une qui servirait de modèle pour les faussaires.

Pendant toutes ces discussions, Simons intervenait très peu, observa Coburn. Fumant ses cigares à la chaîne — si bien que Boulware lui dit : « Ne vous en faites pas à l'idée de vous faire tirer dessus, vous mourrez d'un cancer ! » — il ne faisait guère plus que de poser des questions. Les plans étaient conçus au cours de discussions de table ronde où chacun apportait sa contribution et l'on parvenait à des décisions par consentement mutuel. Coburn, pourtant, éprouvait un respect de plus en plus grand pour Simons. L'homme connaissait son affaire, il était intelligent, minutieux et plein d'imagination. Et aussi il avait le sens de l'humour.

Coburn sentait bien que les autres aussi commençaient à prendre la vraie mesure de Simons. Si quelqu'un posait une question idiote, Simons répondait de façon cinglante. Si bien qu'ils hésitaient à le questionner en se demandant comment il pourrait réagir. Il les amenait ainsi à penser comme lui.

A une occasion, au cours de ce second jour à la maison au bord du lac, ils sentirent toute la force de son mécontentement. Ce fut, et il n'y avait rien d'étonnant à cela, le jeune Ron Davis qui le mit en colère.

Ils étaient tous enclins à la plaisanterie, et Davis était le plus drôle. Coburn approuvait cela : le rire aidait à dissiper la tension dans une opération comme celle-ci. Il soupçonnait Simons de penser la même chose. Mais une fois Davis alla trop loin.

Simons avait une boîte de cigares posée par terre auprès de son fauteuil et cinq autres boîtes dans la cuisine. Davis, qui commençait à bien aimer Simons et qui, selon son habitude, ne s'en cachait pas, observa avec une sollicitude sincère : « Colonel, vous fumez trop de cigares, c'est mauvais pour votre santé. »

Pour toute réponse, il eut droit au regard de Simons. Mais il ne tint pas compte de cet avertissement.

Quelques minutes plus tard, il passa dans la cuisine et dissimula les cinq boîtes de cigares dans le lave-vaisselle.

Lorsque Simons eut fini la première boîte, il alla chercher les autres, mais ne les trouva pas. Sans tabac, il était incapable de fonctionner.

Il s'apprêtait à prendre une voiture pour aller en acheter lorsque Davis ouvrit le lave-vaisselle en disant :

« J'ai mis vos cigares ici.

— Eh bien, vous pouvez les garder », grommela Simons, et il sortit.

Lorsqu'il revint avec cinq paquets neufs, il dit à Davis :

« Ce sont les miens. Bas les pattes. »

Davis se sentait comme un enfant qu'on a mis au coin. Ce fut la première et la dernière plaisanterie qu'il fit au colonel Simons.

Pendant que la discussion se poursuivait, Jim Schwebach, assis par terre, essayait de confectionner une bombe.

Passer en fraude à la douane une bombe ou même simplement ses composants aurait été dangereux — « C'est un risque qu'il ne faut pas prendre », avait dit Simons —, aussi Schwebach devait-il concevoir un engin qu'on pouvait monter à partir d'éléments facilement disponibles à Téhéran.

On abandonna l'idée de faire sauter un immeuble : c'était trop ambitieux et cela risquait de tuer des innocents. Comme diversion, ils se contenteraient d'une voiture incendiée. Schwebach savait fabriquer du napalm « à consommer tout de suite » à base d'essence, de savon en paillettes et d'un peu d'huile. Ses deux problèmes, c'était le système d'horlogerie et le détonateur. Aux Etats-Unis, il aurait utilisé un système électrique relié au moteur d'une fusée miniature ; mais, à Téhéran, il devrait se contenter de mécanismes plus primitifs.

Schwebach aimait ce défi. Il adorait tripoter n'importe quel mécanisme : sa passion, c'était une vieille Oldsmobile 73 dont il avait démonté une partie de la carrosserie et qui filait comme le vent.

Il expérimenta tout d'abord une vieille horloge de four à minuterie qui utilisait un petit marteau pour frapper un carillon. Il attacha une allumette au phosphore au marteau et remplaça la cloche par un bout de papier de verre, afin d'enflammer l'allumette. Celle-ci à son tour allumerait un détonateur.

Le système n'était guère fiable et provoqua une grande hilarité chez les membres de l'équipe qui riaient et plaisantaient chaque fois que l'allumette refusait de s'enflammer.

Pour finir, Schwebach adopta le plus vieux système de minuterie du monde : une bougie.

Il en expérimenta une pour voir combien de temps elle mettait à brûler sur deux centimètres, puis il en coupa une autre à la longueur voulue pour une combustion de quinze minutes.

Il gratta ensuite la tête de plusieurs allumettes de phosphore et broya en poudre le matériel inflammable. Cette poudre, il l'enferma bien serrée dans un bout de papier aluminium de cuisine. Il plaça ensuite le paquet à la base de la bougie. Lorsque la bougie brûlait jusqu'en bas, elle chauffait la feuille d'aluminium et la poudre de phosphore explosait. La feuille était plus mince que le fond pour que l'explosion se propage vers le bas.

Il installa la bougie avec ce détonateur primitif mais fiable dans le goulot d'une bouteille en plastique pleine d'essence solidifiée.

« On allume la bougie et on s'en va, leur expliqua Schwebach, une fois son engin au point. Un quart d'heure plus tard, on a un bon petit incendie. »

N'importe quel policier, soldat, révolutionnaire ou passant — sans parler très probablement des gardiens de prison — aurait son attention attirée par une voiture en feu à trois cents mètres de là pendant que Ron Davis et Jay Coburn escaladeraient la clôture pour sauter dans la cour de la prison.

Ce jour-là, ils quittèrent le Hilton. Coburn passa la nuit dans la maison au bord du lac et les autres s'installèrent à la marina de l'aéroport — qui était plus proche du lac Grapevine — à l'exception de Ralph Boulware qui insista pour rentrer chez lui.

Ils passèrent les quatre jours suivants à s'entraîner, à acheter du matériel, à s'exercer au tir, à répéter leur évasion de la prison et à perfectionner les détails de leur plan.

On pouvait acheter des fusils à Téhéran, mais le shah n'autorisait que la vente du plomb de chasse.

Toutefois, comme Simons savait recharger les cartouches, ils décidèrent d'apporter clandestinement leurs munitions en Iran.

L'ennui, quand on voudrait mettre de la chevrotine dans les cartouches pour plomb de chasse, c'était qu'ils auraient relativement peu de grains de plomb puisque les étuis à cartouches seraient plus petits : leurs projectiles auraient une plus grande pénétration mais couvriraient un champ moins large. Ils décidèrent d'utiliser du plomb numéro deux qui s'étalerait assez pour toucher plus d'un homme à la fois, mais qui aurait une pénétration suffisante pour traverser le pare-brise d'une voiture qui les poursuivrait.

Au cas où les choses tourneraient vraiment mal, chaque membre de l'équipe aurait aussi sur lui un Walther PPK. Merv Stauffer chargea Bob Slyder, chef de la sécurité à E.D.S. et qui savait quand ne pas poser de questions, d'acheter les PPK chez Ray, un armurier de Dallas. Schwebach eut pour mission de trouver comment faire passer les armes en Iran.

Stauffer demanda quels aéroports américains ne passaient pas aux rayons X les bagages au départ : l'un d'eux était l'aéroport Kennedy. Schwebach acheta deux malles Vuitton, plus profondes que des valises ordinaires, des bagages rigides aux coins renforcés. Avec Coburn, Davis et Jackson, il se rendit à l'atelier que Perot avait dans sa maison de Dallas et essaya diverses méthodes pour construire des doubles fonds.

Schwebach était tout à fait disposé à faire passer dix pistolets aux douanes iraniennes dans une malle à double fond.

« Si on sait comment travaillent les gens des douanes, on ne se fait pas arrêter », dit-il. Le reste de l'équipe ne partageait pas son assurance. Au cas où l'un deux se ferait interpeller et où l'on découvrirait les armes, il avait un plan de rechange. Il dirait que la malle n'était pas à lui. Il retournerait à l'arrivée des bagages et, bien sûr, il y aurait une autre malle Vuitton tout comme la première, pleine d'effets personnels et ne contenant aucune arme.

Une fois l'équipe à Téhéran, il leur faudrait communiquer avec Dallas par téléphone. Coburn était certain que les lignes étaient sur table d'écoute, aussi mirent-ils au point un code très simple.

GR signifiait A, GS signifiait B, GT signifiait C et ainsi de suite jusqu'à GZ qui signifiait I ; ensuite HA signifiait J, HB signifiait A jusqu'à HR qui signifiait Z. Les chiffres de 1 à 9 allaient de IA à II ; zéro était IJ.

Ils utiliseraient l'alphabet militaire dans lequel on appelle A Alpha, B Bravo, C Charlie, etc.

Pour aller plus vite, on ne coderait que le mot clef. La phrase « Il est avec E.D.S. » deviendrait donc « Il est avec Golfvictor Golfuniforme Hôtelkilo ». On ne fit que trois exemplaires du chiffre du code. Simons en donna un à Merv Stauffer qui serait le contact de l'équipe à Dallas ; il donna les deux autres à Jay Coburn et à Pat Sculley qui, sans que rien ne fût dit ouvertement, apparaissaient comme ses lieutenants.

Le code empêcherait une fuite provoquée par un enregistrement accidentel d'une conversation télé-phonique mais, comme les informaticiens le savaient mieux que personne, un chiffre aussi simple pouvait être décodé par un expert en quelques minutes. A titre de précaution supplémentaire, certains mots usuels avaient un code spécial : Paul était AG, Bill AH, l'ambassade américaine GC et Téhéran AU. On appe-lait toujours Perot le président, les armes étaient des cassettes, la prison le centre de données, le Koweit était Pétroville, Istanbul la station, et l'attaque de la prison le plan A. Chacun dut apprendre par cœur ces mots de code.

Si l'on interrogeait l'un d'eux sur la signification du code, il devait répondre que c'étaient des abréviations pour les messages télex.

Le nom de code de toute l'entreprise était « Opéra-tion HOTFOOT [1] ». C'était un sigle inventé par Ron Davis : Help Our Two Friends Out Of Teheran. Simons était ravi de cette invention.

« On a utilisé tant de fois Hotfoot pour baptiser des

1. Hotfoot : littéralement « pied brûlant », autrement dit : « à toute allure » (*N.d.T.*)

opérations, dit-il, et c'est la première fois que ça s'applique vraiment. »

Ils répétèrent au moins cent fois l'attaque de la prison.

Dans le jardin de la maison du lac, Schwebach et Davis clouèrent une planche entre deux arbres à trois mètres soixante du sol pour représenter la clôture de la cour. Merv Stauffer amena une camionnette empruntée au service de sécurité d'E.D.S.

Inlassablement Simons s'approchait du « mur » et donnait le signal. Poché arrivait avec la camionnette et s'arrêtait devant ; Boulware sautait dehors par l'arrière de la camionnette ; Davis montait sur le toit et escaladait le mur ; Coburn suivait ; Boulware grimpait sur le toit et descendait l'échelle dans la « cour » ; « Paul » et « Bill » — joués par Schwebach et Sculley, qui n'avaient pas besoin de répéter leur rôle de gardes-flanc — escaladaient l'échelle puis le mur, suivis de Coburn et de Davis ; tout le monde s'entassait dans la camionnette et Poché démarrait à toute allure.

Parfois, ils changeaient de rôle pour que chacun apprît à tenir la place des autres. Ils donnèrent des priorités aux différents rôles de façon que, si l'un d'eux était lâché, blessé ou empêché en quoi que ce soit, ils savaient automatiquement qui le remplacerait. Schwebach et Sculley, dans les rôles de Paul et de Bill, jouaient parfois les malades et devaient être portés sur l'échelle et par-dessus le mur.

L'intérêt d'être en bonne forme physique devint évident lors des répétitions. Davis pouvait revenir en franchissant le mur en une seconde et demie en touchant l'échelle à deux reprises : personne d'autre ne réussissait à le faire aussi vite.

Une fois, Davis repassa trop vite et se reçut mal sur le sol gelé, se meurtrissant l'épaule. La blessure n'était pas grave, mais elle donna une idée à Simons. Davis gagnerait Téhéran avec un bras en écharpe, en portant un sac de billes pour faire des exercices. Le sac contiendrait des plombs numéro deux.

Simons chronométra l'opération, depuis le moment où la camionnette s'arrêtait au pied du mur jusqu'au moment où elle démarrait avec tous ses passagers. Ils finirent par y arriver en moins de trente secondes.

Ils s'entraînèrent avec leurs pistolets Walther PPK au stand de tir Garland. Ils racontèrent au préposé qu'ils appartenaient à des services de sécurité répartis dans tous les Etats-Unis en stage à Dallas et qu'ils devaient terminer leur entraînement de tir avant de pouvoir rentrer chez eux. L'homme n'en crut pas un mot, surtout après avoir vu T.J. Marquez débarquer avec l'air d'un chef mafioso de cinéma, avec son manteau noir et son chapeau noir, et sortir du coffre de sa Lincoln noire dix Walther PPK et cinq mille cartouches.

Après un peu d'entraînement ils parvenaient tous à tirer convenablement à l'exception de Davis. Simons lui conseilla d'essayer de tirer allongé par terre, puisque c'était la position dans laquelle il se trouverait dans la cour. Et Davis s'aperçut qu'il y arrivait beaucoup mieux ainsi.

Dehors, il faisait un froid de loup et, quand ils ne tiraient pas, ils restaient tous blottis dans une petite cabane en essayant de se réchauffer : tous sauf Simons, qui ne s'abritait jamais de la journée, comme s'il était en pierre.

Il n'était pas en pierre : quand il monta dans la voiture de Merv Stauffer à la fin de la journée, il dit :

« Bon Dieu, qu'il fait froid ! »

Il avait commencé à les harceler en les traitant de poules mouillées. Ils parlaient tout le temps de restaurants où ils iraient dîner et de ce qu'ils commanderaient, disait-il. Quand lui avait faim, il ouvrait une boîte. Il se moquait de ceux qui buvaient à petites gorgées : quand lui avait soif, il emplissait une timbale d'eau et la buvait à grands traits en déclarant :

« Je ne l'ai pas remplie pour la regarder. »

Un jour, il leur fit une démonstration de ses qualités de tireur : toutes les balles au centre de la cible. Coburn le vit un jour torse nu : son physique aurait été impressionnant chez un homme de vingt ans plus jeune.

Bien sûr, il avait un numéro de dur très au point.

Seulement personne n'en riait jamais. Avec Simons, c'était du vrai.

Un soir, à la maison du lac, il leur montra la meilleure façon de tuer un homme vite et en silence.

Il avait commandé — et Merv Stauffer avait acheté — des poignards Gerber pour chacun d'eux, des armes peu encombrantes avec une lame étroite et à double tranchant.

« C'est plutôt petit, dit Davis en regardant le sien. Vous croyez que c'est assez long ?

— Ça l'est, à moins que tu ne veuilles l'aiguiser quand ça sort de l'autre côté », répliqua Simons.

Il leur montra le point exact au creux du dos de Glenn et de Jackson où se trouvait le rein.

« Un seul coup de poignard juste là est mortel, dit-il.

— Le type ne gueule pas ? demanda Davis.

— Ça fait si mal qu'il ne peut même pas émettre un son. »

Merv Stauffer était entré pendant la démonstration de Simons et il était planté sur le seuil, bouche bée, un sac de sandwiches sous chaque bras. Simons l'aperçut et dit :

« Regardez-moi ce type : il est incapable d'émettre un son et pourtant personne ne l'a encore frappé. »

Merv se mit à rire et servit le dîner.

« Vous savez ce que m'a dit la fille du MacDonald's dans un restaurant complètement vide quand je lui ai demandé trente hamburgers et trente portions de frites ?

— Quoi donc ?

— Ce qu'elles disent toujours : c'est pour manger tout de suite ou pour emporter ? »

Simons était ravi de travailler pour une entreprise privée.

Un de ses cauchemars dans l'armée, ç'avait toujours été l'intendance.

Même pour préparer le raid sur Son Tay, une opération pourtant à laquelle le président lui-même s'intéressait personnellement, il avait eu l'impression de devoir remplir six demandes écrites et d'obtenir l'accord de douze numéros chaque fois qu'il avait besoin d'un crayon neuf. Ensuite, une fois toute la paperasserie terminée, il s'apercevait que les articles demandés étaient manquants, ou bien qu'il y avait quatre mois d'attente, ou — ce qui était pire que tout — que, quand le matériel arrivait, il ne fonctionnait pas. Vingt-deux pour cent des détonateurs qu'il avait commandés étaient défectueux. Il avait voulu se procurer des viseurs de nuit pour les hommes de son commando. Il apprit que l'armée avait passé dix-sept ans à essayer de mettre au point un viseur de nuit mais qu'en 1970 tout ce qu'on avait c'était six prototypes construits à la main. Là-dessus, il découvrit un viseur de fabrication anglaise d'excellente qualité qu'on trouvait à l'Armalite Corporation pour quarante-neuf dollars cinquante, et ce fut cet instrument que le commando de Son Tay emporta au Vietnam.

A E.D.S., il n'y avait pas de formulaires à remplir et pas d'autorisations à demander, du moins pas pour Simons : il disait à Merv Stauffer ce dont il avait besoin et Stauffer le lui procurait en général le jour même. Il demanda et reçut dix Walther PPK et dix mille cartouches ; un choix de baudriers aussi bien pour droitiers que pour gauchers, de différents modèles pour que les hommes puissent choisir celui qui leur convenait le mieux. Des sacs de recharge de plombs de calibres douze, seize et vingt ; des vêtements chauds pour les hommes comprenant des manteaux, des gants de laine, des chemises et des chaussettes de laine. Un jour il demanda cent mille dollars en liquide. Deux heures plus tard, T.J. Marquez arrivait à la maison du lac avec l'argent dans une enveloppe.

C'était différent de l'armée à d'autres égards. Ces hommes n'étaient pas des soldats qu'on pouvait houspiller pour les faire obéir. C'étaient quelques-uns des jeunes cadres les plus brillants des Etats-Unis. Il avait compris depuis le début qu'il ne pouvait pas adopter une attitude strictement autoritaire. Il devait gagner leur loyauté.

Ces hommes-là obéiraient à un ordre s'ils l'accep-
taient. Sinon ils le discutaient. C'était très bien en salle
du conseil, mais pas sur le champ de bataille.

Et puis ils avaient des scrupules. La première fois
qu'il parla de mettre le feu à une voiture pour créer une
diversion, quelqu'un avait protesté en disant que des
passants innocents risquaient d'être blessés. Simons
se moquait de leur moralité de boys-scouts, en disant
qu'ils avaient peur de perdre leur badge et qu'ils se
conduisaient comme de bons jeunes gens qui ne pensaient qu'à aider les vieilles dames à traverser.

Ils avaient tendance aussi à oublier le côté sérieux
de ce qu'ils faisaient. On blaguait et on plaisantait
beaucoup, et surtout le jeune Ron Davis. Une certaine
dose d'humour était utile dans une équipe partant
pour une mission dangereuse, mais parfois Simons
devait y mettre un terme et les ramener à la réalité
d'une remarque sèche.

Il leur donna toutes les occasions de renoncer à tout
moment. Il prit de nouveau Ron Davis à part et lui dit :
« Tu vas être le premier à franchir ce mur : tu n'as
pas d'inquiétude là-dessus ?

— Oh ! si.

— Tant mieux, sinon je ne te prendrais pas. Imagine que Paul et Bill n'arrivent pas tout de suite. Imagine qu'ils craignent de se faire tirer dessus s'ils fon-
cent vers le mur ? Tu seras coincé là et les gardiens te
verront. Tu seras dans un sale pétrin.

— Je pense bien.

— Moi, j'ai soixante ans, j'ai ma vie derrière moi. Je
n'ai plus rien à perdre. Mais toi, tu es un jeunot et
Marva est enceinte, non ?

— Oui.

— Tu es vraiment sûr de vouloir faire ça ?

— Oui. »

Il leur parla à tous comme ça. Inutile de leur dire
que son jugement de militaire valait mieux que le
leur : ils devaient arriver à cette conclusion-là tout
seuls. De même, son numéro de grand dur était destiné à leur faire comprendre que désormais avoir
chaud, manger, boire, et s'inquiéter pour des passants

innocents n'occuperait pas beaucoup de leur temps ni de leur attention. Les exercices de tir et les leçons de combat au couteau avaient eux aussi un but caché : ce que Simons voulait éviter à tout prix durant cette opération, c'était de tuer des gens, mais savoir tuer rappelait aux hommes que le sauvetage pouvait être une affaire de vie ou de mort.

Le principal élément de sa campagne psychologique, c'était la répétition incessante de l'attaque de la prison. Simons était tout à fait sûr que la prison ne serait pas exactement telle que Coburn l'avait décrite et qu'il faudrait modifier le plan. Un raid de commando ne se déroulait *jamais* exactement suivant le scénario : il était bien placé pour le savoir.

Les répétitions pour le raid sur Son Tay avaient duré des semaines. On avait bâti une réplique exacte du camp de prisonniers, avec des madriers et de la toile de sac à la base aérienne d'Eglin, en Floride. Chaque matin avant l'aube, il fallait démanteler cette foutue construction et la remonter chaque soir car le satellite russe de reconnaissance Cosmos 365 survolait la Floride deux fois par vingt-quatre heures. Mais c'était une superbe maquette : il ne manquait pas un arbre, pas un fossé du camp de Son Tay. Et puis, après toutes ces répétitions, quand ils étaient partis pour de bon, un des hélicoptères — celui à bord duquel se trouvait Simons — avait atterri au mauvais endroit.

Simons n'oublierait jamais le moment où il s'était rendu compte de son erreur. Son hélicoptère décollait après avoir débarqué les hommes du commando. Une sentinelle vietnamienne abasourdie jaillit d'un trou d'homme et Simons l'abattit d'une balle en pleine poitrine. Une fusillade éclata, une fusée éclairante s'éleva dans le ciel et Simons vit que les bâtiments qui l'entouraient n'étaient pas ceux du camp de Son Tay.

« Fais-moi revenir ce putain d'hélico ! » cria-t-il à son opérateur radio. Il dit à un sergent d'allumer un projecteur pour marquer la zone d'atterrissage.

Il savait où ils étaient : à quatre cents mètres de Son Tay, un emplacement signalé sur les cartes de renseignements comme une école. Mais ce n'était pas une école. Il y avait des troupes ennemies partout. C'était une caserne. Et Simons comprit que l'erreur de son pilote d'hélicoptère avait été un coup de chance car maintenant il pouvait lancer une attaque préliminaire et liquider une concentration de soldats ennemis qui, sinon, aurait pu faire échouer toute l'opération.

Ce fut cette nuit-là que, embusqué à la porte d'une caserne, il abattit quatre-vingts hommes en caleçon.

Non, une opération ne se déroulait jamais exactement suivant le plan. Mais s'habituer à exécuter le scénario n'était de toute façon qu'un des buts de ces répétitions. L'autre — et dans le cas des hommes d'E.D.S. c'était le plus important —, c'était d'apprendre à travailler en équipe. Oh ! ils formaient déjà une redoutable équipe d'intellectuels : en leur donnant à chacun un bureau, une secrétaire et un téléphone, à eux tous ils informatiseraient toute la planète — mais travailler ensemble avec leurs mains et avec leurs corps, c'était différent. Lorsqu'ils avaient commencé, le 3 janvier, ils auraient eu du mal à mettre à l'eau ensemble un canot. Cinq jours plus tard, ils étaient comme une machine.

C'était tout ce qu'on pouvait faire ici, au Texas.

Il leur fallait maintenant aller contempler la vraie prison.

Il était temps de partir pour Téhéran.

Simons annonça à Stauffer qu'il voulait revoir Perot.

3

Pendant que l'équipe de sauvetage était à l'entraî-nement, une dernière chance s'offrit au président Carter d'empêcher une révolution sanglante en Iran.

Et il ne sut pas en profiter.

Voici comment les choses se passèrent...

Le soir du 4 janvier, l'ambassadeur William Sullivan alla se coucher dans la vaste résidence privée qu'il occupait juste à côté de l'ambassade, à l'angle des avenues Roosevelt et Takht-e-Jamshid, à Téhéran.

Le patron de Sullivan, le secrétaire d'Etat Cyrus Vance, avait été très pris pendant tous les mois de novembre et de décembre par les négociations de Camp David, mais il était maintenant de retour à Washington où il se concentrait sur l'Iran — et on pouvait dire que ça se voyait. C'en était fini des attitudes vagues et des hésitations. Les câbles transmettant ses instructions à Sullivan étaient devenus secs et précis. Plus important, les Etats-Unis avaient enfin une stratégie pour sortir de la crise : ils allaient discuter avec l'ayatollah Khomeiny.

L'idée était de Sullivan. Il avait maintenant la conviction que le shah n'allait pas tarder à quitter l'Iran et que Khomeiny rentrerait en triomphateur. Sa mission, estimait-il, était de sauvegarder les relations de l'Amérique avec l'Iran à travers le changement de gouvernement si bien que, quand tout serait terminé, l'Iran demeurerait un bastion de l'influence américaine au Moyen-Orient. La façon d'y parvenir était d'aider les forces armées iraniennes à rester intactes et à poursuivre l'aide militaire américaine au nouveau régime, quel qu'il fût.

Sullivan avait appelé Vance sur la ligne téléphonique directe pour le lui dire. Les Etats-Unis devraient envoyer un émissaire à Paris pour rencontrer l'ayatollah, avait insisté Sullivan. Il faudrait dire à Khomeiny que le principal souci des Etats-Unis était de préserver l'intégrité territoriale de l'Iran et de faire échec à l'influence soviétique ; que les Américains ne voulaient pas voir en Iran une bataille rangée entre l'armée et les révolutionnaires islamiques ; et qu'une fois l'ayatollah en place, les Etats-Unis lui offriraient la même assistance militaire et les mêmes ventes d'armes qu'au shah.

C'était un plan audacieux. Il y aurait ceux qui accuseraient les Etats-Unis d'abandonner un ami. Mais Sullivan était persuadé qu'il était temps pour les Américains de faire la part du feu avec le shah et de se tourner vers l'avenir.

À son intense satisfaction, Vance s'était montré d'accord.

Tout comme le shah. Las, apathique et ne voulant plus faire couler le sang pour rester au pouvoir, le shah n'avait même pas offert un semblant de résistance.

Vance avait désigné comme émissaire pour rencontrer l'ayatollah Theodor H. Eliot, un diplomate qui avait été en poste à Téhéran comme conseiller économique et qui parlait couramment le farsi. Sullivan était ravi de ce choix.

Ted Eliot devait arriver à Paris dans deux jours, le 6 janvier.

Dans une des chambres d'amis de la résidence de l'ambassadeur, le général d'aviation Robert « Dutch » Huyser, lui aussi, s'apprêtait à se coucher. Sullivan n'était pas aussi enthousiaste à propos de la mission Huyser qu'il l'était à propos de la mission Eliot. Dutch Huyser, le commandant en chef adjoint (sous les ordres de Haig) des forces américaines en Europe, était arrivé la veille pour convaincre les généraux iraniens de soutenir le nouveau gouvernement Bakhtiar à Téhéran. Sullivan connaissait Huyser. C'était un excellent soldat, mais pas un diplomate. Il ne parlait pas le farsi, il ne connaissait pas l'Iran. Mais, même s'il avait eu toutes les qualifications du monde, sa tâche aurait été sans espoir. Le gouvernement Bakhtiar n'avait pas réussi à se gagner le soutien même des modérés, et Chapour Bakhtiar lui-même avait été chassé du parti centriste du Front national simplement pour avoir accepté l'invitation du shah à former un gouvernement. Pendant ce temps, l'armée que Huyser essayait en vain de faire basculer dans le camp de Bakhtiar continuait à s'affaiblir à mesure que des soldats par milliers désertaient pour rallier les rangs des hordes révolutionnaires qui écumaient les rues. Le mieux que Huyser pouvait espérer, c'était de maintenir encore un peu l'unité de l'armée, cependant qu'Eliot à Paris préparait le retour pacifique de l'ayatollah.

Si cela réussissait, ce serait un grand succès pour Sullivan, un exploit dont tout diplomate pourrait être fier jusqu'à la fin de ses jours : son plan aurait renforcé la position de son pays et en même temps épargné des vies.

Comme il allait se coucher, un seul souci encore le tracassait. La mission Eliot, dans laquelle il plaçait de si grands espoirs, était un projet du Département d'Etat, qu'on identifiait à Washington avec le secrétaire d'Etat Vance. La mission Huyser était l'idée de Zbigniew Brzezinski, le conseiller à la Sécurité nationale. L'inimitié entre Vance et Brzezinski était bien connue. Et, en ce moment même, Brzezinski, après la rencontre au sommet de la Guadeloupe, faisait de la pêche sous-marine dans les Caraïbes avec le président Carter. Tandis qu'ils voguaient sur les eaux transparentes, que chuchotait donc Brzezinski à l'oreille du président ?

Le téléphone réveilla Sullivan au petit matin.

C'était l'officier de service qui appelait de la salle des transmissions dans le bâtiment de l'ambassade, à quelques mètres de là. Un câble urgent était arrivé de Washington. L'ambassadeur voudrait peut-être le lire tout de suite.

Sullivan se leva et, plein d'appréhension, traversa la pelouse jusqu'à l'ambassade.

Le câble annonçait que la mission Eliot était annulée.

La décision avait été prise par le président. On ne demandait absolument pas à Sullivan ses commentaires sur le changement de programme. Il avait instruction de dire au shah que le gouvernement des Etats-Unis n'envisageait plus d'avoir des discussions avec l'ayatollah Khomeiny.

Sullivan était consterné.

C'était la fin de l'influence américaine en Iran. Cela signifiait aussi que Sullivan avait personnellement perdu sa chance de se distinguer comme ambassadeur en prévenant une guerre civile sanglante.

Il adressa à Vance un message furieux, disant que le président avait commis une grossière erreur et devrait reconsidérer sa décision.

Il alla se recoucher mais ne parvint pas à retrouver le sommeil.

Le matin, un nouveau câble l'informa que le président s'en tenait à sa décision.

Accablé, Sullivan se rendit au palais sur la colline pour annoncer la nouvelle au shah.

Ce matin-là, le shah lui parut tendu, les traits tirés. Sullivan et lui s'assirent pour boire l'inévitable tasse de thé. Puis Sullivan lui dit que le président Carter avait annulé la mission Eliot.

Le shah ne comprenait pas.

« Mais pourquoi donc l'ont-ils annulée ? demanda-t-il.

— Je ne sais pas, lui répondit Sullivan.

— Comment s'attendent-ils à influencer ces gens s'ils ne veulent même pas leur parler ?

— Je ne sais pas.

— Alors, que compte faire maintenant Washington ? demanda le shah avec un geste de désespoir.

— Je ne sais pas », fit Sullivan.

4

« Ross, c'est complètement idiot, lança Tom Luce. Vous allez détruire la compagnie et vous allez vous détruire vous-même. »

Perot regarda son avocat. Ils étaient assis dans le bureau de Perot, la porte fermée.

Luce n'était pas le premier à dire cela. Au cours de la semaine, à mesure que la nouvelle se répandait au septième étage, plusieurs des principaux collaborateurs de Perot lui avaient affirmé qu'une équipe de sauvetage était une idée folle et dangereuse, et qu'ils devraient y renoncer.

« Cessez de vous inquiéter, leur avait dit Perot. Concentrez-vous seulement sur ce que *vous* avez à faire. »

Tom Luce était particulièrement véhément. L'air agressif, il présentait ses arguments comme si tout un jury l'écoutait.

« Je ne peux que vous conseiller sur l'aspect légal de la chose, mais je suis ici pour vous dire que cette opération de sauvetage peut causer davantage de problèmes, et des problèmes bien pires que ceux que vous avez aujourd'hui. Enfin, Ross, je ne peux même pas dresser une liste des lois que vous allez enfreindre !

— Essayez, fit Perot.

— Vous allez avoir une armée de mercenaires — ce qui est illégal aussi bien ici qu'en Iran et que dans tous les pays que l'équipe devrait traverser. Où qu'ils aillent, ils seraient passibles de peines de prison et vous pourriez vous retrouver avec dix hommes en taule au lieu de deux.

« Mais il y a pire que cela. Vos hommes seraient dans une position bien plus compromettante que des soldats au combat : les lois internationales et la Convention de Genève, qui protègent les soldats en uniforme, ne protégeraient pas l'équipe de sauvetage.

« S'ils étaient faits prisonniers en Iran... Ross, ils seraient fusillés. S'ils étaient capturés dans un pays qui a un traité d'extradition avec l'Iran, ils seraient renvoyés là-bas et exécutés. Au lieu de deux employés innocents en prison, vous pourriez avoir huit de vos collaborateurs coupables et morts.

« Et, si cela arrive, les familles des victimes peuvent se retourner contre vous : ce qui serait bien compréhensible, car toute cette affaire paraîtra stupide. Les veuves réclameront des sommes énormes à E.D.S. devant les tribunaux américains. Des sommes qui pourraient amener la société à la faillite. Pensez aux dix mille personnes qui seraient sans travail si cela se produisait... Pensez à vous, Ross, il y aurait peut-être même contre vous des délits qui pourraient vous faire jeter en prison !

— Tom, fit Perot avec calme, j'apprécie vos conseils. »

Luce le dévisagea.

« Je ne me fais même pas comprendre, c'est ça ?

— Bien sûr que si, dit Perot en souriant. Mais si vous passez votre vie à vous préoccuper de tous les ennuis qui peuvent survenir, vous ne tarderez pas à vous convaincre que le mieux est de ne rien faire du tout. »

La vérité était que Perot savait quelque chose que Luce ignorait.

Ross Perot avait de la chance.

Toute sa vie, il avait été chanceux.

A douze ans, il livrait les journaux dans le pauvre quartier noir de Texarkana. La gazette de Texarkana coûtait vingt-cinq *cents* par semaine en ce temps-là et le dimanche, lorsqu'il venait percevoir le montant des abonnements, il se retrouvait avec quarante ou cinquante dollars en pièces de vingt-cinq *cents* dans sa bourse. Et tous les dimanches, quelque part sur le trajet, un pauvre homme qui la veille au soir avait dépensé son salaire de la semaine dans un bar essayait de prendre cet argent au petit Ross. C'était pourquoi aucun autre garçon ne voulait livrer les journaux dans ce quartier. Mais Ross n'avait jamais peur. Il faisait sa tournée à cheval ; les tentatives d'agression n'étaient jamais très déterminées ; et il avait de la chance. Jamais on ne lui prit son argent.

Il avait encore eu de la chance en se faisant admettre à l'Académie navale d'Annapolis. Les candidats devaient être présentés par un sénateur ou un membre du Congrès et, bien sûr, la famille Perot n'avait pas les relations nécessaires. D'ailleurs le jeune Ross n'avait même jamais vu la mer : le plus loin qu'il eût voyagé, c'était jusqu'à Dallas, à trois cents kilomètres de là. Mais il y avait à Texarkana un jeune homme du nom de Josh Morris junior qui avait été à Annapolis et qui en avait parlé à Ross, et Ross était tombé amoureux de la marine sans avoir jamais vu un bateau. Il continuait donc à écrire à des sénateurs pour solliciter leur appui. Il finit par réussir — comme cela lui arriverait bien des fois par la suite dans la vie — parce qu'il était trop naïf pour savoir que c'était impossible.

Ce ne fut que bien des années plus tard qu'il apprit comment cela s'était passé. Un jour de 1949, le sénateur W. Lee O'Daniel était en train de ranger son bureau : c'était la fin de son mandat et il ne comptait pas se représenter. Un de ses assistants dit :

« Monsieur le sénateur, nous avons une place disponible pour l'Académie navale.

— Quelqu'un en veut-il ? demanda le sénateur.

— Eh bien, nous avons ce garçon de Texarkana qui essaie depuis des années...

— Donnez-la-lui », répondit le sénateur.

Selon la version de l'histoire telle qu'on la raconta à Perot, son nom ne fut même jamais prononcé au cours de la conversation.

Il avait eu de la chance encore une fois en créant E.D.S. au moment où il l'avait fait. Représentant en ordinateurs pour I.B.M., il se rendit compte que ses clients ne faisaient pas toujours le meilleur usage des appareils qu'il leur vendait. Le traitement de données était une branche nouvelle et spécialisée. Les banques connaissaient bien le mécanisme bancaire, les compagnies d'assurances savaient assurer, les fabricants savaient fabriquer — et les informaticiens savaient traiter les données. Le client n'avait pas besoin de l'appareil, il avait besoin des renseignements que la machine pouvait lui fournir vite et à peu de frais. Pourtant, trop souvent, le client passait tant de temps à créer son propre service de traitement de données et à apprendre à utiliser la machine que son ordinateur lui causait des ennuis et des dépenses au lieu de les lui épargner. L'idée de Perot était de vendre tout un ensemble : un service complet de traitement de données avec les ordinateurs, les programmes et le personnel. Le client n'avait qu'à dire en termes simples de quels renseignements il avait besoin, et E.D.S. les lui fournirait. Il pourrait alors continuer à faire ce qu'il savait faire : la banque, l'assurance ou la fabrication.

I.B.M. refusa l'idée de Perot. Elle n'était pas mauvaise, mais les profits seraient minimes. Sur chaque dollar dépensé pour le traitement de données, quatre-vingts pour cent étaient consacrés aux ordinateurs — aux appareils — et seulement vingt pour cent aux programmes, qui étaient ce que Perot voulait vendre.

I.B.M. n'était pas disposé à ramasser des piécettes par terre.

Perot préleva donc mille dollars sur ses économies et monta son affaire. Au cours de la décennie suivante, les proportions changèrent si bien que les programmes représentaient soixante-dix pour cent de chaque dollar consacré au traitement de données et Perot devint l'un des hommes les plus riches du monde à s'être fait tout seul.

Tom Watson, le président d'I.B.M., rencontra un jour Perot dans un restaurant et lui demanda :

« Je voudrais juste savoir une chose, Ross. Aviez-vous prévu que la proportion changerait ?

— Non, dit Perot. Les vingt pour cent me paraissaient suffisants. »

Oui, il avait de la chance ; mais il lui fallait donner à sa chance de l'espace pour opérer. Ça ne servait à rien de rester assis dans un coin en se montrant prudent. On n'avait jamais l'occasion d'avoir de la chance à moins de prendre des risques. Toute sa vie, Perot avait pris des risques.

Simplement, celui-ci se trouvait être le plus grand qu'il eût jamais pris.

Merv Stauffer entra dans le bureau.

« Prêt à partir ? fit-il.

— Oui. »

Perot se leva et les deux hommes quittèrent le bureau. Ils prirent l'ascenseur et s'engouffrèrent dans la voiture de Stauffer, une Lincoln Versailles toute neuve. Perot lut le nom sur la plaque du tableau de bord : Merv et Helen Stauffer. L'intérieur de la voiture empestait les cigares de Simons.

« Il vous attend, dit Stauffer.

— Bon. »

La compagnie pétrolière de Perot, Petrus, avait des bureaux dans le bâtiment voisin sur Forest Lane. Merv avait déjà conduit Simons là-bas, puis était reparti chercher Perot. Ensuite, il ramènerait Perot à E.D.S., puis reviendrait chercher Simons. Le but de l'exercice était d'assurer le secret : le moins de gens possible devaient voir ensemble Simons et Perot.

Au cours des six derniers jours, pendant que Simons et l'équipe de sauvetage s'entraînaient au bord du lac Grapevine, les perspectives de trouver une solution légale au problème de Paul et de Bill avaient encore diminué. Kissinger, ayant échoué auprès d'Ardeshir Zahedi, ne pouvait rien faire d'autre. L'avocat Tom Luce avait passé son temps à appeler chacun des vingt-quatre représentants du Texas au Congrès, les deux sénateurs du Texas et tous ceux à Washington qui étaient prêts à lui répondre. Mais ses interlocuteurs s'étaient tous contentés d'appeler le Département d'Etat pour savoir ce qui se passait, et tous les appels avaient abouti au bureau d'Henry Precht.

Le directeur financier d'E.D.S., Tom Walter, n'avait pas encore trouvé une banque disposée à donner une lettre de crédit de douze millions sept cent cinquante mille dollars. La difficulté, avait expliqué Walter à Perot, était la suivante : d'après la loi américaine, un individu ou une société pouvait refuser d'honorer une lettre de crédit s'il y avait preuve que la lettre avait été signée sous une pression illégale, par exemple chantage ou enlèvement. Les banques considéraient l'emprisonnement de Paul et de Bill comme du chantage pur et simple, et elles savaient qu'E.D.S. pourrait arguer devant un tribunal américain que la lettre n'avait aucune valeur et que l'argent ne devrait donc pas être versé. En théorie, cela n'aurait aucune importance, car alors Paul et Bill seraient rentrés et la banque américaine refuserait tout simplement — et tout à fait légalement — d'honorer la lettre de crédit lorsqu'elle lui serait présentée par le gouvernement iranien. Toutefois, la plupart des banques américaines avaient consenti à l'Iran des prêts importants, et elles craignaient de voir l'Iran user de représailles en déduisant douze millions sept cent cinquante mille dollars de ses dettes. Walter était encore en quête d'une grande banque qui ne faisait pas d'affaires avec l'Iran.

L'opération Hotfoot restait donc malheureusement le meilleur pari que pouvait faire Perot.

Perot quitta Stauffer dans le parking et entra dans l'immeuble de la compagnie pétrolière.

Il trouva Simons dans le petit bureau réservé à Perot. Simons grignotait des cacahuètes en écoutant un poste de radio portatif. Perot devina que les cacahuètes constituaient son déjeuner et que le poste de radio était destiné à noyer tout système d'écoute qu'on aurait pu dissimuler dans la pièce.

Ils se serrèrent la main. Perot remarqua que Simons se laissait pousser la barbe.

« Comment ça se présente-t-il ? demanda-t-il.

— Pas mal, répondit Simons. Les hommes commencent à former une équipe.

— Vous comprenez bien, dit Perot, que vous êtes libre de rejeter tout membre de l'équipe qui ne vous donne pas satisfaction. »

Deux jours plus tôt, Perot avait proposé une addition à l'équipe, un homme qui connaissait Téhéran et qui avait dans l'armée des états de service remarquables, mais Simons l'avait éconduit après une brève entrevue en disant :

« Ce type croit à ses propres foutaises. »

Perot se demandait maintenant si Simons, au cours de la période d'entraînement, avait trouvé quelque chose à redire à aucun des autres.

« C'est vous qui êtes responsable de l'opération, poursuivit-il, et...

— Pas la peine, dit Simons. Je n'ai envie de rejeter personne. »

Il eut un petit rire.

« Ils sont de loin le groupe le plus intelligent avec qui j'aie jamais travaillé, et c'est vrai que ça pose un problème, parce qu'ils croient que les ordres doivent être discutés et non pas suivis. Mais ils apprennent à ne pas réfléchir quand c'est nécessaire. Je leur ai fait clairement comprendre qu'à un moment donné la discussion cesse et qu'il faut une obéissance aveugle.

— Alors, fit Perot en souriant, vous en avez obtenu plus en six jours que moi en seize ans.

— Nous ne pouvons plus rien faire ici, à Dallas, dit

Simons. Notre prochaine étape est de partir pour Téhéran. »

Perot acquiesça. Ce pourrait être sa dernière chance de décommander l'opération Hotfoot. Une fois que l'équipe aurait quitté Dallas, on ne pourrait plus les contacter et ils échapperaient à son contrôle. Les dés seraient jetés.

Ross, c'est idiot. Tu vas détruire la société et tu vas te détruire toi-même.

Voyons, Ross, je ne peux même pas dresser une liste des lois que vous allez enfreindre !

Au lieu d'avoir deux employés innocents en prison, vous pourriez vous retrouver avec huit collaborateurs coupables et morts.

Eh bien, nous avons ce garçon de Texarkana qui essaie depuis des années...

« Quand voulez-vous partir ? demanda Perot à Simons.

— Demain.

— Bonne chance », fit Perot.

CHAPITRE V

1

Pendant que Simons parlait avec Perot à Dallas, Pat Sculley, le plus mauvais menteur du monde, se trouvait à Istanbul où il essayait mais sans y réussir de faire avaler des couleuvres à un Turc rusé.

M. Fish était un agent de voyages qui avait été « découvert » lors de l'évacuation de décembre par Merv Stauffer et T.J. Marquez. Ils l'avaient chargé de prendre les dispositions pour l'étape des évacués à Istanbul et il avait accompli des miracles. Il les avait tous logés au Sheraton et avait loué des cars pour les transporter de l'aéroport à l'hôtel. Lorsqu'ils étaient arrivés là-bas, un repas les attendait. On lui laissa le soin de s'occuper des bagages et de les dédouaner et les valises réapparurent devant la porte de leur chambre comme par magie. Le lendemain, il y avait des cassettes vidéo pour les enfants et des visites guidées pour les adultes afin d'occuper tout le monde en attendant le vol pour New York. M. Fish réussit tout cela alors que la quasi-totalité du personnel de l'hôtel était en grève : T.J. découvrit par la suite que c'était Mme Fish qui avait fait les lits dans les chambres de l'hôtel. Une fois les places réservées sur des vols à destination des Etats-Unis, Merv Stauffer avait voulu faire photocopier une feuille avec des instructions pour chacun, mais la photocopieuse de l'hôtel était en panne : M. Fish avait trouvé un électricien pour la réparer, à cinq heures un dimanche matin. M. Fish pouvait vraiment faire des miracles.

Simons était toujours préoccupé par l'idée d'introduire en fraude à Téhéran les Walther PPK et, lorsqu'il apprit comment M. Fish avait fait passer les douanes turques aux bagages des évacués, il proposa qu'on demande au même homme de résoudre le problème des armes. Sculley était parti pour Istanbul le 8 janvier.

Le lendemain il retrouva M. Fish à la cafétéria du Sheraton. M. Fish était un gros homme frisant la cinquantaine et assez mal habillé. Mais il était malin : Sculley n'était pas de taille à jouer au plus fin avec lui.

Sculley lui expliqua qu'E.D.S. avait besoin de son aide pour deux problèmes.

« Premièrement, il nous faut un appareil qui puisse atterrir à Téhéran et en décoller. Deuxièmement, nous voudrions faire passer la douane à certains bagages sans qu'ils soient inspectés. Naturellement, nous vous verserons une somme raisonnable pour votre aide. »

M. Fish semblait dubitatif.

« Pourquoi voulez-vous faire ça ?

— Eh bien, nous avons des bandes magnétiques pour les ordinateurs de Téhéran, dit Sculley. Il faut qu'elles arrivent là-bas et nous ne pouvons prendre aucun risque. Nous ne voulons pas qu'on les passe aux rayons X ni qu'on fasse quoi que ce soit qui puisse les endommager, et nous ne pouvons pas courir le risque de les voir confisquées par un imbécile de douanier.

— Et pour ça vous avez besoin de louer un avion, et de faire passer vos bagages sans que la douane les inspecte ?

— Oui, c'est cela. »

Sculley voyait bien que M. Fish n'en croyait pas un mot.

Ce dernier secoua la tête.

« Non, monsieur Sculley. J'ai été heureux, précédemment, d'aider vos amis ; mais je suis un agent de voyages, pas un contrebandier. Je ne ferai pas cela.

— Et l'avion... Pouvez-vous nous trouver un appareil ? »

M. Fish, de nouveau, secoua la tête.

« Il va falloir que vous alliez à Amman, en Jordanie. Arab Wings a des vols charters de là à Téhéran. C'est la meilleure suggestion que je puisse faire.

— Bon », fit Sculley en haussant les épaules.

Quelques minutes plus tard, il quitta M. Fish et remonta dans sa chambre pour appeler Dallas.

On ne pouvait pas dire que ses débuts comme membre de l'équipe de sauvetage s'étaient bien passés.

Lorsque Simons apprit la nouvelle, il décida de laisser les Walther PPK à Dallas. Il expliqua son raisonnement à Coburn.

« Ne mettons pas en péril toute la mission, dès le début, alors que nous ne sommes même pas sûrs que nous aurons besoin de pistolets : c'est un risque que nous n'avons pas à prendre, en tout cas pas encore. Entrons dans le pays et voyons à quoi nous avons affaire. Si nous avons besoin des pistolets, alors Schwebach retournera à Dallas les chercher. »

On mit les armes dans le coffre d'E.D.S., avec un outil que Simons avait commandé pour limer les numéros de série. (Comme c'était contraire à la loi, on ne le ferait qu'à la dernière minute.)

Toutefois, ils allaient emporter les valises à double fond pour faire une répétition. Ils allaient emporter aussi les plombs numéro 2 — Davis les transporterait dans son sac — et le matériel dont Simons avait besoin pour recharger les plombs dans d'autres cartouches : cela, Simons le transporterait lui-même.

Inutile de passer par Istanbul, aussi Simons envoya-t-il Sculley à Paris retenir des chambres d'hôtel là-bas et tâcher de trouver des réservations pour l'équipe sur un vol à destination de Téhéran.

Le reste de l'équipe décolla de l'aéroport de Dallas à 11 h 05 le 10 janvier à bord du vol Braniff 341 pour Miami, d'où ils prirent un avion pour Paris.

Ils retrouvèrent Sculley à l'aéroport d'Orly le lendemain matin, dans la galerie de tableaux entre le restaurant et la cafétéria.

Coburn trouva Sculley nerveux. Il se rendit compte que tout le monde commençait à se laisser gagner par l'obsession qu'avait Simons de la sécurité. Pour venir des Etats-Unis, bien qu'ils eussent tous voyagé sur le même avion, ils avaient fait le voyage séparément, dispersés dans toute la cabine et sans avoir l'air de se connaître. A Paris, Sculley s'était inquiété à propos du personnel du Hilton d'Orly en se demandant si on n'écoutait pas ses conversations téléphoniques. Aussi Simons — qui de toute façon était toujours mal à l'aise dans les hôtels — avait-il décidé qu'ils discuteraient dans la galerie de tableaux.

Sculley avait échoué dans sa seconde mission, qui consistait à trouver des réservations pour l'équipe de Paris à Téhéran.

« La moitié des compagnies ont tout simplement suspendu leurs vols à destination de l'Iran à cause de l'agitation politique et des grèves à l'aéroport, expliqua-t-il. Tous les vols qui existent encore sont surchargés d'Iraniens qui essaient de rentrer chez eux. Tout ce que j'ai, c'est un bruit d'après lequel Swissair a encore des vols qui partent de Zurich. »

Ils se scindèrent en deux groupes. Simons, Coburn, Poché et Boulware se rendraient à Zurich et tenteraient d'embarquer sur le vol de la Swissair. Sculley, Schwebach, Davis et Jackson resteraient à Paris.

Le groupe de Simons prit le vol Swissair en première classe pour Zurich. Coburn était assis à côté de Simons. Ils passèrent tout le trajet à dévorer un magnifique déjeuner à base de crevettes et de steak. Simons s'extasiait sur la nourriture. Coburn s'amusait, se rappelant que Simons avait dit :

« Quand on a faim, on ouvre une boîte. »

A l'aéroport de Zurich, le comptoir des réservations pour le vol à destination de Téhéran était assiégé par des Iraniens. L'équipe ne parvint à obtenir qu'une seule place sur l'appareil. Lequel d'entre eux devrait partir ? Coburn, décidèrent-ils. Il était l'homme de la logistique : en tant que directeur du personnel et cerveau de l'évacuation, c'était lui qui avait la connaissance la plus complète des ressources d'E.D.S. à Téhéran — cent cinquante maisons et appartements vides, soixante voitures et jeeps abandonnées, deux cents employés iraniens, ceux à qui l'on pouvait faire confiance et les autres — ainsi que les provisions, les alcools et les outils abandonnés derrière eux par les évacués. En arrivant le premier, Coburn pourrait trouver des moyens de transport, des provisions et une planque pour le reste de l'équipe.

Coburn dit donc adieu à ses amis et s'embarqua, partant vers le chaos, la violence et la révolution.

Ce même jour, à l'insu de Simons et de l'équipe de sauvetage, Ross Perot prit le vol British Airways 172 de New York à Londres. Lui aussi se rendait à Téhéran.

Le vol de Zurich à Téhéran fut bien trop court.

Coburn passa son temps à repasser anxieusement dans sa mémoire ce qu'il avait à faire. Il ne pouvait pas dresser la liste : Simons interdisait qu'il y eût rien d'écrit.

Sa première tâche consistait à passer la douane avec la valise à double fond. Il n'y avait pas d'armes dedans : si un douanier inspectait la valise et découvrait le compartiment secret, Coburn devait dire que c'était pour transporter du matériel photographique fragile.

Il lui fallait ensuite choisir des maisons et des appartements abandonnés qu'il proposerait à Simons comme planques. Puis il fallait trouver des voitures et s'assurer qu'il y avait pour elles des réserves d'essence.

Sa couverture, à l'intention de Keane Taylor, de Rich Gallagher et des employés iraniens d'E.D.S., était qu'il préparait l'embarquement des affaires personnelles des évacués vers les Etats-Unis. Coburn avait dit à Simons qu'on devrait mettre Taylor dans le secret : il serait un appui précieux pour l'équipe de sauvetage. Simons avait répondu qu'il prendrait cette décision-là lui-même, après avoir rencontré Taylor.

Coburn se demandait comment il allait duper Taylor.

Il se le demandait encore lorsque l'avion atterrit.

A l'aéroport, tout le personnel était en uniforme de l'armée. C'était comme ça que tout avait continué à fonctionner malgré la grève, comprit Coburn : c'étaient les militaires qui faisaient marcher l'aéroport.

Il prit sa valise à double fond et franchit la douane. Personne ne l'arrêta.

Le hall des arrivées était un véritable zoo. Les foules qui attendaient étaient plus agitées que jamais. L'armée, de toute évidence, n'appliquait pas les règlements militaires au fonctionnement de l'aéroport.

Il se fraya un chemin à travers la foule jusqu'à la station de taxis. Il évita deux hommes qui avaient l'air de se battre pour prendre la même voiture et prit le taxi suivant.

Durant le trajet jusqu'en ville, il remarqua pas mal de matériel militaire, surtout à proximité de l'aéroport.

Il y avait beaucoup plus de chars que lorsqu'il était parti. Etait-ce un signe que le shah avait toujours la situation en main ? Dans la presse, le shah continuait à faire des déclarations comme s'il maîtrisait les événements, mais Bakhtiar en faisait autant. Tout comme d'ailleurs l'ayatollah, qui venait d'annoncer la formation d'un conseil de la révolution islamique chargé d'assurer le gouvernement, comme s'il était déjà au pouvoir à Téhéran au lieu d'être assis dans une villa de la banlieue parisienne auprès d'un téléphone.

A la vérité, personne ne contrôlait rien ; et, si cela retardait les négociations pour la libération de Paul et de Bill, cela aiderait sans doute l'équipe de sauvetage.

Le taxi le conduisit jusqu'à leur bureau dans l'immeuble qu'ils appelaient le Bucarest, où il trouva Keane Taylor. C'était Taylor le numéro 1 maintenant, car Lloyd Briggs avait regagné New York afin d'expliquer personnellement la situation aux avocats d'E.D.S. Taylor était installé dans le bureau de Paul Chiapparone, vêtu d'un costume immaculé avec un gilet, comme s'il se trouvait à dix mille kilomètres de la révolution la plus proche alors qu'il était en plein dedans. Il fut très étonné de voir Coburn.

« Jay ! Quand donc es-tu arrivé ?

— Je débarque, dit Coburn.

— Et qu'est-ce que tu fais avec cette barbe... Tu essaies de te faire fusiller ?

— J'ai pensé que ça me donnerait l'air moins américain.

— As-tu jamais vu un Iranien avec une barbe rousse ?

— Non, fit Coburn en riant.

— Alors, qu'est-ce que tu fiches ici ?

— Eh bien, comme de toute évidence nous n'allons pas faire revenir nos gens ici dans un avenir prévisible, je suis venu rassembler les affaires personnelles de tout le monde pour les réexpédier aux Etats-Unis. »

Taylor lui lança un drôle de regard, mais s'abstint de tout commentaire.

« Où vas-tu descendre ? Nous sommes tous installés au Hayatt Crown Regency, c'est plus sûr.

— Et si j'utilisais ton ancienne maison ?

— Comme tu voudras.

— Maintenant, à propos de ces affaires : as-tu les enveloppes que chacun a laissées avec les clefs de la maison, les clefs des voitures et des instructions concernant leurs affaires personnelles ?

— Bien sûr ; j'en ai tenu compte. Tout ce que les gens ne veulent pas qu'on leur expédie, je l'ai vendu : des machines à laver et à sécher le linge, des réfrigérateurs, j'organise des soldes en permanence ici.

— Est-ce que je peux avoir les enveloppes ?

— Bien sûr.

— Quelle est la situation côté voitures ?

— Nous les avons presque toutes rassemblées. Je les ai garées dans une école, avec des Iraniens qui les surveillent s'ils ne sont pas en train de les vendre.

— Et l'essence ?

— Rich s'est procuré à la base aérienne des barils de deux cent quarante litres et nous les avons entreposés dans la cave.

— Il m'a semblé que ça sentait l'essence quand je suis entré.

— Ne t'avise pas de craquer une allumette là-bas dans le noir, on sauterait tous.

— Comment remplis-tu les barils ?

— On utilise deux voitures comme ravitailleurs, deux grosses américaines, une Buick et une Chevrolet. Deux de nos chauffeurs passent la journée à faire la queue à des postes à essence. Quand ils ont fait le plein ils reviennent ici et nous siphonons l'essence dans les barils, puis on renvoie les voitures remplir leur réservoir. Parfois, on peut trouver de l'essence au début de la queue. On tombe sur quelqu'un qui vient de faire le plein et on lui offre le prix à la pompe pour l'essence qu'il a dans sa voiture. Il y a toute une économie qui se développe autour des postes à essence.

— Et comment ça se passe côté mazout pour le chauffage ?

— J'ai trouvé une source, mais le type me demande dix fois le prix d'autrefois. Je claque de l'argent comme un matelot en bordée.

— Il va me falloir douze voitures.

— Douze voitures, Jay ?

— C'est ce que j'ai dit.

— Tu trouveras de la place pour les garer chez moi : il y a une grande cour entourée d'un mur. Voudrais-tu... pour une raison quelconque... pouvoir faire le plein des voitures sans qu'aucun des employés iraniens te voie ?

— Je pense bien.

— Tu n'as qu'à amener une voiture vide au Hayatt, et je te l'échangerai contre une pleine.

— Combien d'Iraniens avons-nous encore ?

— Dix des plus qualifiés, plus quatre chauffeurs.

— J'aimerais avoir une liste de leurs noms.

— Tu savais que Ross était en route pour venir ici ?

— Ça alors, non ! dit Coburn stupéfait.

— Je viens de l'apprendre. Il amène Bob Young, du Koweit, pour me décharger de toutes ces tâches administratives et John Howell pour assurer le côté juridique. Ils veulent que je travaille avec John pour les négociations et la caution.

— Par exemple ! »

Coburn se demandait ce que Perot avait en tête.

« Bon, je m'en vais chez toi.

— Jay, pourquoi ne me dis-tu pas de quoi il s'agit ?

— Il n'y a rien que je puisse te dire.

— Tu te fous de moi, Coburn. Je veux savoir ce qui se passe.

— Tu sais tout ce que j'ai l'intention de te dire.

— Tu te fous de moi encore une fois. Mais attends de voir les voitures avec lesquelles tu vas te retrouver. Tu auras de la chance si elles ont un volant.

— Désolé.

— Jay...

— Oui ?

— Elle a un drôle d'air, ta valise.

— Oui, elle a un drôle d'air, et après ?

— Je sais ce que tu mijotes, Coburn. »

Coburn poussa un soupir.

« Allons faire un tour. »

Ils sortirent dans la rue et Coburn mit Taylor au courant.

Le lendemain, Coburn et Taylor s'en allèrent étudier les planques possibles.

La maison de Taylor, au numéro 2 rue Aftab, était idéale. Commodément proche du Hayatt pour permettre l'échange des voitures, elle se trouvait aussi dans le quartier arménien de la ville, qui pourrait se révéler moins hostile aux Américains si les émeutes prenaient de l'ampleur. Elle avait un téléphone en état de marche et une réserve de mazout pour le chauffage. La cour entourée d'un mur était assez grande pour abriter six voitures et il y avait une porte de derrière qui pouvait servir de sortie de secours si un détachement de police se présentait à l'entrée. Le propriétaire n'habitait pas sur les lieux.

Utilisant le plan de Téhéran affiché au mur du bureau de Coburn — sur lequel, depuis l'évacuation, on avait marqué l'emplacement de toutes les résidences E.D.S. de la ville — ils choisirent encore trois maisons vides comme planques possibles.

Dans la journée, pendant que Taylor faisait faire le plein des voitures, Coburn les amenait une par une du Bucarest aux différentes maisons et gara ainsi trois voitures à chacun des quatre emplacements choisis.

Consultant de nouveau son plan de la ville, il essaya de se rappeler lesquelles des épouses avaient travaillé pour les militaires américains, car les familles ayant accès au PX avaient toujours le meilleur ravitaillement. Il dressa une liste de huit possibles. Demain il ferait la tournée de ces maisons et il prendrait les conserves, les fruits et légumes secs et les boissons en bouteilles destinés aux planques.

Il choisit un cinquième appartement, mais sans le visiter. Ce serait une planque sûre en cas d'urgence : personne n'irait là avant le moment où il faudrait l'utiliser.

Ce soir-là, seul dans l'appartement de Taylor, il appela Dallas et demanda Merv Stauffer.

Stauffer, comme toujours, était d'humeur joyeuse.

« Salut, Jay ! Comment ça va ?

— Très bien.

— Je suis content que tu aies appelé, car j'ai un message pour toi. Tu as un crayon ?

— Bien sûr.

— Bon. Honky Keith Goofball Zero Honky Demmy...

— Merv, l'interrompit Coburn.

— Oui ?

202

— Qu'est-ce que tu me racontes, Merv ?

— C'est le code, Jay.

— Qu'est-ce que c'est que Honky Keith Goofball ?

— H pour Honky, K pour Keith...

— Merv, H est pour Hôtel, K est pour kilo...

— Oh ! fit Stauffer. Oh ! je ne savais pas que chaque lettre correspondait à un mot particulier... »

Coburn éclata de rire.

« Ecoute, fit-il. Pour la prochaine fois, trouve quelqu'un qui te donne l'alphabet militaire. »

Stauffer riait tout seul.

« Sûrement, dit-il. Mais je crois que cette fois il va falloir utiliser ma propre version.

— Bon, vas-y. »

Coburn nota le message codé puis — utilisant toujours le code — il donna à Stauffer son adresse et son numéro de téléphone. Après avoir raccroché, il décoda le message que Stauffer lui avait transmis.

Bonne nouvelle. Simons et Joe Poché arrivaient à Téhéran le lendemain.

2

Le 11 janvier — le jour où Coburn arriva à Téhéran et où Perot prit l'avion pour Londres, Paul et Bill étaient en prison depuis exactement deux semaines.

Durant cette période, ils avaient eu droit à une seule douche. Quand les gardiens apprenaient qu'il y avait de l'eau chaude, ils octroyaient à chaque cellule cinq minutes dans les douches. On oubliait toute modestie et les hommes s'entassaient dans les cabines pour le luxe de se retrouver un moment réchauffés et propres. Ils se lavaient non seulement le corps mais leurs vêtements en même temps.

Au bout d'une semaine, la prison avait épuisé ses réserves de bouteilles de gaz destinées à la cuisine, si bien que maintenant la nourriture était non seulement à base de féculents et pauvre en légumes, mais froide par-dessus le marché. Par bonheur, ils étaient autorisés à améliorer l'ordinaire grâce aux oranges, aux pommes et aux noix apportées par les visiteurs.

Presque tous les soirs, l'électricité était coupée pendant une heure ou deux et les prisonniers alors allumaient des bougies ou des torches électriques. La prison était bourrée de ministres adjoints, de fonctionnaires et d'hommes d'affaires de Téhéran. Deux membres de la cour de l'impératrice se trouvaient dans la cellule numéro 5 avec Paul et Bill. Le dernier arrivé dans leur cellule était le docteur Siazi, qui avait travaillé au ministère de la Santé sous la direction du docteur Sheik, comme responsable d'un service dit de réhabilitation. Siazi était psychiatre et il utilisait sa connaissance de l'âme humaine pour remonter le moral de ses compagnons de captivité. Il concevait sans cesse des jeux et des distractions pour animer la triste routine quotidienne : il institua un rituel à l'heure du dîner où chaque pensionnaire de la cellule devait raconter une blague avant de pouvoir manger. Lorsqu'il apprit le montant de la caution fixée pour Paul et Bill, il leur assura qu'ils auraient la visite de Farrah Fawcett Majors, dont le mari ne valait que six millions de dollars [1].

Paul en vint à se lier d'amitié avec le « père » de la cellule, le prisonnier arrivé là depuis le plus longtemps et qui par tradition était le patron. Ce petit homme, quadragénaire, faisait tout ce qu'il pouvait pour aider les Américains, les encourageant à manger et achetant les gardiens pour leur procurer de petits suppléments. Il ne connaissait qu'une douzaine de mots d'anglais et Paul ne parlait guère le farsi, mais ils arrivaient à avoir des conversations quand même. Paul apprit que son compagnon avait été un important homme d'affaires, qui possédait une entreprise de construction et un hôtel à Londres. Paul lui montra les photographies de Karen et d'Ann Marie que Taylor lui avait apportées et le vieil homme apprit leurs noms. Il aurait aussi bien pu être coupable de Dieu

1. Lee Majors a été le héros d'une série télévisée américaine intitulée « L'homme qui valait six millions de dollars ». (*N.d.T.*).

sait quoi on l'accusait ; mais la sollicitude et la cordialité qu'il manifestait aux étrangers étaient extrêmement encourageantes.

Paul était touché aussi par le courage de ses collègues d'E.D.S. à Téhéran. Lloyd Briggs, maintenant parti pour New York ; Rich Gallagher, qui n'était jamais parti ; et Keane Taylor qui était revenu ; tous risquaient leur vie chaque fois qu'ils traversaient des émeutes pour venir les voir en prison. Chacun d'eux affrontait aussi le danger de voir Dadgar se mettre dans la tête de les arrêter comme otages supplémentaires. Paul fut particulièrement frappé lorsqu'il apprit que Bob Young était en route pour Téhéran, car la femme de Bob venait d'avoir un bébé et ce n'était vraiment pas le moment pour lui de se mettre dans une situation dangereuse.

Paul s'était tout d'abord imaginé que d'une minute à l'autre on allait le relâcher. Il se disait maintenant que ce serait d'un jour à l'autre.

Un de leurs compagnons de cellule avait été libéré. Un nommé Lucio Randone, un entrepreneur italien employé par la société de construction Condotti d'Acqua. Randone revint leur rendre visite, apportant deux grosses tablettes de chocolat italien, et il dit à Paul et à Bill qu'il avait parlé d'eux à l'ambassadeur d'Italie à Téhéran. L'ambassadeur avait promis de voir son collègue américain et de lui révéler le secret qui permettait de faire sortir des gens de prison.

Mais la principale source de l'optimisme de Paul, c'était le docteur Ahmad Houman, l'avocat engagé par Briggs pour remplacer les juristes iraniens qui avaient donné de si mauvais conseils à propos de la caution. Houman était venu leur rendre visite lors de leur première semaine en prison. Ils s'étaient installés dans le hall de la prison — et pas, pour on ne sait quelle raison, dans la salle de visite aménagée dans le bâtiment sans étage de l'autre côté de la cour — et Paul avait craint sur le moment que cela n'empêchât une discussion franche entre avocats et clients ; mais Houman n'était nullement intimidé par la présence des gardiens de prison. « Dadgar est en train d'essayer de se faire un nom », avait-il annoncé.

Pouvait-ce être le cas ? Un procureur trop enthousiaste cherchant à impressionner ses supérieurs — ou peut-être les révolutionnaires — par sa diligence anti-américaine ?

« Le bureau de Dadgar est très puissant, poursuivit Houman. Mais dans cette affaire, il est sur un terrain glissant. Il n'avait aucune raison de vous arrêter et le montant de la caution est exorbitant. »

Paul commençait à trouver Houman très bien. Il semblait connaître son affaire et avoir de l'assurance.

« Alors qu'allez-vous faire ?

— Ma stratégie va être de faire diminuer le montant de la caution.

— Comment ?

— D'abord, je vais parler à Dadgar. J'espère parvenir à lui faire admettre à quel point la caution est extravagante. Mais, s'il demeure intransigeant, je m'adresserai à ses supérieurs du ministère de la Justice et je les persuaderai de lui donner l'ordre de diminuer le montant de la caution.

— Combien de temps comptez-vous que cela prendra ?

— Peut-être une semaine. »

Cela prenait plus d'une semaine, mais Houman avait progressé. Il était revenu à la prison annoncer que les supérieurs de Dadgar au ministère de la Justice avaient accepté de forcer Dadgar à faire machine arrière et à réduire la caution à une somme qu'E.D.S pourrait payer sans effort avec les fonds dont elle disposait en Iran. Plein de mépris pour Dadgar et de confiance en lui, il annonça triomphalement que tout allait se régler lors d'une seconde rencontre entre Paul et Bill et Dadgar le 11 janvier

Ce jour-là, en effet, Dadgar arriva à la prison dans l'après-midi. Il voulut d'abord voir Paul seul, comme il l'avait déjà fait. Paul était d'excellente humeur tandis que les gardes l'escortaient pour lui faire traverser la cour. Dadgar, se disait-il, n'était qu'un procureur qui faisait du zèle, maintenant il s'était fait taper sur les doigts par ses supérieurs et allait devoir se montrer plus conciliant.

Dadgar attendait, avec la même interprète auprès de lui. Il salua Paul d'un bref signe de tête. Et ce dernier s'assit en songeant : il n'a pas l'air très conciliant.

Dadgar parla en farsi et Mme Nourbash traduisit :

« Nous sommes ici pour discuter le montant de votre caution.

— Bien, fit Paul.

— M. Dadgar a reçu à ce sujet une lettre des fonctionnaires du ministère de la Santé et de la Sécurité sociale. »

Elle se mit à traduire la lettre.

Les fonctionnaires du ministère demandaient que la caution pour les deux Américains fût *augmentée* jusqu'à la somme de vingt-trois millions de dollars — presque le double — afin de compenser les pertes subies par le ministère depuis qu'E.D.S. avait arrêté les ordinateurs.

Paul commença à se dire qu'il n'allait sûrement pas être relâché aujourd'hui.

La lettre était un coup monté. Dadgar avait proprement manœuvré le docteur Houman. Cette entrevue n'était qu'une plaisanterie.

Cela le rendit fou de rage.

J'en ai par-dessus la tête d'être poli avec ce salaud, se dit-il.

Quand on lui lut la lettre, il déclara :

« Maintenant, j'ai quelque chose à dire et je veux que vous traduisiez chaque mot. C'est clair ?

— Bien sûr », fit Mme Nourbash.

Paul s'exprimait lentement et en choisissant ses mots.

« Vous me détenez maintenant en prison depuis quatorze jours. Je n'ai pas comparu devant un tribunal. On ne m'a accusé de rien de précis. Il vous reste encore à produire une seule preuve m'impliquant dans quelque crime que ce soit. Vous n'avez même pas précisé de quel crime on pourrait m'accuser. Etes-vous fiers de la justice iranienne ? »

A la surprise de Paul, cette exhortation parut faire fondre un peu le regard glacé de Dadgar.

« Je suis désolé, dit celui-ci, que vous ayez à payer les torts commis par votre compagnie.

— Non, non, non, fit Paul. C'est moi la compagnie. C'est moi le responsable. Si la compagnie avait mal agi, je devrais être celui qui en pâtit. Mais nous n'avons rien fait de mal. Bien mieux, nous avons fait plus que ce que nous nous étions engagés à faire. E.D.S. a obtenu ce contrat parce que nous sommes la seule compagnie au monde capable de faire ce travail : créer un système de sécurité sociale totalement informatisé dans un pays sous-développé de trente millions d'agriculteurs. *Et nous avons réussi.* Notre système de traitement de données délivre des cartes de Sécurité sociale. Il tient le registre des dépôts effectués à la banque sur le compte du ministère. Chaque matin, il fournit un résumé des demandes concernant la Sécurité sociale formulées la veille. Il imprime les bulletins de paie de tout le ministère de la Santé et de la Sécurité sociale. Il produit pour le ministère des rapports hebdomadaires et mensuels sur la situation financière. Pourquoi n'allez-vous pas au ministère regarder les imprimantes ? Non, attendez une minute, fit-il comme Dadgar commençait à parler, je n'ai pas fini. »

Dadgar haussa les épaules.

« Il y a déjà une preuve tangible, poursuivit Paul, qu'E.D.S. a rempli son contrat. Il est tout aussi facile d'établir que le ministère n'a pas tenu ses engagements, c'est-à-dire qu'il ne nous paie pas depuis six mois et qu'il nous doit actuellement quelque chose qui dépasse dix millions de dollars. Maintenant, réfléchissez un instant à l'attitude du ministère. Pourquoi n'a-t-il pas payé E.D.S. ? Parce qu'il n'a pas d'argent. Et pourquoi cela ? Vous et moi savons qu'il a dépensé la totalité de son budget dans les sept premiers mois de l'année en cours et que le gouvernement n'a pas les fonds pour le compléter. Il pourrait bien y avoir un certain degré d'incompétence dans certains services. Que dire de ces gens qui ont dépassé leur budget ?

Peut-être qu'ils cherchent une excuse — quelqu'un à qui reprocher ce qui s'est mal passé —, un bouc émissaire. N'est-ce pas commode d'avoir E.D.S. — une entreprise capitaliste, une société américaine — juste sous la main qui travaille avec eux ? Dans l'atmosphère politique actuelle, les gens sont tout disposés à prêter l'oreille à la perversité des Américains, ils ne demandent qu'à croire que nous escroquons l'Iran. Mais vous, monsieur Dadgar, vous êtes censé être un magistrat. *Vous* n'êtes pas censé croire que les Américains sont à blâmer à moins qu'il n'y en ait une preuve tangible. *Vous* êtes censé découvrir la vérité, si je comprends bien le rôle d'un magistrat instructeur. Ne serait-il pas temps que vous vous demandiez *pourquoi* on porte des accusations non fondées contre moi et contre ma société ? *Ne serait-il pas temps que vous commenciez à faire une enquête sur ce foutu ministère ?* »

L'interprète traduisit la dernière phrase. Paul examina Dadgar : son expression s'était de nouveau figée. Il dit quelque chose en farsi.

Mme Nourbash traduisit.

« Maintenant il va voir l'autre. »

Paul la dévisagea.

Il s'était époumoné pour rien, comprit-il. Il aurait aussi bien pu réciter des comptines. Dadgar était inébranlable.

Paul était profondément déprimé. Allongé sur son matelas, il regardait les photos de Karen et d'Ann Marie qu'il avait collées au-dessous de la couchette au-dessus de lui. Les filles lui manquaient terriblement. Le fait de ne pouvoir les voir lui faisait comprendre que dans le passé il avait pris leur présence comme quelque chose de tout naturel. Celle de Ruthie aussi. Il regarda sa montre : maintenant, c'était le milieu de la nuit aux Etats-Unis. Ruthie devait dormir, seule dans un grand lit. Comme ce serait bon de s'y glisser auprès d'elle et de la serrer dans ses bras ! Il chassa cette idée de son esprit : il était en train de s'apitoyer sur son sort. Il n'avait pas à s'inquiéter pour elles. Elles étaient hors d'Iran, hors de danger, et il savait que, quoi qu'il arrivât, Perot s'occuperait d'elles. C'était ce qu'il y avait de bien avec Perot. Il demandait beaucoup de vous — bon sang, c'était l'employeur le plus exigeant qu'on pût avoir — mais, quand on avait besoin de compter sur lui, il était solide comme un roc.

Paul alluma une cigarette. Il s'était enrhumé. Jamais il ne parviendrait à se réchauffer dans cette prison. Il se sentait trop déprimé pour rien faire. Il n'avait pas envie d'aller prendre le thé au Chattanooga ; il n'avait pas envie d'aller regarder des actualités télévisées incompréhensibles ; il n'avait pas envie de jouer aux échecs avec Bill. Il n'avait pas envie d'aller à la bibliothèque chercher un nouveau livre. Il avait lu *Les oiseaux se cachent pour mourir*, de Colleen McCullough. Il avait trouvé le roman très émouvant. C'était l'histoire de plusieurs générations et cela le faisait penser à sa famille. Le personnage principal était un prêtre et Paul, en tant que catholique, avait pu comprendre ses motivations. Il avait lu le livre trois fois. Il avait lu aussi *Hawaii*, de John Michener, *Airport*, d'Arthur Hailey et *Le Livre des records*. Il n'avait plus envie de lire un autre livre jusqu'à la fin de ses jours.

Il songeait parfois à ce qu'il ferait lorsqu'il serait sorti et il laissait son esprit vagabonder en songeant à ses passe-temps favoris : le bateau et la pêche. Mais cela aussi pouvait être déprimant.

Il n'arrivait pas à se rappeler une période de sa vie adulte où il n'avait pas su quoi faire. Il était toujours occupé. Au bureau, il avait en général trois jours de travail accumulé. Jamais, jamais au grand jamais, il ne s'était allongé en fumant et en se demandant comment diable il allait pouvoir se distraire.

Mais le pire de tout, c'était le sentiment d'impuissance. Bien qu'il eût toujours été un employé, allant là où son patron l'envoyait et faisant ce qu'on lui ordonnait de faire, il avait néanmoins toujours su qu'à n'importe quel moment il pouvait prendre un avion et rentrer chez lui, ou bien donner sa démission, ou bien dire non à son patron. En dernier ressort, c'était lui qui prenait les décisions. Et voilà maintenant qu'il ne pouvait pas en prendre une à propos de sa propre existence. Il ne pouvait même rien faire pour améliorer son triste sort. Pour tous les autres problèmes qui s'étaient jamais posés à lui, il avait pu y réfléchir, essayer des solutions. Maintenant, il devait se contenter d'attendre et de souffrir.

Il se rendit compte qu'il n'avait jamais connu ce que signifiait la liberté avant de l'avoir perdue.

3

La manifestation était relativement paisible : il y avait bien quelques voitures qui brûlaient mais, à part cela, pas de violence : les manifestants arpentaient la rue en brandissant des portraits de Khomeiny et en plantant des fleurs sur les tourelles des chars. Les soldats regardaient, passifs.

La circulation était bloquée.

On était le 14 janvier, le lendemain du jour où Simons et Poché étaient arrivés. Boulware était reparti pour Paris et maintenant lui et les quatre autres attendaient là-bas un vol pour Téhéran. Pendant ce temps, Simons, Coburn et Poché se dirigeaient vers le centre, pour effectuer une reconnaissance du côté de la prison.

Au bout de quelques minutes, Joe Poché arrêta le moteur de la voiture et resta là, silencieux, manifestant à peu près toute l'émotion dont il était capable, c'est-à-dire aucune.

En revanche, Simons, assis à côté de lui, était très animé. « C'est l'Histoire qui se fait devant nos yeux ! s'écria-t-il. Très peu de gens ont le privilège d'observer directement une révolution en marche. »

C'était un passionné d'histoire, avait découvert Coburn, et les révolutions, c'était sa spécialité. A l'aéroport, comme on lui demandait quels étaient sa profession et le but de sa visite, il avait répondu qu'il était fermier en retraite et que c'était la seule chance qu'il aurait sans doute jamais d'assister à une révolution. Il disait la vérité.

Coburn ne voyait absolument rien de fascinant à se trouver au milieu de tout cela. Il n'aimait pas du tout l'idée d'être assis dans une petite voiture — ils avaient une Renault 4 — entouré de fanatiques musulmans. Malgré sa barbe toute neuve, il n'avait pas l'air iranien. Pas plus que Poché. Simons, lui, pouvait passer : ses cheveux étaient plus longs maintenant, il avait le teint olivâtre, un grand nez et il avait laissé pousser une barbe blanche. On n'aurait qu'à lui donner un chapelet, qu'à le planter à un coin de rue et personne ne se douterait un instant qu'il était américain.

Mais la foule ne s'intéressait pas aux Américains et Coburn finit par rassembler assez d'assurance pour descendre de voiture et entrer dans une boulangerie. Il acheta du pain de barbari, de longues miches plates avec une croûte fine que l'on cuisait tous les jours et qui coûtait sept rials : dix *cents*. Comme le pain français, il était délicieux quand il était frais, mais il devenait rassis très vite. On le mangeait en général avec du beurre ou du fromage. L'Iran fonctionnait au pain de barbari et au thé.

Ils étaient là à regarder la manifestation et à mâcher leur pain quand enfin la circulation commença à reprendre. Poché suivait l'itinéraire qu'il avait repéré sur le plan la veille au soir. Coburn se demandait ce qu'ils trouveraient en arrivant à la prison. Sur ordre de Simons, il avait évité jusqu'à maintenant d'aller dans le centre. Ce serait trop espérer que la prison allait être exactement telle qu'il l'avait décrite onze jours plus tôt au lac Gravepine : l'équipe avait fondé un plan d'attaque très précis sur des renseignements très imprécis. Quel était ce degré d'imprécision, ils n'allaient pas tarder à le savoir.

Ils arrivèrent au ministère de la Justice et le contournèrent jusqu'à Khayyam Street, le côté du pâté de maisons où se trouvait l'entrée de la prison.

Poché passa lentement, mais pas trop lentement devant la prison.

« Oh ! merde. » fit Simons.

Coburn sentit son cœur se serrer.

La prison était radicalement différente de l'image qu'il en avait gardée.

L'entrée consistait en deux portes d'acier de cinq mètres de haut. D'un côté, il y avait un bâtiment sans étage avec des barbelés sur le toit. De l'autre côté, un bâtiment de pierre grise haut de cinq étages.

Il n'y avait pas de balustrade en fer. Pas de cour.

Simons demanda :

« Alors, où est cette foutue cour d'exercice ? »

Poché continua, prit quelques tournants et revint par Khayyam Street dans la direction opposée.

Coburn cette fois aperçut bien une petite cour avec de l'herbe et des arbres, séparée de la rue par une balustrade de moins de quatre mètres de haut ; mais de toute évidence, elle n'avait aucun rapport avec la prison qui était plus haut dans la rue. On ne sait comment, lors de cette conversation téléphonique avec Majid, il avait confondu la cour d'exercice de la prison avec ce petit jardin.

Poché fit un nouveau tour du pâté de maisons.

Simons réfléchissait.

« Nous pouvons entrer là-dedans, dit-il. Mais il nous faut savoir à quoi nous aurons affaire une fois que nous aurons franchi le mur. Il va falloir que quelqu'un aille en reconnaissance.

— Qui ? demanda Coburn.

— Vous », dit Simons.

Coburn arriva devant l'entrée de la prison avec Rich Gallagher et Majid. Majid pressa le bouton de sonnette et ils attendirent.

Coburn était devenu l'« homme extérieur » de l'équipe de sauvetage. Il avait déjà été vu au Bucarest par les employés iraniens, aussi sa présence à Téhéran ne pouvait-elle être gardée secrète. Simons et Poché se montreraient le moins possible et éviteraient les bureaux d'E.D.S. Personne n'avait besoin de savoir qu'ils étaient ici. Ce serait Coburn qui irait au Hayatt voir Taylor et procéder à l'échange des voitures. Et c'était Coburn qui se rendait à la prison.

En attendant, il repassa dans son esprit tous les points que Simons lui avait dit d'examiner — la sécurité, l'effectif des gardiens, leur armement, la disposition des lieux, les endroits à couvert et les endroits exposés — cela faisait une longue liste et Simons avait l'art de vous rendre inquiet à l'idée qu'on pourrait oublier un détail de ses instructions.

Un judas dans la porte s'ouvrit. Majid dit quelque chose en farsi.

La porte s'entrebâilla et les trois hommes entrèrent.

Droit devant lui, Coburn vit une cour avec un petit rond-point herbu et des voitures garées tout au fond. Derrière les voitures, s'élevait un bâtiment de cinq étages dominant la cour. A sa gauche, le bâtiment sans étage qu'il avait aperçu de la rue, avec les barbelés sur le toit. A sa droite, une autre porte d'acier.

Coburn portait un long manteau très ample — Taylor l'avait surnommé le « manteau de Bibendum » — sous lequel il aurait pu facilement dissimuler un fusil, mais le gardien à la porte ne le fouilla même pas. J'aurais pu avoir huit armes sur moi, songea-t-il. C'était encourageant : la sécurité était relâchée.

Il observa que le gardien à la porte n'était armé que d'un petit pistolet.

On amena les trois visiteurs jusqu'au bâtiment bas sur la gauche. Le colonel commandant la prison était dans la salle de visite, ainsi qu'un autre Iranien. Ce second personnage, Gallagher en avait prévenu Coburn, était toujours présent lors des visites et parlait un anglais parfait : sans doute était-il là pour surveiller les conversations. Coburn avait dit à Majid qu'il ne voulait pas qu'on l'entendît pendant qu'il parlerait à Paul et Majid devait engager la conversation avec l'Iranien. On présenta Coburn au colonel. Dans un mauvais anglais, l'homme dit qu'il était navré pour Paul et pour Bill et qu'il espérait qu'on allait bientôt les relâcher. Il semblait sincère. Coburn observa que ni le colonel ni le sbire iranien n'étaient armés.

La porte s'ouvrit ; Paul et Bill entrèrent.

Tous deux dévisagèrent Coburn avec stupéfaction :

il ne les avait pas prévenus qu'il était en ville et la barbe qu'il arborait les surprenait aussi.

« Qu'est-ce que tu fous ici ? » fit Bill avec un grand sourire.

Coburn leur serra chaleureusement la main.

« Bon sang, dit Paul, je n'arrive pas à croire que tu es ici.

— Comment va ma femme ? demanda Bill.

— Emily va bien et Ruthie aussi », leur annonça Coburn.

Majid se mit à parler très fort en farsi au colonel et aux sbires. Il avait l'air de leur raconter une histoire compliquée avec beaucoup de gestes. Rich Gallagher se mit à parler à Bill et Coburn fit signe à Paul de s'asseoir.

Simons avait décidé que Coburn devrait interroger Paul sur les horaires de la prison et le mettre au courant du plan de sauvetage. On avait choisi Paul plutôt que Bill car, selon Coburn, ce serait vraisemblablement Paul qui serait le meneur des deux.

« Si tu n'as pas déjà deviné, commença Coburn, nous allons vous tirer de là tous les deux par la force si besoin en est.

— Je l'ai déjà deviné, dit Paul. Je ne suis pas sûr que ce soit une bonne idée.

— Quoi ?

— Il pourrait y avoir des blessés.

— Ecoute, Ross a engagé le type le plus fort du monde pour ce genre d'opération et nous avons carte blanche...

— Je ne suis pas sûr que je le souhaite.

— On ne te demande pas ton autorisation, Paul.

— Bon, fit Paul en souriant.

— Maintenant, j'ai besoin de renseignements. Où prenez-vous l'exercice ?

— Ici même, dans la cour.

— Quand ?

— Le jeudi. »

On était lundi. La prochaine période d'exercice aurait lieu le 18 janvier.

« Combien de temps passez-vous là-bas ?

— Environ une heure.

— A quel moment de la journée ?

— Ça varie.

— Merde. »

Coburn fit un effort pour avoir l'air détendu, pour éviter de prendre un ton de conspirateur ou de regarder par-dessus son épaule si on risquait de l'écouter : cela devait avoir l'air d'une visite normale faite par un ami.

« Combien de gardiens y a-t-il dans cette prison ?

— Une vingtaine.

— Tous en uniforme, tous armés ?

— Tous en uniforme, certains avec des pistolets.

— Pas de fusils ?

— Ma foi... Aucun des gardiens réguliers n'a de fusil, mais... Tu vois, notre cellule est juste de l'autre côté de la cour et a une fenêtre. Eh bien, le matin il y a un groupe d'une vingtaine de gardiens, des gardiens différents, un peu comme un corps d'élite si tu veux. Ils ont des fusils et portent une sorte de casque bien astiqué. Le rassemblement du réveil a lieu ici et puis on ne les voit plus pour le reste de la journée : je ne sais pas où ils vont.

— Tâche de le découvrir.

— Je vais essayer.

— Laquelle est votre cellule ?

— Quand tu sors d'ici, la fenêtre est à peu près en face de toi. Si tu pars du coin droit de la cour et que tu comptes vers la gauche, c'est la troisième fenêtre. Mais ils ferment les volets quand il y a des visiteurs — pour qu'on ne puisse pas voir les femmes entrer, disent-ils. »

Coburn acquiesça de la tête, essayant de se rappeler tout cela.

« Il va falloir que tu fasses deux choses, dit-il. Un : un relevé de l'intérieur de la prison avec des mesures aussi précises que possible. Je reviendrai chercher les détails pour que nous puissions tracer un plan. Deux : vous mettre en condition. Des exercices tous les jours. Il faudra que vous soyez en pleine forme.

— D'accord.

— Maintenant, raconte-moi ton emploi du temps journalier.

— Ils nous réveillent à six heures », commença Paul.

Coburn se concentra, sachant qu'il devrait répéter tout cela à Simons. Néanmoins, au fond de son esprit, une pensée le tenaillait : si nous ne savons pas à quel moment de la journée ils prennent de l'exercice, comment diable saurons-nous quand franchir le mur ?

« La solution, c'est l'heure de la visite, dit Simons.

— Comment ça ? demanda Coburn.

— C'est la seule situation où nous pouvons prédire à un moment précis qu'ils seront hors de leur cellule et susceptibles d'être enlevés. »

Coburn acquiesça. Ils étaient assis tous les trois dans le salon de la maison de Keane Taylor. C'était une grande pièce avec un tapis persan. Ils avaient approché trois fauteuils d'une table basse. Auprès du fauteuil de Simons, une petite montagne de cendre de cigare s'amassait sur le tapis. Taylor serait furieux.

Coburn se sentait hésiter. Faire son rapport à Simons était encore plus harassant qu'il ne l'avait prévu. Et, lorsqu'il croyait avoir tout dit, Simons pensait à de nouvelles questions. Lorsque Coburn ne parvenait pas à se rappeler quelque chose, Simons le faisait réfléchir jusqu'au moment où il s'en souvenait en effet. Simons lui soutirait des renseignements qu'il n'avait même pas enregistrés consciemment, rien qu'en posant les questions qu'il fallait.

« La camionnette et l'échelle : ce scénario-là ne marche plus, dit Simons. Leur point faible, c'est leurs horaires plutôt vagues. Nous pouvons introduire deux hommes là-dedans comme visiteurs, avec des fusils ou des pistolets sous leur manteau. On amènera Paul et Bill à la salle des visites. Nos deux hommes devraient pouvoir, sans aucun mal, maîtriser le colonel et le sbire — et en faisant assez peu de bruit pour ne donner l'alarme à personne dans les parages. Ensuite...

— Ensuite quoi ?

— C'est là le problème. Les quatre hommes devront sortir du bâtiment, traverser la cour, gagner la porte ou bien l'ouvrir ou bien l'escalader, arriver dans la rue et monter dans une voiture...

— Ça paraît possible, dit Coburn. Il n'y a qu'un gardien à la porte...

— Un certain nombre de détails de ce scénario me tracassent, reprit Simons. Un : les fenêtres du grand bâtiment qui donne sur la cour. Pendant que nos hommes traversent la cour, n'importe qui regardant par n'importe laquelle de ces fenêtres les verra. Deux : les gardiens d'élite avec leurs casques astiqués et leurs fusils. Quoi qu'il arrive, nos hommes devront ralentir à la porte. Il suffit d'un seul gardien avec un fusil qui regarde par une de ces fenêtres là-haut et il pourrait les tirer tous les quatre comme des lapins.

— Nous ne savons pas si les gardes sont dans le grand bâtiment.

— Nous ne savons pas s'ils n'y sont pas.

— Ça paraît un faible risque...

— Nous n'allons prendre *aucun* risque que nous n'avons pas à prendre. Trois : la circulation dans cette foutue ville est un vrai bordel. On ne peut pas se dire simplement qu'on saute dans une voiture et qu'on file. Nous pourrions tomber sur une manifestation à cinquante mètres de là. Cette évasion doit se faire discrètement. Il nous faut du temps. Comment est le colonel, celui qui commande la prison ?

— Il s'est montré très aimable, dit Coburn. Il avait l'air sincèrement navré pour Paul et pour Bill.

— Je me demande si nous ne pouvons pas compter sur lui. Savons-nous quelque chose sur sa vie, sa carrière ?

— Non.

— Tâchons de trouver.

— Je vais mettre Majid là-dessus.

— Le colonel pourrait s'assurer qu'il n'y a pas de gardien dans les parages à l'heure des visites. Nous pourrions, pour que ça fasse bien, le ligoter, ou même l'assommer... Si on peut l'acheter, nous pouvons réussir notre coup.

218

— Je vais m'en occuper tout de suite », dit Coburn.

4

Le 13 janvier, Ross Perot décolla d'Amman en Jordanie, à bord d'un Lear Jet d'Arab Wings, la compagnie de charters de la Royal Jordanian Airlines. L'appareil avait pour destination Téhéran. Dans la soute à bagages se trouvait un filet contenant une demi-douzaine de magnétoscopes de format professionnel, comme en utilisent les équipes de télévision : c'était la « couverture » de Perot.

Comme le petit appareil à réaction filait vers l'est, le pilote britannique leur montra le confluent du Tigre et de l'Euphrate. Quelques minutes plus tard, des difficultés se manifestèrent dans le système hydraulique et l'avion dut faire demi-tour.

Le voyage s'était passé tout le temps comme ça.

A Londres, il avait retrouvé l'avocat John Howell et le directeur d'E.D.S. Bob Young, qui tous deux essayaient depuis des jours de trouver un vol pour Téhéran. Young finit par découvrir qu'Arab Wings fonctionnait, et les trois hommes étaient partis pour Amman. Arriver là-bas au milieu de la nuit avait déjà été une expérience : Perot avait l'impression que tous les personnages inquiétants dormaient à l'aéroport. Ils trouvèrent quand même un taxi pour les conduire à l'hôtel. La chambre de John Howell n'avait pas de salle de bain : les commodités étaient là, juste au pied du lit. Dans la chambre de Perot, les toilettes étaient si proches de la baignoire qu'il devait poser les pieds dans cette baignoire lorsqu'il était assis sur le siège des toilettes. Et ainsi de suite...

C'était Bob Young qui avait eu l'idée de la « couverture » vidéo. Arab Wings acheminait régulièrement des cassettes vidéo entre Amman et Téhéran pour les actualités télévisées N.B.C. Parfois c'était un opérateur N.B.C. qui convoyait les cassettes : d'autres fois le pilote s'en chargeait. Perot aujourd'hui serait le convoyeur N.B.C. Il portait une veste de sport, un petit chapeau à carreaux et pas de cravate. Personne n'irait regarder deux fois le messager de N.B.C. avec son gros sac de toile.

Arab Wings avait accepté de jouer le jeu. Ils avaient confirmé aussi qu'ils pourraient ramener Perot de Jordanie par le même moyen.

De retour à Amman, Perot, Howell, Young et le pilote prirent place à bord d'un jet de remplacement et décollèrent de nouveau. Tandis qu'ils s'élevaient au-dessus du désert, Perot se demandait s'il était l'homme le plus fou du monde ou le plus sain d'esprit.

Il y avait de puissantes raisons qui militaient contre son voyage à Téhéran. D'abord, les émeutiers pourraient le considérer comme l'ultime symbole du capitalisme américain qui les vampirisait, et le bloquer là. Plus probablement, Dadgar pourrait apprendre qu'il était en ville et tenter de l'arrêter. Perot n'était pas sûr de comprendre les mobiles qui avaient poussé ce dernier à jeter en prison Paul et Bill, mais les mystérieux motifs qu'il avait ne perdraient sûrement rien si Perot se retrouvait derrière les barreaux. Dadgar pourrait fort bien fixer la caution à cent millions de dollars et avoir la certitude de les obtenir, si l'argent était ce qu'il recherchait.

Mais les négociations pour la libération de Paul et de Bill étaient au point mort et Perot voulait se rendre à Téhéran pour une dernière tentative de trouver une solution légale avant de laisser Simons et l'équipe risquer leur vie dans un assaut contre la prison.

Il y avait eu des moments, dans les affaires, où E.D.S. avait été prêt à admettre la défaite mais avait fini par triompher parce que Perot lui-même avait insisté pour que l'on fît un dernier effort : après tout, c'était cela être patron.

Il se le répétait, et c'était vrai, mais il y avait une raison de plus à son voyage. Il ne pouvait tout simplement pas rester assis dans son bureau de Dallas, dans le confort et la sécurité, pendant que d'autres risquaient leur vie sur ses instructions.

Il savait pertinemment que s'il se faisait arrêter en Iran, lui-même, ses collègues et sa société seraient dans une situation bien pire que celle dans laquelle ils se trouvaient maintenant. Devrait-il jouer la prudence et rester, s'était-il demandé, ou bien suivre ses instincts les plus profonds et aller sur place ? C'était un dilemme moral. Il en avait discuté avec sa mère.

Celle-ci savait qu'elle était mourante. Et elle savait que, même si Perot revenait sain et sauf dans quelques jours, elle ne serait peut-être plus là. Le cancer détruisait rapidement son organisme mais son esprit était intact et son sens du bien et du mal aussi net que jamais. « Tu n'as pas le choix, Ross, avait-elle dit. Ce sont tes hommes. C'est toi qui les as envoyés là-bas. Ils n'ont rien fait de mal. Notre gouvernement refuse de les aider. C'est toi qui es responsable d'eux. C'est à toi de les tirer de là. Il faut que tu y ailles. »

Il était donc là, avec l'impression d'avoir adopté la juste solution, sinon la plus raisonnable.

Le Lear Jet laissa le désert derrière lui et passa par-dessus les montagnes de l'Iran occidental. Contrairement à Simons, à Coburn et à Poché, Perot ne connaissait pas le danger physique. Il était trop jeune pour la Seconde Guerre mondiale et trop vieux pour le Vietnam, et la guerre de Corée s'était terminée pendant que l'enseigne Perot cinglait vers l'Extrême-Orient à bord du destroyer *Sigourney*. Il n'avait essuyé le feu qu'une fois, lors de sa campagne en faveur des prisonniers de guerre, quand il avait atterri dans une jungle au cœur du Laos à bord d'un antique DC3 : il avait entendu des petits chocs métalliques, mais il n'avait compris que l'appareil avait été touché qu'après s'être posé. Son expérience la plus impressionnante, depuis l'époque où il livrait les journaux dans les quartiers dangereux de Texarkana, il l'avait connue dans un autre avion au-dessus du Laos, quand une porte juste à côté de son siège était tombée. Il dormait. En s'éveillant, il chercha un instant une lumière avant de se rendre compte qu'il était penché hors de l'appareil. Par bonheur, sa ceinture était bien bouclée.

Aujourd'hui, il n'était pas assis près d'une porte.

Il regarda par la fenêtre et aperçut, dans une dépression en forme de bol au milieu des montagnes, la ville de Téhéran, un vaste assemblage de constructions couleur de boue parsemées de gratte-ciel blancs. L'appareil commença à perdre de l'altitude.

Bon, se dit-il, nous descendons. Perot, il est temps de commencer à réfléchir et à te servir de ta cervelle.

Lorsque l'avion atterrit, il se sentait tendu, tous ses sens en alerte.

L'avion s'arrêta. Quelques soldats, fusil mitrailleur en bandoulière, s'approchèrent nonchalamment sur la piste.

Perot descendit. Le pilote ouvrit la soute à bagages et lui remit le sac de cassettes.

Perot et le pilote traversèrent la piste. Howell et Young suivaient, portant leurs valises.

Perot était content d'avoir un physique si peu remarquable. Il songeait à un ami norvégien, un grand Adonis blond qui se plaignait toujours d'avoir l'air trop imposant.

« Tu as de la chance, Ross, disait-il. Quand tu entres dans une pièce, personne ne te remarque. Quand les gens me voient, ils attendent trop de choses : je ne peux pas être à la hauteur de leur attente. »

Personne ne prendrait jamais le Norvégien pour un simple convoyeur. Mais Perot, avec sa petite taille, son visage banal et sa façon d'être habillé n'importe comment était très convaincant dans ce rôle.

Ils entrèrent dans le bâtiment de l'aéroport. Perot se dit que les militaires qui contrôlaient les lieux et le ministère de la Justice pour lequel Dadgar travaillait étaient deux bureaucraties séparées ; et, si l'une d'elles savait ce que l'autre faisait ou qui elle cherchait, eh bien, ce serait alors l'organisation la plus efficace dans l'histoire des gouvernements.

Il s'approcha du bureau de la police et montra son passeport.

On le tamponna et on le lui rendit.

Il passa. A la douane, personne ne l'arrêta.

Le pilote lui montra où laisser le sac de cassettes vidéo. Perot le posa par terre, puis il dit au revoir au pilote.

Il se retourna et aperçut un autre de ses amis, un

grand type à l'air distingué : Keane Taylor. Perot aimait bien Taylor.

« Salut, Ross, comment ça s'est passé ? demanda Taylor.

— Admirablement, dit Perot avec un sourire. Ils ne recherchaient pas le vilain Américain. »

Ils sortirent de l'aéroport. Perot demanda :

« Vous avez compris maintenant que je ne vous avais pas renvoyé ici pour de simples tâches administratives ?

— Tout à fait », fit Taylor.

Ils montèrent dans la voiture de Taylor. Howell et Young s'installèrent à l'arrière.

Comme ils démarraient, Taylor dit :

« Je vais prendre un chemin détourné pour éviter le plus gros des émeutes. »

Perot ne trouva pas cela rassurant.

La route était bordée de grands immeubles de béton à demi terminés, avec des grues sur le toit. Le travail semblait avoir cessé. En regardant de plus près, Perot constata que des gens habitaient dans ces coquilles. Cela semblait un symbole éloquent de la façon dont le shah avait été forcé de moderniser trop vite l'Iran.

Taylor parlait de voitures. Il avait garé toutes les voitures d'E.D.S. dans la cour de récréation d'une école et avait engagé quelques Iraniens pour les garder, mais il avait découvert que les Iraniens s'étaient lancés en grand dans le commerce de la voiture d'occasion.

Il y avait de longues files d'attente à chaque poste d'essence, remarqua Perot. Il trouva cela ironique dans un pays riche en pétrole. En même temps que les voitures, on apercevait des gens dans la queue, des bidons à la main.

« Qu'est-ce qu'ils font ? demanda Perot. S'ils n'ont pas de voiture, pourquoi ont-ils besoin d'essence ?

— Ils la vendent au plus offrant, expliqua Taylor. Ou bien vous pouvez louer un Iranien pour faire la queue à votre place. »

Ils furent arrêtés un moment à un barrage. Plus loin, ils passèrent devant plusieurs véhicules en feu.

Des civils étaient plantés alentour, avec des mitrailleuses. Le décor redevint paisible pendant un ou deux kilomètres, puis Perot aperçut d'autres voitures en feu, d'autres mitrailleuses, un nouveau barrage. De tels spectacles auraient dû être effrayants mais, on ne sait pourquoi, ils ne l'étaient pas. Perot avait l'impression que les gens étaient simplement contents de se détendre maintenant que la poigne de fer du shah se desserrait enfin. Les militaires assurément ne faisaient rien pour maintenir l'ordre.

Il y avait toujours quelque chose de bizarre dans le spectacle de la violence quand on était touriste. Il se rappelait avoir survolé le Laos à bord d'un petit avion et vu des gens se battre au sol : il s'était senti tranquille, détaché. Il s'était dit qu'une bataille, ce devait être comme ça : ça pouvait être chaud quand on était en plein milieu, mais à cinq minutes de là il ne se passait rien.

Ils traversèrent une grande place circulaire avec un monument en son centre qui avait l'air d'un vaisseau spatial des temps futurs, dominant la circulation sur ses quatre gigantesques pieds étalés.

« Qu'est-ce que c'est que ça ? demanda Perot.

— Le monument Shahyad, dit Taylor. Il y a un musée tout en haut. »

Quelques minutes plus tard, ils s'arrêtèrent dans la cour de l'hôtel Hayatt Crown Regency.

« C'est un hôtel tout neuf, expliqua Taylor. Ils venaient de l'ouvrir, les pauvres connards. Mais c'est parfait pour nous : excellente cuisine, du vin, de la musique au restaurant le soir... Nous vivons comme des rois dans une ville qui s'écroule. »

Ils traversèrent le hall et prirent l'ascenseur.

« Pas besoin de vous inscrire, précisa Taylor à Perot. Votre suite est à mon nom. Pas la peine d'avoir votre nom inscrit quelque part.

— Très bien. »

Ils s'arrêtèrent au dixième étage.

« Nous avons tous des chambres dans le couloir », dit Taylor.

Il ouvrit une porte tout au bout de l'étage. Perot entra, regarda autour de lui et sourit.

« Regardez-moi ça. »

Le salon était immense. A côté il y avait une grande chambre. Il inspecta la salle de bain : elle était assez grande pour qu'on y donnât un cocktail.

« Ça va ? demanda Taylor avec un sourire.

— Si vous aviez vu la chambre que j'avais hier soir à Amman, vous ne prendriez pas la peine de me poser la question. »

Taylor le laissa s'installer.

Perot s'approcha de la fenêtre et regarda dehors. Sa suite donnait sur la façade de l'hôtel, il pouvait donc voir la cour en bas. Comme ça, songea-t-il, si une escouade de soldats ou une bande d'émeutiers vient me chercher, je peux espérer les voir arriver.

Mais qu'est-ce que je ferais ?

Il décida de repérer une sortie de secours. Il quitta sa suite et arpenta le couloir. Il y avait plusieurs chambres vides dont les portes n'étaient pas fermées à clef. A chaque bout, une sortie donnant sur un escalier. Il descendit par là jusqu'à l'étage en dessous. Il vit là d'autres chambres vides, certaines sans mobilier ni décoration. L'hôtel n'était pas terminé, comme tant d'immeubles dans cette ville.

Je pourrais descendre par cet escalier, se dit-il, et si je les entendais monter, je pourrais battre en retraite dans un des couloirs et me cacher dans une chambre vide. De cette façon, je pourrais parvenir jusqu'à la rue.

Il descendit l'escalier jusqu'en bas et explora le rez-de-chaussée.

Il déambula à travers plusieurs salles de banquet qui sans doute la plupart du temps n'étaient pas utilisées, si elles l'étaient jamais. Il y avait un labyrinthe de cuisines avec mille cachettes. Il nota en particulier des containers de nourriture vides assez grands pour qu'un homme de petite taille puisse s'y dissimuler. Des salles de banquet il pouvait gagner le club sportif derrière l'hôtel. C'était assez luxueux, avec un sauna et une piscine. Il ouvrit une porte au fond et se retrouva dehors, dans le parking de l'hôtel. Là il pourrait prendre une voiture E.D.S. et disparaître dans la ville ou bien aller à pied jusqu'à l'hôtel suivant, l'Evin. Ou simplement courir jusqu'à la forêt de gratte-ciel inachevés qui commençait tout au bout du parking.

Il regagna l'hôtel et prit l'ascenseur. Tout en montant, il résolut de toujours adopter à Téhéran une tenue un peu sportive. Il avait apporté avec lui un pantalon kaki et des chemises de flanelle à carreaux, et il avait aussi une tenue de jogging. Il aurait toujours l'air américain avec son visage pâle, rasé de près, ses yeux bleus et ses cheveux coupés en brosse ; mais, s'il devait s'enfuir, il pourrait au moins s'assurer de ne pas avoir l'air d'un Américain *important*, et encore moins le propriétaire milliardaire de l'Electronic Data Systems Corporation.

Il se dirigea vers la chambre de Taylor. Il voulait se rendre à l'ambassade américaine pour parler à l'ambassadeur Sullivan ; il voulait aller au quartier général du M.A.A.G., le Military Assistants and Advisory Group, pour voir le général Huyser et le général Ghast ; il voulait que Taylor et John Howell s'occupent de secouer Dadgar ; il voulait remuer, foncer, résoudre ce problème, tirer Paul et Bill de là, et vite.

Il frappa à la porte de Taylor et entra.

« Bon, Keane, fit-il. Allons-y. »

CHAPITRE VI

1

John Howell était né la neuvième minute de la neuvième heure du neuvième jour du neuvième mois de 1946, se plaisait à dire sa mère. C'était un homme de petite taille à la démarche sportive. Ses cheveux châtain clair marquaient une calvitie naissante, il souffrait d'un léger strabisme et il avait la voix un peu rauque, comme s'il était perpétuellement enrhumé. Il parlait très lentement en clignant souvent les yeux.

A trente-deux ans, il faisait partie du cabinet d'avocats de Tom Luce à Dallas : comme tous les gens de l'entourage de Ross Perot, Howell était parvenu très jeune à une position de responsabilité. Son plus grand atout comme avocat, c'était son énergie : « John l'emporte en épuisant l'adversaire », disait Luce. La plupart des week-ends, John passait soit le samedi soit le dimanche au bureau, à mettre de l'ordre dans ses dossiers, à terminer des tâches interrompues par le téléphone et à préparer la semaine qui arrivait. Il se sentait frustré quand les activités familiales le privaient de ce sixième jour de travail. Outre cela, il travaillait souvent tard le soir et n'arrivait donc pas à l'heure pour dîner à la maison, ce qui parfois désespérait sa femme Angela.

Comme Perot, Howell était né à Texarkana. Comme Perot, il était de petite taille avec un cœur gros comme ça. Néanmoins, le 14 janvier à midi, il avait peur : c'est qu'il allait rencontrer Dadgar.

L'après-midi précédent, juste après son arrivée à Téhéran, Howell avait vu Ahmad Houman, le nouvel avocat iranien d'E.D.S. Le docteur Houman lui avait conseillé de ne pas voir Dadgar, du moins pas encore : il était parfaitement possible que Dadgar eût l'intention d'arrêter tous les Américains travaillant pour E.D.S. qu'il pourrait trouver, et cela pourrait inclure les avocats.

Howell avait trouvé Houman impressionnant. Grand et fort, la soixantaine, il avait été bâtonnier de l'ordre des avocats iraniens. Bien que son anglais ne fût pas bon — sa seconde langue, c'était le français —, il inspirait confiance et semblait connaître son affaire.

Les conseils de Houman allaient à l'encontre de l'instinct de Howell. Il aimait toujours se préparer très soigneusement à toute confrontation. Il croyait à la vieille maxime des avocats : ne jamais poser une question à moins d'en connaître déjà la réponse.

Bunny Flyshacker était du même avis que Houman. Américaine avec des amis iraniens au ministère de la

Justice, Bunny avait prévenu Jay Coburn dès le mois de décembre que Paul et Bill allaient être arrêtés, mais à l'époque personne ne l'avait crue. Les événements lui avaient donné raison et on la prit donc au sérieux quand, au début de janvier, elle téléphona un soir à onze heures chez Rich Gallagher.

La conversation avait rappelé à Gallagher les coups de téléphone du film *Les Hommes du président* dans lequel des informateurs nerveux s'adressaient aux journalistes en utilisant un code improvisé. Bunny commença en disant :

« Savez-vous qui est à l'appareil ?

— Je crois que oui, fit Gallagher.

— On vous a parlé de moi ?

— Oui. »

— Les téléphones d'E.D.S. étaient sur table d'écoute et les conversations enregistrées, expliqua-t-elle. La raison pour laquelle elle appelait, c'était pour annoncer qu'il y avait de fortes chances que Dadgar arrêtât de nouveaux cadres d'E.D.S. Elle leur conseillait soit de quitter le pays, soit de s'installer dans un hôtel où se trouvaient déjà de nombreux journalistes. Lloyd Briggs qui, en tant qu'adjoint de Paul, semblait la cible la plus probable pour Dadgar, avait quitté le pays : il devait retourner aux Etats-Unis pour expliquer la situation aux avocats d'E.D.S. Les autres, Gallagher et Keane Taylor, s'étaient installés au Hayatt.

Dadgar n'avait pas arrêté d'autres gens d'E.D.S. ... Pour l'instant.

Howell n'en avait pas besoin de plus pour être convaincu. Il allait éviter Dadgar tant qu'il ne saurait pas à quoi s'en tenir.

Là-dessus à huit heures et demie ce matin-là, Dadgar avait fait une descente au Bucarest.

Il était arrivé avec une demi-douzaine d'enquêteurs et avait exigé de voir les archives d'E.D.S. Howell, caché dans un bureau à un autre étage, avait appelé Houman. Après une rapide discussion, ce dernier avait conseillé à tout le personnel d'E.D.S. de coopérer avec Dadgar.

Dadgar avait voulu voir les dossiers de Paul Chiapparone. Le classeur dans le bureau de la secrétaire de Paul était fermé et personne n'arrivait à trouver la clef. Bien entendu, cela rendit Dadgar encore plus désireux de voir les dossiers. Keane Taylor avait résolu le problème de la façon expéditive qui lui était coutumière : il avait pris un ciseau à froid et avait forcé la serrure du classeur.

Howell pendant ce temps avait discrètement quitté l'immeuble, il avait rencontré le docteur Houman et s'était rendu au ministère de la Justice.

Cela aussi avait été une expérience difficile, car il avait dû se frayer un chemin à travers une foule déchaînée qui manifestait devant le ministère contre la détention des prisonniers politiques.

Howell et Houman avaient rendez-vous avec le docteur Kian, le supérieur de Dadgar.

Howell expliqua à Kian qu'E.D.S. était une compagnie respectable qui n'avait rien fait de mal et qui ne demandait qu'à coopérer dans n'importe quelle enquête afin de préserver sa réputation, mais qu'elle tenait à voir ses employés sortir de prison.

Kian répondit qu'il avait ordonné à un de ses assistants de demander à Dadgar de revoir l'affaire.

Howell eut l'impression que c'était purement du vent.

Il dit à Kian qu'il voulait discuter d'une diminution du montant de la caution.

La conversation avait lieu en farsi et c'était Houman qui servait d'interprète. Houman dit que Kian n'était pas absolument opposé à une diminution. D'après Houman on pouvait s'attendre à voir ce montant diminuer de moitié.

Kian remit à Howell une note l'autorisant à aller rendre visite à Paul et à Bill en prison.

L'entrevue avait été aussi vaine qu'il s'y attendait, songea Howell par la suite, mais du moins Kian ne l'avait-il pas arrêté.

Lorsqu'il revint au Bucarest, il constata que Dadgar n'avait arrêté personne non plus.

Son instinct d'avocat lui conseillait toujours de ne pas voir Dadgar ; mais cet instinct maintenant était en lutte avec un autre aspect de sa personnalité : l'impatience. Il y avait des moments où Howell en avait assez de rechercher de la documentation, de préparer, de prévoir, de faire des plans : des moments où il avait envie de foncer sur un problème au lieu d'y réfléchir. Il aimait prendre l'initiative, voir l'opposition réagir plutôt que le contraire. Cette tendance était renforcée par la présence à Téhéran de Ross Perot, toujours le premier levé le matin, demandant aux gens ce qu'ils avaient accompli la veille et ce qu'ils comptaient faire aujourd'hui, toujours à harceler tout le monde. L'impatience l'emporta donc sur la prudence et Howell décida d'affronter Dadgar.

C'est pourquoi il avait peur.

S'il était malheureux, sa femme l'était plus encore.

Angela Howell n'avait guère vu son mari depuis deux mois. Il avait passé le plus clair de novembre et de décembre à Téhéran, à essayer de persuader le ministère de régler la note d'E.D.S. Depuis son retour aux Etats-Unis, il était resté au bureau d'E.D.S. jusqu'à une heure avancée de la nuit, travaillant sur le problème de Paul et de Bill, lorsqu'il ne sautait pas dans un avion pour New York afin de rencontrer là-bas des avocats iraniens.

Le 31 décembre, Howell était arrivé chez lui à l'heure du petit déjeuner, après avoir travaillé toute la nuit à E.D.S. pour trouver Angela et le petit Michael, âgé de neuf mois, blottis devant un feu de bois dans une maison glacée et sombre : la tempête de neige avait provoqué une coupure d'électricité. Il les avait installés dans l'appartement de sa sœur et était reparti pour New York.

Angela en avait par-dessus la tête et, lorsqu'il annonça qu'il allait encore une fois à Téhéran, elle était furieuse.

« Tu sais bien ce qui se passe là-bas, avait-elle dit. Pourquoi donc faut-il que tu y retournes ? »

Le malheur, c'était qu'il n'avait pas une réponse simple à cette question. Il ne savait pas de façon précise ce qu'il allait faire à Téhéran. Il allait travailler sur le problème, mais il ne savait pas comment. S'il avait pu dire :

« Ecoute, voici ce qu'il faut faire, et c'est à moi de le faire, et je suis le seul à pouvoir le faire », elle aurait peut-être compris.

« Est-ce que je suis censée m'occuper de tout cela toute seule ? avait-elle demandé, entendant par là la tempête de neige, les pannes d'électricité et le bébé.

— Je le crains », avait dit Howell.

Ils n'étaient pas le genre de couple marié à exprimer leurs sentiments en se lançant des injures. Lors des fréquentes occasions où il l'avait agacée en travaillant tard, en la laissant avaler seule le dîner qu'elle avait préparé pour lui, tout au plus avait-elle manifesté une certaine froideur, mais pas de scène. Cette fois, c'était pire que de ne pas être là pour un repas : il l'abandonnait avec le bébé juste au moment où ils avaient besoin de lui. Si c'était ça la vie d'une femme d'avocat, elle n'en voulait pas.

Ils eurent ce soir-là une longue conversation. Lorsqu'ils eurent terminé, elle n'était pas plus heureuse, mais elle était au moins résignée.

Depuis lors, il lui avait téléphoné à plusieurs reprises de Londres et de Téhéran. Elle regardait les émeutes au journal télévisé et se faisait du souci pour lui. Elle aurait été encore plus inquiète si elle avait su ce qu'il s'apprêtait à faire.

Il repoussa les inquiétudes familiales au fond de son esprit et entreprit de trouver Abolhassan.

Abolhassan était le plus haut dans la hiérarchie des employés iraniens d'E.D.S. Quand Lloyd Briggs était parti pour New York, c'était Abolhassan qui s'était trouvé responsable d'E.D.S en Iran. (Rich Gallagher, le seul Américain encore sur place, n'était pas un directeur.) Ensuite Keane Taylor était revenu et avait repris la responsabilité du bureau, et Abolhassan s'en était offusqué. Taylor n'était pas diplomate. (Bill Gayden, le jovial président d'E.D.S International, parlait toujours avec un sourire de la « sensibilité d'adjudant de carrière de Keane ».) Il y avait donc eu des frictions. Mais Howell, lui, s'entendait bien avec Abolhassan qui pouvait traduire non seulement le farsi, mais aussi les coutumes et les méthodes persanes pour ses employeurs américains.

Dadgar connaissait le père d'Abolhassan, un éminent avocat, et il avait d'ailleurs rencontré Abolhassan lors de l'interrogatoire de Paul et de Bill ; ce matin-là, Abolhassan avait donc été désigné pour assurer la liaison avec les enquêteurs de Dadgar, et il avait reçu pour consigne de s'assurer qu'ils obtenaient tout ce qu'ils demandaient.

Howell annonça à Abolhassan :

« J'ai décidé que je devrais rencontrer Dadgar. Qu'en pensez-vous ?

— Pourquoi pas ? » fit Abolhassan.

Il avait une femme américaine, il parlait anglais avec un accent américain.

« Je ne pense pas que cela pose un problème.

— Alors, très bien. Allons-y. »

Abolhassan conduisit Howell jusqu'à la salle de conférence de Paul Chiapparone. Dadgar et ses assistants étaient assis autour de la grande table, à consulter les livres de comptes d'E.D.S. Abolhassan demanda à Dadgar de passer dans la pièce voisine, le bureau de Paul ; puis il lui présenta Howell.

Dadgar lui serra la main.

Ils s'installèrent à la table disposée dans le coin du bureau. Howell ne trouvait pas que Dadgar avait l'air d'un monstre : plutôt d'un homme entre deux âges, un peu las, et qui commençait à perdre ses cheveux. Howell d'abord répéta à Dadgar ce qu'il avait dit au docteur Kian :

« E.D.S. est une compagnie respectable qui n'a rien fait de mal, et nous sommes disposés à coopérer dans le cadre de votre enquête. Toutefois nous ne pouvons tolérer d'avoir deux de nos cadres supérieurs en prison. »

La réponse de Dadgar — traduite par Abolhassan — le surprit.

« Si vous n'avez rien fait de mal, pourquoi n'avez-vous pas payé la caution ?

— Il n'y a aucun rapport entre les deux, dit Howell.

232

La caution est une garantie pour s'assurer que quelqu'un se présentera au procès, non pas une somme destinée à être abandonnée s'il est coupable. La caution est remboursée dès que l'accusé comparaît devant le tribunal, quel que soit le verdict. »

Pendant qu'Abolhassan traduisait, Howell se demandait si « caution » était la traduction anglaise correcte du mot farsi utilisé par Dadgar pour qualifier les douze millions sept cent cinquante mille dollars qu'il réclamait. Howell là-dessus se rappela autre chose qui était peut-être significatif. Le jour où Paul et Bill avaient été arrêtés, il avait eu une conversation téléphonique avec Abolhassan qui lui avait signalé que, selon Dadgar, les douze millions sept cent cinquante mille dollars représentaient le total des sommes versées jusqu'à ce jour à E.D.S. par le ministère de la Santé ; et l'argument de Dadgar avait été que, si le contrat avait été obtenu par corruption, alors E.D.S. n'avait pas droit à cet argent. (Abolhassan sur le moment n'avait pas traduit cette remarque à Paul et à Bill.)

E.D.S., en fait, avait touché bien plus que treize millions de dollars, aussi la remarque ne signifiait-elle pas grand-chose et Howell n'en avait-il pas tenu compte. Ç'avait peut-être été une erreur : il était tout aussi possible que l'arithmétique de Dadgar fût erronée.

Abolhassan traduisait la réponse de Dadgar.

« Si les hommes sont innocents, il n'y a aucune raison pour qu'ils ne se présentent pas au procès, vous ne risqueriez donc rien en versant la caution.

— Une entreprise américaine ne peut pas faire cela », répondit Howell.

Il ne mentait pas, mais il maquillait délibérément les choses.

« E.D.S. est une société cotée en Bourse et, d'après les lois américaines, elle ne peut utiliser son argent qu'au bénéfice de ses actionnaires. Paul et Bill sont des individus libres : la société ne saurait garantir qu'ils se présenteront au procès. Nous ne pouvons donc pas dépenser ainsi l'argent de la société. »

C'était la position adoptée par Howell au début des négociations et qu'il avait déjà formulée ; mais, à mesure qu'Abolhassan traduisait, il se rendait bien compte que cela n'impressionnait guère Dadgar.

« Leurs familles devront verser la caution, reprit-il. A l'heure qu'il est, elles sont en train de rassembler l'argent aux Etats-Unis mais, treize millions de dollars, c'est hors de question. Par contre, si le montant de la caution était fixé à un chiffre plus raisonnable, elles pourraient sans doute le payer. »

Tout cela, bien sûr, n'était que mensonges : Ross Perot paierait la caution s'il y était obligé et si Tom Walter pouvait trouver un moyen de faire parvenir la somme en Iran.

Ce fut au tour de Dadgar d'être surpris.

« Est-ce vrai que vous ne pourriez pas obliger vos hommes à se présenter au procès ?

— Bien sûr que c'est vrai, répondit Howell : qu'allons-nous faire, les enchaîner ? Nous ne sommes pas une force de police. Mais vous, vous l'êtes. Et vous gardez en prison des *individus* pour des crimes attribués à une *entreprise*. »

La réponse de Dadgar fut :

« Non, ils sont en prison pour ce qu'ils ont fait personnellement.

— Et qui est ?

— Ils ont obtenu de l'argent du ministère de la Santé en produisant des rapports truqués sur l'avancement des travaux.

— Cela de toute évidence ne s'applique pas à Bill Gaylord, car le ministère n'a payé aucune des factures présentées depuis son arrivée à Téhéran : alors de quoi est-il accusé ?

— Il a falsifié des rapports, et je refuse d'être interrogé par vous, monsieur Howell. »

Howell se rappela soudain que Dadgar pouvait le jeter en prison.

« Je mène une enquête, reprit Dadgar. Lorsqu'elle sera terminée, ou bien je relâcherai vos clients, ou bien je les poursuivrai.

— Nous sommes disposés, dit Howard, à coopérer

dans le cadre de votre enquête. En attendant, que pouvons-nous faire pour obtenir la libération de Paul et de Bill ?

— Payer la caution.

— Et s'ils sont libérés sous caution, seront-ils autorisés à quitter l'Iran ?

— Non. »

2

Jay Coburn franchit les doubles portes à glissière qui donnaient accès au hall du Sheraton. A sa droite se trouvait le long comptoir de la réception. A sa gauche, les boutiques de l'hôtel. Au milieu du hall, un canapé.

Suivant les instructions qu'il avait reçues, il acheta au kiosque à journaux un exemplaire de *Newsweek*. Puis il s'assit sur le canapé, face à la porte, de façon à pouvoir voir tous les gens qui entraient, et il fit semblant de lire le magazine.

Il avait l'impression d'être un personnage de film d'espionnage.

Le plan de sauvetage était au point mort pendant que Majid faisait des recherches sur le colonel commandant la prison. Pendant ce temps, Coburn était chargé d'une mission pour Perot.

Il avait rendez-vous avec un homme surnommé Gorge profonde (en souvenir du mystérieux personnage qui donnait des « renseignements en profondeur » au journaliste Bob Woodward dans *Les Hommes du président*). Ce Gorge profonde était un consultant en gestion américain qui organisait des séminaires pour les cadres d'entreprises étrangères sur la façon de traiter les affaires avec les Iraniens. Avant l'arrestation de Paul et de Bill, Lloyd Briggs avait engagé Gorge profonde pour qu'il aidât E.D.S. à obtenir du ministère le paiement de ses factures. Il avait prévenu Briggs qu'E.D.S. était en mauvaise posture mais que, moyennant un versement de deux millions et demi de dollars, ils pourraient obtenir le règlement de l'ardoise. A l'époque, E.D.S. n'avait pas voulu suivre ce conseil : c'était le gouvernement qui devait de l'argent à E.D.S., et non le contraire ; c'étaient les Iraniens qui devaient régler l'ardoise.

L'arrestation avait conféré une certaine crédibilité à Gorge profonde (tout comme à Bunny Flyshacker) et Briggs l'avait contacté de nouveau.

« Ah ! maintenant, avait-il dit, ils sont furieux contre vous. Ça va être plus dur que jamais, mais je vais voir ce que je peux faire. »

Il avait rappelé la veille. Il pouvait résoudre le problème, avait-il expliqué. Il demandait à rencontrer Ross Perot.

Taylor, Howell, Young et Gallagher étaient tous tombés d'accord sur le fait qu'il n'était absolument pas question que Perot se risquât à une telle rencontre : ils étaient horrifiés à l'idée que Gorge profonde savait même que Perot était en ville. Perot demanda donc à Simons s'il pouvait envoyer Coburn à sa place, et Coburn donna son accord.

Coburn avait appelé Gorge profonde en disant qu'il représentait Perot.

« Non, non, dit Gorge profonde, il faut que ce soit Perot en personne.

— Alors, avait répondu Coburn, rien ne va plus.

— Bon, bon. »

Gorge profonde avait fait machine arrière et donné ses instructions à Coburn.

Coburn devait se rendre à huit heures du soir dans une certaine cabine téléphonique du quartier Vanak, non loin de la maison de Keane Taylor.

A huit heures pile, la sonnerie du téléphone retentit dans la cabine. Gorge profonde dit à Coburn de se rendre au Sheraton, qui n'était pas loin de là, et de s'asseoir dans le hall en lisant *Newsweek*. Ils se retrouveraient et se reconnaîtraient mutuellement grâce à un code... Gorge profonde dirait :

« Savez-vous où est l'avenue Pahlavi ? »

C'était à un bloc de là, mais Coburn devrait répondre :

« Non, je ne sais pas, je ne connais pas la ville. »

C'était pourquoi il avait l'impression de jouer un espion de cinéma.

Sur le conseil de Simons, il portait son long manteau ample, celui que Taylor appelait son manteau de Bibendum. C'était pour voir si Gorge profonde allait le fouiller. S'il ne le faisait pas, Coburn pourrait, lors de leur rendez-vous suivant, avoir un magnétophone dissimulé sous son manteau et enregistrer la conversation.

Il continuait à feuilleter *Newsweek*.

« Savez-vous où est l'avenue Pahlavi ? »

Coburn leva les yeux et aperçut un homme qui avait à peu près sa taille et sa corpulence, une quarantaine d'années, avec des cheveux noirs et gominés et des lunettes.

« Non, je ne sais pas, je ne connais pas la ville. »

Gorge profonde promena autour de lui un regard nerveux. « Allons par là », dit-il.

Coburn se leva et le suivit. Ils s'arrêtèrent dans un couloir sombre.

« Il va falloir que je vous fouille », dit Gorge profonde.

Coburn leva les bras.

« De quoi avez-vous peur ? »

Gorge profonde eut un rire méprisant.

« On ne peut plus se fier à personne. Il n'y a plus de règles dans cette ville. »

Il termina de le fouiller.

« Nous retournons dans le hall ?

— Non. Il se peut qu'on me surveille. Je ne peux pas prendre le risque d'être vu avec vous.

— Bon. Qu'est-ce que vous proposez ? »

Gorge profonde eut le même rire méprisant.

« Vous êtes vraiment dans le pétrin, dit-il. Vous avez déjà gaffé une fois en refusant d'écouter les gens qui connaissent ce pays.

— Comment avons-nous gaffé ?

— Vous croyez que c'est le Texas, ici. Pas du tout.

— Mais en quoi avons-nous gaffé ?

— Vous auriez pu vous tirer de ce pétrin pour deux

millions et demi de dollars. Maintenant, ça va vous en coûter six.

— Comment ça ?

— Attendez, la dernière fois vous m'avez laissé tomber. Maintenant, c'est votre dernière chance. Aujourd'hui, pas question de reculer à la dernière minute. »

Coburn commençait à trouver Gorge profonde très antipathique. Ce type jouait les malins. Toute son attitude disait : *Vous êtes de tels imbéciles et j'en sais tellement plus que vous que c'est difficile pour moi de m'abaisser à votre niveau.*

« A qui versons-nous l'argent ? demanda Coburn.

— A un compte numéroté en Suisse.

— Et comment savons-nous que nous obtiendrons ce pour quoi nous payons ? »

Gorge profonde se mit à rire.

« Ecoutez, étant donné la façon dont les choses fonctionnent dans ce pays, vous ne lâchez votre argent que quand on vous a livré la marchandise. C'est comme ça qu'on pratique ici.

— Bon, alors quel est l'arrangement ?

— Lloyd Briggs me retrouve en Suisse, nous ouvrons un compte bloqué et nous signons une lettre d'accord qui est déposée à la banque. L'argent est disponible sur le compte quand Chiapparone et Gaylord sortent de prison — c'est-à-dire tout de suite, si vous me laissez me charger de ça.

— A qui va l'argent ? »

Gorge profonde se contenta de secouer la tête, consterné devant une telle naïveté.

« Enfin, comment savons-nous que vous avez vraiment conclu un marché ?

— Ecoutez, je me contente de transmettre des renseignements venant de gens proches de la personne qui vous cause un problème.

— Vous voulez dire Dadgar ?

— Vous n'apprendrez donc jamais ? »

En même temps qu'il devait découvrir quelle était la proposition que Gorge profonde avait à faire, Coburn était chargé de donner son avis sur le personnage. Eh bien, c'était chose faite : Gorge profonde était une vraie merde.

« Très bien, fit Coburn. Nous vous appellerons. »

Keane Taylor versa un peu de rhum dans un grand verre, ajouta de la glace et emplit le verre de Coca-Cola. C'était sa boisson habituelle.

Taylor était un grand gaillard d'un mètre quatre-vingt-cinq, qui pesait quatre-vingt-quinze kilos, avec un torse de lutteur. Il avait joué au rugby dans les marines. Il s'habillait avec soin, avec une préférence pour les gilets échancrés et les chemises à col boutonné. Il portait de grandes lunettes à monture dorée. Il avait trente-neuf ans et un début de calvitie.

Le jeune Taylor avait été une vraie terreur. Il avait lâché ses études : sergent dans les marines, il avait été cassé pour manquement à la discipline et il continuait à ne pas supporter une surveillance trop étroite. Il préférait travailler à la branche internationale d'E.D.S. parce que le siège était très loin.

Mais il était soumis maintenant à une étroite surveillance. Après quatre jours passés à Téhéran, Ross Perot était déchaîné.

Taylor redoutait les réunions chaque soir avec son patron. Après que Howell et lui avaient passé la journée à sillonner la ville en luttant contre la circulation, les manifestations et l'intransigeance de la bureaucratie iranienne, il leur fallait ensuite expliquer à Perot pourquoi ils n'étaient toujours arrivés à rien.

Pour aggraver encore les choses, Perot, la plupart du temps, était confiné dans son hôtel. Il n'en était sorti qu'à deux reprises : une fois pour se rendre à l'ambassade des Etats-Unis, et l'autre fois au quartier général des forces américaines. Taylor s'était assuré que personne ne lui proposait les clefs d'une voiture ni la moindre somme de monnaie locale, afin de décourager toute envie que Perot aurait pu avoir de faire un tour. Mais le résultat était que Perot était comme un ours en cage et que lui faire son rapport chaque soir c'était un peu comme entrer dans la cage avec l'ours.

Du moins, Taylor n'avait-il plus besoin de faire semblant de ne pas connaître l'existence de l'équipe de sauvetage. Coburn l'avait emmené voir Simons et ils avaient discuté pendant trois heures — ou plutôt c'était Taylor qui avait parlé : Simons se contentait de poser des questions. Ils s'étaient installés dans la salle de séjour de la maison de Taylor, avec Simons qui laissait tomber les cendres de son cigare sur la moquette de Taylor et Taylor lui avait expliqué que l'Iran était comme un animal auquel on aurait coupé la tête : la tête — les ministères et leurs fonctionnaires — essayait toujours de donner des ordres, mais le corps — le peuple iranien — était occupé à faire autre chose. Par conséquent, ce ne serait pas la pression politique qui ferait libérer Paul et Bill : il faudrait payer leur caution ou les tirer de là. Pendant trois heures, Simons n'avait jamais varié le ton de sa voix, n'avait jamais donné un avis, n'avait même pas bougé de son fauteuil.

Mais il était plus facile de s'accommoder de la glace de Simons que du feu de Perot. Chaque matin, Perot venait frapper à la porte pendant que Taylor se rasait. Taylor se levait tous les jours un peu plus tôt, afin d'être prêt quand Perot arrivait, mais Perot lui aussi se levait plus tôt chaque jour, jusqu'au moment où Taylor en vint à imaginer que Perot passait toute la nuit l'oreille tendue derrière sa porte pour attendre le moment où il le surprendrait en train de se raser. Perot était toujours plein d'idées qui lui étaient venues durant la nuit : de nouveaux arguments plaidant pour l'innocence de Paul et de Bill, de nouveaux plans pour persuader les Iraniens de les relâcher. Taylor et John Howell — le grand et le petit, comme Batman et Robin — s'en allaient au ministère de la Justice ou au ministère de la Santé, où des fonctionnaires en quelques secondes anéantissaient les idées de Perot. Perot continuait à utiliser une approche légale, rationnelle et américaine et, de l'avis de Taylor, il n'avait pas encore compris que les Iraniens ne jouaient pas suivant ces règles-là.

Ce n'était pas tout ce que Taylor avait en tête. Sa femme, Mary, et les enfants, Mike et Dawn, séjournaient avec ses parents à Pittsburgh. La mère et le père de Taylor avaient tous deux plus de quatre-vingts ans et tous deux étaient en mauvaise santé. Sa mère avait une maladie de cœur. Mary se trouvait seule confrontée à tout cela. Elle ne s'était pas plainte mais il sentait, lorsqu'il lui parlait au téléphone, qu'elle n'était pas heureuse.

Taylor soupira. Il ne pouvait pas affronter tous les problèmes du monde à la fois. Il remplit de nouveau son verre, puis, le tenant à la main, quitta sa chambre et gagna la suite de Perot pour le bain de sang de chaque soir.

Perot arpentait le salon de sa suite en attendant que tous les membres de l'équipe de négociateurs fussent rassemblés. Il ne faisait rien de bon ici à Téhéran, et il le savait.

Il avait eu un accueil glacial à l'ambassade américaine. On l'avait introduit dans le bureau de Charles Naas, l'adjoint de l'ambassadeur. Naas s'était montré fort aimable, mais avait répété à Perot la même vieille histoire en expliquant qu'E.D.S. devrait utiliser les voies légales pour obtenir la libération de Paul et de Bill. Perot avait insisté pour voir l'ambassadeur. Il avait traversé la moitié du globe pour voir Sullivan et il n'allait pas partir sans lui avoir parlé. Sullivan finit par arriver, serra la main de Perot et lui dit qu'il avait commis une folie en venant en Iran. De toute évidence, Perot posait un problème et Sullivan n'en voulait pas un de plus... Il resta un moment, mais sans s'asseoir, et partit dès qu'il le put. Perot n'avait pas l'habitude d'être traité ainsi. Après tout, il était un Américain important et, dans des circonstances normales, un diplomate comme Sullivan se montrait au moins courtois, sinon déférent.

Perot vit aussi Lou Goelz, qui semblait sincèrement préoccupé du sort de Paul et de Bill, mais qui n'offrit aucune aide concrète.

En sortant du bureau de Naas, il tomba sur un groupe d'attachés militaires qui le reconnurent. Depuis la campagne pour les prisonniers de guerre,

Perot avait toujours pu compter sur une chaleureuse réception de la part des militaires américains. Il s'installa avec les attachés et leur exposa son problème. Ils lui répondirent franchement qu'ils ne pouvaient rien.

« Ecoutez, oubliez ce que vous lisez dans le journal, oubliez ce que le Département d'Etat proclame en public, lui dit l'un d'eux. Nous n'avons aucun pouvoir ici, nous ne contrôlons rien : vous perdez votre temps à l'ambassade américaine. »

Perot avait aussi perdu son temps au quartier général des forces américaines. Le patron de Kathy Gallagher, le colonel Keith Barlow, commandant en chef des forces américaines de soutien en Iran, avait envoyé au Hayatt une voiture blindée. Perot y avait pris place avec Rich Gallagher. Le chauffeur était iranien et Perot se demandait dans quel camp il était.

Ils rencontrèrent le général d'aviation Phillip Gast, chef du Military Assistance Advisory Group (M.A.A.G.) en Iran, et le général « Dutch » Huyser. Perot connaissait vaguement Huyser et se souvenait de lui comme d'un homme robuste et dynamique ; mais cette fois il lui parut épuisé. Perot savait d'après les journaux que Huyser était l'émissaire du président Carter, venu ici pour persuader les militaires iraniens de soutenir le gouvernement Bakhtiar condamné ; et Perot devina que Huyser n'était pas fait pour cette mission.

Huyser lui dit carrément qu'il aimerait bien aider Paul et Bill mais que, pour le moment, il n'avait aucune influence auprès des Iraniens : il n'avait rien à échanger. Même s'ils sortaient de prison, poursuivit Huyser, ils seraient encore en danger ici. Perot leur répondit qu'il avait réglé ce problème : Bull Simons était ici pour s'occuper de Paul et de Bill une fois qu'ils seraient sortis. Huyser éclata de rire et un moment plus tard Gast comprit la plaisanterie : ils savaient tous deux qui était Simons et ils savaient qu'il n'avait pas l'intention de jouer simplement les baby-sitters.

Gast offrit de fournir du carburant à Simons, mais c'était tout. Des propos chaleureux de la part des militaires, des propos glacés de l'ambassade ; peu ou pas d'aide des uns ni des autres. Et rien que des excuses de la part de Howell et de Taylor.

Rester assis toute la journée dans une chambre d'hôtel rendait Perot fou. Ce jour-là, Kathy Gallagher lui avait demandé de s'occuper de son caniche Buffy. Elle lui avait présenté cela comme un honneur — une mesure de la haute estime dans laquelle elle tenait Perot — et il avait été si surpris qu'il avait accepté. Assis là à regarder l'animal, il se rendait compte que c'était une drôle d'occupation pour le directeur d'une grande entreprise internationale et il se demandait comment diable il s'était laissé persuader d'accepter cette tâche. Il ne trouva aucune compassion auprès de Keane Taylor, à qui cela parut marrant comme tout. Au bout de quelques heures, Kathy était revenue de chez le coiffeur ou de Dieu sait où et avait repris le chien ; mais Perot restait de fort méchante humeur.

On frappa à la porte de Perot et Taylor entra, son verre de Coca au rhum à la main. Il était suivi de John Howell, de Rich Gallagher et de Bob Young. Ils s'assirent tous les quatre.

« Voyons, fit Perot. Leur avez-vous dit que nous promettions de garder à leur disposition Paul et Bill pour être interrogés n'importe où aux Etats-Unis ou en Europe, avec un préavis de trente jours, à tout moment au cours des deux années à venir ?

— Cette idée ne les intéresse pas, dit Howell.

— Comment ça, ça ne les intéresse pas ?

— Je vous dis simplement ce qu'ils m'ont répondu...

— Mais s'il s'agit d'une enquête et non d'une tentative de chantage. Tout ce qu'il leur faut, c'est être sûrs que Paul et Bill sont disponibles pour être interrogés.

— Ils en sont déjà sûrs. Je pense qu'ils ne voient aucune raison de faire des changements. »

Perot s'assit à son tour. C'était exaspérant. Il semblait n'y avoir aucun moyen de raisonner avec les Iraniens, aucun moyen de les atteindre.

« Avez-vous proposé qu'ils relâchent Paul et Bill pour les confier à la garde de l'ambassade américaine ?

— Ils ont repoussé cette proposition aussi.

— Pourquoi ?

— Ils ne l'ont pas dit.

— Vous leur avez demandé ?

— Ross, ils n'ont pas à donner de raison. C'est eux qui commandent ici, et ils le savent.

— Mais ils sont responsables de la sécurité de leurs prisonniers.

— C'est une responsabilité qui ne semble pas peser trop lourdement sur eux.

— Ross, intervint Taylor, ils n'appliquent pas nos règles du jeu. Jeter deux hommes en prison, ce n'est rien pour eux. La sécurité de Paul et de Bill ça ne les préoccupe pas tellement...

— Alors suivant quelles règles jouent-ils ? Pouvez-vous me le dire ? »

On frappa à la porte et Coburn entra, dans son manteau de Bibendum et coiffé de son chapeau de tricot noir. Le visage de Perot s'éclaira : peut-être apportait-il de bonnes nouvelles. « Vous avez vu Gorge profonde ?

— Bien sûr, fit Coburn en ôtant son manteau.

— Bon, racontez-nous ça.

— Il dit qu'il peut faire libérer Paul et Bill moyennant six millions de dollars. L'argent devrait être versé dans un compte bloqué en Suisse et payable quand Paul et Bill quitteront l'Iran.

— Tiens, fit Perot, ce n'est pas si mal. Nous faisons une économie de cinquante pour cent. D'après la loi américaine, ce serait même légal : c'est une rançon. Quel genre de type est ce Gorge profonde ?

— Je ne me fie pas à ce salopard, fit Coburn.

— Pourquoi ? »

Coburn haussa les épaules.

« Je ne sais pas, Ross... Il est fuyant, peu fiable... Une véritable anguille... Je ne lui donnerais pas soixante *cents* pour aller m'acheter un paquet de cigarettes. C'est mon sentiment.

— Mais, voyons, à quoi vous attendez-vous ? fit Perot. C'est de la corruption : des gens qui sont les piliers d'une communauté ne touchent pas à ce genre de chose.

— Vous l'avez dit, fit Howell. C'est de la corruption. »

Sa voix lente et rauque vibrait d'une passion inhabituelle.

« Je n'aime pas ça du tout.

— Je n'aime pas ça non plus, fit Perot. Mais vous m'avez tous expliqué que les Iraniens ne jouent pas suivant nos règles.

— Oui, mais écoutez, fit Howell avec feu. Le fétu de paille auquel je me cramponne depuis le début, c'est qu'un jour, je ne sais comment, je ne sais où, je ne sais qui finira par reconnaître que l'accusation ne tient pas debout et que tout cela s'arrangera... Je n'ai aucune envie de renoncer à ça.

— Ça ne nous a pas menés loin jusqu'à maintenant.

— Ross, je suis convaincu qu'avec du temps et de la patience nous réussirons. Mais si nous recourons à la corruption, nous n'avons plus de dossier ! »

Perot se tourna vers Coburn.

« Quelle certitude avons-nous que Gorge profonde a conclu un marché avec Dadgar ?

— Aucune, fit Coburn. Son argument est que nous ne payons pas avant d'avoir obtenu des résultats, alors qu'est-ce que nous avons à perdre ?

— Tout, fit Howell. Peu importe ce qui est légal aux Etats-Unis, cela pourrait causer notre perte en Iran.

— C'est foireux, fit Taylor. Tout ça est foireux. »

Perot fut surpris de leurs réactions. Lui aussi avait horreur de l'idée de corruption. Mais il était prêt à un compromis avec ses principes pour faire sortir Paul et Bill de prison. La bonne renommée d'E.D.S. lui était précieuse et il répugnait, tout comme John Howell, à la laisser associer à l'idée de corruption : mais Perot savait quelque chose que Howell ignorait : que le colonel Simons et l'équipe de sauvetage affrontaient des risques plus graves que cela.

« Notre bonne réputation jusqu'à maintenant n'a guère avancé Paul et Bill, dit Perot.

— Il ne s'agit pas seulement de notre bonne réputation, insista Howell. Dadgar doit être tout à fait sûr maintenant que nous ne nous sommes pas rendus coupables de corruption, mais s'il pouvait nous prendre en flagrant délit d'acheter un fonctionnaire, il pourrait encore éviter de perdre la face. »

Il y avait du vrai là-dedans, songea Perot.

« Est-ce que ce pourrait être un piège ?

— Parfaitement ! »

Ça tenait debout. Ne parvenant pas à trouver de preuves contre Paul et Bill, Dadgar affirme à Gorge profonde qu'on peut l'acheter. Puis, quand Perot est tombé dans le piège, il annonce au monde qu'E.D.S., après tout, est corrompue. Ils se retrouveraient tous alors en prison avec Paul et Bill. Et, étant coupables, ils y resteraient.

« Bon, fit Perot à regret. Appelez Gorge profonde et dites-lui : non, merci. »

Coburn se leva.

« Très bien. »

Encore une journée sans résultats, se dit Perot. Les Iraniens le tenaient. La pression politique, il ne s'en souciait pas. La corruption pourrait aggraver les choses. Si E.D.S. payait la caution, Paul et Bill ne pourraient quand même pas sortir d'Iran.

La solution de Simons semblait encore le meilleur pari à prendre.

Mais il n'allait pas le dire à l'équipe des négociateurs.

« Très bien, fit-il. Nous essaierons encore demain. »

3

Le grand Keane Taylor et le petit John Howell, comme Batman et Robin, essayèrent encore le 17 janvier. Ils se rendirent au ministère de la Santé, sur Eisenhower Avenue, emmenant Abolhassan comme interprète, et virent Dadgar à 10 heures. Avec Dadgar se trouvaient des fonctionnaires de la Sécurité sociale, le service du ministère régi par les ordinateurs d'E.D.S.

Howell avait décidé d'abandonner sa position initiale, c'est-à-dire qu'E.D.S. ne pouvait pas payer la caution à cause des lois américaines. Il était tout aussi inutile de demander à connaître les accusations portées contre Paul et Bill et quelles preuves on avait : Dadgar pourrait faire échec à cette approche en disant qu'il poursuivait son enquête. Mais Howell n'avait pas une nouvelle stratégie pour remplacer l'ancienne. Il jouait au poker sans cartes dans sa main. Peut-être Dadgar allait-il lui en donner quelques-unes aujourd'hui.

Dadgar commença par expliquer que les dirigeants de l'organisation de Sécurité sociale voulaient qu'E.D.S. leur remît ce qu'on appelait le centre de données 125.

Ce petit ordinateur, Howell s'en souvenait, gérait la paie et les pensions du personnel de l'organisation de la Sécurité sociale. Ce que ces gens voulaient, c'était toucher leur salaire, alors même que les Iraniens dans l'ensemble ne percevaient pas leurs prestations de Sécurité sociale.

« Ça n'est pas si simple, dit Keane Taylor. Un tel transfert serait une opération très complexe nécessitant un important personnel qualifié. Et bien sûr ils sont tous repartis pour les Etats-Unis.

— Alors, répliqua Dadgar, vous n'avez qu'à les faire revenir.

— Je ne suis pas aussi stupide », dit Taylor.

On retrouvait là, se dit Howell, la formation de marine de Taylor.

« S'il parle comme ça, fit Dadgar, il va se retrouver en prison.

— Tout comme mes collaborateurs si je les ramenais en Iran », dit Taylor.

Howell intervint.

« Pourriez-vous nous donner une garantie légale qu'aucun de nos collaborateurs qui reviendrait ne serait arrêté ni inquiété le moins du monde ?

— Je ne pourrais donner aucune garantie formelle, répondit Dadgar. Toutefois, je serais prêt à donner personnellement ma parole d'honneur. »

Howell lança un coup d'œil anxieux à Taylor. Taylor ne souffla mot mais son expression disait assez qu'il ne donnerait pas deux *cents* de la parole d'honneur de Dadgar.

« Nous allons certainement étudier les façons de procéder à ce transfert », dit Howell. Dadgar lui avait enfin donné une monnaie d'échange, même si ce n'était pas grand-chose.

« Bien sûr, il devrait y avoir des sauvegardes. Par exemple, vous devriez certifier que le matériel vous a été transmis en bon état — mais peut-être pourrions-nous pour cela recourir à des experts indépendants... » Howell disait tout cela pour la forme. Si le centre de données était remis aux Iraniens, il y aurait un prix : la libération de Paul et de Bill.

La phrase suivante anéantit cette idée.

« Chaque jour, mes enquêteurs reçoivent de nouvelles plaintes à propos de votre société, des plaintes qui justifieraient une augmentation du montant de la caution. Toutefois, si vous coopérez au transfert du centre de données 125, je peux en retour ne pas tenir compte de nouvelles plaintes et m'abstenir d'augmenter la caution

— Bon sang, fit Taylor, ça n'est rien d'autre que du chantage ! »

Howell se rendit compte que le centre de données 125 n'était qu'un problème annexe. Dadgar avait posé la question sans nul doute sur l'insistance de ses fonctionnaires, mais il n'y tenait pas suffisamment pour faire des concessions sérieuses. Alors qu'est-ce qui l'intéressait vraiment ?

Howell pensa à Lucio Randone, l'ancien compagnon de cellule de Paul et de Bill. L'offre d'assistance de Randone avait été suivie par le directeur d'E.D.S. Paul Bucha, qui s'était rendu en Italie pour prendre contact avec la société de Randone, Condotti d'Acqua. Bucha signala que la société avait bâti des blocs d'immeubles d'habitation à Téhéran au moment où leurs financiers iraniens étaient à court d'argent. La société, naturellement, avait arrêté les travaux ; mais de nombreux Iraniens avaient déjà payé des appartements en construction. Etant donné l'atmosphère actuelle, il n'était pas surprenant qu'on rejetât la faute sur les étrangers aussi Randone avait-il été jeté en prison comme bouc émissaire. La société avait trouvé une nouvelle source de financement et repris la construction, en même temps que Randone était sorti de prison au terme d'un accord conclu par un avocat iranien, Ali Azmayesh. Bucha annonça également que les Italiens répétaient sans cesse :

« N'oubliez pas, l'Iran sera toujours l'Iran, il ne change jamais. » Il considérait cela comme une allusion au fait qu'un pot-de-vin faisait partie de l'accord. Howell savait aussi qu'une méthode traditionnelle pour verser un pot-de-vin c'étaient les honoraires d'un avocat : l'avocat, par exemple, faisait un travail qui valait mille dollars et versait à quelqu'un dix mille dollars, puis présentait à son client une note de onze mille dollars. Cette allusion rendit Howell nerveux, mais malgré cela, il était allé voir Azmayesh qui lui avait conseillé : « E.D.S. n'a pas un problème légal, elle a un problème d'affaires. » Si E.D.S. pouvait parvenir à un arrangement avec le ministère de la Santé, Dadgar disparaîtrait. Azmayesh n'avait pas parlé de pots-de-vin.

Tout cela avait commencé, songea Howell, comme un problème d'affaires : le client incapable de payer, le fournisseur refusant de continuer à travailler. Un compromis serait-il possible, d'après lequel E.D.S remettrait en marche les ordinateurs et le ministère verserait au moins quelque argent ? Il décida de poser directement la question à Dadgar.

« Cela aiderait-il si E.D.S. était disposé à renégocier son contrat avec le ministère de la Santé ?

— Ce pourrait être très utile, répondit Dadgar. Sans apporter une solution légale à notre problème, mais cela pourrait être une solution pratique. D'un autre côté, gaspiller tout le travail qui a été fait pour informatiser le ministère serait navrant. »

Intéressant, se dit Howell. Ils veulent un système de Sécurité sociale moderne — ou qu'on les rembourse. Jeter Paul et Bill en prison avec une caution de treize millions de dollars, c'était leur façon à eux de donner le choix à E.D.S. entre ces deux options — et aucune autre. Nous en arrivons enfin à parler net.

Il décida d'aborder carrément la discussion.

« Bien sûr, il serait hors de question d'entamer des négociations tant que Chiapparone et Gaylord sont toujours en prison.

— Cependant, répondit Dadgar, si vous vous engagez à reprendre des négociations de bonne foi, le ministère m'appellera, les chefs d'accusation seront peut-être changés, la caution peut-être réduite et Chiapparone et Gaylord pourraient peut-être même être libérés sur parole. »

Rien ne saurait être plus clair, se dit Howell. E.D.S. ferait mieux d'aller voir le ministre de la Santé.

Depuis que le ministère avait cessé de régler ses factures, il y avait eu deux changements de gouvernement. Le docteur Sheikhololeslamizadeh, qui se trouvait maintenant en prison, avait été remplacé par un général ; puis, quand Bakhtiar était devenu Premier ministre, le général à son tour avait été remplacé par un nouveau ministre de la Santé. Qui, se demanda Howell, était le nouveau ? Et comment était-il ?

« M. Young, de la société américaine E.D.S., vous demande au téléphone, monsieur le ministre », dit le secrétaire.

Le docteur Razmara prit une profonde inspiration.

« Répondez-lui que les hommes d'affaires américains ne peuvent plus décrocher leur téléphone et appeler des ministres du gouvernement iranien en s'attendant à nous parler comme si nous étions leurs employés », dit-il. Il éleva le ton. « Ce temps-là est passé ! »

Puis il demanda le dossier E.D.S.

Manuchehr Razmara se trouvait à Paris au moment de Noël. C'était un cardiologue qui avait fait ses études en France et épousé une Française : il considérait la France comme sa seconde patrie et parlait couramment le français. Il était également membre du Conseil national iranien de la médecine et ami de

Chapour Bakhtiar ; quand Bakhtiar était devenu Premier ministre, il avait appelé son ami Razmara à Paris en lui demandant de rentrer pour être ministre de la Santé.

Le dossier E.D.S. lui fut remis par le docteur Emrani, le ministre délégué chargé de la Sécurité sociale. Emrani avait survécu aux deux changements de gouvernement : il était déjà là quand les troubles avaient commencé.

Razmara lut le dossier avec une colère croissante. Le projet E.D.S. était insensé. Le prix du contrat de base s'élevait à quarante-huit millions de dollars, avec des clauses qui pouvaient l'amener à quatre-vingt-dix millions. Razmara se rappela que l'Iran avait douze mille médecins pour une population de trente-deux millions d'hommes et qu'il y avait soixante-quatre mille villages sans eau courante ; et il conclut que ceux qui avaient signé ce marché avec E.D.S. étaient des imbéciles, ou bien des traîtres, ou bien les deux. Comment pouvait-il raisonnablement justifier de dépenser des millions pour des ordinateurs quand le peuple manquait des nécessités fondamentales de l'hygiène publique comme de l'eau pure ? Il ne pouvait y avoir qu'une explication : on les avait achetés.

Eh bien, ils le paieraient. Emrani avait préparé ce dossier pour la cour spéciale qui poursuivait les fonctionnaires corrompus. Trois personnes se trouvaient en prison : l'ancien ministre, le docteur Sheikhololes-mizadeh, et deux de ses ministres délégués, Reza Neghabat et Nili Arame. C'était bien ainsi. La responsabilité du pétrin dans lequel ils se trouvaient devait tomber tout d'abord sur les Iraniens. Toutefois, les Américains eux aussi étaient coupables. Des hommes d'affaires américains et leur gouvernement avaient encouragé le shah dans ses projets déments et avaient empoché leur bénéfice : maintenant, ils devaient expier. En outre, d'après le dossier, E.D.S. s'était montré d'une spectaculaire incompétence : au bout de deux ans et demi les ordinateurs ne fonctionnaient toujours pas, et pourtant le projet d'informatisation avait à ce point bouleversé le service d'Emrani que les anciens systèmes ne fonctionnaient pas non plus, si bien qu'Emrani ne pouvait pas contrôler les dépenses de son service. C'était la principale raison pour laquelle le ministère avait dépassé son budget, expliquait le dossier.

Razmara nota que l'ambassade américaine protestait contre l'emprisonnement des deux Américains, Chiapparone et Gaylord, parce qu'on n'avait pas de preuves contre eux. C'était typique des Américains. Bien sûr qu'il n'y avait pas de preuves : on ne payait pas les pots-de-vin en chèques. L'ambassade se préoccupait aussi de la sécurité des deux prisonniers. Razmara trouva cela amusant. Lui-même s'inquiétait de sa propre sécurité. Chaque jour quand il se rendait au bureau il se demandait s'il rentrerait vivant.

Il referma le dossier. Il n'avait aucune sympathie pour E.D.S. ni pour ses directeurs en prison. Même s'il avait voulu les faire relâcher, il n'en aurait pas eu le pouvoir, songea-t-il. L'antiaméricanisme de la population ne faisait que croître. Le gouvernement auquel appartenait Razmara, le régime Bakhtiar, avait été installé par le shah et on le soupçonnait donc d'être pro-américain. Avec le pays traversant une telle tourmente, un ministre qui se souciait du bien-être de deux laquais du capitalisme américain serait saqué sinon lynché — et à juste titre. Razmara porta son attention sur des problèmes plus importants.

Le lendemain, son secrétaire dit : « M. Young, de la société américaine E.D.S., est ici et demande à vous voir, monsieur le ministre. »

L'arrogance de ces Américains était exaspérante. Razmara répondit :

« Répétez-lui le message que je vous ai donné hier, puis donnez-lui cinq minutes pour quitter les lieux. »

4

Pour Bill, le grand problème, c'était le temps.

Il était très différent de Paul. Pour Paul, nerveux, agressif, volontaire, ambitieux, ce qu'il y avait de pire dans le fait d'être en prison, c'était le sentiment d'impuissance. Bill était d'un tempérament plus placide : il acceptait qu'il n'y avait rien d'autre à faire que de prier, alors il priait. (Il n'exhibait pas sa religion : il faisait ses prières tard le soir, avant de s'endormir, ou bien tôt le matin, avant que les autres s'éveillent.) Ce qui minait Bill, c'était l'insupportable lenteur avec laquelle le temps passait. Un jour dans le monde réel — un jour passé à résoudre des problèmes, à prendre des décisions, à recevoir des coups de téléphone et à assister à des réunions —, ça n'était rien du tout : un jour en prison, c'était sans fin. Bill conçut une formule pour convertir le temps réel en temps de prison.

Temps réel		Temps de prison
1 seconde	égale	1 minute
1 minute	égale	1 heure
1 heure	égale	1 jour
1 jour	égale	1 semaine
1 semaine	égale	1 mois

Le temps prit pour Bill cette nouvelle dimension après deux ou trois semaines de prison, lorsqu'il se rendit compte qu'il n'y aurait pas de solution rapide au problème. Contrairement à un criminel reconnu, il n'avait pas été condamné à quatre-vingt-dix jours ou à cinq ans, aussi ne pouvait-il puiser aucun réconfort en traçant un calendrier sur le mur comme un compte à rebours vers la liberté. Peu importait combien de jours s'étaient écoulés : le temps qu'il avait encore à passer en prison était indéfini, donc sans fin.

Son compagnon de cellule persan ne semblait pas partager ce sentiment. C'était un contraste culturel révélateur : les Américains, habitués à obtenir des résultats rapides, étaient torturés par l'attente ; les Iraniens se contentaient d'attendre *farda*, demain, la semaine prochaine, un moment donné, un de ces jours — tout comme ils l'avaient fait dans leurs affaires.

Néanmoins, à mesure que l'emprise du shah s'affaiblissait, Bill croyait discerner chez certains d'entre eux des signes de désespoir et il en venait à se méfier d'eux. Il prit grand soin de ne pas leur dire qui était venu de Dallas ni quels progrès s'accomplissaient dans les négociations pour sa libération : il craignait que, se cramponnant au moindre fétu, ils n'essaient d'échanger des renseignements avec les gardiens.

Il était en train de devenir un prisonnier bien adapté. Il apprit à ignorer la crasse et la vermine, et il s'habituait à la nourriture peu appétissante, froide et collante. Il apprit à vivre dans d'étroites limites bien définies, qui constituaient le territoire du prisonnier. Il restait actif.

Il trouvait des moyens de remplir les journées sans fin. Il lisait des livres, enseignait les échecs à Paul, prenait de l'exercice dans le hall, parlait aux Iraniens pour savoir tout ce qui se disait à la radio et aux actualités télévisées, et il priait. Il fit un relevé détaillé de la prison, mesurant les cellules et les couloirs, traçant des plans et des esquisses. Il tenait un journal, où il notait tous les menus événements de sa vie de prisonnier, plus ceux que ses visiteurs lui racontaient, et toutes les nouvelles. Il utilisait des initiales au lieu des noms, et parfois insérait des incidents inventés ou des versions modifiées d'incidents réels de façon que, si le journal était confisqué ou lu par les autorités, elles n'y comprennent rien.

Comme les prisonniers de partout, il attendait les visites avec la même impatience qu'un enfant attend Noël. Les gens d'E.D.S. apportaient des aliments mangeables, des vêtements chauds, des livres, et des lettres de leur famille. Un jour, Keane Taylor arriva avec une photo de Christopher, le fils de Bill âgé de six ans, planté devant son arbre de Noël. Le fait de voir son petit garçon, même en photo, redonna des forces à Bill : c'était un puissant rappel de ce qu'il avait à espérer, cela renouvela sa résolution de tenir bon et de ne pas désespérer.

Bill écrivait des lettres à Emily et les remettait à Keane, qui les lui lisait au téléphone. Bill connaissait

Keane depuis dix ans et ils étaient très proches : ils avaient habité ensemble après l'évacuation. Bill savait que Keane n'était pas aussi insensible que sa réputation le proclamait — c'était pour moitié une comédie qu'il jouait — mais, quand même, c'était embarrassant d'écrire « je t'aime » en sachant que Keane le lirait. Bill surmonta quand même sa gêne, car il tenait très fort à faire savoir à Emily et aux enfants combien il les aimait, au cas où il n'aurait plus jamais l'occasion de le dire de vive voix. Les lettres étaient comme celles des pilotes écrites à la veille d'une mission dangereuse.

Le cadeau le plus important apporté par les visiteurs, c'étaient les nouvelles. Les rencontres bien trop brèves au parloir de l'autre côté de la cour se passaient à discuter les divers efforts accomplis pour tirer Paul et Bill de prison. Bill avait l'impression que le temps était le facteur clef. Tôt ou tard, une méthode ou une autre devrait marcher. Malheureusement, à mesure que le temps passait, l'Iran déclinait. Les forces de la Révolution pesaient d'un poids de plus en plus lourd. E.D.S. parviendrait-il à faire sortir Paul et Bill avant que tout le pays n'explose ?

Il était chaque jour plus dangereux pour les gens d'E.D.S. de se rendre dans le sud de la ville, où était située la prison. Paul et Bill ne savaient jamais quand aurait lieu la prochaine visite, ou même s'il y en aurait une. Quand quatre jours passèrent, puis cinq, ils commençaient à se demander si tous les autres n'étaient pas rentrés aux Etats-Unis en les abandonnant, Paul et lui. Etant donné que le montant de la caution était extraordinairement élevé, et les rues de Téhéran extrêmement dangereuses, est-ce que par hasard ils n'auraient pas considéré Paul et Bill comme une cause perdue ? Peut-être allaient-ils être forcés, contre leur gré, de partir pour sauver leur peau. Bill se rappelait le retrait américain du Vietnam, avec les derniers fonctionnaires de l'ambassade qui décollaient des toits par hélicoptère ; il imaginait la scène se répétant à l'ambassade américaine de Téhéran.

De temps en temps, il était rassuré par une visite

d'un membre de l'ambassade. Eux aussi prenaient un risque en venant, mais jamais ils n'apportaient aucune nouvelle des efforts tentés par le gouvernement pour aider Paul et Bill, et Bill en arriva à la conclusion que le Département d'Etat était peuplé de gens ineptes.

Les visites du docteur Houman, leur avocat iranien, étaient tout d'abord fort encourageantes ; et là-dessus Bill comprit que, dans le plus pur style iranien, Houman promettait beaucoup et accomplissait peu. Le fiasco de l'entrevue avec Dadgar était désespérément déprimant. C'était effrayant de voir avec quelle facilité Dadgar manœuvrait Houman et combien il était déterminé à garder Paul et Bill en prison. Bill, cette nuit-là, n'avait pas dormi.

Lorsqu'il pensait à la caution, il en trouvait le montant extravagant. Jamais personne au monde n'avait payé pareille rançon. Il se rappelait avoir lu des articles dans les journaux à propos d'hommes d'affaires américains enlevés en Amérique du Sud et dont les ravisseurs exigeaient un ou deux millions de dollars. (En général les ravisseurs les tuaient.) D'autres enlèvements, de millionnaires, d'hommes politiques et de célébrités, s'étaient accompagnés de demandes de rançon de trois ou quatre millions de dollars — mais de treize, jamais. Personne ne paierait une somme pareille pour Paul et Bill.

En outre, tout cet argent ne leur donnerait même pas le droit de quitter le pays. Ils devraient sans doute rester en liberté surveillée à Téhéran — en attendant que les émeutiers prennent le pouvoir. La caution parfois lui paraissait plus un piège qu'un moyen d'évasion.

Toute cette expérience était singulièrement révélatrice de la vraie valeur des choses. Bill découvrit qu'il pouvait se passer de sa belle maison, de ses voitures, de sa cuisine raffinée et de vêtements propres. Ce n'était pas si terrible de vivre dans une pièce crasseuse avec de la vermine qui rampait sur les murs. On l'avait dépouillé de tout ce qu'il avait dans la vie et il s'apercevait que la seule chose à laquelle il tenait, c'était sa famille. Quand on allait au fond des choses, c'était tout ce qui comptait vraiment : Emily, Vicki, Jackie, Jenny et Chris.

La visite de Coburn l'avait un peu ragaillardi. En voyant Jay avec son grand manteau et son bonnet de laine, avec cette barbe rousse qui lui ornait le menton, Bill avait deviné qu'il n'était pas à Téhéran pour opérer selon les voies légales. Coburn avait passé le plus clair de la visite avec Paul et, si Paul en avait appris davantage, il n'en avait rien dit à Bill. Mais Bill était patient : il saurait quand le besoin s'en ferait sentir.

Mais le lendemain de la visite de Coburn arrivèrent de mauvaises nouvelles. Le 16 janvier, le shah quitta l'Iran.

Le poste de télévision installé à l'entrée de la prison était exceptionnellement allumé l'après-midi ; Paul et Bill, avec tous les autres prisonniers, assistèrent à la petite cérémonie dans le pavillon impérial de l'aéroport de Mehrabad. Il y avait le shah, son épouse, trois de ses quatre enfants, sa belle-mère, et une foule de courtisans. Pour leur dire adieu, il y avait le Premier ministre Chapour Bakhtiar et une cohorte de généraux. Bakhtiar baisa la main du shah et le groupe royal s'embarqua.

Les gens du ministère qui se trouvaient en prison étaient consternés : la plupart d'entre eux avaient des liens avec la famille royale ou son entourage immédiat. Et voilà que leur protecteur s'en allait : cela signifiait à tout le moins qu'ils devaient se résigner à un long séjour en prison. Bill estimait que le shah avait emporté avec lui la dernière chance d'un dénouement pro-américain en Iran. Maintenant, ce serait encore plus le chaos et la confusion, le danger pour tous les Américains de Téhéran — et des chances diminuées d'une libération rapide pour Paul et Bill.

A peine la télévision avait-elle montré l'avion du shah s'élevant dans le ciel que Bill commença à entendre un bruit de fond, comme la rumeur d'une foule lointaine à l'extérieur de la prison. Le bruit ne tarda pas à s'amplifier jusqu'à devenir un pandémonium de cris, d'acclamations et de coups de klaxon. La télévision montra d'où venait le bruit : une foule de centaines de milliers d'Iraniens déferlait dans les rues en hurlant : « *Shah raft !* — Le shah est parti ! » Paul dit que ça lui rappelait la parade du Nouvel An à Philadelphie. Toutes les voitures roulaient phares allumés et la plupart klaxonnaient sans discontinuer. De nombreux conducteurs braquaient leurs essuie-glaces en avant, y attachaient des chiffons et les faisaient fonctionner si bien qu'ils oscillaient comme pour brandir en permanence des drapeaux. De pleins camions de jeunes gens exultants sillonnaient les rues et dans toute la ville des foules abattaient et fracassaient des statues du shah. Bill se demandait ce que les émeutiers allaient faire ensuite. Cela l'amena à se demander comment se comporteraient les gardiens et les autres prisonniers. Dans ce déchaînement hystérique où les Iraniens se défoulaient, les Américains allaient-ils devenir des cibles ?

Paul et lui demeurèrent dans leur cellule le restant de la journée en essayant de ne pas se faire remarquer. Ils étaient allongés sur leur banquette à bavarder. Paul fumait. Bill essayait de ne pas penser aux scènes terrifiantes qu'il avait observées à la télévision, mais le rugissement de cette multitude sans loi, le cri collectif du triomphe révolutionnaire, tout cela pénétrait les murs de la prison et lui emplissait les oreilles, comme le grondement assourdissant du tonnerre juste avant que frappe la foudre.

Deux jours plus tard, le matin du 18 janvier, un gardien arriva dans la cellule numéro 5 et dit quelque chose en farsi à Reza Negabat, l'ancien ministre délégué. Negabat traduisit pour Paul et Bill :

« Vous devez rassembler vos affaires. Ils vous transfèrent.

— Où ça ? demanda Paul.

— Dans une autre prison. »

Une sonnette d'alarme retentit au fond de l'esprit de Paul. Dans quel genre de prison allaient-ils ? De celles où les gens étaient torturés et tués ? Allait-on dire à E.D.S. où ils étaient allés ? Ou bien disparaîtraient-ils simplement tous les deux ? Ici, ce n'était pas merveilleux, mais c'était au moins un mal qu'ils connaissaient.

Le gardien ajouta quelque chose et Negabat reprit :

« Il dit de ne pas vous inquiéter, que c'est pour votre bien. »

Ce fut l'affaire de quelques minutes que de rassembler leurs brosses à dents, le rasoir qu'ils partageaient et leurs quelques vêtements de rechange. Puis ils s'assirent et attendirent : trois heures s'écoulèrent.

C'était exaspérant. Bill avait fini par s'habituer à cette prison et, malgré de temps en temps ses crises de paranoïa, au fond, il faisait confiance à ses compagnons de cellule. Il redoutait de changer pour pire.

Paul demanda à Negabat d'essayer de faire parvenir la nouvelle de leur transfert à E.D.S., peut-être en achetant le colonel qui commandait la prison.

Le père de la cellule, le vieil homme qui s'inquiétait si fort de leur bien-être, était navré de les voir partir. Il regarda tristement Paul ranger les photos de Karen et d'Ann Marie. Dans un geste impulsif, Paul donna les photos au vieil homme qui, visiblement très ému, le remercia avec profusion.

On finit par les faire sortir dans la cour pour les conduire jusqu'à un minibus, avec une demi-douzaine d'autres prisonniers provenant de différentes parties de la prison. Bill regarda les autres, en essayant de deviner ce qu'ils avaient en commun. L'un était un Français. Etaient-ce tous les étrangers qu'on emmenait dans une prison à part, pour les mettre en sécurité ? Mais un autre était le robuste Iranien, patron de la cellule du rez-de-chaussée où ils avaient passé leur première nuit — un criminel de droit commun, supposa Bill.

Comme le petit car sortait de la cour, Bill s'adressa au Français.

« Savez-vous où nous allons ?

— On va me relâcher », annonça le Français.

Bill sentit son cœur bondir de joie. Ça, c'était une bonne nouvelle ! Peut-être allaient-ils tous être relâchés.

Il tourna son attention vers ce qui se passait dans les rues. C'était la première fois depuis trois semaines qu'il voyait le monde extérieur. Les immeubles gouvernementaux qui entouraient le ministère de la Justice avaient été endommagés : les émeutiers s'en étaient vraiment donné à cœur joie. Partout on voyait des voitures calcinées et des vitres cassées. Les rues étaient pleines de soldats et de chars, mais ils ne faisaient rien, ne maintenant pas l'ordre, ne contrôlant même pas la circulation. Bill avait l'impression qu'il faudrait peu de temps avant de voir basculer le gouvernement affaibli de Bakhtiar.

Qu'était-il advenu des gens d'E.D.S. : Taylor, Howell, Young, Gallagher et Coburn ? Ils ne s'étaient pas présentés à la prison depuis le départ du shah. Avaient-ils été forcés de fuir pour sauver leur vie ? Sans savoir pourquoi, Bill avait la certitude qu'ils étaient toujours en ville, qu'ils essayaient toujours de les faire sortir de prison, Paul et lui. Il se mit à espérer que c'était eux qui avaient organisé ce transfert. Peut-être, au lieu d'emmener les prisonniers dans une autre prison, le minibus allait-il changer de chemin et les conduire à la base américaine. Plus il y songeait, plus il était persuadé que tout avait été arrangé pour leur libération. Sans nul doute l'ambassade américaine avait-elle compris, depuis le départ du shah, que Paul et Bill couraient de graves dangers et les diplomates s'étaient-ils enfin attaqués à l'affaire avec une réelle énergie. Le voyage en minibus était une ruse, une couverture pour les faire sortir de la prison du ministère de la Justice sans éveiller les soupçons de fonctionnaires iraniens hostiles comme Dadgar.

Ils roulaient vers le nord. Ils traversèrent des quartiers que Bill connaissait, et il commença à se sentir plus en sûreté à mesure que le sud de la ville, si troublé, disparaissait derrière lui.

Et puis la base aérienne était au nord.

Le minibus entra dans un vaste quadrilatère dominé par un édifice haut comme une forteresse. Bill regarda le bâtiment avec intérêt. Ses murs avaient sept à huit mètres de haut et étaient parsemés de mira-

dors et de nids de mitrailleuses. La place était pleine
de femmes iraniennes en tchador, les voiles noirs tra-
ditionnels, et toutes faisaient un bruit d'enfer. Etait-ce
une sorte de palais ou de mosquée ? Ou peut-être une
base militaire ?

Le minibus approcha de la forteresse et ralentit.

« Oh ! non. »

Au milieu de la façade, il y avait deux grandes portes
blindées. Bill fut horrifié de voir le minibus s'arrêter, le
nez contre les vantaux.

Cet endroit impressionnant était la nouvelle prison,
le nouveau cauchemar.

Les portes s'ouvrirent et ils entrèrent.

Ils n'allaient pas à la base aérienne, E.D.S. n'avait
rien organisé du tout, l'ambassade continuait à ne pas
bouger, on n'allait pas les libérer.

Leur véhicule stoppa de nouveau. Les portes d'acier
se refermèrent derrière eux et une autre paire de portes s'ouvrit devant. Le minibus les franchit et s'arrêta
dans une vaste cour où se dressaient plusieurs bâtiments. Un gardien dit quelque chose en farsi et tous
les prisonniers se levèrent pour descendre du bus.

Bill se sentait comme un enfant déçu. Quelle saleté
que la vie, songea-t-il. Qu'est-ce que j'ai fait pour méri-
ter ça ?

Qu'est-ce que j'ai fait ?

« Ne roulez pas si vite, dit Simons.

— Vous trouvez que je conduis imprudemment ?
fit Joe Poché.

— Non, je ne veux simplement pas vous voir
enfreindre les lois.

— Quelles lois ?

— Soyez prudent. »

Coburn les interrompit :

« Nous sommes arrivés. »

Poché arrêta la voiture.

Tous regardèrent par-dessus les têtes de ces femmes
étrangement vêtues de noir et aperçurent la vaste forteresse qu'était la prison de Gasr.

« Bon sang, fit Simons, sa voix un peu râpeuse teintée d'une nuance de respect. Regardez-moi cette vacherie. »

Ils contemplaient tous les murs, les portes énormes, les tours de garde et les nids de mitrailleuses.

« C'est pire que l'Alamo », dit Simons.

Coburn se dit que leur petite équipe ne pourrait pas attaquer cette place forte, pas sans l'aide de toute l'armée américaine. Le sauvetage qu'ils avaient prévu avec une telle minutie et répété tant de fois ne rimait plus à rien. Pas question d'apporter à leur plan des modifications ni des améliorations, pas question non plus d'inventer un nouveau scénario ; tout le projet était à l'eau.

Ils restèrent un moment dans la voiture, perdus dans leurs pensées.

« Qui sont ces femmes ? demanda tout haut Coburn.

— Elles ont des parents en prison », expliqua Poché.

Coburn perçut un bruit étrange.

« Ecoutez, dit-il. Qu'est-ce que c'est que ça ?

— Les femmes, dit Poché. Elles se lamentent. »

Une fois déjà dans sa vie le colonel Simons s'était trouvé devant une forteresse imprenable.

Il était le capitaine Simons en ce temps-là et ses amis l'appelaient Art, et non Bull.

On était en octobre 1944. Art Simons, vingt-six ans, commandait la compagnie B du sixième bataillon de marche. Les Américains étaient en train de gagner la guerre du Pacifique et s'apprêtaient à attaquer les Philippines. A l'avant des forces d'invasion américaines, le sixième bataillon de marche était déjà là, à pratiquer des opérations de sabotage et à semer le chaos derrière les lignes ennemies.

La compagnie B débarqua sur l'île d'Homonhon, dans le golfe de Leyte, et constata qu'il n'y avait plus de Japonais dans l'île. Simons fit hisser la bannière étoilée sur un cocotier devant deux cents indigènes dociles.

Ce jour-là, un rapport arriva, signalant que la garnison japonaise de l'île voisine de Suluan procédait à des massacres de civils. Simons demanda la permission de prendre Suluan. Permission qui lui fut refusée. Quelques jours plus tard, il renouvela sa demande. On lui répondit qu'on ne pouvait distraire aucun bateau pour transporter la compagnie. Simons sollicita l'autorisation d'utiliser des embarcations indigènes. Cette fois, il obtint l'accord de ses supérieurs.

Simons réquisitionna trois voiliers indigènes et onze canoës et se bombarda lui-même amiral de la flotte. Il appareilla à deux heures du matin avec quatre-vingts hommes. Une tempête se leva, sept des canoës chavirèrent et la flotte de Simons regagna la côte avec la plupart des équipages nageant à perdre haleine.

Ils repartirent le lendemain. Cette fois, ils firent la traversée de jour. Comme les appareils japonais contrôlaient encore les airs, les hommes se déshabillèrent et dissimulèrent leurs uniformes et leurs équipements au fond des bateaux, de façon à avoir l'air de pêcheurs indigènes. La ruse prit et la compagnie B atteignit l'île de Suluan. Simons fit aussitôt une reconnaissance pour repérer la garnison japonaise.

Ce fut alors qu'il se trouva au pied d'une forteresse imprenable.

Les Japonais étaient cantonnés à l'extrémité sud de l'île, dans un phare, tout en haut d'une falaise de corail de près de cent mètres.

Côté ouest, un sentier menait à mi-hauteur de la falaise, jusqu'à des marches escarpées taillées dans le corail. Tout l'escalier et la plus grande partie du sentier étaient en pleine vue du phare haut de vingt mètres et des trois bâtiments orientés face à l'ouest sur la plate-forme où se dressait le phare. C'était une position défensive parfaite : deux hommes auraient pu en tenir en respect cinq cents sur cet escalier de corail.

Mais il y avait toujours un moyen.

Simons décida d'attaquer par l'est en escaladant la falaise.

L'assaut fut lancé le 2 novembre à une heure du

matin. Simons et quatorze de ses hommes étaient tapis au pied de la falaise, juste en dessous de la garnison. Ils avaient le visage et les mains noircis : il y avait un superbe clair de lune et ils étaient aussi exposés qu'au milieu d'une prairie de l'Iowa. Pour ne pas rompre le silence, ils communiquaient par gestes et portaient leurs chaussettes par-dessus leurs brodequins.

Simons donna le signal et ils commencèrent à grimper.

Les bords acérés du corail leur entaillaient la chair des doigts et de la paume des mains. Par endroits, ils n'avaient pas de prise pour les pieds et ils devaient poursuivre leur escalade en se cramponnant à la force du poignet à des plantes. Ils étaient totalement vulnérables : si une sentinelle curieuse avait jeté un coup d'œil de la plate-forme sur le flanc est de la falaise, elle les aurait vus aussitôt et n'aurait plus eu qu'à les tirer l'un après l'autre.

Ils étaient à mi-hauteur lorsque le silence fut déchiré par un fracas assourdissant. Quelqu'un avait heurté la crosse de son fusil contre un cône de corail. Ils s'immobilisèrent tous, se plaquant contre la paroi de la falaise. Simons retenait son souffle en attendant le coup de fusil qui allait donner le signal du massacre. Il ne vint jamais.

Au bout de dix minutes, ils repartirent.

L'ascension prit plus d'une heure.

Simons fut le premier en haut. Il se tapit sur la plate-forme, avec l'impression d'être nu sous le brillant clair de lune. On ne voyait aucun Japonais mais il entendait des voix provenant des bâtiments. Il braqua son fusil sur le phare.

Les uns après les autres, les hommes atteignirent la plate-forme. L'attaque devait commencer sitôt la mitrailleuse en position.

Juste au moment où l'engin arrivait au bord de la falaise, un soldat japonais ensommeillé apparut, se dirigeant vers les latrines. Simons fit signe à son homme d'avant-garde qui abattit le Japonais et la fusillade commença.

Simons s'occupa tout de suite de la mitrailleuse. Il tenait un pied et la caisse de munitions pendant que le mitrailleur maintenait l'autre pied et tirait. Les Japonais stupéfaits sortaient en courant des bâtiments pour se jeter droit dans la grêle mortelle des balles.

Vingt minutes plus tard, tout était fini. Une quinzaine d'ennemis avaient été tués. Le peloton de Simons avait deux blessés, aucun grièvement. Et la « forteresse imprenable » avait été prise.

Il y avait toujours un moyen.

CHAPITRE VII

1

Le minibus Volkswagen de l'ambassade américaine se frayait un chemin dans les rues de Téhéran en direction de la place Gasr. Ross Perot était assis à l'intérieur. On était le 19 janvier, le lendemain du jour où Paul et Bill avaient été transférés, et Perot s'en allait leur rendre visite dans la nouvelle prison.

C'était un peu fou.

Tout le monde s'était donné beaucoup de mal pour cacher Perot à Téhéran, de crainte que Dadgar — voyant en lui un otage bien plus précieux que Paul ou que Bill — ne l'arrêtât pour le jeter en prison. Et pourtant il était là, prenant de son plein gré le chemin de la prison, avec son passeport dans sa poche en guise de pièce d'identité.

Ses espoirs étaient accrochés à l'incapacité notoire d'un gouvernement quel qu'il fût de laisser sa main droite savoir ce que faisait sa main gauche. Le ministère de la Justice voulait peut-être l'arrêter, mais c'était les militaires qui tenaient les prisons, et les militaires ne s'intéressaient pas à lui.

Néanmoins, il prenait des précautions. Il accompagnait un groupe de gens — Rich Gallagher et Jay Coburn étaient dans le bus, ainsi que certains membres de l'ambassade, il était en tenue de sport et portait sous le bras un carton de provisions, de livres, de vêtements chauds pour Paul et Bill.

Personne à la prison ne connaîtrait son visage. Il devrait donner son nom en entrant, mais pourquoi un employé subalterne ou un gardien de prison le reconnaîtrait-il ? Son nom figurait peut-être sur une liste, à l'aéroport, dans les postes de police ou les hôtels, mais la prison serait sûrement le dernier endroit où Dadgar s'attendrait à le voir arriver.

De toute façon, il était décidé à courir le risque. Il tenait à remonter le moral de Paul et de Bill, à leur montrer qu'il était disposé à risquer sa liberté pour eux. Ce serait le seul résultat concret de son voyage : ses efforts pour faire avancer les négociations n'avaient abouti à rien.

Le minibus arriva sur la place Gasr et Perot aperçut pour la première fois la prison. C'était un formidable édifice. Il n'arrivait pas à imaginer comment Simons et sa petite équipe pourraient pénétrer là-dedans.

Sur la place, il y avait des dizaines de gens, pour la plupart des femmes en tchador, qui faisaient tout un tintamarre. Leur véhicule s'arrêta près des grandes portes d'acier. Perot se posait des questions à propos du chauffeur : il était iranien et il savait qui était Perot...

Ils descendirent tous. Perot vit une caméra de télévision près de l'entrée de la prison.

Son cœur faillit s'arrêter.

C'était une équipe de télévision américaine.

Que diable ces gens fichaient-ils ici ?

Il baissa la tête tout en se frayant un chemin à travers la foule, son carton sous le bras. Un gardien regarda par une lucarne percée dans le mur de brique à côté de la porte. Les opérateurs de télévision ne paraissaient pas l'avoir remarqué. Une minute plus tard, une petite porte aménagée dans l'un des énormes battants s'ouvrit et les visiteurs pénétrèrent à l'intérieur.

Le battant se referma bruyamment derrière eux.

Perot avait passé le point de non-retour.

Il continua, franchit de nouvelles portes d'acier, s'enfonçant dans le complexe de la prison. C'était très grand, avec entre les divers bâtiments des rues où poulets et dindons couraient en liberté. Il suivit les autres et arriva à la réception.

Il exhiba son passeport. L'employé lui désigna un registre. Perot prit son stylo et signa « H.R. Perot » de façon plutôt illisible.

L'employé lui rendit son passeport et lui fit signe de passer.

Il avait eu raison : personne ici n'avait entendu parler de Ross Perot.

Il entra dans une salle d'attente... et s'arrêta net. Planté là, en train de parler à un Iranien en uniforme de général, se trouvait quelqu'un qui savait parfaitement qui était Ross Perot.

C'était Ramsey Clark, l'avocat de Dallas qui avait été attorney général des Etats-Unis sous la présidence de Lyndon B. Johnson. Perot l'avait rencontré à plusieurs reprises et connaissait fort bien Mimi, la sœur de Clark.

Un instant, Perot resta figé sur place. Voilà qui explique la présence des caméras de télévision, songea-t-il. Il se demanda s'il pourrait ne pas être vu de Clark. D'un instant à l'autre, pensa-t-il, Ramsey va me voir et dire au général : « Tiens, voilà Ross Perot d'E.D.S. » et, si j'ai l'air d'essayer de me cacher, ce sera encore pire.

Il prit aussitôt sa décision.

Il s'approcha de Clark, lui tendit la main et dit :

« Bonjour, Ramsey, qu'est-ce que vous faites en prison ? »

Clark baissa les yeux vers lui — il mesurait un mètre quatre-vingt-huit — et éclata de rire.

Ils se serrèrent la main.

« Comment va Mimi ? » demanda Perot sans laisser à Clark le temps de faire les présentations.

Le général était en train de dire quelque chose en farsi à un sous-fifre.

Clark répondit :

« Mimi va très bien.

— Bon, ravi de vous voir », fit Perot, et il poursuivit son chemin.

Il avait la bouche sèche lorsqu'il sortit de la salle d'attente pour rejoindre dehors Gallagher, Coburn et les gens de l'ambassade. Il l'avait échappé belle. Un Iranien en uniforme de colonel vint les rejoindre : il avait été chargé de s'occuper d'eux, dit Gallagher. Perot se demandait ce que Clark pouvait bien être en train de dire en ce moment au général...

Paul était malade. Il avait pris froid dans la première prison et maintenant il souffrait d'une rechute. Il toussait constamment et avait des douleurs à la poitrine. Il n'arrivait pas à se réchauffer, pas plus dans cette prison que dans l'ancienne : cela faisait trois semaines sans interruption qu'il avait froid. Il avait demandé à des visiteurs d'E.D.S. de lui apporter des sous-vêtements chauds, mais on ne sait pourquoi ils n'en avaient rien fait.

En outre, il avait le moral à zéro. Il s'était vraiment attendu à voir Coburn et l'équipe de sauvetage tendre une embuscade aux cars qui les conduisaient, Bill et lui, depuis le ministère de la Justice et, lorsque le minibus était entré dans la prison imprenable de Gasr, il avait été amèrement déçu.

Le général Moari, le gouverneur de la prison, avait expliqué à Paul et à Bill que c'était lui le responsable de toutes les prisons de Téhéran et qu'il les avait fait transférer ici pour leur propre sécurité. C'était une mince consolation : si cet endroit était moins vulnérable aux assauts des émeutiers, il était aussi plus difficile, sinon impossible, pour l'équipe de sauvetage de l'attaquer.

La prison de Gasr faisait partie d'un vaste complexe militaire. Sur son flanc ouest se trouvait le vieux palais de Gasr Ghazar, que le père du shah avait transformé en académie de la police. Le terrain où était bâtie la prison avait été jadis les jardins du palais. Au nord se trouvait un hôpital militaire ; à l'est, un camp d'où des hélicoptères décollaient et atterrissaient toute la journée.

Les installations elles-mêmes étaient protégées par un mur intérieur de huit à neuf mètres de haut et par un mur extérieur de près de quatre mètres. Dans l'enceinte se trouvaient quinze ou vingt bâtiments séparés, y compris une boulangerie, une mosquée et six blocs de cellules dont l'un réservé aux femmes.

Paul et Bill se trouvaient dans le bâtiment numéro 8. C'était un bloc de deux étages, au milieu d'une cour entourée d'une clôture de hautes barres de fer entre lesquelles courait du barbelé. Pour une prison, l'environnement n'était pas détestable. Il y avait une fontaine au milieu de la cour, des buissons de roses sur les côtés et dix ou quinze pins. Les prisonniers étaient autorisés à sortir pendant la journée et pouvaient jouer au volley-ball ou au ping-pong dans la cour. Ils ne pouvaient cependant pas franchir la porte de la cour surveillée par un gardien.

Le rez-de-chaussée du bâtiment était occupé par un petit hôpital abritant une vingtaine de patients, pour la plupart des malades mentaux. Ils criaient beaucoup. Paul et Bill, ainsi qu'une poignée d'autres prisonniers, étaient au premier étage. Ils occupaient une grande cellule d'environ six mètres sur neuf, qu'ils ne partageaient qu'avec un seul autre prisonnier, un avocat iranien d'une cinquantaine d'années qui parlait l'anglais et le français aussi bien que le farsi. Il leur avait montré les photos de sa villa en France. En outre, il y avait un récepteur de télévision dans la cellule.

Les repas étaient préparés par des prisonniers — payés pour cela par les autres — et on les prenait dans une salle à manger séparée. La cuisine ici était meilleure que dans la première prison. On pouvait, moyennant finances, bénéficier de privilèges supplémentaires et c'est ainsi que l'un des autres prisonniers, apparemment un homme extrêmement riche, avait une cellule pour lui tout seul et se faisait servir des repas apportés de l'extérieur. La discipline était assez relâchée : il n'y avait pas d'heure fixée pour le lever ou le coucher.

Malgré tout cela, Paul était totalement déprimé. Un

269

peu de confort supplémentaire ne signifiait pas grand-chose. Ce qu'il voulait, c'était la liberté.

Il accueillit donc sans grand entrain l'annonce le matin du 19 janvier, qu'ils avaient des visiteurs.

Au rez-de-chaussée du bâtiment numéro 8, se trouvait une salle de visite mais ce jour-là, sans explication, on les fit sortir dans la rue.

Paul se rendit compte qu'il se dirigeait vers un bâtiment qu'on appelait le club des officiers, construit au milieu d'un petit jardin tropical avec des canards et des paons. Comme ils approchaient du palais, il jeta un coup d'œil autour de lui et aperçut ses visiteurs qui arrivaient de la direction opposée.

Il ne pouvait en croire ses yeux.

« Mon Dieu ! fit-il avec ravissement. C'est Ross ! »

Oubliant où il était, il se retourna pour se précipiter vers Perot : le gardien le retint sans douceur.

« Tu te rends compte ! fit-il à Bill. Perot est ici ! »

Le gardien, en le poussant, lui fit traverser le jardin. Paul ne cessait de se retourner vers Perot, se demandant si ses yeux ne le trompaient pas. On le conduisit dans une grande pièce circulaire avec des tables de banquet le long des murs qui étaient couverts de petits triangles de glace : on se serait cru dans une salle de bal. Quelques instants plus tard, Perot arriva avec Gallagher, Coburn et d'autres gens.

Perot arborait un large sourire. Paul lui serra la main, puis l'étreignit. Ce fut un moment de grande émotion. Paul avait la même impression que lorsqu'il écoutait l'hymne américain : une sorte de frisson lui courut le long du dos. On l'aimait, on s'occupait de lui, il avait des amis, il avait sa place. Perot avait traversé la moitié du monde et s'était jeté au milieu d'une révolution rien que pour lui rendre visite.

Perot et Bill s'étreignirent aussi et se serrèrent la main.

« Ross, fit Bill, au nom du Ciel qu'est-ce que vous faites ici ? Vous êtes venu nous ramener à la maison ?

— Pas tout à fait, répondit Perot. Pas encore. »

Les gardiens se groupèrent tout au bout de la salle pour boire du thé. Les membres de l'ambassade qui avaient accompagné Perot s'installèrent à une autre table pour parler à une prisonnière.

Perot posa son carton sur une table.

« Voilà des caleçons longs pour vous, dit-il à Paul. Nous n'avons pas pu en acheter, alors c'est le mien, et je veux que vous me le rendiez, c'est entendu ?

— Bien sûr, fit Paul en souriant.

— Nous avons apporté aussi des livres et des provisions : du beurre de cacahuètes, du thon, des jus de fruits et je ne sais quoi. »

Il tira de sa poche une liasse d'enveloppes.

« Et votre courrier. »

Paul jeta un coup d'œil à son courrier. Il y avait une lettre de Ruthie. Une autre enveloppe était adressée à « Chapanoodle ». Paul sourit. Ce devait être de son ami Behne, dont le fils Tommy, incapable de prononcer Chiapparone avait surnommé Paul « Chapanoodle ». Il mit les lettres dans sa poche pour les lire plus tard et demanda :

« Comment va Ruthie ?

— Elle va très bien, je lui ai parlé au téléphone, dit Perot. Nous avons désigné pour chacune de vos femmes un homme qui devra s'assurer que tout le nécessaire est fait pour prendre soin d'elles. Ruthie est maintenant à Dallas, Paul, et elle habite chez Jim et Kathy Nyfeler. Elle est en train d'acheter une maison et Tom Walter s'occupe pour elle de tous les problèmes légaux. »

Il se tourna vers Bill.

« Emily est allée voir sa sœur Vickie en Caroline du Nord. Elle avait besoin de se changer les idées. Elle travaillait avec Tim Reardon à Washington à essayer de faire pression sur le Département d'Etat. Elle a écrit à Rosalyn Carter — vous savez, d'épouse à épouse — elle a tout essayé. D'ailleurs, on a tous tout essayé... »

Tandis que Perot énumérait la longue liste des gens dont on avait sollicité l'aide — depuis les représentants du Texas au Congrès jusqu'à Henry Kissinger —, Bill comprit que le principal but de la visite de Perot, c'était de leur remonter le moral, à Paul et à lui. Il fut un peu déçu. Pendant un moment, lorsqu'il avait vu Perot traverser la cour avec les autres, un large sourire éclairant son visage, Bill avait pensé : voilà nos sauveteurs. Ils ont enfin résolu ce foutu problème et Perot vient nous le dire personnellement. Il était très déçu. Mais il se ragaillardit en écoutant Perot. Avec ses lettres du pays et son carton de provisions et de vêtements, Perot était comme le père Noël ; et puis sa présence ici et le large sourire qu'il arborait symbolisaient un formidable défi lancé à Dadgar, aux émeutiers et à tout ce qui les menaçait.

Bill s'inquiétait maintenant du moral d'Emily. Il savait d'instinct ce qui se passait dans l'esprit de sa femme. Le fait qu'elle fût partie pour la Caroline du Nord lui disait qu'elle avait renoncé à tout espoir. C'en était devenu trop pour elle de maintenir un air normal devant les enfants chez ses parents. Il comprit en même temps qu'elle s'était remise à fumer. Cela déconcerterait le petit Chris. Emily avait renoncé à fumer lorsqu'elle était entrée à l'hôpital pour se faire ôter la vésicule biliaire, et elle avait alors dit à Chris qu'on lui avait enlevé son appareil à fumer. Il allait se demander maintenant comment il était revenu.

« Si tout cela échoue, poursuivait Perot, nous avons une autre équipe en ville qui vous fera sortir d'ici par d'autres méthodes. Vous reconnaîtrez tous les membres de cette équipe à l'exception d'un, le chef, qui est un homme plus âgé.

— Ça me pose un problème, Ross, fit Paul. Pourquoi des types risqueraient-ils leur peau pour en sauver deux autres ? »

Bill se demandait ce qui se tramait. Est-ce qu'un hélicoptère allait survoler la prison et les enlever ? L'armée américaine allait-elle donner l'assaut ? C'était difficile à imaginer — mais, avec Perot, tout pouvait arriver.

Coburn dit à Paul : « Je veux que tu observes et que tu te rappelles tous les détails possibles à propos des lieux et de l'emploi du temps à la prison, tout comme avant. »

Bill était gêné par sa moustache. Il l'avait laissée pousser pour avoir l'air plus iranien. Les cadres d'E.D.S. n'étaient pas autorisés à avoir moustache ni barbe, mais il ne s'attendait pas à voir Perot. C'était idiot, il le savait, et pourtant il se sentait mal à l'aise.

« Je suis désolé pour ça, dit-il en se touchant la lèvre supérieure. J'essaie de passer inaperçu. Je la raserai dès que je sortirai d'ici.

— Gardez-la, dit Perot avec un sourire. Qu'Emily et les enfants la voient. D'ailleurs, nous allons modifier le code vestimentaire d'E.D.S. Nous venons d'avoir les résultats d'une étude sur l'attitude des employés, et nous allons sans doute permettre les moustaches et les chemises de couleur aussi. »

Bill regarda Coburn.

« Et les barbes ?

— Pas de barbes. Coburn a une excuse très particulière. »

Les gardiens vinrent les interrompre : l'heure de la visite était terminée.

« Nous ne savons pas, dit Perot, si nous vous tirerons de là vite ou lentement. Dites-vous que ce sera lentement. Si vous vous levez chaque matin en pensant : "Ce sera peut-être pour aujourd'hui", vous risquez d'avoir pas mal de déceptions et de vous démoraliser. Préparez-vous à un long séjour et vous serez peut-être agréablement surpris. Mais souvenez-vous toujours de ceci : je vous garantis que nous vous tirerons de là. »

Ils se serrèrent tous la main. Paul dit : « Je ne sais vraiment pas comment vous remercier d'être venu, Ross. »

Perot sourit.

« Surtout, ne partez pas sans mon caleçon. »

Ils sortirent tous du bâtiment. Les hommes d'E.D.S. traversèrent la cour, se dirigeant vers la porte de la prison, suivis des yeux par Paul et Bill ainsi que leurs gardiens. En voyant ses amis disparaître, Bill fut pris d'une terrible envie de tout simplement s'en aller avec eux.

Pas aujourd'hui, se dit-il ; pas aujourd'hui.

Perot se demandait si on allait le laisser partir.

Ramsey Clark avait eu plus d'une heure pour lâcher la nouvelle. Qu'avait-il dit au général ? Y aurait-il un comité d'accueil à l'attendre dans le bloc administratif, à l'entrée de la prison ?

Son cœur battait plus vite lorsqu'il entra dans la salle d'attente. Pas trace du général ni de Clark. Il traversa la pièce. Personne ne le regardait. Avec Coburn et Gallagher sur ses talons, il franchit les premières portes. Personne ne l'arrêta. Il commençait à penser qu'il allait s'en tirer.

Il traversa la petite cour et attendit auprès des grandes portes blindées. La petite porte aménagée dans un des battants s'ouvrit. Perot sortit de la prison.

Les caméras de télévision étaient toujours là.

Tout ce qu'il me faut, songea-t-il, après être allé plus loin, c'est que la télévision américaine montre mon portrait...

Il se fraya un chemin à travers la foule jusqu'au minibus de l'ambassade et monta s'asseoir.

Coburn et Gallagher s'embarquèrent avec lui, mais les gens de l'ambassade s'attardaient.

Assis dans le bus, Perot regardait par la vitre. La foule sur la place semblait animée de mauvaises intentions. Les gens criaient en farsi. Perot n'avait aucune idée de ce qu'ils disaient.

Il aurait voulu voir les gens de l'ambassade se dépêcher.

« Où sont donc ces types ? dit-il d'un ton acerbe.

— Ils arrivent, lui dit Coburn.

— Je pensais que nous allions tous sortir, monter dans le bus et filer. »

Une minute plus tard, la porte de la prison s'ouvrit de nouveau et les gens de l'ambassade sortirent. Ils montèrent dans le bus. Le chauffeur mit le moteur en marche et traversa la place Gasr.

Perot se détendit.

Il n'aurait pas dû se faire tant de souci. Ramsey Clark, qui se trouvait là à l'invitation de groupes iraniens de défense des droits de l'homme, n'avait pas une si bonne mémoire. Il savait que le visage de Perot lui était vaguement familier, mais il crut que c'était le colonel Frank Borman, le président d'Eastern Airlines.

2

Emily Gaylord était assise avec sa tapisserie. Elle était en train de faire un nu pour Bill.

Elle avait regagné la maison de ses parents à Washington et c'était encore un autre jour habituel de silencieux désespoir. Elle avait conduit Vicki au lycée, puis était revenue pour emmener Jackie, Benny et Chris à l'école élémentaire. Elle s'était arrêtée chez sa sœur Dorothy pour bavarder un moment avec elle et son mari, Tim Reardon. Tim s'efforçait toujours, par l'intermédiaire du sénateur Kennedy et du représentant Tip O'Neill, de faire pression sur le Département d'Etat.

Emily commençait à être obsédée par Dadgar, le mystérieux personnage qui avait le pouvoir de jeter son mari en prison et de le garder là. Elle aurait voulu affronter Dadgar elle-même et lui demander personnellement pourquoi il lui faisait cela. Elle avait même demandé à Tim d'essayer de lui obtenir un passeport diplomatique pour pouvoir se rendre en Iran et frapper à la porte de Dadgar. Tim avait répondu que c'était une idée complètement folle et elle reconnaissait qu'il avait raison ; mais elle tenait désespérément à tenter quelque chose, n'importe quoi, pour faire rentrer Bill.

Elle attendait maintenant le coup de fil quotidien de Dallas. En général, c'était Ross, T.J. Marquez ou Jim Nyfeler qui appelait. Après cela, elle irait chercher les enfants puis les aiderait un moment à faire leurs devoirs. Ensuite, il n'y avait rien d'autre en perspective que la soirée solitaire.

Elle n'avait que récemment annoncé aux parents de Bill que leur fils était en prison. Bill lui avait demandé, dans une lettre que Keane Taylor lui avait lue au téléphone, de ne pas le leur dire à moins que ce ne fût absolument nécessaire, car le père de Bill avait déjà eu des attaques et le choc risquait d'être dangereux. Mais, au bout de trois semaines, c'était devenu impossible de continuer à feindre, aussi avait-elle annoncé la nouvelle ; et le père de Bill avait été furieux qu'on l'eût laissé si longtemps dans l'ignorance. Quelquefois c'était dur de savoir ce qu'il fallait faire.

Le téléphone sonna et elle décrocha.

« Allô ?

— Emily, ici Jim Nyfeler.

— Salut, Jim, quoi de neuf ?

— Simplement qu'on les a transférés dans une autre prison. »

Pourquoi n'y avait-il donc *jamais* de bonnes nouvelles ?

« Il n'y a pas de quoi s'inquiéter, reprit Jim. En fait, c'est plutôt une bonne chose. L'ancienne prison était au sud de la ville, là où ont lieu les combats. Celle-ci est plus au nord, dans un quartier plus tranquille : ils seront plus en sûreté là-bas. »

Emily perdit son calme.

« Mais, Jim, cria-t-elle, ça fait trois semaines que vous me répétez qu'ils sont parfaitement en sûreté en prison, et voilà que vous me dites qu'on vient de les transférer dans une autre et que maintenant ils vont être en sûreté !

— Emily...

— Allons, je vous en prie, ne me mentez pas !

— Emily...

— Dites-moi simplement les choses comme elles sont. D'accord ?

— Emily, je ne pense pas que jusqu'à maintenant ils aient été en danger, mais les Iraniens prennent une précaution raisonnable, vous comprenez ? »

Emily avait honte de s'être emportée contre lui.

« Je vous demande pardon, Jim.

— Je vous en prie. »

Ils bavardèrent encore un peu, puis Emily raccrocha et se remit à sa tapisserie. Je perds mon sang-froid, songea-t-elle. Je suis comme en transe, j'emmène les gosses à l'école, je parle avec les gens de Dallas, je me couche le soir et je me lève le matin...

Ç'avait été une bonne idée d'aller passer quelques jours chez sa sœur Vickie, mais elle n'avait pas vraiment besoin d'un changement de décor. Ce qu'il lui fallait, c'était Bill.

C'était dur de continuer à espérer. Elle commença à réfléchir à ce que pourrait être la vie sans Bill. Elle avait une tante qui travaillait dans un grand magasin de Washington : peut-être parviendrait-elle à lui trouver du travail là-bas. Ou bien elle pourrait parler à son père pour voir s'il réussirait à lui trouver un emploi de secrétaire. Elle se demandait si elle tomberait jamais amoureuse de quelqu'un d'autre au cas où Bill mourrait à Téhéran. Elle croyait que non.

Elle se rappela les premiers temps de leur mariage. Bill était encore au collège et ils avaient très peu d'argent ; mais ils s'étaient quand même mariés parce qu'ils ne pouvaient pas supporter davantage d'être séparés. Plus tard, à mesure que la carrière de Bill se développait, ils prospéraient et peu à peu achetaient de plus belles voitures, de plus grandes maisons, des vêtements plus coûteux... Davantage de choses. Comme toutes ces choses étaient sans valeur ! songeait-elle maintenant ; comme cela importait peu qu'elle fût riche ou pauvre ! Ce qu'elle voulait, c'était Bill. Il était tout ce dont elle avait besoin. Il lui suffirait toujours, il lui suffirait pour la rendre heureuse.

Si jamais il revenait.

Karen Chiapparone dit : « Maman, pourquoi est-ce que papa n'appelle pas ? Il téléphone toujours quand il est en voyage.

— Il a appelé aujourd'hui, inventa Ruthie. Il va très bien.

— Pourquoi a-t-il appelé quand j'étais à l'école ? J'aimerais lui parler.

— Mon chou, c'est si difficile de téléphoner de Téhéran, les lignes sont si encombrées, il est bien obligé de m'appeler quand il peut.

— Ah ! »

Karen s'éloigna pour aller regarder la télévision et Ruth s'assit. Dehors, la nuit tombait. Elle trouvait de plus en plus difficile de raconter des mensonges à tout le monde à propos de Paul.

C'était pourquoi elle avait quitté Chicago pour s'installer à Dallas. Vivre avec ses parents sans les mettre dans le secret était devenu impossible. Sa mère disait : « Pourquoi Ross et les gens d'E.D.S. n'arrêtent-ils pas de t'appeler ?

— Ils veulent simplement s'assurer que nous allons bien, tu sais, disait Ruthie avec un sourire forcé.

— C'est gentil à Ross de téléphoner. »

Ici, à Dallas, elle pouvait au moins parler ouvertement aux autres gens d'E.D.S. En outre, maintenant qu'on était certain que les bureaux d'Iran allaient être fermés, Paul travaillerait au siège d'E.D.S., du moins pour un temps, et ce serait donc à Dallas qu'ils habiteraient ; et Karen et Ann Marie devaient aller en classe.

Elles habitaient toutes les trois avec Jim et Kathy Nyfeler. Kathy était particulièrement compatissante, car son mari figurait sur la première liste de quatre hommes dont Dadgar avait réclamé les passeports : si Jim s'était trouvé en Iran à l'époque, il serait maintenant en prison avec Paul et Bill. « Restez avec nous, avait dit Kathie ; il y en aura peut-être pour une semaine et puis Paul sera de retour. » Cela, c'était au début de janvier. Depuis lors, Ruthie avait proposé de prendre un appartement, mais Kathy ne voulait rien entendre.

Kathy pour l'instant était chez le coiffeur ; les enfants regardaient la télé dans une autre pièce et Jim n'était pas encore rentré du bureau, si bien que Ruthie était seule avec ses pensées.

Avec l'aide de Kathy, Ruthie s'occupait et faisait front bravement. Elle avait inscrit Karen à l'école et trouvé un jardin d'enfants pour Ann Marie. Elle allait déjeuner avec Kathy et avec quelques-unes des autres épouses d'E.D.S. : Marie Boulware, Liz Coburn, Mary Sculley, Marva Davis et Toni Dvoranchik. Elle écrivait à Paul des lettres débordantes d'optimisme et écoutait ses réponses non moins optimistes qu'on lui lisait au téléphone de Téhéran. Elle faisait des courses et allait à des dîners en ville.

Ruthie avait beaucoup tué le temps en cherchant une maison. Elle ne connaissait pas bien Dallas mais elle se souvenait d'avoir entendu Paul dire que le Central Expressway était un cauchemar, aussi cherchait-elle des maisons éloignées de là. Elle en avait trouvé une qui lui plaisait et avait décidé de l'acheter pour que Paul trouvât un vrai foyer en rentrant, mais il y avait des problèmes juridiques parce qu'il n'était pas là pour signer les papiers : Tom Walter s'efforçait de les régler.

Ruthie essayait de faire bonne figure, mais en fait, elle mourait d'angoisse.

Elle dormait rarement plus d'une heure chaque nuit. Elle s'éveillait sans cesse en se demandant si elle reverrait jamais Paul. Elle essayait de penser à ce qu'elle ferait s'il ne revenait pas. Sans doute retournerait-elle à Chicago pour habiter quelque temps avec son père et sa mère, mais elle ne voulait pas s'installer avec eux définitivement. Sans nul doute elle pourrait trouver du travail... Mais ce n'était pas le problème pratique de vivre sans un homme et de s'occuper d'elle toute seule qui la tracassait : c'était l'idée de vivre à jamais sans Paul. Elle ne parvenait pas à imaginer ce que serait la vie s'il n'était pas là. Que ferait-elle, à quoi s'intéresserait-elle, de quoi aurait-elle envie, qu'est-ce qui pourrait bien la rendre heureuse ? Elle se rendit compte qu'elle dépendait totalement de lui. Elle ne pouvait pas vivre sans lui.

Elle entendit une voiture dehors. Ce devait être Jim qui rentrait : peut-être aurait-il des nouvelles.

Quelques instants plus tard, il entra en effet.

« Bonsoir, Ruthie. Kathy n'est pas rentrée ?

— Elle est chez le coiffeur. Qu'est-ce qui s'est passé aujourd'hui ?

— Eh bien... »

Elle sut tout de suite à son expression qu'il n'avait rien de bon à lui dire et qu'il s'efforçait de trouver une façon encourageante de le formuler.

« Eh bien, ils avaient un rendez-vous de prévu pour discuter de la caution, mais les Iraniens ne sont pas venus. Demain...

— Mais pourquoi ? fit Ruth en s'efforçant de garder son calme. Pourquoi ne viennent-ils pas quand ce sont eux qui organisent ces rendez-vous ?

— Vous savez, parfois ils doivent faire la grève. Et parfois les gens ne peuvent simplement pas circuler en ville à cause des... à cause des manifestations et tout ça... »

Elle avait l'impression d'avoir entendu ce genre de propos depuis des semaines. Il y avait toujours des retards, des délais, des déceptions.

« Mais, Jim », commença-t-elle.

Les larmes se mirent à ruisseler sans qu'elle pût les arrêter.

« Jim... »

Sa gorge se serra, l'empêchant de parler. Elle pensa : tout ce que je veux, c'est mon mari ! Jim, planté là, la regardait, désemparé et très embarrassé. Tout le chagrin qu'elle enfermait depuis si longtemps déferla soudain et elle ne parvint plus à se maîtriser. Elle éclata en sanglots et sortit de la pièce en courant. Elle se précipita dans sa chambre, se jeta sur le lit et resta allongée là, à sangloter.

Liz Coburn buvait son verre à petites gorgées. Autour de la table, il y avait Mary, la femme de Pat Sculley et une autre épouse E.D.S. évacuée de Téhéran : Toni Dvoranchik. Les trois femmes étaient aux Recettes, au restaurant de Greenville Avenue, à Dallas. Elles buvaient des daiquiris à la fraise et Mary Sculley était en train de tout leur raconter.

« Ils amènent la camionnette jusqu'au mur, puis ils montent sur le toit de la voiture et lancent une échelle dans la cour », disait-elle.

C'était Toni Dvoranchik qui avait lancé cette conversation. Son mari se doutait qu'il y avait un plan secret pour faire évader Paul et Bill, mais il ne savait pas en quoi cela consistait. Toni avait demandé à Mary si Pat était dans le coup et Mary avait répondu que oui.

Là-dessus elle avait commencé à leur raconter toute l'histoire.

Liz Coburn était horrifiée.

« Est-ce que Jay est à Téhéran ? demanda-t-elle d'une petite voix.

— Oui.

— Je le savais.

— Mais il y fait du travail administratif », précisa Mary.

Liz aurait voulu éclater en sanglots. Jay lui avait raconté qu'il était à Paris. Pourquoi ne pas lui avoir dit la vérité ? Pat Sculley, lui, avait dit la vérité à Mary. Mais Jay était différent. Il y avait des hommes qui jouaient au poker quelques heures, mais avec Jay c'était toute la nuit et toute la journée du lendemain. D'autres hommes jouaient neuf ou dix-huit trous de golf : Jay en jouait trente-six. Bien des hommes avaient un travail qui les prenait beaucoup, mais il avait fallu que Jay travaille pour E.D.S. Même dans l'armée, alors que tous deux n'étaient que des gosses, il avait fallu que Jay se porte volontaire pour une des affectations les plus dangereuses : pilote d'hélicoptère. Voilà maintenant qu'il était parti pour Téhéran et même un « travail administratif » était périlleux en pleine révolution. C'était toujours la même chose, se dit-elle : il est parti, il me ment et il est en danger.

Toni Dvoranchik disait :

« Et si Bill n'arrive pas à franchir le mur ? »

Les femmes parlaient toujours comme ça de Bill : elles voyaient en lui une âme sensible et vulnérable et elles s'inquiétaient plus pour lui que pour Paul, costaud et sûr de lui.

« Et s'il est malade ? reprit Toni. Et s'il ne veut pas qu'on le sauve ? Et s'il a la frousse ?

— Ils y ont pensé, dit Mary. Jay lui fera passer le mur... Oh ! mon Dieu ! »

Liz la dévisagea.

Mary dit : « Je n'aurais pas dû dire ça. »

Liz se sentit soudain glacée comme si elle venait d'éprouver un choc. Il ne va pas revenir, songea-t-elle confusément. Il ne va pas sortir de là vivant.

La joyeuse humeur de Perot ne tarda pas à se dissiper. Il avait pénétré dans la prison, défiant Dadgar, il avait remonté le moral de Paul et de Bill ; mais Dadgar avait encore tous les atouts en main. Après six jours passés à Téhéran, il comprenait pourquoi la pression qu'il avait tenté d'exercer sur les milieux politiques de Washington n'avait donné aucun résultat : l'ancien régime en Iran luttait pour sa survie et n'avait aucun contrôle sur les événements. Même s'il versait la caution — et il y avait un tas de problèmes à résoudre avant que cela pût se faire — Paul et Bill seraient toujours détenus en Iran. Et le plan de sauvetage de Simons se trouvait maintenant anéanti par le transfert dans la nouvelle prison. Il semblait n'y avoir aucun espoir.

Ce soir-là Perot s'en alla voir Simons.

Pour plus de sûreté, il attendit la tombée de la nuit. Il avait sa tenue de jogging avec des chaussures de tennis et un manteau sombre d'homme d'affaires. Keane Taylor le conduisit.

L'équipe avait quitté la maison de Taylor. Ce dernier avait maintenant rencontré Dadgar et Dadgar avait commencé à inspecter les dossiers E.D.S. Il était possible, avait calculé Simons, que Dadgar ordonnât une perquisition au domicile de Taylor pour rechercher des documents susceptibles de l'incriminer. Aussi Simons, Coburn et Poché habitaient-ils chez Bill et Toni Dvoranchik, qui avait maintenant regagné Dallas. Deux autres membres de l'équipe avaient rallié Téhéran via Paris : Pat Sculley et Jim Schwebach, le duo de ces hommes pas grands mais redoutables qui, dans le scénario original maintenant abandonné, devaient assurer le rôle de flanc-garde.

Comme cela se passait souvent à Téhéran, Dvoranchik occupait le rez-de-chaussée d'une maison à un étage, dont le propriétaire habitait le premier.

Taylor et l'équipe laissèrent Perot seul avec Simons. Perot promena sur la salle de séjour un regard écœuré. Peut-être la maison était-elle impeccable quand Toni Dvoranchik y habitait, mais aujourd'hui, occupée par cinq hommes dont aucun ne s'intéressait beaucoup au ménage, elle était sale et mal tenue, et empestait les cigares de Simons.

Celui-ci avait vautré sa vaste carcasse dans un fauteuil. Ses favoris blancs étaient en broussaille et il avait les cheveux longs. Comme d'habitude, il fumait à la chaîne, tirant sur son petit cigare et aspirant la fumée avec ravissement.

« Vous avez vu la nouvelle prison ? dit Perot.

— Oui, fit Simons de sa voix rauque.

— Qu'en pensez-vous ?

— L'idée que nous avions de la prendre d'assaut par une attaque frontale ne vaut même pas la peine d'en discuter.

— C'est ce qu'il me semblait.

— Ce qui laisse un certain nombre de possibilités. »

Vraiment ? songea Perot.

Simons poursuivit :

« Un, il paraît qu'il y a des voitures garées dans l'enceinte de la prison. Nous pourrions trouver un moyen de faire sortir Paul et Bill de là dans le coffre d'une voiture. Dans le cadre de ce plan ou d'un autre, nous parviendrons peut-être à acheter ou à faire chanter ce général qui gouverne la prison.

— Le général Mohrari.

— C'est cela. Un de vos employés iraniens est en train de nous établir un dossier sur le personnage.

— Bien.

— Deux. L'équipe de négociation. S'ils parviennent à faire mettre Paul et Bill en liberté surveillée ou quelque chose de ce genre, nous pouvons les enlever. Demandez à Taylor et aux autres de se concentrer sur cette idée de liberté surveillée. Acceptez n'importe quelle condition que les Iraniens voudront poser, mais faites-les sortir de cette prison. En partant du principe qu'ils seraient confinés chez eux et étroitement surveillés, nous allons mettre au point un nouveau scénario de sauvetage. »

Perot commençait à se sentir mieux. Ce géant rayonnait d'assurance. Quelques minutes plus tôt, Perot se sentait presque désespéré : Simons maintenant énumérait calmement de nouvelles façons d'aborder le problème, comme si le transfert dans la nouvelle prison, les difficultés posées par la caution et l'effondrement du gouvernement légitime n'étaient que de menus inconvénients plutôt qu'une totale catastrophe.

« Trois, poursuivit Simons. Il y a une révolution qui est en train de se dérouler. Les révolutions sont prévisibles. Les mêmes choses se produisent à chaque fois. On ne peut pas dire quand elles arriveront, mais seulement que tôt ou tard elles arriveront. Et l'une des choses qui se produit toujours, c'est que la foule prend d'assaut les prisons et fait sortir tout le monde.

— Ah ! oui ? » fit Perot intrigué.

Simons fit oui de la tête.

« Voilà les trois possibilités. Bien sûr, à ce stade nous ne pouvons pas en choisir une seule : nous devons nous préparer à chacune d'elles. Quelle que soit celle des trois qui se présente la première, il nous faudra un plan pour faire quitter à tout le monde ce foutu pays sitôt que Paul et Bill seront entre nos mains.

— En effet. »

Perot s'inquiétait de son propre départ : celui de Paul et de Bill serait bien plus hasardeux.

« J'ai eu des promesses d'assistance des militaires américains...

— Bien sûr, dit Simons, je ne dis pas qu'ils ne sont pas sincères, mais je dirai qu'ils ont des priorités plus pressantes et je ne suis pas disposé à mettre une grande confiance dans leurs promesses.

— Très bien. »

C'était à Simons d'en juger et Perot ne demandait qu'à lui en laisser la responsabilité. En fait, il ne demandait qu'à tout laisser aux mains de Simons. Simons était sans doute l'homme le mieux qualifié du monde pour cette mission et Perot avait en lui une foi totale.

« Qu'est-ce que je peux faire ?

— Rentrer aux Etats-Unis. Tout d'abord, ici vous êtes en danger. Ensuite, j'ai besoin de vous là-bas.

Selon toute probabilité, quand nous finirons par sortir, ce ne sera sans doute pas sur un vol régulier. Il se peut que ce ne soit pas sur un vol du tout. Il faudra que vous nous ramassiez quelque part — ça pourrait être en Irak, au Koweit, en Turquie ou en Afghanistan — et ça demandera une certaine organisation. Rentrez à Dallas et tenez-vous prêt.

— D'accord. »

Perot se leva. Simons lui avait fait ce que Perot faisait parfois à ses collaborateurs : il lui avait donné la force de faire encore un kilomètre quand la partie semblait perdue.

« Je partirai demain. »

Il trouva une réservation sur le vol British Airways 200, Téhéran-Londres via Koweit, qui partait à 10 h 20 du matin le 20 janvier, le lendemain.

Il appela Margot et lui demanda de le retrouver à Londres. Il voulait avoir quelques jours seul avec elle : ils n'en auraient peut-être pas l'occasion une fois que l'opération commencerait à se dérouler.

Ils avaient passé de bons moments à Londres autrefois. Ils descendraient au Savoy. (Margot aimait le Claridge, mais pas Perot : le chauffage était trop violent et, s'il ouvrait les fenêtres, la rumeur de la circulation toute la nuit dans Brooks Street l'empêchait de dormir.) Margot et lui iraient au théâtre et au concert et se rendraient à la boîte de nuit favorite de Margot à Londres, chez Annabel. Pendant quelques jours, ils profiteraient de la vie.

S'il parvenait à quitter l'Iran.

Afin de réduire le temps qu'il devrait passer à l'aéroport, il resta à l'hôtel jusqu'à la dernière minute. Il téléphona pour savoir si l'avion partirait à l'heure et on lui répondit que oui.

Il se présenta à l'enregistrement quelques minutes avant dix heures.

Rich Gallagher, qui l'accompagnait, s'en alla voir si les autorités comptaient créer des difficultés à Perot. Gallagher avait déjà fait cela. Avec un ami iranien qui travaillait pour la Panam, il se présenta au contrôle des passeports en tenant à la main le passeport de Perot. L'iranien expliqua qu'un important personnage, un V.I.P., allait s'embarquer et demanda qu'on lui vise son passeport d'avance. Le fonctionnaire qui se trouvait au guichet feuilleta le classeur à feuilles volantes où se trouvait la liste des personnes à appréhender et dit qu'il n'y aurait aucun problème pour M. Perot. Gallagher revint avec la bonne nouvelle.

Perot n'en demeurait pas moins inquiet. S'ils voulaient l'arrêter, ils seraient peut-être assez malins pour mentir à Gallagher.

Bill Gayden, le président d'E.D.S. International, arrivait pour prendre la direction de l'équipe des négociateurs. Gayden avait déjà quitté Dallas pour Téhéran, mais il avait fait demi-tour à Paris en apprenant par Bunny Fleishacker que d'autres arrestations étaient imminentes. Maintenant, comme Perot, il avait décidé de prendre le risque. Il se trouva que son vol arriva alors que Perot attendait de partir et cela leur donna l'occasion de parler.

Dans sa valise, Gayden avait huit passeports américains appartenant à des cadres d'E.D.S. qui ressemblaient vaguement à Paul ou à Bill.

« Je croyais, dit Perot, que nous nous procurions pour eux de faux passeports. Vous n'avez pas pu trouver un moyen ?

— Si, nous avons trouvé un moyen, dit Gayden. Si vous avez besoin d'un passeport rapidement, vous pouvez apporter toute la documentation au palais de justice de Dallas, là ils mettent tout dans une enveloppe que vous apportez à La Nouvelle-Orléans où on vous délivre le passeport. C'est une simple enveloppe officielle fermée avec du ruban adhésif, si bien qu'on peut l'ouvrir en allant à La Nouvelle-Orléans, ôter les photos, les remplacer par celles de Paul et de Bill — que nous avons — recacheter l'enveloppe et, hop, vous avez des passeports pour Paul et Bill sous de fausses identités. Mais c'est contraire à la loi.

— Alors, qu'est-ce que vous avez fait ?

— J'ai dit à tous ceux qui avaient été évacués que

j'avais besoin de leurs passeports pour faire expédier leurs affaires de Téhéran. Je me suis procuré ainsi cent à deux cents passeports, et j'ai choisi les huit meilleurs. J'ai rédigé une lettre de quelqu'un aux Etats-Unis à quelqu'un à Téhéran disant : "Voici les passeports que vous nous avez demandé de vous retourner pour pouvoir traiter avec les autorités d'immigration", de façon que j'aie un papier à montrer si on me demande pourquoi diable je me balade avec huit passeports.

— Si Paul et Bill utilisent ces passeports pour franchir une frontière, de toute façon ils enfreindront la loi.

— En admettant que nous en arrivions là, nous enfreindrons la loi de toute façon. »

Perot acquiesça.

« C'est vrai. »

On appela pour l'embarquement les passagers de son vol. Il dit adieu à Gayden et à Taylor qui l'avait conduit à l'aéroport et qui allait emmener Gayden au Hayatt. Puis, il s'en alla voir si ce qu'on lui avait dit de la liste des gens à appréhender était bien vrai.

Il franchit d'abord une porte où on vérifia sa carte d'embarquement. Il suivit un couloir jusqu'à un guichet où il régla une petite somme comme taxe d'aéroport. Puis, sur sa droite, il aperçut une série de bureaux de contrôle des passeports.

C'était là que se trouvait la liste des gens qu'on ne laisserait pas s'embarquer.

Un des comptoirs était tenu par une jeune fille plongée dans la lecture d'un livre de poche. Perot s'approcha d'elle : il lui tendit son passeport ainsi qu'un formulaire jaune donnant la liste des articles qu'il avait achetés en Iran et qu'il emportait avec lui. En haut du formulaire il y avait son nom.

La fille prit la feuille jaune, ouvrit son passeport, le tamponna et le lui rendit sans le regarder. Elle se replongea aussitôt dans son livre.

Perot s'avança dans la salle de départ.

Le vol était retardé.

Il s'assit. Il était sur des charbons ardents. D'un

instant à l'autre, la fille pouvait finir son livre ou simplement en avoir assez et se mettre à comparer les noms de la liste avec ceux des formulaires jaunes. Alors, imaginait-il, ils viendraient le chercher — la police ou bien les militaires, ou bien les enquêteurs de Dadgar — et il serait jeté en prison et Margot serait comme Ruthie et Emily, sans savoir si elle reverrait jamais son mari.

Toutes les trois secondes, il jetait un coup d'œil au tableau des départs : on lisait simplement *retardé*.

Il passa la première heure assis au bord de sa chaise.

Puis il commença à éprouver une certaine résignation. Si on devait le prendre, on le prendrait, et il n'y pouvait rien. Il se mit à lire un magazine. Durant l'heure suivante, il lut tout ce qu'il y avait dans sa serviette. Puis il se mit à parler à l'homme assis à côté de lui. Perot découvrit que l'homme était un ingénieur anglais travaillant en Iran sur un projet pour une grosse compagnie britannique. Ils bavardèrent un moment, puis échangèrent leurs magazines.

Dans quelques heures, songea Perot, je serai dans un bel appartement d'hôtel avec Margot — ou bien dans une prison iranienne. Il repoussa cette idée.

L'heure du déjeuner arriva et l'après-midi se passa. Il commençait à croire qu'on n'allait pas venir le chercher.

On finit par les appeler pour l'embarquement à six heures.

Perot se leva. Si on vient m'arrêter maintenant...

Il rejoignit la foule des passagers et s'approcha de la porte de départ. Il y avait un contrôle de sécurité. On le fouilla et on lui fit signe de passer.

Ça y est presque, se dit-il en embarquant dans l'avion. Il s'assit entre deux gros passagers en classe économique : il n'y avait qu'une classe de toute façon. Je crois que je m'en suis tiré.

On ferma les portes et l'appareil commença à rouler.

Il roula sur la piste et prit de la vitesse. Il décolla.

Ross était reparti. Il avait toujours eu de la chance.

Ses pensées se tournèrent vers Margot. Elle supportait cette crise comme elle avait supporté l'aventure des prisonniers de guerre : elle comprenait le sentiment du devoir de son mari et ne se plaignait jamais. C'était pourquoi il pouvait rester concentré sur ce qu'il avait à faire et écarter toute pensée négative qui serait un prétexte à l'inaction. Il avait de la chance d'avoir Margot. Il pensa à toutes les chances qu'il avait eues : de bons parents, entrer à l'académie navale, rencontrer Margot, avoir de si beaux enfants, créer E.D.S., trouver des gens bien pour travailler avec lui, des gens braves comme les volontaires qu'il avait laissés en Iran...

Il se demanda si on n'avait pas chacun une certaine quantité limitée de chance dans sa vie. Sa chance lui apparaissait comme du sable dans un sablier, s'écoulant lentement mais sûrement. Qu'arrive-t-il, se demanda-t-il, quand tout est passé ?

L'appareil descendit vers le Koweit. Ross avait quitté l'espace aérien iranien : il ne risquait plus rien.

Pendant que l'avion refaisait le plein, il s'approcha de la porte ouverte et se planta là, à respirer l'air frais, sans tenir compte des remarques des hôtesses qui ne cessaient de lui demander de regagner sa place. Une douce brise soufflait sur la piste et c'était un soulagement que d'échapper aux passagers bedonnants assis à côté de lui. L'hôtesse finit par renoncer et se mit à faire autre chose. Il regarda le soleil se coucher. La chance, songea-t-il ; je me demande combien il m'en reste ?

CHAPITRE VIII

1

L'équipe de sauvetage réunie à Téhéran se composait maintenant de Simons, de Coburn, de Poché, de Sculley et de Schwebach. Simons décida que Boulware, Davis et Jackson ne viendraient pas à Téhéran. L'idée de récupérer Paul et Bill par une attaque de front était maintenant abandonnée, aussi n'avaient-ils pas besoin d'une équipe aussi nombreuse. Il envoya Glenn Jackson au Koweit, pour enquêter sur les possibilités de cette sortie de l'Iran par le sud. Boulware et Davis retournèrent aux Etats-Unis pour attendre de nouvelles instructions.

Majid rapporta à Coburn que le général Mohrari, l'homme qui gouvernait la prison de Gasr, n'était pas facile à corrompre, mais qu'il avait deux filles au collège aux Etats-Unis. L'équipe discuta brièvement la possibilité d'enlever les deux jeunes filles et de forcer Mohrari à aider Paul et Bill à s'évader ; mais ils renoncèrent à cette idée. (Perot sauta au plafond en apprenant qu'ils avaient même *envisagé* cette solution.) Simons les traita de dégonflés mais se rangea à la décision générale. L'idée de faire sortir Paul et Bill dans le coffre d'une voiture fut pour l'instant mise en veilleuse.

Pendant deux ou trois jours, ils se concentrèrent sur ce qu'ils feraient si Paul et Bill étaient relâchés et mis en liberté surveillée. Ils s'en allèrent inspecter les maisons occupées par les deux hommes avant leur arrestation. L'enlèvement ne poserait pas de problème à moins que Dadgar ne fît surveiller très étroitement Paul et Bill. L'équipe, décidèrent-ils, utiliserait deux voitures. La première emmènerait Paul et Bill. La seconde, suivant à quelque distance, transporterait Sculley et Schwebach, qui seraient chargés d'éliminer quiconque essaierait de filer la première voiture. Une fois de plus, ce serait le redoutable duo qui se chargerait de l'élimination.

Les deux voitures resteraient en contact par radio sur ondes courtes, décidèrent-ils. Coburn appela Merv Stauffer à Dallas pour commander le matériel. Boulware apporterait les radios à Londres : Schwebach et Sculley se rendirent à Londres pour le rencontrer et prendre livraison du matériel. Les deux hommes profiteraient de leur séjour à Londres pour essayer de se procurer de bonnes cartes d'Iran, qui leur serviraient pour quitter le pays si l'équipe choisissait de le faire par la route. (Impossible de trouver de bonnes cartes à Téhéran : Gayden disait qu'elles étaient toutes du genre : « Au cheval mort, tournez à gauche. »)

Simons voulait aussi se préparer à la troisième possibilité : que Paul et Bill soient libérés par une foule prenant d'assaut la prison. Dans cette éventualité, que devrait faire l'équipe ? Coburn ne cessait de surveiller la situation en ville, appelait ses contacts dans les milieux du renseignement américain et s'informait auprès de quelques employés iraniens de toute confiance : si la prison était envahie par les émeutiers, il le saurait très vite. Que faire alors ? Quelqu'un devrait retrouver Paul et Bill et les mettre à l'abri. Mais un groupe d'Américains arrivant au milieu d'une émeute risquerait des ennuis : Paul et Bill seraient plus en sûreté en se mêlant discrètement à la foule des prisonniers évadés. Simons dit à Coburn de parler à Paul de cette possibilité la prochaine fois qu'il lui rendrait visite en prison et de donner pour instructions à Paul de gagner l'hôtel Hayatt.

Il n'y avait toutefois aucune raison pour ne pas charger un Iranien de chercher Paul et Bill au milieu de la foule. Simons demanda à Coburn de lui recommander un employé iranien d'E.D.S. qui connaîtrait la ville comme sa poche.

Coburn pensa tout de suite à Rachid.

Rachid était un jeune homme de vingt-trois ans au teint olivâtre et plutôt beau garçon issu d'une riche famille de Téhéran. Il avait terminé à l'E.D.S. un programme de formation pour ingénieurs de système. Il était intelligent, plein de ressources et avait du charme à revendre. Coburn se rappelait la dernière fois que Rachid avait démontré son talent d'improvisateur. Les employés du ministère de la Santé dont certains étaient en grève avaient refusé d'introduire dans l'ordinateur les éléments nécessaires à l'établissement de la paie, mais Rachid avait rassemblé toutes les informations, les avait apportées à la banque Omran, avait persuadé quelqu'un là-bas de programmer les données, puis il était revenu avec le programme qu'il avait fait passer sur l'ordinateur du ministère. L'ennui avec Rachid, c'est qu'il fallait le garder à l'œil, car il ne consultait jamais personne avant de mettre à exécution ses idées peu conventionnelles. Obtenir les programmes comme il l'avait fait était un acte de briseur de grève qui aurait pu attirer de gros ennuis à E.D.S. : d'ailleurs, quand Bill en avait entendu parler, il avait été plus inquiet que ravi. Rachid était nerveux et impulsif, et son anglais n'était pas tellement bon, aussi avait-il tendance à se précipiter pour suivre ses intuitions plus ou moins folles sans rien dire à personne, ce qui rendait ses employeurs nerveux. Mais il s'en tirait toujours. Il était assez beau parleur pour se sortir de n'importe quelle situation. A l'aéroport, lorsqu'il accueillait des gens ou qu'il accompagnait ceux qui partaient, il parvenait toujours à franchir les barrières marquées « Réservé aux passagers » quand bien même il n'avait à montrer ni carte d'embarquement, ni billet, ni passeport. Coburn le connaissait bien et l'aimait assez pour l'avoir ramené chez lui à dîner plusieurs fois. Coburn lui faisait également totalement confiance, surtout depuis la grève, car Rachid avait alors été un des informateurs de Coburn au milieu des employés iraniens hostiles.

Simons cependant ne voulait pas se fier à Rachid sur les seuls dires de Coburn. Tout comme il avait insisté pour rencontrer Keane Taylor avant de le mettre dans le secret, il voulait parler à Rachid.

Coburn organisa donc une rencontre.

Lorsque Rachid avait huit ans, il voulait être président des Etats-Unis.

A vingt-trois ans, il savait qu'il ne pourrait jamais être président, mais il avait toujours envie d'aller en Amérique et c'était E.D.S. qui lui en fournirait la possibilité. Il savait qu'il possédait les qualités nécessaires pour devenir un grand homme d'affaires. Il étudiait la psychologie de l'âme humaine et il ne lui avait pas fallu longtemps pour comprendre la mentalité des gens d'E.D.S. Ils voulaient des résultats, pas des excuses. Quand on vous confiait un travail, mieux valait en

faire un peu plus qu'on ne vous le demandait. Si, pour
une raison quelconque, la tâche était difficile, voire
impossible, mieux valait ne pas le dire : à E.D.S. on
avait horreur d'entendre évoquer en geignant des problèmes. On ne disait jamais :

« Je ne peux pas faire ça parce que... » On disait
toujours :

« Voilà où j'en suis arrivé jusqu'à maintenant et
voici le problème auquel je m'attaque maintenant... »

Il se trouvait que cette attitude convenait parfaitement à Rachid. Il s'était rendu utile à E.D.S. et il savait
que la société appréciait ses services.

Sa plus grande réussite avait été d'installer des terminaux d'ordinateur dans des bureaux où le personnel iranien était méfiant et hostile. Si grande était leur
résistance que Pat Sculley n'avait pas réussi à en installer plus de deux par mois : Rachid avait fait bran-
cher les dix-huit qui restaient en deux mois. Il comptait bien tirer profit de cet exploit. Il avait composé une
lettre à Ross Perot qui — avait-il appris — était le
patron d'E.D.S., sollicitant l'autorisation de terminer
sa formation à Dallas. Il comptait demander à tous les
directeurs d'E.D.S. à Téhéran de signer la lettre : mais
les événements l'avaient pris de court, la plupart des
directeurs avaient été évacués et E.D.S. en Iran était
en train de s'écrouler ; si bien qu'il n'avait jamais posté
la lettre. Il trouverait donc autre chose.

Il pouvait toujours trouver un moyen. Tout était
possible pour Rachid. Il était capable de tout. Il avait
même échappé à l'armée. A une époque où des milliers
de jeunes bourgeois iraniens dépensaient des fortu-
nes en pots-de-vin pour éviter le service militaire,
Rachid, après quelques semaines passées sous l'uniforme, avait convaincu les médecins qu'il souffrait
d'une maladie incurable qui l'amenait à être secoué de
tremblements. Ses camarades et les officiers qui le
commandaient savaient qu'il était en parfaite santé
mais, chaque fois qu'il voyait le médecin, il était agité
de spasmes. Il passa devant des commissions médica-
les où il tremblait pendant des heures — un exercice
absolument épuisant, comme il le découvrit. En fin de

compte, tant de médecins l'avaient certifié malade qu'il obtint ses papiers de démobilisation. C'était dément, ridicule, impossible — mais faire l'impossible était dans les habitudes de Rachid.

Il avait donc la certitude qu'il irait en Amérique. Il ne savait pas comment, mais de toute façon ce n'était pas son style que d'avoir des plans minutieusement élaborés. C'était un homme qui agissait sous l'impulsion du moment, un improvisateur, un opportuniste. Sa chance se présenterait et il la saisirait.

M. Simons l'intéressait. Il n'était pas comme les autres dirigeants d'E.D.S. Ils avaient tous la trentaine ou la quarantaine, mais Simons était plus près de soixante. Ses longs cheveux, ses favoris blancs et son grand nez lui donnaient un air plus iranien qu'américain. Enfin, il ne disait jamais carrément ce à quoi il pensait. Des gens comme Sculley et Coburn disaient :

« Voici la situation et voici ce que je veux que vous fassiez. Et il me faut ça d'ici à demain matin... »

Simons se contenta de dire :

« Allons faire un tour. »

Ils déambulèrent dans les rues de Téhéran. Rachid se trouva parler de sa famille, de son travail à E.D.S. et de ses opinions sur la psychologie humaine. On entendait une fusillade incessante et les rues grouillaient de gens qui défilaient et qui chantaient. Partout on voyait les traces laissées par les combats précédents, des voitures renversées et des immeubles incendiés.

« Les marxistes démolissent les voitures de luxe et les Iraniens mettent au pillage les magasins de liqueurs, expliqua Rachid à Simons.

— Pourquoi cela ? lui demanda Simons.

— C'est le moment pour les Iraniens de s'affirmer, de mettre en pratique leurs idées et de gagner leur liberté. »

Ils se retrouvèrent sur la place Gasr, devant la prison. Rachid déclara :

« Il y a beaucoup d'Iraniens dans ces prisons simplement parce qu'ils réclament la liberté. »

Simons désigna la foule des femmes en tchador :

« Qu'est-ce qu'elles font ?

— Leurs maris et leurs fils sont injustement emprisonnés, alors elles se rassemblent ici en poussant des gémissements et en criant aux gardiens de laisser partir les prisonniers.

— Ma foi, dit Simons, je crois que j'éprouve les mêmes sentiments à propos de Paul et de Bill que ces femmes à propos de leurs maris.

— Oui, moi aussi, je suis très inquiet à propos de Paul et de Bill.

— Mais qu'est-ce que tu comptes faire ? » demanda Simons.

Rachid fut pris au dépourvu.

« Je fais tout ce que je peux pour aider mes amis américains », dit-il.

Il pensa aux chiens et aux chats. Une de ses tâches pour le moment était de s'occuper de tous les animaux abandonnés par les évacués d'E.D.S. — dont quatre chiens et douze chats. Rachid n'avait jamais eu d'animaux et ne savait pas comment s'y prendre avec de gros chiens agressifs. Chaque fois qu'il se rendait à l'appartement où étaient parqués les chiens pour les nourrir, il devait engager deux ou trois hommes ramassés dans la rue afin de l'aider à maîtriser les animaux. A deux reprises, il les avait tous emmenés jusqu'à l'aéroport dans des cages, ayant appris qu'il y avait un vol en partance à bord duquel on pourrait les embarquer. Et, les deux fois, le vol avait été annulé. Il songea à raconter cela à Simons, mais il se doutait que Simons ne serait pas impressionné.

Simons avait une idée derrière la tête, songea Rachid, et il ne s'agissait pas d'affaires. Simons lui parut un homme d'expérience : on le voyait rien qu'à regarder son visage. Rachid ne croyait pas à l'expérience. Il croyait à l'éducation rapide. A la révolution, pas à l'évolution. Il aimait prendre la corde, les raccourcis, il était pour le développement accéléré les surcompresseurs. Simons était différent. C'était un homme patient et Rachid, analysant la psychologie de Simons, devinait que cette patience venait d'une volonté forte. Quand il sera prêt, se dit Rachid, il me fera savoir ce qu'il attend de moi.

« Sais-tu quelque chose de la Révolution française ? demanda Simons.

— Un peu.

— Cet endroit me rappelle la Bastille, c'est un symbole de l'oppression. »

C'était une bonne comparaison, pensa Rachid.

« Les révolutionnaires français, reprit Simons, ont pris d'assaut la Bastille et libéré tous les prisonniers.

— Je crois qu'il se passera la même chose ici. En tout cas, c'est une possibilité. »

Simons acquiesça.

« Si ça arrive, il faudrait que quelqu'un soit ici pour s'occuper de Paul et de Bill.

— Bien sûr. »

Ce sera moi, pensa Rachid.

Ils étaient plantés au milieu de la place Gasr, à regarder les hauts murs, les grandes portes et les femmes qui gémissaient dans leurs robes noires. Rachid se rappela son principe : en faire toujours un peu plus qu'E.D.S. ne vous demande. Et si les émeutiers ignoraient la prison de Gasr ? Peut-être devrait-il s'assurer qu'ils n'en feraient rien. La foule n'était rien d'autre que des gens comme Rachid : de jeunes Iraniens mécontents qui voulaient le changement. Il pourrait non seulement se joindre à la foule : il pourrait la diriger, il pourrait mener une attaque contre la prison. Lui, Rachid, pourrait sauver Paul et Bill.

Rien n'était impossible.

2

Coburn ne savait pas tout ce qui se passait alors dans l'esprit de Simons. Il n'avait pas participé aux conversations de Simons avec Perot ni avec Rachid, et Simons ne fournissait guère de renseignements. D'après ce que savait quand même Coburn, les trois possibilités — le coup du coffre d'une voiture, la libération surveillée et l'enlèvement, et la prise de la Bastille — semblaient assez vagues. En outre, Simons ne faisait rien pour précipiter les événements, il semblait satisfait de rester chez les Dvoranchik à discuter de scénarios toujours plus élaborés. Pourtant rien de tout cela ne gênait Coburn. De toute façon, c'était un optimiste et lui — comme Ross Perot — estimait qu'il était inutile de chercher à deviner les projets du plus grand expert au monde en sauvetage de prisonniers.

Pendant que ces trois possibilités mijotaient, Simons étudiait l'itinéraire pour sortir d'Iran, le problème que Coburn baptisait « sortir de la souricière ».

Coburn rechercha des voies de sortie par avion. Il traînait dans les entrepôts de fret de l'aéroport en caressant l'idée d'expédier Paul et Bill comme du fret. Il bavardait avec des gens des diverses compagnies aériennes en essayant d'établir des contacts. Il finit par avoir plusieurs rendez-vous avec le chef de la sécurité de Panam, auquel il raconta tout, sauf les noms de Paul et de Bill. Ils envisagèrent de faire sortir les deux fugitifs en uniforme d'équipage de la Panam sur un vol régulier. Le chef de la sécurité était tout prêt à les aider, mais en dernier ressort la responsabilité de la compagnie semblait être un problème insurmontable. Coburn songea alors à dérober un hélicoptère. Il repéra une base au sud de la ville et décida qu'il était tout à fait faisable de voler un appareil. Mais, étant donné le chaos qui régnait chez les militaires iraniens, il se doutait que l'appareil n'était pas entretenu convenablement et il savait que les Iraniens étaient à court de pièces détachées. Et puis, aussi, certains réservoirs auraient pu contenir du carburant contaminé.

Il signala tout cela à Simons. Simons était déjà réticent à propos des aéroports et les problèmes soulevés par Coburn ne firent que le renforcer dans cette opinion. Il y avait toujours des policiers et des militaires dans les aéroports ; si quelque chose tournait mal, aucun moyen de fuir : les aéroports étaient conçus pour empêcher les gens de s'aventurer là où ils ne devraient pas aller ; dans un aéroport, il fallait toujours se remettre aux mains d'autrui. En outre, dans ce genre de situation votre pire ennemi risquait d'être les gens qui s'enfuyaient : ils devraient rester extrêmement calmes. Coburn estimait que Paul et Bill avaient les nerfs de supporter ce genre d'épreuve, mais c'était inutile de le dire à Simons : Simons voulait toujours juger lui-même du caractère d'un homme et il n'avait jamais rencontré ni Paul ni Bill.

Aussi en fin de compte l'équipe se concentra-t-elle sur l'évasion par la route.

Il y avait six itinéraires.

Au nord se trouvait l'U.R.S.S., qui n'était pas à proprement parler un pays ami. A l'est, l'Afghanistan, tout aussi peu hospitalier, et le Pakistan, dont la frontière était trop éloignée : plus de quinze cents kilomètres, pour la plus grande partie à travers le désert. Au sud, il y avait le golfe Persique, avec le Koweit, pays ami, à cent ou cent cinquante kilomètres de l'autre côté de l'eau. C'était tentant. A l'ouest, l'Irak inamical : au nord-ouest, la Turquie, pays ami.

Ils portèrent leur choix sur le Koweit et la Turquie.

Simons demanda à Coburn de charger un employé iranien de confiance de faire toute la route vers le sud jusqu'au golfe Persique afin de vérifier si la route était praticable et la région paisible. Coburn demanda au Motard, ainsi appelé parce qu'il sillonnait Téhéran à motocyclette. Ingénieur de système stagiaire comme Rachid, le Motard avait environ vingt-cinq ans, il était petit et connaissait la ville à fond. Il avait appris l'anglais au lycée en Californie et pouvait imiter n'importe quel accent régional américain, l'accent du Sud, l'accent portoricain, n'importe quoi. E.D.S. l'avait engagé malgré son absence de diplômes parce qu'il avait des notes remarquablement élevées dans les tests d'aptitude. Lorsque les employés iraniens d'E.D.S. s'étaient joints à la grève générale et que Paul et Coburn avaient organisé une réunion pour en discuter avec eux, le Motard avait stupéfié tout le monde en prenant véhémentement parti contre ses collègues pour la direction. Il ne se cachait pas de ses sentiments pro-américains, et pourtant Coburn était absolument certain que le Motard avait des contacts avec les révolutionnaires. Un jour, il avait demandé une voiture à Keane Taylor. Taylor lui en avait donné une. Le lendemain, il en demandait une autre. Taylor accepta. Le

Motard, de toute façon, utilisait toujours sa moto : Taylor et Coburn étaient tout à fait sûrs que les voitures étaient pour les révolutionnaires. Peu leur importait : ce qui était plus important, c'était que le Motard devînt leur obligé.

C'est ainsi qu'en récompense d'anciens services rendus, le Motard partit pour le golfe Persique.

Il revint quelques jours plus tard et rapporta que tout était possible si on avait assez d'argent. On pouvait gagner le Golfe et on pouvait acheter ou louer un bateau.

Il n'avait aucune idée de ce qui se passerait quand on débarquerait au Koweit.

Ce fut Glenn Jackson qui fournit la réponse à cette question.

Tout comme c'était un chasseur et un baptiste, Glenn Jackson était un spécialiste des fusées. La combinaison chez lui d'un cerveau de mathématicien de première classe et du don de rester calme dans les situations tendues lui avait fait obtenir un poste de contrôleur de vol au contrôle de mission du centre de la N.A.S.A. à Houston. Son travail là-bas consistait à concevoir et à appliquer les programmes d'ordinateur qui calculaient les trajectoires pour les manœuvres en vol.

L'impassibilité de Jackson avait été mise à rude épreuve le jour de Noël 1968, lors de la dernière mission sur laquelle il avait travaillé, le vol autour de la Lune. Lorsque l'engin spatial était revenu de derrière la Lune, l'astronaute Jim Lowell avait lu une liste de nombres, qu'on appelait résiduels, et qui disaient à Jackson si l'engin ne s'était pas éloigné de sa route prévue. Jackson avait eu peur : les chiffres étaient très loin des limites acceptables d'erreur. Jackson demanda au C.A.P.C.O.M. de les faire relire par l'astronaute pour vérifier. Il dit alors au directeur du vol que si ces chiffres étaient corrects, les trois astronautes pouvaient être considérés comme perdus : ils n'avaient pas assez de carburant pour corriger une aussi forte divergence.

Jackson demanda à Lowell de lire les chiffres une troisième fois, avec le plus grand soin. C'étaient les mêmes. Puis Lowell dit :

« Oh ! attendez une minute, je suis en train de me tromper... »

Lorsque les vrais chiffres leur parvinrent, il s'avéra que la manœuvre avait été presque parfaite.

Mais tout cela n'avait aucun rapport avec l'attaque d'une prison.

On commençait d'ailleurs à avoir l'impression que Jackson n'aurait jamais l'occasion de faire évader les prisonniers. Il faisait le pied de grue à Paris depuis une semaine lorsqu'il reçut pour instruction de Simons, via Dallas, de partir pour le Koweit.

Il prit un avion pour le Koweit et s'installa chez Bob Young. Young s'était rendu à Téhéran pour aider l'équipe des négociateurs et sa femme Chris et son bébé étaient en vacances aux Etats-Unis. Jackson raconta à Malloy Jones, qui en l'absence de Young était directeur régional, qu'il était venu participer à l'étude préliminaire à laquelle se livrait E.D.S. pour la Banque centrale du Koweit. Il travailla un peu dans ce sens afin de justifier sa couverture, puis il se mit à regarder autour de lui.

Il passa quelque temps à l'aéroport pour observer les officiers d'immigration. Il ne tarda pas à découvrir qu'ils n'étaient pas commodes. Des centaines d'Iraniens sans passeport arrivaient par avion au Koweit : on leur passait les menottes et on les remettait dans le prochain vol à destination de l'Iran. Jackson en conclut que Paul et Bill ne pouvaient absolument pas gagner le Koweit par avion.

A supposer qu'ils puissent arriver par bateau, les laisserait-on par la suite partir sans passeport ? Jackson s'en fut trouver le consul américain en lui racontant qu'un de ses enfants semblait avoir perdu son passeport et lui demandant quelle était la procédure pour le remplacer. Au cours d'une longue et interminable discussion, le consul lui apprit que les Koweitiens avaient le moyen, lorsqu'ils délivraient un visa de sortie, de vérifier si la personne avait pénétré illégalement dans le pays.

C'était un problème, mais peut-être pas insoluble : une fois au Koweit, Paul et Bill seraient à l'abri de Dadgar et assurément l'ambassade américaine leur rendrait alors leur passeport. La principale question était : en admettant que les fugitifs puissent atteindre le sud de l'Iran et s'embarquer sur un petit bateau, parviendraient-ils à débarquer au Koweit sans se faire remarquer ? Jackson parcourut les cent kilomètres de la côte du Koweit, depuis la frontière irakienne au nord jusqu'à celle de l'Arabie Saoudite au sud. Il passa des heures sur les plages à ramasser des coquillages. Normalement, lui avait-on dit, les patrouilles côtières étaient très peu nombreuses. Mais l'exode des Iraniens avait tout changé. Ils étaient des milliers à vouloir quitter le pays presque aussi désespérément que Paul et Bill ; et ces Iraniens, comme Simons, n'avaient qu'à consulter une carte et voir au sud le golfe Persique avec le Koweit, pays ami, juste de l'autre côté de l'eau. Les gardes-côtes koweitiens savaient tout cela. Partout où Jackson portait le regard, il apercevait au large au moins un patrouilleur des gardes-côtes ; et ils avaient l'air d'arrêter *toutes* les petites embarcations.

Le pronostic n'était pas encourageant. Jackson appela Merv Stauffer à Dallas et expliqua que la sortie par le Koweit n'était pas possible.

Restait la Turquie.

Depuis le début, Simons était en faveur de la Turquie. Cela signifiait un trajet par la route plus court que pour aller au Koweit. En outre, Simons connaissait la Turquie. Il avait servi là dans les années 50, dans le cadre du programme d'aide militaire américaine comme instructeur de l'armée turque. Il parlait même un peu la langue.

Il envoya donc Ralph Boulware à Istanbul.

Ralph Boulware avait grandi dans des bars. Son père, Benjamin Russell Boulware, était un Noir costaud et à l'esprit indépendant qui avait eu une série de petites affaires : une épicerie, un cabinet immobilier, il avait été un peu bootlegger, mais surtout il avait tenu des bars. La théorie de Ben Boulware sur l'éducation des enfants était que, s'ils savaient où ils étaient, ils savaient ce qu'ils faisaient, aussi gardait-il le plus souvent ses garçons à portée de vue, ce qui signifiait presque toujours au bar. Ce n'était pas une enfance de rêve et Ralph en garda l'impression qu'il avait été toute sa vie un adulte.

Il s'était rendu compte qu'il était différent des autres garçons de son âge lorsqu'il était allé au collège et qu'il avait trouvé tous ses condisciples follement excités à l'idée de jouer, de boire et de sortir avec des femmes. Lui savait déjà tout des joueurs, des ivrognes et des prostituées. Il quitta le collège et s'engagea dans l'aviation.

Durant les neuf ans passés dans l'Air Force il n'avait jamais vu de combat et, si dans l'ensemble il n'en était pas mécontent, il en était venu à se demander s'il avait les qualités requises pour essuyer le feu. Le sauvetage de Paul et de Bill allait peut-être lui donner la chance de le découvrir, s'était-il dit ; mais voilà que Simons l'avait renvoyé de Paris à Dallas. Il semblait destiné à faire de nouveau partie de l'équipage au sol. Là-dessus, de nouvelles instructions étaient arrivées.

Elles lui parvinrent par le truchement de Merv Stauffer, le bras droit de Perot, qui assurait maintenant la liaison entre Simons et les membres dispersés de l'équipe de sauvetage. Stauffer se rendit dans un magasin pour radios amateurs, où il acheta six émetteurs-récepteurs à cinq canaux, dix chargeurs, un stock de piles et un dispositif pour faire fonctionner les radios en les branchant sur l'allume-cigares du tableau de bord. Il remit tout ce matériel à Boulware en lui disant de retrouver Sculley et Schwebach à Londres avant de continuer vers Istanbul.

Stauffer lui remit aussi quarante mille dollars en liquide, pour ses frais, pots-de-vin et autres dépenses.

La veille du départ de Boulware, sa femme commença à lui faire une scène à propos d'argent. Avant de partir pour Paris, il avait retiré mille dollars de son compte en banque sans le lui dire — il croyait à l'avantage d'avoir du liquide sur soi — et elle avait découvert par la suite combien il leur restait peu sur leur compte. Boulware n'avait pas envie de lui expliquer pourquoi il avait retiré cette somme ni comment il l'avait dépensée. Mary insista en disant qu'elle avait besoin d'argent. Boulware ne s'inquiétait pas trop : elle était chez de bons amis et il savait qu'on s'occuperait d'elle. Mais elle n'était pas satisfaite des explications de son mari et il décida de lui faire plaisir. Il entra dans la chambre où il avait laissé le carton contenant les radios et les quarante mille dollars, et compta cinq cents dollars en billets. Mary entra au moment où il se livrait à cette opération et vit ce qu'il y avait dans le carton.

Boulware lui remit les cinq cents dollars en disant :
« Ça te suffira ?

— Oui », répondit-elle.

Elle regarda le carton, puis son mari.

« Je ne vais même pas te poser de questions », dit-elle ; et elle sortit.

Boulware partit le lendemain. Il retrouva Schwebach et Sculley à Londres, leur donna cinq des six émetteurs radio, en garda un pour lui et reprit l'avion pour Istanbul.

De l'aéroport, il alla droit au bureau de M. Fish, l'agent de voyages.

M. Fish l'accueillit dans un grand bureau où se trouvaient trois ou quatre autres personnes.

« Je m'appelle Ralph Boulware et je travaille pour E.D.S., commença Boulware. Je crois que vous connaissez mes filles, Stacy Elaine et Kecia Nicole. »

Elles avaient joué avec les filles de M. Fish lorsque les évacués s'étaient arrêtés à Istanbul.

M. Fish ne se montrait pas très chaleureux.

« Il faut que je vous parle, dit Boulware.

— Très bien, parlez-moi. »

Boulware regarda autour de lui.

« Je voudrais vous parler en privé.

— Pourquoi ?

— Vous comprendrez quand je vous parlerai.

— Ce sont tous mes associés. Nous n'avons pas de secrets ici. »

M. Fish n'était guère aimable avec Boulware et ce dernier devinait pourquoi. Il y avait à cela deux raisons. D'abord, après tout ce que M. Fish avait fait lors de l'évacuation, Don Northworthy lui avait donné un pourboire de cent cinquante dollars, ce que Boulware avait jugé dérisoire. (« Je ne savais pas quoi faire ! avait dit Northworthy. Ce type m'a présenté une facture de vingt-six mille dollars. Qu'est-ce que j'aurais dû lui donner : dix pour cent ? »)

Deuxièmement, Pat Sculley avait abordé M. Fish avec une histoire invraisemblable où il était question de faire entrer en contrebande des disques d'ordinateur en Iran. M. Fish n'était ni un imbécile ni un criminel, estimait Boulware ; et bien sûr il avait refusé de rien avoir à faire avec le projet de Sculley.

M. Fish trouvait maintenant que les gens d'E.D.S. étaient *a)* pingres et *b)* des gens qui enfreignaient la loi avec un amateurisme dangereux.

M. Fish était un petit homme d'affaires. Boulware comprenait les petits hommes d'affaires : son père en avait été un. Ils avaient deux langages : ils parlaient net et s'intéressaient à l'argent liquide. L'argent liquide résoudrait le problème *a)* et parler net le problème *b)*.

« Bon, recommençons, fit Boulware. Quand E.D.S. était ici, vous avez vraiment aidé ces gens, vous avez été épatant avec les enfants et vous avez fait beaucoup pour nous. Lorsqu'ils sont partis, ils n'ont pas bien su vous montrer combien nous vous étions reconnaissants. Nous sommes gênés que cela n'ait pas été réglé convenablement, et je tiens à réparer cela.

— Ça n'est pas grand-chose.

— Nous sommes désolés », dit Boulware en tendant à M. Fish mille dollars en billets de cent.

Un grand silence se fit dans la pièce.

« Bon, je vais m'installer au Sheraton, annonça Boulware. Nous pourrons peut-être parler plus tard.

— Je vais vous accompagner », dit M. Fish.

Il inscrivit personnellement Boulware à l'hôtel,

s'assura qu'il avait une belle chambre, puis convint de le retrouver pour dîner ce soir-là à la cafétéria de l'hôtel.

M. Fish était un combinard de haut vol, songeait Boulware en défaisant ses valises. L'homme devait être très malin pour avoir ce qui semblait être une affaire très prospère dans ce pays de pouilleux. L'expérience des évacués montrait qu'il avait assez d'entregent pour faire plus que distribuer des billets d'avion et s'occuper des réservations d'hôtel. Il avait les contacts qu'il fallait pour huiler les rouages de la bureaucratie à en juger par la façon dont il avait fait passer tous les bagages à la douane. Il avait aidé aussi à résoudre le problème du bébé iranien adopté sans passeport. L'erreur d'E.D.S. avait été de bien voir qu'il était un combinard et de négliger le fait que c'était un combinard de haut vol — trompé peut-être par son aspect peu impressionnant : il était plutôt gros et mal habillé. Boulware, instruit par les erreurs passées, estimait qu'il saurait s'y prendre avec M. Fish.

Ce soir-là, au dîner, Boulware lui dit qu'il voulait se rendre à la frontière irano-turque pour y retrouver des gens qui sortaient d'Iran.

M. Fish était horrifié.

« Vous ne comprenez pas, dit-il. C'est un endroit épouvantable. Les gens là-bas sont des Kurdes et des Azerbaïdjanais, des montagnards sauvages qui n'obéissent à aucun gouvernement. Vous savez comment ils vivent ? En faisant la contrebande, en volant et en tuant. Personnellement, je n'oserais pas aller dans cette région. Si vous, un Américain, y allez, vous ne reviendrez jamais. Jamais. »

Boulware pensait qu'il exagérait sans doute.

« Il faut que j'y aille, même si c'est dangereux, répondit-il. Voyons, est-ce que je peux acheter un petit avion ? »

M. Fish secoua la tête.

« Il est illégal en Turquie pour des individus de posséder des aéroplanes.

— Un hélicoptère, alors ?

— Même chose.

— Bon, est-ce que je peux louer un avion ?

— C'est possible. Là où il n'y a pas de vols réguliers, vous pouvez louer.

— Y a-t-il des vols réguliers vers la région de la frontière ?

— Non.

— Parfait.

— Toutefois, louer un avion est si inhabituel que vous allez sûrement attirer l'attention des autorités...

— Nous n'avons absolument pas l'intention de faire quoi que ce soit d'illégal. Malgré cela, inutile de subir l'ennui d'être longuement interrogé. Alors réglons l'affaire de la location de l'avion. Renseignez-vous sur le prix et le moment où l'appareil peut être disponible, mais gardez-vous de faire la moindre réservation. En attendant, je veux en savoir plus sur les moyens d'aller là-bas par terre. Si vous ne voulez pas m'accompagner, parfait ; mais peut-être pourrez-vous trouver quelqu'un qui le fera.

— Je vais voir ce que je peux faire. »

Ils se rencontrèrent à plusieurs reprises les jours suivants. La froideur initiale de M. Fish avait totalement disparu et Boulware avait l'impression qu'ils devenaient amis. M. Fish était un homme à l'esprit vif et clair. Sans être un criminel, il était disposé à enfreindre la loi si la récompense était proportionnelle au risque, estimait Boulware. Boulware éprouvait une certaine sympathie pour cette attitude : lui aussi serait prêt à enfreindre la loi dans certaines circonstances. M. Fish était aussi un habile interrogateur et peu à peu Boulware lui raconta toute l'histoire. Paul et Bill n'auraient sans doute pas de passeport, reconnut-il ; mais, une fois en Turquie, ils s'en procureraient de nouveaux au consulat américain le plus proche. Paul et Bill pourraient avoir certaines difficultés à sortir d'Iran, précisa-t-il, et il voulait être prêt à franchir la frontière lui-même, peut-être à bord d'un petit avion, pour les amener en Turquie. Rien de tout cela ne déplaisait à M. Fish autant que l'idée de voyager dans une région tenue par des bandits.

Cependant, quelques jours plus tard, il présenta

Boulware à un homme qui avait des parents parmi les bandits de la montagne. M. Fish murmura que l'homme était un criminel et il en avait assurément l'air : il avait une cicatrice qui lui balafrait le visage et de petits yeux porcins. Il dit qu'il pouvait garantir à Boulware d'aller sans encombre jusqu'à la frontière et d'en revenir, que ses parents pourraient même escorter Boulware en Iran si besoin en était.

Boulware téléphona à Dallas et exposa le plan à Merv Stauffer. Stauffer transmit la nouvelle à Coburn en code ; et Coburn en informa Simons... Simons mit son veto. Si cet homme est un criminel, fit observer Simons, nous ne pouvons pas lui faire confiance.

Boulware était agacé. Il s'était donné un certain mal pour arranger tout cela : Simons s'imaginait-il que c'était facile de trouver ces gens-là ? Et si on voulait voyager dans un pays tenu par les bandits, qui d'autre qu'un bandit voudrait vous escorter ? Mais Simons était le patron et Boulware n'avait d'autre solution que de demander à M. Fish de repartir à zéro.

Pendant ce temps, Sculley et Schwebach arrivèrent à Istanbul. Le redoutable duo se trouvait à bord d'un vol de Londres à Téhéran via Copenhague lorsque les Iraniens avaient de nouveau fermé leur aéroport, aussi Sculley et Schwebach allèrent-ils rejoindre Boulware à Istanbul. Enfermés dans l'hôtel, attendant qu'il se passe quelque chose, les trois hommes rongeaient leur frein. Schwebach retrouvait son rôle de Béret vert et essayait de les maintenir tous en forme en leur faisant monter et descendre au pas de course l'escalier de l'hôtel. Boulware le fit une fois, puis renonça. Ils commençaient à s'impatienter contre Simons, Coburn et Poché qui semblaient rester assis sur leurs fesses à Téhéran sans rien faire : pourquoi ces types ne déclenchaient-ils pas quelque chose ? Là-dessus, Simons renvoya Sculley et Schwebach aux Etats-Unis. Ils laissèrent les émetteurs-récepteurs à Boulware.

Quand M. Fish vit les appareils, il faillit avoir une attaque. C'était tout à fait illégal de posséder un émetteur radio en Turquie, expliqua-t-il à Boulware. Même les petits postes ordinaires à transistors devaient être officiellement enregistrés, car on craignait qu'avec leurs pièces détachées on ne confectionnât des émetteurs pour les terroristes.

« Vous ne comprenez donc pas à quel point vous êtes voyants ? dit-il à Boulware. Vous avez une note de téléphone de deux mille dollars par semaine et vous payez en liquide. Vous n'avez pas l'air de faire des affaires ici. Je suis certain que les femmes de chambre ont vu les radios et qu'elles en ont parlé. Vous devez maintenant être surveillé. Oubliez vos amis en Iran : c'est *vous* qui allez vous retrouver en prison. »

Boulware accepta de se débarrasser des émetteurs. Ce qu'il y avait d'agaçant avec la patience apparemment inépuisable de Simons, c'était que de nouveaux retards causaient de nouveaux problèmes. Sculley et Schwebach ne pouvaient plus retourner en Iran, et malgré cela personne encore n'avait d'émetteur. Pendant ce temps, Simons ne cessait de dire non à tout. M. Fish fit remarquer qu'il y avait deux passages de la frontière d'Iran en Turquie, l'un à Sero et l'autre à Barzagan. Simons avait choisi Sero. Barzagan était plus grand et plus civilisé, fit observer M. Fish ; tout le monde serait un peu plus en sûreté là-bas. Simons dit non.

On trouva un nouveau guide pour conduire Boulware jusqu'à la frontière. M. Fish avait un collègue dont le beau-frère appartenait au Milli Istihbarat Teskilati, ou M.I.T., l'équivalent turc de la C.I.A. Cet agent de la police secrète s'appelait Ilsman. Ses papiers assureraient à Boulware la protection de l'armée au pays des bandits. Sans de tels papiers, expliqua M. Fish, le citoyen ordinaire courait des risques non seulement à cause des bandits, mais de l'armée turque.

M. Fish était très nerveux. Lorsqu'ils allèrent trouver Ilsman, il fit faire à Boulware un véritable numéro de roman policier, changeant de voiture, prenant un bus pour une partie du trajet, comme s'il essayait de semer quelqu'un qui le filait. Boulware ne comprenait pas la nécessité de tout cela s'ils allaient vraiment rendre visite à un citoyen parfaitement honorable qui se trouvait simplement travailler dans le renseignement. Mais Boulware était un étranger dans un pays qu'il ne connaissait pas, et force lui était de suivre M. Fish et de lui faire confiance.

Ils se retrouvèrent dans un grand immeuble résidentiel un peu délabré dans un quartier de la ville que Boulware connaissait mal. L'électricité était coupée — chose naturelle à Téhéran ! — aussi fallut-il un moment à M. Fish pour trouver dans l'obscurité l'appartement qu'il cherchait. Tout d'abord, personne ne répondit. Là-dessus, ses efforts pour ne pas se faire remarquer s'écroulèrent totalement car il dut marteler la porte pendant quelque chose comme une demi-heure, et pendant ce temps tous les autres occupants de l'immeuble eurent le loisir de contempler les visiteurs... Boulware restait planté là avec l'impression d'être un Blanc au cœur de Harlem. Une femme finit par venir ouvrir et ils entrèrent.

Ils découvrirent un minuscule appartement, sinistre, encombré de meubles vétustes et vaguement éclairé par quelques bougies. Ilsman était un homme courtaud et bedonnant, qui avait dans les trente-cinq ans, l'âge de Boulware. Il n'avait pas dû voir ses pieds depuis bien des années tant il était gros. En le voyant, Boulware pensa au personnage classique du policier de cinéma, avec un costume trop petit, une chemise trempée de sueur et une cravate fripée nouée autour de l'endroit où se serait trouvé son cou s'il en avait eu un.

Ils s'assirent et la femme — Mme Ilsman, présuma Boulware — servit le thé : on était bien à Téhéran ! Boulware exposa son problème, et M. Fish traduisait. Ilsman était méfiant. Il cuisina Boulware à propos des deux prisonniers américains. Comment Boulware pouvait-il être sûr de leur innocence ? Pourquoi n'avaient-ils pas de passeport ? Qu'iraient-ils faire en Turquie ? Il finit par sembler convaincu que Boulware lui disait la vérité, et il offrit de conduire Paul et Bill de la frontière jusqu'à Istanbul pour huit mille dollars tout compris.

Boulware trouvait Ilsman assez invraisemblable. Faire entrer des Américains en Turquie était un drôle de passe-temps pour un agent des services de renseignements. Et si Ilsman appartenait vraiment au M.I.T., qui donc, à en croire M. Fish, avait bien pu les suivre Boulware et lui dans la ville ?

Peut-être Ilsman travaillait-il en indépendant. Huit mille dollars, c'était une grosse somme en Turquie. Il était même possible qu'Ilsman avertît ses supérieurs de ce qu'il faisait. Après tout, se disait peut-être Ilsman, si l'histoire de Boulware était vraie, il ne ferait rien de mal en lui donnant un coup de main ; et, si Boulware mentait, la meilleure façon de découvrir ce qu'il mijotait vraiment serait peut-être de l'accompagner jusqu'à la frontière.

Quoi qu'il en fût, Ilsman pour l'instant semblait être la meilleure solution que Boulware pouvait trouver. Boulware donna son accord sur le prix et Ilsman ouvrit une bouteille de scotch.

Pendant que d'autres membres de l'équipe s'agitaient dans diverses parties du monde, Simons et Coburn faisaient par la route le trajet de Téhéran jusqu'à la frontière turque.

Reconnaître le terrain était un principe sacré chez Simons et il tenait à connaître chaque mètre de la route qu'ils suivraient avant de s'y lancer avec Paul et Bill. Quelle était l'importance des combats dans cette région du pays ? La police était-elle très présente ? Les routes étaient-elles praticables en hiver ? Les postes à essence étaient-ils ouverts ?

En fait, il y avait deux itinéraires pour aller à Sero, le point qu'il avait choisi pour traverser la frontière. (Il préférait Sero parce que c'était un poste frontière peu utilisé dans un petit village, si bien qu'il n'y aurait pas grand monde et que la frontière serait peu gardée, alors que Barzagan — l'autre solution que M. Fish ne cessait de recommander — serait plus fréquentée.) La ville importante la plus proche de Sero était Rezaiyeh. En plein sur la route de Téhéran, à Rezaiyeh, s'étendait le lac Rezaiyeh, long de cent cinquante kilomètres : il fallait le contourner, soit par le nord, soit par le sud. La route du nord traversait des agglomérations plus importantes et le revêtement était meilleur. Simons préférait donc la route du Sud, à condition qu'elle fût praticable.

Au cours de cette reconnaissance, décida-t-il, ils examineraient les deux itinéraires, celui du nord à l'aller et celui du sud au retour.

Il décida que la meilleure voiture pour cette expédition était une Range Rover, croisement entre une jeep et un break. Il n'y avait plus de marchand de voitures ni neuves ni d'occasion qui opérât maintenant à Téhéran, aussi Coburn confia-t-il au Motard la tâche de se procurer deux Range Rover. Ce dernier trouva au problème une solution particulièrement ingénieuse. Il fit imprimer un petit placard avec son numéro de téléphone et le message suivant :

« Si vous désirez vendre votre Range Rover, appelez ce numéro. »

Puis il prit sa moto et en glissa un exemplaire sous les essuie-glaces de toutes les Range Rover qu'il trouva garées dans les rues.

Il acheta deux véhicules pour vingt mille dollars chacun et fit l'achat aussi d'outils et de pièces détachées pour les réparations les plus courantes.

Simons et Coburn emmenèrent deux Iraniens avec eux : Majid et un de ses cousins qui était professeur dans un collège d'agriculture de Rezaiyeh. Le professeur était venu à Téhéran pour embarquer sa femme, de nationalité américaine, et leurs enfants sur un avion en partance pour les Etats-Unis : le raccompagner à Rezaiyeh était l'histoire qui servait de couverture à Simons pour le voyage.

Ils quittèrent Téhéran de bonne heure le matin, avec un des fûts de deux cent vingt litres d'essence de Keane Taylor à l'arrière. Sur les cent cinquante premiers kilomètres, jusqu'à Qazvin, c'était une autoroute moderne. Après Qazvin, ce n'était plus qu'une route goudronnée à deux voies. Les collines étaient couvertes de neige, mais la route elle-même était dégagée. Si c'est comme ça jusqu'à la frontière, se dit Coburn, nous pourrions arriver là-bas dans la journée.

Ils s'arrêtèrent à Zendjan, à trois cent vingt kilomètres de Téhéran et à la même distance de Rezaiyeh, et prirent contact avec le chef de la police locale qui était un parent du professeur. (Coburn avait toujours du mal à comprendre les relations familiales des Iraniens : ils semblaient utiliser avec une certaine libéralité le terme de « cousin ».) Cette région du pays était paisible, expliqua le chef de la police. S'ils devaient rencontrer des problèmes, ce serait dans le secteur de Tabriz.

Ils roulèrent tout l'après-midi sur des routes de campagne étroites mais bonnes. Au bout d'un peu plus de cent cinquante kilomètres, ils entrèrent dans Tabriz. Il y avait une manifestation, mais rien de comparable avec le genre d'émeute dont ils avaient l'habitude à Téhéran et ils se sentirent même assez sûrs pour aller faire un tour dans le bazar.

En chemin, Simons avait bavardé avec Majid et le professeur. On aurait dit une conversation banale, mais Coburn connaissait maintenant la technique de Simons et il savait que le colonel sondait les deux hommes pour décider s'il pouvait leur faire confiance. Le pronostic pour l'instant semblait bon car Simons commença à lâcher quelques allusions à propos du vrai motif du voyage.

Le professeur dit que la région de Tabriz était pour le shah ; aussi avant de repartir Simons colla-t-il sur le pare-brise une photographie du shah.

Le premier signe de difficulté apparut à quelques kilomètres au nord de Tabriz, où ils furent arrêtés par un barrage routier. C'était du travail d'amateur : juste deux troncs d'arbres posés en travers de la route de telle façon que les voitures pouvaient les contourner, mais pas passer à toute allure. Le barrage était gardé par des villageois armés de haches et de bâtons.

Majid et le professeur s'adressèrent aux villageois. Le professeur exhiba sa carte d'identité d'universitaire et dit que les Américains étaient des savants venus l'aider dans un projet de recherche. Il était clair, songea Coburn, que l'équipe aurait besoin d'amener des Iraniens quand il ferait, s'il le faisait, le voyage avec Paul et Bill, pour se tirer de situations de ce genre.

Les villageois les laissèrent passer.

Un peu plus tard, Majid s'arrêta et fit signe à une voiture qui arrivait dans la direction opposée. Le professeur discuta quelques minutes avec le conducteur de l'autre voiture, puis annonça que la ville suivante, Khoy, était hostile au shah. Simons ôta la photo du shah du pare-brise et la remplaça par un portrait de l'ayatollah Khomeiny. Désormais, ils arrêtaient régulièrement les voitures qu'ils croisaient afin de changer la photo suivant la politique locale.

A la lisière de Khoy, ils tombèrent sur un autre barrage.

Comme le premier, il avait l'air improvisé et était gardé par des civils ; mais cette fois les hommes et les jeunes gens en haillons plantés derrière les troncs d'arbres avaient des fusils.

Majid stoppa la voiture et ils descendirent tous.

Coburn, horrifié, vit un garçon d'une quinzaine d'années braquer un pistolet sur lui.

Coburn se figea sur place.

L'arme était un pistolet Llama 9 mm. Le garçon n'avait sans doute jamais tenu une arme auparavant, se dit Coburn. Rien n'était plus dangereux qu'un amateur avec un pistolet. Le garçon serrait si fort la crosse qu'il en avait les jointures blanches.

Coburn était terrifié. Il s'était fait tirer dessus bien des fois au Vietnam mais, ce qui l'affolait maintenant, c'était la possibilité d'être tué par un simple accident.

« *Rouskie*, dit le garçon. *Rouskie.* »

Il croit que je suis russe, comprit Coburn.

Peut-être était-ce à cause de la barbe rousse en broussaille et de la petite casquette de laine noire.

« Non, américain », fit Coburn.

Le garçon gardait son pistolet braqué sur lui.

Coburn fixait ces jointures blanches en songeant : j'espère que ce petit salaud ne va pas éternuer.

Les villageois fouillèrent Simons, Majid et le professeur. Coburn, qui ne pouvait pas quitter le gamin des yeux, entendit Majid dire :

« Ils cherchent des armes. »

La seule arme en leur possession était un petit canif que Coburn portait dans un étui derrière son dos, sous sa chemise.

Un villageois vint fouiller Coburn et le jeune garçon enfin abaissa son pistolet.

Coburn poussa un soupir de soulagement.

Puis il se demanda ce qui se passerait si on trouvait son couteau.

La fouille n'était pas très poussée et on ne trouva pas le couteau.

Les gardes crurent à l'histoire d'un projet scientifique.

« Ils s'excusent d'avoir fouillé le vieux », fit Majid.

Le « vieux », c'était Simons, qui avait tout l'air d'un vieux paysan iranien.

« Nous pouvons continuer », ajouta Majid.

Ils remontèrent dans la voiture.

Après Khoy, ils prirent au sud, contournant le lac, et ils en descendirent la rive ouest jusqu'aux faubourgs de Rezaiyeh.

Le professeur les fit entrer dans la ville par des petites routes et ils ne virent aucun barrage. Le voyage depuis Téhéran leur avait pris douze heures : ils étaient maintenant à une heure du poste frontière de Sero.

Ce soir-là, ils dînèrent tous — du chella kebab, le plat iranien d'agneau et de riz — avec le propriétaire du professeur, qui se trouvait être un fonctionnaire des douanes. Majid lui soutira des informations et apprit qu'il y avait très peu d'activité au poste frontière de Sero.

Ils passèrent la nuit dans la maison du professeur, une villa à deux étages à la sortie de la ville.

Le matin, Majid et le professeur allèrent jusqu'à la frontière et revinrent. Ils signalèrent qu'il n'y avait pas de barrage et que la route était sûre. Majid se rendit alors en ville pour chercher un contact auprès de qui

314

il pourrait acheter des armes, et Simons et Coburn allèrent jusqu'à la frontière.

Ils trouvèrent un petit poste frontière avec seulement deux gardes. Il y avait un entrepôt des douanes, un pont-bascule pour les camions et un poste de garde. La route était barrée par une chaîne tendue entre un poteau d'un côté et le mur du poste de garde de l'autre. Après la chaîne, il y avait environ deux cents mètres de no man's land, puis un autre poste frontière plus petit du côté turc.

Ils descendirent de voiture pour examiner les lieux. L'air était pur et le froid mordant. Simons désigna le flanc de la colline. « Tu vois les traces ? »

Coburn suivit le doigt de Simons. Dans la neige, juste derrière le poste frontière, il y avait une piste où une petite caravane avait franchi la frontière, presque au nez et à la barbe des gardes.

Simons désigna autre chose, cette fois, au-dessus de leurs têtes.

« C'est facile de les isoler. » Coburn leva les yeux et aperçut un unique fil téléphonique qui descendait la pente de la colline en partant du poste. Un rapide coup de ciseaux et les gardes seraient coupés du monde.

Les deux hommes descendirent le versant de la colline et prirent une petite route, guère plus qu'un chemin de terre, qui s'enfonçait entre les collines. Au bout de moins de deux kilomètres, ils arrivèrent à un hameau, une douzaine de maisons construites en bois ou en boue séchée. Dans un turc un peu haletant, Simons demanda le sheik. Apparut un homme entre deux âges, avec un large pantalon, un gilet et un turban. Coburn écouta sans comprendre tandis que Simons parlait. Simons finit par serrer la main du chef et ils repartirent.

« De quoi s'agissait-il demanda Coburn tandis qu'ils s'éloignaient.

— Je lui ai dit que je voulais franchir la frontière à cheval de nuit avec des amis.

— Qu'a-t-il dit ?

— Qu'il pourrait arranger cela.

— Comment saviez-vous que les gens de ce village étaient des contrebandiers.

— Regardez autour de vous », fit Simons.

Coburn regarda les pentes nues et couvertes de neige.

« Qu'est-ce que vous voyez ? demanda Simons.

— Rien.

— Tout juste. Ici il n'y a pas d'agriculture, pas d'industrie. Comment croyez-vous que ces gens vivent ? Ils sont tous contrebandiers. »

Ils revinrent à la Range Rover et repartirent vers Rezaiyeh. Ce soir-là, Simons expliqua son plan. Simons, Coburn, Poché, Paul et Bill feraient le trajet de Téhéran à Rezaiyeh à bord de deux Range Rover. Ils emmèneraient avec eux Majid et le professeur comme interprète. A Rezaiyeh, ils descendraient à la maison du professeur. La villa était idéale : personne d'autre ne l'occupait, elle se trouvait à l'écart des autres maisons, et de là des routes tranquilles permettaient de quitter la ville. Entre Téhéran et Rezaiyeh, ils ne seraient pas armés : à en juger d'après ce qui s'était passé aux barrages routiers, des armes ne feraient que leur attirer des ennuis. Par contre, à Rezaiyeh, ils achèteraient des fusils. Majid avait un contact en ville prêt à lui vendre des fusils de chasse Browning calibre 12 pour six mille dollars pièce. Le même homme pouvait aussi leur procurer des pistolets Llama.

Coburn franchirait la frontière légalement à bord d'une des Range Rover et du côté turc établirait le contact avec Boulware, qui lui aussi serait en voiture. Simons, Poché, Paul et Bill passeraient à cheval avec les contrebandiers. (C'était pourquoi ils avaient besoin d'armes : au cas où les contrebandiers décideraient de les « perdre » en pleine montagne.) De l'autre côté de la frontière, ils retrouveraient Coburn et Boulware. Tous gagneraient en voiture le consulat américain le plus proche où on fournirait à Paul et à Bill de nouveaux passeports. Puis ils prendraient l'avion pour Dallas.

C'était un bon plan, songea Coburn ; et il comprenait maintenant que Simons avait eu raison d'insister pour Sero plutôt que Barzagan, car il serait difficile de passer clandestinement la frontière dans une région plus civilisée et à plus forte densité de population.

Ils rentrèrent à Téhéran le lendemain. Ils partirent tard et firent le plus gros du voyage de nuit, de façon à être sûrs d'arriver le matin, une fois le couvre-feu levé. Ils prirent la route du sud, traversant la petite ville de Mahabad. La route était un chemin de terre à une seule voie qui passait à travers les montagnes et ils eurent un temps épouvantable : de la neige, du verglas et des vents violents. Néanmoins, la route était praticable et Simons décida d'utiliser cet itinéraire plutôt que celui du nord pour l'évasion proprement dite.

Si jamais elle avait lieu.

3

Un soir, Coburn se rendit au Hayatt et annonça à Keane Taylor qu'il avait besoin, pour le lendemain matin, de vingt-cinq mille dollars en rials iraniens.

Il ne dit pas pourquoi.

Taylor obtint de Gayden vingt-cinq mille dollars en billets de cent, puis appela un marchand de tapis qu'il connaissait dans le sud de la ville et se mit d'accord avec lui sur un taux de change.

Ali, le chauffeur de Taylor, répugnait fort à l'emmener en ville, surtout après la tombée de la nuit, mais après quelques discussions il accepta.

Ils se rendirent à la boutique. Taylor s'assit et but du thé avec le marchand de tapis. Deux autres Iraniens arrivèrent. On présenta l'un comme l'homme qui changerait l'argent de Taylor ; l'autre était son garde du corps et il avait l'air d'un gangster.

Depuis le coup de fil de Taylor, expliqua le marchand de tapis, le taux de change avait évolué de façon spectaculaire — en faveur du marchand de tapis, bien entendu.

« Je suis insulté ! fit Taylor, furieux. Je ne m'en vais pas faire affaire avec des gens comme vous !

— C'est le meilleur taux de change que vous puissiez avoir, dit le marchand de tapis.

— Mais c'est terrible !

— C'est très dangereux pour vous d'être dans ce quartier de la ville avec tout cet argent sur vous.

— Je ne suis pas seul, précisa Taylor. J'ai six personnes dehors qui m'attendent. »

Il finit son thé et se leva. Il sortit à pas lents de l'échoppe et sauta dans la voiture.

« Ali, filons d'ici, et vite. »

Ils se dirigèrent vers le nord. Taylor guida Ali jusqu'à la boutique d'un autre marchand de tapis, un juif iranien dont l'échoppe était près du palais. L'homme était en train de fermer quand Taylor arriva.

« J'ai besoin de changer des dollars contre des rials, dit Taylor.

— Revenez demain, fit l'homme.

— Non, j'en ai besoin ce soir.

— Combien ?

— Vingt-cinq mille dollars.

— Je n'ai pas une somme pareille.

— Il me les faut vraiment ce soir.

— C'est pour quoi faire ?

— C'est à propos de Paul et de Bill. »

Le marchand de tapis hocha la tête. Il avait fait des affaires avec plusieurs employés d'E.D.S., et il savait que Paul et Bill étaient en prison.

« Je vais voir ce que je peux faire. »

Il appela son frère qui était dans l'arrière-boutique et l'envoya dehors. Puis il ouvrit son coffre et prit tous ses rials. Taylor et lui s'installèrent à compter l'argent : le marchand comptait les dollars et Taylor, les rials. Quelques minutes plus tard, un gosse entra, les mains pleines de rials qu'il déposa sur le comptoir. Il repartit sans un mot.

Taylor comprit que le marchand de tapis rassemblait tout le liquide qu'il pouvait trouver.

Un jeune homme arriva sur un scooter, se gara devant l'échoppe et entra avec un sac plein de rials. Pendant qu'il était dans le magasin, on lui vola son scooter. Le jeune homme laissa tomber le sac d'argent et se précipita à la poursuite du voleur en criant à pleins poumons.

Taylor continuait à compter.

Ce n'était qu'une journée d'affaires normale dans Téhéran en proie à la révolution.

John Howell était en train de changer. Avec chaque jour qui passait, il devenait un peu moins le vertueux avocat américain et un peu plus le tortueux négociateur persan. Il commençait notamment à voir la corruption sous un autre jour.

Mehdi, un comptable iranien qui travaillait de temps en temps pour E.D.S., lui avait expliqué ainsi les choses :

« En Iran, on obtient beaucoup de choses par l'amitié. Il y a plusieurs façons de devenir l'ami de Dadgar. Moi, je m'assiérais devant chez lui tous les jours jusqu'à ce qu'il m'adresse la parole. Une autre façon pour moi de devenir son ami, serait de lui donner deux cent mille dollars. Si vous voulez, je pourrais vous arranger quelque chose comme ça. »

Howell discuta cette proposition avec les autres membres de l'équipe des négociateurs. Ils pensaient que Mehdi s'offrait comme intermédiaire pour acheter Dadgar, tout comme l'avait fait Gorge profonde. Mais cette fois Howell n'était pas si prompt à repousser l'idée de payer pour la liberté de Paul et de Bill.

Ils décidèrent de suivre les conseils de Mehdi. Peut-être parviendraient-ils à étaler l'affaire au grand jour et à discréditer Dadgar. D'un autre côté, ils pourraient décider que l'arrangement était solide et payer. D'une façon comme d'une autre, ils voulaient être certains que Dadgar était achetable.

Howell et Keane Taylor eurent une série de rendez-vous avec Mehdi. Le comptable était aussi nerveux que l'avait été Gorge profonde et ne laissait pas les gens d'E.D.S. venir à son bureau pendant les heures de travail : il les rencontrait toujours tôt le matin ou tard le soir, ou bien chez lui, ou encore dans de petites ruelles. Howell ne cessait d'insister pour obtenir de Dadgar un signe annonçant clairement qu'il était prêt à se laisser corrompre : Dadgar devait venir à une réunion avec des chaussettes dépareillées, ou bien avec sa cravate à l'envers. Mehdi proposait des signaux ambigus, par exemple Dadgar redoublant de dureté avec les Américains. Ce fut bien une fois ce que fit Dadgar, comme Mehdi l'avait prévu, mais cela aurait pu arriver de toute façon.

Dadgar n'était pas le seul à mener la vie dure à Howell. Tous les deux ou trois jours, Howell parlait au téléphone à Angela et elle lui demandait quand il rentrait. Il n'en savait rien. Paul et Bill, naturellement, le pressaient de leur donner des nouvelles, mais il progressait avec une telle lenteur qu'il ne pouvait absolument pas leur fixer de date. Ils trouvaient cela frustrant, et quand Angela se mettait à le harceler de la même façon, il avait du mal à maîtriser son irritation.

L'initiative de Mehdi ne déboucha sur rien. Mehdi présenta Howell à un avocat qui prétendait être proche de Dadgar. L'avocat ne réclamait pas de pots-de-vin — rien que des honoraires légaux. E.D.S. l'engagea mais à la réunion suivante, Dadgar déclara :

« Personne n'a de relations privilégiées avec moi. Si on essaie de vous dire le contraire, ne le croyez pas. »

Howell ne savait trop que faire de tout cela. Est-ce que depuis le début tout cela ne reposait sur rien ? Ou bien la prudence d'E.D.S. avait-elle fait craindre à Dadgar de quémander un pot-de-vin ? Il ne le saurait jamais.

Le 30 janvier, Dadgar dit à Howell qu'il s'intéressait à Abolfath Mahvi, le partenaire iranien d'E.D.S. Howell commença à préparer un dossier sur les affaires d'E.D.S. avec Mahvi.

Howell avait maintenant la conviction que Paul et Bill étaient purement et simplement des otages commerciaux. L'enquête de Dadgar sur cette affaire de corruption était peut-être réelle, mais il savait maintenant que Paul et Bill étaient innocents, il devait donc les retenir sur des ordres d'en haut. Les Iraniens au début voulaient soit l'informatisation promise de leur système de sécurité sociale, ou bien le remboursement de leur argent. Informatiser le système signifiait renégocier le contrat : mais le nouveau gouvernement n'avait pas envie de rouvrir les négociations et, d'ailleurs, ne resterait probablement pas au pouvoir assez longtemps pour conclure un accord.

Si on ne pouvait ni acheter Dadgar ni le convaincre de l'innocence de Paul et de Bill, ni lui faire ordonner par ses supérieurs de les relâcher sur la base d'un nouveau contrat entre E.D.S. et le ministère, il ne restait qu'une option à Howell : payer la caution. Les efforts du docteur Houman pour en diminuer le montant n'avaient rien donné. Howell s'attachait maintenant à trouver les moyens de faire parvenir treize millions de dollars de Dallas à Téhéran.

Il avait appris, peu à peu, qu'une équipe de sauvetage d'E.D.S. se trouvait à Téhéran. Il était très surpris de voir le patron d'une société américaine déclencher une pareille opération. En même temps il était rassuré car, si seulement il pouvait faire sortir Paul et Bill de prison, il y avait quelqu'un d'autre sur place pour les faire sortir d'Iran.

Liz Coburn était folle d'inquiétude.

Elle était assise dans la voiture de Toni Dvoranchik et de Bill, le mari de Toni. Ils allaient au restaurant Royal Tokyo. C'était sur Greenville Avenue, pas loin des Recettes, le bar où Liz et Toni avaient bu des daiquiris avec Mary Sculley et où Mary avait fait s'écrouler l'univers de Liz en disant :

« Jay lui fera franchir le mur... Oh ! mon Dieu ! Je n'aurais pas dû dire ça. »

Depuis cet instant, Liz avait vécu dans un état de constante terreur.

Jay était tout pour elle. Il était le capitaine Amérique, il était Superman, il était toute sa vie. Elle ne voyait pas comment elle pourrait vivre sans lui. L'idée de le perdre la terrifiait.

Elle appelait constamment Téhéran mais ne parvenait jamais à le joindre. Tous les jours elle téléphonait à Merv Stauffer en disant :

« Quand est-ce que Jay rentre ? Est-ce qu'il va bien ? Va-t-il sortir de là vivant ? »

Merv essayait de la calmer mais il ne lui donnait aucun renseignement, alors elle demandait à parler à Ross Perot, et Merv lui disait que ce n'était pas possible. Là-dessus elle appelait sa mère, éclatait en sanglots et déversait par téléphone toute son angoisse, toutes ses craintes et ses déceptions.

Les Dvoranchik étaient adorables. Ils s'efforçaient de la distraire de ses soucis.

« Qu'est-ce que vous avez fait aujourd'hui ? demanda Tony.

— Je suis allée faire des courses, répondit Liz.

— Vous avez acheté quelque chose ?

— Oui, fit Liz en se mettant à pleurer. J'ai acheté une robe noire. Parce que Jay ne va pas rentrer. »

Durant ces jours d'attente, Jay Coburn apprit beaucoup de choses sur Simons.

Un jour, Merv Stauffer appela de Dallas pour dire que Harry, le fils de Simons, avait téléphoné, très inquiet. Harry avait appelé chez son père et parlé à Paul Walker, qui gardait la ferme. Walker avait dit qu'il ne savait pas où se trouvait Simons et avait conseillé à Harry d'appeler Merv Stauffer à E.D.S. Harry, naturellement, se faisait du souci, dit Stauffer. Simons appela Harry de Téhéran pour le rassurer.

Simons confia à Coburn que Harry avait quelques problèmes, mais qu'au fond c'était un brave garçon. Il parlait de son fils avec une sorte d'affection résignée. (Jamais il ne faisait allusion à Bruce et ce ne fut que bien plus tard que Coburn apprit que Simons avait deux fils.)

Simons parlait beaucoup de sa défunte femme, Lucille, et du bonheur qu'ils avaient connu tous les deux après le départ à la retraite de Simons. Ils avaient été très proches durant ces quelques dernières années, sentit Coburn, et Simons semblait regretter d'avoir mis si longtemps à comprendre combien il l'aimait.

« Cramponnez-vous à votre compagne, conseilla-t-il à Coburn. C'est le personnage le plus important de votre vie. »

Paradoxalement, les conseils de Simons avaient sur Coburn l'effet opposé. Il enviait le bonheur qu'avaient connu Simons et Lucille et il voulait cela pour lui ; mais il était tellement sûr de ne jamais pouvoir y arriver avec Liz qu'il se demandait si sa véritable âme sœur ne serait pas quelqu'un d'autre.

Un soir, Simons se mit à rire et dit : « Vous savez, je ne ferais ça pour personne d'autre. »

C'était une de ces remarques mystérieuses dont Simons avait le secret. Parfois, Coburn l'avait découvert, on avait droit à une explication ; parfois non. Cette fois Coburn eut son explication : Simons lui raconta pourquoi il se sentait une dette envers Ross Perot.

Les lendemains du raid sur Son Tay avaient été une amère expérience pour Simons. Même si les hommes du commando n'avaient pas ramené de prisonniers de guerre américains, ç'avait été une courageuse tentative et Simons pensait que le public américain le comprendrait. Il avait même plaidé, lors d'un petit déjeuner avec le secrétaire à la Défense Melvin Laird, pour la publication d'un communiqué à la presse à propos du raid.

« C'est une opération parfaitement légitime, avait-il dit à Laird. Il s'agit de prisonniers américains. C'est une chose que les Américains font traditionnellement pour d'autres Américains. Bon sang, de quoi avons-nous peur ici ? »

Il ne tarda pas à le comprendre. La presse et le public considérèrent le raid comme un échec et comme une nouvelle bourde des services de renseignements. A la une du *Washington Post* du lendemain on pouvait lire :

« Le raid américain pour libérer les prisonniers de guerre échoue. » Lorsque le sénateur Robert Dole proposa une résolution pour féliciter les auteurs du raid, et qu'il dit :

« Certains de ces hommes se languissent en prison depuis cinq ans », le sénateur Kennedy répliqua :

« Et ils y sont encore ! »

Simons se rendit à la Maison-Blanche pour recevoir

des mains du président Nixon la Distinguished Service Cross pour « héroïsme extraordinaire ». Les autres hommes du commando devaient être décorés par le secrétaire à la Défense Laird. Simons fut fou de rage en apprenant que plus de la moitié de ses hommes n'auraient rien de plus que la médaille de l'armée, ce qui valait un peu mieux qu'une médaille de bonne conduite. Furieux, il décrocha le téléphone et demanda le chef d'état-major de l'armée, le général Westmoreland. Il eut son adjoint, le général Palmer. Simons parla à Palmer de ses décorations et dit :

« Général, je ne voudrais pas embarrasser l'armée, mais un de mes hommes risque fort de dire en public à M. Laird où il peut mettre sa décoration. »

Il eut gain de cause : Laird remit quatre Distinguished Service Cross, cinquante Silver Star et pas de médaille de l'armée.

Le raid sur Son Tay fit beaucoup pour le moral des prisonniers de guerre qui en entendirent parler par des prisonniers qui arrivaient. Une autre conséquence du raid fut que les camps — où de nombreux prisonniers avaient jusque-là été détenus isolément dans des cachots — furent fermés et tous les Américains furent concentrés dans deux grandes prisons où il n'y avait pas assez de place pour les séparer. Néanmoins, le monde entier qualifia le raid d'échec et Simons eut le sentiment qu'on avait commis une grave injustice envers ses hommes.

La déception le tenailla des années jusqu'au moment où, lors d'un week-end, Ross Perot organisa une énorme fête à San Francisco, persuada l'armée de rassembler les hommes du commando de Son Tay dans le monde entier et les présenta aux prisonniers qu'ils avaient essayé de sauver. Ce week-end-là, estima Simons, ses hommes eurent enfin les remerciements qu'ils méritaient. Et cela grâce à Ross Perot.

« Voilà pourquoi je suis ici, dit Simons à Coburn. Je peux vous assurer que je ne ferais ça pour personne d'autre. »

Coburn, pensant à son fils Scott, savait exactement ce que voulait dire Simons.

Le 22 janvier, des centaines de *homafars* — de jeunes officiers d'aviation — se mutinèrent dans les bases de Dezful, Hamadan, Ispahan et Mashad et proclamèrent leur loyauté à l'ayatollah Khomeiny.

La signification de l'événement n'apparut pas au conseiller à la Sécurité nationale Zbigniew Brzezinski, qui s'attendait encore à voir les militaires iraniens écraser la révolution islamique ; pas davantage au Premier ministre Chapour Bakhtiar, qui parlait d'affronter le défi révolutionnaire avec un minimum de forces, et pas non plus au shah qui, au lieu de partir pour les Etats-Unis, s'attardait en Egypte, attendant d'être rappelé pour sauver son pays au moment où il aurait besoin de lui.

Parmi les gens qui en comprirent toute la portée, se trouvait l'ambassadeur William Sullivan et le général Abbas Garabaghi, le chef d'état-major iranien.

Sullivan expliqua à Washington que l'idée d'une contre-révolution favorable au shah était du domaine du rêve, que la révolution allait réussir et que les Etats-Unis feraient mieux de réfléchir à la façon dont ils allaient vivre avec l'ordre nouveau. Il reçut une sévère réponse de la Maison-Blanche, laissant entendre qu'il n'était pas loyal au président. Il décida de donner sa démission mais sa femme l'en dissuada : il avait une responsabilité envers les milliers d'Américains qui se trouvaient encore en Iran, lui fit-elle remarquer, et il ne pouvait tout de même pas les abandonner maintenant.

Le général Garabaghi, lui aussi, songeait à démissionner. Il était dans une position impossible. Il avait juré fidélité, non au Parlement ni au gouvernement iranien, mais au shah en personne ; et le shah avait disparu. Pour le moment, Garabaghi estimait que les militaires devaient fidélité à la Constitution de 1906, mais en pratique cela ne signifiait pas grand-chose. Théoriquement, les militaires devaient soutenir le gouvernement Bakhtiar. Garbaghi se demandait depuis quelques semaines s'il pouvait compter sur ses soldats pour obéir aux ordres et combattre pour Bakhtiar contre les forces révolutionnaires. Le soulèvement des *homafars* lui montra qu'il ne le pouvait pas. Il comprit — contrairement à Brzezinski — qu'une armée n'était pas une machine qu'on pouvait faire fonctionner et arrêter à volonté, mais un assemblage de gens qui partageaient les aspirations, la colère et le renouveau religieux du restant du pays. Les soldats voulaient une révolution tout autant que les civils. Garabaghi en conclut qu'il ne pouvait plus contrôler ses troupes et décida de démissionner.

Le jour où il fit part de son intention aux autres généraux, l'ambassadeur William Sullivan fut convoqué à six heures du soir au bureau du Premier ministre Bakhtiar. Sullivan avait entendu parler par le général « Dutch » Huyser, de l'intention qu'avait Garabaghi de démissionner, et il pensait que c'était de cela que Bakhtiar voulait l'entretenir.

Bakhtiar fit signe à Sullivan de s'asseoir, disant avec un sourire énigmatique :

« Nous serons trois. »

Bakhtiar parlait toujours français avec Sullivan.

Quelques minutes plus tard, le général Garabaghi entra. Bakhtiar évoqua les difficultés qui surgiraient si le général devait démissionner. Garabaghi commença à répondre en farsi, mais Bakhtiar le fit parler français. Tout en parlant, le général tripotait dans sa poche ce qui semblait être une enveloppe : Sullivan se dit que ce devait être sa lettre de démission.

Tandis que les deux Iraniens discutaient en français, Bakhtiar ne cessait de se tourner vers l'ambassadeur américain pour avoir son appui. Sullivan, au fond de son cœur, trouvait que Garabaghi avait absolument raison de démissionner, mais les instructions qu'il avait reçues de la Maison-Blanche étaient d'encourager les militaires à soutenir Bakhtiar, aussi protesta-t-il avec acharnement, et contre ses propres convictions, que Garabaghi ne devrait pas démissionner. Après une discussion d'une demi-heure, le général repartit sans avoir remis sa lettre de démission. Bakhtiar remercia longuement Sullivan de son aide. Sullivan savait que cela ne servirait à rien.

Le 24 janvier, Bakhtiar ferma l'aéroport de Téhéran pour empêcher Khomeiny d'entrer en Iran. Autant ouvrir un parapluie pour se protéger d'un raz de marée. Le 26 janvier, des soldats tuèrent quinze partisans de Khomeiny dans des combats de rue à Téhéran. Deux jours plus tard, Bakhtiar proposa de se rendre à Paris pour avoir des entretiens avec l'ayatollah. Pour un Premier ministre en exercice, offrir d'aller rendre visite à un rebelle en exil était un extraordinaire aveu de faiblesse, et Khomeiny le comprit : il refusa toute conversation avant que Bakhtiar eût d'abord démissionné. Le 29 janvier, trente-cinq personnes moururent lors des combats à Téhéran et cinquante autres dans le reste du pays. Garabaghi, court-circuitant son Premier ministre, amorça des conversations avec les rebelles de Téhéran et donna son accord au retour de l'ayatollah. Le 30 janvier, Sullivan ordonna l'évacuation de tout le personnel qui n'était pas essentiel au fonctionnement de l'ambassade et de tous les membres de leur famille. Le 1er février, Khomeiny rentra.

Son 747 d'Air France atterrit à 9 h 15 du matin. Deux millions d'Iraniens étaient là pour l'accueillir. A l'aéroport, l'ayatollah fit sa première déclaration en public.

« Je prie Dieu de couper les mains de tous les étrangers mauvais et de tous ceux qui les aident. »

Simons assista à tout cela à la télévision, puis il dit à Coburn :

« Ça y est. Le peuple va le faire pour nous : ce sont les émeutiers qui vont prendre cette prison. »

CHAPITRE IX

1

Le 5 février à midi, John Howell était sur le point de faire sortir Paul et Bill de prison.

Dadgar avait dit qu'il accepterait le versement de la caution sous l'une des trois formes suivantes : en liquide, en garantie bancaire, ou bien en gage sur des biens. Le liquide était hors de question. Tout d'abord, quiconque débarquant dans la ville sans loi de Téhéran avec douze millions sept cent cinquante mille dollars dans une valise n'atteindrait sans doute jamais vivant le bureau de Dadgar. (Tom Walter suggéra l'usage de fausse monnaie, mais personne ne savait où s'en procurer.) Ensuite, Dadgar pourrait prendre l'argent et garder quand même Paul et Bill, soit en augmentant le montant de la caution, soit en les arrêtant de nouveau sous un prétexte différent. Il devait y avoir un document donnant à Dadgar l'argent et en même temps garantissant à Paul et à Bill leur liberté. A Dallas, Tom Walter avait fini par trouver une banque prête à fournir une lettre de crédit pour la caution, mais Howell et Taylor avaient du mal à trouver une banque iranienne pour l'accepter et pour fournir la somme exigée par Dadgar. Cependant Tom Loos, le patron de Howell, songeait à la troisième option, à un gage. Et il tomba sur une idée folle, insensée, qui pourrait fort bien marcher : gager l'ambassade américaine à Téhéran en échange de Paul et de Bill.

Le Département d'Etat commençait à céder du terrain mais n'était pas encore tout à fait disposé à fournir comme caution son ambassade à Téhéran. Le Département était prêt toutefois à donner la garantie du gouvernement américain. C'était déjà un fait sans précédent : les Etats-Unis se portant garants de la caution de deux hommes emprisonnés !

Tout d'abord, Tom Walter à Dallas obtint d'une banque l'émission d'une lettre de crédit d'un montant de douze millions sept cent cinquante mille dollars au bénéfice du Département d'Etat. Comme cette transaction avait lieu sur le territoire américain, elle s'exécuta en quelques heures et non pas en quelques jours. Une fois le Département d'Etat à Washington en possession de la lettre, le ministre conseiller Charles Naas — l'adjoint de William Sullivan — rédigerait une note diplomatique attestant que Paul et Bill, une fois libérés, seraient à la disposition de Dadgar pour être interrogés, faute de quoi la caution serait payée par l'ambassade.

En cet instant même, Dadgar était en conférence avec Lou Goelz, le consul général de l'ambassade. Howell n'avait pas été invité à y participer, mais Abolhassan était là pour E.D.S.

Howell avait eu une entrevue préliminaire avec Goelz la veille. Ils avaient examiné ensemble les termes de la garantie, Goelz lisant les phrases de sa voix calme et précise. Goelz évoluait. Voilà deux mois, Howell l'avait estimé d'un bureaucratisme exaspérant, un homme qui s'en tenait au pied de la lettre : c'était Goelz qui avait refusé de rendre les passeports de Paul et de Bill sans prévenir les Iraniens. Goelz maintenant semblait prêt à tenter une solution peu conventionnelle. Peut-être que vivre en pleine révolution l'avait quelque peu changé.

Goelz avait dit à Howell que la décision de libérer Paul et Bill serait prise par le Premier ministre Bakhtiar mais qu'elle devait tout d'abord avoir l'approbation de Dadgar. Howell espérait que Dadgar ne créerait pas de problèmes car Goelz n'était pas homme à taper sur la table pour forcer Dadgar à faire machine arrière.

On frappa à la porte et Abolhassan entra.

Howell lut sur son visage qu'il apportait de mauvaises nouvelles.

« Qu'est-ce qui s'est passé ?

— Il a refusé, fit Abolhassan.

— Pourquoi ?

— Il ne veut pas accepter la garantie du gouvernement américain.

— Il a donné une raison ?

329

— Il n'y a rien dans la loi qui dit qu'il peut accepter cela comme caution. Il lui faut du liquide, une garantie bancaire...

— Ou bien un gage, sur des biens, je sais. »

Howell se sentait sonné. Il y avait eu tant de déceptions, tant d'impasses qu'il n'était plus capable de ressentiment ni de colère.

« Avez-vous parlé du Premier ministre ?

— Oui. Goelz lui a dit que nous exposerions cette proposition à Bakhtiar.

— Qu'a répondu Dadgar à cela ?

— Il a dit que c'était typique des Américains. Ils tentent de résoudre les problèmes en essayant de faire jouer leur influence au niveau supérieur sans se soucier de ce qui se passe au niveau inférieur. Il a dit aussi que, si ses chefs hiérarchiques n'aimaient pas la façon dont il s'occupait de cette affaire, ils pouvaient la lui retirer et qu'il en serait enchanté, car il en avait assez. »

Howell fronça les sourcils. Qu'est-ce que tout cela signifiait ? Il en était récemment arrivé à la conclusion que ce que les Iraniens désiraient vraiment, c'était l'argent. Et voilà maintenant qu'ils le refusaient tout net. Etait-ce vraiment à cause du problème technique parce que la loi ne considérait pas comme une forme acceptable de caution la garantie d'un gouvernement — ou bien était-ce un prétexte ? Peut-être était-ce vrai. Le dossier E.D.S. avait toujours eu des implications politiques et, maintenant que l'ayatollah était de retour, Dadgar était peut-être bien terrifié de rien faire qu'on pût considérer comme pro-américain. Contourner le règlement pour accepter une forme inhabituelle de caution risquait de lui attirer des ennuis. Qu'arriverait-il si Howell parvenait à rassembler le montant de la caution sous la forme légalement exigée ? Dadgar estimerait-il alors qu'il avait protégé ses arrières et libérerait-il Paul et Bill ? Ou bien inventerait-il une nouvelle excuse ?

Il n'y avait qu'une façon de le savoir.

La semaine où l'ayatollah regagna l'Iran, Paul et Bill réclamèrent un prêtre.

Le rhume de Paul semblait s'être transformé en bronchite. Il avait demandé à voir le médecin de la prison. Ce dernier ne parlait pas anglais, mais Paul n'eut aucun mal à expliquer son problème : il toussa et le docteur hocha la tête.

On donna à Paul des comprimés dont il supposa que c'était de la pénicilline et un flacon de sirop contre la toux. Le goût du médicament lui était extrêmement familier et lui évoqua soudain de façon très vivace un souvenir d'enfance : il se revit petit garçon, avec sa mère qui versait le sirop un peu poisseux dans une cuiller pour le lui faire boire. C'était exactement le même produit. Cela calma sa toux, mais il s'était déjà irrité les muscles de la poitrine et il ressentait une douleur lancinante chaque fois qu'il respirait à fond.

Il avait une lettre de Ruthie qu'il lisait et relisait. C'était une lettre banale, pleine de nouvelles. Karen avait changé d'école et éprouvait certaines difficultés d'adaptation. C'était normal : chaque fois qu'elle changeait d'école, Karen était malade les deux premiers jours. Ann Marie, la plus jeune fille de Paul, était bien plus insouciante. Ruthie continuait à raconter à sa mère que Paul serait de retour dans deux ou trois semaines, mais l'histoire commençait à devenir peu plausible car ce délai de deux semaines se prolongeait maintenant depuis deux mois. Elle était en train d'acheter une maison et Tom Walter l'aidait à remplir les formalités administratives. Quelles que fussent les émotions par lesquelles passait Ruthie, elle n'en faisait pas état dans la lettre.

Keane Taylor était le plus fréquent visiteur de la prison. Chaque fois qu'il venait, il remettait à Paul un paquet de cigarettes avec cinquante ou cent dollars pliés à l'intérieur. Paul et Bill utilisaient cet argent pour s'acheter des privilèges spéciaux, par exemple prendre un bain. Lors d'une visite, le gardien quitta la pièce un moment et Taylor tendit à Paul plus de quatre mille dollars.

Une autre fois, Taylor amena le père Williams.

Williams était le père de la mission catholique où, en des temps plus heureux, Paul et Bill retrouvaient les membres de l'école de poker du dimanche matin d'E.D.S. Téhéran. Williams avait quatre-vingts ans et ses supérieurs lui avaient donné l'autorisation de quitter Téhéran en raison du danger qu'il courait. Il avait préféré rester à son poste. Il était habitué à ce genre de situation, expliqua-t-il à Paul et à Bill : il avait été missionnaire en Chine pendant la Seconde Guerre mondiale, au moment de l'invasion japonaise, et plus tard, pendant la révolution qui avait amené Mao Tsé-Toung au pouvoir. Lui-même avait été emprisonné, alors il comprenait par quelles épreuves passaient Paul et Bill.

Le père Williams leur remontait le moral presque autant que l'avait fait la venue de Ross Perot. Bill, qui était plus croyant que Paul, se sentit profondément réconforté par cette visite. Elle lui donna le courage d'affronter un avenir inconnu. Le père Williams leur donna l'absolution de leurs péchés avant de partir. Bill ne savait toujours pas s'il sortirait de prison vivant, mais maintenant il se sentait prêt à affronter la mort.

Le vendredi 9 février 1979, la révolution éclata en Iran.

En à peine plus d'une semaine, Khomeiny avait détruit ce qui restait du gouvernement légitime. Il avait invité les militaires à se mutiner et les membres du Parlement à démissionner. Il avait constitué un « gouvernement provisoire », en dépit du fait que Bakhtiar était toujours officiellement Premier ministre. Ses partisans, organisés en comité révolutionnaire, avaient pris la responsabilité du maintien de l'ordre et du ramassage des ordures et avaient ouvert à Téhéran plus d'une centaine de magasins coopératifs islamiques. Le 8 février, un million de personnes au moins défilèrent dans la ville pour soutenir l'ayatollah. Les combats de rue ne cessaient pas entre unités de soldats loyalistes et bandes d'hommes de Khomeiny.

Le 9 février, sur deux bases aériennes de Téhéran —

Doshen Toppeh et Farahabad — des formations de *homafars* et de cadets saluèrent Khomeiny. Cela rendit furieux les hommes de la brigade Javadan, la garde personnelle du shah, et ils attaquèrent les deux bases aériennes. Les *homafars* se barricadèrent et repoussèrent les troupes loyalistes, aidés par des hordes de révolutionnaires armés qui grouillaient à l'intérieur et autour des bases.

Des unités de fedayins marxistes et de moudjahidines musulmans foncèrent sur Doshen Toppeh. On pilla l'armurerie et l'on distribua indifféremment des armes aux soldats, aux guérilleros, aux révolutionnaires, aux manifestants et aux passants.

Cette nuit-là, à onze heures, la brigade Javadan revint en force. Les partisans que Khomeiny comptait chez les militaires prévinrent les rebelles de Doshen Toppeh que la brigade était en marche, et les rebelles contre-attaquèrent avant que la brigade eût atteint la base. Plusieurs officiers supérieurs parmi les troupes loyalistes furent tués dès le début de la bataille. Les combats se poursuivirent toute la nuit et s'étendirent sur un vaste secteur autour de la base.

A midi, le lendemain, le champ de bataille s'était encore agrandi et comprenait presque toute la ville.

Ce jour-là, John Howell et Keane Taylor se rendirent en ville pour une réunion...

Howell était convaincu que dans quelques heures ils allaient obtenir la libération de Paul et de Bill. Tout était arrangé pour le versement de la caution.

Tom Walter avait une banque texane prête à émettre une lettre de crédit d'un montant de douze millions sept cent cinquante mille dollars au bénéfice de la branche new-yorkaise de la banque Melli. Le plan prévoyait que la succursale à Téhéran de la banque Melli accorderait alors une garantie bancaire au ministère de la Justice, et que Paul et Bill seraient libérés. Cela ne s'était pas tout à fait passé comme ça. Le directeur général adjoint de la banque Melli, Sadr-Hashemi, avait reconnu — comme tous les autres banquiers avant eux — que Paul et Bill étaient des otages commerciaux et qu'une fois qu'ils seraient sortis de prison, E.D.S. pourrait plaider devant un tribunal américain que l'argent lui avait été extorqué et ne devrait donc pas être versé. Si cela arrivait, la banque Melli à New York ne pourrait pas faire jouer la lettre de crédit — mais la banque Melli à Téhéran devrait quand même verser l'argent au ministère iranien de la Justice. Sadr-Hashemi déclara qu'il ne changerait d'avis que si ses avocats new-yorkais lui assuraient qu'en aucune façon E.D.S. ne pourrait bloquer le paiement sur présentation de la lettre de crédit. Howell savait pertinemment qu'aucun avocat américain convenable ne proférerait une telle opinion.

Ce fut alors que Keane Taylor pensa à la banque Omran. E.D.S. avait un contrat pour informatiser la comptabilité de la banque Omran et le travail de Taylor à Téhéran avait été de surveiller l'exécution de ce contrat, si bien qu'il connaissait les dirigeants de la banque. Il rencontra Farhad Bakhtiar qui était un des directeurs et qui était apparenté au Premier ministre Chapour Bakhtiar. Il était clair que d'un jour à l'autre le Premier ministre allait être renversé et Farhad envisageait de quitter le pays. C'était peut-être pourquoi il était moins préoccupé que Sadr-Hashemi par la possibilité de ne jamais voir versés les douze millions sept cent cinquante mille dollars. Bref, quelle qu'en fût la raison, il avait accepté d'aider les Américains.

La banque Omran n'avait pas de succursale aux Etats-Unis. Comment alors E.D.S. pourrait-elle payer l'argent ? Il fut convenu que la banque de Dallas domicilierait sa lettre de crédit à la succursale de Dubaï de la banque Omran grâce à un système appelé télex confirmé. Dubaï téléphonerait alors à Téhéran pour confirmer que la lettre de crédit avait été reçue et la succursale à Téhéran de la banque Omran accorderait la garantie au ministère de la Justice.

Il y eut des retards. Tout devait être approuvé par le conseil d'administration de la banque Omran et par les avocats de la banque. Tous ceux qui étudiaient l'accord proposaient de petits changements de vocabulaire. Les modifications, en anglais et en farsi, devaient être communiquées à Dubaï et à Dallas, puis il fallait envoyer un nouveau télex de Dallas à Dubaï, le confirmer et en avoir l'approbation téléphonique de Téhéran. Comme le congé de fin de semaine des Iraniens était le jeudi et le vendredi, les deux banques n'étaient ouvertes ensemble que trois jours de la semaine ; et, comme il y avait un décalage de neuf heures et demie entre Téhéran et Dallas, il ne se trouvait jamais un moment de la journée où les deux banques étaient ouvertes en même temps. Par-dessus le marché, une bonne partie du temps, les banques iraniennes étaient en grève. Aussi un changement de deux mots pouvait-il prendre une semaine.

Les derniers à devoir approuver l'accord, c'étaient les gens de la Banque centrale iranienne. Obtenir cet accord, c'était la tâche à laquelle Howell et Taylor avaient décidé de s'atteler le samedi 10 février.

A dix heures et demie du matin, lorsqu'ils se rendirent à la banque Omran, la ville était relativement calme. Ils retrouvèrent Farhad Bakhtiar. A leur stupéfaction, il déclara que la demande d'approbation avait déjà été déposée à la Banque centrale. Howell était ravi : pour une fois voilà que quelque chose en Iran allait plus vite qu'on ne pensait ! Il laissa quelques documents à Farhad — y compris une lettre d'accord signée — puis Taylor et lui poursuivirent jusqu'à la Banque centrale.

La ville maintenant s'éveillait, la situation était encore plus cauchemardesque que d'habitude, mais prendre des risques au volant était la spécialité de Taylor et il fonçait dans les rues, changeant de file, faisant demi-tour au milieu des autoroutes et battant les conducteurs iraniens à leur propre jeu.

A la Banque centrale, ils durent attendre longtemps pour voir M. Farhang, qui devait donner son approbation. Il finit par passer la tête par la porte de son bureau et dit que l'accord avait déjà été approuvé et l'approbation notifiée à la banque Omran.

C'était une bonne nouvelle !

Ils remontèrent dans la voiture et partirent pour la banque Omran. On voyait maintenant que dans certains quartiers de la ville se déroulaient des combats sérieux. Le bruit de la fusillade était incessant et des panaches de fumée s'élevaient des immeubles en flammes. La banque Omran se trouvait en face d'un hôpital et on amenait là les morts et les blessés ramassés dans les zones de bataille en voiture, en camionnette et en car, tous les véhicules munis de chiffons blancs attachés à leur antenne de radio pour les identifier, tous klaxonnant sans arrêt. La rue était noire de monde, les uns venant pour donner leur sang, d'autres visiter les blessés, d'autres encore pour identifier les cadavres.

Ils avaient résolu juste à temps le problème de la caution. Non seulement Paul et Bill, mais maintenant Howell et Taylor, tous autant qu'ils étaient, couraient de graves dangers. Il leur fallait quitter l'Iran rapidement.

Howell et Taylor entrèrent dans la banque et trouvèrent Farhad.

« La Banque centrale a approuvé la transaction, lui dit Howell.

— Je sais.

— Est-ce que la lettre d'accord va ?

— Pas de problème.

— Alors, si vous nous donnez la garantie de la banque, nous pouvons partir tout de suite avec au ministère de la Justice.

— Pas aujourd'hui.

— Pourquoi pas ?

— Notre avocat, le docteur Emami, a relu le document et désire faire quelques petits changements.

— Bonté divine, marmonna Taylor.

— Il faut, ajouta Farhad, que j'aille pour cinq jours à Genève. »

Pour toujours était plus vraisemblable.

« Mes collègues s'occuperont de vous et, si vous avez le moindre problème, vous n'avez qu'à m'appeler en Suisse. »

Howell maîtrisa sa fureur. Farhad savait parfaitement que les choses n'étaient pas si simples : lui parti, tout serait plus difficile. Mais une explosion de colère n'avancerait à rien, aussi Howell se contenta-t-il de dire :

« Quels sont les changements ? »

Farhad fit venir le docteur Emami.

« J'ai besoin aussi des signatures de deux autres directeurs de la banque, ajouta Farhad. Je peux les obtenir au conseil d'administration de demain. Et je dois aussi vérifier les références de la Banque nationale du commerce de Dallas.

— Et combien de temps cela prendra-t-il ?

— Pas longtemps. Mes assistants s'en occuperont en mon absence. »

Le docteur Emami montra à Howell les modifications qu'il suggérait dans la formulation de la lettre de crédit. Howell était tout à fait d'accord, mais la nouvelle version de la lettre devrait suivre l'interminable itinéraire habituel : transmission de Dallas à Dubaï par télex confirmé et de Dubaï à Téhéran par téléphone.

« Ecoutez, fit Howell. Essayons de régler tout cela aujourd'hui. Nous pourrions vérifier les références de la banque de Dallas tout de suite. Nous pourrions trouver ces deux autres directeurs de la banque, où qu'ils se trouvent en ville, et obtenir leur signature pour cet après-midi. Nous pourrions appeler Dallas, leur indiquer les changements et leur demander d'envoyer le télex maintenant. Dubaï pourrait vous en donner la confirmation cet après-midi. Vous pourriez donner la garantie de la banque...

— Aujourd'hui, c'est jour de fête à Dubaï, précisa Farhad.

— Bon, Dubaï peut confirmer demain matin...

— Il y a grève demain. Personne ne sera ici à la banque.

— Alors lundi... »

La conversation fut interrompue par le hurlement d'une sirène. Une secrétaire passa la tête par l'entrebâillement de la porte et dit quelque chose en farsi.

« Le couvre-feu est avancé, traduisit Farhad. Nous devons tous partir maintenant. »

Howell et Taylor restèrent assis là à se regarder.

Deux minutes plus tard, ils étaient seuls dans le bureau. Ils avaient une fois de plus échoué.

Ce soir-là, Simons dit à Coburn :
« Demain, c'est le jour J ».
Coburn trouva qu'il disait n'importe quoi.

2

Le matin du dimanche 11 février, l'équipe des négociateurs se rendit comme d'habitude au bureau d'E.D.S. qu'on appelait le Bucarest. John Howell partit en emmenant avec lui Abolhassan pour un rendez-vous qu'il avait à onze heures avec Dadgar au ministère de la Santé. Les autres — Keane Taylor, Bill Gayden, Bob Young et Rich Gallagher — montèrent sur le toit pour regarder la ville brûler.

Le Bucarest n'était pas un immeuble très haut, mais il était sur une pente des collines qui s'élevaient au nord de Téhéran, aussi du toit pouvaient-ils voir la ville s'étendre comme un tableau. Au sud et à l'est, où des gratte-ciel modernes se dressaient au milieu des villas à un ou deux étages et des cahutes, de grands voiles de fumée flottaient dans l'air lourd pendant que des hélicoptères armés bourdonnaient autour des feux comme des guêpes autour d'un barbecue. Un des chauffeurs iraniens d'E.D.S. monta sur le toit un poste à transistors et le régla sur une station qui venait d'être prise par les révolutionnaires. Grâce à la radio et aux bulletins traduits par le chauffeur, ils essayèrent d'identifier les immeubles en feu.

Keane Taylor, qui avait abandonné ses élégants costumes trois pièces pour un jean et des bottes de cowboy, descendit prendre une communication. C'était le Motard.

« Il faut que vous filiez, dit le Motard à Taylor. Quittez le pays le plus vite possible.

— Vous savez que nous ne pourrons pas faire ça, dit Taylor. Nous ne pouvons pas partir sans Paul et Bill.

— Ça va devenir très dangereux pour vous. »

Taylor percevait, à l'autre bout du fil, le fracas d'une bataille terrifiante.

« Où diable êtes-vous ?

— Près du bazar, répondit le Motard. Je fabrique des cocktails Molotov. Ce matin, ils ont fait intervenir des hélicoptères et nous venons de trouver le moyen de les descendre. Nous avons mis le feu à quatre chars... »

La communication fut coupée.

Incroyable, se dit Taylor en raccrochant. En plein milieu d'une bataille, voilà qu'il pense à ses amis américains et qu'il appelle pour nous prévenir. Les Iraniens ne cesseront jamais de m'étonner.

Il remonta sur le toit.

« Regarde-moi ça », lui dit Bill Gayden.

Gayden, le jovial président d'E.D.S. International, s'était lui aussi mis en tenue de week-end : personne ne faisait même semblant de travailler. Il désigna une colonne de fumée à l'est.

« Si ce n'est pas la prison de Gasr qui brûle, c'est rudement près. »

Taylor scruta l'horizon. C'était difficile à dire.

« Appelle le bureau de Dadgar au ministère de la Santé, dit Gayden à Taylor. Howell devrait être là. Dis-lui de demander à Dadgar de confier Paul et Bill à la garde de l'ambassade dans l'intérêt de leur sécurité. Si nous ne les tirons pas de là, ils vont griller. »

John Howell pensait que Dadgar ne viendrait pas. La ville était un champ de bataille et une enquête sur la corruption au temps du shah semblait maintenant un exercice académique. Mais Dadgar était là, dans son bureau, attendant Howell. Howell se demanda ce qui diable le poussait. Le dévouement ? La haine des Américains ? La crainte du nouveau gouvernement révolutionnaire ? Il ne le saurait sans doute jamais.

Dadgar avait interrogé Howell sur les relations d'E.D.S. avec Abolfath Mahvi et Howell avait promis un dossier complet. Ses informations, semblait-il, étaient importantes pour les buts mystérieux que poursuivait Dadgar, car quelques jours plus tard il avait réclamé le dossier à Howell en disant :

« Je peux interroger les gens ici et obtenir les renseignements dont j'ai besoin », ce que Howell prit comme une menace d'arrêter d'autres cadres d'E.D.S.

Howell avait préparé un dossier de douze pages en anglais, avec une lettre d'accompagnement en farsi. Dadgar lut la lettre, puis prit la parole. Abolhassan traduisit :

« La bonne volonté de votre société prépare le terrain à un changement dans mon attitude envers Chiapparone et Gaylord. Notre code juridique prévoit ce genre de clémence à l'égard de ceux qui fournissent des renseignements. »

C'était une farce. Ils pouvaient tous être tués dans les heures qui venaient et voilà que Dadgar continuait à parler des mesures prévues par le code.

Abolhassan se mit à traduire tout haut le dossier en farsi. Howell savait que choisir Mahvi comme associé iranien n'avait pas été la décision la plus habile prise par E.D.S. Mahvi avait obtenu pour la société son premier petit contrat en Iran, mais par la suite il avait été inscrit sur une liste noire par le shah et avait causé des difficultés à propos du contrat avec le ministère de la Santé. Toutefois, E.D.S. n'avait rien à cacher. D'ailleurs, Tom Luce, le patron de Howell, dans son désir de mettre E.D.S. au-dessus de tout soupçon, avait notifié les détails des relations E.D.S.-Mahvi à la commission américaine des opérations en Bourse, si bien qu'une grande partie de ce qui se trouvait dans le dossier était déjà de notoriété publique.

Le téléphone interrompit la traduction d'Abolhassan. Dadgar décrocha, puis tendit le combiné à Abolhassan qui écouta un moment, et dit :

« C'est Keane Taylor. »

Une minute plus tard, il raccrocha et dit à Howell :

« Keane était sur le toit du Bucarest. Il dit qu'il y a des incendies du côté de la prison de Gasr. Si les émeutiers attaquent la prison, Paul et Bill pourraient être blessés. Il nous a conseillé de demander à Dadgar de les remettre à l'ambassade américaine.

340

— Bon, fit Howell. Demandez-lui. »

Il attendit pendant qu'Abolhassan et Dadgar conversaient en farsi.

Abolhassan finit par dire :

« D'après nos lois, ils doivent être gardés dans une prison iranienne. Il ne peut pas considérer l'ambassade américaine comme une prison iranienne. »

De plus en plus dingue. Le pays tout entier était en train de s'écrouler et Dadgar continuait à appliquer le règlement. Howell reprit :

« Demandez-lui comment il se propose de garantir la sécurité de deux citoyens américains qui n'ont été accusés d'aucun crime. »

La réponse de Dadgar fut :

« Ne vous inquiétez pas. Le pire qui pourrait arriver, ce serait que la prison soit prise.

— Et qu'arrivera-t-il si les insurgés décident d'attaquer les Américains ?

— Chiapparone s'en tirera sans doute : il pourrait passer pour un Iranien.

— Magnifique, fit Howell. Et Gaylord ? »

Dadgar se contenta de hausser les épaules.

Rachid quitta sa maison de bonne heure ce matin-là.

Ses parents, son frère et sa sœur ne comptaient pas sortir de la journée et ils lui avaient conseillé d'en faire autant, mais il ne voulut rien écouter. Il savait que ce serait dangereux de circuler dans les rues ; il ne pouvait pourtant pas se cacher chez lui pendant que ses compatriotes étaient en train d'écrire l'histoire. D'ailleurs, il n'avait pas oublié sa conversation avec Simons.

Il vivait sur l'impulsion du moment. Le vendredi il se trouvait à la base aérienne de Farahabad lors de l'accrochage entre les *homafars* et la brigade loyaliste Javadan. Sans raison particulière, il était entré dans l'armurerie et s'était mis à distribuer des fusils. Au bout d'une demi-heure, il en avait eu assez et il était parti.

Ce même jour, il avait vu un mort pour la première

fois. Il se trouvait à la mosquée lorsqu'un conducteur d'autobus abattu par des soldats avait été amené là. Mû par on ne sait quelle impulsion, Rachid avait découvert le visage du cadavre. Toute une partie de la tête avait été détruite, il ne restait qu'un mélange de cervelle et de sang : c'était écœurant. L'incident avait l'air d'un avertissement, mais Rachid n'était pas d'humeur à prendre garde aux avertissements. L'endroit où il se passait quelque chose, c'était dans les rues, il devait donc y être.

Ce matin-là, l'atmosphère était comme électrisée. Il y avait des rassemblements partout. Des centaines d'hommes et de jeunes gens brandissaient des carabines automatiques. Rachid, avec une casquette anglaise toute plate et une chemise à col ouvert, se mêla à eux, sensible à l'excitation. Aujourd'hui, n'importe quoi pouvait arriver.

Il se dirigeait vaguement vers le Bucarest. Il avait encore des devoirs là-bas : il était en train de négocier avec deux compagnies de navigation le transport des affaires des évacués d'E.D.S. jusqu'aux Etats-Unis ; et puis il devait nourrir les chiens et les chats abandonnés.

Ce qu'il vit dans la rue le fit changer d'avis. Le bruit courait que la prison d'Evin avait été prise d'assaut la nuit dernière : aujourd'hui, ce pourrait être le tour de la prison de Gasr, où se trouvaient Paul et Bill.

Rachid regrettait de ne pas avoir comme les autres une carabine automatique.

Il passa devant un bâtiment militaire qui semblait avoir été envahi par les émeutiers. C'était un immeuble de six étages abritant une armurerie et un bureau de recrutement. Rachid avait un ami qui travaillait là, un certain Malek. L'idée lui vint que Malek avait peut-être des ennuis. S'il était venu travailler ce matin, il devait porter son uniforme — et cela seul pourrait suffire à le faire tuer aujourd'hui. Je pourrais prêter ma chemise à Malek, songea Rachid ; et brusquement il s'engouffra dans l'immeuble.

Il se fraya un chemin à travers la foule au rez-de-chaussée et découvrit l'escalier. Le reste de l'immeuble semblait vide. A mesure qu'il montait, il se demandait si les soldats ne se cachaient pas dans les étages supérieurs : si c'était le cas, ils risquaient de tirer sur quiconque approchait. Il n'en continua pas moins son ascension. Il grimpa jusqu'au dernier étage. Malek n'était pas là ; d'ailleurs, il n'y avait personne. L'armée avait abandonné les lieux aux émeutiers.

Rachid redescendit au rez-de-chaussée : la foule s'était rassemblée autour de l'entrée de l'armurerie en sous-sol, mais personne n'entrait. Rachid se fraya un chemin jusqu'au premier rang et dit :

« Est-ce que cette porte est fermée à clef ?

— Elle est peut-être piégée », dit quelqu'un.

Rachid regarda la porte. Toute idée d'aller au Bucarest l'avait maintenant quitté. C'était à la prison de Gasr qu'il voulait aller, et il voulait un fusil.

« Je ne pense pas que cette armurerie soit piégée », dit-il et il ouvrit la porte.

Il descendit l'escalier.

Le sous-sol comprenait deux salles communiquant par un passage voûté. L'endroit était à peine éclairé par d'étroits soupiraux aménagés en haut des murs, juste au-dessus du niveau de la rue et le sol pavé de carrelage noir. Dans la première salle, il y avait des caisses ouvertes contenant des chargeurs pleins ; dans la seconde, des fusils mitrailleurs G 3.

Au bout d'une minute, une partie de la foule le suivit en bas.

Il se saisit de trois mitraillettes, d'un sac de chargeurs et partit. A peine avait-il mis le pied hors de l'immeuble que des gens lui sautèrent dessus en réclamant des armes : il distribua deux des mitraillettes et quelques munitions.

Puis il s'éloigna en direction de la place Gasr.

Une partie de la foule lui emboîta le pas.

En chemin, ils durent passer devant une garnison. Une escarmouche se déroulait là. Une porte d'acier ménagée dans le haut mur de brique qui entourait la caserne avait été enfoncée, comme si un char l'avait forcée, et les briques de chaque côté de l'entrée s'étaient effondrées. Une voiture en feu gisait au milieu du chemin.

Rachid contourna la voiture et pénétra dans la caserne.

Il se trouva dans une grande cour. De là où il était, un tas de gens tiraient au hasard sur un bâtiment situé à deux cents mètres. Rachid s'abrita derrière un mur. Les gens qui l'avaient suivi se joignirent à la fusillade, mais lui s'abstint de tirer. Personne ne visait sérieusement. Ils essayaient seulement d'effrayer les soldats retranchés là-bas. C'était une drôle de bataille. Rachid n'avait jamais imaginé que la révolution ce serait comme ça : une foule désorganisée avec des armes dont les gens savaient à peine se servir, déambulant un dimanche matin en tirant sur des murs et en ne rencontrant qu'une résistance sans conviction de troupes invisibles.

Soudain, un homme auprès de lui tomba mort.

Cela se passa si vite que Rachid ne le vit même pas s'écrouler. L'homme était à un mètre de Rachid, à tirer avec son fusil. Un instant plus tard, il était allongé par terre, le front déchiqueté.

On emporta le corps. Quelqu'un trouva une jeep. On mit le cadavre dans la jeep qui démarra. Rachid revint à la bataille.

Dix minutes après, sans raison apparente, quelqu'un agita par une des fenêtres du bâtiment sur lequel ils tiraient un morceau de bois avec un bout de linge blanc attaché à l'extrémité. Les soldats avaient capitulé.

Tout simplement. Cela avait quelque chose de décevant.

Maintenant, se dit Rachid, c'est ma chance.

C'était facile de manipuler les gens si on comprenait la psychologie de l'être humain. Il suffisait de les étudier, de comprendre leur situation et d'estimer leurs besoins. Ces gens-là, décida Rachid, veulent de l'excitation et de l'aventure. Pour la première fois de leur vie, ils ont des fusils entre les mains : il leur faut un but et n'importe quoi qui symbolise le régime du shah fera l'affaire.

Pour l'instant, ils étaient plantés là en se demandant où aller après cela.

« Ecoutez ! » cria Rachid.

Ils écoutèrent tous : ils n'avaient rien de mieux à faire.

« Je m'en vais à la prison de Gasr ! » Quelqu'un applaudit.

« Les gens qui sont là-bas sont prisonniers du régime : si nous sommes contre le régime, nous devrions les faire sortir ! »

Plusieurs personnes clamèrent leur approbation.

Rachid se mit en marche.

Ils le suivirent.

De l'humeur où ils sont, songea-t-il, ils suivront n'importe qui pourvu qu'il ait l'air de savoir où il va.

Il partit avec un groupe de douze ou quinze hommes et jeunes gens, mais à mesure qu'il avançait, le groupe s'étoffait : tous ceux qui n'avaient nulle part où aller leur emboîtaient machinalement le pas.

Rachid était devenu un chef révolutionnaire.

Rien n'était impossible.

Il s'arrêta juste avant et harangua son armée.

« Les prisons doivent être prises par le peuple, tout comme les commissariats de police et les casernes ; c'est à nous de le faire. Il y a dans la prison de Gasr des gens qui ne sont coupables de rien. Ils sont comme nous : ce sont nos frères, nos cousins. Comme nous, ils ne veulent que leur liberté. Mais ils sont plus braves que nous car eux, ils ont réclamé leur liberté alors que le shah était là, et pour cela ils ont été jetés en prison. Maintenant, nous allons les faire sortir ! »

Tout le monde acclama.

Il se souvint d'une phrase de Simons :

« La prison de Gasr, c'est notre Bastille ! »

Les acclamations redoublèrent.

Rachid se retourna et partit en courant vers la place.

Il fit halte au coin de la rue, juste en face des grandes portes blindées de la prison. Il y avait déjà sur la place une foule assez importante, constata-t-il ; sans doute la prison serait-elle prise aujourd'hui, avec ou sans son aide. Mais, ce qui était important, c'était d'aider Paul et Bill.

Il leva son arme et tira en l'air.

La foule qui se trouvait sur la place se dispersa et la fusillade s'intensifia.

Une fois de plus, la résistance manquait de conviction. Quelques gardiens ripostèrent des miradors disposés sur les murs et des fenêtres proches des portes. Pour autant que Rachid pût le voir, personne dans un camp ni dans l'autre ne fut touché. Une fois de plus, la bataille ne se termina pas sur un grand bang, mais comme un murmure : les gardiens disparurent tout simplement des murs et la fusillade s'arrêta.

Rachid attendit deux minutes pour s'assurer qu'ils étaient partis, puis il traversa la place jusqu'à l'entrée de la prison. Les portes étaient fermées.

La foule se pressait. Quelqu'un tira une rafale sur les portes, essayant de faire sauter les serrures. Rachid se dit : il a vu trop de westerns. Un autre trouva on ne sait où une barre de fer, mais impossible de forcer les portes. Il nous faudrait de la dynamite, se dit Rachid.

Dans le mur de brique, il y avait une petite fenêtre avec des barreaux par laquelle un gardien pouvait voir qui se trouvait dehors. Rachid fracassa la vitre avec la crosse de son arme, puis entreprit d'attaquer la maçonnerie dans laquelle étaient fixés les barreaux. L'homme avec la barre de fer lui donna un coup de main, puis trois ou quatre autres arrivèrent, essayant de tirer sur les barreaux avec leurs mains, de cogner dessus avec leurs crosses de fusils et avec tout ce qui leur tombait sous la main. Bientôt les barreaux tombèrent par terre.

Rachid se coula par la fenêtre.

Il était à l'intérieur !

Tout était possible.

Il se trouva dans un petit poste de garde. Il n'y avait pas un gardien. Il passa la tête. Personne.

Il se demanda où étaient rangées les clefs des cellules.

Il sortit du bureau et trouva un autre poste de garde où il découvrit un gros trousseau de clefs.

346

Il revint aux portes. Dans l'une d'elles, il y avait une petite ouverture fermée par une simple barre de fer.

Rachid la fit coulisser et ouvrit la porte.

La foule s'engouffra à l'intérieur.

Rachid recula. Il tendit des clefs à tous ceux qui voulaient en prendre en disant :

« Ouvrez toutes les cellules : laissez les prisonniers partir ! »

Ils déferlèrent devant lui. Sa carrière de chef révolutionnaire était terminée. Lui, Rachid, avait commandé l'assaut de la prison de Gasr.

Une fois de plus, Rachid avait fait l'impossible.

Maintenant, il lui fallait retrouver Paul et Bill parmi les onze mille huit cents détenus de la prison.

Bill s'éveilla à six heures. Tout était calme. Il avait bien dormi, constata-t-il avec une certaine surprise. Il s'attendait à ne pas dormir du tout. Le dernier souvenir qu'il gardait, c'était d'être allongé sur sa couchette en écoutant ce qui semblait être une âpre bataille dehors. Pour peu qu'on soit assez fatigué, se dit-il, j'imagine qu'on peut dormir n'importe où. Les soldats dorment bien dans des trous d'hommes. On s'habitue. Si effrayé qu'on puisse être, au bout du compte, c'est votre organisme qui prend le contrôle et on s'endort.

Il dit un chapelet.

Il se lava, se brossa les dents, se rasa et s'habilla, puis il s'assit à regarder par la fenêtre en attendant le petit déjeuner, se demandant ce qu'E.D.S. préparait pour aujourd'hui.

Paul se réveilla vers sept heures. Il regarda Bill et dit :

« Tu n'as pas pu dormir ?

— Mais si, répondit Bill. Je suis réveillé depuis une heure environ.

— Moi, j'ai mal dormi. On a beaucoup tiré, presque toute la nuit. »

Paul s'extirpa de sa couchette et alla aux toilettes.

Quelques minutes plus tard, le petit déjeuner arriva : du pain et du thé. Bill ouvrit une boîte de jus d'orange que lui avait apportée Keane Taylor.

La fusillade reprit vers huit heures.

Les prisonniers s'interrogeaient sur ce qui pouvait bien se passer dehors, mais personne n'avait d'informations claires. Tout ce qu'on pouvait voir, c'étaient les hélicoptères qui sillonnaient le ciel, mitraillaient, semblait-il, les positions rebelles au sol. Chaque fois qu'un hélicoptère survolait la prison, Bill guettait pour voir si une échelle ne tombait pas du ciel dans la cour du bâtiment numéro 8. C'était son rêve. Son autre fantasme, c'était un petit groupe de gens d'E.D.S., dirigé par Coburn et un homme plus âgé, qui escaladait les murs de la prison avec des échelles de corde : ou bien un groupe plus important de militaires américains arrivant à la dernière minute, comme la cavalerie dans les westerns, ouvrant une énorme brèche dans le mur à coup de dynamite.

Il avait fait plus que rêver. Tranquillement, sans avoir l'air d'y toucher, il avait inspecté chaque pouce du bâtiment et de la cour, estimant le chemin le plus rapide pour sortir dans diverses circonstances imaginaires. Il savait combien il y avait de gardiens et combien de fusils ils possédaient. Quoi que l'avenir leur réservât, il était prêt.

Il semblait bien que ce pourrait être pour aujourd'hui.

Les gardiens ne suivaient pas leur routine habituelle. En prison, tout se déroulait suivant une routine : un prisonnier, qui n'avait pas grand-chose d'autre à faire, observait les habitudes et ne tardait pas à bien les connaître. Aujourd'hui, tout était différent. Les gardiens semblaient nerveux, ils chuchotaient dans les coins, ils couraient dans tous les sens. Les bruits de la bataille à l'extérieur se faisaient plus forts. Avec tout ce qui se passait, était-il possible qu'aujourd'hui se terminât comme un autre jour ? Nous allons peut-être nous évader, songea Bill, nous allons peut-être nous faire tuer : mais nous n'allons sûrement pas éteindre la télé et nous allonger dans nos couchettes comme d'habitude ce soir.

Vers dix heures et demie, il vit la plupart des officiers traverser la cour de la prison en direction du nord, comme s'ils se rendaient à une réunion. Ils revinrent en hâte une demi-heure plus tard. Le commandant responsable du bâtiment numéro 8 gagna son bureau. Il en ressortit deux minutes plus tard... en civil. Il tenait à la main un paquet informe — son uniforme ? — et il sortit. En regardant par la fenêtre, Bill le vit mettre le paquet dans le coffre de sa B.M.W. qui était garée de l'autre côté de la clôture, puis monter dans sa voiture et s'en aller.

Qu'est-ce que cela signifiait ? Est-ce que tous les officiers allaient partir aussi ? Etait-ce ainsi que ça allait se passer : Paul et Bill pourraient-ils tout simplement sortir en se promenant de la prison ?

Le déjeuner arriva un peu avant midi. Paul mangea, mais Bill n'avait pas faim. La fusillade semblait maintenant très proche et ils entendaient des cris et des chants venant de la rue.

Trois des gardiens du bâtiment numéro 8 apparurent soudain en civil.

Ce devait vraiment être la fin.

Paul et Bill descendirent dans la cour. Les malades mentaux du rez-de-chaussée semblaient tous pousser des hurlements. Les gardiens des miradors tiraient dans les rues : on devait attaquer la prison.

Etait-ce une bonne nouvelle ou une mauvaise ? se demanda Bill. E.D.S. savait-il ce qui se passait ? Cela faisait-il partie du plan de sauvetage de Coburn ? Il n'y avait pas eu de visite depuis deux jours. Est-ce qu'ils étaient tous rentrés ? Etaient-ils encore vivants ?

La sentinelle qui normalement gardait la grille de la cour avait disparu et la grille était ouverte.

La grille était ouverte !

On avait dû forcer d'autres cellules, car il y avait maintenant dans la cour des prisonniers aussi bien que des gardiens. Des balles sifflaient dans les arbres et ricochaient sur les murs.

L'une d'elles tomba aux pieds de Paul.

Ils échangèrent un coup d'œil.

Les gardiens dans les miradors tiraient maintenant en direction de la cour.

Paul et Bill tournèrent les talons et rentrèrent en courant dans le bâtiment numéro 8.

Installés à une fenêtre, ils regardèrent le chaos monter dans la cour. C'était vraiment une drôle de situation : depuis des semaines ils ne pensaient presque à rien d'autre qu'à leur liberté, et pourtant maintenant qu'ils pouvaient s'en aller, ils hésitaient.

« Qu'est-ce que tu crois que nous devrions faire ? fit Paul.

— Je ne sais pas. Est-ce plus dangereux ici ou dehors ? »

Paul haussa les épaules.

« Tiens, voilà le milliardaire. » Ils apercevaient le riche prisonnier du bâtiment numéro 8, celui qui avait une chambre pour lui tout seul et à qui on apportait ses repas de l'extérieur : il traversait la cour avec deux de ses gardes du corps. Il avait rasé sa somptueuse moustache en guidon de bicyclette. Au lieu de son manteau en poil de chameau doublé de vison, il portait un pantalon et une chemise. Il était prêt à l'action, voyageant sans bagage et prêt à aller vite. Il se dirigeait vers le nord, en s'éloignant de la porte de la prison : cela signifiait-il qu'il y avait une sortie par-derrière ?

Les gardiens du bâtiment numéro 8, tous maintenant en civil, traversèrent la petite cour et franchirent la grille.

Tout le monde s'en allait et, pourtant, Paul et Bill hésitaient encore.

« Tu vois cette moto ? fit Paul.

— Je la vois.

— Nous pourrions partir là-dessus. Autrefois, je faisais de la moto.

— Comment la passerions-nous par-dessus le mur ?

— Oh ! c'est vrai. »

Paul rit de sa propre stupidité.

Leur camarade de cellule avait trouvé deux grands sacs dans lesquels il commençait à empaqueter ses affaires. Bill éprouvait l'envie de s'en aller, de sortir d'ici, que cela fit ou non partie du plan d'E.D.S. La liberté était si proche ! Mais des balles sifflaient dehors et la foule qui attaquait la prison pourrait bien être antiaméricaine. D'un autre côté, si les autorités, d'une façon ou d'une autre, regagnaient le contrôle de la prison, Paul et Bill auraient perdu leur dernière chance de s'évader...

« Je me demande où est Gayden en ce moment, le salopard, fit Paul. La seule raison pour laquelle je suis ici c'est parce qu'il m'a envoyé en Iran. »

Bill regarda Paul et se rendit compte qu'il plaisantait.

Les patients de l'hôpital au rez-de-chaussée grouillaient dans la cour, on avait dû leur ouvrir les portes. Bill entendait un épouvantable vacarme, comme des cris, provenant du bloc des femmes de l'autre côté de la rue. Il y avait de plus en plus de gens dans la cour, qui se précipitaient vers la porte de la prison. En regardant dans cette direction, Bill vit de la fumée. Paul l'aperçut au même moment.

« S'ils se mettent à incendier la prison... fit Bill.

— On ferait mieux de filer. »

Ce fut le feu qui fit pencher la balance : leur décision était prise.

Bill du regard inspecta la cellule. A eux deux, ils n'avaient pas grand-chose. Bill pensa au journal qu'il tenait fidèlement depuis quarante-trois jours. Paul avait dressé des listes de choses qu'il ferait lorsqu'il rentrerait aux Etats-Unis et il avait calculé sur une feuille de papier le financement de la nouvelle maison que Ruthie était en train d'acheter. Tous deux avaient de précieuses lettres de leur famille qu'ils avaient lues et relues.

« Nous ferions sans doute mieux, dit Paul, de ne rien avoir sur nous qui montre que nous sommes américains. »

Bill avait pris son journal. En entendant Paul, il le laissa tomber.

« Tu as raison », dit-il à regret.

Ils passèrent leurs manteaux. Paul portait un imperméable bleu et Bill un manteau avec un col de fourrure.

Ils détenaient environ deux mille dollars chacun,

l'argent que Keane Taylor leur avait apporté. Paul avait des cigarettes. Ils ne prirent rien d'autre.

Ils sortirent du bâtiment et traversèrent la petite cour, puis à la porte hésitèrent. La rue était maintenant une mer humaine, comme la foule à la sortie d'un stade, marchant et courant en une seule masse vers les grilles de la prison.

Paul lui tendit la main.

« Allons, bonne chance, Bill. »

Bill lui serra la main.

« Bonne chance à toi. »

Nous allons probablement mourir dans les minutes qui suivent, songea Bill, selon toute probabilité d'une balle perdue. Je ne verrai jamais les enfants grandir, pensa-t-il avec tristesse. L'idée qu'Emily devrait se débrouiller toute seule le rendait furieux.

Mais, curieusement, il n'avait pas peur.

Ils franchirent la petite porte et ensuite ils n'eurent plus le temps de réfléchir.

Ils furent emportés par la foule comme des brindilles lâchées dans un fort courant. Bill se concentrait sur deux choses : rester près de Paul et se tenir bien droit pour ne pas se faire piétiner. Il y avait encore une fusillade nourrie. Un gardien esseulé était resté à son poste et semblait tirer sur la foule du haut de son mirador. Deux ou trois personnes tombèrent — parmi elles une femme américaine qu'ils avaient vue auparavant — mais il était difficile de savoir si elles avaient reçu une balle ou si elles avaient seulement trébuché. Je ne veux pas mourir encore, songea Bill, j'ai des projets, ma carrière, des choses que je veux faire avec ma famille. Ce n'est ni le moment ni l'endroit pour moi de mourir : quelles foutues cartes on m'a données...

Ils passèrent devant le club des officiers où voilà trois semaines à peine ils avaient rencontré Perot — ils avaient l'impression que cela faisait des années. Des prisonniers en humeur de vengeance saccageaient le club et démolissaient les voitures des officiers garées dehors. A quoi tout cela rimait-il ? Pendant un moment, la scène parut irréelle, comme un rêve ou un cauchemar.

Autour de la grande entrée de la prison, le chaos était encore pire. Paul et Bill reculèrent et parvinrent à se détacher de la foule, craignant d'être écrasés. Bill se rappela que certains prisonniers étaient ici depuis vingt-cinq ans : pas étonnant, après ce temps, qu'ils deviennent fous en sentant l'odeur de la liberté.

Les portes de la prison, semblait-il, étaient encore fermées car des dizaines de gens s'efforçaient d'escalader l'énorme mur d'enceinte. Les uns étaient debout sur le toit de voitures et de camions qu'on avait poussés contre le mur. D'autres grimpaient aux arbres et se glissaient dans un équilibre précaire le long des branches qui dominaient le faîte du bâtiment. D'autres encore avaient appuyé des planches contre la maçonnerie et s'efforçaient de passer par là. Quelques-uns étaient parvenus en haut du mur et laissaient tomber des cordes et des draps vers ceux qui se trouvaient en bas, et les cordes n'étaient pas assez longues.

Paul et Bill regardaient, se demandant quoi faire. Ils furent rejoints par quelques-uns des autres prisonniers étrangers du bâtiment numéro 8. L'un d'eux, un Néo-Zélandais accusé de trafic de drogue, arborait un large sourire comme si tout ça l'amusait prodigieusement. Il y avait dans l'air une sorte de joie hystérique et Bill commençait à être gagné par la contagion. Je ne sais pas comment, se dit-il, mais nous allons sortir vivants de ce guêpier.

Il regarda autour de lui. A droite des portes, les immeubles étaient en feu. A gauche, un peu plus loin, il vit un prisonnier iranien qui agitait le bras comme pour dire : par ici ! On avait fait des travaux sur cette partie du mur — un bâtiment semblait s'élever de l'autre côté — et une porte d'acier avait été ménagée dans la paroi pour permettre d'accéder au chantier. En regardant de plus près, Bill s'aperçut que l'Iranien qui lui faisait signe avait réussi à ouvrir cette porte d'acier.

« Dis donc, regarde par là ! fit Bill.

— Allons-y », dit Paul.

Ils se précipitèrent. Quelques autres prisonniers les suivirent. Ils franchirent la porte — pour se retrouver prisonniers dans une sorte de cellule sans ouvertures. Ça sentait le ciment frais. Des outils de maçon jonchaient le sol. Quelqu'un empoigna un pic et s'attaqua au mur. La maçonnerie ne tarda pas à céder. Deux ou trois autres l'imitèrent, frappant avec tout ce qui leur tombait sous la main. Bientôt, le trou fut assez grand : ils laissèrent tomber leurs outils et se coulèrent par l'ouverture.

Ils se trouvaient maintenant entre les deux murs de la prison. Le mur intérieur, derrière eux, était le plus haut : huit ou neuf mètres. Le mur extérieur, qui les séparait de la liberté, n'avait que trois ou quatre mètres.

Un prisonnier athlétique parvint à se hisser sur le faîte du mur. Un autre se planta au-dessous de lui et fit signe. Un troisième prisonnier s'avança. L'homme qui était par terre lui fit la courte échelle, celui qui était en haut tira et le prisonnier passa par-dessus le mur.

Après cela, les choses allèrent très vite.

Paul se précipita vers le mur.

Bill était sur ses talons.

Bill avait l'esprit complètement vide. Il courait. Il sentit qu'on le poussait, qu'on le hissait ; puis qu'on tirait, puis il se retrouva en haut et il sauta.

Il atterrit sur le trottoir.

Il se remit debout.

Paul était juste auprès de lui.

Nous sommes libres ! pensa Bill. Nous sommes libres !

Il avait envie de danser.

Coburn reposa le téléphone et dit :

« C'était Majid. La foule a envahi la prison.

— Bon », fit Simons.

Il avait dit à Coburn, au début de la matinée, d'envoyer Majid sur la place Gasr.

Coburn s'émerveillait du sang-froid de Simons. Ça y était : c'était le grand jour ! Ils pouvaient maintenant sortir de l'appartement, agir, mettre à exécution leurs plans. Et pourtant Simons ne donnait aucun signe d'excitation.

« Qu'est-ce qu'on fait maintenant ? dit Coburn.

— Rien. Majid est là-bas, Rachid est là-bas. Si ces deux-là n'arrivent pas à s'occuper de Paul et de Bill, nous n'y parviendrons sûrement pas non plus. Si Paul et Bill ne se pointent pas à la tombée de la nuit, nous ferons ce dont nous avons discuté : Majid et toi partirez patrouiller à moto.

— Et en attendant ?

— On s'en tient au plan. On ne bouge pas. On attend. »

A l'ambassade américaine, c'était la crise.

L'ambassadeur William Sullivan avait reçu un appel à l'aide urgent du général Gast, chef du Military Assistance Advisory Group. Le quartier général du M.A.A.G. était entouré par des émeutiers. Les chars étaient en position autour de l'immeuble et on échangeait des coups de feu. Gast et ses officiers, ainsi que presque tout le grand état-major iranien, se trouvaient dans une casemate sous le bâtiment.

Sullivan chargea tous les hommes valides de l'ambassade de lancer des coups de téléphone pour essayer de trouver les meneurs révolutionnaires qui pourraient avoir l'autorité de rappeler les émeutiers. Sur le bureau de Sullivan, le téléphone n'arrêtait pas de sonner. Au beau milieu de la crise, il reçut un appel du sous-secrétaire Newsom à Washington.

Newsom appelait de la salle de situation de la Maison-Blanche, où Zbigniew Brzezinski présidait une réunion sur l'Iran. Il demanda à Sullivan de lui faire le point de la situation à Téhéran. Sullivan répondit en quelques phrases courtes et précisa que, pour l'instant, il s'occupait surtout de sauver la vie du plus haut officier américain en grade en Iran.

Quelques minutes plus tard, Sullivan reçut un coup de fil d'un fonctionnaire de l'ambassade qui avait réussi à joindre Ibrahim Yazdi, un adjoint de Khomeiny. Ce fonctionnaire était en train d'expliquer à Sullivan que Yazdi pourrait les aider lorsque la communication fut interrompue par Newsom qui revenait en ligne.

Newsom déclara :

« Le conseiller à la Sécurité nationale m'a demandé votre avis sur la possibilité d'un coup d'Etat monté par les militaires Iraniens pour prendre le pouvoir au gouvernement Bakhtiar dont l'autorité est de toute évidence chancelante. »

La question était si ridicule que Sullivan s'énerva.

« Dites à Brzezinski d'aller se faire foutre, lança-t-il.

— Ce n'est pas un commentaire très constructif, observa Newsom.

— Vous voulez que je traduise en polonais ? » reprit Sullivan, et il raccrocha.

Du toit du Bucarest, les membres de l'équipe de négociateurs apercevaient les incendies qui se répandaient. Le bruit de la fusillade aussi se rapprochait.

John Howell et Abolhassan revinrent de leur réunion avec Dadgar.

« Alors ? fit Gayden à Howell. Qu'est-ce que ce salaud a dit ?

— Il ne veut pas les laisser partir.

— L'ordure ! »

Quelques minutes s'écoulèrent puis ils entendirent tous un bruit qui ressemblait nettement au sifflement d'une balle. Quelques instants plus tard, le bruit recommença. Ils décidèrent de descendre du toit.

Ils regagnèrent les bureaux et regardèrent par les fenêtres. Ils commençaient à voir dans la rue en bas des adolescents et des jeunes gens avec des fusils. La foule, semblait-il, avait envahi une armurerie proche. Tout cela n'était pas confortable : il fallait abandonner le Bucarest et se replier sur le Hayatt, plus éloigné du centre.

Ils sortirent de l'immeuble et s'engouffrèrent dans deux voitures, puis remontèrent la voie express Shahanshi à fond de train. Les rues étaient noires de monde et il régnait une atmosphère de carnaval. Des gens, penchés à leur fenêtre, hurlaient : « *Allahar Akbar !* Dieu est grand ! » Le plus gros de la circulation se dirigeait vers le centre, vers la zone des combats. Taylor passa trois barrages routiers sans s'arrêter, mais personne ne s'en souciait : tout le monde dansait.

Ils arrivèrent au Hayatt et s'installèrent dans le salon de la suite d'angle au dixième étage que Gayden avait reprise de Perot. Ils furent rejoints par Cathy, la femme de Rich Gallagher, et son caniche blanc, Buffy.

Gayden avait entreposé dans la suite l'alcool qui restait dans les maisons abandonnées par les évacués d'E.D.S., et il avait maintenant le meilleur bar de Téhéran ; mais personne n'avait envie de boire.

« Qu'est-ce qu'on fait maintenant ? » demanda Gayden.

Personne n'avait d'idée.

Gayden téléphona à Dallas, où il était maintenant 6 heures du matin. Il trouva Tom Walter et lui parla des incendies, des combats et des gosses qui couraient dans les rues avec leurs fusils à répétition.

« C'est tout ce que j'ai à signaler, conclut-il.

— A part ça, une journée bien tranquille, hein ? » fit Walter.

Ils discutèrent de ce qu'ils feraient si les lignes téléphoniques étaient coupées. Gayden dit qu'il essaierait de faire passer des messages par les militaires américains : Cathy Gallagher travaillait pour l'armée et elle pensait pouvoir y arriver.

Keane Taylor passa dans la chambre pour s'allonger. Il songeait à sa femme, Mary. Elle était à Pittsburgh, chez ses parents. Le père et la mère de Taylor avaient tous deux plus de quatre-vingts ans et n'étaient pas en très bonne santé. Mary avait téléphoné pour lui dire qu'on avait dû transporter d'urgence la mère de Keane à l'hôpital : c'était son cœur. Mary voulait que Taylor rentre. Il avait parlé à son père qui lui avait dit d'un ton ambigu :

« Tu sais ce que tu as à faire. »

C'était vrai. Taylor savait qu'il devait rester ici. Mais ce n'était pas facile, ni pour lui ni pour Mary.

Il sommeillait sur le lit de Gayden lorsque le téléphone sonna. Il tendit le bras vers la table de chevet et décrocha.

« Allô ? » fit-il encore à moitié endormi.

Une voix iranienne hors d'haleine dit :

« Est-ce que Paul et Bill sont là ?

— Comment ? fit Taylor. Rachid... C'est vous ?

— Est-ce que Paul et Bill sont là ? répéta Rachid.

— Non. Que voulez-vous dire ?

— Bon, j'arrive, j'arrive. »

Rachid raccrocha.

Taylor se leva et passa dans le salon.

« Rachid vient d'appeler, annonça-t-il aux autres. Il m'a demandé si Paul et Bill étaient ici.

— Qu'est-ce qu'il a voulu dire ? fit Gayden. D'où appelait-il ?

— Je n'ai rien pu lui tirer d'autre que cela. Il était tout excité et tu sais comme son anglais est mauvais quand il s'énerve.

— Il n'en a pas dit plus ?

— Il a dit "J'arrive", puis il a raccroché.

— Merde ! »

Gayden se tourna vers Howell.

« Passez-moi le téléphone. »

Howell était assis, le combiné collé à son oreille, sans rien dire : ils gardaient la ligne avec Dallas ouverte. A l'autre bout du fil, une standardiste d'E.D.S. écoutait, attendant que quelqu'un parle.

« Repassez-moi Tom Walter, je vous prie », dit Gayden.

Tandis que Gayden racontait à Walter le coup de téléphone de Rachid, Taylor se demandait ce que cela signifiait. Pourquoi Rachid s'imaginerait-il que Paul et Bill pourrait être au Hayatt ? Ils étaient en prison, non ?

Quelques minutes plus tard, Rachid fit irruption dans le salon, sale, sentant la poudre, avec des chargeurs tombant de ses poches, parlant à toute allure si bien que personne ne comprenait un mot. Taylor le calma. Rachid finit par dire :

« Nous avons pris la prison. Paul et Bill étaient partis. »

Paul et Bill, plantés au pied du mur de la prison, regardaient autour d'eux.

La scène dans la rue rappelait à Paul un défilé à New York. Dans les immeubles résidentiels en face de la prison, tout le monde était aux fenêtres, poussant des acclamations et applaudissant en voyant les prisonniers s'évader. Au coin de la rue, un marchand vendait des fruits. On entendait la fusillade pas bien loin mais, dans le voisinage immédiat, personne ne tirait. Puis, comme pour rappeler à Paul et à Bill qu'ils n'étaient pas encore hors de danger, une voiture bourrée de révolutionnaires passa en trombe avec des fusils qui dépassaient par toutes les fenêtres.

« Foutons le camp d'ici, dit Paul.

— Où allons-nous ? A l'ambassade américaine ? A l'ambassade de France ?

— Au Hayatt. »

Paul se mit en marche en direction du nord. Bill le suivait à quelques pas, le col de son manteau relevé et la tête baissée pour masquer son pâle visage d'Américain. Ils arrivèrent à un carrefour. Désert. Pas de voitures, personne. Ils traversèrent. Un coup de feu éclata.

Ils s'aplatirent tous les deux et revinrent en courant d'où ils étaient partis.

Ça n'allait pas être facile.

« Comment ça va ? fit Paul.

— Je suis toujours en vie. »

Ils repassèrent devant la prison. La scène n'avait pas changé : les autorités, semblait-il, ne s'étaient pas encore assez organisées pour commencer à poursuivre les évadés.

Paul se dirigea tant bien que mal vers le sud et l'est à travers les rues, espérant contourner le secteur avant de pouvoir repartir vers le nord. Partout il y avait des garçons, dont les uns n'avaient que treize ou quatorze ans, avec des fusils automatiques. A chaque coin de rue, un abri protégé par des sacs de sable, comme si la ville était divisée en territoires tribaux. Plus loin, ils durent se frayer un chemin à travers une foule de gens qui hurlaient, chantaient, au bord de l'hystérie : Paul évitait soigneusement le regard des gens, car il ne voulait pas se faire remarquer, encore moins qu'on lui adressât la parole : si les émeutiers apprenaient qu'il y avait deux Américains au milieu d'eux, ils pourraient devenir mauvais.

L'émeute se développait par plaques clairsemées. On se serait cru à New York où il suffisait de faire quelques pas et de tourner un coin pour trouver le caractère du quartier totalement changé. Paul et Bill traversèrent un secteur tranquille sur près d'un kilomètre, puis tombèrent en pleine bataille de rue. Il y avait en travers de la chaussée une barricade de voitures renversées et une bande de jeunes gens avec des fusils qui tiraient vers ce qui semblait être une installation militaire. Paul s'éloigna aussitôt, de crainte d'être touché par une balle perdue.

Chaque fois qu'il essayait d'aller vers le nord, il tombait sur un obstacle ou sur un autre. Il se trouvait maintenant plus loin du Hayatt que lorsqu'ils étaient partis. Ils allaient vers le sud et les combats étaient toujours plus violents dans le sud.

Ils s'arrêtèrent devant un immeuble inachevé.

« Nous pourrions entrer là et nous planquer jusqu'à la tombée de la nuit, dit Paul. Quand il fera sombre, personne ne s'apercevra que tu es américain.

— Nous risquons de nous faire tirer dessus pour être dehors après le couvre-feu.

— Tu crois qu'il y a encore un couvre-feu ? »

Bill haussa les épaules.

« Pour l'instant, ça va, reprit Paul. Continuons encore un peu. » Ils repartirent.

Il leur fallut deux heures — deux heures au milieu de la foule, des combats de rue et de la fusillade de tireurs isolés — avant de pouvoir enfin partir vers le nord. Alors le paysage changea. La fusillade se calma et ils se retrouvèrent dans un quartier relativement riche de belles villas. Ils aperçurent un enfant sur une bicyclette, arborant un tee-shirt où il était question de Californie.

Paul était épuisé. Cela faisait quarante-cinq jours qu'il était en prison et pendant presque tout ce temps il avait été malade : il n'avait plus la force de marcher pendant des heures.

« Et si on faisait du stop ? proposa-t-il à Bill.

— Essayons. »

Paul se planta au bord du trottoir et fit signe à la première voiture qui passait.

(Il se rappela de ne pas lever le pouce à l'américaine : c'était en Iran un geste obscène.) La voiture s'arrêta. Il y avait deux Iraniens dedans. Paul et Bill montèrent à l'arrière.

Paul décida de ne pas mentionner le nom de l'hôtel.

« Nous allons à Tajrish », dit-il.

C'était le quartier d'un bazar au nord de la ville.

« Nous pouvons vous prendre une partie du trajet, dit le chauffeur.

— Merci. »

Paul leur offrit des cigarettes, puis se laissa retomber avec gratitude contre la banquette et en alluma une pour lui.

Les Iraniens les déposèrent à Kurosh-e-Kabir, à plusieurs kilomètres au sud de Tajrish, pas loin de là où Paul habitait autrefois. Ils étaient dans une rue principale, avec beaucoup de circulation et beaucoup de piétons. Paul décida de ne pas se faire remarquer en faisant du stop ici.

« Nous pourrions nous réfugier à la mission catholique », suggéra Bill.

Paul réfléchit. Les autorités savaient sans doute que le père Williams était venu leur rendre visite à la prison de Gasr voilà deux jours.

« La mission pourrait bien être le premier endroit où Dadgar nous recherche.

— Peut-être.

— Nous devrions aller au Hayatt.

— Les copains n'y sont peut-être plus.

— Mais il y aura des téléphones, une façon de se procurer des billets d'avion...

— Et des douches chaudes.

— Exact. »

Ils se remirent à marcher.

Soudain une voix lança :

« Monsieur Paul ! Monsieur Bill ! »

Paul sentit son cœur s'arrêter. Il regarda autour de

lui. Il vit une voiture bourrée de gens qui avançait lentement sur la chaussée auprès de lui. Il reconnut un des passagers : c'était un gardien de la prison de Gasr.

Le gardien s'était mis en civil et semblait avoir rallié les rangs de la révolution. Son grand sourire semblait dire : « Ne dites pas qui je suis, et je ne dirai pas qui vous êtes ! »

Il agita la main, puis la voiture prit de la vitesse et disparut.

Paul et Bill éclatèrent de rire avec un mélange d'amusement et de soulagement.

Ils s'engagèrent dans une rue plus calme et Paul se remit à faire du stop. Il se planta au milieu de la chaussée à agiter le bras pendant que Bill restait sur le trottoir, pour que les automobilistes puissent croire qu'il n'y avait qu'un homme, un Iranien. Un jeune couple s'arrêta. Paul monta dans la voiture et Bill sauta à sa suite.

« Nous allons vers le nord », dit Paul.

La femme regarda son compagnon.

« Nous pourrions vous conduire jusqu'au palais Niavron, fit-il.

— Merci. »

La voiture démarra.

Le spectacle des rues changeait de nouveau. Ils entendaient une fusillade plus nourrie, la circulation devenait plus dense et plus frénétique et toutes les voitures klaxonnaient sans arrêt. Ils virent des photographes de presse et des équipes de télévision juchés sur des toits de voitures à filmer et à prendre des photos. La foule était en train d'incendier les commissariats de police non loin de l'endroit où Bill habitait jadis. Le couple iranien paraissait nerveux à mesure que la voiture avançait péniblement : avoir deux Américains dans leur voiture pouvait dans cette atmosphère leur attirer des ennuis.

Il commençait à faire nuit.

Bill se pencha en avant.

« Fichtre, il commence à se faire tard, dit-il. Ce serait chic si vous pouviez nous déposer à l'hôtel

Hayatt. Nous serions ravis de vous remercier, vous savez et de vous donner quelque chose pour nous conduire là-bas.

— D'accord », fit le conducteur.

Il ne demanda pas combien.

Ils passèrent devant le palais Niavron, la résidence d'hiver du shah. Il y avait des chars devant le palais, comme toujours, mais maintenant ils avaient des drapeaux blancs attachés à leur antenne : ils avaient capitulé devant la révolution.

La voiture continua, passa devant des immeubles en feu, obligée de temps en temps de faire demi-tour devant des barricades.

Enfin, ils aperçurent le Hayatt.

« Oh ! Seigneur, fit Paul avec ferveur. Un hôtel américain. »

Ils entrèrent dans la cour.

Paul était si content qu'il donna au couple iranien deux cents dollars.

La voiture s'éloigna, Paul et Bill firent des signes d'adieu puis entrèrent dans l'hôtel.

Paul regretta soudain de ne pas arborer son uniforme E.D.S., costume sombre et chemise blanche, au lieu d'un treillis de prisonnier et d'un imperméable crasseux.

Le magnifique hall était désert.

Ils s'avancèrent jusqu'à la réception. Au bout d'un moment, quelqu'un sortit d'un bureau.

Paul demanda le numéro de la chambre de Bill Gayden.

L'employé vérifia, puis lui dit qu'il n'y avait personne de ce nom-là d'inscrit à l'hôtel.

« Et Bob Young ?

— Non.

— Rich Gallagher ?

— Non.

— Jay Coburn ?

— Non. »

Je me suis trompé d'hôtel, songea Paul. Comment ai-je pu faire une erreur pareille ?

« Et John Howell ? dit-il, se souvenant de l'avocat.

« — Oui », dit enfin l'employé, et il leur donna un numéro de chambre au onzième étage.

Ils prirent l'ascenseur.

Ils trouvèrent la chambre de Howell et frappèrent. Pas de réponse.

« Qu'est-ce que tu crois qu'on devrait faire ? dit Bill.

— Je m'en vais prendre une chambre, dit Paul. Je suis crevé. Pourquoi est-ce qu'on ne prendrait pas une chambre, et puis on irait dîner. On appellera les Etats-Unis, on leur dira qu'on est sortis de prison et que tout va bien.

— D'accord. »

Ils revinrent vers l'ascenseur.

Par fragments, Keane Taylor obtenait de Rachid le récit des événements.

Le jeune homme était resté près d'une heure à l'intérieur de l'enceinte de la prison. Un véritable chaos : onze mille personnes essayaient de sortir par une petite porte et, dans la panique, des femmes et des vieillards se faisaient piétiner. Rachid avait attendu, pensant à ce qu'il dirait à Paul et à Bill lorsqu'il les verrait. Au bout d'une heure, le flot des gens avait diminué et il en conclut que la plupart étaient sortis. Il continuait à demander :

« Avez-vous vu des Américains ? »

Quelqu'un lui dit que tous les étrangers étaient enfermés dans le bâtiment numéro 8. Il s'y rendit et le trouva vide. Il visita tous les bâtiments, puis il revint au Hayatt par le chemin que Paul et Bill avaient le plus de chance de prendre. Tantôt marchant, tantôt faisant du stop, il n'avait pas cessé de les chercher. Au Hayatt, on lui avait refusé l'entrée parce qu'il avait encore son fusil. Il le donna au jeune le plus proche qu'il trouva et entra.

Pendant qu'il racontait son histoire, Coburn arriva, tout prêt à s'en aller à la recherche de Paul et de Bill sur la motocyclette de Majid. Il avait un casque avec une visière qui dissimulerait son visage blanc.

Rachid proposa de prendre une voiture E.D.S. et de refaire la route entre l'hôtel et la prison, pour une

dernière tentative d'aller et retour avant que Coburn
ne s'en allât risquer sa peau dans la foule. Taylor lui
donna les clefs d'une voiture. Gayden se mit au téléphone pour annoncer la nouvelle à Dallas. Rachid et
Taylor sortirent de l'appartement et s'engagèrent dans
le couloir.

Tout d'un coup Rachid hurla :

« Je croyais que vous étiez morts ! » et il se précipita
en courant.

Ce fut alors que Taylor vit Paul et Bill.

Rachid les serrait tous les deux dans ses bras en
criant :

« Je n'ai pas pu vous trouver ! Je n'ai pas pu vous
trouver ! »

Taylor accourut et étreignit à son tour Paul et Bill.

« Dieu soit loué ! » dit-il.

Rachid revint en courant dans la suite de Gayden en
hurlant :

« Paul et Bill sont ici ! Paul et Bill sont ici ! »

Un instant plus tard, Paul et Bill entraient et la
corrida commença.

CHAPITRE X

1

Ce fut un moment inoubliable.

Tout le monde criait, personne n'écoutait et ils voulaient tous en même temps serrer dans leurs bras Paul
et Bill.

Gayden hurlait dans le téléphone :

« On les a récupérés ! On les a récupérés ! Formidable ! Ils viennent de passer la porte ! Formidable ! »

Quelqu'un cria :

« On les a eus ! On les a eus ces enfants de salauds !

— Ça y est !

— Dans le cul, Dadgar ! »

Buffy aboyait comme un dément.

Paul, en regardant ses amis rassemblés, se rendit compte qu'ils étaient restés là, au milieu d'une révolution, pour l'aider et il s'aperçut qu'il avait du mal à parler.

Gayden lâcha le téléphone et vint lui serrer la main. Paul, des larmes dans les yeux, dit :

« Gayden, je viens de t'économiser douze millions et demi de dollars... Je pense que tu devrais me payer un verre. »

Gayden lui servit un scotch bien tassé.

Paul goûta sa première gorgée d'alcool depuis six semaines.

Gayden reprit le téléphone et dit :

« J'ai quelqu'un qui voudrait te parler. »

Il tendit le combiné à Paul.

« Allô ! » fit Paul.

Il entendit la voix de Tom Walter.

« Salut, mon vieux !

— Bonté divine, fit Paul, tout à la fois épuisé et soulagé.

— On se demandait où vous étiez passés tous les deux !

— Et moi donc, depuis trois heures.

— Comment es-tu arrivé jusqu'à l'hôtel, Paul ? »

Paul n'avait pas la force de raconter toute l'histoire à Walter. « Heureusement, Keane un jour m'a laissé pas mal d'argent.

— Formidable. Ça alors ! Dis-moi, Paul, Bill va bien ?

— Oui, il est un peu secoué, mais il va bien.

— Nous sommes tous un peu secoués. Oh ! bon sang, bon sang, que c'est bon de t'entendre ! »

Une autre voix retentit à l'autre bout du fil. « Paul ? Ici Mitch. » Mitch Hart était un ancien président de l'E.D.S. « Je me disais bien que ce bagarreur d'Italien se tirerait de là.

— Comment va Ruthie ? » demanda Paul.

Ce fut Tom Walter qui répondit. Ils doivent utiliser le circuit du téléphone de conférence, se dit Paul.

« Paul, elle est formidable. Je viens de lui parler il

y a un instant. Jean est en train d'appeler en ce moment même, sur l'autre ligne.

— Les gosses vont bien ?

— Oui, très bien. Bon sang, qu'elle va être contente d'apprendre la nouvelle !

— Bon, je vais te passer mon autre moitié », fit Paul en tendant le téléphone à Bill.

Pendant qu'ils parlaient, un employé iranien, Gholam, était arrivé. Il avait appris la nouvelle de l'évasion et s'était mis à chercher Paul et Bill dans les rues autour de la prison.

L'arrivée de Gholam inquiéta Jay Coburn. Pendant quelques minutes, Coburn était trop bouillonnant d'une joie au bord des larmes pour penser à rien d'autre, mais il reprenait maintenant son rôle de lieutenant de Simons. Il quitta discrètement la suite, trouva une autre porte ouverte, entra dans la chambre et appela l'appartement des Dvoranchik.

Ce fut Simons qui répondit.

« C'est Jay. Ils viennent d'arriver.

— Bon.

— Il n'est plus question de sécurité ici. Ils utilisent les noms au téléphone, tout le monde se balade partout, nous avons des employés iraniens qui viennent d'arriver...

— Trouvez deux chambres à l'écart des autres. Nous arrivons.

— D'accord », fit Coburn en raccrochant.

Il descendit à la réception et demanda une suite de deux chambres au douzième étage. Pas de problème : l'hôtel avait des centaines de chambres vides. Il donna un faux nom. On ne lui demanda pas son passeport.

Il regagna l'appartement de Gayden.

Quelques minutes plus tard, Simons entra et dit : « Raccrochez-moi ce foutu téléphone. »

Bob Young, qui gardait la ligne ouverte avec Dallas, reposa le combiné.

Joe Poché arriva sur les talons de Simons et se mit à tirer les rideaux.

C'était incroyable. Tout d'un coup, c'était Simons qui commandait. Gayden, le président d'E.D.S. International, était leur supérieur à tous ; et, une heure plus tôt, il avait dit à Tom Walter que « les trois mousquetaires » — Simons, Coburn et Poché — lui paraissaient inutiles et incompétents ; et voilà maintenant que, sans même y penser, il se montrait plein de déférence envers Simons.

« Jette un coup d'œil dans les parages, Joe », dit Simons à Poché. Coburn savait ce que cela voulait dire. Durant leurs semaines d'attente, l'équipe n'avait cessé de patrouiller l'hôtel et les jardins, et Poché allait voir maintenant s'il n'y avait eu aucun changement.

Le téléphone sonna. John Howell répondit. « C'est Abolhassan », annonça-t-il aux autres. Il écouta deux minutes, puis dit :

« Ne quittez pas. » Couvrant le micro de sa main, il s'adressa à Simons.

« C'est un employé iranien qui traduit pour moi lors des réunions avec Dadgar. Son père est un ami de Dadgar. Il est en ce moment chez son père et il vient d'avoir un coup de fil de Dadgar. »

Le silence se fit soudain dans la pièce.

« Dadgar a dit : "Vous saviez que les Américains sont sortis de prison ?" Abolhassan a répondu : "Première nouvelle." Dadgar a poursuivi : "Contactez les gens d'E.D.S et dites-leur que s'ils retrouvent Chiapparone et Gaylord, ils doivent nous les livrer, que je suis maintenant disposé à renégocier la caution et que le montant devrait en être beaucoup plus raisonnable."

— Qu'il aille se faire foutre, fit Gayden.

— Très bien, dit Simons. Dites à Abolhassan de transmettre un message à Dadgar. Nous recherchons Paul et Bill mais, en attendant, nous tenons Dadgar pour personnellement responsable de leur sécurité. »

Howell hocha la tête en souriant puis se mit à parler à Abolhassan.

Simons se tourna vers Gayden.

« Appelle l'ambassade américaine. Gueule un peu. Ils ont fait flanquer en prison Paul et Bill, maintenant la prison a été prise d'assaut et nous ne savons pas où se trouvent Paul et Bill, mais nous tenons l'ambassade pour responsable de leur sécurité. Sois convaincant. Il y a sûrement des espions iraniens à l'ambassade. Je te parie que Dadgar aura le texte du message quelques minutes plus tard. »

Gayden s'en alla chercher un téléphone.

Simons, Coburn et Poché, accompagnés de Paul et de Bill, vinrent s'installer dans la nouvelle suite que Coburn avait réservée à l'étage au-dessus.

Coburn commanda deux bons steaks pour Paul et Bill. Il demanda qu'on les fasse monter dans l'appartement de Gayden. Inutile d'avoir trop de circulation du côté des nouvelles chambres.

Paul se plongea dans un bain brûlant. Il en rêvait. Cela faisait six semaines qu'il n'avait pas pris de bain. Il se délectait dans la salle de bain immaculée, avec l'eau bien chaude, le savon tout neuf... Plus jamais cela ne lui paraîtrait tout naturel. Un shampooing le débarrassa de l'odeur de la prison de Gasr. Des vêtements propres l'attendaient : quelqu'un avait récupéré sa valise au Hilton, où il était descendu jusqu'à son arrestation.

Bill prit une douche. Son euphorie s'était dissipée. Il s'était imaginé que c'était la fin du cauchemar lorsqu'il était entré dans la suite de Gayden, mais peu à peu il avait compris qu'il courait encore des dangers, qu'il n'y avait aucun appareil de l'aviation américaine à l'attendre pour le ramener chez lui à deux fois la vitesse du son. Le message de Dadgar transmis par Abolhassan, l'apparition de Simons et les nouvelles mesures de sécurité — cet appartement, Poché fermant les rideaux, les chariots de repas qui passaient d'une chambre à l'autre — tout cela lui faisait comprendre que l'évasion ne venait que de commencer.

Malgré tout, il savoura son steak.

Simons était toujours mal à l'aise. Le Hayatt était tout près de l'hôtel Evin où habitaient les militaires américains, de la prison d'Evin et d'un arsenal. Autant de cibles tout indiquées pour les révolutionnaires. Le coup de fil de Dadgar le préoccupait aussi. De nombreux Iraniens savaient que les gens d'E.D.S. étaient descendus au Hayatt : Dadgar pouvait facilement l'apprendre et envoyer des hommes à la recherche de Paul et de Bill.

Pendant que Simons, Coburn et Bill en discutaient dans le salon de la suite, le téléphone sonna.

Simons regarda l'appareil.

Nouvelle sonnerie.

« Qui peut foutre savoir qu'on est ici ? » dit Simons.

Coburn haussa les épaules.

Simons décrocha et dit :

« Allô ? »

Un silence.

« Allô ? »

Il raccrocha.

« Personne. »

Là-dessus, Paul arriva en pyjama.

« Change-toi, dit Simons, on s'en va.

— Pourquoi ? » protesta Paul.

Simons répéta :

« Change-toi, on s'en va. »

Paul haussa les épaules et regagna la chambre.

Bill n'en croyait pas ses oreilles. Fuir de nouveau déjà ! Dadgar, semblait-il, conservait son autorité au milieu de toute la violence et du chaos de la révolution. Mais qui travaillait pour lui ? Les gardiens avaient fui les prisons, on avait incendié les commissariats de police, l'armée avait capitulé : qui restait donc pour exécuter les ordres de Dadgar ?

Le diable et toutes ses hordes, songea Bill.

Simons descendit à l'appartement de Gayden pendant que Paul s'habillait. Il prit à part, dans un coin, Gayden et Taylor.

« Faites-moi filer tous ces clowns d'ici, dit-il à voix basse. On va raconter que Paul et Bill sont couchés. Demain matin, vous allez tous venir chez nous. Partez à sept heures, comme si vous alliez au bureau. Ne faites pas de valises, n'annoncez pas votre départ, ne payez pas votre note d'hôtel. Joe Poché vous attendra dehors et il aura mis au point un itinéraire sûr pour aller jusqu'à la maison. J'emmène Paul et Bill là-bas maintenant — mais ne le dites aux autres que demain matin.

— Entendu », fit Gayden.

Simons remonta. Paul et Bill étaient prêts. Coburn et Poché attendaient. Tous les cinq se dirigèrent vers l'ascenseur.

Comme ils descendaient, Simons dit :

« Maintenant, sortons tranquillement d'ici comme si c'était la chose la plus normale du monde. »

Ils arrivèrent au rez-de-chaussée. Ils traversèrent le vaste hall et sortirent dans la cour. Les deux Range Rover étaient garées là.

Comme ils traversaient la cour, une grosse voiture noire s'arrêta et quatre ou cinq hommes dépenaillés avec des mitraillettes bondirent à terre.

« Oh ! merde », murmura Coburn.

Les cinq Américains continuaient à marcher.

Les révolutionnaires se précipitèrent vers le portier.

Poché ouvrit toutes grandes les portières de la première Range Rover. Paul et Bill sautèrent dans la voiture. Poché mit le moteur en marche et démarra sans traîner. Simons et Coburn s'engouffrèrent dans la seconde voiture et suivirent.

Les révolutionnaires entrèrent dans l'hôtel.

Poché se dirigea vers la Vanak Highway, une autoroute qui desservait tout à la fois le Hayatt et le Hilton. Ils entendaient un tir constant de mitraillettes qui dominait le bruit que faisaient les moteurs des voitures. Quinze cents mètres plus loin, au carrefour de l'avenue Pahlavi, près du Hilton, ils tombèrent sur un barrage routier.

Poché s'arrêta. Bill regarda autour de lui. Paul et lui avaient franchi ce carrefour quelques heures plus tôt, avec le couple iranien qui les avait amenés jusqu'au Hayatt ; mais il n'y avait alors pas de barrage, rien qu'une voiture incendiée. Maintenant, il y avait plusieurs voitures en train de brûler, une barricade et une foule de révolutionnaires équipés de tout un assortiment d'armes à feu.

L'un d'eux s'approcha de la Range Rover et Joe Poché abaissa la vitre.

« Où allez-vous ? demanda le révolutionnaire dans un anglais parfait.

— Je me rends à la maison de ma belle-mère à Abbas Abad », répondit Poché.

Bill se dit :

« Mon Dieu, quelle histoire idiote ! »

Paul détournait les yeux en se cachant le visage.

Un autre révolutionnaire arriva et lança quelque chose en farsi. Le premier homme dit :

« Vous avez des cigarettes ?

— Non, fit Poché, je ne fume pas.

— Bon, passez. »

Poché s'engagea sur la Shahanshahi Expressway.

Coburn arrêta la seconde voiture devant les révolutionnaires.

« Vous êtes avec eux ? lui demanda-t-on.

— Oui.

— Vous avez des cigarettes ?

— Oui. »

Coburn prit un paquet de sa poche et essaya d'en faire sortir une cigarette. Ses mains tremblaient et il n'y arrivait pas.

Simons dit :

« Jay ?

— Oui.

— Donne-lui le foutu paquet. »

Coburn donna tout le paquet au révolutionnaire et l'homme leur fit signe de passer.

2

Ruthie Chiapparone était au lit mais elle ne dormait pas, chez les Nyfeler à Dallas, lorsque le téléphone sonna.

Elle entendit des pas dans le couloir. La sonnerie s'arrêta et la voix de Jean Nyfeler dit :

« Allô ?... Oh ! elle dort.

— Non, je ne dors pas », cria Ruthie.

Elle sauta à bas de son lit, passa un peignoir et sortit dans le couloir.

« C'est Jean, la femme de Tom Walter, dit Jean en lui tendant le téléphone.

— Salut, Jean, fit Ruthie.

— Ruth, j'ai de bonnes nouvelles pour vous. Les hommes sont libres. Ils sont sortis de prison.

— Oh ! Dieu soit loué ! » fit Ruthie.

Elle n'avait pas encore commencé à se demander comment Paul allait sortir d'Iran.

Quand Emily Gaylord rentra de l'église, sa mère lui dit :

« Tom Walter a téléphoné de Dallas. J'ai dit que tu rappellerais. »

Emily se jeta sur le téléphone, composa le numéro d'E.D.S. et demanda Walter.

« Bonjour, Emily, dit Walter avec son accent traînant de l'Alabama. Paul et Bill sont sortis de prison.

— Oh ! Tom, c'est merveilleux !

— Il y a eu une évasion générale. Ils sont sains et saufs et ils sont en bonnes mains.

— Quand rentrent-ils ?

— Nous ne savons pas encore, mais on vous tiendra au courant.

— Merci, Tom, dit Emily. Merci ! »

Ross et Margot Perot étaient au lit. Le téléphone les réveilla tous les deux. Perot tendit la main et décrocha.

« Oui ?

— Ross, ici Tom Walter. Paul et Bill sont sortis de prison. »

Perot tout d'un coup se retrouva parfaitement réveillé. Il s'assit dans son lit.

« C'est formidable !

— Ils sont sortis ? fit Margot d'une voix endormie.

— Oui.

— Oh ! tant mieux ! fit-elle en souriant.

— La prison a été envahie par les révolutionnaires, expliquait Tom Walter, et Paul et Bill sont sortis. »

L'esprit de Perot se mettait en marche.

« Où sont-ils maintenant ?

— A l'hôtel.

— C'est dangereux, Tom. Simons est là ?

— Eh bien, quand je leur ai parlé, il n'était pas là.

— Dites-leur de l'appeler. Taylor connaît le numéro. Et qu'ils quittent cet hôtel !

— Bien.

— Convoquez tout le monde au bureau immédiatement. Je serai là dans quelques minutes.

— Très bien. »

Perot raccrocha. Il se leva, passa quelques vêtements, embrassa Margot et dévala l'escalier. Il traversa la cuisine et sortit par la porte de derrière. Un vigile, surpris de le voir debout de si bonne heure, dit :

« Bonjour, monsieur Perot.

— Bonjour. »

Perot décida de prendre la Jaguar de Margot. Il sauta au volant et dévala l'allée jusqu'à la grille.

Depuis six semaines il avait l'impression de se cogner la tête contre les murs. Il avait tout essayé et rien ne marchait ; une mauvaise nouvelle suivait l'autre, il n'avait fait aucun progrès. Maintenant, enfin, voilà que ça bougeait.

Il s'engouffra sur Forest Lane, brûlant les feux rouges et sans se soucier des limitations de vitesse. Les faire sortir de prison, c'était la partie facile, songeat-il ; maintenant, il faut les faire sortir d'Iran, le plus dur n'a même pas commencé.

Quelques minutes plus tard, toute l'équipe était rassemblée au siège d'E.D.S. à Forest Lane : Tom Walter, T.J. Marquez, Merv Stauffer, Sally Walther, la secrétaire de Perot, l'avocat Tom Luce et Mitch Hart qui — bien que ne travaillant plus à E.D.S. — avait essayé d'utiliser ses relations au sein du parti démocrate pour aider Paul et Bill.

Jusqu'à maintenant, les communications avec l'équipe des négociateurs à Téhéran se faisaient à partir du bureau de Bill Gayden au quatrième étage, pendant qu'au sixième étage, Merv Stauffer s'occupait discrètement du soutien logistique et des communications avec l'équipe clandestine de sauvetage, en parlant au téléphone en code. Ils comprenaient tous maintenant que le personnage clef à Téhéran, c'était Simons et que tout ce qui allait se passer ensuite serait sans doute illégal ; aussi montèrent-ils dans le bureau de Merv, où l'on était plus tranquille.

« Je pars tout de suite pour Washington, leur annonça Perot. Notre meilleur espoir pour leur faire quitter Téhéran, c'est encore un jet de l'aviation.

— Je ne connais pas de vol de Dallas à Washington le dimanche, dit Stauffer.

— Louez un avion taxi », dit Perot.

Stauffer décrocha le téléphone.

« Pendant les prochains jours, poursuivit Perot, nous allons avoir besoin de secrétaires ici vingt-quatre heures sur vingt-quatre.

— Je vais m'en occuper, dit T.J.

— Voyons, les militaires ont promis de nous aider, mais nous ne pouvons pas compter sur eux : ils ont peut-être des problèmes plus importants sur les bras. L'autre perspective la plus probable pour l'équipe c'est de partir en voiture par la Turquie. Dans ce cas, le plan prévoit que nous les retrouvions à la frontière ou que, si nécessaire, nous allions en avion jusque dans le nord-ouest de l'Iran pour les faire sortir. Nous allons devoir rassembler l'équipe de sauvetage turque. Boulware est déjà à Istanbul. Schwebach, Sculley et Davis sont aux Etats-Unis : que quelqu'un les appelle et qu'ils me retrouvent tous les trois à Washington.

« Nous aurons peut-être besoin aussi d'un pilote d'hélicoptère et d'un autre pilote pour un petit appareil à voilure fixe, au cas où nous voudrions pénétrer discrètement en Iran. Sally, appelez Margot et demandez-lui de me préparer une valise : il me faudra des vêtements de sport, une torche électrique, des bottes en caoutchouc, des sous-vêtements chauds, un sac de couchage et une tente.

— Bien, monsieur, fit Sally en quittant la pièce.

— Ross, je ne trouve pas que ce soit une bonne idée, dit T.J. Margot pourrait s'effrayer. »

Perot réprima un soupir : c'était bien de T.J. de toujours discuter. Mais il avait raison.

« D'accord, je vais rentrer et le faire moi-même. Venez avec moi pour que nous puissions bavarder pendant que je boucle ma valise.

— Entendu. »

Stauffer raccrocha le téléphone et dit :

« Il y a un Lear Jet qui vous attend à Love Field.

— Bon. »

Perot et T.J. descendirent et prirent leur voiture. Ils quittèrent E.D.S. et tournèrent à droite dans Forest Lane. Quelques secondes plus tard, T.J. regarda son compteur de vitesse et constata qu'il faisait du cent trente... Et Perot, dans la Jaguar de Margot, était en train de le semer.

A l'aéroport de Washington, Perot tomba sur deux vieux amis : Bill Clements, gouverneur du Texas et ancien secrétaire adjoint à la Défense ; et la femme de Clements, Rita.

Clements dit :

« Salut, Ross ! Qu'est-ce que vous fichez à Washington un dimanche après-midi ?

— Je suis ici pour affaires, dit Perot.

— Allons, qu'est-ce que vous faites vraiment ? fit Clements avec un sourire.

— Vous avez une minute ? »

Clements avait une minute. Ils s'assirent tous les trois et Perot raconta l'histoire de Paul et de Bill.

Lorsqu'il eut terminé, Clements dit :

« Il y a un type à qui il faut que vous parliez. Je vais vous écrire son nom.

— Comment voulez-vous que je le trouve un dimanche après-midi ?

— C'est moi qui vais le trouver. »

Les deux hommes allèrent jusqu'à une cabine téléphonique. Clements mit une pièce dans l'appareil, appela le standard du Pentagone et déclina son identité. Il demanda qu'on lui passe le domicile d'un des plus hauts officiers généraux du pays. Alors, il dit :

« J'ai avec moi Ross Perot, du Texas. C'est un de mes amis, et un bon ami des militaires, et je voudrais que vous lui donniez un coup de main. »

Sur quoi il tendit l'appareil à Perot et s'éloigna.

Une demi-heure plus tard, Perot était dans une salle des opérations, au sous-sol du Pentagone, entouré de terminaux d'ordinateurs et en train de parler à une demi-douzaine de généraux.

Il n'en avait jamais rencontré un seul auparavant mais il avait l'impression d'être parmi des amis : ils connaissaient tous sa campagne pour les prisonniers de guerre américains au Nord-Vietnam.

« Il faut que je fasse sortir deux hommes de Téhéran, leur expliqua Perot. Pouvez-vous les faire partir par avion ?

— Non, répondit un des généraux. A Téhéran, nous sommes bloqués au sol. Notre base aérienne, Doshen Toppeh, est aux mains des révolutionnaires. Le général Gast est dans le bunker sous le quartier général du M.A.A.G., entouré d'émeutiers. Et nous n'avons aucun moyen de communication avec eux car les lignes téléphoniques ont été coupées.

— Bon », fit Perot.

Il s'attendait un peu à cette réponse.

« Il va falloir que je le fasse moi-même.

— C'est à l'autre bout du monde et il y a là-bas une révolution qui bat son plein, observa un général. Ça ne va pas être facile. »

Perot sourit.

« J'ai Bull Simons là-bas. »

Ils éclatèrent de rire.

« Bon sang, Perot ! dit l'un d'eux. Vous ne laissez pas une chance aux Iraniens !

— C'est vrai, fit Perot en souriant. Il se peut que je doive aller en avion là-bas moi-même. Maintenant, pouvez-vous me donner une liste de tous les terrains d'aviation entre Téhéran et la frontière turque ?

— Bien sûr.

— Pourriez-vous savoir si certains de ces terrains sont obstrués ?

— Nous n'avons qu'à regarder les photographies du satellite.

— Et maintenant, en ce qui concerne le radar ? Y a-t-il un moyen d'arriver là-bas sans apparaître sur les écrans de radar des Iraniens ?

— Bien sûr. On va vous établir une carte radar à une altitude de cinq cents pieds.

— Bon !

— Rien d'autre ? »

Bon sang, se dit Perot, c'est aussi simple que de commander un hot-dog !

« Ça suffira pour l'instant », dit-il.

Les généraux commencèrent à presser des boutons.

T.J. Marquez décrocha le téléphone. C'était Perot.

« J'ai trouvé vos pilotes, lui annonça T.J. J'ai appelé Larry Joseph, qui était à la tête de Continental Air Services à Vientiane, au Laos : maintenant, il est à Washington. Il a trouvé les types — Dick Douglas et Julian Kanauch. Ils seront à Washington demain.

— C'est formidable, dit Perot. Maintenant, je suis allé au Pentagone et ils ne peuvent pas faire sortir nos gars par avion : ils sont bloqués au sol à Téhéran. Mais j'ai toutes sortes de cartes et de renseignements pour que nous puissions arriver là-bas en avion nous-mêmes. Voici ce dont j'ai besoin : un appareil à réaction, capable de traverser l'Atlantique avec un équipage, et muni d'une radio comme nous en avions au Laos, de façon que nous puissions téléphoner depuis l'avion.

— Je m'en occupe tout de suite, fit T.J.

— Je suis au Madison Hotel.

— Entendu. »

T.J. commença à donner des coups de fil. Il contacta deux compagnies de charters du Texas : ni l'une ni l'autre n'avaient d'appareils à réaction transatlantiques. La seconde, Jet Fleet, lui donna le nom d'Executive Aircraft, à Columbus dans l'Ohio. Eux non plus ne pouvaient tirer T.J. d'embarras et ils ne connaissaient personne qui pourrait l'aider.

T.J. pensa à l'Europe. Il appela Carl Nilsson, un cadre d'E.D.S. qui avait travaillé sur un projet pour Martin Air. Nilsson rappela et dit que Martin Air ne voulait pas assurer de vol à destination de l'Iran, mais lui avait donné le nom d'une firme suisse qui le faisait.

T.J. appela la Suisse : cette compagnie avait arrêté les vols vers l'Iran depuis aujourd'hui.

T.J. composa le numéro de Harry McKillop, un vice-président de Braniff, qui habitait Paris. McKillop était sorti.

T.J. appela Perot et avoua son échec.

Perot avait une idée. Il semblait se rappeler que Sol Rogers, le président de la Texas Optical Company, à Beaumont, avait ou bien un BAC 111, ou bien un Boeing 727, il ne savait plus lequel. Pas plus qu'il ne connaissait le numéro de téléphone.

T.J. appela les renseignements. Le numéro figurait sur la liste rouge. Il téléphona à Margot. Elle avait le numéro. Il appela Rogers. Ce dernier avait vendu son avion.

Rogers avait entendu parler d'une société du nom d'Omni International, à Washington, qui louait des avions. Il donna à T.J. le numéro de téléphone personnel du président et du vice-président.

T.J. appela le président. Il n'était pas là.

Il appela le vice-président. Il était là.

« Avez-vous un jet transatlantique ? demanda T.J.

— Bien sûr. Nous en avons deux. »

T.J. poussa un soupir de soulagement.

« Nous avons un 707 et un 727, reprit l'homme.

— Où ça ?

— Le 707 est à Meachem Field à Forth Worth...

— Oh ! mais c'est juste ici ! fit T.J. Maintenant, dites-moi, est-ce qu'il a une radio qui permette de téléphoner à partir de l'appareil comme nous en avions au Laos ?

— Bien sûr. »

T.J. n'en croyait pas ses oreilles.

« Cet appareil est aménagé de façon assez luxueuse, reprit le vice-président. Il a été fait pour un prince koweïtien qui a annulé sa commande. »

T.J. ne s'intéressait pas au décor. Il demanda le prix.

Le vice-président dit que ce serait au président de donner son accord. Il était sorti pour la soirée, mais T.J. pourrait le rappeler dès demain matin.

T.J. fit inspecter l'appareil par Jeff Heller, un vice-président d'E.D.S. et ancien pilote au Vietnam, et par deux amis de Heller, l'un, un pilote d'American Airlines et l'autre, un navigateur. Heller signala que l'appareil semblait être en bonne condition, pour autant que l'on pouvait le dire sans l'essayer en vol. Le décor était un peu surchargé, ajouta-t-il avec un sourire.

A sept heures et demie le lendemain matin, T.J. appela le président d'Omni et le tira de sa douche. Le président avait parlé à son vice-président et il était certain qu'ils pourraient s'arranger.

« Bon, fit T.J. Maintenant, en ce qui concerne l'équipage, le garage, l'assurance...

— Nous ne sommes pas une compagnie de charters, dit le président, mais de location.

— Quelle est la différence ?

— C'est un peu comme la différence entre prendre un taxi et louer une voiture. Nos avions sont à louer.

— Ecoutez, dit T.J., nous sommes dans les ordinateurs, nous ne connaissons rien aux compagnies aériennes. Même si normalement vous ne le faites pas, seriez-vous disposés à passer un marché avec nous nous fournissant tous les extras, équipage, etc. ? Nous paierons ce qu'il faudra.

— Ça va être compliqué. L'assurance à elle seule...

— Mais vous voulez bien le faire ?

— Oui, nous le ferons. »

C'était en effet compliqué, comme T.J. l'apprit dans le courant de la journée. Le caractère inhabituel du marché ne plaisait pas aux compagnies d'assurances qui avaient également horreur d'être bousculées. Il était difficile d'estimer quels règlements E.D.S. devait respecter, puisqu'elle n'était pas une compagnie aérienne. Omni demanda un dépôt de soixante mille dollars dans une succursale offshore d'une banque américaine. Les problèmes furent réglés par Gary Fernandes, un directeur d'E.D.S. à Washington, et par l'avocat d'E.D.S. à Dallas, Claude Chappelear : le contrat, qui fut signé à la fin de la journée, était une location pour un vol de démonstration. Omni trouva un équipage en Californie et l'expédia à Dallas pour prendre l'appareil et le conduire à Washington.

Le lundi, à minuit, l'avion, l'équipage, les pilotes de remplacement et ceux qui restaient de l'équipe de sauvetage étaient tous à Washington avec Ross Perot.

T.J. avait réussi un miracle.

Voilà pourquoi cela avait pris si longtemps.

3

L'équipe des négociateurs — Keane Taylor, Bill Gayden, John Howell, Bob Young et Rich Gallagher, augmentée maintenant de Rachid, de Cathy Gallagher et du chien Buffy — passa la nuit du dimanche 11 février au Hayatt. Ils ne dormirent guère. Tout près de là, les révolutionnaires attaquaient un arsenal. Une partie de l'armée, semblait-il, s'était maintenant ralliée à la révolution, car ils utilisaient des chars. Vers le matin, ils réussirent à percer une brèche dans le mur et entrèrent. A partir de l'aube, une noria de taxis orange ne cessa de transporter des armes de l'arsenal jusqu'en ville où les combats continuaient à faire rage.

L'équipe garda ouverte toute la nuit la ligne avec Dallas : John Howell était allongé sur le divan de Gayden, le téléphone collé à son oreille.

Au matin, Rachid partit de bonne heure. On ne lui dit pas où allaient les autres : aucun Iranien ne devait connaître l'emplacement de la planque.

Les autres bouclèrent leurs valises et les laissèrent dans leur chambre, au cas où ils auraient l'occasion de venir les rechercher plus tard. Cela ne faisait pas partie des instructions de Simons et il aurait certainement désapprouvé, car les valises fermées montraient que les gens d'E.D.S. n'habitaient plus ici ; mais au matin ils avaient tous l'impression que Simons en faisait un peu trop pour ce qui était des précautions concernant la sécurité. Ils se rassemblèrent dans le salon de Gayden quelques minutes après l'heure limite fixée : sept heures. Les Gallagher portaient plusieurs sacs de voyage et n'avaient vraiment pas l'air de partir pour le bureau.

Dans le hall, ils rencontrèrent le directeur de l'hôtel.

« Où allez-vous ? demanda-t-il d'un ton incrédule.

— Au bureau, lui répondit Gayden.

— Vous ne savez pas qu'il y a la guerre civile ? Toute la nuit, nous avons nourri les révolutionnaires dans nos cuisines. Ils ont demandé s'il y avait des Américains ici : je leur ai répondu qu'il n'y avait personne. Il faut que vous remontiez là-haut et que vous vous cachiez.

— La vie doit continuer », dit Gayden, et ils sortirent tous.

Joe Poché attendait dans une Range Rover, pestant en silence parce qu'ils avaient un quart d'heure de retard et qu'il avait reçu de Simons la consigne d'être de retour à sept heures quarante-cinq avec ou sans eux.

Comme ils se dirigeaient vers les voitures, Keane Taylor vit un employé de l'hôtel arriver et se garer. Il s'approcha pour lui parler.

« Comment ça se passe dans les rues ?

— Il y a des barrages partout, dit l'employé. Il y en a un juste ici, au bout de l'allée qui mène à l'hôtel. Vous ne devriez pas sortir.

— Merci », fit Taylor.

Ils montèrent tous dans les voitures et suivirent la Range Rover de Poché. Les gardiens à la grille étaient occupés : ils essayaient d'enfoncer des agrafeuses dans un pistolet mitrailleur qui n'acceptait pas ce genre de munitions et ils ne firent aucune attention aux trois voitures.

Dehors, c'était inquiétant. Une bonne partie des armes de l'arsenal était arrivée entre les mains de garçons de quinze ans qui n'avaient sans doute jamais manié auparavant une arme à feu, et ces gosses dévalaient la colline en hurlant et en brandissant leurs fusils, sautant dans des voitures pour foncer sur la route en tirant en l'air.

Poché prit la direction du nord sur Shahanshahi, empruntant un itinéraire tortueux pour éviter des barrages. Au carrefour Pahlavi, il restait les vestiges d'une barricade — des voitures incendiées et des troncs d'arbres abattus en travers de la chaussée — mais des gens qui gardaient le barrage festoyaient, chantaient et tiraient en l'air, et les trois voitures passèrent sans problème.

En approchant de la planque choisie, ils entrèrent dans un quartier relativement calme. Ils s'engagèrent dans une rue étroite puis, à un demi-bloc de là, ils franchirent les grilles d'une propriété entourée de murs avec une piscine vide. La maison des Dvoranchik était la moitié inférieure d'un duplex dont la propriétaire occupait l'étage supérieur. Ils s'y engouffrèrent.

Toute la journée du lundi, Dadgar continua à rechercher Paul et Bill.

Bill Gayden appela le Bucarest où une équipe réduite d'Iraniens loyaux continuait à répondre au téléphone. Gayden apprit que les hommes de Dadgar avaient appelé deux fois, parlant à deux secrétaires différentes, et qu'ils avaient demandé où ils pourraient trouver M. Chipparone et M. Gaylord. La première secrétaire avait dit qu'elle ne connaissait les noms d'aucun Américain, ce qui était un courageux mensonge : elle travaillait à E.D.S. depuis quatre ans et connaissait tout le monde. La seconde secrétaire avait dit :

« Il faut que vous parliez à M. Lloyd Briggs, qui dirige le bureau.

— Où est-il ?

— Il a quitté le pays.

— Alors, qui dirige le bureau en son absence ?

— M. Keane Taylor.

— Passez-le-moi.

— Il n'est pas là pour l'instant. »

Les deux filles, bénies soient-elles, avaient vraiment fait tourner en bourrique les hommes de Dadgar.

Rich Gallagher gardait le contact avec ses amis militaires (Cathy travaillait comme secrétaire d'un colonel). Il appela l'hôtel Evin où la plupart d'entre eux avaient des chambres et apprit que les « révolutionnaires » étaient allés aussi bien au Evin qu'au Hayatt en montrant des photos des deux Américains qu'ils recherchaient.

L'obstination de Dadgar était presque incroyable.

Simons décida qu'ils ne pouvaient pas rester chez les Dvoranchik plus de quarante-huit heures.

Le plan d'évasion avait été conçu pour cinq hommes. Il y avait maintenant dix hommes, une femme et un chien.

Ils n'avaient que deux Range Rover. Une voiture ordinaire ne passerait jamais ces routes de montagne, surtout dans la neige. Il leur fallait une autre Range Rover. Coburn appela Majid et lui demanda d'essayer d'en trouver une.

Le chien inquiétait Simons. Rich Gallagher comptait transporter Buffy dans un sac à dos. S'ils devaient marcher ou passer un col à cheval pour franchir la frontière, un seul aboiement pourrait les faire tous tuer : et Buffy aboyait à tout propos. Simons dit à Coburn et à Taylor :

« Je veux que vous vous chargiez tous les deux de perdre ce foutu clébard.

— D'accord, fit Coburn. Je vais peut-être proposer de le promener et puis le laisser filer.

— Non, fit Simons. Quand je dis le perdre, je veux dire de façon permanente. »

Le plus gros problème, c'était Cathy. Ce soir-là, elle ne se sentait pas bien : des « problèmes féminins », annonça Rich. Il espérait qu'un jour au lit lui redonnerait des forces ; mais Simons n'était pas optimiste. Il était furieux contre l'ambassade.

« Il y a tant de façons dont le Département d'Etat pourrait faire quitter le pays à quelqu'un et le protéger s'il le voulait, dit-il. Les mettre dans une caisse, les expédier comme marchandise... Si cela les intéressait, ce serait un jeu d'enfant. »

Bill commençait à avoir le sentiment d'être la cause de tous les ennuis.

« Je trouve que c'est dément que neuf personnes risquent leur vie à cause de deux, dit-il. Si Paul et moi n'étions pas ici, aucun de vous ne courrait le moindre danger : vous pourriez tout simplement attendre que les vols réguliers reprennent. Peut-être que Paul et moi devrions nous jeter à la merci de l'ambassade américaine.

— Et si, lança Simons, une fois que vous serez sortis tous les deux, Dadgar décide de prendre d'autres otages ? »

De toute façon, se dit Coburn, Simons ne lâchera plus ces deux-là d'une semelle maintenant, pas avant qu'ils ne soient de retour aux Etats-Unis.

La sonnette de la grille d'entrée retentit et tout le monde se figea sur place.

« Passez dans les chambres, mais sans bruit », dit Simons.

Coburn s'approcha de la fenêtre. La propriétaire croyait toujours qu'il n'y avait que deux personnes qui habitaient là, Coburn et Poché — elle n'avait jamais vu Simons — et ni elle ni personne d'autre n'était censé savoir qu'il y avait maintenant onze personnes dans la maison.

Coburn la vit traverser la cour pour aller ouvrir la grille. Elle resta là quelques minutes, parlant à quelqu'un que Coburn ne pouvait pas voir, puis elle referma la grille et revint seule.

Lorsqu'il entendit claquer sa porte à l'étage au-dessus, il cria : « Fausse alerte. »

Ils se préparèrent tous pour le voyage en mettant à sac la maison des Dvoranchik pour trouver des vêtements chauds. Paul pensait :

« Toni Dvoranchik mourrait de honte si elle savait que tous ces hommes fouillent ses tiroirs. Ils se retrouvèrent avec un bizarre assortiment de chapeaux, de manteaux et de chandails qui n'allaient pas très bien ensemble.

Après cela, il n'y avait rien d'autre à faire qu'attendre : attendre que Majid trouve une autre Range Rover, attendre que Cathy aille mieux et attendre que Perot ait organisé l'équipe de sauvetage turque.

Ils regardèrent de vieux matches de rugby sur un magnétoscope Betamax. Paul joua au gin avec Gayden. Le chien agaçait tout le monde, mais Coburn décida de ne lui trancher la gorge qu'à la dernière minute, au cas où il y aurait un changement de programme et où il pourrait être sauvé. John Howell lut *Les Grands Fonds* de Peter Benchley : il avait vu une partie du film dans l'avion qui l'amenait à Téhéran et avait manqué la fin parce que l'avion avait atterri avant que le film ne se termine, si bien qu'il n'avait jamais deviné qui étaient les bons et qui étaient les méchants. Simons dit :

« Ceux qui veulent boire peuvent le faire, mais si nous devons partir vite, nous serons bien mieux sans alcool dans notre système » ; malgré cet avertissement Gayden et Gallagher versèrent subrepticement du whisky dans leur café. La sonnette retentit une fois de plus et ils se précipitèrent une fois de plus tous dans leur chambre, mais là encore c'était pour la propriétaire.

Ils étaient tous d'une bonne humeur remarquable si l'on songeait à combien ils s'entassaient dans le salon et dans les trois chambres. Le seul à devenir irritable était, comme il fallait s'y attendre, Keane Taylor. Paul et lui préparèrent un grand dîner pour tout le monde, vidant presque le congélateur ; mais, lorsque Taylor arriva de la cuisine, les autres avaient tout mangé et il ne restait rien pour lui. Il les injuria en bloc en disant qu'ils étaient goinfres comme des porcs et ils se mirent tous à rire comme ils le faisaient toujours quand Taylor s'énervait.

Pendant la nuit, il eut une nouvelle crise de colère. Il dormait sur le plancher auprès de Coburn et Coburn se mit à ronfler. Le bruit était si épouvantable que Taylor n'arrivait pas à dormir. Il ne pouvait même pas réveiller Coburn pour lui dire de cesser de ronfler, et ça l'exaspérait encore davantage.

Cette nuit-là, il neigeait sur Washington. Ross Perot était fatigué et tendu.

Avec Mitch Hart il avait passé le plus clair de la journée à tenter une dernière fois de persuader le gouvernement d'évacuer tous ces gens de Téhéran par avion. Il avait vu le sous-secrétaire David Newsom au Département d'Etat, Thomas V. Beard à la Maison-

Blanche, et Mark Ginsberg, un jeune assistant de Carter qui assurait la liaison entre la Maison-Blanche et le Département d'Etat. Ils faisaient de leur mieux pour évacuer par avion les mille Américains qui restaient à Téhéran, et ils n'allaient pas faire des arrangements spéciaux pour Ross Perot.

Résigné à partir pour la Turquie, Perot se rendit dans un magasin d'articles de sport afin de s'acheter des vêtements chauds. Le 707 qu'il avait loué arriva de Dallas et Pat Sculley appela de l'aéroport de Dulles pour annoncer que quelques problèmes mécaniques s'étaient posés pendant le vol : le transpondeur et le système de navigation par inertie ne fonctionnaient pas bien, le moteur numéro un consommait deux fois plus d'huile que la normale, il n'y avait pas assez d'oxygène à bord pour l'utiliser dans la cabine, pas de roue de secours et les robinets du réservoir d'eau étaient bloqués par le gel.

Pendant que les mécaniciens travaillaient sur l'appareil, Perot était au Madison Hotel avec Mort Meyerson, un vice-président d'E.D.S.

A E.D.S., il y avait un groupe spécial de partenaires de Perot, des hommes comme T.J. Marquez et Merv Stauffer, vers qui il se tournait pour avoir leur aide dans des problèmes qui ne faisaient pas partie de la routine quotidienne des programmes d'ordinateurs : pour des projets comme la campagne en faveur des prisonniers de guerre, la guerre du Texas contre la drogue et le sauvetage de Paul et de Bill. Meyerson n'appartenait pas à ce groupe spécial : on l'avait mis au courant de l'opération mais il ne faisait pas partie de l'équipe. Néanmoins, pour les questions d'affaires, il était le bras droit de Perot : il deviendrait bientôt président d'E.D.S. (Perot continuerait à être président du conseil d'administration.)

Perot et Meyerson discutaient maintenant affaires, passant en revue chacun des projets en cours et des problèmes actuels d'E.D.S. Tous deux savaient, sans le dire, que la raison de cette conférence était que Perot pourrait fort bien ne jamais revenir de Turquie.

A certains égards, les deux hommes étaient aussi

différents qu'on pouvait l'imaginer. Le grand-père de Meyerson était un Juif russe qui avait épargné pendant deux ans pour acheter son billet de train de New York au Texas. Meyerson s'intéressait aux arts : il s'occupait de l'orchestre symphonique de Dallas et était lui-même bon pianiste. Se moquant de Perot et de ses *Aigles*, Meyerson appelait ses plus proches collaborateurs les « crapauds de Meyerson ». Mais, à bien des égards, il était comme Perot, un homme créatif et audacieux dont les idées hardies effrayaient souvent les cadres plus conventionnels d'E.D.S. Perot avait donné pour instruction que, s'il lui arrivait quelque chose durant l'opération de sauvetage, c'était Meyerson qui disposerait de toutes les voix que lui donnaient ses actions. E.D.S continuerait à être dirigée par un chef, pas par un bureaucrate.

Pendant que Perot discutait affaires, s'inquiétait à propos de l'avion et pestait contre le Département d'Etat, c'était sa mère qui lui donnait le plus de souci. Lulu May Perot déclinait rapidement et Perot aurait voulu être avec elle. Si elle devait mourir pendant qu'il était en Turquie, il ne la reverrait jamais, et cela lui briserait le cœur.

Meyerson savait à quoi il pensait. Il interrompit la conversation :

« Ross, pourquoi est-ce que ce n'est pas moi qui y vais ?

— Comment ça ?

— Pourquoi ne pas me laisser aller en Turquie à votre place ? Vous avez fait votre part. Vous êtes allé en Iran. Je peux très bien vous remplacer en Turquie. Et vous voulez rester avec votre mère. »

Perot fut très touché. Mort n'avait pas besoin de dire ça, songea-t-il.

« Si vous voulez... »

Il était tenté.

« C'est une chose à laquelle j'aimerais réfléchir. Laissez-moi y penser. »

Il n'était pas sûr d'avoir le droit de laisser Meyerson partir à sa place.

« Voyons ce qu'en pensent les autres. »

Il décrocha le téléphone, appela Dallas et demanda T.J. Marquez.

« Mort m'a proposé d'aller en Turquie à ma place, dit-il à T.J. Quelle est votre réaction ?

— C'est la plus mauvaise idée du monde, répondit T.J. Vous vous êtes occupé de ce projet depuis le début et vous ne pourriez pas en quelques heures expliquer à Mort tout ce qu'il a besoin de savoir. Vous connaissez Simons, vous savez comment son esprit fonctionne, pas Mort. De plus, Simons ne connaît pas Mort — et vous savez très bien comment Simons réagit quand il s'agit de faire confiance à des gens qu'il ne connaît pas. Il ne veut pas leur faire confiance, voilà tout.

— Vous avez raison, dit Perot. Ça n'est même pas à envisager. »

Il raccrocha.

« Mort, soyez sûr que j'apprécie votre offre, mais je pars pour la Turquie.

— Comme vous voudrez. »

Quelques minutes plus tard, Meyerson partit pour regagner Dallas dans le Lear Jet frété par E.D.S. Perot rappela E.D.S. et parla à Merv Stauffer.

« Ecoutez, je tiens à ce que vous travailliez par équipes, et à ce que vous dormiez un peu. Je ne veux pas me retrouver discuter avec une bande de zombis.

— Bien, monsieur ! »

Perot suivit son propre conseil et dormit un peu.

Le téléphone le réveilla à deux heures du matin. C'était Pat Sculley qui appelait de l'aéroport : les problèmes mécaniques de l'avion étaient arrangés.

Perot prit un taxi pour l'aéroport de Dulles. Ce fut un trajet terrifiant de cinquante kilomètres sur des routes verglacées.

L'équipe de sauvetage turque était maintenant rassemblée : Perot ; Pat Sculley et Jim Schwebach — les redoutables duettistes ; le jeune Ron Davis ; l'équipage du 707 ; et les deux pilotes de secours, Dick Douglas et Julian Kanauch. Mais l'avion n'était pas encore tout à fait réparé. Il avait besoin d'une pièce détachée qu'on ne trouvait pas à Washington. Gary Fernandes — le directeur d'E.D.S. qui avait travaillé sur le contrat de location de l'appareil — avait un ami chargé de l'entretien au sol d'une compagnie aérienne à l'aéroport de La Guardia à New York : il appela l'ami en question, l'ami sauta de son lit, trouva la pièce détachée et la mit dans un avion pour Washington. Pendant ce temps, Perot, allongé sur un banc de l'aéroport, dormit deux heures de plus.

Ils embarquèrent à six heures du matin. Perot contempla avec stupéfaction l'intérieur de l'appareil. Il contenait une chambre avec un énorme lit, trois bars, un système hi-fi très sophistiqué, un récepteur de télévision et un bureau avec un téléphone. Il y avait d'épais tapis, des meubles capitonnés en daim et les parois des murs étaient tendues de velours.

« On dirait un bordel persan », dit Perot, bien qu'il n'en eût jamais vu.

L'avion décolla. Dick Douglas et Julian Kanauch se pelotonnèrent aussitôt sur leur siège et s'endormirent. Perot essaya de suivre leur exemple : il avait six heures sans rien faire devant lui. Tandis que l'avion fonçait au-dessus de l'Atlantique, il se demanda une fois de plus s'il avait adopté la bonne solution.

Il aurait pu, après tout, laisser Paul et Bill courir leur chance à Téhéran. Personne ne le lui aurait reproché : c'était au gouvernement de les tirer de là. L'ambassade, d'ailleurs, parviendrait encore maintenant sans doute à les faire sortir indemnes.

D'un autre côté, Dadgar risquait de les arrêter et de les jeter en prison pour vingt ans ; et l'ambassade, si l'on s'en tenait à ses performances passées, pourrait fort bien ne pas les protéger. Et que feraient les révolutionnaires si eux mettaient la main sur Paul et Bill ? Les lyncher ?

Non, Perot ne pouvait pas laisser ses hommes courir leur chance : ce n'était pas son style. Paul et Bill étaient sa responsabilité à lui : il n'avait pas besoin de sa mère pour le lui dire. L'ennui, c'était qu'il faisait courir maintenant des risques à d'autres hommes. Au lieu d'avoir deux personnes planquées à Téhéran, il allait avoir maintenant onze employés à crapahuter dans les régions désertiques du nord-ouest de l'Iran et quatre autres, plus deux pilotes, partis à leur recherche. Si les choses tournaient mal, si quelqu'un était tué, le monde verrait tout cela comme une folle aventure tentée par un homme qui croyait vivre encore au temps du Far West. Il imaginait déjà les titres des journaux : FIN TRAGIQUE POUR LA TENTATIVE DE SAUVETAGE EN IRAN DU MILLIONNAIRE TEXAN...

Et si nous perdons Coburn, songea-t-il, qu'est-ce que je dirai à sa femme ? Liz aurait peut-être du mal à comprendre pourquoi j'ai risqué la vie de dix-sept hommes pour m'assurer la liberté de deux.

Jamais de sa vie il n'avait enfreint la loi, et voilà maintenant qu'il était engagé dans tant d'activités illégales qu'il en perdait même le compte.

Il chassa tout cela de son esprit. La décision était prise. Si on passe sa vie à réfléchir à tous les malheurs qui peuvent arriver, on ne tarde pas à se persuader de ne rien faire du tout. Concentre-toi sur les problèmes qui peuvent être résolus. Les dés sont jetés, la roulette tourne. La dernière partie a commencé.

4

Le mardi, l'ambassade américaine annonça que les vols d'évacuation pour tous les Américains de Téhéran partiraient au cours de la semaine suivante.

Simons fit entrer Coburn et Poché dans une des chambres de chez les Dvoranchik et referma la porte.

« Voilà qui résout certains de nos problèmes, dit-il. A ce stade, je veux les séparer. Certains peuvent prendre le vol d'évacuation de l'ambassade, ce qui laissera un groupe supportable pour le voyage par terre. »

Coburn et Poché étaient d'accord.

« De toute évidence, Paul et Bill doivent voyager par la route, reprit Simons. Deux d'entre nous trois doivent les accompagner. L'un pour les escorter à travers les montagnes et l'autre pour leur faire franchir la frontière légalement et retrouver Boulware. Nous aurons besoin d'un chauffeur iranien pour chacune des deux Range Rover. Cela nous laisse deux places.

Qui va les prendre ? Pas Cathy : elle sera bien mieux sur un vol de l'ambassade.

— Rich voudra partir avec elle, dit Coburn.

— Et ce foutu clébard », ajouta Simons.

Buffy a la vie sauve, songea Coburn. Il était plutôt content.

Simons poursuivit :

« Il y a Keane Taylor, John Howell, Bob Young et Bill Gayden. Voici le problème : Dadgar pourrait arrêter les gens à l'aéroport et nous nous retrouverions à la case départ : avec des hommes d'E.D.S. en prison. Qui risque le plus ?

— Gayden, dit Coburn. Il est président d'E.D.S. International. Comme otage, il vaudrait mieux que Paul et Bill. En fait, lorsque Dadgar a arrêté Bill *Gaylord*, nous nous sommes demandé si ce n'était pas une erreur et s'il ne voulait pas en réalité arrêter Bil *Gayden*, mais il s'est trompé à cause de la similitude de nom.

— Alors, Gayden vient par la route avec Paul et Bill.

— John Howell n'est même pas employé par E.D.S. Et c'est un avocat. Il devrait passer sans problème.

— Howell part par avion.

— Bob Young est employé par E.D.S. au Koweit, pas en Iran. Si Dadgar a une liste du personnel E.D.S., Young n'y figurera pas.

— Young prend l'avion. Taylor la voiture. Maintenant, l'un de nous doit partir sur le vol d'évacuation avec l'équipe qui a les mains propres. Joe, c'est toi. Tu t'es moins fait voir que Jay. Il est allé dans les rues, à des rendez-vous au Hayatt — alors que personne ne sait que tu es ici.

— D'accord, fit Poché.

— L'équipe des Mains propres, c'est donc les Gallagher, Bob Young et John Howell, dirigés par Joe. Les Mains sales, c'est moi, Jay, Keane Taylor, Bill Gayden, Paul, Bill et les deux chauffeurs iraniens. Allons le leur dire. »

Ils passèrent dans la salle de séjour et tout le monde s'assit. Pendant que Simons parlait, Coburn admirait comment il annonçait sa décision de telle façon qu'ils avaient tous l'impression qu'on leur demandait leur opinion plutôt que de leur dire ce qu'il fallait faire.

Il y eut un peu de discussion à propos de qui devrait être dans quelle équipe — aussi bien John Howell que Bob Young auraient préféré faire partie des Mains sales, se sentant susceptibles d'être arrêtés par Dadgar — mais en fin de compte ils arrivèrent tous à la décision déjà prise par Simons.

Les Mains propres pourraient aussi bien s'installer dans l'enceinte de l'ambassade le plus tôt possible, dit Simons. Gayden et Joe Poché s'en allèrent trouver Lou Goelz, le consul général, pour lui en parler.

Les Mains sales partiraient demain matin.

Coburn avait à régler le problème des chauffeurs iraniens. Il aurait dû y avoir Majid et son cousin le professeur, mais le professeur était à Rezaiyeh et ne pouvait pas venir à Téhéran, aussi Coburn dut-il trouver un remplaçant. Il avait déjà porté son choix sur Seyyed. Seyyed était un jeune ingénieur de systèmes, iranien comme Rachid et le Motard, mais il appartenait à une famille beaucoup plus riche : il avait des parents haut placés dans les milieux politiques et dans l'armée du shah. Seyyed avait fait ses études en Angleterre et parlait avec un accent britannique. Son principal atout, du point de vue de Coburn, c'était qu'il venait du Nord-Ouest, que donc il connaissait la région et qu'il parlait turc.

Coburn appela Seyyed et ils se retrouvèrent chez ce dernier. Coburn lui raconta des mensonges.

« J'ai besoin de rassembler des renseignements sur les routes entre ici et Khoy, dit Coburn. J'aurai besoin de quelqu'un pour me conduire. Voulez-vous le faire ?

— Bien sûr, dit Seyyed.

— Retrouvez-moi ce soir à dix heures quarante-cinq sur la place d'Argentine. »

Seyyed acquiesça.

C'était Simons qui avait donné à Coburn ses instructions sur la façon de s'y prendre. Coburn avait confiance en Seyyed, mais ce n'était bien entendu pas le cas de Simons ; Seyyed ne saurait donc pas où était descendue l'équipe avant d'y arriver il ne serait pas au courant pour Paul et Bill avant de les voir ; et, à partir de cet instant, il serait sous la surveillance constante de Simons.

Quand Coburn revint chez les Dvoranchik, Gayden et Poché étaient rentrés de leur rendez-vous avec Lou Goelz. Ils avaient expliqué à Goelz que quelques hommes d'E.D.S. restaient à Téhéran pour s'occuper de Paul et de Bill, mais que les autres voulaient partir par le premier vol d'évacuation et rester à l'ambassade en attendant. Goelz avait dit que l'ambassade était pleine, mais qu'ils pouvaient rester chez lui.

Ils trouvèrent que c'était rudement chic de la part de Goelz. La plupart d'entre eux s'étaient énervés contre lui une ou deux fois au cours des deux derniers mois et ils ne s'étaient pas gênés pour dire qu'ils le rendaient responsable ainsi que ses collègues de l'arrestation de Paul et de Bill : après cela, c'était généreux de sa part de leur ouvrir sa maison. A mesure que tout commençait à se déglinguer en Iran, Goelz devenait moins bureaucrate et montrait qu'il avait quand même le cœur bien placé.

L'équipe des Mains propres et celle des Mains sales se firent leurs adieux et se souhaitèrent mutuellement bonne chance, sans savoir qui en avait le plus besoin ; puis les Mains propres s'en allèrent chez Goelz.

C'était maintenant le soir. Coburn et Keane Taylor se rendirent chez Majid pour le chercher : ils passeraient la nuit chez les Dvoranchik, comme Seyyed. Coburn et Taylor devaient remporter un baril de deux cent vingt litres de carburant que Majid avait mis de côté pour eux.

Lorsqu'ils arrivèrent chez lui, Majid n'était pas là.

Ils attendirent, nerveux. Majid finit par arriver. Il les salua, leur souhaita la bienvenue chez lui, demanda du thé, le grand jeu. Coburn finit par dire :

« Nous partons demain matin. Nous voudrions que vous veniez avec nous maintenant. »

Majid demanda à Coburn de passer dans une autre pièce avec lui, puis annonça :

« Je ne peux pas partir avec vous.

— Pourquoi donc ?

— Il faut que je tue Hoveyda.

— Quoi ? fit Coburn, incrédule. Qui ?

— Amir Abbas Hoveyda, l'ancien Premier ministre.

— Pourquoi devez-vous le tuer ?

— C'est une longue histoire. Le shah avait mis au point un programme de réformes agraires et Hoveyda a essayé de confisquer les terres tribales de ma famille, nous nous sommes rebellés et Hoveyda m'a jeté en prison... J'ai attendu toutes ces années de me venger.

— Il faut que vous le tuiez tout de suite ? demanda Coburn, stupéfait.

— J'ai les armes et l'occasion. Dans deux jours, tout sera peut-être différent. »

Coburn était abasourdi. Il ne savait que dire. De toute évidence, on ne pouvait pas persuader Majid de renoncer à son projet.

Coburn et Taylor chargèrent le baril de carburant à l'arrière de la Range Rover, puis prirent congé. Majid leur souhaita bonne chance.

De retour chez les Dvoranchick, Coburn essaya de joindre le Motard dans l'espoir qu'il remplacerait Majid comme chauffeur. Le Motard était aussi difficile à contacter que Coburn lui-même. Normalement on pouvait le trouver à un certain numéro de téléphone — une sorte de quartier général révolutionnaire, soupçonnait Coburn — juste une fois par jour. L'heure habituelle à laquelle on le trouvait à cet endroit était maintenant passée — la soirée était bien avancée — mais Coburn tenta quand même sa chance. Le Motard n'était pas là. Il essaya quelques autres numéros sans succès.

En tout cas, ils avaient Seyyed.

A dix heures trente, Coburn s'en alla pour son rendez-vous avec Seyyed. Il traversa les rues sombres jusqu'à la place d'Argentine, à un kilomètre et demi de chez les Dvoranchik, puis se fraya un chemin à travers un chantier de construction et s'installa dans un immeuble vide pour attendre.

A onze heures, Seyyed n'était pas arrivé.

Simons avait dit à Coburn d'attendre un quart

d'heure, pas davantage. Mais Coburn décida de laisser un peu plus de temps à Seyyed.

Il attendit jusqu'à onze heures trente.

Pas de Seyyed.

Coburn se demanda ce qui s'était passé : étant donné les relations de la famille de Seyyed, il avait fort bien pu être victime des révolutionnaires.

Pour les Mains sales, c'était un désastre. Maintenant ils n'avaient aucun Iranien pour les accompagner. Comment diable franchir tous ces barrages routiers ? se demandait Coburn. Quel manque de bol : le professeur nous lâche, Majid nous lâche, impossible de trouver le Motard, et voilà que Seyyed nous lâche. Merde.

Il quitta le chantier et s'éloigna. Soudain il entendit une voiture. En se retournant, il vit une jeep pleine de révolutionnaires armés qui faisait le tour de la place. Il plongea derrière un buisson. La voiture passa.

Il continua, hâtant le pas maintenant, en se demandant s'il y avait un couvre-feu ce soir-là. Il était presque rentré lorsque la jeep revint en rugissant dans sa direction.

Ils m'ont vu tout à l'heure, songea-t-il, et ils sont revenus m'arrêter.

Il faisait très sombre. Peut-être ne l'avaient-ils pas repéré. Il tourna les talons et repartit en courant. Aucun endroit où se cacher dans cette rue. Le bruit de la jeep se faisait plus fort. Coburn enfin aperçut des buissons dans lesquels il se précipita. Il resta tapi là à écouter les battements de son cœur tandis que la jeep approchait. Le recherchaient-ils ? Avaient-ils arrêté Seyyed, l'avaient-ils torturé et fait avouer qu'il avait rendez-vous avec une ordure de capitaliste américain sur la place d'Argentine à dix heures quarante-cinq... ?

La jeep poursuivit sans s'arrêter.

Coburn se redressa.

Il courut sans s'arrêter jusque chez les Dvroranchik.

Il expliqua à Simons que maintenant ils n'avaient plus de chauffeur iranien.

Simons jura : « Y a-t-il un autre Iranien que nous puissions appeler ?

— Un seul. Rachid. »

Simons ne voulait pas utiliser Rachid, Coburn le savait, parce que Rachid avait mené l'assaut contre la prison et que, si quelqu'un qui se souvenait de lui le voyait au volant d'une voiture pleine d'Américains, cela pourrait poser des problèmes. Mais Coburn ne pensait à personne d'autre.

« Bon, fit Simons. Appelle-le. »

Coburn composa le numéro de Rachid.

Il était chez lui !

« Ici Jay Coburn. J'ai besoin de votre aide.

— Bon. »

Coburn ne voulait pas donner l'adresse de la planque au téléphone au cas où la ligne serait sur écoute. Il se rappela que Bill Dvoranchik avait un léger strabisme. Il dit :

« Vous vous souvenez du type avec un drôle d'œil ?

— Avec un drôle d'œil ? Oh ! oui...

— Ne dites pas son nom. Vous vous rappelez où il habitait ?

— Bien sûr...

— Ne le dites pas. C'est là où je suis. Je vous attends ici.

— Jay, j'habite à des kilomètres de là et je ne sais pas comment je vais traverser toute la ville...

— Essayez toujours », fit Coburn.

Il savait combien Rachid était plein de ressources. Il suffisait de lui confier une tâche, il avait horreur de l'échec.

« Vous arriverez bien ici.

— D'accord.

— Merci. »

Coburn raccrocha.

Il était minuit.

Paul et Bill avaient chacun choisi un passeport parmi ceux que Gayden avait rapportés des Etats-Unis et Simons leur avait fait apprendre les noms, date de naissance, détails personnels et tous les visas et tampons d'entrée ou de sortie. La photographie de passeport de Paul lui ressemblait plus ou moins, mais celle de Bill posait un problème. Aucun des deux passeports n'était parfait et il se retrouva avec un document au nom de Larry Humphreys, un blond au type plutôt nordique qui ne ressemblait vraiment pas à Bill.

La tension montait à mesure que les six hommes discutaient les détails du voyage qu'ils allaient commencer dans quelques heures. D'après les contacts militaires de Rich Gallagher, des combats avaient lieu à Tabriz ; ils allaient donc s'en tenir au plan qui prévoyait de prendre la route inférieure, au sud du lac Rezaiyeh, en passant par Mahabad. L'histoire qu'ils raconteraient, si on les interrogeait, serait aussi proche que possible de la vérité : c'était toujours ce que préférait Simons quand il fallait mentir. Ils raconteraient qu'ils étaient des hommes d'affaires qui voulaient rentrer rejoindre leurs familles, que l'aéroport était fermé et qu'ils allaient en voiture jusqu'en Turquie.

A l'appui de cette histoire, ils n'auraient aucune arme sur eux. C'était une décision difficile — ils savaient qu'ils regretteraient peut-être de ne pas être armés en plein milieu d'une révolution. Mais Simons et Coburn avaient constaté, lors du voyage de reconnaissance, que les révolutionnaires aux barrages routiers cherchaient toujours des armes. Son instinct disait à Simons :

« Mieux vaudrait essayer de passer en discutant qu'en essayant de tirer. »

Ils décidèrent aussi de laisser les barils de deux cent vingt litres de carburant, car cela donnait à l'équipe un air trop professionnel, trop organisé pour des hommes d'affaires qui rentraient tranquillement chez eux.

Ils emporteraient en revanche beaucoup d'argent. Joe Poché et les Mains propres étaient partis avec cinquante mille dollars, mais l'équipe de Simons avait encore près d'un quart de million de dollars, dont une partie en rials iraniens, en deutschemarks, en livres sterling et en or. Ils empaquetèrent cinquante mille dollars dans des sacs en matière plastique, lestèrent les sacs avec du plomb et les fourrèrent dans un bidon d'essence. Ils en dissimulèrent aussi dans une boîte de Kleenex et d'autres encore dans le compartiment à piles d'une torche électrique. Le reste, il se le partagèrent entre eux pour que chacun le cache sur lui.

A une heure, Rachid n'était toujours pas arrivé. Simons envoya Coburn faire le guet à la porte de la rue pour l'attendre.

Coburn était là, frissonnant dans l'obscurité en espérant que Rachid allait se montrer. Ils partiraient le lendemain avec ou sans lui, mais sans lui ils n'iraient sans doute pas bien loin. Les villageois arrêteraient vraisemblablement les Américains simplement par principe. Rachid serait le guide idéal, malgré les inquiétudes de Simons : ce garçon avait une langue d'or.

Coburn se mit à penser à sa famille. Liz était furieuse contre lui, cela il le savait. Elle en avait fait voir de toutes les couleurs à Merv Stauffer, lui téléphonant tous les jours, lui demandant où se trouvait son mari, ce qu'il faisait et quand il rentrait.

Coburn savait qu'il devrait prendre un certain nombre de décisions lorsqu'il serait de retour. Il n'était pas sûr de vouloir passer le restant de ses jours avec Liz. Et après cet épisode, peut-être aurait-elle la même opinion. J'imagine que nous avons été amoureux autrefois, se dit-il. Où tout cela est-il passé ?

Il entendit des pas. Une petite silhouette aux cheveux bouclés approchait sur le trottoir, les épaules voûtées pour se protéger du froid.

« Rachid ! siffla Coburn.

— Jay ?

— Bon sang, que je suis content de vous voir ! fit Coburn en prenant Rachid par le bras. Rentrons dans la maison. »

Ils gagnèrent la salle de séjour. Rachid dit bonjour à tout le monde, souriant et clignotant : il clignait beaucoup des yeux, surtout quand il était excité, et il avait une toux nerveuse. Simons le fit asseoir et lui expliqua le plan. Rachid se mit à cligner des yeux encore plus fort.

Lorsqu'il eut compris ce qu'on attendait de lui, il se sentit tout d'un coup très important.

« Je veux bien vous aider à une condition, dit-il avec sa petite toux. Je connais ce pays et je connais sa culture. Vous êtes tous des gens importants à E. D.S., mais on n'est plus à E.D.S. Si je vous conduis jusqu'à la frontière, vous devrez toujours accepter de faire tout ce que je vous dirai, sans poser de questions. »

Coburn retint son souffle. Personne, absolument personne ne parlait comme ça à Simons.

Mais Simons se contenta de sourire.

« Entendu, Rachid. »

Quelques minutes plus tard, Coburn prit Simons à part et lui souffla discrètement :

« Colonel, vous êtes vraiment d'accord pour que Rachid commande l'équipe ?

— Bien sûr, fit Simons. C'est lui qui commande dès l'instant qu'il fait ce que je veux. »

Coburn savait, mieux que Simons, combien c'était difficile de contrôler Rachid, même quand ce dernier était censé obéir aux ordres. D'un autre côté, Simons était le chef de commando le plus habile que Coburn eût jamais rencontré. Et puis aussi, c'était le pays de Rachid et Simons ne parlait pas le farsi... Ce qu'il fallait éviter à tout prix au cours de ce voyage, c'était une lutte d'influence entre Simons et Rachid.

Coburn reprit contact par téléphone avec Dallas et demanda Merv Stauffer. Paul avait transcrit en code une description de l'itinéraire que les Mains sales se proposaient de suivre jusqu'à la frontière et Coburn transmettait maintenant à Stauffer le message codé.

Ils discutèrent ensuite de la façon dont ils communiqueraient au cours du voyage. Il serait sans doute impossible d'appeler Dallas des cabines téléphoniques qu'ils trouveraient dans la campagne, aussi décidèrent-ils de faire passer les messages par un employé d'E.D.S. à Téhéran, Gholam. Gholam ne devait pas savoir qu'on l'utilisait de cette façon. Coburn appellerait Gholam une fois par jour. Si tout allait bien, il dirait :

« J'ai un message pour Jim Nyfeler : nous allons bien. »

Une fois l'équipe parvenue à Rezaiyeh, il ajouterait : « Nous en sommes au stade du montage. »

Stauffer, à son tour, appellerait tout simplement Gholam en demandant s'il y avait des messages pour lui. Dès l'instant que tout allait bien, Gholam ne serait pas mis au courant. Si les choses tournaient mal, on renoncerait à faire semblant : Coburn dirait la vérité à Gholam, lui expliquerait en quoi consistait le problème, et lui demanderait d'appeler Dallas.

Stauffer et Coburn connaissaient maintenant si bien le code qu'ils étaient capables d'avoir une discussion en utilisant des mots d'anglais ordinaires mélangés à quelques groupes de lettres et à des mots de code, sûrs que quiconque entendrait cela sur une table d'écoute serait incapable de deviner ce que cela signifiait.

Merv expliqua que Perot avait un plan de secours prévoyant de gagner en avion le nord-ouest de l'Iran à partir de la Turquie pour recueillir si nécessaire les Mains sales. Perot voulait que les Range Rover fussent clairement identifiables du haut des airs, aussi proposa-t-il que chacun d'eux eût un grand « X » sur son toit, soit peint, soit tracé au chatterton noir. Si un véhicule devait être abandonné — parce qu'il était tombé en panne, qu'il était à court d'essence ou pour toute autre raison — le « X » devait être changé en « A ».

Il y avait un autre message de Perot. Il avait parlé à l'amiral Moorer, qui avait dit que la situation allait empirer et que l'équipe devrait filer au plus vite. Coburn l'annonça à Simons. Simons répondit :

« Dites à l'amiral Moorer que toute l'eau qu'il y a ici, c'est celle de l'évier de la cuisine : j'ai beau regarder par la fenêtre, je ne vois aucun bateau. »

Coburn éclata de rire et dit à Stauffer :

« Nous comprenons le message. »

Il était près de cinq heures du matin. Ce n'était plus le moment de bavarder. Stauffer dit :

« Faites bien attention, Jay. »

Il avait la voix un peu étranglée.

« Pas d'imprudences, hein ?

— Entendu.

— Bonne chance.

— Au revoir, Merv. »

Coburn raccrocha.

A l'aube, Rachid partit au volant d'une des Range Rover pour faire une reconnaissance dans les rues. Il devait trouver un itinéraire pour sortir de la ville en évitant les barrages. Si les combats étaient violents, l'équipe devrait envisager de reculer de vingt-quatre heures son départ.

En même temps, Coburn partait avec la seconde Range Rover pour retrouver Gholam. Il donna à Gholam du liquide pour assurer la prochaine paie au Bucarest, mais ne lui dit rien de la façon dont ils comptaient l'utiliser pour transmettre des messages à Dallas. Il s'agissait que tout eût bien l'air normal de façon qu'il s'écoule quelques jours avant que les employés iraniens qui restaient commencent à se douter que leurs patrons américains avaient quitté la ville.

Lorsqu'il revint chez les Dvoranchik, l'équipe discuta pour savoir qui devait aller dans quelle voiture. Rachid conduirait le véhicule de tête, c'était évident. Ses passagers seraient Simons, Bill et Keane Taylor. Dans la seconde voiture se trouveraient Coburn, Paul et Gayden.

« Coburn, dit Simons, tu ne dois pas quitter Paul des yeux jusqu'à Dallas. Taylor, même chose pour toi et pour Bill. »

Rachid revint en annonçant qu'un calme remarquable régnait dans les rues.

« Allons, fit Simons, on part en tournée. »

CHAPITRE XI

1

Tandis que les Mains sales quittaient la maison des Dvoranchik, Ralph Boulware, à l'aéroport d'Istanbul, attendait Ross Perot.

Boulware ne savait trop que penser de Perot. Il était entré à E.D.S. comme technicien ; maintenant il était directeur. Il avait une belle et grande maison dans un faubourg blanc de Dallas et des revenus comme peu de Noirs américains pourraient jamais en espérer. Il devait tout cela à E.D.S. et à la politique de promotion du talent de Perot. Bien sûr, on ne vous donnait pas tout ça pour rien : c'était en échange d'intelligence, de dur travail et d'un bon jugement commercial. Mais ce qu'on vous donnait pour rien, c'était l'occasion de montrer ce qu'on avait dans le ventre.

Boulware, au contraire, le soupçonnait de vouloir posséder ses hommes corps et âme. C'était pourquoi les anciens militaires se trouvaient bien à E.D.S. : ils aimaient la discipline et étaient habitués à un travail qui les prenait vingt-quatre heures sur vingt-quatre. Boulware craignait d'avoir peut-être un jour à décider si son destin était entre ses mains ou entre celles de Perot.

Il admirait Perot de se rendre en Iran. Pour un homme aussi riche, aussi installé dans le confort et aussi protégé, risquer sa peau comme ça... Il fallait avoir des couilles. Il n'y avait sans doute aucun autre président de conseil d'administration d'une entreprise américaine susceptible de concevoir le plan de sauvetage et encore moins d'y participer.

Et, là encore, Boulware se demandait, comme il se le demanderait toute sa vie, s'il pouvait vraiment faire confiance à un Blanc.

Le 707 loué par Perot se posa à six heures du matin. Boulware monta à bord. D'un coup d'œil, il embrassa le décor luxueux, puis n'y pensa plus : il était pressé.

Il s'assit auprès de Perot : « Je prends un avion à

six heures trente, alors il faut que je fasse vite, dit-il. Vous ne pouvez pas acheter d'hélicoptère ni d'avion léger.

— Pourquoi donc ?

— C'est contraire à la loi. Vous pouvez louer un avion taxi, mais il ne vous emmènera pas n'importe où : vous le louez pour un voyage précis.

— Qui dit cela ?

— La loi. Et puis louer un avion est si inhabituel que vous allez être harcelé de questions par le gouvernement et ce n'est peut-être pas ce que vous voulez. Maintenant...

— Une minute, Ralph, pas si vite », dit Perot.

Il avait dans l'œil son regard qui disait « c'est-moi-le-patron ».

« Et si on se procure un hélicoptère dans un autre pays et qu'on l'amène ici ?

— Je suis ici depuis un mois et j'ai examiné tout cela à fond : vous ne pouvez pas louer d'hélicoptère, vous ne pouvez pas louer d'avion et il faut maintenant que je parte pour retrouver Simons à la frontière. »

Perot fit machine arrière.

« Bon. Comment allez-vous vous rendre là-bas ?

— M. Fish nous a trouvé un car pour aller jusqu'à la frontière. Il est déjà en route. Je devais partir avec lui, mais j'ai dû rester pour vous mettre au courant. Je m'en vais prendre l'avion jusqu'à Adana — c'est environ à mi-chemin — et rattraper le car là-bas. J'ai Ilsman avec moi, c'est le type des services secrets, et un autre type pour traduire. A quelle heure est-ce que les gars comptent atteindre la frontière ?

— Demain, à deux heures de l'après-midi, répondit Perot.

— Ça va être juste. A plus tard. »

Il partit en courant vers l'aérogare de départ et attrapa de justesse son avion.

Ilsman, le gros agent secret, et l'interprète — Boulware ne connaissait pas son nom, aussi l'appelait-il « Charlie Brown » — étaient à bord. Ils décollèrent à six heures trente.

Ils se dirigèrent vers l'est, jusqu'à Ankara, où ils

attendirent plusieurs heures leur correspondance. A midi, ils atteignirent Adana, près de la ville biblique de Tarse, dans la partie méridionale du centre de la Turquie.

Le car n'était pas là.

Ils attendirent une heure.

Boulware conclut que le car n'allait pas venir.

Avec Ilsman et Charlie Brown, il se rendit au guichet des renseignements et s'enquit des vols d'Adana à Van, une ville à cent cinquante kilomètres environ du point où ils devaient passer la frontière.

Aucun vol pour Van, ni d'ici ni de nulle part.

« Demandez où nous pouvons louer un avion », dit Boulware à Charlie.

Charlie posa la question.

« Il n'y a pas d'avion à louer ici.

— Pourrons-nous acheter une voiture ?

— Les voitures sont très rares dans cette région.

— Il n'y a pas de vendeur de voiture en ville ?

— S'il y en a, ils n'auront pas de voitures à vendre.

— Il n'y a *aucun* moyen d'aller à Van d'ici ?

— Non. »

Ça rappelait l'histoire du touriste qui demande à un fermier la direction de Londres, et le fermier répond : « Si j'allais à Londres, ce n'est pas d'ici que je partirais. »

Ils sortirent de l'aérogare et s'arrêtèrent sur la route poussiéreuse. Pas de trottoir : c'était vraiment le bled. Boulware était exaspéré. Jusqu'alors, il avait eu la vie plus facile que la plupart des autres membres de l'équipe de sauvetage : il n'était même pas allé à Téhéran. C'était maintenant son tour de réussir là où il semblait sur le point d'échouer. Boulware avait horreur de l'échec.

Il vit une voiture approcher avec des inscriptions en turc sur les portières.

« Hé, fit-il, c'est un taxi ?

— Oui », dit Charlie Brown.

Charlie le héla et ils montèrent. Boulware dit :

« Expliquez-lui que nous voulons aller à Van. »

Charlie traduisit.

Le chauffeur démarra.

Au bout de quelques secondes, le chauffeur posa une question. Charlie traduisit :

« Van, où ça ?

— Dites-lui Van, en Turquie. »

Le chauffeur arrêta la voiture.

Charlie reprit :

« Il dit : vous savez à quelle distance c'est ? »

Boulware n'en était pas sûr, mais il savait qu'il fallait traverser la moitié de la Turquie.

« Dites-lui que oui. »

Après un nouvel échange, Charlie conclut :

« Il ne veut pas nous emmener.

— Est-ce qu'il connaît quelqu'un qui le fera ? »

Le chauffeur répondit en haussant les épaules. Charlie dit :

« Il va nous conduire jusqu'à la station de taxis pour que nous puissions demander.

— Bon. »

Ils roulèrent vers la ville. La station de taxis n'était qu'un bout de route poussiéreuse avec quelques voitures garées, dont aucune n'était neuve. Ilsman s'adressa aux chauffeurs. Boulware et Charlie trouvèrent un petit magasin et achetèrent un sac d'œufs durs.

Lorsqu'ils sortirent, Ilsman avait trouvé un chauffeur et négocié un prix. Le chauffeur désigna d'un geste fier son taxi. Boulware le contempla avec consternation. C'était une Chevrolet qui devait bien avoir vingt-cinq ans et qui, semblait-il, avait encore ses pneus d'origine.

« Il dit qu'il va nous falloir des vivres, dit Charlie.

— J'ai des œufs.

— Ça ne sera peut-être pas suffisant. »

Boulware entra dans le magasin et acheta trois douzaines d'oranges.

Ils montèrent dans la Chevrolet et roulèrent jusqu'à une station d'essence. Le chauffeur acheta un réservoir de carburant supplémentaire qu'il fit remplir et qu'il installa dans le coffre.

« Là où nous allons, il n'y a pas de poste à essence », expliqua Charlie.

Boulware regardait une carte. Leur voyage représentait environ huit cents kilomètres à travers une région montagneuse.

« Ecoutez, dit-il, il n'est pas question que cette bagnole nous amène à la frontière pour deux heures de l'après-midi demain.

— Vous ne comprenez pas, fit Charlie. Cet homme est un chauffeur turc.

— Oh ! Seigneur », fit Boulware ; il se laissa retomber contre la banquette et ferma les yeux.

Ils quittèrent la ville et s'enfoncèrent dans les montagnes de la Turquie centrale.

La route était un chemin de terre avec d'énormes nids-de-poule et, par endroits, guère plus large que la voiture. Elle serpentait au flanc des montagnes avec, sur le côté, un abrupt à vous couper le souffle. Aucun garde-fou n'était là pour empêcher un conducteur imprudent de culbuter dans le précipice. Mais le paysage était magnifique, avec des vues superbes sur les vallées ensoleillées, et Boulware se promit de revenir un jour avec Mary, Stacy et Kecia pour refaire le voyage, tout à loisir.

Devant eux, un camion approchait. Le chauffeur de taxi freina et stoppa. Deux hommes en uniforme descendirent du camion.

« Une patrouille militaire », annonça Charlie Brown.

Le chauffeur abaissa sa vitre. Ilsman s'adressa aux soldats. Boulware ne comprenait pas ce qui se disait, mais les propos du Turc parurent satisfaire la patrouille. Le taxi reprit sa route.

Environ une heure plus tard, ils furent arrêtés par une autre patrouille et le même cérémonial se reproduisit.

A la tombée de la nuit, ils repérèrent un restaurant au bord de la route et s'arrêtèrent. C'était un établissement primitif et horriblement crasseux. « Tout ce qu'ils ont, ce sont des haricots et du riz, dit Charlie d'un ton d'excuse pendant qu'ils s'asseyaient.

— J'ai mangé des haricots et du riz toute ma vie »,
fit Boulware en souriant.

Il examina le chauffeur de taxi. L'homme avait une
soixantaine d'années et semblait fatigué.

« Je crois que je vais conduire un moment », proposa Boulware.

Charlie traduisit et le chauffeur protesta avec véhé-
mence.

« Il dit que vous ne saurez pas conduire cette voiture, fit Charlie. C'est une voiture américaine avec un
changement de vitesses très particulier.

— Ecoutez, fit Boulware, je suis américain.
Expliquez-lui qu'il y a des tas d'Américains qui sont
Noirs. Et je sais conduire une Chevrolet de 64 avec une
boîte de vitesses mécanique, bon sang ! »

Les trois Turcs en discutèrent pendant le repas.
Finalement, Charlie déclara :

« Vous pouvez conduire, dès l'instant que vous pro-
mettez de payer les dégâts si vous abîmez la voiture.

— Je promets », fit Boulware, en pensant : pourquoi pas ?

Il régla la note et ils se dirigèrent vers la voiture. La
pluie commençait à tomber.

Boulware n'arrivait pas à rouler vite, mais la grosse
voiture était stable et son puissant moteur lui faisait
gravir les côtes sans difficultés. Ils furent arrêtés une
troisième fois par une patrouille. Boulware montra
son passeport américain et de nouveau Ilsman parvint à les calmer. Cette fois, observa Boulware, les
soldats n'étaient pas rasés et portaient des uniformes
quelque peu en haillons.

Comme ils repartaient, Ilsman prononça quelques
mots et Charlie dit :

« Essayez de ne pas vous arrêter pour d'autres
patrouilles.

— Pourquoi donc ?

— Ils pourraient nous voler. »

Ça alors, songea Boulware, c'est chouette.

Près de la ville de Maras, à plus de cent cinquante
kilomètres d'Adana et à près de cinq cents de Van, la
pluie devint plus forte, rendant la route boueuse et

glissante et obligeant Boulware à ralentir encore davantage.

Peu après Maras, la voiture tomba en panne.

Ils descendirent tous et soulevèrent le capot. Boulware ne voyait rien d'anormal. Le chauffeur dit quelque chose et Charlie traduisit :

« Il n'y comprend rien : il vient juste de régler le moteur lui-même.

— Peut-être qu'il ne l'a pas bien fait, dit Boulware. Vérifions quelques petites choses. »

Le chauffeur sortit du coffre des outils et une torche, puis les quatre hommes s'installèrent sous la pluie autour du moteur pour essayer de découvrir ce qui clochait.

Ils finirent par s'apercevoir que les vis platinées étaient mal réglées. Boulware pensait que c'était soit la pluie, soit l'air plus raréfié des montagnes ou la combinaison des deux qui avait rendu cette défaillance critique. Il fallut un moment pour régler les vis, mais le moteur finit par démarrer. Glacés, trempés et épuisés, les quatre hommes remontèrent dans la vieille guimbarde et Boulware reprit le volant.

A mesure qu'ils roulaient vers l'est, le paysage devenait plus désolé : pas de villes, pas de maisons, pas de bétail, rien. La route devint même pire. Elle rappelait à Boulware une piste dans un western. Bientôt la pluie se changea en neige et la route devint verglacée. Boulware ne cessait de jeter des coups d'œil inquiets vers le précipice qui bordait la route. Si tu fais un écart, se dit-il, tu ne vas pas te blesser, tu vas mourir.

Près de Bingol, à mi-chemin de leur destination, ils sortirent de la tempête. Le ciel était dégagé et la lune éclairait presque comme en plein jour. Boulware apercevait les nuages de neige et la lueur des éclairs dans les vallées plus bas. Le flanc de la montagne était blanchi par le gel et la route glissante comme une piste de bobsleigh.

Boulware pensait : Bon sang, dire que je m'en vais crever ici et que personne même ne le saura parce qu'on ne sait pas où je suis.

Brusquement, il sentit une secousse dans le volant,

et la voiture ralentit : Boulware eut un moment d'affolement, croyant qu'il perdait le contrôle du véhicule, puis il se rendit compte qu'il avait un pneu à plat. Il arrêta la voiture avec douceur.

Ils descendirent tous et le chauffeur de taxi ouvrit le coffre. Il sortit le réservoir d'essence supplémentaire pour atteindre la roue de secours. Boulware était frigorifié : le thermomètre devait être au-dessous de zéro. Le chauffeur refusa toute aide et insista pour changer lui-même la roue. Boulware ôta ses gants et les proposa au chauffeur : l'homme secoua la tête. Sans doute de l'orgueil, songea Boulware.

Lorsque le changement de roue fut fini, il était quatre heures. Boulware dit :

« Demandez-lui s'il veut reprendre le volant... Je suis vanné. »

Le chauffeur accepta.

Boulware monta derrière. La voiture démarra. Boulware ferma les yeux en essayant d'ignorer les cahots et les secousses. Il se demandait s'il arriverait à la frontière à temps. Et puis merde, se dit-il, personne ne pourra dire qu'on n'a pas essayé.

Quelques secondes plus tard, il dormait.

2

L'équipe des Mains sales quitta Téhéran comme dans un rêve. La ville avait l'air d'un champ de bataille abandonné parce que chacun était rentré chez soi. On avait renversé des statues, incendié des voitures et abattu des arbres pour faire les barrages ; puis on avait dégagé les barrages, poussé les voitures sur les trottoirs, fracassé les statues et brûlé les arbres. Certains de ces arbres étaient arrosés chaque jour à la main depuis cinquante ans.

Mais il n'y avait plus de combat. Ils rencontrèrent très peu de gens et peu de circulation. Peut-être la révolution était-elle terminée. Ou peut-être les révolutionnaires étaient-ils en train de prendre le thé.

Ils passèrent devant l'aéroport et prirent la route du

nord, celle que Coburn et Simons avaient empruntée pour leur voyage de reconnaissance. Certains des plans de Simons n'avaient plus de raison d'être ; mais pas celui-ci. Malgré tout, Coburn était inquiet. Qu'est-ce qui les attendait ? Des armées continuaient-elles à semer le désordre dans les bourgs et les hameaux ? Ou bien la révolution était-elle finie ? Peut-être les villageois étaient-ils retournés à leurs moutons et à leurs charrues.

Bientôt les deux Range Rover fonçaient à près de cent vingt kilomètres à l'heure au pied d'une chaîne de montagnes. A leur gauche s'étendait une vaste plaine ; à leur droite, des collines abruptes et verdoyantes couronnées par des pics montagneux enneigés qui se détachaient sur le ciel bleu. Coburn regarda la voiture qui les précédait — et vit Taylor qui prenait des photos par l'arrière avec son Instamatic.

« Regardez Taylor, dit-il.

— Qu'est-ce qu'il croit ? fit Gayden. Qu'on fait du tourisme ? »

Coburn commençait à se sentir optimiste. Jusqu'à maintenant il n'y avait pas eu de problème : peut-être le pays tout entier se calmait-il. Et, d'ailleurs, pourquoi les Iraniens leur chercheraient-ils des histoires ? Quel mal y avait-il, pour des étrangers, à quitter le pays ?

Paul et Bill avaient de faux passeports et étaient recherchés par les autorités, voilà ce qu'il y avait de mal.

A cinquante kilomètres de Téhéran, juste avant d'atteindre la ville de Kharaj, ils tombèrent sur leur premier barrage routier. Il était gardé, comme d'habitude, par des hommes et des adolescents en haillons qui brandissaient des mitraillettes.

La voiture de tête stoppa et Rachid sauta à terre avant même que Paul eût arrêté la seconde voiture pour être bien sûr que ce serait lui plutôt que les Américains qui donnerait les explications. Il se mit aussitôt à parler vite et fort en farsi, avec beaucoup de gestes. Paul abaissa la vitre. D'après ce qu'ils pouvaient comprendre, Rachid ne semblait pas leur raconter les histoires dont ils étaient convenus : il parlait de journalistes.

Au bout d'un moment, Rachid leur dit de descendre des voitures.

« Ils veulent nous fouiller pour voir si nous avons des armes. »

Coburn, se rappelant combien de fois il avait été fouillé lors du voyage de reconnaissance, avait dissimulé son petit poignard dans la Range Rover.

Les Iraniens les palpèrent du haut en bas, puis procédèrent à une fouille rapide des voitures. Ils ne trouvèrent pas le poignard de Coburn, pas plus qu'ils ne découvrirent l'argent.

Quelques minutes plus tard, Rachid dit :

« Nous pouvons partir. »

Cent mètres plus loin se trouvait un poste à essence. Ils s'arrêtèrent : Simons tenait à garder les réservoirs aussi pleins que possible.

Pendant qu'on les remplissait, Taylor exhiba une bouteille de cognac et ils en prirent tous une gorgée, sauf Simons qui désapprouvait et Rachid dont la religion lui interdisait l'alcool. Simons était furieux contre Rachid. Au lieu de dire que le groupe se composait d'hommes d'affaires essayant de rentrer chez eux, Rachid avait raconté qu'ils étaient des journalistes qui s'en allaient couvrir les combats à Tabriz.

« Tiens-t'en à la version qu'on a inventée, dit Simons.

— Entendu », fit Rachid.

Coburn était persuadé que Rachid continuerait à raconter la première histoire qui lui viendrait à l'esprit sur le moment : c'était comme ça qu'il fonctionnait.

Un petit groupe s'était réuni à la station d'essence pour observer les étrangers. Coburn regardait les badauds avec nervosité. Ils n'étaient pas précisément hostiles, mais il y avait quelque chose de vaguement menaçant dans leur surveillance silencieuse.

Rachid acheta un bidon vide.

Et maintenant ?

Il prit à l'arrière de la voiture le bidon d'essence qui contenait presque tout l'argent dans des sacs plastique lestés de plomb et versa de l'huile dedans pour dissimuler les sacs. Ce n'était pas une mauvaise idée, songea Coburn, mais j'en aurais parlé à Simons avant de le faire.

Il essaya de lire les expressions sur les visages des Iraniens qui les entouraient. Etait-ce de la simple curiosité ? De la rancœur ? De la méfiance ? De la malveillance ? Il n'en savait rien, mais il avait envie de filer.

Rachid régla la note et les deux voitures sortirent lentement du poste à essence.

Ils roulèrent sans encombre pendant les cent dix kilomètres suivants. La route, la nouvelle nationale iranienne, était en bon état. Elle suivait une vallée le long d'une ligne de chemin de fer à voie unique surmontée de montagnes aux cimes enneigées. Le soleil brillait.

Le second barrage était à la sortie de Qazvin.

Il n'avait rien d'officiel — les gardes n'étaient pas en uniforme — mais il était plus important et plus organisé que le précédent. Il y avait deux points de contrôle, l'un après l'autre, et une file de voitures qui attendait.

Les deux Range Rover s'installèrent dans la queue.

On fouilla méthodiquement la voiture qui les précédait. Un garde ouvrit le coffre et en sortit ce qui avait l'air d'un drap roulé. Il y trouva un fusil. Il cria quelque chose en brandissant le fusil en l'air.

D'autres gardes arrivèrent en courant. Une foule se rassembla. On interrogea le conducteur de la voiture. Un des gardes l'expédia au sol d'un coup de poing.

Rachid manœuvra pour sortir sa voiture de la file d'attente.

Coburn dit à Paul de le suivre.

« Qu'est-ce qu'il fait ? » dit Gayden.

Rachid avançait lentement à travers la foule. Les gens s'écartaient sur le passage de la Range Rover : ils s'intéressaient à l'homme au fusil. Paul, dans la seconde Range Rover, collait littéralement à ses pare-chocs. Ils passèrent le premier point de contrôle.

« Qu'est-ce qu'il fout ? » répéta Gayden.

— Il va avoir des pépins », dit Coburn.

Ils approchaient du second point de contrôle. Sans s'arrêter, Rachid cria quelque chose aux gardes par la vitre ouverte. Le garde répondit. Rachid accéléra. Paul suivit.

Coburn poussa un soupir de soulagement. C'était bien de Rachid : il faisait ce à quoi on ne s'attendait pas, sur l'impulsion du moment, sans réfléchir aux conséquences. Et, en fin de compte, il s'en tirait toujours. Seulement, ça rendait la vie un peu tendue pour les gens qui étaient avec lui.

A l'arrêt suivant, Rachid expliqua qu'il avait simplement dit aux gardes que les deux Range Rove avaient été inspectées au premier point de contrôle. Au barrage suivant, Rachid persuada les gardes de lui écrire au marqueur un laissez-passer sur son pare-brise et ils franchirent ainsi trois barrages routiers sans être fouillés.

Keane Taylor était au volant de la voiture de tête quand, alors qu'ils grimpaient une longue côte en lacets, ils aperçurent deux gros camions roulant côte à côte et occupant toute la largeur de la chaussée, qui dévalaient la pente dans leur direction. Taylor donna un coup de volant vers le bas-côté et s'arrêta brutalement dans le fossé, suivi de Paul. Les camions passèrent, toujours côte à côte, et tout le monde vit que Taylor ne savait vraiment pas conduire.

A midi, ils firent une pause. Ils se garèrent au bord de la route près d'un remonte-pente et déjeunèrent de biscuits secs et de petits gâteaux. Bien qu'il y eût de la neige au flanc des montagnes, le soleil brillait et ils n'avaient pas froid. Taylor sortit sa bouteille de cognac, mais elle avait fui et était vide : Coburn soupçonna Simons d'avoir subrepticement dévissé le bouchon. Ils burent de l'eau.

Ils traversèrent la pimpante petite bourgade de Zanjan où, lors du voyage de reconnaissance, Coburn et Simons avaient discuté avec le chef de la police.

La nationale iranienne s'arrêtait juste après Zanjan, de façon plutôt abrupte. De la seconde voiture, Coburn vit la Range Rover de Rachid disparaître soudain à ses yeux. Paul freina à mort et il descendit regarder.

Là où l'asphalte s'arrêtait, Rachid avait dévalé une pente abrupte sur près de trois mètres et s'était retrouvé le capot dans la boue. Sur la droite, leur route continuait en un sentier de montagne non revêtu.

Rachid redémarra et, engageant les quatre roues motrices, il passa en marche arrière. Lentement, il remonta le talus et se retrouva sur la route.

La Range Rover était couverte de boue. Rachid fit fonctionner les essuie-glaces et actionna le lave-glace. Une fois les taches de boue disparues, il en allait de même du laissez-passer griffonné au marqueur. Rachid aurait pu le réécrire, mais personne n'avait de marqueur.

Ils repartirent vers l'ouest, en direction de l'extrémité méridionale du lac Rezaiyeh. Les Range Rover étaient construites pour des routes difficiles et ils arrivaient encore à faire du soixante à l'heure. Ils n'arrêtaient pas de monter : la température, elle, baissait régulièrement, la campagne était couverte de neige, mais la route restait dégagée. Coburn se demanda s'ils n'allaient peut-être pas atteindre la frontière le soir, au lieu du lendemain comme prévu.

Gayden, sur la banquette arrière, se pencha en avant en disant :

« Personne ne va croire que le voyage a été aussi facile. Nous ferions mieux d'inventer quelques histoires de guerre à raconter quand nous serons rentrés. »

Il avait parlé trop tôt.

Comme le jour déclinait, ils approchèrent de Mahabad. Les faubourgs en étaient marqués par quelques cabanes de bois et de briques de boue, bâties le long de la route en lacets. Les deux Range Rover prirent un virage et s'arrêtèrent net : la route était barrée par un camion à l'arrêt et par une foule imposante mais qui semblait disciplinée. Les hommes arboraient le traditionnel pantalon bouffant, le gilet noir, le turban à carreaux rouges et blancs et la cartouchière des tribus kurdes.

Rachid sauta à terre et commença son numéro.

Coburn examinait les fusils des gardes et reconnut les armes automatiques aussi bien russes qu'américaines.

« Tout le monde descend des voitures », annonça Rachid.

Maintenant, ils en avaient pris l'habitude. On les fouilla l'un après l'autre. La fouille, cette fois, fut un peu plus poussée et ils trouvèrent le petit canif de Keane Taylor, mais ils le lui laissèrent. Ils ne découvrirent pas le poignard de Coburn ni l'argent.

Coburn attendait que Rachid dise :

« Nous pouvons passer. » C'était plus long que d'habitude. Rachid discuta quelques minutes avec les Kurdes, puis déclara :

« Il faut que nous allions voir le chef du bourg. »

Ils remontèrent dans les voitures. Un Kurde armé d'un fusil accompagna chaque voiture et les guida dans la petite ville.

On leur ordonna de s'arrêter devant un petit bâtiment badigeonné à la chaux. Un des gardes entra, ressortit une minute plus tard, et remonta dans la voiture sans explications.

Ils s'arrêtèrent de nouveau devant ce qui, de toute évidence, était un hôpital. Là, ils prirent un passager, un jeune Iranien habillé à l'occidentale.

Coburn se demandait ce qui pouvait bien se passer.

Pour finir, ils s'engagèrent dans une petite rue, et s'arrêtèrent devant ce qui semblait être un hôtel particulier.

Ils entrèrent. Rachid leur dit de se déchausser.

Gayden avait dans ses chaussures plusieurs milliers de dollars en coupures de cent. Tout en obéissant, il poussa frénétiquement les billets dans la pointe de ses chaussures.

On les fit entrer dans une grande pièce sans un meuble mais avec un magnifique tapis persan. Simons leur dit à voix basse de s'asseoir. Laissant une place dans le cercle pour les Iraniens, il installa Rachid à la droite de la place vide. A côté de Rachid il y avait Taylor, puis Coburn, puis Simons lui-même en face de la place libre. A la droite de Simons, Paul et

Bill, un peu en retrait du cercle, pour se faire moins voir. Gayden, qui complétait le cercle, était à la droite de Bill.

Taylor, en s'asseyant, constata qu'il avait un gros trou au bout de sa chaussette, par lequel apparaissaient des billets de cent dollars. Il jura sous cape et s'empressa de pousser les billets vers son talon.

Le jeune homme, habillé à l'occidentale, les suivit. Il semblait instruit et parlait bien anglais.

« Vous allez rencontrer un homme qui vient de s'évader après vingt-cinq ans de prison », annonça-t-il.

Bill faillit dire :

« Tiens, quelle coïncidence, je viens moi aussi de m'évader de prison ! » mais il se maîtrisa juste à temps.

« On va vous faire passer en jugement, et cet homme sera votre juge », reprit le jeune Iranien.

Les mots *passer en jugement* frappèrent Paul comme un coup, et il se dit :

« Nous avons fait tout ce chemin pour rien. »

3

L'équipe des Mains propres passa l'après-midi chez Lou Goelz à Téhéran. Le matin, de bonne heure, Tom Walter téléphona de Dallas. La ligne était mauvaise et la conversation difficile à suivre, mais Joe Poché parvint à dire à Walter que les Mains propres et lui étaient sains et sauf, qu'ils allaient s'installer à l'ambassade le plus tôt possible et quitter le pays dès que l'ambassade aurait fini d'organiser les vols d'évacuation. Poché annonça aussi que l'état de Cathy Gallagher ne s'était pas amélioré et qu'elle avait été transportée à l'hôpital la veille au soir.

John Howell appela Abolhassan, qui avait un autre message de Dadgar. Dadgar était disposé à négocier une caution moins élevée. Si E.D.S. repérait Paul et Bill, la compagnie devrait les livrer et faire parvenir en même temps le montant de cette nouvelle caution. Les

Américains devaient comprendre que Paul et Bill ne devaient pas espérer quitter l'Iran par des voies régulières et qu'il serait très dangereux pour eux de tenter de le faire dans d'autres conditions.

Howell en conclut que Paul et Bill n'auraient pas été autorisés à partir par un vol d'évacuation de l'ambassade. Une fois de plus, il se demanda si les Mains propres ne courraient pas plus de danger que les Mains sales. Bob Young avait la même impression. Pendant qu'ils en discutaient, ils entendirent des coups de feu. Ils semblaient venir de la direction de l'ambassade américaine.

La Voix nationale de l'Iran, une station de radio qui émettait de Bakou, de l'autre côté de la frontière, en Union soviétique, diffusait depuis quelques jours des « bulletins d'information » évoquant des plans secrets américains pour une contre-révolution. Le mercredi, la Voix nationale annonça que les dossiers de la S.A.V.A.K., l'odieuse police secrète du shah, avaient été transférés à l'ambassade américaine. L'histoire était presque certainement inventée, mais elle était tout à fait plausible : c'était la C.I.A. qui avait créé la S.A.V.A.K. et qui gardait avec elle un contact étroit, et tout le monde savait que les ambassades américaines, comme toutes les autres, étaient pleines d'espions déguisés en attachés diplomatiques. Quoi qu'il en fût, certains des révolutionnaires de Téhéran crurent à l'histoire et — sans consulter aucun des adjoints de l'ayatollah — décidèrent d'agir.

Dans la matinée, ils envahirent les grands immeubles entourant les locaux de l'ambassade et ils prirent position avec des armes automatiques. A dix heures trente, ils ouvrirent le feu.

L'ambassadeur William Sullivan se trouvait dans le bureau de sa secrétaire pour prendre un appel sur son poste. Il parlait au ministre adjoint des Affaires étrangères de l'ayatollah. Le président Carter avait décidé de reconnaître le nouveau gouvernement révolutionnaire en Iran et Sullivan était en train de prendre des dispositions afin d'adresser une note officielle dans ce sens.

Lorsqu'il raccrocha, il aperçut en se retournant son attaché de presse, Barry Rosen, planté là avec deux journalistes américains. Sullivan était furieux, car la Maison-Blanche avait bien précisé que la décision de reconnaître le nouveau gouvernement devrait être annoncée à Washington et non à Téhéran. Sullivan emmena Rosen dans son bureau et lui passa un sérieux savon.

Rosen lui dit que les deux journalistes étaient là pour prendre des dispositions afin de rapatrier le corps de Joe Alex Morris, le correspondant du *Los Angeles Times* qui avait été tué lors des combats à Doshen Toppeh. Sullivan, qui se sentait stupide, pria Rosen de demander aux journalistes de ne pas révéler ce qu'ils avaient appris en surprenant Sullivan au téléphone.

Rosen sortit. Le téléphone de Sullivan sonna. Il décrocha. Là-dessus, il y eut soudain le terrible fracas d'une fusillade et une grêle de balles fit voler en éclats les fenêtres de son bureau.

Sullivan s'aplatit par terre.

Dans cette position, il traversa la pièce et passa dans le bureau voisin où il se trouva nez à nez avec son adjoint, Charlie Naas, qui était en train de tenir une réunion sur les vols d'évacuation. Sullivan avait deux numéros de téléphone qu'il pouvait utiliser en cas d'urgence pour joindre des chefs révolutionnaires. Il demanda à Naas d'en appeler un et à l'attaché militaire d'appeler l'autre. Toujours allongés par terre, les deux hommes attrapèrent des téléphones posés sur un bureau et se mirent à composer les numéros.

Sullivan prit son talkie-walkie et demanda un rapport des unités de marines cantonnées dans l'enceinte de l'ambassade.

L'attaque à la mitraillette avait servi de couverture pour protéger l'avance d'environ soixante-quinze révolutionnaires qui avaient franchi le mur d'enceinte de l'ambassade et qui s'avançaient maintenant vers la résidence de l'ambassadeur. Par chance, la plupart de ses collaborateurs se trouvaient avec Sullivan dans le bâtiment de la chancellerie.

Sullivan donna aux marines l'ordre de reculer, de ne pas faire usage de leurs fusils et de n'utiliser leurs pistolets que pour se défendre.

Puis, toujours rampant, il sortit de son bureau pour passer dans le couloir.

Durant l'heure suivante, pendant que les attaquants s'emparaient de sa résidence et de la cantine, Sullivan regroupa tous les civils se trouvant dans la chancellerie pour les faire monter jusqu'à la salle des transmissions à l'étage au-dessus. Lorsqu'il entendit les assaillants abattre les portes blindées de l'immeuble, il ordonna aux marines qui se trouvaient là de rejoindre les civils. Là, il leur fit entasser leurs armes dans un coin et donna l'ordre à tous de capituler le plus vite possible.

Puis Sullivan à son tour gagna la salle des transmissions, laissant dehors l'attaché militaire et un interprète.

Lorsque les attaquants arrivèrent au premier étage, Sullivan ouvrit la porte de la salle et sortit, les mains au-dessus de sa tête.

Les autres — une centaine de personnes — le suivirent.

On les poussa tous dans la salle d'attente où on les fouilla. Une dispute confuse éclata entre deux factions d'Iraniens et Sullivan comprit que les gens de l'ayatollah avaient envoyé une force de secours — sans doute à la suite des coups de téléphone passés par Charlie Naas et par l'attaché militaire — et que les sauveteurs étaient arrivés au premier étage en même temps que les assaillants.

Soudain, on tira un coup de feu par la fenêtre.

Tous les Américains s'aplatirent sur le sol. Un des Iraniens semblait croire que le coup de feu était parti de l'intérieur de la pièce et il braqua dangereusement son fusil AK-47 sur les prisonniers à plat ventre ; là-dessus, Barry Rosen l'attaché de presse, cria en farsi :

« C'est venu du dehors ! C'est venu du dehors ! »

A cet instant, Sullivan se retrouva allongé auprès des deux journalistes qu'il avait vus un peu plus tôt dans le bureau de sa secrétaire.

« J'espère que vous notez tout cela sur vos calepins », dit-il.

On finit par les emmener dans la cour où Ibrahim Yazdi, le nouveau Premier ministre adjoint de l'ayatollah, présenta ses excuses à Sullivan pour l'attaque.

Yazdi donna aussi à Sullivan une escorte personnelle, un groupe d'étudiants qui serait désormais responsable de la sécurité de l'ambassadeur des Etats-Unis. Le chef du groupe expliqua à Sullivan qu'ils étaient tout à fait qualifiés pour le garder. Ils avaient étudié ses habitudes et connaissaient bien son emploi du temps car, récemment encore, ils avaient pour mission de l'assassiner.

Tard cet après-midi-là, Cathy Gallagher téléphona de l'hôpital. On lui avait donné un médicament qui réglait son problème, du moins momentanément, et elle tenait à retrouver son mari et les autres chez Lou Goelz.

Joe Poché refusa de laisser personne de l'équipe des Mains propres quitter la maison, mais il ne voulait pas non plus faire savoir aux Iraniens où ils étaient ; il appela donc Gholam et lui demanda d'aller chercher Cathy à l'hôpital et de l'amener jusqu'au coin de la rue où son mari la retrouverait.

Elle arriva vers sept heures trente ce soir-là. Elle se sentait mieux, mais Gholam lui avait raconté une abominable histoire.

« Hier, ils ont tiré sur les fenêtres de nos chambres d'hôtel », dit-elle.

Gholam était allé au Hayatt régler la note d'E.D.S. et prendre les valises qu'ils avaient laissées, expliqua Cathy. Les chambres avaient été pillées, il y avait des traces de balles partout et les bagages avaient été lacérés.

« Rien que nos chambres ? demanda Howell.

— Oui.

— Est-ce qu'il a su comment ça s'était passé ? »

Quand Gholam était allé régler la note, le directeur de l'hôtel lui avait dit :

« Mais qui sont donc ces gens... La C.I.A. ? »

Le lundi matin, apparemment, peu après que tous les gens d'E.D.S. eurent quitté l'hôtel, les révolutionnaires s'en étaient emparés. Ils avaient pillé tous les Américains, en réclamant leurs passeports et avaient montré des photos de deux hommes qu'ils recherchaient. Le directeur n'avait pas reconnu les individus figurant sur ces photographies. Personne d'autre non plus.

Howell se demandait ce qui avait pu exaspérer les révolutionnaires au point qu'ils avaient tout cassé dans leurs chambres. Peut-être le bar bien pourvu de Gayden offensait-il leur sensibilité musulmane ? On avait aussi laissé, dans la suite de Gayden, un magnétophone utilisé pour dicter, des micros à ventouses pour enregistrer les conversations téléphoniques et un talkie-walkie d'enfant. Les révolutionnaires avaient peut-être cru que c'était de l'équipement de surveillance de la C.I.A.

Lou Goelz ne rentra pas chez lui ce soir-là. Des rapports vagues et inquiétants de ce qui se passait à l'ambassade parvinrent à Howell et à l'équipe des Mains propres par le truchement du gardien de Goelz, qui appelait ses amis. Goelz rentra chez lui le lendemain matin, nullement abattu par son expérience. Il avait passé une bonne partie du temps allongé sur sa vaste panse au milieu d'un couloir ; mais, une fois terminé, il avait regagné son bureau et il avait trouvé là de bonnes nouvelles : les vols d'évacuation commenceraient le samedi et les Mains propres partiraient par le premier d'entre eux.

Howell se dit : Dadgar a peut-être d'autres idées là-dessus.

4

A Istanbul, Ross Perot avait l'horrible sentiment que toute l'opération échappait à son contrôle.

Il apprit de Dallas que l'ambassade américaine à Téhéran avait été envahie par les révolutionnaires. Il savait aussi, parce que Tom Walter avait parlé précédemment à Joe Poché, que les Mains propres comptaient s'installer dans les locaux de l'ambassade le plus tôt possible. Mais, après l'attaque sur l'ambassade, presque toutes les lignes téléphoniques de Téhéran avaient été débranchées et la Maison-Blanche monopolisait les quelques lignes qui restaient. Perot ne savait donc pas si les Mains propres se trouvaient à l'ambassade au moment de l'attaque, pas plus qu'il ne savait quelle sorte de danger ils pourraient courir s'ils étaient toujours chez Goelz.

La perte de tout contact téléphonique signifiait aussi que Merv Stauffer ne pouvait pas appeler Gholam pour savoir si les Mains sales avaient laissé « un message pour Jim Nyfeler » en disant si tout allait bien ou s'ils avaient des ennuis. Toute l'équipe du sixième étage à Dallas était occupée à garder une des rares lignes qui fonctionnaient de façon à pouvoir parler à Gholam. Tom Walter s'était rendu à la Compagnie du Téléphone et avait parlé à Ray Johnson qui s'occupait du compte d'E.D.S. C'était un très gros compte — les ordinateurs d'E.D.S. aux quatre coins des Etats-Unis se parlaient entre eux par l'intermédiaire de lignes téléphoniques — et Johnson avait été trop heureux d'aider un client important. Il avait demandé si l'appel d'E.D.S. pour Téhéran était une question de vie ou de mort. Je pense bien, avait dit Tom Walter. Johnson essayait de leur avoir une ligne. En même temps, T.J. Marquez baratinait une opératrice de l'International pour essayer de le persuader d'enfreindre le règlement.

Perot avait également perdu contact avec Ralph Boulware, qui était censé retrouver les Mains sales sur le côté turc de la frontière. La dernière fois qu'on avait eu des nouvelles de Boulware, il était à Adana, à huit cents kilomètres du lieu où il était censé se trouver. Perot supposait qu'il était maintenant en route pour le rendez-vous, mais il n'y avait aucun moyen de savoir jusqu'où il était arrivé ni s'il parviendrait là-bas à temps.

Perot avait passé le plus clair de la journée à essayer de se procurer un avion léger ou un hélicoptère avec lequel passer en Iran. Le Boeing 707 était inutilisable pour ce voyage, car Perot aurait besoin de voler à basse altitude et de rechercher les Range Rover avec un X ou un A sur le toit, puis de se poser sur de petits aérodromes désaffectés, voire sur une route ou dans un champ. Mais jusque-là ses efforts n'avaient que confirmé ce que Boulware lui avait expliqué à six heures ce matin-là : il n'y arriverait pas.

En désespoir de cause, Perot avait appelé un ami de la brigade des stupéfiants en lui demandant le numéro de téléphone de leur correspondant en Turquie, persuadé que les gens des narcotiques sauraient comment se procurer de petits avions. L'homme était venu au Sheraton, accompagné d'un autre qui, supposa Perot, était de la C.I.A. ; mais, s'ils savaient où trouver un avion, ils ne le disaient pas.

A Dallas, Merv Stauffer téléphonait à travers toute l'Europe en quête d'un appareil qu'on pourrait acheter ou louer immédiatement et envoyer en Turquie : lui aussi jusqu'à maintenant avait échoué.

Tard dans l'après-midi, Perot avait dit à Pat Sculley : « Je veux parler à l'Américain occupant le rang le plus élevé qui se trouve à Istanbul. »

Sculley était parti et avait déclenché une petite enquête au consulat américain si bien que maintenant, à dix heures trente du soir, un consul était assis dans la suite de Perot au Sheraton.

Perot lui expliquait la situation.

« Mes hommes ne sont en aucune façon des criminels, dit-il. Ce sont des hommes d'affaires comme les autres avec des femmes et des enfants qui meurent d'inquiétude en les attendant. Les Iraniens les ont gardés en prison six semaines sans fournir d'accusation ni apporter la moindre preuve contre eux. Maintenant, ils sont libres et ils essaient de quitter le pays. S'ils sont pris, vous imaginez combien de chances ils ont qu'on leur fasse justice : aucune. Etant donné la façon dont les choses tournent maintenant en Iran, mes hommes n'atteindront peut-être même pas la frontière. Je veux aller les chercher, et c'est là que j'ai besoin de votre aide. Il faut que j'emprunte, que je loue ou que j'achète un petit avion. Pouvez-vous m'aider ?

— Non, répondit le consul. Dans ce pays, c'est contraire à la loi pour les personnes privées de posséder un avion. Comme c'est contre la loi, il n'y a même pas d'appareil disponible pour quelqu'un qui serait préparé à l'enfreindre.

— Mais vous devez bien avoir un avion !

— Le Département d'Etat n'a pas d'avion. »

Perot désespérait. Allait-il rester ici sans rien faire pour aider les Mains sales ?

« Monsieur Perot, reprit le consul, nous sommes ici pour aider les citoyens américains et je m'en vais essayer de vous trouver un appareil. Je vais faire appel à toutes mes relations. Mais je vous dirai tout de suite que mes chances de succès sont pratiquement nulles.

— Eh bien, je vous remercie quand même. »

Le consul se leva pour prendre congé.

Perot ajouta :

« Il est très important que ma présence en Turquie soit tenue secrète. Actuellement les autorités iraniennes ne se doutent absolument pas de l'endroit où se trouvent mes hommes. Si elles apprenaient que je suis ici, elles pourraient deviner comment ils vont quitter le pays et ce serait une catastrophe. Alors, je vous en prie, soyez très discret.

— Je comprends. »

Le consul partit.

Quelques minutes plus tard, le téléphone sonna. C'était T.J. Marquez qui appelait de Dallas.

« Perot, vous avez la une du journal aujourd'hui. »

Perot sentit son cœur se serrer : l'histoire était sortie dans la presse.

T.J. reprit :

« Le gouverneur vous a nommé président de la commission antidrogue. »

Perot respira de nouveau.

« Marquez, que vous m'avez fait peur ! »

T.J. éclata de rire.

« Vous ne devriez pas faire ça à un vieil homme, dit Perot. Bon sang, vous m'avez vraiment eu.

— Attendez une minute, Margot est sur l'autre ligne, dit T.J. Elle veut juste vous souhaiter une heureuse Saint-Valentin. »

Perot se rendit compte qu'on était le 14 février.

« Dites-lui que je vais très bien et que je suis gardé jour et nuit par deux blondes.

— Attendez, je vais lui transmettre le message. »

T.J. revint en ligne une minute plus tard en riant.

« Elle dit : "Comme c'est intéressant qu'il vous en faille *deux* pour la remplacer." »

Perot se mit à rire. Il l'avait vraiment cherchée. Il aurait dû savoir que Margot ne vous laissait pas marquer des points comme ça.

« Alors, vous avez eu Téhéran ?

— Oui. La standardiste internationale nous a obtenu une ligne et nous avons loupé l'occasion avec un faux numéro. Et puis la Compagnie du Téléphone nous a obtenu une ligne et nous avons eu Gholam.

— Et alors ?

— Alors, rien. Il n'a pas entendu parler d'eux. »

La gaieté provisoire de Perot s'évanouit.

« Que lui avez-vous demandé ?

— Nous avons simplement dit : "Y a-t-il des messages ?" et il a dit que non.

— Fichtre ! »

Perot regrettait presque que l'équipe des Mains sales n'eût pas appelé pour dire qu'ils avaient des problèmes, car alors au moins il aurait su où ils étaient.

Il dit au revoir à T.J. et s'apprêta à se coucher. Il avait perdu les Mains propres, il avait perdu Boulware, et voilà maintenant qu'il avait perdu les Mains sales.

Il n'avait pas réussi à se procurer un appareil avec lequel les rechercher. Toute l'opération se soldait par un vaste gâchis — et il n'y pouvait rien.

L'attente le tuait. Il se rendait compte que jamais de sa vie il n'avait connu pareille tension. Il avait vu des hommes craquer mais il n'avait jamais vraiment pu comprendre leur souffrance parce que cela ne lui était jamais arrivé. La tension nerveuse normalement ne le gênait pas : à vrai dire, il adorait ça. Mais cette fois, c'était différent.

Enfreignant sa propre règle, il se laissa aller à penser à toutes les mauvaises choses qui pouvaient arriver. Ce qui était en jeu ici, c'était sa liberté, car si ce sauvetage tournait mal, ils se retrouveraient en prison. Déjà, il avait rassemblé une armée de mercenaires, il était complice de l'utilisation illégale de passeports américains, il avait obtenu la falsification de cartes d'identité militaires américaines et participait aux préparatifs d'un franchissement de frontières illégal. Il espérait qu'il irait en prison aux Etats-Unis plutôt qu'en Turquie. Le pire serait si les Turcs l'envoyaient en Iran pour être jugé là-bas pour ses « crimes ».

Il resta allongé sans dormir sur son lit d'hôtel, s'inquiétant pour les Mains propres, pour les Mains sales, pour Boulware et pour lui-même. Il ne pouvait rien faire d'autre que le supporter. Dans l'avenir, il serait plus compatissant envers les hommes qu'il soumettait à une rude tension nerveuse. S'il y avait un avenir pour lui.

5

Coburn était tendu. Il ne quittait pas Simons des yeux.

Ils étaient tous assis en cercle sur le tapis persan, en attendant le « juge ». Simons avait dit à Coburn avant de quitter Téhéran :

« Regarde toujours ce que je fais. »

Jusqu'à maintenant, Simons avait été passif, laissant Rachid parler et l'équipe se faire arrêter. Mais un moment viendrait peut-être où il allait changer de tactique. S'il décidait de déclencher une bagarre, il le ferait savoir à Coburn une fraction de seconde avant.

Le juge arriva.

Agé d'une cinquantaine d'années, il portait une veste bleu marine par-dessus un chandail beige clair et une chemise à col ouvert. Il avait l'air d'un médecin ou d'un avocat. Il avait un 45 enfoncé dans sa ceinture.

Rachid le reconnut aussitôt : Il s'appelait Habib Boulourian et c'était un dirigeant communiste.

Boulourian s'assit à la place que Simons lui avait réservée.

Il dit quelque chose en farsi et le jeune homme vêtu à l'occidentale — qui assurait maintenant le rôle d'interprète — leur demanda leur passeport.

Ça y est, songea Coburn ; c'est là où nous allons avoir des ennuis. Il va regarder le passeport de Bill et se rendre compte que c'est celui de quelqu'un d'autre.

Les passeports étaient entassés sur le tapis devant Boulourian. Il regarda celui du dessus. L'interprète commença à noter les détails. Il y avait une certaine confusion à propos des noms et des prénoms : pour on ne sait quelle raison, les Iraniens les mélangeaient souvent. Rachid tendait le passeport à Boulourian et Gayden penché sur lui désignait un détail ou un autre ; l'idée vint à Coburn qu'à eux deux ils rendaient les choses encore plus confuses. Rachid donnait plus d'une fois à Boulourian le même passeport et Gayden, en se penchant pour souligner un détail du passeport, masquait la photo. Coburn admirait leur cran. On finit par leur rendre les passeports et Coburn eut bien l'impression qu'on n'avait jamais ouvert celui de Bill.

Boulourian se mit à interroger Rachid en farsi. Rachid semblait raconter leur couverture officielle : ils étaient des hommes d'affaires américains comme les autres essayant de rentrer chez eux, avec quelques embellissements à propos de membres de la famille sur le point de mourir là-bas, aux Etats-Unis.

L'interprète finit par dire en anglais :

« Voudriez-vous dire exactement ce que vous faites ici ? »

Rachid dit :

« Eh bien, voyez-vous... » Sur quoi un garde derrière lui mit en place le chargeur de son fusil mitrailleur et en appuya le canon contre la nuque de Rachid. Celui-ci se tut. De toute évidence l'interprète voulait entendre ce que les Américains avaient à dire, pour voir si leur récit correspondait à celui de Rachid ; le geste du garde était un brutal rappel pour qu'ils n'oublient pas qu'ils se trouvaient entre les mains de révolutionnaires violents.

Gayden, qui était le plus haut cadre d'E.D.S. présent, répondit à l'interprète.

« Nous travaillons tous pour une société de traitement de données qui s'appelle Pars Data Systems, ou P.D.S. », dit-il. P.D.S. en fait était la compagnie iranienne possédée conjointement par E.D.S. et Abolfath Mahvi. Gayden ne parla pas d'E.D.S. car, comme Simons l'avait fait remarquer avant leur départ de Téhéran, Dadgar avait peut-être lancé un mandat d'arrêt collectif visant tous ceux qui avaient un rapport avec E.D.S. »

« Nous avions un contrat avec la banque Omran, poursuivit Gayden, disant la vérité mais surtout pas toute la vérité. Nous n'arrivions pas à nous faire payer, les gens lançaient des pierres sur nos fenêtres, nous n'avions pas d'argent, nos familles nous manquaient et nous voulions tout bonnement rentrer chez nous. L'aéroport était fermé, alors nous avons décidé de partir par la route.

— C'est exact, fit l'interprète. Il m'est arrivé la même chose : je voulais prendre l'avion pour l'Europe, mais l'aéroport était fermé. »

Nous avons peut-être un allié ici, se dit Coburn.

Boulourian demanda et l'interprète traduisit :

« Aviez-vous un contrat avec Isiran ? »

Coburn était stupéfait. Pour quelqu'un qui avait passé vingt-cinq ans en prison, Boulourian était remarquablement bien informé. Isiran — Informations Systems Iran — était une société de traitement de données jadis propriété d'Abolfath Mahvi, qui par la suite avait été rachetée par le gouvernement. Le bruit courait que la société avait des liens étroits avec la police secrète, la S.A.V.A.K. Pire encore, E.D.S. avait bel et bien un contrat avec : en association, les deux entreprises avaient créé un système de contrôle de documents pour la marine iranienne en 1977.

« Nous n'avons absolument rien à voir avec Isiran, déclara Gayden sans vergogne.

— Pouvez-vous nous prouver pour qui vous travaillez ? »

Ça, c'était un problème. Avant de quitter Téhéran, ils avaient tout détruit, tous les papiers ayant rapport avec E.D.S. et ce sur les instructions de Simons. Ils fouillaient tous maintenant leurs poches en cherchant ce qu'ils auraient pu oublier.

Keane Taylor retrouva sa carte d'assurance maladie avec « Electronic Data Systems Corporation » imprimé en bas.

Il la tendit à l'interprète en disant : « Electronic Data Systems est la société mère de P.B.S. »

Boulourian se leva et quitta la pièce.

L'interprète, les Kurdes en armes et les hommes d'E.D.S attendirent en silence. Coburn pensait : Et maintenant ?

Boulourian avait-il un moyen de savoir qu'E.D.S. avait jadis eu un contrat avec Isiran ? Dans ce cas, en arriverait-il à la conclusion que les hommes d'E.D.S. avaient un rapport avec la S.A.V.A.K. ? Ou bien sa question à propos d'Isiran avait-elle été lancée au hasard ? Dans ce cas, avait-il cru, comme ils le racontaient, qu'ils étaient de simples hommes d'affaires s'efforçant de rentrer chez eux ?

En face de Coburn, de l'autre côté du cercle, Bill se sentait étrangement en paix. Il avait connu un paroxysme de peur durant l'interrogatoire et il était tout bonnement incapable de s'inquiéter davantage. Nous avons fait de notre mieux pour nous en tirer, songea-t-il, et s'ils nous collent le long d'un mur maintenant pour nous fusiller, ainsi soit-il.

Boulourian revint en chargeant un fusil.

Coburn jeta un coup d'œil à Simons : celui-ci avait les yeux fixés sur le fusil.

C'était une vieille carabine N1 qui semblait dater de la Seconde Guerre mondiale.

Il ne peut pas nous fusiller tous avec ça, se dit Coburn.

Boulourian tendit le fusil à l'interprète et dit quelque chose en farsi.

Coburn banda ses muscles, prêt à bondir. Ce serait un drôle de gâchis s'ils ouvraient le feu dans cette pièce...

L'interprète prit le fusil et dit :

« Et maintenant, si vous voulez bien être nos hôtes, nous allons boire le thé. »

Boulourian écrivit quelque chose sur un bout de papier qu'il tendit à l'interprète. Coburn se rendit compte que Boulourian avait simplement confié le fusil à l'interprète en lui donnant un permis pour l'utiliser. « Seigneur, j'ai cru qu'il allait nous fusiller », murmura Coburn.

Simons avait le visage impassible.

On servit le thé.

Il faisait maintenant noir dehors. Rachid demanda s'il y avait un endroit où les Américains pourraient passer la nuit.

« Vous serez nos invités, dit l'interprète. Je m'occuperai de vous personnellement. »

Coburn pensa : C'est pour ça qu'il a besoin d'un fusil ?

L'interprète poursuivit : « Demain matin, notre mollah écrira une lettre au mollah de Rezaiyeh en lui demandant de vous laisser passer. »

Coburn murmura à Simons :

« Qu'est-ce que vous en pensez ? Est-ce qu'on devrait passer la nuit ici ou continuer ?

— Je ne crois pas que nous ayons le choix, dit Simons. Quand il a dit "invités" il était simplement poli. »

Ils burent leur thé et l'interprète annonça :

« Maintenant nous allons dîner. »

Ils se levèrent et enfilèrent leurs chaussures. Comme ils se dirigeaient vers les voitures, Coburn remarqua que Gayden boitait.

« Qu'est-ce que tu as aux pieds ? fit-il.

— Pas si fort, siffla Gayden. J'ai tout le fric entassé au bout de mes chaussures et ça me martyrise les pieds. »

Coburn éclata de rire.

Ils montèrent dans les voitures et démarrèrent, toujours accompagnés par les gardes kurdes et l'interprète. Gayden ôta discrètement ses chaussures pour disposer autrement les billets. Ils s'arrêtèrent dans une station d'essence. Gayden murmura : « S'ils n'avaient pas l'intention de nous laisser partir, ils ne nous conduiraient pas faire le plein... N'est-ce pas ? »

Coburn haussa les épaules.

Ils roulèrent jusqu'au restaurant de la ville. Les hommes d'E.D.S. s'assirent et les gardes s'installèrent à des tables autour d'eux, formant une sorte de cercle qui les isolait des habitants de la ville.

Un récepteur de télévision était allumé et l'ayatollah prononçait un discours. Paul songea : Seigneur, il a fallu que ce soit maintenant, alors que nous sommes en plein pétrin, que ce type arrive au pouvoir. Là-dessus, l'interprète lui affirma que Khomeiny était en train de dire qu'il ne fallait pas molester les Américains mais les laisser quitter l'Iran indemnes, et Paul se sentit mieux.

On leur servit du chella kebab, de l'agneau avec du riz. Les gardes mangeaient de bon appétit, leur fusil posé sur la table à côté de leur assiette.

Keane Taylor mangea un peu de riz puis reposa sa cuiller. Il avait la migraine : ils s'étaient relayés au volant avec Rachid et il avait eu l'impression d'avoir le soleil dans les yeux toute la journée. Il s'inquiétait aussi car l'idée lui était venue que Boulourian pourrait appeler Téhéran pendant la nuit pour se renseigner sur E.D.S. Les gardes ne cessaient de l'inciter par gestes à manger, mais il restait assis à siroter un Coca-Cola.

Coburn n'avait pas faim non plus. Il s'était rappelé qu'il était censé téléphoner à Gholam. Il était tard : ils devaient être malades d'inquiétude à Dallas. Mais que devrait-il dire à Gholam : qu'ils allaient bien ou qu'ils avaient des ennuis ?

Une discussion s'engagea pour savoir qui devrait payer l'addition lorsque le repas fut terminé. Les gardes voulaient payer, dit Rachid. Les Américains tenaient à ne pas les vexer en proposant de le faire quand ils étaient censés être invités, mais ils voulaient aussi se faire bien voir de ces gens. Pour finir, Keane Taylor paya pour tout le monde.

Comme ils partaient, Coburn dit à l'interprète :

« J'aimerais bien appeler Téhéran, pour dire à nos gens que nous allons bien.

— D'accord », dit le jeune homme.

Ils roulèrent jusqu'au bureau de poste. Coburn et l'interprète entrèrent. Il y avait une foule de gens qui attendaient pour utiliser les trois ou quatre cabines téléphoniques. L'interprète s'adressa à quelqu'un derrière le comptoir, puis dit à Coburn :

« Toutes les lignes vers Téhéran sont occupées : c'est très difficile de passer.

— Pourrions-nous revenir plus tard ?

— Entendu. »

Dans l'obscurité, ils sortirent de la ville. Au bout de quelques minutes, ils s'arrêtèrent à une porte ménagée dans une clôture. Le clair de lune montrait au loin la silhouette de ce qui aurait pu être un barrage hydraulique.

Il y eut une longue attente pendant qu'on cherchait les clefs de la grille, puis ils entrèrent. Ils se retrouvèrent dans un petit parc entourant un bâtiment moderne à deux étages en granit blanc.

« C'est un des palais du shah, expliqua l'interprète. Il ne l'a utilisé qu'une fois, lorsqu'il a inauguré la station hydraulique. Ce soir, c'est nous qui allons l'utiliser. »

Ils entrèrent. Il faisait bon à l'intérieur. L'interprète dit avec indignation :

« Le chauffage fonctionne depuis trois ans juste au cas où le shah déciderait de passer. »

Ils montèrent tous au premier étage et regardèrent leurs appartements. Il y avait une luxueuse suite royale avec une gigantesque salle de bain à la décoration surchargée, puis le long du couloir des chambres plus petites, chacune contenant deux lits pour une personne, avec une salle de bain, sans doute pour les gardes du corps du shah. Sous chaque lit, il y avait une paire de pantoufles.

Les Américains s'installèrent dans les chambres des gardes et les révolutionnaires kurdes occupèrent la suite du shah. L'un d'eux décida de prendre un bain : les Américains l'entendaient s'ébattre en criant et en hurlant. Au bout d'un moment, il sortit. C'était le plus grand et le plus costaud de tous, et il avait passé un des somptueux peignoirs de bain du shah. Il arriva en minaudant dans le couloir pendant que ses collègues étaient pliés par le rire. Il s'approcha de Gayden et dit, en anglais avec un accent épouvantable :

« Le parfait gentleman. »

Gayden s'écroula.

Coburn demanda à Simons :

« Quel est le programme pour demain ?

— Ils veulent nous escorter jusqu'à Rezaiyeh et nous remettre au chef local là-bas, dit Simons. Ça nous aidera de les avoir avec nous si nous tombons sur d'autres barrages. Mais, une fois à Rezaiyeh, nous pourrons peut-être les persuader de nous conduire jusqu'à la maison du professeur plutôt qu'auprès du chef local.

— Très bien », fit Coburn en hochant la tête.

Rachid avait l'air soucieux.

« Ils ne sont pas bons, chuchota-t-il. Ne vous fiez pas à eux. Il faut partir d'ici. »

Coburn n'était pas sûr de faire confiance aux Kurdes, mais il était tout à fait certain que si les Américains essayaient de partir maintenant, il y aurait du grabuge.

Il remarqua qu'un des gardes avait un fusil G3.

« Tiens, voilà une belle arme », dit-il.

Le garde sourit et parut comprendre.

« Je n'en ai encore jamais vu, dit Coburn. Comment le charge-t-on ?

— Charger... Comme ça », fit le garde, et il lui montra.

Ils s'assirent et le garde expliqua le maniement du fusil. Il parlait suffisamment l'anglais pour se faire comprendre avec des gestes.

Au bout d'un moment, Coburn se rendit compte que c'était lui maintenant qui tenait le fusil.

Il commença à se détendre.

Les autres voulurent prendre des douches ; mais Gayden passa le premier et utilisa toute l'eau chaude. Paul prit une douche froide : on pouvait dire que ces temps-ci il avait pris l'habitude des douches froides.

Ils en apprirent un peu plus long sur leur interprète. Il étudiait en Europe et il était chez lui en vacances lorsque la révolution l'avait surpris et l'avait empêché de repartir : c'était comme ça qu'il savait que l'aéroport était fermé.

A minuit, Coburn lui demanda :

« Pouvons-nous essayer de donner ce coup de fil, encore une fois ?

— D'accord. »

Un des gardes escorta Coburn en ville. Ils allèrent au bureau de poste, qui était toujours ouvert. Toutefois, il n'y avait pas de lignes pour Téhéran.

Coburn attendit jusqu'à deux heures du matin, puis renonça.

Lorsqu'il revint au palais auprès du barrage, tout le monde dormait à poings fermés.

Il alla se coucher. Du moins étaient-ils, tous, toujours vivants. C'était déjà bien. Personne ne savait ce qu'il y avait entre eux et la frontière. Il s'en préoccuperait demain.

CHAPITRE XII

1

« Debout, Coburn. Secoue-toi. On dégage. »

La voix graveleuse de Simons pénétra Coburn dans son sommeil. Il releva les paupières sur une question : où suis-je ?

Mahabad. Le palais du shah.

Merde.

Il se dressa sur ses jambes.

Simons mettait ses hommes sur le pied de départ. Mais les gardes, eux, ne donnaient aucun signe de vie. Manifestement, ils étaient encore endormis. Tous. Les Américains déclenchèrent un joyeux raffut. Au bout du compte, les Kurdes émergèrent de la suite royale.

Simons appela Rachid :

« Dis-leur qu'on doit partir. Qu'on est pressés. Que nos amis nous attendent à la frontière. »

Rachid fit passer le message, puis reporta :

« Nous devons attendre. »

Simons ne sentait rien de bon là-dessous :

« Pour quelle raison ?

— Ils ont l'intention de prendre une douche. »

Keane Taylor :

« Je comprends mal ce besoin pressant. La plupart d'entre eux ne se sont pas lavés depuis plus d'un an. Vous ne croyez pas qu'ils pourraient patienter vingt-quatre heures de plus ? »

Pendant une bonne demi-heure, Simons maîtrisa son impatience. Puis il demanda à Rachid de reformuler l'urgence de leur départ.

« Nous devons visiter la salle de bain du shah, annonça Rachid.

— Bon Dieu, on l'a déjà vue ! fit Simons. Et ça va prendre encore combien de temps ? »

Rassemblement général dans la suite royale. Chacun s'extasia respectueusement devant le luxe déplacé de ce palais abandonné. Les gardes ne se décidaient toujours pas à sortir.

Coburn s'interrogea sur ce qui pouvait bien se passer. Avaient-ils changé d'avis sur leurs intentions d'escorter les Américains jusqu'à la ville suivante ? Boulourian, pendant la nuit, s'était-il renseigné sur E.D.S. ? Moisir ici, aussi longtemps ça n'était pas normal...

Finalement, le jeune interprète fit son apparition. C'était lui, en l'occurrence, que les gardiens attendaient. Le plan demeurait inchangé : un peloton de Kurdes accompagnerait les Américains jusqu'à la prochaine étape de leur voyage.

« Nous avons des amis à Rezaiyeh, dit Simons. Plutôt que d'en passer par les autorités de la ville, nous aimerions les rejoindre directement.

— Trop dangereux, rétorqua l'interprète. Les combats font rage vers le nord. La ville de Tabriz est toujours entre les mains des partisans du shah. Je dois vous confier à ceux qui peuvent assurer votre protection.

— Bon. Peut-on au moins partir tout de suite ?

— Absolument. »

Départ.

Ils roulaient maintenant dans la ville. Un ordre, subitement, fit stopper le convoi devant une maison. L'interprète s'y engouffra. Nouvelle attente. Quelqu'un acheta du pain et du fromage. Coburn, lui, s'arracha de son siège et marcha vers Simons :

« Et qu'est-ce qui se passe, encore ?

— C'est la maison du mollah, expliqua Rachid. Il rédige notre lettre d'introduction auprès du mollah de Rezaiyeh. »

Une heure s'écoula avant que l'interprète et la lettre ne ressortent de la maison.

Ils roulèrent ensuite jusqu'au poste de police. Là, ils virent à quoi ressemblait l'engin censé les escorter : une grosse ambulance blanche, toit surmonté d'un gyrophare rouge, vitres éclatées, portières barbouillées à l'encre vermeille, en farsi, d'inscriptions du genre :

« Comité révolutionnaire de Mahabad. » Le tout bourré de Kurdes armés jusqu'aux dents.

Idéal pour voyager discrètement.

Enfin ils rallièrent la route ; l'ambulance leur ouvrait la voie.

Simons restait sérieusement préoccupé par Dadgar. Visiblement personne, dans Mahabad, n'avait le moindre avis de recherche concernant Paul et Bill. Mais Rezaiyeh était une ville autrement importante. Le pouvoir de Dadgar couvrait-il tout le territoire ? Simons n'en savait rien. Ce qu'il savait, c'était que Dadgar, toujours à la surprise générale, possédait la faculté de survivre à tous les changements de gouvernement. Eviter les autorités de Rezaiyeh, voilà ce que souhaitait Simons.

Il insista auprès du jeune interprète :

« Nous avons de bons amis à Rezaiyeh. Si vous pouvez nous conduire jusqu'à eux, là, nous serons en sécurité.

— Oh ! non, soupira l'interprète. Si je désobéis aux ordres et qu'il vous arrive quelque chose, on me le fera payer cher. »

Simons laissa tomber. Situation claire : ils étaient autant les prisonniers que les hôtes des Kurdes. La discipline communiste semblait caractériser les révolutionnaires de Mahabad bien davantage que l'anarchie islamique. Seule issue pour se débarrasser de l'escorte : la violence. Pour lancer les hostilités, Simons ne se sentait pas tout à fait prêt.

A la sortie de la ville, l'ambulance quitta la route et stoppa devant un petit café.

« Pourquoi s'arrête-t-on ? demanda Simons.

— Pour le petit déjeuner, dit l'interprète.

— Le petit déjeuner, on s'en passera, dit Simons en durcissant la voix.

— Mais...

— Pas de petit déjeuner ! »

Avec un haussement d'épaules résigné, l'interprète aboya quelques mots à l'intention des Kurdes déjà descendus de l'ambulance. Ils regagnèrent leur véhicule. Le convoi reprit la route.

Ils atteignirent les abords de Rezaiyeh très tard dans la matinée.

Un inévitable barrage entravait leur passage. Plutôt sérieux, celui-là. Du genre militaire avec voitures en rang d'oignons, sacs de sable et chevaux de frise. Le convoi ralentit. Un garde armé détourna les arrivants vers l'avant-cour d'un poste à essence. Ce dernier, transformé en poste de commandement, couvrait la voie d'accès par une batterie de mitrailleuses.

L'ambulance freina avec un temps de retard. Elle s'embarbela directement dans les chevaux de frise.

Les deux Range Rover, elles, se rangèrent avec une parfaite discipline.

L'ambulance fut immédiatement ceinturée par les gardes. Une sérieuse explication commença. Rachid et l'interprète rallièrent alors le cœur du débat. Pour les révolutionnaires de Rezaiyeh, un doute, ceux de Mahabad n'étaient pas forcément des leurs. Les hommes de Rezaiyeh étaient des Azerbaïdjanais, non des Kurdes. La discussion mélangeait le turc et le farsi.

Les Kurdes, semblait-il, étaient sommés de poser leurs fusils. Ils refusaient vigoureusement. L'interprète agita la lettre du mollah de Mahabad. Rachid, lui, totalement sur la touche, n'intéressait personne.

Finalement, l'interprète et Rachid regagnèrent les voitures.

« Nous allons d'abord vous conduire à l'hôtel, dit l'interprète. Puis j'irai voir le mollah. »

Il fallut dégager l'ambulance, entièrement encastrée dans les chevaux de frise, avant de pouvoir repartir. Détachés du barrage, des gardes les escortèrent jusqu'à la ville.

Une ville importante pour la province iranienne. Un bon nombre de constructions en dur. Et quelques rues pavées. Le convoi s'arrêta dans l'artère principale. Des clameurs lointaines parvenaient jusqu'à leurs oreilles. Rachid et l'interprète pénétrèrent dans un immeuble — l'hôtel, probablement. Pour les autres, ce fut l'attente.

Coburn se sentait d'humeur optimiste. D'ordinaire, on ne fusillait pas les gens qu'on venait d'installer dans un hôtel. Ceci n'était qu'un petit tracas d'ordre administratif.

La rumeur s'amplifia. Et, bientôt, une foule compacte apparut à l'autre bout de la rue.

« Qu'est-ce que c'est que ce bordel ? » lança Coburn.

Les Kurdes bondirent hors de l'ambulance pour entourer les deux Range Rover, formant ainsi une pointe de flèche devant la voiture de tête. L'un d'entre eux, indiquant la portière de Coburn, mima dans l'air le mouvement d'une clef qui tourne : « Les portes ! Fermez les portes ! » cria Coburn.

La foule se rapprochait. Un vrai défilé, songea

Coburn. En première ligne de la procession, des officiers de l'armée, uniformes en loques. L'un d'entre eux sanglotait.

« Vous savez comment je vois la chose ? dit Coburn. L'armée vient de se rendre. Et, aussi sec, on exhibe les vaincus à travers la ville. »

La foule, vindicative, se répandit tout autour des voitures. Il y eut du rentre-dedans avec les Kurdes. Et des regards hostiles lancés aux occupants des Range Rover. Mais les Kurdes tenaient bon. Ils tentaient de repousser les masses le plus loin possible des voitures.

« Ça commence à tourner au vinaigre », remarqua Gayden. Coburn, lui, gardait un œil sur la voiture de tête, s'interrogeant sur les intentions de Simons.

Puis il vit la gueule noire d'un fusil braqué contre la vitre du conducteur.

« Paul, évite de tourner la tête, tu as un flingue pointé sur la tempe.

— Bon Dieu... »

Coburn pouvait facilement deviner la suite des événements : la foule allait secouer les voitures, les renverser...

Pourtant, subitement, tout s'arrêta. Les soldats vaincus demeuraient l'attraction principale. Et, quand ils eurent dépassé le convoi, la foule suivit. Coburn se mit à respirer. Paul soupira :

« Pendant une minute, j'ai cru que... »

Rachid et l'interprète ressortaient maintenant de l'hôtel.

« Ils ne veulent pas entendre parler de nous dans leur hôtel, dit Rachid. C'est un risque qu'ils se refusent à courir. »

Traduction de Coburn : vu la tension dans la ville, l'hôtel, en hébergeant des étrangers, risquait fort que la foule vienne y mettre le feu.

« Nous devons gagner le quartier général des révolutionnaires. »

Ils se remirent en branle. Une activité fiévreuse régnait dans les rues : des colonnes de camions réquisitionnés, de toutes les tailles, de toutes les formes, chargés des vivres destinés au ravitaillement des révolutionnaires qui, en ce moment même, se battaient dans Tabriz. Le convoi freina devant ce qui semblait être une école. Une foule immense, bruyante, attendait visiblement pour pénétrer dans le bâtiment. Après discussion, les Kurdes persuadèrent la sentinelle en faction d'autoriser l'ambulance et les deux Range Rover à entrer dans la cour. Quand les étrangers s'avancèrent à l'intérieur, la foule manifesta sa colère. La porte se referma derrière eux. Coburn poussa un soupir de soulagement.

Ils quittèrent leurs véhicules. La cour était encombrée d'autos-mitrailleuses. Debout sur des caisses de munitions, un mollah entretenait un discours fiévreux, passionné, devant des hommes rassemblés.

« Il exhorte les troupes qui partent défendre la révolution à Tabriz », commenta Rachid.

Les gardes conduisirent les Américains jusqu'au bâtiment de l'école. Un homme déboucha d'un escalier. Aussitôt, en arrêt devant les Kurdes, il se mit à apostropher tout le groupe. Rachid traduisit :

« Les Kurdes ne sont pas admis à pénétrer armés dans ce bâtiment. »

Coburn pouvait presque toucher la vive nervosité des Kurdes : à leur grande surprise, ils avaient le sentiment de se retrouver en territoire ennemi. Ils exhibèrent la lettre du mollah de Mahabad. La discussion se prolongea.

Au bout du compte, Rachid annonça :

« Vous attendez tous ici. Je vais parler au chef du comité révolutionnaire. » Il monta les quelques marches de l'escalier. Et disparut.

Paul et Gayden allumèrent une cigarette. Paul se sentait autant effrayé que déprimé. Fatalement, pensait-il, ces gens seraient amenés à appeler Téhéran. Et à tout découvrir sur son compte. Il dit à Gayden :

« J'apprécie tout ce que vous avez fait pour moi. Mais ça n'aura servi à rien. Je pense vraiment qu'on est foutus. »

Ce qui se passait à l'extérieur de l'école préoccupait bien davantage Coburn. La foule. Une meute de loups.

Que se passerait-il s'ils parvenaient à convaincre un crétin de garde d'ouvrir la porte ? Sûr et certain : le lynchage. A Téhéran, un type — un Iranien — qui avait énervé la foule s'était fait écarteler vivant, arracher les bras, les jambes. La folie. L'hystérie dans ses œuvres.

Les gardes agitèrent leurs fusils pour intimer l'ordre aux Américains d'aller se ranger contre un mur, à l'autre bout de la cour. Ils obéirent, mus par un sentiment de vulnérabilité totale. Les yeux de Coburn se posèrent sur le mur. Des traces de balles. Paul les vit aussi. Son visage devint tout pâle.

« Mon Dieu, dit-il. On est réellement dans la merde. »

Rachid s'interrogea : quelle pouvait être la psychologie d'un chef de comité révolutionnaire ?

Ce type-là doit résoudre un million de problèmes. Il vient de prendre le contrôle de cette ville. C'est la première fois qu'il est en situation de pouvoir. Il doit donc régler le cas des officiers vaincus. Traquer les suspects. Cerner les agents de la S.A.V.A.K. Interroger tout ce petit monde. Assurer la bonne marche de la ville. Combattre une éventuelle contre-révolution. Envoyer des troupes sur le front de Tabriz.

Conclusion de Rachid : la seule chose qui anime ce type, c'est d'abord cocher *les problèmes qui figurent sur sa liste.*

Il n'a ni le temps ni l'envie de favoriser la sortie des Américains. S'il doit prendre une décision, ce sera dans l'immédiat, pour nous envoyer au trou. Quitte à régler notre sort, plus tard, en fonction de ses loisirs. Je dois donc lui éviter une décision.

Rachid fut introduit dans une salle de classe. Le chef du comité était assis par terre. Un homme solide, élancé, le visage baigné par l'émotion de la victoire. Mais il paraissait également fatigué, ahuri, fiévreux.

L'escorte de Rachid dit en farsi :

« Cet homme vient de Mahabad avec une lettre du mollah — six Américains l'accompagnent. »

Rachid se remémora un film qu'il avait vu autrefois : un homme s'introduisait dans un quartier général en exhibant furtivement son permis de conduire en guise de passe. Avec un minimum de confiance en soi, on pouvait toujours effriter les soupçons d'un individu.

« Non, corrigea Rachid. Je viens du comité révolutionnaire de Téhéran. Là-bas, nous avons entre cinq à six mille Américains sur les bras. Nous avons pris la décision de les renvoyer chez eux. L'aéroport étant fermé, nous les sortirons donc, tous, par cette filière. Bien entendu, nous devons établir une procédure de prise en main pour ces individus. C'est la raison de ma présence ici. Toi-même, tu as déjà d'autres problèmes plus importants à résoudre — peut-être devrais-je discuter le détail de ces modalités avec tes subordonnés.

— C'est ça », bredouilla le chef, en les chassant d'un geste vague de la main.

La technique du Gros Mensonge. Elle avait fonctionné.

Ils quittèrent la salle.

« Je suis le lieutenant du chef », déclara l'escorte.

Ils entrèrent dans une autre pièce. Un groupe de six personnes y buvait du thé. Rachid se mit à parler au lieutenant suffisamment fort pour que les autres entendent :

« Ces Américains ne demandent qu'à rentrer chez eux. Pour retrouver leurs familles. Et nous sommes ravis de nous en débarrasser. Mais nous tenons à les traiter parfaitement, de sorte qu'ils n'aient rien à reprocher au nouveau régime.

— Mais pourquoi, aujourd'hui, ces Américains t'accompagnent-ils ?

— A titre de test. De cette manière, on verra mieux la nature des problèmes posés...

— Tu ne vas quand même pas les laisser traverser la frontière ?

— Oh ! si. Ce sont de braves gens qui n'ont jamais fait le moindre tort à notre pays. Leurs femmes, leurs enfants, les attendent. En ce moment même, l'un d'entre eux a son gosse qui meurt dans un hôpital. Voilà pourquoi le comité révolutionnaire de Téhéran m'a mandaté pour leur faire passer la frontière... »

Il continua de parler. De temps en temps, le lieutenant coupait Rachid d'une question : pour qui ces
Américains travaillaient-ils ? Qu'emportaient-ils avec
eux ? Quelle était l'assurance de Rachid qu'ils
n'étaient pas des agents de la S.A.V.A.K. espionnant
pour le compte des contre-révolutionnaires de
Tabriz ? Pour chaque question, Rachid avait une
réponse. Bien longue. Tant qu'il parlait, il avait une
chance de rester persuasif. Les autres pouvaient mettre à profit le moindre silence pour réfléchir à d'éventuelles objections. Sans cesse, des gens entraient et
sortaient. Le lieutenant, lui-même, quitta la pièce à
trois ou quatre reprises.

En fin de compte, il revint pour dire :

« Je dois clarifier cette situation avec Téhéran. »

Le cœur de Rachid chavira. Bien évidemment, il n'y
aurait personne, à Téhéran, pour authentifier son histoire. Cela dit, obtenir une ligne téléphonique pouvait
prendre l'éternité.

« Tout a été vérifié, dit Rachid. A quoi bon revéri-
fier ? Mais si tu insistes, en attendant, j'accompagne-
rai ces Américains dans un hôtel. »

Il ajouta : « Tu ferais bien de me déléguer quelques
gardes. »

De toutes les façons, c'était l'intention du lieutenant : réclamer une surveillance n'était donc qu'un
simple truc pour diluer les suspicions.

« Je ne sais pas quoi faire », hésita le lieutenant.

Rachid attaqua :

« Cet endroit n'est guère idéal pour les retenir. Cela
pourrait causer de sacrés troubles. Ils risquent même
de se faire bousculer. »

Il retint sa respiration. Dans cette école, ils étaient
piégés. Dans un hôtel, au pire, ils pourraient tenter
une sortie.

« D'accord », finit par dire le lieutenant.

Rachid dissimula son soulagement.

La réapparition de Rachid provoqua chez Paul une
réelle poussée de reconnaissance. L'attente avait été
plus que longue. Personne ne les avait réellement

menacés d'un fusil, mais ils avaient dû subir une ava-
lanche de regards haineux.

« Nous pouvons regagner l'hôtel », annonça
Rachid.

Ils échangèrent de chaudes poignées de main avec
les Kurdes de Mahabad. Ces derniers retrouvèrent
leur ambulance. Et quittèrent la ville. Quelques instants plus tard, les deux Range Rover, suivies par cinq
hommes en armes tassés dans une autre voiture,
désertaient la cour de l'école. Direction : l'hôtel. Cette
fois, c'est tout le groupe qui entra dans l'immeuble.
Une discussion éclata entre le directeur de l'hôtel et les
gardes. Ceux-ci eurent le dernier mot : quatre chambres sur cour, au troisième étage, furent assignées aux
Américains. On leur conseilla fermement de garder
tirés les rideaux de leur chambre. Et d'éviter les fenêtres, dans le cas où un tireur d'élite local serait tenté de
faire un carton.

Ils se rassemblèrent tous dans la même chambre. Le
crépitement de rafales lointaines montait jusqu'à
leurs oreilles. Rachid prépara le déjeuner et partagea
leur repas : poulet grillé, riz, pain, Coca-Cola. Puis, à
nouveau, il reprit le chemin de l'école.

Mitraillette à l'épaule, les gardes allaient et venaient
dans la chambre. L'un d'entre eux frappa Coburn par
son côté malsain. Il était plutôt jeune, trapu, costaud,
avec des cheveux noirs, des yeux de serpent. Au fil des
heures, l'ennui semblait fondre sur lui.

A un moment, il entra dans la chambre et fit :

« Carter pas bien. »

Il guetta une réaction.

« C.I.A. pas bien, dit-il. Amérique pas bien. »

Personne ne broncha. Il quitta la chambre.

« Ce type est dingo, fit calmement Simons. Evitez de
mordre à l'hameçon. »

Un peu plus tard, le garde recommença :

« Je suis très fort, dit-il. Lutte. Champion de lutte.
J'étais en Russie. »

Silence général.

Il s'assit, tripota son fusil. Au bout d'un temps, il
interpella Coburn :

« Les fusils, tu connais ? »

Coburn secoua négativement la tête.

Le garde chercha du regard les autres :

« Les fusils, tu connais ? »

C'était un M1, une arme qui leur était familière à tous.

Pas une réaction.

« Tu veux faire commerce ? demanda le garde. Fusil contre sac à dos ? »

Coburn :

« Nous n'avons pas de sac à dos. Et nous ne voulons pas de fusil. »

Le garde n'insista pas. Il regagna le corridor.

« Mais, putain, que fout Rachid ? » grommela Simons.

La voiture passa sur un nid-de-poule. Secoué à souhait, Ralph Boulware se réveilla. Son somme fiévreux, trop court, l'avait laissé épuisé, groggy. Il aventura un œil à travers la vitre. C'était le petit matin. Il vit le rivage d'un vaste lac. Un lac si imposant que l'autre rive restait invisible.

« Où sommes-nous ?

— Devant le lac de Van », répondit Charlie Brown, l'interprète.

Des maisons, des villages, des voitures : ils avaient donc quitté les montagnes sauvages pour retomber sur ce qui, dans cette partie du monde, passait pour la civilisation. Boulware consulta sa carte. D'après ses calculs, la frontière était à moins de cent cinquante kilomètres.

« Hé ! mais c'est tout bon, ça ! » dit-il.

Il repéra une station d'essence. Oui, le grand retour à la civilisation.

« Faisons le plein. »

A la station, on leur servit du pain et du café. Un café qui s'avéra aussi réconfortant qu'une bonne douche. Totalement requinqué, prêt à repartir, Boulware lança à Charlie :

« Dis au vieux que j'ai l'intention de reprendre le volant. »

Le chauffeur du taxi roulait sur une base de soixante à l'heure. Boulware, lui, poussait la Chevrolet jusqu'à cent. Maintenant, il se voyait une bonne chance de rallier la frontière en temps voulu. A l'heure pour accueillir Simons...

En roulant pleins gaz sur la route qui bordait le lac, Boulware entendit un « bang » étouffé. Juste derrière, le bruit de quelque chose qui se déchirait. La voiture se mit aussitôt à trembler. A cahoter. Le métal griffa la pierre : Boulware venait de crever.

Il freina sec, en jurant copieusement.

Boulware, le vieux chauffeur, Charlie et le gros Ilsman descendirent pour aller inspecter la roue. Le pneu était complètement déchiqueté ; la roue, elle, sérieusement tordue. La roue de secours, ils s'en étaient déjà servis, la nuit précédente, pour réparer le dernier éclatement.

Boulware regarda plus attentivement. Les filets d'écrous avaient été arrachés : même s'ils se procuraient une roue de secours, ils ne pourraient jamais extraire l'endommagée.

Boulware leva les yeux. Une maison trônait sur la colline.

« Allons-y, dit-il. De là, nous téléphonerons. »

Charlie secoua la tête :

« Il n'y a pas un seul téléphone dans la région. »

Après tout ce qu'il avait traversé, Boulware n'était pas décidé à baisser les bras : il était trop près du but.

« D'accord, dit-il à Charlie. Tu fais du stop jusqu'au prochain village. Et tu nous ramènes un autre taxi. »

Charlie se mit en marche. Deux voitures le dépassèrent sans s'arrêter. Un camion freina. Des enfants et des balles de foin à l'arrière. Charlie grimpa. Et, bientôt, le camion disparut à leurs yeux.

Boulware, Ilsman et le chauffeur, le regard perdu sur le lac, mangèrent des oranges.

Une heure plus tard. A fond de train, un petit break familial déboula sur la route. Le bolide freina sur un crissement de pneus. Charlie émergea du break.

Boulware donna cinq cents dollars au vieux chauffeur d'Adana. Puis, suivi par Ilsman et Charlie, il monta dans le break. Démarrage. Derrière eux, la grosse Chevrolet abandonnée avait l'air d'une baleine échouée.

Le nouveau chauffeur roulait à tombeau ouvert. Vers midi, ils entrèrent dans Van, petite agglomération située sur la rive est du lac. Des immeubles en brique au centre de la ville. Des huttes en terre tout autour. Ilsman pilota le chauffeur jusqu'à la maison d'un cousin de M. Fish.

Ils payèrent la course et pénétrèrent dans la maison. Ilsman entama une longue discussion avec le cousin de M. Fish. Installé dans le living-room, Boulware écoutait sans comprendre un mot, impatient de repartir. Au bout d'un moment, il dit à Charlie : « Ecoute, tu nous dégottes un nouveau taxi ; le cousin, on s'en passera.

— Entre cette ville et la frontière, la région est très peu sûre, répondit Charlie. Nous sommes des étrangers. Il nous faut une protection. »

Boulware se domina pour rester patient.

Enfin, le cousin de M. Fish et Ilsman se serrèrent la main. Charlie :

« Ses fils vont nous conduire jusqu'à la frontière. »

Deux fils. Deux voitures.

Ils retrouvèrent les montagnes. Boulware ne vit pas l'ombre de ces dangereux bandits qui lui valaient une protection. Des champs recouverts de neige. Des boucs décharnés. Quelques loqueteux vivant dans des cahutes. Voilà pour le paysage.

A quelques kilomètres de la frontière, à la hauteur du village de Yuksekova, ils furent arrêtés par la police et conduits jusqu'au poste, un petit bâtiment passé à la chaux. Ilsman exhiba ses papiers. On les relâcha aussitôt. Boulware marqua le coup : après tout, c'était peut-être vrai, Ilsman émargeait aux services secrets turcs...

Jeudi, quatre heures de l'après-midi. Ils atteignirent la frontière après avoir roulé pendant vingt-quatre heures d'affilée.

Le poste frontière, situé en plein cœur du néant, se constituait de deux petites baraques en bois. Et d'une poste. Une poste pour qui ? s'interrogea Boulware. Les routiers, probablement. Deux cents mètres plus loin, côté iranien, se dressait un bouquet de bâtiments autrement importants.

Aucun signe des Mains sales.

L'irritation saisit Boulware. Après tout le mal qu'il s'était donné pour arriver dans les temps ! Bon Dieu, que foutait Simons ?

Emergeant de l'une des cabanes, un garde approcha dans sa direction :

« Vous attendez les Américains ? »

Surprise de Boulware. L'opération était censée rester top secrète. Visiblement, les impératifs de sécurité avaient implosé.

« Oui, avoua-t-il, j'attends les Américains.

— Bon. Alors il y a quelqu'un qui vous demande au téléphone. »

Boulware tombait des nues.

« C'est une blague ? » Une pareille synchronisation semblait ahurissante. Qui diable, sur terre, était au courant de sa présence en ces lieux ?

Il suivit le garde jusqu'à la cabane, et empoigna l'appareil téléphonique :

« Oui ?

— Consulat américain, dit la voix. Votre nom ?

— Hein ? De quoi parlez-vous là ? bredouilla prudemment Boulware.

— Dites-moi simplement ce que vous fabriquez, là où vous êtes ?

— D'abord, je ne sais pas à qui j'ai affaire. Ensuite, je n'ai nullement l'intention de vous en raconter davantage.

— Ecoutez-moi. Je sais qui vous êtes et je sais aussi ce que vous êtes en train de faire. Si vous avez le moindre problème, appelez-moi. Vous avez un stylo ? »

Boulware nota le numéro, remercia le type au bout du fil et raccrocha. Totalement mystifié. Une heure auparavant, lui-même ne se doutait pas qu'il allait atterrir ici. Alors, de surcroît, qu'un autre le sache ! A nouveau, un nom : Ilsman. Peut-être avait-il pu joindre ses patrons, le M.I.T. turc, eux-mêmes en contact avec la C.I.A., elle-même en liaison avec le consulat. A Van, ou encore à Yuksekova, Ilsman avait très bien pu demander à quelqu'un de faire passer un message.

Que le consulat soit dans le coup, était-ce une bonne chose ou pas, ça, il se le demandait vraiment. Il se rappela l'« aide » apportée à Paul et Bill par l'ambassade des Etats-Unis à Téhéran. Avec des amis au Département d'Etat, un homme n'avait pas besoin d'ennemis supplémentaires.

Il repoussa le consulat dans un coin de sa tête. Pour l'heure, le problème principal était simple : que foutaient les Mains sales ?

Il retrouva l'air libre. Ses yeux se promenèrent sur le no man's land. Il se décida pour un petit tour du côté des Iraniens. Au passage il récupéra Ilsman et Charlie Brown.

En s'approchant de la ligne iranienne, il remarqua que les gardes frontaliers ne portaient pas d'uniformes. Probablement des révolutionnaires qui, à la chute du gouvernement, s'étaient installés dans les murs.

Il dit à Charlie :

« Demande-leur s'ils ont entendu parler d'un groupe de businessmen américains au volant d'une paire de jeeps. »

Charlie s'évita la traduction d'une réponse : les Iraniens secouaient vigoureusement la tête.

Poussé par la curiosité, un montagnard, bandeau élimé au front, fusil ancestral au poing, s'avança côté iranien. S'ensuivit une assez longue conversation. A la fin, Charlie dit :

« Cet homme jure qu'il sait où sont les Américains. Il nous y conduira si nous le payons. »

Boulware demanda les tarifs. Mais Ilsman se prononça farouchement contre cette proposition, quel qu'en fût le prix. D'une voix autoritaire, il intima à Charlie l'ordre de traduire leur refus.

Ilsman :

« Vous portez un manteau de cuir, des gants de cuir, une montre-bracelet. »

Un cadeau de mariage de Mary.

« Et alors ? s'étonna Boulware.

— Vu votre tenue, ils vous prennent pour un agent de la S.A.V.A.K. La S.A.V.A.K. est *haïe* dans cette région.

— Je vais me changer. J'ai un autre manteau dans la voiture.

— Non, dit Charlie. Vous ne comprenez pas. Ce qu'ils veulent, c'est vous voir passer la ligne de démarcation. Pour ensuite vous faire sauter la tête.

— Compris », dit Boulware.

Ils regagnèrent les baraquements turcs. Puisque Boulware avait un bureau de poste sous la main, il allait appeler Istanbul et faire le point avec Perot. Il entra. On lui fit signer une demande de ligne. L'employé fut clair : cela pouvait prendre un bon bout de temps.

Boulware ressortit. Charlie vint le prévenir : les gardes frontaliers turcs devenaient nerveux. Depuis leur passage, des Iraniens erraient sur le territoire turc. Les gardes n'aimaient guère voir fourmiller des gens sur leur no man's land : c'était contraire aux règles.

Ça ne sert à rien de rester ici, songea Boulware.

« Si nous nous replions sur Yuksekova et que les nôtres débarquent, ces types-là nous préviendraient-ils ? »

Charlie posa la question. Les gardes étaient d'accord. Il y avait un hôtel dans le village : c'est là qu'ils appelleraient.

Boulware, Ilsman, Charlie et les deux fils du cousin de M. Fish regagnèrent leurs véhicules. Direction Yuksekova.

Là, ils s'inscrivirent à l'hôtel le plus pourri de la planète. Planchers noirs de crasse. Un trou dans le sol, sous un escalier, en guise de sanitaires. Et tous les lits dans un dortoir unique. Charlie Brown commanda de quoi manger. La nourriture arriva enveloppée dans du papier journal.

En désertant la frontière, Boulware n'était pas certain d'avoir pris la bonne décision. Tant de choses pouvaient clocher : les gardes, notamment, pouvaient très bien ne pas téléphoner comme convenu. Il décida d'accepter les offres de service du consulat américain. Dans le cas présent, qu'ils lui obtiennent les autorisations nécessaires pour pouvoir patienter au poste frontière. Il composa son numéro sur un téléphone moyenâgeux, le seul de l'hôtel.

Il parvint à joindre le consulat, mais la ligne était plus que mauvaise. Les deux interlocuteurs avaient du mal à se comprendre. Finalement, l'homme, à l'autre bout du fil, parla de recomposer le numéro. Et raccrocha.

Boulware resta devant le combiné, à se ronger les sangs. Au bout d'un moment, il perdit patience. Il retournerait au poste frontière. Sans autorisation.

Sur le chemin, un pneu éclata. Tandis que les deux fils changeaient la roue, les autres faisaient le pied de grue sur la route. Ilsman semblait nerveux. Charlie commenta :

« Il prétend que l'endroit est très dangereux. Que c'est truffé de bandits et d'assassins. »

Boulware restait sceptique. Ilsman avait dit banco à cette opération, moyennant un forfait de huit mille dollars. Boulware, maintenant suspectait le gros de vouloir faire grimper les prix :

« Demande-lui combien de personnes, le mois dernier, ont trouvé la mort sur cette route. »

Il étudia le visage d'Ilsman qui répondait.

« Trente-neuf », traduisit Charlie.

Ilsman avait l'air sérieux. Boulware se mit à penser : Merde, ce mec dit la vérité. Il regarda autour de lui. Des montagnes, de la neige...

Il se mit à frissonner.

Rezaiyeh. Rachid emprunta l'une des Range Rover pour rejoindre l'école, quartier général des révolutionnaires.

Le lieutenant du chef avait-il eu Téhéran ? La nuit précédente, Coburn n'avait pu y parvenir. La révolution connaissait-elle les mêmes problèmes ? Sûrement, pensa Rachid. Bien. Et maintenant, s'il ne parvenait pas à obtenir la ligne, qu'allait-il faire ? Il n'avait qu'une alternative : soit retenir les Américains, soit les laisser partir sans vérification. Les laisser partir, ça non, il aurait trop le sentiment de passer pour un idiot : il ne voulait sûrement pas que Rachid eût conscience de la pagaille qui régnait dans Rezaiyeh. Rachid décida de faire comme si le lieutenant avait joint Téhéran. Et vérifié son histoire.

Il pénétra dans la cour. Le lieutenant du chef était là, adossé contre une Mercedes. Rachid engagea la conversation sur les difficultés posées par six mille Américains à faire transiter de Rezaiyeh jusqu'à la frontière. Combien de personnes la ville pouvait-elle accueillir ? Quelles étaient les facilités de passage au poste frontière de Sero ? Il insista sur les instructions de l'ayatollah Khomeiny. Les Américains devaient être traités correctement. Le nouveau gouvernement ne voulait, en aucun cas, se brouiller avec les Etats-Unis. Puis il aborda la question des documents : le comité de Rezaiyeh aurait à émettre des laissez-passer autorisant les Américains à rallier la frontière. Dès aujourd'hui, lui, Rachid, aurait besoin d'un tel document pour mener à bon port les six Américains. Il lui suggéra de rentrer à l'intérieur, afin de rédiger le sauf-conduit.

Le lieutenant approuva.

Ils s'installèrent dans la bibliothèque.

Rachid trouva du papier, un stylo. Il lui tendit l'ensemble.

« Que va-t-on écrire ? s'enquit Rachid. L'idée, c'est ça : le porteur de cette lettre est autorisé à conduire ces Américains jusqu'à Sero. Non, il vaut mieux mettre : Bazargan ou Sero, dans le cas où le poste de Sero serait fermé. »

Le lieutenant nota.

« Mmm... Peut-être qu'il serait bon d'ajouter : il est attendu que tous les gardes devront leur prêter la meilleure assistance possible. Et, si nécessaire, les escorter. »

Le lieutenant compléta le papier.

Puis il parapha de son nom.

Rachid suggéra :

« Peut-être devrions-nous préciser : "Haut commandement du comité révolutionnaire islamique." »

Le lieutenant s'exécuta.

Rachid relut le document. Ce dernier semblait un tantinet improvisé, insuffisant. Il lui manquait une note d'officialité. Rachid trouva un tampon-encreur. Il en frappa la lettre. Puis il découvrit le libellé du tampon : « Bibliothèque de l'école islamique, Rezaïyeh. Fondée en 1344. »

Rachid fourra le document dans sa poche.

« Nous aurons probablement à imprimer six mille formulaires sur ce modèle-ci. Comme ça, ensuite, il n'y aura plus qu'à les signer. »

Le lieutenant approuva.

« Dès demain, nous en reparlerons dans le détail, insista Rachid. Pour l'heure, j'aimerais faire un petit tour à Sero. Histoire de discuter des éventuels problèmes avec les responsables frontaliers.

— Très bien. »

Rachid quitta la pièce.

Rien au monde n'était vraiment impossible.

Il retrouva la Range Rover. C'était une bonne idée que d'aller repérer la frontière : il pourrait ainsi relever la nature des embûches avant d'entamer la grande traversée finale.

Aux abords de Rezaïyeh, il croisa un barrage bondé de jeunes adolescents, le doigt sur la détente. Ils ne lui créèrent aucune difficulté. Mais Rachid s'inquiéta de leurs éventuelles réactions face à six Américains : les gosses, visiblement, semblaient démangés par une envie de se servir de leurs armes.

Cet écueil passé, la route s'avéra dégagée. Un chemin de terre, mais bien égalisé. Il put même faire de la vitesse. Sur le chemin, Rachid prit un auto-stoppeur. Il l'interrogea sur les possibilités de rallier la frontière à cheval. Aucun problème, affirma l'auto-stoppeur. C'était faisable. Fréquent. Et son frère avait des chevaux...

Rachid couvrit les soixante kilomètres du trajet en un peu plus d'une heure. Il gara la Range Rover devant le poste frontière. Les gardes le dévisagèrent, avec suspicion. Il exhiba le laissez-passer rédigé par le lieutenant en chef. Les gardes appelèrent Rezaiyeh et — à les en croire — parlèrent au lieutenant, qui se porta garant de Rachid.

Il posa son regard sur le territoire turc. Plaisante vision. Ils en avaient tous bien bavé pour en arriver là. Pour Paul, pour Bill, cela signifierait la liberté, le retour à la maison, à leur famille. Pour tous ces hommes de l'E.D.S., ce serait la fin d'un cauchemar. Mais, pour Rachid, cela voulait dire autre chose : l'Amérique.

Il connaissait la mentalité des directeurs d'E.D.S. Ces gens avaient un sens très développé de la dette. Si vous leur veniez en aide, ils aimaient vous prouver leur reconnaissance. Une manière d'équilibrer le bilan. Rachid savait bien qu'il n'aurait qu'à demander. Et ils l'emmèneraient. Au pays de ses rêves...

Le poste frontière était sous la coupe du village de Sero, à huit cents mètres de là, au pied d'un sentier de montagne. Rachid irait voir le chef du village. Histoire d'établir une relation amicale. Et d'aplanir le terrain pour plus tard.

Il allait pour tourner les épaules quand deux voitures apparurent, toujours côté turc. Un homme élancé, vêtu d'un manteau de cuir, s'extirpa de la première voiture et se dirigea vers la chaîne démarquant le no man's land.

Le cœur de Rachid fit un bond. Cet homme, il le connaissait. Il se mit à agiter les bras. A hurler :

« Ralph ! Ralph Boulware ! Hé, Ralph ! »

2

Jeudi matin. Glenn Jackson — chasseur émérite, baptiste convaincu, fonceur notoire — survolait Téhéran à bord d'un jet de location.

Après avoir rendu compte des possibilités de faire sortir Paul et Bill via le Koweit, Jackson était resté sur place. Le dimanche précédent, jour de l'échappée des deux hommes, Simons, par l'intermédiaire de Merv

Stauffer, avait transmis ses ordres : Jackson devait se rendre à Amman, Jordanie, afin de tenter d'affréter un charter pour l'Iran.

Le lundi, Jackson touchait Amman. Il se mit aussitôt à l'œuvre. Il savait que Perot avait effectué le vol Téhéran-Amman sur un charter des Arab Wings. Il savait, aussi, qu'Akel Biltaji, président des Arab Wings, s'était rendu précieux en faisant partir Perot avec une couverture de cameraman de la N.B.C. Jackson contacta Biltaji pour solliciter, une nouvelle fois, son assistance.

Tout en maquillant les noms de Paul et de Bill, il informa Biltaji qu'il s'agissait de faire sortir deux hommes d'Iran. Même si l'aéroport demeurait fermé, Jackson voulait se poser à Téhéran. Biltaji se déclara prêt à tenter le coup.

Mais, le mercredi, Stauffer — sur instructions de Simons — modifia les ordres de Jackson. Sa nouvelle mission : ramener les derniers hommes de Perot restant à Téhéran ; l'équipe des Mains sales, elle, selon les informations de Dallas, avait déjà quitté la ville.

Le jeudi, donc, Jackson s'envola d'Amman. Plein cap sur l'est.

Quand ils amorcèrent leur descente sur la cuvette de Téhéran, deux avions décollèrent.

Très vite, les avions se rapprochèrent.

Deux jets de l'Air Force iranienne.

La radio du pilote commença à crachoter. Tandis que les jets décrivaient des cercles, le pilote se mit à parler dans l'émetteur : Jackson ne pouvait comprendre ce qui se disait, mais il préférait voir les Iraniens parlementer plutôt que mitrailler.

La discussion se poursuivit. Le pilote semblait argumenter énergiquement. Au bout du compte, il se tourna vers Jackson : « Nous devons faire demi-tour. Ils ne nous laisseront pas atterrir.

— Qu'est-ce qui se passe si on atterrit quand même ?

— Ils nous descendent.

— Parfait, dit Jackson. On reviendra cet après-midi. »

Istanbul, jeudi matin. Hôtel Sheraton. Un journal en langue anglaise fut monté dans la suite de Perot. Il s'en saisit et se précipita fiévreusement sur l'article de tête : l'évacuation, la veille, d'une partie de l'ambassade américaine à Téhéran. Pas une ligne sur les siens. Il en fut soulagé.

L'évacuation avait fait un blessé, le sergent des marines Kenneth Krause qui, selon le journal, ne bénéficiait pas de tous les soins requis par sa blessure.

Perot appela John Carlen, le commandant du Boeing 707, et le pria de monter dans sa suite. Il montra le journal à Carlen :

« Un vol nocturne, Istanbul-Téhéran, pour aller récupérer ce marine blessé, vous verriez ça comment ? »

Carlen, un Californien impassible, cheveux argentés, cuir tanné, afficha un calme absolu :

« Faisable », dit-il.

L'absence totale d'hésitation surprit Perot. Carlen aurait à voler de nuit, à traverser des montagnes sans le soutien d'aucune tour de contrôle, pour atterrir, finalement, sur un aéroport fermé. Perot demanda :

« Vous ne voulez pas d'abord en parler avec le reste de votre équipage ?

— Non, ils seront d'accord. Seuls les propriétaires auront du mal à avaler.

— Ne leur dites rien. J'en assume la responsabilité.

— J'ai besoin de savoir où se trouve le marine. Il faut impérativement que l'ambassade le conduise à l'aéroport. Là-bas, je connais quelques types — un petit coup sur les règlements, et ça devrait suffire. »

Perot songea dans la foulée :

« Et mes derniers hommes sur place, bien entendu, joueront les brancardiers. »

Il appela Dallas, le général Wilson, chef du corps des marines. Un vieil ami.

Wilson au bout du fil.

« Je suis en Turquie pour affaires, dit Perot. Je viens de lire l'article concernant le sergent Krause. A ma disposition, ici, j'ai un avion. Si l'ambassade peut transporter Krause jusqu'à l'aéroport, nous irons le cueillir de nuit.

— Merci, dit Wilson. Mais je vous demande de n'intervenir que dans l'hypothèse où ses jours seraient en danger. Si ce n'est pas le cas, je me refuse à risquer la vie de votre équipage. Je vous rappelle. »

Perot récupéra Sally sur une ligne. Les mauvaises nouvelles continuaient. Au Département d'Etat, un porte-parole en Iran s'était confié à Robert Dudney, correspondant du *Dallas Times Herald*, en lui révélant que Paul et Bill tenteraient de quitter le pays par voie de terre.

Une fois de plus, Perot maudit le Département d'Etat. Si Dudney publiait cette information, puis que la nouvelle parvienne jusqu'à Téhéran, Dadgar renforcerait certainement le dispositif de sécurité aux frontières.

Perot avait contre lui tout le Département d'Etat. Le consul, la nuit dernière, était venu pour lui rendre une petite visite. Probable que la fuite venait de là. Pour l'heure, les hommes de Perot faisaient tout pour étouffer cette histoire. Mais le *Herald* ne promettait rien.

Le général Wilson rappela. Le sergent Krause était hors de danger : l'aide de Perot n'était donc plus nécessaire.

Oubliant Krause, Perot se concentra sur ses problèmes. Le téléphone sonna. Le consul, cette fois : il avait tenté son possible mais, pour ce qui était de louer ou d'acheter un petit avion, il ne pouvait rien faire pour Perot.

Sans une allusion aux fuites, ce dernier raccrocha.

Il fit monter ses deux experts, Dick Douglas et Julian « Scratch » Kanauch, qu'il avait amenés spécialement dans le but de piloter ces petits avions jusqu'en Iran. Il les informa de son échec.

« Ne vous inquiétez pas, dit Douglas. Nous allons vous trouver ça.

— Comment ?

— Mieux vaut ne pas demander.

— Non, je préfère savoir.

— J'ai pas mal opéré en Turquie. Je sais où il y a des

avions. Si vous en avez vraiment besoin, on ira vous les faucher.

— Vous avez réfléchi aux conséquences ?

— Autant que vous. Si on se fait descendre dans le ciel iranien, que ce soit aux commandes d'un avion volé ou pas, où est la différence ? En revanche, si on évite de se faire abattre, on ira remettre les avions là où on les aura pris. Et, même si les zincs reviennent avec quelques petits trous, on aura quitté le pays avant que quiconque ne s'en aperçoive. Alors, où est le problème ?

— Vous avez raison, fit Perot. Allons-y. »

Il dépêcha John Carlen et Ron Davis à l'aéroport pour y déposer un plan de vol sur Van, terrain d'aviation le plus proche de la frontière.

Davis rappela de l'aéroport pour annoncer que le 707 n'était pas autorisé à se poser sur Van : les aiguilleurs de cet aéroport ne comprenaient que le turc. *Aucun* avion étranger n'avait la permission d'atterrir, sauf les appareils militaires munis d'interprètes.

Perot appela M. Fish, lui demanda de trouver un moyen de les faire partir. M. Fish rappela quelques instants plus tard. Il avait une autre solution. De plus, il accompagnerait l'équipage. Perot accusa quand même la surprise : jusqu'à présent, M. Fish s'était montré intransigeant quant à son désir de ne pas mettre un pied sur la frontière turco-iranienne. Peut-être avait-il été contaminé par l'esprit de cette aventure.

Perot, lui, se devait de rester en arrière. Il était le moyeu de la roue. Il lui fallait maintenir le contact téléphonique avec le monde extérieur : intercepter les rapports de Boulware, de Dallas, de Téhéran, de Simons. Si le 707 avait été autorisé à décoller pour Van, Perot aurait pu partir : l'appareil était équipé d'un émetteur radio, dont la bande de fréquence lui permettait d'appeler la terre entière. Sans cette radio, au fin fond de la Turquie, il demeurait injoignable. Et le lien entre les fugitifs et ceux qui venaient à leur rencontre, alors, partait en fumée.

L'équipage fut désigné : Pat Sculley, Jim Schwebach, Ron Davis, M. Fish et les deux pilotes, Dick Douglas et Julian Kanauch. Perot nomma Sculley chef d'équipe.

Quand ils furent partis Perot eut de nouveau le sentiment de se noyer. Il venait simplement d'envoyer quelques hommes de plus dans une région dangereuse, qui plus est pour y faire des choses dangereuses. Et lui, Perot, ne pouvait que rester là, sur sa chaise. A attendre les nouvelles.

Il se concentra sur John Carlen et l'équipage du 707. Il les connaissait depuis tout juste quelques jours. Des Américains bien ordinaires qui, pourtant, s'étaient montrés parfaitement prêts à risquer leur vie pour aller récupérer un marine blessé à Téhéran. Les mots de Simons résonnèrent : voilà ce que tout Américain, digne de ce nom, est censé faire pour son prochain. Le moral de Perot remonta, en dépit de tout le reste.

Le téléphone sonna.

Il décrocha :

« Ross Perot.

— Ralph Boulware.

— Salut, Ralph. Où êtes-vous ?

— A la frontière.

— Formidable !

— Je viens de voir Rachid. »

Le cœur de Perot fit un bond.

« C'est fantastique ! Que dit-il ?

— Ils sont sains et saufs.

— Merci, mon Dieu.

— Ils logent dans un hôtel à soixante kilomètres de la frontière. Rachid était venu pour reconnaître le terrain. Il vient de repartir. Il dit qu'ils traverseront probablement demain. Enfin, c'est son idée. Simons peut penser différemment. S'ils sont si près que ça, je vois mal Simons patienter jusqu'à demain matin.

— Très bien. En ce moment même, Pat Sculley, M. Fish et les autres se dirigent vers vous. Ils se poseront à Van. De là, ils loueront un bus. Où peuvent-ils vous retrouver ?

— Je suis installé dans un hôtel à Yuksekova, le

460

village le plus proche de la frontière. C'est le seul hôtel de la région.

— Je vais prévenir Sculley.

— Parfait. »

Perot raccrocha. Ça y est, mon gars, enfin les choses commencent à tourner rond.

Les ordres de Perot à Pat Sculley étaient clairs : atteindre la frontière, s'assurer que les hommes de Simons traverseraient sans encombre, les ramener à Istanbul. S'ils ne pouvaient parvenir jusqu'à la frontière, Sculley irait les chercher en Iran. Si possible dans un avion volé par Dick Douglas. Sinon, par la route.

Sculley et son équipe prirent un vol régulier entre Istanbul et Ankara. Là, un jet charterisé les attendait. (Le jet les conduirait jusqu'à Van puis les ramènerait : pas davantage. S'il avait fallu obliger le pilote à se poser en Iran, la seule recette eût été de détourner l'avion.)

Pour la petite ville de Van, l'arrivée du jet constitua un événement important. A la sortie de l'avion, ils tombèrent sur un contingent de policiers bien décidés à leur créer quelques soucis. Mais M. Fish eut un court entretien, en privé, avec le chef des policiers. Il en ressortit, sourire aux lèvres.

« Maintenant, écoutez-moi, dit M. Fish. Nous allons dans le meilleur hôtel de la ville. Autant vous prévenir tout de suite que ce n'est pas le Sheraton. Alors, soyez gentils, ne rouspétez pas trop. »

Ils prirent place dans deux taxis.

L'hôtel était fait d'un hall central, ouvert sur trois étages. Les chambres, toutes visibles du hall, donnaient sur des galeries circulaires. Les Américains s'avancèrent dans l'entrée. Le hall était envahi de Turcs qui sirotaient des bières en regardant un match de football devant un poste en noir et blanc. Les cris se mêlaient aux applaudissements. Les Turcs enregistrèrent alors la présence des Américains. L'ambiance retomba. Rapidement, le silence fut total.

On leur assigna des chambres. Deux lits par chambre. Un trou dans un petit coin, masqué par un rideau, en guise de sanitaire. Des planches en bois. Des murs blanc délavé. Des cafards plein les chambres. Une douche par palier.

Sculley et M. Fish partirent en quête d'un bus. Une Mercedes les chargea à la sortie de l'hôtel et les emmena vers une sorte de boutique fourre-tout d'électro-ménager. A travers les fenêtres, on pouvait voir quelques vieux postes de télévision. C'était fermé — la nuit venait de tomber — mais M. Fish frappa du poing contre la grille en fer qui protégeait les fenêtres. Un homme émergea de la boutique.

Ils se retrouvèrent dans l'arrière-salle, autour d'une table seulement éclairée par une ampoule au plafond. Sculley ne put saisir un seul mot de la conversation. Mais, à l'arrivée, M. Fish avait négocié un bus et un chauffeur. Ils rentrèrent à l'hôtel avec le bus.

Le reste de l'équipe s'était rassemblé dans la chambre de Sculley. Personne n'osait s'asseoir sur ces lits, encore moins y dormir. Ce qu'ils voulaient, c'était partir. Pour la frontière. Tout de suite. M. Fish, lui, était hésitant.

« Il est deux heures du matin, rappela-t-il, et la police surveille l'hôtel.

— Ce qui veut dire ? demanda Sculley.

— Un surplus de questions. Et d'ennuis.

— Essayons quand même. »

Ils déboulèrent dans l'escalier. Le directeur de l'hôtel, anxieux, apparut. Il bombarda de questions M. Fish. Puis, deux policiers, l'air sûrs d'eux, entrèrent dans l'hôtel pour se joindre à la discussion.

M. Fish se retourna vers Sculley :

« Ils ne veulent pas nous laisser partir.

— Et pour quelle raison ?

— Nous avons l'air suspects. Vous ne vous en étiez pas rendu compte ?

— Dites-moi seulement : le fait de mettre les voiles est-il contraire à la loi ?

— Non, mais...

— Alors, on y va. Faites-leur passer le message. »

L'explication se prolongea, toujours en turc. Mais

les policiers et le directeur de l'hôtel finirent par se soumettre. L'équipe gagna le bus.

Ils quittèrent la ville. La température chuta rapidement quand ils attaquèrent les montagnes enneigées. Ils avaient tous un chaud manteau, plus des couvertures dans leurs sacs à dos. Ce n'était pas trop.

M. Fish, assis près de Sculley, reprit la parole :

« C'est là que les choses deviennent sérieuses. Je peux manipuler la police, car j'ai quelques liens de ce côté-là. Mais les bandits et les soldats, eux, me tracassent : avec ces gens-là, je n'ai pas vraiment de relations.

— Qu'est-ce que vous préconisez ?

— Aussi longtemps que nous ne sommes pas armés, je pense pouvoir négocier. »

Sculley réfléchit. Seul Davis possédait une arme. Simons avait toujours répété qu'un fusil procurait davantage de complications qu'il ne vous en épargnait : son Walther PPK n'avait pas quitté Dallas.

« D'accord », dit Sculley.

Ron Davis balança son P 38 par la fenêtre.

Un peu plus tard, les phares éclairèrent un soldat en uniforme, au beau milieu de la route, qui agitait ses mains. Le conducteur du bus continua de rouler, droit devant, comme s'il avait la ferme intention de passer sur cet homme. Mais la voix de M. Fish claqua. Le conducteur freina donc.

Par la vitre, Sculley vit, sur le flanc de la montagne, un peloton de soldats tous armés de gros calibres. Il pensa très vite : si nous avions continué, ils nous hachaient menu.

Un sergent et un caporal grimpèrent dans le bus. Ils vérifièrent les passeports. M. Fish leur offrit des cigarettes. Ils échangèrent quelques propos, le temps de griller leur cigarette, puis firent un salut de la main et s'en allèrent.

Quelques kilomètres plus tard, le bus fut de nouveau arrêté. Même numéro.

Enfin, troisième arrêt : les hommes qui montèrent ne portaient pas d'uniformes. M. Fish parut très nerveux.

« Faites comme si de rien n'était, dit-il entre ses dents. Prenez un livre. Ne les regardez surtout pas. »

Il dut parlementer avec les Turcs pendant une bonne demi-heure. Puis, quand le bus fut enfin autorisé à repartir, deux d'entre eux restèrent à bord.

« Protection », fit M. Fish énigmatiquement.

Et il haussa les épaules.

Officiellement, Sculley assumait la charge des opérations. Mais, de fait, il n'avait guère d'autre solution que s'aligner sur les directives de M. Fish. Il ne connaissait ni le pays ni la langue : la plupart du temps, il n'avait pas même la moindre idée de ce qui se tramait. Difficile d'exercer un contrôle dans de pareilles conditions. Le mieux qu'il pouvait faire, selon lui, était de veiller à ce que M. Fish avançât dans la bonne direction. Et lui souffler dans l'oreille s'il se mettait à perdre les pédales.

A quatre heures du matin, ils entrèrent dans Yuksekova, le village le plus proche du poste frontière. Là, selon les dires du cousin de M. Fish à Van, ils devaient retrouver Ralph Boulware.

Sculley et M. Fish se rendirent à l'hôtel. Le noir complet. On se serait cru dans une basse-cour. L'odeur rappelait celle d'un vestiaire d'hommes après deux mi-temps de foot. Ils poussèrent quelques cris. Un jeune garçon, bougie au poing, apparut. M. Fish se mit à parler en turc. Au bout d'un moment, il se retourna vers Sculley :

« Boulware n'est plus là. Il a quitté l'hôtel depuis plusieurs heures. Personne ne sait où il est parti. »

CHAPITRE XIII

1

Rezaiyeh, l'hôtel. Un sentiment d'impuissance torturait Jay Coburn. Un sentiment déjà éprouvé à Mahabad, puis, de nouveau, dans la cour de l'école. Un sentiment motivé par une absence totale de contrôle sur sa propre destinée. Son sort appartenait aux mains des autres — celles de Rachid, en l'occurrence.

Où diable était Rachid ?

Coburn demanda aux gardes l'autorisation de se servir du téléphone. Ils l'accompagnèrent jusqu'à la réception. Là, il appela le cousin de Majid, professeur à Rezaiyeh. Pas de réponse.

Sans y croire, il composa le numéro de Gholam à Téhéran. A sa grande surprise, il eut la communication.

« J'ai un message pour Jim Nyfeler, dit-il. Nous passons à l'action.

— Mais où êtes-vous ? demanda Gholam.

— A Téhéran, mentit Coburn.

— J'ai besoin de vous voir. »

Coburn se devait d'entretenir la supercherie :

« Parfait. Voyons-nous demain matin.

— Où ?

— Au Bucarest.

— D'accord. »

Coburn remonta les étages. Simons l'entraîna, en compagnie de Keane Taylor, dans une des deux chambres.

« Si Rachid n'est pas de retour avant neuf heures, nous partons », dit-il.

Le moral de Coburn remonta aussitôt.

Simons continuait :

« Les gardes commencent à en avoir plein le dos et leur vigilance se relâche. Soit on s'éclipse en douce. Soit on s'entend avec eux.

— Il ne nous reste qu'une voiture, remarqua Coburn.

— Nous la laisserons ici. Pour semer la confusion. Nous irons à pied jusqu'à la frontière. Bon Dieu, ça ne fait jamais que soixante bornes ! Nous éviterons les barrages en évitant les routes. »

Coburn approuva. Il n'attendait que ça. De nouveau, ils reprenaient l'initiative.

« Il s'agit de récupérer l'argent, dit Simons à Taylor. Demandez aux gardes qu'ils vous conduisent jusqu'à la voiture. Démontez la boîte de Kleenex et la torche électrique. Et sortez le pognon caché à l'intérieur. »

Taylor quitta la chambre.

« Avant de partir, on ferait bien de manger un petit morceau, ajouta Simons. La promenade risque d'être longue. »

Taylor s'installa dans une chambre vide. La boîte de Kleenex. La torche électrique. L'argent se répandait sur le plancher.

Soudain, la porte s'ouvrit toute grande.

Le cœur de Taylor s'arrêta de battre.

Il releva la tête et vit Gayden, un sourire épanoui sur les lèvres :

« T'es fait comme un rat ! »

La colère envahit Taylor :

« Espèce de connard ! Merci pour la crise cardiaque ! »

Gayden, lui, riait comme un bossu.

Les gardes les amenèrent jusqu'à la salle à manger. Les Américains prirent place autour d'une grande table circulaire ; les gardes s'assirent un peu plus loin. On leur servit des côtes d'agneau, du riz, du thé. Le repas fut sinistre : tous s'inquiétaient du sort de Rachid ; et des probabilités aussi de s'en sortir sans lui.

Un poste de télévision était allumé. Paul ne pouvait détourner ses yeux de l'écran. A tout moment, il s'attendait à voir son propre visage apparaître sous la forme d'un avis de recherche.

Où diable se cachait Rachid ?

Une petite heure de route les séparait de la frontière. N'empêche ! Là, ils demeuraient piégés, sous surveillance, toujours sous la menace d'être réexpédiés à Téhéran. Pour s'y faire enfermer...

Quelqu'un cria : « Hé ! Regardez qui voilà ! »

Rachid.

Il se dirigea vers leur table. Son visage était grave.

« Gentlemen, dit-il, ceci est votre dernier repas. »

Regards horrifiés.

« En Iran, cela va de soi, s'empressa-t-il d'ajouter. Nous avons la permission de repartir. »

Il y eut un hourra général.

« Je me suis fait rédiger une lettre émanant du comité révolutionnaire, précisa Rachid. Pour en vérifier l'efficacité, j'ai été jusqu'à la frontière. Il y a bien quelques barrages sur le parcours, mais j'ai tout arrangé. Je sais aussi comment se procurer des chevaux pour traverser les montagnes mais je ne pense pas que ce soit vraiment nécessaire. Il n'y a aucun officiel au poste frontière. L'endroit est aux mains des villageois. J'ai rencontré le chef du village. Nous pourrons passer, ça ne posera pas de problèmes. Enfin, pour terminer, Ralph Boulware est sur place. On s'est même parlé. »

Simons se leva :

« Filons d'ici. Vite. »

Ils abandonnèrent leurs assiettes à moitié pleines. Rachid parla aux gardes, leur mit sous les yeux sa lettre signée par le lieutenant du chef. Keane Taylor alla régler la note de l'hôtel.

Avant de revenir, Rachid avait acheté une pile de posters à l'effigie de Khomeiny. Il les passa à Bill pour qu'il aille les coller sur les voitures.

En moins de dix minutes, ils furent tous dehors.

Bill avait fait du beau travail avec les posters. On pouvait regarder les Range Rover sous n'importe quel angle, on voyait toujours la barbe féroce de l'ayatollah.

Ils démarrèrent. Rachid était au volant de la première voiture.

Sur le chemin de la sortie, ce dernier freina brusquement. Il baissa sa vitre et fit de grands signes de main à l'intention d'un chauffeur de taxi.

Simons grommela :

« Rachid, bon Dieu, qu'est-ce que tu branles ? »

Sans lui répondre, Rachid s'extirpa de la voiture et courut jusqu'au taxi.

« Seigneur ! » soupira Simons.

Rachid parla une longue minute avec le chauffeur. Puis le taxi s'éloigna. Explication :

« Je lui ai demandé de nous indiquer les petites rues détournées pour sortir de la ville. Il y a un barrage que j'ai l'intention d'éviter. Il est rempli de gosses armés de fusils. On ne peut prévoir leurs réactions. Le chauffeur a une course à effectuer, mais il revient. On va l'attendre.

— Je peux te jurer qu'on ne va pas l'attendre longtemps », rétorqua Simons.

Dix minutes plus tard, le taxi était de retour. Ils empruntèrent un dédale de ruelles sombres et caillouteuses pour finalement déboucher sur une route principale. Le taxi s'engagea sur la droite. Rachid le suivit en négociant son virage à fond. Sur la gauche, à quelques mètres de là, le barrage qu'il désirait éviter. Les gosses s'amusaient à tirer des coups de fusil en l'air. Le taxi et les deux Range Rover appuyèrent sur l'accélérateur pour s'éloigner au plus vite, avant que les gosses n'aient le temps de comprendre qu'on venait de les posséder.

Un peu plus loin, Rachid rangea son véhicule devant une station d'essence.

« Pour quelle foutue raison tu t'arrêtes ? demanda Keane Taylor.

— Nous devons prendre de l'essence.

— Le réservoir est plein aux trois quarts. C'est largement suffisant pour franchir la frontière. Tirons-nous de là !

— On ne trouvera pas forcément de l'essence en Turquie. »

Simons s'en mêla :

« Rachid, on se barre ! »

Mais Rachid avait déjà quitté son véhicule.

Quand les réservoirs furent pleins à ras bord, Rachid, lui, en était toujours à marchander avec le chauffeur du taxi. Pour ses services, il lui proposait cent rials — un peu plus d'un dollar.

« Rachid, supplia Taylor. Donne-lui une poignée de billets, et *foutons le camp !*

— Il demande beaucoup trop, dit Rachid.

— Mon Dieu ! » soupira Taylor.

Rachid traita finalement à deux cents rials. Il regagna la Range Rover en disant :

« Si je n'avais pas marchandé, il se serait douté de quelque chose. »

Ils avaient maintenant quitté la ville. La route serpentait à travers les montagnes. L'adhérence était bonne. Ils taillèrent très vite un gros morceau de chemin. A un certain moment, la route se mit à suivre une crête, bordée sur les côtés par deux ravins boisés.

« Cet après-midi, au même endroit, il y avait un barrage, remarqua Rachid. Ils ont dû rentrer chez eux. »

Les phares dévoilèrent alors deux hommes, gesticulant sur le bas-côté de la route. Aucun obstacle. Rachid ne freina nullement.

« Je pense qu'on ferait mieux de s'arrêter », suggéra Simons.

Rachid continua de rouler, droit devant lui, dépassant les deux hommes.

« J'ai dit stop ! » aboya Simons.

Rachid s'arrêta.

Les yeux de Bill fixèrent le pare-brise :

« Vous voyez ce que je vois ? »

Quelques mètres au-devant d'eux, il y avait un pont jeté sur un petit précipice. Des deux côtés du pont, une bande de montagnards émergeait. Une vague irrésistible — trente, quarante, cinquante hommes. Tous armés jusqu'aux dents.

Cela ressemblait beaucoup à une embuscade. Si les voitures avaient tenté un passage en force, elles se seraient fait sacrément trouer.

« Grâce à Dieu, on s'est arrêtés », lâcha fiévreusement Bill.

Rachid bondit hors de son véhicule et commença à parlementer. Les montagnards avaient posé une chaîne en travers du pont. Ils encerclaient maintenant les voitures. Ce fut rapidement très clair : ces individus étaient, de loin, les plus hostiles auxquels aient jamais eu affaire les hommes de Simons. Le fusil braqué sans ambiguïté, ils fouillaient des yeux les voitures. Deux ou trois d'entre eux commencèrent à insulter Rachid.

Après avoir surmonté tant de dangers, tant d'infortune, se dit Bill, il était rageant d'être arrivés aussi loin pour se retrouver, au bout du compte, coincés par une bande de paysans débiles. Se contenteraient-ils de ces deux superbes Range Rover ? De l'argent ? Allez savoir.

Les montagnards précisèrent leurs mauvaises intentions. Ils se mirent à bousculer Rachid. A le repousser violemment en arrière. Dans moins d'une minute, songea Bill, ils nous flinguent.

« Ne faites rien, ordonna Simons. Restez dans les voitures. Laissons Rachid opérer. »

Mais Bill estima que Rachid avait bien besoin d'un peu d'aide. Il saisit son chapelet de poche et se mit à prier. Il récita toutes les prières de son répertoire.

Nous sommes entre les mains de Dieu, pensait-il. Et seul un miracle pourrait nous sortir de ce merdier.

Dans la deuxième voiture, Coburn, un fusil braqué sur la tempe, était tétanisé sur son siège.

Derrière lui, Gayden, saisi par une impulsion sauvage, murmura : « Mais Jay, pourquoi n'as-tu pas fermé ta portière ? »

Un rire hystérique remonta du fin fond de la gorge de Coburn.

Rachid se sentit basculer sur le versant de la mort.

Ces hommes étaient des bandits. Des vrais. Pour vous dépouiller de votre veste, ils étaient prêts à tuer : peu leur importait. Pour eux, la révolution ne signifiait rien. Quels que soient les détenteurs du pouvoir, ils ne reconnaissaient aucun gouvernement. N'obéissaient à aucune loi. Ne parlaient pas même le farsi, la langue du pays, mais le turc.

Tout en le bousculant, c'était bien en turc qu'ils l'insultaient. Rachid répliquait en farsi. La situation était sans issue. Ils se chauffent entre eux, constata Rachid.

Il perçut alors le bruit d'un véhicule. Deux phares se

profilaient dans leur dos. Une Range Rover vint se ranger. Trois hommes en sortirent. L'un d'entre eux était vêtu d'un long manteau noir. Il inspira une déférence immédiate aux montagnards. Il s'adressa à Rachid :

« J'aimerais voir vos passeports, s'il vous plaît.

— Bien sûr », fit Rachid.

Il pilota l'homme jusqu'à la seconde Range Rover. Bill était dans la première. Rachid voulait que l'homme au manteau se lasse avant d'en arriver au passeport de Bill. Il tapota contre le carreau. Paul abaissa la vitre.

« Passeports. »

L'homme semblait avoir déjà manipulé des passeports. Il les examina un par un, avec beaucoup de soin, comparant les photos avec le visage des propriétaires. A chaque reprise, dans un anglais parfait, il demandait : Lieu de naissance ? Domicile ? Date de naissance ? Heureusement, Paul et Bill, sur les consignes de Simons, avaient appris par cœur les éléments d'information notifiés sur leur faux passeport. Paul fut donc capable, sans hésiter, de répondre aux questions de l'homme au manteau.

A contrecœur, Rachid accompagna l'homme jusqu'à la première Range Rover. Bill et Keane Taylor avaient échangé leurs places. Ainsi, Bill siégeait à l'autre bout de la banquette, loin de la lumière. L'homme continua sa routine. En tout dernier, il examina le passeport de Bill. Il finit par dire :

« La photo n'est pas celle de cet homme.

— Mais si ! fit Rachid frénétiquement. Il est tombé gravement malade. Il a perdu beaucoup de poids. Sa peau a changé de couleur — tu ne comprends donc pas que ses jours sont en danger ? Il doit être rapatrié en Amérique, dans les plus brefs délais, pour y subir un traitement médical approprié. Et toi, là, tu le retardes — tu veux le voir crever ? Est-ce la manière dont tu défends l'honneur de notre pays ? Est-ce...

— Ils sont Américains, trancha l'homme. Suis-moi. »

Il tourna les talons et se dirigea vers un petit refuge en brique, situé près du pont.

Rachid entra derrière lui.

« Tu n'as aucun droit de nous arrêter, dit-il. Je suis mandaté par le haut commandement du comité révolutionnaire islamique de Rezaiyeh, afin d'escorter ces hommes jusqu'à la frontière. Nous retarder est un crime anti-révolutionnaire à l'encontre du peuple iranien. »

Il brandit la lettre signée du lieutenant, marquée du sceau de la bibliothèque.

L'homme la parcourut des yeux :

« Ça n'empêche que cet Américain ne ressemble pas à la photo qui est sur son passeport.

— Je te le répète : il est tombé gravement malade ! criait Rachid. Le comité révolutionnaire les autorise à rejoindre la frontière. Alors, maintenant, tu dégages ces bandits hors de ma vue !

— Nous avons notre propre comité révolutionnaire. Je vous demanderai de bien vouloir tous me suivre jusqu'à notre quartier général. »

Rachid n'avait guère le choix.

Jay Coburn étudia le visage de Rachid tandis qu'il sortait du refuge avec l'homme au long manteau noir. Rachid semblait véritablement secoué.

« Nous allons dans leur village pour une vérification, fit Rachid. Nous devons monter dans leurs voitures. »

Ça prend une sale tournure, songea Coburn. Jusqu'à présent, à chacune de leurs arrestations, ils avaient été autorisés à ne pas quitter les Range Rover. Une occasion de se sentir un peu moins prisonniers. Abandonner les voitures, c'était comme perdre tout contact avec sa base.

Ils se tassèrent dans les véhicules des montagnards : un camion rafistolé, un petit break défoncé. Ils empruntèrent une piste qui se faufilait dangereusement à travers l'obscurité des montagnes. Derrière, montagnards au volant, les Range Rover suivaient.

Putain, cette fois, ça y est, pensa Coburn. Personne n'entendra plus jamais parler de nous.

Cinq ou six kilomètres plus tard, ils arrivèrent au village. Un bâtiment en brique, ouvrant sur une cour, dominait l'ensemble. Le reste n'était que cabanons en terre d'argile, recouverts par des toits de chaume. Dans la cour, bien en vue, une demi-douzaine de jeeps flambant neuves. Coburn soupira :

« Dieu du ciel, ces gens vivent en volant des bagnoles. »

Pour lui, c'était clair : deux Range Rover de plus allaient joliment compléter leur collection.

Les deux véhicules qui transportaient les Américains se garèrent dans la cour. Les Range Rover suivaient. Deux jeeps supplémentaires vinrent bloquer la sortie, prévenant ainsi tout espoir de libération imminente.

Ils s'extirpèrent des véhicules.

L'homme au manteau dit :

« Ce n'est vraiment pas la peine d'avoir peur. Nous avons seulement l'intention de discuter un peu avec vous. Puis vous pourrez repartir. »

Il disparut dans le bâtiment en brique.

« Il ment », fit Rachid entre ses dents.

Les Américains furent parqués à l'entrée du bâtiment. On leur demanda d'ôter leurs chaussures. Les montagnards se montrèrent fascinés par les bottes de cowboy de Keane Taylor. L'un d'entre eux s'en empara, les inspecta, puis les fit circuler à la cantonade, pour que chacun puisse voir.

Les Américains furent conduits dans une vaste pièce, nue, à l'exception d'un tapis persan sur le sol et de quelques couvertures roulées contre les murs. Une espèce de lanterne éclairait faiblement la pièce. Ils s'assirent en cercle, les fusils des montagnards pointés sur leurs dos.

C'est reparti, pensa Coburn. Devant les juges. Comme à Mahabad.

Alors entra le mollah le plus gros, le plus laid qu'ils eussent jamais rencontré. Une fois de plus, l'interrogatoire commença.

Rachid entama la conversation dans un mélange de farsi, de turc, d'anglais. De nouveau, il exhiba sa lettre, donnant cette fois le nom du lieutenant. Quelqu'un quitta la pièce. Il allait vérifier auprès du comité de Rezaiyeh. Coburn s'interrogea : la lampe à huile indiquait qu'ils n'avaient pas l'électricité ; alors comment pouvaient-ils avoir le téléphone ? Tous les passeports furent réexaminés. Sans cesse, des gens entraient et sortaient.

Et s'ils avaient réellement le téléphone ? Et que le comité de Rezaiyeh, entre-temps, ait reçu des nouvelles de Dadgar ? On serait dans une bien meilleure situation s'ils se renseignaient *vraiment* sur nous, pensa Coburn. Ici, à tout moment, ils peuvent nous tuer, faire disparaître nos corps sous la neige. Sans la moindre trace. Sans que personne ne se doute de quoi que ce soit.

Un montagnard entra, rendit sa lettre à Rachid, se mit à parler au mollah.

« C'est O.K., dit Rachid. Ils se sont renseignés sur notre compte. »

L'atmosphère, brusquement, changea du tout au tout.

L'horrible mollah se tourna vers les Américains. Et se mit à serrer toutes les mains.

« Il vous souhaite la bienvenue dans son village », commenta Rachid. On apporta du thé.

Rachid :

« Nous sommes les invités du village pour la nuit.

— Tu lui dis définitivement non, répliqua Simons. On nous attend à la frontière. »

Un petit garçon d'une dizaine d'années apparut. Dans un effort destiné à cimenter cette amitié toute fraîche, Keane Taylor extirpa de son portefeuille la photo de son fils, Michael, onze ans, et la montra aux montagnards. Cette photo les excita beaucoup.

« Ils voudraient qu'on leur tire le portrait, dit Rachid.

— Keane, sors ton appareil, ordonna Gayden.

— Je n'ai plus de film, fit Taylor.

— Keane, sors-moi ton putain d'appareil ! »

Taylor s'exécuta. En fait, il lui restait trois clichés à prendre. Mais il n'avait plus de flash. Vu l'éclairage de cette lanterne, il lui aurait fallu un appareil autrement plus sosphistiqué que son Instamatic. Les montagnards s'étaient déjà mis en rang, faisant tournoyer leurs fusils dans l'air. Taylor n'avait pas le choix.

Une situation incroyable. Cinq minutes plus tôt, ces individus semblaient prêts à tous les massacres : maintenant, ils faisaient des bonds, ululaient, braillaient, s'amusaient comme des fous.

Probable qu'ils pouvaient renverser leur nouveau comportement tout aussi rapidement.

L'humour de Taylor prit le dessus. En bon cabotin, il se mit à jouer les photographes de mode, demandant aux montagnards de sourire, de se grouper dans le cadre, « prenant » ainsi quelques douzaines de photos.

On apporta encore du thé. Coburn gémit intérieurement. Ces derniers jours, il en avait bu tellement qu'il se sentait imbibé jusqu'aux lèvres. Il renversa subrepticement sa tasse, faisant une méchante tache brunâtre sur le splendide tapis.

Simons dit à Rachid :

« Dis-leur qu'il nous faut partir. »

Il y eut un bref échange de phrases. Rachid reporta :

« Nous devons boire encore une fois leur thé.

— Non », trancha Simons.

Et il se leva.

« On se barre. »

Souriant calmement, opinant de la tête, faisant des courbettes aux montagnards, Simons, dans le même temps, se mit à donner des ordres sur un ton qui démentait sa courtoisie apparente :

« Debout, tout le monde. Remettez vos pompes. Allez, on se tire. On se *tire.* »

Ils se levèrent. Les membres de la tribu voulaient serrer la main de tous ces visiteurs. Tel un berger, Simons poussa ses hommes jusqu'à la porte. Ils retrouvèrent leurs chaussures. Ils les remirent tout en continuant à hocher la tête, à serrer des mains. Enfin, ils débouchèrent à l'air libre. Ils regagnèrent les Range

Rover. Un instant d'attente. Les villageois déplaçaient les deux jeeps qui bloquaient la sortie. Finalement, précédant les jeeps en question, ils retrouvèrent la piste de montagne.

Toujours vivants. Libres. En mouvement.

Les montagnards les accompagnèrent jusqu'au pont. Puis ce furent les adieux.

« Mais vous ne nous escortez pas jusqu'à la frontière ? demanda Rachid.

— Non. Notre territoire s'arrête au pont. De l'autre côté, c'est le territoire de Sero. »

L'homme au manteau noir serra la main de tous les passagers.

« N'oubliez pas de nous envoyer les photos, dit-il à Taylor.

— Compte là-dessus », fit Taylor, le visage impassible.

La chaîne qui barrait le pont fut décrochée. Les deux Range Rover roulèrent prudemment jusqu'à l'autre extrémité du pont, puis attaquèrent la route en donnant de la vitesse.

« J'ose espérer, dit Rachid, qu'au prochain village nous ne connaîtrons pas les mêmes ennuis. J'ai vu le chef du village cet après-midi. Tout est arrangé avec lui... »

La Range Rover roulait à fond.

« Lève le pied, fit Simons.

— Non, il faut se dépêcher. »

Ils étaient maintenant à moins de deux kilomètres de la frontière.

Simons répéta :

« Lève le pied de cette putain de jeep ! Je n'ai pas envie de me faire planter dans la dernière manche de la partie ! »

Ils passèrent devant ce qui semblait être un poste à essence. Sur le bas-côté, il y avait un petit cabanon éclairé de l'intérieur. Soudain, Taylor cria :

« Stop ! Stop !

— Rachid ! » fit Simons.

Dans la voiture de derrière, Paul klaxonnait et faisait des appels de phare.

Du coin de l'œil, Rachid vit deux hommes surgir du poste à essence, armant leur fusil tout en courant.

Il freina.

La voiture s'immobilisa dans un crissement de pneus. Paul, lui, s'était déjà arrêté à la hauteur du poste à essence. Rachid pivota sur son siège. Et sauta à terre.

Les deux hommes pointèrent leur arme sur lui.

Et ça recommence, songea-t-il.

Il démarra son baratin, mais les deux autres n'en avaient cure. Ils prirent pied chacun dans une voiture. Rachid retrouva son volant.

« Roule », lui ordonna l'homme.

Une minute plus tard, ils touchaient le pied de la colline qui conduisait à la ligne de démarcation. Ils pouvaient voir les lumières émanant du poste frontière.

« Tourne à droite, dit l'homme.

— Non, répondit Rachid. Nous avons été autorisés à gagner la frontière et... »

L'homme prit son fusil, repoussa le cran de sûreté.

Rachid arrêta la voiture.

« Ecoute-moi. Je suis venu dans ton village cet après-midi. Et on m'a accordé la permission de traverser...

— Tu descends par ce chemin. »

Moins de deux kilomètres les séparaient de la frontière. Et de la liberté. Ils étaient sept. Contre deux gardes. C'était tentant...

Une jeep, venue du poste frontière, descendait la colline à fond de train. Elle freina en dérapant sous le nez de la Range Rover. Un jeune homme très excité en sortit, pistolet au poing, et se précipita vers la vitre de Rachid.

Rachid baissa le carreau :

« J'applique les ordres du haut comité révolutionnaire islamique... »

Le jeune homme pointa son arme sur la tête de Rachid.

« Descends ce chemin », hurla-t-il.

Rachid n'insista pas.

Ils suivirent la route, plus étroite encore que la précédente. Le village se trouvait à un kilomètre. Lorsqu'ils arrivèrent, Rachid s'extirpa de la voiture :
« Restez là — je m'en occupe... »

Plusieurs hommes quittèrent leurs baraquements pour voir ce qui se passait. Ils affichaient des têtes de bandits, plus encore peut-être que les montagnards du dernier village. Rachid demanda d'une voix forte :
« Où est le chef du village ?

— Pas ici.

— Alors allez le chercher. Je me suis entretenu avec lui cet après-midi. J'ai son accord pour traverser la frontière avec ces Américains.

— Qu'est-ce que tu fabriques avec ces Américains ? demanda l'un d'eux.

— Je suis mandaté par le haut comité révolutionnaire islamique... »

Subitement, sorti de nulle part, apparut le chef du village. L'homme à qui Rachid avait parlé dans l'après-midi. Il s'avança et embrassa Rachid sur les deux joues.

Dans la seconde Range Rover, Gayden s'exclama :
« Hé ! Mais la tendance m'a l'air bonne !

— Je vous en remercie, mon Dieu, enchaîna Coburn. Même pour sauver ma peau, je ne suis plus en mesure de boire la moindre goutte de thé. »

L'homme qui venait d'embrasser Rachid se rapprocha des voitures. Il portait un épais manteau afghan. Il se pencha à travers les vitres et serra la main de chacun.

Rachid et les deux gardes regagnèrent les voitures.

Quelques minutes plus tard, ils grimpaient la colline débouchant sur le poste frontière.

Paul, au volant de la seconde voiture, se mit à penser soudainement à Dadgar. Quatre heures plus tôt, dans Rezaiyeh, il lui avait paru sensé de rejeter cette idée de traverser la frontière à cheval. Maintenant, il en était moins sûr. Dadgar pouvait très bien avoir équipé chaque aéroport, chaque port de mer, chaque poste frontière, de photographies des deux fuyards. Même si aucun officiel n'était sur place, leurs photos, elles, pouvaient parfaitement être, en ce moment même, collées sur un quelconque mur. Tout au long de cette randonnée, E.D.S. avait sûrement sous-estimé Dadgar.

Le poste frontière était copieusement éclairé par d'imposants réverbères au néon. Les deux voitures roulèrent au petit pas, dépassant les bâtiments, et s'arrêtant là où une chaîne, en travers de la route, marquait la ligne de démarcation du territoire iranien.

Rachid mit pied à terre. Il alla parler aux gardes du poste, puis revint :

« Ils n'ont pas la clef qui décadenasse la chaîne. »

Ils sortirent tous des voitures.

Simons dit à Rachid :

« Va faire un tour côté turc. Et regarde si Boulware est dans les parages. »

Rachid disparut.

Simons souleva la chaîne. Mais, même au plus haut, une Range Rover n'aurait pu passer au-dessous.

Quelqu'un trouva des planches, les apposa sur là chaîne afin de voir si les voitures pouvaient passer sur le petit pont formé par les planches. Simons secoua la tête : ça ne marchait pas.

Il se tourna vers Coburn :

« Y a-t-il une scie à métaux dans la trousse à outils ? »

Coburn gagna la voiture.

Paul et Gayden grillaient une cigarette. Gayden lui dit :

« Il faut que tu te décides sur ce que tu comptes faire avec ton faux passeport.

— Qu'est-ce que tu veux dire ?

— La loi américaine prévoit une amende de dix mille dollars et une peine d'emprisonnement pour quiconque utilise un faux passeport. Je paierai l'amende. Mais tu devras effectuer un séjour en taule. »

Paul réfléchit. Jusqu'à présent, il n'avait enfreint aucune loi. Son faux passeport, il ne l'avait présenté qu'à des bandits ou à des révolutionnaires qui, de toutes les façons, n'avaient aucun droit véritable d'exiger le moindre passeport. Ce ne serait peut-être pas plus mal de rester du bon côté de la loi.

« Il a raison, dit Simons. Une fois sortis de ce foutu pays nous n'enfreindrons aucune loi. Je n'ai pas l'intention d'aller vous repêcher dans une prison turque. »

Paul remit son faux passeport à Gayden. Bill fit la même chose. Gayden donna les passeports à Taylor qui les glissa dans ses bottes de cowboy.

Coburn réapparut avec une scie à métaux. Simons la lui prit des mains et se mit à scier la chaîne.

Les gardes iraniens se précipitèrent et commencèrent à l'insulter.

Simons s'arrêta.

Rachid revint du territoire turc, suivi par deux gardes et un officier. Il parla aux Iraniens. Puis à Simons :

« Vous n'avez pas le droit de couper cette chaîne. Ils disent également que nous devons attendre ici jusqu'à demain matin. Par ailleurs, les Turcs ne sont pas très chauds pour que nous traversions cette nuit. »

Simons marmonna à Paul :

« Vous allez peut-être bien tomber malade.

— Qu'est-ce que vous voulez dire par là ?

— Si je vous demande de tomber malade, contentez-vous de tomber malade. D'accord ? »

Paul comprit le raisonnement de Simons. Les gardes turcs voulaient dormir. Ne pas avoir à passer la nuit avec ces Américains sur le dos. Mais, si l'un d'entre eux venait à nécessiter une hospitalisation urgente, ils pouvaient difficilement le refouler.

Les Turcs s'en retournèrent vers leur territoire.

« Et maintenant, qu'est-ce qu'on fait ? demanda Coburn.

— On attend », fit Simons.

A l'exception de deux gardes, tous les Iraniens avaient regagné leurs bâtiments. Il faisait un froid de loup.

« Faisons comme si nous nous préparions à passer la nuit ici », dit Simons.

Les deux gardes piétinaient devant des baraquements.

« Gayden, Taylor, fit Simons. Allez-y et proposez-
leur de l'argent pour qu'ils surveillent nos voitures.

— Surveillent nos voitures ? répéta Taylor, incrédule. Ils se contenteront de les voler.

— C'est exact, dit Simons. Ils pourront les voler —
s'ils nous laissent partir. »

Taylor et Gayden se dirigèrent vers les baraquements.

« C'est le moment, dit Simons. Coburn, tu prends
Paul et Bill. Et tu marches droit devant.

— En avant, les petits gars ! » lâcha Coburn.

Paul et Bill enjambèrent la chaîne et commencèrent
à avancer. Coburn, juste derrière eux, fermait la marche :

« Continuez d'avancer sans vous préoccuper de
quoi qu'il puisse se passer. Si vous entendez quelqu'un
hurler, ou bien des coups de feu, alors courez. Mais
sous aucun prétexte, on ne s'arrête. Sous aucun prétexte, on ne fait demi-tour. »

Simons suivait derrière :

« Marchez plus vite, dit-il. Je n'ai pas envie que vous
vous fassiez descendre au beau milieu de ce bled de
merde. »

Un début d'explication éclata dans leurs dos.

Coburn insista :

« Ne vous retournez pas. Continuez d'avancer. »

Côté iranien, Taylor tendait une poignée de billets
aux deux gardes. Ces derniers jetèrent, d'abord, un œil
sur les quatre hommes qui franchissaient la frontière.
Puis leurs regards se déplacèrent sur les deux Range
Rover, évaluées, au bas mot, à vingt mille dollars chacune.

Rachid ajouta :

« Nous ne savons vraiment pas quand nous pourrons venir les rechercher — cela peut prendre un sacré
bout de temps... »

Un des gardes :

« Vous allez tous rester ici jusqu'à demain matin...

481

— Ces voitures ont beaucoup de valeur. Il faudra bien les surveiller... »

Les gardes regardaient les voitures, les fuyards, les voitures. Ils hésitèrent un peu trop longtemps.

Paul et Bill venaient de franchir la ligne de démarcation turque. Ils pénétraient maintenant dans le baraquement des gardes.

Bill consulta sa montre-bracelet : 11 h 45. Jeudi 15 février. Lendemain de la nuit de la Saint-Valentin. Le 15 janvier 1960, il avait passé une bague de fiançailles au doigt d'Emily. Même jour, six ans plus tard, Jackie venait au monde — elle fêtait aujourd'hui son treizième anniversaire.

« Voilà ton cadeau, Jackie — tu as toujours un papa. »

Coburn les suivait.

Paul posa un bras sur les épaules de Coburn :

« Jay, tu l'as vraiment mérité, ton retour à la maison. »

Côté iranien, les gardes constatèrent que la moitié des Américains était déjà en Turquie. Ils décidèrent de songer à leur avenir. L'argent. Les voitures. Ils rentrèrent à l'intérieur.

Rachid, Gayden et Taylor se précipitèrent vers la chaîne.

Gayden s'arrêta net.

« Allez-y, dit-il. Je veux être le dernier à sortir d'ici. »
Ce fut le cas.

2

Yuksekova, l'hôtel. Ils étaient tous assis autour d'un poêle bedonnant, noirci par la fumée : Ralph Boulware, Ilsman l'agent secret, Charlie Brown l'interprète, les deux fils du cousin de M. Fish. Ils attendaient un appel du poste frontière. Le dîner fut servi : une espèce de viande, de l'agneau peut-être, enveloppée dans un papier journal.

Ilsman déclara qu'il avait surpris quelqu'un, à la frontière, prenant des photos de Boulware et Rachid.

Charlie Brown traduisait simultanément. Ilsman enchaîna :

« Si on vous cause le moindre ennui avec ces photos, je m'en occuperai. »

Boulware se demandait ce qu'il voulait dire.

Charlie :

« Il pense que vous êtes un honnête homme. Et que votre entreprise est noble. »

Une offre sinistre, se dit Boulware en frémissant. Comme si un mafioso vous apprenait que vous êtes son ami.

A minuit, toujours pas le moindre mot de Simons. Pas davantage de Pat Sculley et de M. Fish, supposés, en ce moment même, être en chemin au volant d'un bus. Boulware décida d'aller se coucher. Avant de se mettre au lit, il avait l'habitude de boire un peu d'eau. Une cruche traînait justement sur la table. Nom d'un chien ! se dit-il, jusqu'ici je m'en suis toujours sorti. Et il but une gorgée. Il eut l'impression d'avaler une matière solide. Bon Dieu, s'interrogea Boulware, qu'est-ce que c'est que ça ? Il se força à penser à autre chose.

Il allait se glisser dans son lit quand on le demanda au téléphone.

C'était Rachid.

« Hé ! Ralph ?

— Oui ?

— Nous avons passé la frontière.

— J'arrive ! »

Il rassembla les autres, régla la note d'hôtel. Les fils du cousin de M. Fish s'installèrent au volant. Ils retrouvèrent la route où — Ilsman toujours dixit — trente-neuf personnes avaient été massacrées par les bandits. Sur le chemin, une nouvelle fois, ils éclatèrent un pneu. Les fils changèrent la roue dans le noir total : les batteries des phares étaient mortes. Boulware se demanda si, à rester là sur la route, il fallait avoir peur. Ilsman pouvait encore s'avérer être un menteur, ou un escroc. D'un autre côté, jusqu'ici, ses papiers les avaient tous protégés. Si les services secrets, en Turquie, ressemblaient aux hôtels, alors oui, Ilsman pouvait être la réplique turque du personnage de James Bond.

La roue changée, les voitures repartirent.

Ils avançaient dans la nuit. Tout va bien se passer, se dit Boulware. Paul et Bill ont passé la frontière. Sculley et M. Fish arrivent avec un bus. Et à Istanbul, Perot attend avec un avion. On va s'en sortir.

Il déboucha devant la frontière. Des lumières s'échappaient du baraquement des gardes. Il sortit de la voiture et se précipita à l'intérieur.

Une joyeuse clameur l'accueillit. Ils étaient tous là : Paul et Bill, Coburn, Simons, Taylor, Gayden et Rachid.

Boulware serra chaudement les mains de Paul et de Bill.

Ils commencèrent à tous ramasser leurs manteaux, leurs sacs. « Hé ! ho ! une minute, fit Boulware. M. Fish arrive. Avec un bus. »

De sa poche, il fit sortir une bouteille de Chivas Regal qu'il avait conservée pour fêter ce moment.

« On pourrait peut-être se jeter un petit verre ! »

Tout le monde trinqua, à l'exception de Rachid qui ne buvait pas d'alcool. Simons entraîna Boulware dans un coin.

« Bon qu'est-ce qu'il se passe ?

— Cet après-midi, j'ai parlé avec Ross. M. Fish, Sculley, Schwebach et Davis sont en route vers nous. Evidemment, nous pouvons partir tout de suite — à douze dans les deux voitures, même si c'est un peu juste, nous tiendrons — mais je pense qu'il vaut mieux attendre le bus. Primo, nous serons enfin tous réunis et plus personne ne pourra se perdre. Secundo, la route, pour sortir d'ici, a la réputation d'être sanglante. Truffée de bandits en tout genre ! Je ne sais pas si c'est exagéré, mais c'est ce qu'ils répètent et je commence à les croire. Si cette route est aussi dangereuse que ça, nous serons bien davantage en sécurité tous ensemble. Tertio, si nous allons à Yuksekova pour y attendre M. Fish, nous n'aurons rien de mieux à faire que de descendre à l'hôtel le plus pourri du monde. En nous attirant les questions et les emmerdes des autorités locales.

— D'accord, fit Simons à contrecœur. Nous attendrons un petit moment. »

Il avait l'air vraiment épuisé, songea Boulware. Un vieil homme qui n'avait plus qu'une envie : se reposer. Pareil pour Coburn. Vidé, usé, presque détruit. Boulware se demanda par où ces hommes en étaient passé avant d'arriver jusqu'ici.

Boulware, lui aussi, faisait peur. Même si, depuis quarante-huit heures, il avait pu se reposer un peu. Il revit en mémoire ses discussions interminables avec un M. Fish lui expliquant comment rallier la frontière ; la panique, dans Adana, quand le bus avait refusé de se montrer ; la randonnée en taxi à travers le blizzard des montagnes... Et malgré tout ça, il était là. Bien là.

Un froid terrible régnait dans le baraquement. A défaut de dispenser de la chaleur, le bois qui brûlait dans la cheminée inondait la pièce de fumée. Tout le monde était fatigué. Le whisky les faisait somnoler. Les uns après les autres, ils commencèrent à s'endormir sur les banquettes en bois ou à même le sol.

Simons ne dormait pas. Rachid l'observait : il faisait les cent pas, tel un lion en cage, en fumant à la chaîne ses cigares à bout plastique. Quand l'aube se mit à poindre, de la fenêtre il commença à fixer, au-delà du no man's land, le territoire iranien.

« Là-bas, ils sont près d'une centaine, tous armés de fusils, dit-il à Rachid et à Boulware. A votre avis, que feront-ils s'ils en viennent à découvrir l'identité de ceux qui ont franchi cette nuit la frontière ? »

Boulware commençait à se demander s'il avait bien fait de proposer qu'on attende M. Fish.

Rachid regarda par la fenêtre. Voyant les deux Range Rover au loin, il se rappela une chose :

« Le jerrican d'essence, fit-il. J'ai laissé le jerrican avec l'argent dedans. Cet argent, on peut en avoir besoin. »

Simons se contenta de le dévisager.

Rachid, poussé par un élan subit, quitta le baraquement et se mit à marcher vers la frontière iranienne.

Un parcours sacrément long.

Il songeait aux motivations des gardes iraniens. Ils nous ont rayés de leurs têtes, conclut Rachid. Même s'ils affichent un doute sur leur comportement de la nuit dernière, ils ont dû passer ces dernières heures à se fabriquer des excuses. A justifier leur passivité. A l'heure qu'il est, ils ont dû s'autoconvaincre du bien-fondé de leur position. Avant qu'ils ne changent d'avis, cela prendrait un petit moment.

Arrivé devant le territoire iranien, il enjamba la chaîne.

Il marcha droit sur la Range Rover, ouvrit la porte arrière.

Deux gardes émergèrent d'un bâtiment et se précipitèrent sur lui.

Rachid dégagea le jerrican hors du véhicule. Et referma la porte arrière.

« Nous avons oublié notre essence, dit-il en retournant sur ses pas.

— De l'essence, pour quoi faire ? demanda d'un ton soupçonneux l'un des deux gardes.

— Pour le bus », fit Rachid. Il réenjamba la chaîne. « Le bus qui doit nous conduire jusqu'à Van. »

Il s'éloigna, sentant leurs yeux posés sur son dos.

Il ne se retourna pas avant d'avoir atteint le poste turc.

Quelques minutes plus tard, ils perçurent tous un bruit de moteur.

Ils se précipitèrent vers la fenêtre. Un bus descendait la route.

Une nouvelle fois, ils éclatèrent en vivats.

Pat Sculley, Jim Schwebach, Ron Davis et M. Fish descendirent du bus et pénétrèrent dans le baraquement.

Serrements de mains.

Les nouveaux arrivants, eux aussi, avaient apporté une bouteille de whisky. On trinqua encore.

M. Fish entraîna Ilsman et des gardes frontaliers dans un petit coin.

Gayden, lui, posa un bras sur l'épaule de Pat Sculley :

« As-tu remarqué qui nous accompagne ? »

Il lui montra du doigt Rachid qui somnolait. Sculley le vit. Il sourit. A Téhéran, Rachid faisait partie de son équipe. Par la suite, dans la salle de conférence d'E.D.S., à l'occasion de leur première rencontre avec Simons — six semaines seulement ? — Sculley s'était fermement battu pour que Rachid tienne sa place dans l'équipe de secours. Aujourd'hui, visiblement, Simons confirmait son point de vue.

M. Fish annonça :

« Je dois me rendre, en compagnie de Pat Sculley, à Yuksekova pour m'entretenir avec le chef de la police. Je vous demande de bien vouloir, s'il vous plaît, nous attendre ici.

— Hé ! une minute ! fit Simons. Nous avons d'abord attendu Boulware. Puis, vous. Alors, maintenant, qui d'autre doit-on attendre ?

— Paul et Bill n'ont pas de passeport, répondit M. Fish. Si nous ne réglons pas ce problème à l'avance, nous aurons des ennuis. »

Simons se tourna vers Boulware :

« Votre type, là, Ilsman, était censé s'en occuper, dit-il, furieux.

— C'est ce que je pensais aussi. Il devait arroser les policiers.

— Alors qu'est-ce qu'il s'est passé ? »

M. Fish intervint :

« Il est toujours préférable de parlementer.

— Bon, grouillez-vous », grommela Simons.

Sculley et M. Fish quittèrent les lieux.

Les autres entamèrent une partie de poker. Un stud. Ils avaient plusieurs dizaines de milliers de dollars cachés dans leurs chaussures. Et ils étaient tous un peu en état de folie. Sur une donne, Paul monta un « full max », ses trois as demeurant cachés. Il y avait plus de mille dollars au pot. Keane Taylor avait suivi. Taylor avait une paire de rois sur la table. Plus un troisième dans sa main, conclut Paul. Ce qui pouvait éventuellement lui faire un full au rois. Il ne se trompait pas. Sur ce coup, il empocha mille quatre cents dollars.

Une nouvelle équipe de gardes arriva. Avec eux, un officier. Il devint fou furieux au spectacle de ses hommes le mégot aux lèvres, puis en voyant des billets de cent dollars sur une table et des Américains jouant au poker — deux d'entre eux, notamment, ayant passé la frontière sans passeport.

La matinée s'avançait. Ils commençaient tous à se sentir plutôt mal — trop de whisky, pas assez de sommeil. Le soleil grimpa dans le ciel. Le poker, maintenant, n'amusait plus personne. Simons ne tenait plus en place. Gayden commençait à faire des reproches à Boulware. Ce dernier s'interrogeait : où donc étaient passés Sculley et M. Fish ?

Il était désormais convaincu de son erreur. Dès son arrivée, ils auraient dû partir pour Yuksekova. Son autre erreur avait été de laisser M. Fish prendre les choses en main. Bref, d'une façon ou d'une autre, il avait perdu l'initiative.

A dix heures, M. Fish et Sculley, partis maintenant depuis plus de quatre heures, réapparurent.

M. Fish annonça à l'officier qu'ils avaient la permission de partir.

L'officier aboya quelques mots crus, et — comme par hasard — sa vareuse s'entrebâilla sur son pistolet.

Les gardes s'écartèrent des Américains.

M. Fish :

« Il dit que nous partirons quand *lui* nous y autorisera.

— Ça suffit ! » intervint Simons. Il s'avança vers l'officier et se mit à lui parler en turc. Les gardes le fixèrent avec incrédulité : ils n'avaient pas envisagé qu'il puisse parler leur langue.

Simons prit l'officier à part dans la pièce d'à côté.

Quelques minutes plus tard, les deux hommes revinrent.

« On peut y aller », dit Simons.

Ils se ruèrent vers la sortie.

Coburn interrogea Simons :

« Vous l'avez soudoyé, colonel ? Ou bien l'avez-vous fait mourir de peur ? »

L'ombre d'un sourire passa sur le visage de Simons. Il resta silencieux.

« Tu veux venir avec nous à Dallas, Rachid ? » demanda soudainement Sculley.

Depuis ces derniers jours, ils lui parlaient tous comme s'il allait de soi qu'il les suivrait jusqu'au bout. Mais c'était la première fois que quelqu'un lui posait directement la question. Maintenant, il devait prendre la décision la plus importante de son existence.

Tu veux venir à Dallas, Rachid ? Le rêve devenait réalité. Il songea à ce qu'il laissait derrière lui. Pas d'enfant, pas de femme, pas même une petite amie — il n'était jamais tombé amoureux. Mais il pensa à ses parents, à sa sœur, à ses frères. Ils pouvaient avoir besoin de lui. A Téhéran, la vie allait sûrement devenir difficile. Et pour un bon bout de temps. Néanmoins, quelle aide pouvait-il leur apporter ? Il conserverait son emploi pour quelques jours encore, quelques semaines au plus, le temps de réexpédier les biens des Américains aux Etats-Unis, de régler la question des chiens et des chats — puis, terminé. C'en était fini d'E.D.S. en Iran. Des ordinateurs aussi, probablement. Pour longtemps. Sans travail, il serait un fardeau pour sa famille. Une bouche supplémentaire à nourrir.

Mais en Amérique...

En Amérique, il pourrait compléter son instruction. Mettre en pratique ses aptitudes. Réussir en affaires — avec le soutien, notamment, de gens comme Pat Sculley et Jay Coburn.

Tu veux venir à Dallas, Rachid ?

« Oui, fit-il à Sculley. Je veux venir à Dallas.

— Alors, qu'est-ce que tu attends ? Grimpe dans le bus ! »

Ils montèrent tous dans le bus.

Avec soulagement, Paul s'enfonça dans son siège. Le bus s'éloigna, laissant derrière lui le territoire iranien se fondre avec l'horizon : il ne reverrait probablement jamais plus ce pays. Dans le bus, il y avait des étrangers : quelques Turcs débraillés, dans leurs uniformes sommaires, plus deux Américains. Des pilotes, chuchota une voix. Paul était trop fatigué pour s'interroger davantage. Un des gardes frontaliers, également, était de la partie : visiblement, il ne faisait que profiter du voyage.

Ils s'arrêtèrent à Yuksekova. M. Fish avertit Paul et Bill :

« Nous devons aller parler avec le chef de la police. En vingt-cinq ans, c'est l'événement le plus important de sa carrière. Mais ne vous en faites pas. Ce n'est qu'une routine. »

Paul et Bill, abandonnant le bus, suivirent M. Fisch jusqu'au poste de police. D'une certaine façon, Paul ne s'inquiétait pas trop. Il était sorti d'Iran. Et, bien que la Turquie ne fût pas exactement une nation occidentale, là, au moins, il se sentait à l'abri des affres d'une révolution. Peut-être, aussi, était-il trop épuisé pour avoir peur.

Pendant deux heures, ils firent face à un interrogatoire. Puis on les relâcha.

A Yuksekova, six autres personnes montèrent dans le bus : une femme et un enfant, appartenant de toute évidence au garde frontalier, et quatre hommes franchement repoussants — « des gardes du corps », fit M. Fish — qui prirent place, derrière un rideau, à l'arrière du bus.

Ils roulaient maintenant vers Van, où l'avion loué les attendait. Paul s'absorba dans le paysage. C'était bien plus beau que la Suisse, se dit-il, mais d'une pauvreté incroyable. De gros blocs de pierre encombraient la route. Dans les champs, des individus en haillons fouillaient la neige pour permettre à leurs chèvres de parvenir jusqu'à l'herbe glacée. On apercevait des cavernes, ouvertes sur des palissades en bois. C'était là, semblait-il, que tous ces gens vivaient. Ils passèrent devant les ruines d'une forteresse en pierre, qui devait dater des croisades.

Le chauffeur, visiblement, se croyait dans un grand prix. Il attaquait tous les virages avec agressivité, et l'apparente certitude que personne ne pouvait déboucher en face. Un peloton de soldats lui fit signe de ralentir. Sans lever le pied, il les dépassa. M. Fish lui cria de s'arrêter. Mais le chauffeur lui retourna ses cris et continua, comme si de rien n'était.

Quelques kilomètres plus loin, l'armée les attendait. En force. Prévenue, sans nul doute, de la façon avec laquelle le bus avait grillé le dernier contrôle. Fusils en position, les soldats occupaient la route. Le chauffeur fut obligé de s'arrêter.

Un sergent monta dans le bus. Et, pistolet contre la tempe, il fit descendre le chauffeur.

Cette fois, pensa Paul, on est dans le pétrin.

La scène était presque comique. Le chauffeur ne se dégonflait pas du tout : il insultait les soldats aussi fort, aussi furieusement, que ces derniers l'insultaient.

M. Fish, Ilsman et quelques-uns des mystérieux passagers descendirent du bus et se mirent à parlementer. Finalement, ils clarifièrent la situation auprès des gardes. Le chauffeur fut littéralement catapulté dans son bus. Cela n'apaisa pas, pour autant, son mauvais caractère. Tandis que le bus s'éloignait, il continuait de hurler à travers la fenêtre et d'agiter son poing en direction des gardes.

Tard dans l'après-midi, ils arrivèrent à Van. Ils se rendirent à la mairie. Là, ils furent remis entre les mains de la police locale. Les gardes du corps, eux, avaient disparu comme neige qui fond. La police leur fit remplir des formulaires, puis les escorta jusqu'au terrain d'aviation.

Au moment d'embarquer, Ilsman fut arrêté par un policier. Motif : un Colt 45 — dans son holster. Apparemment, même en Turquie, les passagers munis d'une arme à feu n'étaient pas autorisés à grimper dans un appareil. Une fois encore, Ilsman exhiba ses papiers. Le malentendu fut dissipé.

Rachid fut également arrêté. Il transportait le jerrican avec l'argent. Bien évidemment, à bord, les liquides inflammables étaient interdits. Rachid expliqua aux policiers que le jerrican contenait de l'huile à bronzer pour les épouses des Américains.

On le crut.

Ils embarquèrent. Simons et Coburn, subissant le contrecoup de leurs pilules antisommeil, allongèrent les jambes et s'endormirent en quelques secondes.

Quand l'appareil se mit à rouler pour finalement décoller, Paul se sentit comme transporté. A croire que c'était son premier vol. Prendre un avion et s'envoler : cette chose parfaitement anodine, dans sa prison de Téhéran, il en avait rêvé si fort ! Planer entre les nuages, là, aujourd'hui, lui procurait une sensation qu'il n'avait guère éprouvée depuis très longtemps : une sensation de liberté.

3

D'après les règlements de la navigation aérienne turque, le charter ne pouvait se substituer à un vol régulier. Ils ne pouvaient donc rallier directement Istanbul, où Perot les attendait. Il leur fallait changer à Ankara.

En attendant leur correspondance, ils réglèrent quelques problèmes.

Simons, Sculley, Paul et Bill montèrent dans un taxi. Destination : l'ambassade américaine.

Ce fut une longue course à travers la ville. L'air était brunâtre, porteur d'une odeur forte. « Le coin est difficilement respirable, commenta Bill.

— Emanations sulfureuses de charbon, lâcha Simons qui avait vécu en Turquie pendant les années 50.

« Le contrôle antipollution, ici, on ne connaît pas. »

Le taxi s'arrêta devant l'ambassade des Etats-Unis. Bill regarda par la vitre. Son cœur fit un bond. Il y avait là, superbe dans son uniforme immaculé, un jeune garde des marines.

Oui, ça, c'étaient les Etats-Unis.

Ils réglèrent la course.

En avançant dans l'entrée, Simons demanda au marine :

« Y a-t-il des lavabos dans le coin, soldat ?

— Oui, sir », répondit le marine, en lui indiquant la direction.

Paul et Bill se rendirent au service des passeports. Dans leurs poches, ils avaient des photos format passeport que Boulware leur avait rapportées des Etats-Unis. Ils se présentèrent devant le bureau.

« Nous avons égaré nos passeports, fit Paul. Nous avons dû quitter Téhéran un peu précipitamment.

— Ah ! oui », dit l'employé, comme s'il n'attendait qu'eux.

Ils remplirent des imprimés. Un des officiels les entraîna dans un bureau et sollicita d'eux quelques conseils. Le consulat américain, à Tabriz, était menacé par les révolutionnaires. L'équipe en place pourrait avoir à s'échapper comme Paul et Bill l'avaient fait. Ils lui indiquèrent la route qu'ils avaient empruntée, les problèmes qu'ils avaient rencontrés.

Quelques minutes plus tard, ils ressortaient de l'ambassade avec un passeport américain valable pour soixante jours. Paul regarda le sien et dit :

« As-tu jamais rien vu de plus beau dans toute ta putain de vie ? »

Simons vida l'huile du jerrican. Et dégagea l'argent enveloppé dans des sacs en plastique. Un sacré foutoir : certains sacs s'étaient déchirés et l'huile s'était répandue sur les billets de banque. Sculley se mit à laver les billets et à entasser l'argent en piles de dix mille dollars. Au total : soixante-cinq mille dollars, plus l'équivalent en rials iraniens.

Un marine entra. Au spectacle de ces deux hommes ébouriffés, pas rasés, à genoux par terre, occupés à compter une petite fortune en billets de cent, il eut un double sursaut.

Sculley dit à Simons :

« Vous pensez que je dois lui expliquer, *colonel* ? »

Simons grogna :

« Ton pote, à l'entrée, est au courant de tout, soldat. »

Le marine salua. Et quitta les lieux.

Il était vingt-trois heures quand ils furent appelés à embarquer sur le vol pour Istanbul.

Un par un, ils passèrent le contrôle de sécurité. Sculley précédait Simons. En se retournant, il vit le garde qui demandait à inspecter l'enveloppe que transportait Simons.

Cette enveloppe contenait tout l'argent du jerrican.

« Et merde », soupira Sculley.

Le soldat ouvrit l'enveloppe. Il tomba sur les soixante-cinq mille dollars, auxquels venaient s'ajouter quatre millions de rials. Il manqua vaciller.

Plusieurs soldats braquèrent leurs fusils. L'un d'entre eux appela. Des officiers accoururent.

Sculley vit Taylor qui transportait, lui, cinquante mille dollars dans un petit sac noir, se frayer un chemin à travers la foule agglutinée autour de Simons :

« Excusez-moi, pardon, excusez-moi, s'il vous plaît... »

Paul, juste devant Sculley, avait déjà franchi le contrôle. Sculley lui fourra dans les mains ses trente mille dollars. Et retourna vers le contrôle.

Les soldats emmenaient Simons pour l'interroger. Sculley les suivit, précédant M. Fish, Ilsman, Boulware et Jim Schwebach. Simons fut conduit dans une petite pièce. Un des officiers se retourna, vit les cinq hommes et demanda en anglais :

« Qui êtes-vous ?

— Nous sommes ensemble », répondit Sculley.

Ils s'assirent et M. Fish commença à parler aux officiers. Au bout d'un moment, il rapporta :

« Ils veulent voir les papiers qui prouvent que vous avez fait entrer cet argent dans le pays.

— Quels papiers ?

— En entrant dans le pays, on doit déclarer ses devises étrangères.

— Bon Dieu ! Personne ne nous a rien demandé ! »

Boulware prit la parole :

« Monsieur Fish, expliquez donc à ces clowns que nous avons pénétré en Turquie par un poste frontière minuscule. Les gardes, qui ne savaient probablement

494

ni lire ni écrire, ne nous ont rien demandé. Mais nous serions ravis, là, tout de suite, de remplir cette déclaration. »

M. Fish continua d'argumenter avec les officiers. Simons fut finalement autorisé à partir. Avec l'argent. Mais les soldats relevèrent son nom, son numéro de passeport, sa fiche signalétique.

A l'instant même où ils se posaient sur Istanbul, Simons fut arrêté.

Istanbul, hôtel Sheraton.

Le samedi 17 février 1979, à trois heures du matin, Paul et Bill entraient dans la suite de Ross Perot.

Pour ce dernier, c'était le plus grand moment de son existence.

En embrassant les deux hommes, l'émotion remua ses entrailles. Ils étaient donc là, vivants, après tout ce temps passé, toutes ces semaines d'attente, de décisions impossibles, de risques invraisemblables. Il regarda leurs visages rayonnants. Le cauchemar était terminé.

Le reste de l'équipe suivait. Comme à l'habitude, Ron Davis faisait l'idiot. Avant de partir, il avait emprunté les vêtements d'hiver de Perot. Ce dernier avait prétendu s'inquiéter de les revoir un jour. Maintenant, donc, Davis se débarrassait de son chapeau, de son manteau, de ses gants. Avec une emphase dramatique, il les envoya valser sur la moquette. Et lança :

« La revoilà, Perot, votre foutue camelote ! »

Là-dessus, Sculley entra et dit :

« Simons s'est fait arrêter à l'aéroport. »

La jubilation de Perot s'évanouit :

« Pour quelle raison ? s'écria-t-il, consterné.

— Il transportait un paquet d'argent dans une enveloppe. Ils lui sont tombés dessus. »

Perot, furieux :

« Expliquez-vous, Pat. *Pourquoi* transportait-il de l'argent ?

— C'était l'argent du jerrican. Voyez-vous... »

Perot le coupa :

« Après tout ce qu'il a fait, pourquoi, bon Dieu,

l'avez-vous laissé prendre un risque totalement inutile ? Maintenant écoutez-moi. Je décolle à midi. Si, d'ici là, Simons n'a pas quitté sa prison, c'est vous qui resterez sous les neiges d'Istanbul jusqu'à ce qu'il en sorte ! »

Sculley et Boulware étaient assis en compagnie de M. Fish.

« Nous devons absolument faire sortir le colonel Simons de prison, dit Boulware.

— Bien ! dit M. Fish. Cela devrait prendre à peu près dix jours...

— Ne dites pas de conneries ! explosa Boulware. Perot n'avalera jamais ça. Je veux qu'il sorte de prison *tout de suite* !

— Il est cinq heures du matin, protesta M. Fish.

— Combien ?

— Je ne sais pas. Trop de gens sont au courant de cette histoire. A Istanbul comme à Ankara.

— Cinq mille dollars ?

— A ce prix, ils vendraient leurs mères.

— Parfait, dit Boulware. Allons régler ce problème. »

M. Fish donna un coup de téléphone. Puis il annonça :

« Mon avocat nous attend devant la prison. »

Boulware et M. Fish montèrent dans la vieille guimbarde de ce dernier, laissant Sculley payer la note de l'hôtel.

Devant la prison, ils retrouvèrent l'avocat. Il grimpa dans la voiture de M. Fish et dit : « J'ai convoqué un juge, négocié avec la police. Où est l'argent ?

— Avec le prisonnier, répondit Boulware.

— Comment ça ?

— Vous entrez et vous faites sortir le prisonnier. C'est *lui* qui vous donnera les cinq mille dollars. »

Cela semblait dément, mais c'est ce que fit l'avocat. Il entra dans la prison et, quelques minutes plus tard, il en ressortait avec Simons. Ils montèrent dans la voiture.

« On ne donnera pas un rond à ces clowns, dit

Simons. J'attendrai. Ils vont s'épuiser en parlotes et, dans quelques jours, ils me laisseront repartir.

— Bull, s'il vous plaît, implora Boulware, ne contrecarrez pas le programme. Donnez-moi l'enveloppe. »

Simons tendit l'enveloppe. Boulware préleva cinq mille dollars qu'il remit à l'avocat :

« Voilà l'argent. Activez les choses. »

L'avocat les activa.

Une demi-heure plus tard, Boulware, Simons et M. Fish roulaient, en direction de l'aéroport, à bord d'une voiture de police. Un policier prit leurs passeports, leur fit passer le contrôle et les douanes. Quand ils débouchèrent sur l'aire d'embarquement, la voiture de police était là pour les conduire jusqu'à la passerelle du 707.

Ils montèrent à bord de l'appareil. Le regard de Simons se promena sur les rideaux de velours, la tapisserie raffinée, les écrans de télé, les bars roulants :

« Qu'est-ce que c'est que tout ce bordel ? »

L'équipage n'attendait qu'eux. Une hôtesse se dirigea vers Boulware :

« Vous désirez boire quelque chose ? »

Boulware sourit.

Le téléphone sonna dans la suite de Perot. Ce fut Paul qui décrocha.

« Allô ! fit une voix.

— Oui ?

— Qui est à l'appareil ? demanda la voix.

— C'est de la part de *qui* ? rétorqua Paul, suspicieux.

— Paul ? »

Paul reconnut la voix de Merv Stauffer.

« Hé ! Merv !

— Paul, j'ai près de moi quelqu'un qui souhaite te parler. »

Il y eut un silence. Puis une voix de femme :

« Paul ? » C'était Ruthie.

« Ruthie !

— Oh ! Paul !

— Bonjour ! Qu'est-ce que tu fais ?

— Qu'est-ce que je fais ? dit-elle, des larmes dans la voix. Mais je t'attends ! »

Le téléphone sonna. Avant qu'Emily ne parvienne jusqu'à l'appareil, quelqu'un décrocha dans la chambre des enfants.

Un instant plus tard, elle entendit une petite fille qui hurlait : « Papa ! C'est Papa ! »

Elle se précipita dans la chambre.

Tous les enfants sautaient en l'air et se battaient pour avoir le téléphone.

Emily rongea son frein pendant deux minutes, puis elle leur retira le téléphone.

« Bill ?

— Bonjour Emily.

— Mon Dieu ! Tu m'as l'air en pleine forme... Je ne m'attendais pas à ce que tu sois... Oh ! Bill, tu m'as l'air en grande forme ! »

Dallas, Merv se mit à décoder le message de Perot. *Prenez... ce...*

Il était devenu tellement familier du code qu'il pouvait le décrypter au fur et à mesure.

... code... et...

Il était quelque peu perplexe car, ces trois derniers jours, Perot lui en avait fait voir avec ce code. Perot n'avait pas la patience de s'en servir. Stauffer avait dû insister :

« Ross, ce sont les instructions de Simons. »

Le danger maintenant passé, pourquoi Perot, subitement, se mettait-il à utiliser le code ?

... collez... le... vous... où... je...

Stauffer devina la suite. Il éclata de rire.

Ron Davis appela le service d'étage, commanda du jambon et des œufs pour tout le monde.

Tandis qu'ils déjeunaient, le téléphone sonna. Dallas, de nouveau. C'était Stauffer. Il demandait Perot.

« Ross, le *Dallas Times Herald* vient de sortir. »

Etait-ce une nouvelle plaisanterie ?

Stauffer enchaîna :

« Le titre à la une dit en substance : "Les hommes de Perot seraient sur le chemin du retour. Ils quitteraient l'Iran par voie de terre." »

Perot sentit son sang qui commençait à bouillir : « Je croyais que nous avions étouffé cette histoire !

— Ross, on a tout fait pour ! Les propriétaires du journal, tout bêtement, semblent incapables de contrôler leur rédaction. »

Tom Luce, fou furieux, prit l'appareil :

« Ross, ces salopards ne rêvent que de voir nos derniers hommes à Téhéran se faire massacrer, E.D.S. rayée de la carte et vous en taule. Et ça, uniquement pour être les premiers à publier leur article ! Nous leur avons expliqué les conséquences d'un tel acte. Ils s'en moquent ! Attendez un peu, quand tout cela sera terminé, nous les poursuivrons en justice. Si long que ce soit. Et quoi que ça coûte...

— Peut-être, fit Perot. Soyez prudent avant de déclencher une guerre avec des gens qui achètent l'encre par tonneaux entiers et le papier à la tonne. Maintenant, dites-moi : ces informations ont-elles une chance de parvenir jusqu'à Téhéran ?

— Aucune idée. Il y a pas mal d'Iraniens au Texas. La plupart d'entre eux vont en entendre parler. Il est toujours très difficile d'obtenir la ligne avec Téhéran. Mais nous y sommes bien arrivés à plusieurs reprises. Eux aussi, donc, le peuvent.

— Et si c'est le cas...

— Alors, bien évidemment, Dadgar découvrira que Paul et Bill lui ont échappé...

— Et dès lors il peut se replier sur des otages », continua Perot d'une voix froide.

Pour avoir ébruité cette histoire, le Département d'Etat l'écœurait. Pour l'avoir publiée, le *Dallas Herald Tribune* l'exaspérait. Enfin, le fait de ne rien pouvoir faire le rendait malade.

« Et j'ai toujours des hommes, là-bas, à Téhéran », se rappela-t-il.

Non, le cauchemar n'était pas terminé.

CHAPITRE XIV

1

Vendredi 16 février. Midi. Lou Goelz appela Joe Poché et lui dit de rassembler tous les gens d'E.D.S. à l'ambassade des Etats-Unis, l'après-midi, cinq heures. La billeterie et l'enregistrement des bagages auraient lieu durant la nuit, à l'ambassade. Le samedi matin, ils pourraient quitter Téhéran sur un vol d'évacuation de la Panam.

John Howell était nerveux. Il savait, par Abolhassan, que Dadgar était toujours en activité. Il ignorait, en revanche, ce qu'il était advenu des hommes de Simons. Si Dadgar venait à découvrir que Paul et Bill avaient quitté le pays, ou tout simplement s'il s'en désintéressait pour se rabattre sur quelques otages, on les arrêterait, eux. Or, pour procéder à des arrestations, y avait-il meilleur endroit qu'un aéroport ? Là, tout le monde devait exhiber son passeport afin de se faire identifier.

Il s'interrogea : était-il raisonnable, pour eux, de sauter dans le premier avion disponible ? D'après Goelz, il y aurait toute une série de vols. Peut-être valait-il mieux attendre et voir, avec la première fournée d'évacués, comment ça se passait. Il fallait, surtout, vérifier s'il n'y avait pas d'avis de recherche concernant le personnel d'E.D.S. Pour le moins, en observant, ils se familiariseraient avec les procédures.

Mais les Iraniens aussi. L'avantage du premier vol, c'était la probable confusion. Confusion qui pouvait permettre à Howell et aux autres de s'échapper sans se faire remarquer.

En fin de compte, pensa-t-il, le premier vol restait la meilleure solution. Mais Howell demeurait inquiet. Bob Young ressentait la même chose. Bien que Young ne travaillât plus pour E.D.S. à Téhéran — il était désormais en poste au Koweit — il se trouvait là quand le contrat avait été signé avec le ministère ; il s'était déjà retrouvé face à face avec Dadgar ; son nom pouvait très bien figurer, sur une liste, dans les dossiers de Dadgar.

Joe Poché, lui aussi, approuva le premier vol, sans vraiment donner ses raisons — c'était quelqu'un qui ne parlait pas beaucoup : Howell le trouvait particulièrement renfermé.

Rich et Cathy Gallagher n'étaient pas très sûrs de vouloir quitter l'Iran. Fermement ils soulignèrent à l'attention de Poché que, en dépit de ce que le colonel Simons avait dit, ils n'étaient pas « sous sa garde » et qu'ils avaient encore le droit de prendre eux-mêmes une décision. Poché en convenait. Mais il leur fit remarquer que, s'ils tentaient leur chance en restant sur le sol iranien, il ne faudrait pas compter sur Perot pour envoyer une nouvelle équipe de secours, dans le cas où ils se feraient jeter en prison. Finalement, les Gallagher, eux aussi, se décidèrent pour le premier vol.

En début d'après-midi, ils rangèrent leurs dossiers. Tout ce qui avait un rapport avec Paul et Bill, ils le détruisirent.

Poché donna deux mille dollars à chacun, glissa cinq cents dollars dans sa poche, cacha le reste de l'argent dans ses chaussures. Dix mille dollars dans chacune. Il portait des chaussures empruntées à Gayden, trop grandes d'une taille, pour pouvoir planquer l'argent. Il avait également dans ses poches un million de rials qu'il comptait remettre, via Lou Goelz, à Abolhassan. Cet argent servirait à payer leurs derniers salaires aux Iraniens d'E.D.S.

A cinq heures moins cinq, ils faisaient leurs adieux à l'intendant de Goelz, quand le téléphone sonna.

Poché décrocha. C'était Tom Walter :

« On *les* a. Tu comprends ? On *les* a.

— J'ai compris. »

Ils montèrent dans la voiture. Cathy serrait Buffy, son petit caniche. Poché tenait le volant. Il garda pour lui le message codé de Tom Walter.

Ils se garèrent tout près de l'ambassade, dans une rue latérale, et abandonnèrent la voiture : elle resterait là jusqu'à ce que quelqu'un se décide à la voler.

Toujours aussi tendu, Howell pénétra dans les bâtiments de l'ambassade. Il y avait là, au bas mot, un bon millier d'Américains qui tournaient en rond. Mais, également, une armée de gardes révolutionnaires en armes. L'ambassade était censée être territoire américain ; mais les gardes, apparemment, ne semblaient guère s'attarder sur de telles subtilités diplomatiques.

Ils allèrent grossir une file de gens.

L'attente dura presque toute la nuit.

Ils firent la queue pour remplir des formulaires, la queue pour remettre leurs passeports, la queue pour enregistrer leurs bagages. Toutes les valises finirent dans un immense hall. Les évacués devaient repérer ce qui leur appartenait et coller dessus l'étiquette d'enregistrement. Puis, de nouveau, ce fut la queue pour la fouille : les révolutionnaires ouvraient tout.

Howell apprit qu'il y aurait deux avions. Deux 747 de la Panam. L'un partirait pour Francfort, l'autre pour Athènes. Les évacués étaient regroupés par profession ; les gens d'E.D.S., néanmoins, furent assimilés aux partants de l'ambassade. Vol pour Francfort.

Le samedi matin, à sept heures, on les fit monter dans des cars à destination de l'aéroport.

Dans chaque car, deux ou trois révolutionnaires armés prirent pied. Au moment de franchir les portes de l'ambassade, les évacués virent une nuée de reporters et de cameramen : les Iraniens avaient décidé que, télévisé, le départ des Américains humiliés serait un événement mondial.

Le car roulait maintenant en cahotant sur la route de l'aéroport. Près de Poché, debout dans la travée, se tenait un garde d'une quinzaine d'années. Le doigt sur la détente de son fusil, il oscillait selon les mouvements du car. Poché remarqua que le cran de sûreté avait été ôté. S'il trébuchait...

Les rues étaient inondées de gens, de voitures. Tout le monde semblait savoir que les cars transportaient des Américains. La haine était palpable. Ils criaient, agitaient leurs poings. Un camion se posta à la hauteur du car. Le chauffeur abaissa sa vitre, cracha sur le car.

A plusieurs reprises, le car fut stoppé. La ville, en fonction des quartiers traversés, était sous le contrôle d'un groupe révolutionnaire différent. Chaque groupe se devait de faire la démonstration de son autorité. D'abord, en arrêtant les cars. Puis en les autorisant à repartir.

Ils mirent deux heures pour effectuer les neuf kilomètres qui séparaient l'ambassade de l'aéroport.

Là, une vision de chaos. Des reporters et des caméras en plus grand nombre. Des centaines d'hommes armés. Certains, immobiles, portaient des reliquats d'uniformes. D'autres réglaient la circulation. Ils avaient tous leur mot à dire et une opinion différente quant à l'endroit où devaient se rendre les cars.

Finalement, à neuf heures trente, les Américains gagnaient le terminal.

Le personnel de l'ambassade se mit à redistribuer les passeports collectés la nuit dernière. Il en manquait cinq : ceux de Howell, de Poché, de Young, des Gallagher.

Quand Paul et Bill, en novembre, avaient remis leurs passeports à l'ambassade pour qu'ils y soient en sûreté, l'ambassade, par la suite, avait refusé de les leur rendre sans en informer, au préalable, la police. Allait-on leur refaire le même coup ?

Poché, brusquement, arriva en fendant la foule. Il tenait les cinq passeports dans sa main :

« Je les ai retrouvés, sur une tablette, derrière un comptoir. J'imagine qu'on les a posés là accidentellement. »

Bob Young repéra deux Américains qui, photos au poing, scrutaient la foule. A sa grande horreur, ces derniers commencèrent à se rapprocher des gens d'E.D.S. Ils se dirigeaient sur Rich et Cathy Gallagher.

Dadgar n'oserait quand même pas prendre Cathy pour otage ?

Avec un sourire, ils annoncèrent aux Gallagher qu'ils avaient quelques bagages leur appartenant.

Young se décrispa.

Des amis des Gallagher avaient récupéré une partie de leurs bagages au Hayatt, et demandé à ces deux

Américains de les apporter jusqu'à l'aéroport, pour tenter de les leur remettre. Les Américains étaient d'accord, mais ne connaissaient pas les Gallagher — d'où les photos.

Une fausse alerte, certes. Mais cela accrut leur anxiété.

Joe Poché prit la décision d'aller aux nouvelles ; il repéra un agent de la Panam :

« Je travaille pour E.D.S., lui dit-il. Les Iraniens sont-ils à la recherche de quelqu'un ?

— Oui, deux hommes. Ils mettent le paquet.

— C'est tout ?

— Oui. La liste rouge est vieille de plusieurs semaines.

— Merci. »

Poché retrouva les autres.

Les évacués commençaient à se diriger vers le carrefour des contrôles, qui donnait accès au salon des départs.

« Je propose qu'on se sépare, dit Poché. Ainsi, nous n'aurons pas l'apparence d'un groupe. Comme ça, si l'un d'entre nous a des ennuis, les autres pourront toujours s'en sortir. Je fermerai la marche. Si quelqu'un doit rester, je resterai avec lui. »

Bob Young regarda sa valise, vit qu'elle portait une étiquette nominale :

« William D. Gaylord. »

Il éprouva un moment de panique. Si les Iraniens voyaient ça, ils le prendraient pour Bill et l'arrêteraient.

Il comprit ce qui s'était passé. Sa propre valise, au Hayatt, avait été détruite par les révolutionnaires quand ils avaient mitraillé les chambres. Néanmoins, une ou deux valises étaient restées à peu près intactes. Young s'était servi. Voilà.

Il arracha l'étiquette, la fourra dans sa poche avec la ferme intention de s'en débarrasser à la première occasion venue.

Ils se dirigèrent vers la porte « Passengers only ».

Puis il leur fallut acquitter la taxe d'aéroport, ce qui amusa Poché : cette taxe, aux yeux des révolutionnaires, devait être la seule chose valable à mettre au crédit du shah.

Ensuite, ce fut la queue pour le contrôle des passeports.

A midi, Howell, le premier, tendit le sien.

Le garde inspecta minutieusement sa fiche de sortie, puis donna un coup de tampon. Il étudia ensuite la photo du passeport avant de relever les yeux, longuement, sur le visage d'Howell. Enfin, il confronta son nom à une liste posée sur son bureau.

Howell retenait sa respiration.

Le garde lui rendit son passeport et lui fit signe d'avancer.

Joe Poché, le dernier, passa le contrôle. Le garde s'attarda particulièrement sur lui, comparant photo et visage, car Poché portait désormais une barbe rousse. Lui aussi, finalement, fut autorisé à avancer.

Dans le salon des départs, ils étaient tous d'humeur joviale : maintenant qu'ils avaient surmonté le contrôle des passeports, se dit Howell, c'était dans le sac.

A quatorze heures, ils commencèrent à franchir les portes. A cet endroit, normalement, il y avait une fouille de sécurité. Cette fois, tout en recherchant d'éventuelles armes, les gardes en profitaient pour confisquer les cartes du pays, les photos de Téhéran, ainsi que de grosses sommes d'argent. Cependant, pas un d'entre eux ne fut dépouillé de son argent. Les gardes oublièrent de fouiller les chaussures de Poché.

A la sortie des portes, des bagages étaient alignés sur le bitume. Les passagers devaient vérifier si c'étaient les leurs, et dans ce cas les ouvrir pour une nouvelle fouille avant qu'on ne les charge à bord.

Aucun de leurs bagages n'avait eu droit à ce traitement spécial.

Ils montèrent dans des bus qui les amenèrent jusqu'aux passerelles des 747. Les caméras de télévision étaient toujours là.

Au pied de l'échelle, il y eut un nouveau contrôle des passeports. Howell alla grossir la file des cinq cents personnes qui attendaient pour embarquer sur l'avion de Francfort. Son anxiété s'était tassée : personne, apparemment, ne le cherchait.

Il monta à bord et se trouva un siège. Dans le cockpit et dans les travées de l'appareil, il y avait plusieurs révolutionnaires en armes. La confusion régnait : des gens prévus pour Athènes s'apercevaient qu'ils étaient sur le vol de Francfort. Et vice versa dans l'autre appareil. Tous les sièges furent bientôt occupés, y compris les sièges d'équipage. Et, pourtant, il restait encore des gens debout.

Le commandant de bord prit son micro, réclama l'attention de chacun. Le calme s'installa dans l'avion :

« Les passagers Paul John et William Deming sont priés de se faire connaître du personnel de bord. »

Howell se glaça.

John, comme Paul John Chiapparone.

Deming, comme William Deming Gaylord.

Ils étaient *toujours* à la recherche de Paul et de Bill.

De toute évidence, cela dépassait une simple liste rouge. Dadgar contrôlait solidement l'aéroport. Et ses hommes traquaient Paul et Bill. Sans relâche.

Dix minutes plus tard, le commandant de bord reprit la parole :

« Mesdames et messieurs, Paul John et William Deming ne se sont toujours pas fait connaître. On nous informe que l'avion ne pourra décoller tant que ces deux personnes ne se seront pas fait identifier. Si quelqu'un, à bord, a une idée de l'endroit où ils se trouvent, il est prié de nous le faire savoir. »

Compte sur moi, se dit Howell.

Bob Young, brusquement, se rappela qu'il avait dans sa poche l'étiquette « William D. Gaylord ». Il gagna les toilettes et s'en débarrassa.

Les révolutionnaires, une nouvelle fois, descendaient la travée en réclamant les passeports. Ils les vérifièrent minutieusement, un par un, comparant la photo et le visage des passagers.

John Howell prit un livre de poche, qu'il avait rapporté de chez les Dvoranchik. Il se força à lire, à avoir l'air intéressé. L'intrigue de *Dubai*, thriller de Robin More, se passait au Moyen-Orient. Howell avait du mal à se concentrer sur un thriller de fiction : le thriller qu'il était en train de vivre, lui, était authentique.

Il faudra bien, se dit-il, que Dadgar admette que Paul et Bill ne sont pas dans l'avion.

Et ensuite, que fera-t-il ?

Il a l'air si *déterminé.*

Intelligent, aussi. C'était le moment idéal pour exercer un contrôle de passeport. Tous rivés à leur siège. Et pas moyen de se cacher !

Que fera-t-il donc ?

Il va monter à bord, en personne, dans ce foutu zinc, descendre les travées, en s'arrêtant sur chaque visage. Il ne pourra identifier Rich, ni Cathy, ni Joe Poché. Mais il reconnaîtra Bob Young.

Et surtout moi, Howell, mieux que quiconque.

Dallas. T.J. Marquez reçut un appel de Mak Ginsberg, l'homme de la Maison-Blanche qui avait tenté de faire quelque chose pour Paul et Bill.

De Washington, Ginsberg couvrait les événements de Téhéran.

« Cinq de vos hommes, dit-il, sont à bord d'un avion, sur la piste d'envol de l'aéroport.

— Formidable ! répondit T.J.

— Pas vraiment. Les Iraniens recherchent Chiapparone et Gaylord. Et ils ne laisseront pas partir l'appareil tant qu'ils n'auront pas retrouvé vos types.

— *Nom d'un chien !*

— Il n'y a pas de contrôleurs du ciel en Iran. L'avion doit impérativement décoller avant la tombée de la nuit. On ne sait pas ce qui va se produire. Mais il leur reste très peu de temps. Vos hommes peuvent très bien se faire débarquer de l'avion.

— Vous ne pouvez pas laisser faire ça !

— Je vous tiens au courant. »

T.J. raccrocha. Après toutes les épreuves traversées par les hommes de Simons, E.D.S., pour finir, allait-elle se retrouver avec un nombre de prisonniers plus important qu'au départ ? Il n'osait y penser.

A Dallas, il était six heures et demie du matin. A Téhéran, seize heures.

Il leur restait deux heures de jour.

T.J. décrocha son téléphone :

« Passez-moi Perot. »

« Mesdames et messieurs, fit le commandant de bord, Paul John et William Deming n'ont toujours pas été localisés. Un responsable au sol va procéder à une nouvelle vérification des passeports. »

Les passagers manifestèrent un murmure de réprobation.

Howell s'interrogea. Qui pouvait bien être ce responsable au sol ?

Dadgar ?

Probablement un homme de son équipe. Certains d'entre eux connaissaient Howell, d'autres pas.

Il risqua un œil le long de la travée.

Quelqu'un monta à bord. Howell écarquilla les yeux. C'était un agent de la Panam en uniforme.

Howell se mit à respirer.

L'homme, lentement, remonta l'appareil. Il vérifia chacun des cinq cents passeports, confrontant les photos et les visages, examinant les tampons, pour en vérifier l'origine.

« Mesdames et messieurs, dit le commandant de bord, les autorités ont décidé de recontrôler certains bagages. Si vous entendez qu'on appelle votre numéro d'enregistrement, nous vous prions de bien vouloir vous faire connaître. »

Cathy avait tous les tickets d'enregistrement dans son sac à main. Premiers numéros. Howell la vit trier les tickets. Il essaya d'attirer son attention pour lui signaler de ne pas se faire identifier : cela pouvait être un piège.

D'autres numéros. Personne ne se levait. Howell comprit que tout le monde préférait perdre ses bagages plutôt que de se risquer à sortir de l'avion.

« Mesdames et messieurs, nous vous prions de vous faire connaître à l'appel de ces numéros. Vous n'aurez pas à quitter l'avion. Vous n'avez qu'à remettre vos clefs pour qu'on puisse ouvrir vos valises. »

Howell n'était pas rassuré. Il fixa Cathy, toujours en essayant de capter son regard. Nouveaux numéros. Elle ne se levait pas.

« Mesdames et messieurs, de bonnes nouvelles. La direction européenne de la Panam nous autorise à décoller avec une surcharge de passagers. »

Il y eut de vifs applaudissements.

Howell observa Joe Poché. Ce dernier, passeport sur le ventre, les yeux clos, les épaules en arrière, semblait dormir. Joe doit avoir de la glace pilée dans les veines, songea Howell.

Le soleil descendait. La pression, au fur et à mesure, devait peser sur Dadgar. C'était maintenant l'évidence : Paul et Bill n'étaient pas dans l'avion. Si mille personnes devaient être débarquées, puis raccompagnées à l'ambassade, dès demain les autorités révolutionnaires auraient à répéter tout ce remue-ménage — contre cette éventualité, il y avait ici, forcément, quelqu'un pour dire :

« Hors de question ! »

Howell savait que, désormais, lui et ses compagnons, dans tous les cas de figure, affichaient un statut de criminels. Ils avaient fermé les yeux sur l'échappée de Paul et de Bill. Conspiration, complicité, quel que soit le mot retenu par les Iraniens, on leur ferait comprendre qu'ils avaient enfreint la loi. Il se répéta mentalement la version officielle, pour tout le groupe, en cas d'arrestation. Le lundi matin, diraient-ils, ils avaient quitté le Hayatt pour se rendre chez Keane Taylor (Howell avait voulu éviter ce mensonge en faisant état des Dvoranchik. Mais les autres lui avaient fait remarquer que la logeuse des Dvoranchik risquait fort de s'attirer des ennuis ; le propriétaire de Taylor, lui, n'habitait pas dans l'immeuble). Ils avaient passé, donc, le lundi et le mardi chez Taylor, puis ils s'étaient installés chez Lou Goelz. A partir de là, ils diraient la vérité.

Cette version ne les protégeait guère : Howell savait

trop bien que Dadgar se moquait de savoir si ses otages étaient coupables ou innocents.

Six heures. A nouveau, le commandant de bord :

« Mesdames et messieurs, nous avons l'autorisation de décoller. »

Les portes furent claquées. Et l'avion, en quelques secondes, se mit à bouger. Les hôtesses demandèrent aux passagers sans siège de s'asseoir sur la moquette. Tandis qu'ils roulaient sur la piste, Howell pensa :

« Maintenant, quoi qu'il arrive, nous ne ferons pas demi-tour... »

Le 747 prit de la vitesse et décolla en bout de piste.

Ils étaient toujours dans le ciel iranien. Les Iraniens pouvaient encore leur envoyer des avions de chasse...

Un peu plus tard, le commandant annonça :

« Mesdames et messieurs, nous venons de quitter l'espace aérien iranien. »

Tonnerre d'applaudissements.

On a réussi, se dit Howell.

Il replongea dans son roman policier.

Joe Poché quitta son siège et alla trouver le chef steward :

« Le pilote peut-il faire parvenir un message aux Etats-Unis ?

— Je ne sais pas, fit le steward. Rédigez votre message, et j'irai lui poser la question. »

Poché retourna vers son siège, sortit une feuille de papier, un stylo. Il commença : *A l'attention de Merv Stauffer, 7171 Forest Lane, Dallas, Texas.*

Pendant soixante secondes, il se concentra sur la teneur de son message. Il se remémora la devise d'E.D.S. figurant sur ses offres d'emploi :

« Les Aigles ne volent pas en groupe — On n'en voit qu'un seul à la fois. »

Il écrivit :

« *Les Aigles ont quitté leur nid.* »

Avant de rentrer aux Etats-Unis, Ross Perot voulait les rencontrer : il était avide de rassembler tout son petit monde, de pouvoir les contempler, les toucher, être définitivement sûr qu'ils étaient sains et saufs. Tous.

Mais, ce vendredi, à Istanbul, il n'était pas en mesure de confirmer la destination du vol d'évacuation. John Carlen, le pilote du 707, avait la réponse au problème :

« Nous n'avons qu'à attendre sur la piste d'envol, jusqu'à ce qu'ils passent au-dessus de nos têtes. Là, via la radio, nous leur poserons la question. »

Finalement, ce ne fut pas nécessaire. Le samedi matin, Stauffer appela Perot et lui confirma que ses hommes étaient sur un vol pour Francfort.

A midi, Perot et les autres quittaient le Sheraton, direction l'aéroport, pour aller rejoindre Boulware et Simons à l'avion. Ils décollèrent tard dans l'après-midi.

Une fois dans les airs, Perot appela Dallas : grâce à la fréquence unique de l'émetteur, c'était aussi facile que d'appeler de New York. Il eut Merv Stauffer.

« Vous avez de leurs nouvelles ? demanda Perot.

— J'ai reçu un message, dit Stauffer. Il provient de la direction européenne de la Panam. C'est bref : "Les Aigles ont quitté leur nid." »

Perot sourit. Ils étaient saufs.

Perot quitta le cockpit pour retourner dans la cabine des passagers. Ses héros paraissaient lessivés. A l'aéroport d'Istanbul, il avait envoyé Taylor à la boutique hors taxes pour acheter des cigarettes, des sandwiches et de l'alcool. Ils trinquèrent pour fêter l'évacuation des leurs à Téhéran. Mais personne n'avait le cœur à s'amuser. Dix minutes plus tard, leurs verres encore pleins, ils étaient tous hébétés au fond de leurs fauteuils... Quelqu'un lança une partie de poker, mais elle s'arrêta très vite.

Parmi l'équipage du 707, il y avait deux jolies hôtesses. Perot les fit enlacer Taylor, puis il prit une photo. Il menaça Taylor de montrer cette photo à Mary, sa femme, s'il continuait à lui casser les pieds.

La plupart d'entre eux étaient trop fatigués pour pouvoir dormir. Pourtant, Gayden, lui, alla droit dans la luxueuse chambre à coucher et s'allongea sur le lit géant. Perot tiqua un peu : ce lit revenait au plus âgé, Simons, qui, de plus, semblait totalement épuisé.

Mais Simons était occupé à discuter avec l'une des hôtesses, Anita Melton. Suédoise, blonde, vivante, la vingtaine, elle avait le sens de l'humour, une imagination débridée, un penchant pour le fantastique. Elle était drôle. Simons vit en elle une nature, quelqu'un qui ne se souciait guère de ce que pouvaient penser les autres, une forte individualité. Elle lui plaisait. Il se rendit compte que, depuis la mort de Lucille, c'était la première fois qu'il se sentait attiré par une femme.

Un véritable retour à la vie.

Ron Davis commençait à s'assoupir. Dans le lit géant, il y avait suffisamment de place pour deux, se dit-il. Il se dirigea vers la chambre à coucher, et s'allongea au côté de Gayden.

Gayden écarquilla les yeux :

« Davis ? dit-il, incrédule. Qu'est-ce que tu fous là, dans ce lit, avec moi ?

— Laisse tomber, rétorqua Davis. Maintenant, tu pourras dire à tous tes copains que tu as couché avec un nègre. »

Et il ferma les yeux.

Alors que l'avion se rapprochait de Francfort, Simons se rappela que Paul et Bill étaient toujours sous sa responsabilité. Son esprit se remit en marche, extrapolant toutes les possibilités d'action de l'ennemi. Il demanda à Perot :

« L'Allemagne a-t-elle un traité d'extradition avec l'Iran ?

— Je n'en sais rien », dit Perot.

Il croisa le regard de Simons.

« Je vais le savoir tout de suite », enchaîna-t-il.

Il appela Dallas et demanda Tom Luce, l'avocat.

« Tom, y a-t-il un traité d'extradition entre l'Allemagne et l'Iran ?

— Je suis sûr à quatre-vingt-dix-neuf pour cent qu'il n'y en a pas », dit Luce.

Perot fit passer le message à Simons.

Simons :

« J'ai vu des hommes se faire tuer parce qu'ils se croyaient en sécurité à quatre-vingt-dix-neuf pour cent.

— Allez chercher le un pour cent qui manque, dit Perot à Luce. Je vous rappelle dans quelques minutes. »

Ils se posèrent à Francfort. Ils réservèrent dans l'hôtel de l'aéroport. A la réception, l'employé allemand, avec une curiosité bizarre, enregistra minutieusement tous les numéros de passeports.

Ils se rassemblèrent dans la chambre de Perot. Perot rappela Dallas. Cette fois, il parla à T.J. Marquez.

« Je viens de parler avec un avocat international de Washington, fit T.J. Il pense qu'il *existe* un traité d'extradition entre l'Iran et l'Allemagne. Il dit aussi que les Allemands sont très pointilleux sur ce genre de juridiction. Et que, s'ils reçoivent une demande d'extradition concernant Paul et Bill, ils n'hésiteront probablement pas à la mettre à exécution. »

Perot répéta tout ça à Simons.

« Bien, fit Simons. Ce n'est pas maintenant que nous allons prendre des risques. Au premier niveau de l'aéroport, il y a un complexe de trois salles de cinéma. Paul et Bill peuvent s'y cacher... Où est Bill ?

— Parti acheter du dentifrice.

— Jay, allez le chercher. »

Coburn s'éloigna.

Simons, toujours :

« Paul, va dans une salle avec Jay. Bill dans une autre avec Keane. Pat Sculley monte la garde devant le complexe. Il prend un billet pour pouvoir, à tout moment, pénétrer dans les salles afin de les prévenir. »

Il était passionnant, constatait Perot, de voir les pistons se remettre en marche, les roues reprendre de la vitesse : Simons, vieil homme se relaxant dans un avion, se métamorphosait à nouveau en chef de commando.

Simons continuait :

« L'accès au métro est sur le même niveau, près des cinémas. Si le moindre problème se présente, Sculley récupère les quatre hommes. Ils prennent alors le métro pour gagner la ville. Là ils louent une voiture et roulent jusqu'en Angleterre. Si rien ne se produit, nous les sortirons des cinémas quand il sera temps d'embarquer. Voilà. Exécution. »

Bill se baladait au sous-sol, dans le centre commercial. Il avait changé un peu d'argent, acheté du dentifrice, une brosse à dents, un peigne. Il se dit qu'une nouvelle chemise lui donnerait la sensation de redevenir un être humain.

Il retourna changer de l'argent. Il attendait son tour devant le bureau de change, quand Coburn lui tapota sur l'épaule.

« Ross veut te voir à l'hôtel.

— Pour quoi faire ?

— Je ne peux pas te le dire là. Il faut que tu rentres.

— C'est une plaisanterie ?

— Viens ! »

Ils regagnèrent la chambre de Perot. Perot résuma la situation à Bill. Ce dernier eut du mal à y croire. Dans cette Allemagne moderne, civilisée, il s'était cru en sûreté. Serait-il *jamais* en sûreté quelque part ? Dadgar allait-il le poursuivre jusqu'au bout de la terre, sans relâche, jusqu'à ce que Bill soit réexpédié en Iran, voire exécuté ?

Paul et Bill pouvaient-ils avoir des ennuis à Francfort ? Coburn n'en savait trop rien. Mais il connaissait *parfaitement* la valeur des précautions poussées de Simons. La majorité des plans élaborés par Simons, ces sept dernières semaines, n'avaient débouché sur rien : l'attaque de la première prison, le projet de faire évader Paul et Bill de la maison d'arrêt, l'échappée via le Koweit. Mais, pour autant, quelques-unes des éventualités minutieusement envisagées par Simons s'étaient réellement produites. Des éventualités, bien souvent, qui s'avéraient, au départ, de la plus haute improbabilité : la prison de Gasr avait été balayée, et Rachid en était ; l'itinéraire de Sero, que Simons et Coburn avaient soigneusement étudié, s'était avéré finalement leur route de sortie ; la décision d'avoir fait apprendre, à Paul et à Bill, leur faux passeport par cœur s'était révélée déterminante quand l'homme au long manteau noir s'était mis à leur poser des questions. Coburn n'avait pas besoin qu'on le persuade : tout ce que disait Simons, il était pour.

Ils descendirent en direction des salles. On y jouait trois films : deux pornos et *Les Dents de la mer.* Bill et Taylor choisirent le requin. Paul et Coburn, eux, s'envoyèrent une histoire de pucelles des mers du Sud, parfaitement nues.

Paul, fatigué, bâillait en regardant l'écran. Le film était en allemand. Mais les dialogues ne semblaient pas compter pour beaucoup. Il s'interrogea : quoi de pire au monde qu'un mauvais porno ? Brusquement, il entendit un ronflement bien sonore. Il tourna la tête vers Coburn.

Coburn dormait à poings fermés. Le ronfleur, c'était lui.

Quand John Howell et ses compagnons se posèrent à Francfort, Simons avait tout arrangé pour que le transfert fût rapide.

A la porte d'arrivée, Ron Davis attendait pour les soustraire de la queue et les diriger vers une autre porte, celle du Boeing 707. Ralph Boulware, lui, surveillait à distance : dès qu'il en apercevrait un, il descendrait jusqu'aux cinémas et dirait à Sculley d'aller récupérer ses gars. Jim Schwebach était dans la zone réservée aux journalistes. Ces derniers attendaient l'apparition des évacués. Assis juste à côté de l'écrivain Pierre Salinger (qui ne se doutait pas à quel point il était près d'un *vraiment* bon sujet), il faisait semblant d'être absorbé par une publicité de matériel de bureau, dans un journal en langue allemande. La tâche de Schwebach était de ne pas quitter des yeux, d'une porte l'autre, les évacués d'E.D.S., afin de s'assurer que personne ne les suivait. Au moindre ennui, Schwebach et Davis se mettraient à semer la pagaille. Les Allemands pouvaient bien les arrêter. Il n'y avait aucune raison pour qu'on les extradie, eux, en Iran.

Le plan se déroula comme prévu. Un seul accroc : Rich et Cathy Gallagher ne voulaient pas aller à Dallas. Là-bas, ils n'avaient aucun ami, aucune famille. Ils n'étaient même pas sûrs que leur chien, Buffy, serait autorisé à pénétrer aux Etats-Unis. Enfin, ils n'avaient nullement l'intention de remonter dans un avion. Les Gallagher firent leurs adieux. Et s'éloignèrent pour aller prendre leurs propres dispositions.

Les autres — John Howell, Bob Young et Joe Poché — suivirent Ron Davis et montèrent à bord du 707. Jim Schwebach ne les quittait pas des yeux. Finalement, Boulware rassembla tous ceux qui restaient. Ils embarquèrent dans l'avion qui devait les ramener à la maison.

Merv Stauffer, de Dallas, avait appelé l'aéroport de Francfort et commandé de quoi se nourrir pendant le vol. Trente repas de super luxe, poisson, volaille, viande ; six plateaux de fruits de mer, sauce vinaigrette, raifort, citron ; six plateaux de sandwiches, parisien, rosbif, dinde, fromage suisse ; six plateaux de crudités, sauce blue-cheese ; trois plateaux de fromages, toutes sortes de pains et de crackers ; trois plateaux de pâtisseries fines ; trois corbeilles de fruits frais ; quatre bouteilles de cognac ; vingt Seven-up ; vingt ginger ales ; dix grandes bouteilles de soda, autant de limonade ; dix litres de jus d'orange ; cinquante cartons de lait ; vingt litres de café fraîchement moulu dans des bouteilles Thermos ; une centaine de couverts ; six douzaines d'assiettes en papier, petites et grandes ; six douzaines de verres en plastique ; six douzaines de tasses ; deux cartouches de Kent, de Marlborough, de Kool, de Salem Light et deux boîtes de chocolats.

Il y eut une confusion. Les traiteurs de l'aéroport livrèrent la commande en double.

Le décollage fut retardé. Sortie de nulle part, une tempête de grêle s'était abattue. Pour le dégivrage, le

Boeing 707 était en queue de liste. Les vols réguliers avaient la priorité. Bill commença à s'inquiéter. A minuit, l'aéroport fermait. Ils allaient devoir descendre de l'avion, retourner à l'hôtel. Bill ne voulait pas passer une nuit de plus en Allemagne. Ce qu'il voulait, c'était le sol américain sous ses pieds.

John Howell, Joe Poché et Bob Young racontèrent leur épopée à Téhéran. Paul et Bill, tous deux, frissonnèrent en apprenant la détermination implacable qui animait Dadgar à les empêcher de quitter le pays.

L'avion fut finalement dégivré, mais le moteur numéro un ne voulait plus démarrer. Le pilote, John Carlen, repéra la source de défection : une soupape de transmission. Le mécanicien, Ken Lenz, sortit de l'appareil. Et, manuellement, il enclencha les volets de carburateur tandis que Carlen mettait le contact.

Perot amena Rachid dans le cockpit. Rachid qui, de sa vie, n'avait jamais pris l'avion avant la journée d'hier désirait s'asseoir auprès de l'équipage. Perot dit à Carlen :

« Offrez-nous un décollage bien spectaculaire.

— Vous allez l'avoir », dit Carlen.

Il roula sur la piste, puis décolla. Il donna le minimum de vitesse possible, afin d'assurer une montée presque en chandelle.

Chez les passagers, Gayden n'en pouvait plus de rire. On venait de lui apprendre que, après avoir passé six semaines en prison avec des hommes exclusivement, on avait obligé Paul à subir un film pornographique. Lui trouvait cela diaboliquement drôle.

Perot sabla une bouteille de champagne et proposa un toast :

« A ceux qui ont annoncé ce qu'ils allaient faire. Qui l'ont fait. Et réussi. »

Ralph Boulware porta le champagne à ses lèvres. Il éprouva une sensation de douce chaleur. C'est exact, pensa-t-il. Nous avons annoncé ce que nous allions faire. Nous l'avons fait. Et réussi. Parfaitement.

Il avait une autre raison de se réjouir. Le lundi qui venait, c'était l'anniversaire de Kecia : elle aurait sept ans. Chaque fois qu'il avait pu joindre Mary, elle lui avait répété :

« Essaie d'être avec nous pour l'anniversaire de Kecia. »

Maintenant ça semblait s'arranger.

Bill commençait enfin à se détendre. Désormais, se dit-il, il ne reste plus qu'une balade en avion entre l'Amérique, Emily, les gosses et moi. Désormais, je suis définitivement sorti d'affaire.

Il s'était déjà vu sorti d'affaire à plusieurs reprises : en ralliant le Hayatt de Téhéran, en passant la frontière turque, en décollant de Van, en se posant sur Francfort. A chaque fois, il s'était trompé.

Cette fois encore, il se trompait.

3

Paul avait toujours été un dingue des avions. Cette fois, donc, il sauta sur l'occasion pour voyager dans le cockpit du 707.

Alors que l'avion survolait le nord de l'Angleterre, Paul comprit que John Carlen, le pilote, Ken Lenz, le mécanicien, et Joe Fosnot, le copilote, avaient des ennuis. Sur pilote automatique, l'appareil était ballotté, un coup sur la droite, un coup sur la gauche. Le compas aérien, déficient, déréglait le système de navigation automatique.

« Qu'est-ce que tout cela signifie ? demanda Paul.

— Qu'il va nous falloir traverser l'Atlantique les mains accrochées aux commandes, fit Carlen. On y arrivera. C'est plutôt épuisant, voilà tout. »

Quelques minutes plus tard, l'avion devint glacé, puis subitement très chaud. Le système de pressurisation venait de tomber en panne.

Carlen fit descendre l'appareil.

« On ne peut pas traverser l'Atlantique à cette altitude, dit-il à Paul.

— Pour quelle raison ?

— Nous n'avons pas assez de carburant. Un avion consomme bien davantage à basse altitude.

— Pourquoi ne pas remonter ?

— Là-haut, on ne pourra pas respirer.

— Il y a des masques à oxygène dans l'avion ?

— Oui. Mais pas suffisamment d'oxygène pour franchir l'Atlantique. Aucun avion au monde n'est équipé dans ce sens. »

Carlen et son équipage, pendant un moment, se débattirent avec les commandes. Puis Carlen soupira et dit :

« Paul, pouvez-vous faire venir Ross ? »

Paul alla chercher Perot.

Carlen :

« Monsieur Perot, je pense qu'il va falloir faire atterrir cet engin aussitôt que possible. »

De nouveau, il expliqua pourquoi il était impossible de traverser l'Atlantique avec un système de pressurisation défectueux.

« John, fit Paul, je vous serais éternellement reconnaissant si vous nous évitiez un atterrissage en Allemagne.

— Ne vous inquiétez pas. Nous allons nous diriger vers l'aéroport d'Heathrow, à Londres. »

Perot retourna prévenir les autres. Carlen, par radio, contacta le trafic aérien de Londres. Il était une heure du matin. On lui annonça qu'Heathrow était fermé. C'est un cas d'urgence, répliqua Carlen. On lui donna l'autorisation de se poser.

Paul avait du mal à y croire. Un atterrissage forcé, après tout ce qu'il avait enduré !

Ken Lenz commença à larguer du carburant pour alléger l'avion au maximum.

Londres fit part à Carlen d'une nappe de brouillard qui recouvrait le sud de l'Angleterre. Mais, pour l'heure, sur Heathrow, la visibilité était bonne à huit cents mètres.

Quand Ken Lenz referma les soupapes d'évacuation du carburant un clignotant rouge, qui aurait dû s'éteindre, resta allumé.

« Un volet d'évacuation qui ne s'est pas rétracté, commenta Lenz.

— Je ne peux pas y croire », soupira Paul.

Il alluma une cigarette.

Carlen :

« Paul, puis-je avoir une cigarette ? »

Paul le fixa :

« Vous m'avez dit que vous aviez arrêté de fumer il y a dix ans ?

— Cigarette, Paul. »

Paul lui tendit une cigarette. Et dit :

« Alors là, j'ai vraiment la trouille. »

Paul retourna dans la cabine des passagers. Les hôtesses, en préparation de l'atterrissage, veillaient à ce que les plateaux, les bagages, les bouteilles soient arrimés, les objets volants mis en sûreté.

Paul se dirigea vers la chambre à coucher. Simons était étendu sur le lit. Il s'était rasé à l'eau froide. Des petits bouts de sparadrap lui parsemaient le visage. Il dormait à poings fermés.

Paul le laissa. Il demanda à Jay Coburn :

« Est-ce que Simons est au courant de ce qui se passe ?

— Absolument, fit Coburn. Il a répondu que le pilotage, ce n'était pas son rayon. Qu'il ne pouvait rien y faire. Et qu'il allait donc s'offrir une petite sieste. »

De stupéfaction, Paul secoua la tête. Comment pouvait-on être aussi serein ?

Il regagna le cockpit. Carlen restait plus imperturbable que jamais. Sa voix était calme, ses mains fermes. Mais cette cigarette inquiétait Paul.

Quelques minutes plus tard, le clignotant rouge disparut. Le volet d'évacuation s'était rétracté.

Dans une purée de brouillard, ils arrivèrent sur Heathrow. L'avion commença à perdre de l'altitude. Paul ne lâchait pas des yeux l'altimètre. Deux cents mètres. Cent quatre-vingts. Du dehors, on ne voyait toujours rien d'autre qu'un brouillard gris et tourbillonnant.

Cent mètres. Même spectacle. Puis, brusquement, ils émergèrent des nuages. La piste, droit devant, clignotait comme un sapin de Noël. Paul laissa échapper un long soupir de soulagement.

L'appareil toucha le sol. Les pompiers, les ambulances, gyrophares et sirènes à l'appui, traversèrent l'aire de bitume en direction de l'appareil. Mais l'atterrissage fut parfait.

Depuis des années, Rachid entendait parler de Perot. Perot le multimilliardaire, le fondateur d'E.D.S., le sorcier des affaires, l'homme qui, depuis son fauteuil de Dallas, déplaçait des hommes comme Coburn et Sculley aux quatre coins de la planète, telles des pièces sur un échiquier. Ce fut presque un événement que de rencontrer pareil personnage et de découvrir, en fin de compte, un être humain comme les autres, plutôt court sur pattes, mais surtout étonnamment amical. A Istanbul, Rachid était entré dans la chambre d'hôtel. Et ce petit bonhomme, avec un grand sourire et un nez arqué, lui avait tout bêtement agrippé la main en disant :

« Salut ! Je m'appelle Ross Perot ! »

Rachid, aussi naturel qu'on peut l'être, lui avait serré la main en répondant :

« Salut ! Je m'appelle Rachid Kazemi. »

A partir de cet instant, il s'était senti, plus que jamais, membre à part entière de l'équipe E.D.S. Pourtant, à l'aéroport d'Heathrow, la réalité allait lui rappeler férocement que ce n'était pas le cas.

Dès que l'appareil s'immobilisa, la police, les douanes, le service de l'immigration montèrent à bord et commencèrent à poser des questions. Ce qu'ils avaient sous les yeux ne leur plaisait guère : une horde de types pas rasés, crasseux, puants, débraillés, porteurs d'une fortune en devises diverses, à bord d'un avion incroyablement luxueux, battant pavillon des Great Cayman Islands. Tout cela, dirent-ils dans leur parler britannique, était hautement irrégulier. Pour ne pas dire mieux.

Cependant, après une heure d'interrogatoire, ils durent convenir que les hommes d'E.D.S. n'étaient ni des trafiquants de drogue, ni des terroristes, ni des membres de l'O.L.P. Etant détenteurs de passeports américains, ils n'avaient nul besoin de visa pour entrer en Grande-Bretagne. Ils furent admis à descendre — tous, sauf Rachid. Perot fit face à l'agent du service de l'immigration :

« Il n'y a aucune raison pour que vous me connaissiez, mais mon nom est Ross Perot. Si vous allez seulement vérifier auprès des douanes américaines, par exemple, qui je suis, je pense que vous en conclurez de vous-même qu'on peut me faire confiance. J'ai trop à perdre à tenter d'introduire illégalement un immigrant sur le sol britannique. A partir de cette minute, je prends ce jeune homme sous mon entière responsabilité. D'ici vingt-quatre heures, nous aurons quitté l'Angleterre. Dès demain matin, nous nous présenterons à vos collègues de Gatwick Airport. Puis nous embarquerons sur le vol de la Braniff pour Dallas.

— J'ai bien peur que ce ne soit pas possible, sir, fit l'agent. Ce gentleman devra rester en notre compagnie jusqu'au moment où nous le mettrons à l'avion.

— S'il doit rester, je reste », dit Perot.

Rachid en fut abasourdi. Ross Perot préférait passer la nuit dans un aéroport, voire peut-être dans une cellule de prison, plutôt que de laisser Rachid derrière lui ! Incroyable. Si Pat Sculley ou encore Jay Coburn lui avaient fait une telle proposition, Rachid en aurait été reconnaissant. Mais pas surpris.

Mais là, c'était Ross Perot !

L'agent du service de l'immigration soupira :

« Connaissez-vous quelqu'un, en Grande-Bretagne, qui pourrait se porter garant de vous, sir ? »

Perot se tortura le cerveau. Qui donc suis-je censé connaître ? se demanda-t-il.

« Malheureusement, je ne pense pas... Non, attendez une seconde... »

Bien sûr ! Il connaissait l'un des plus grands héros du pays : un vieux marin qui, à plusieurs reprises, avait séjourné chez les Perot à Dallas. Il avait accueilli Perot et Margot chez lui, en Angleterre, dans les Broadlands.

« Le seul Anglais que je connaisse a pour nom Lord Mountbatten de Birmanie, dit-il.

— Je vais en toucher un mot à mon supérieur », fit l'agent.

Il mit du temps à revenir.

Perot dit à Sculley :

« Dès que nous serons sortis de là, vous êtes chargé de nous réserver des premières sur le vol de la Braniff, pour le Dallas de demain matin.

— Oui, sir. »

L'agent du service de l'immigration reparut.

« Je suis autorisé à vous donner vingt-quatre heures », dit-il à Rachid.

Rachid regarda Perot. Fichtre, songea-t-il. Travailler pour un type pareil !

Ils prirent des chambres à l'hôtel de la Poste, près de l'aéroport. Perot appela aussitôt Merv Stauffer. A Dallas.

« Merv, nous avons ici, avec nous quelqu'un muni d'un passeport iranien, mais sans visa d'entrée pour les Etats-Unis. Vous voyez de qui je veux parler ?

— Oui, sir.

— Il a sauvé des vies américaines. Alors, quand nous arriverons aux Etats-Unis, je n'aimerais pas qu'on vienne lui chercher des noises.

— Oui, sir.

— Vous savez qui appeler. Alors réglez-moi ça, voulez-vous ?

— Oui, sir. »

Sculley réveilla tout le monde à six heures du matin. Il dut arracher Coburn de son lit. Coburn subissait encore le contrecoup des pilules antisommeil de Simons. Il était de mauvaise humeur, épuisé. Qu'il prenne cet avion, qu'il le rate, il s'en moquait éperdument.

Sculley avait retenu un bus pour les conduire jusqu'à l'aéroport de Gatwick. De Heathrow, il fallait compter deux bonnes heures de route. Tandis qu'ils sortaient de l'hôtel, Keane Taylor, qui se débattait avec un casier en plastique lourd des bouteilles d'alcool et des cartouches de cigarettes achetées à Istanbul, cria : « Hé ! les gars ! L'un d'entre vous pourrait-il me donner un coup de main pour porter cette camelote ? »

Pas une réponse. Ils montèrent tous à bord du bus.

« Alors, allez vous faire foutre ! » fit Taylor. Il laissa tout en cadeau au portier de l'hôtel.

Sur la route, la radio du bus leur apprit que la Chine avait violé la frontière nord-vietnamienne. Quelqu'un lança :

« Ce sera donc notre prochaine mission !

— Absolument, enchaîna Simons. Parachutés entre les deux armées, on pourra tirer sur l'une comme sur l'autre : on sera sûrs de ne pas se tromper. »

A l'aéroport, fermant la marche, Perot remarqua combien les gens s'écartaient devant ses hommes, leur cédant systématiquement le passage. Il prit brusquement conscience de l'allure épouvantable qu'ils avaient. La plupart d'entre eux ne s'étaient pas lavés ni rasés depuis des jours. Ils portaient un étrange assortiment de vêtements trop petits ou trop grands, d'une propreté douteuse. Probable, également, qu'ils ne sentaient pas très bon.

Perot demanda à voir le préposé au service Passagers de la Braniff. A plusieurs reprises, il avait volé sur leur ligne pour se rendre à Londres. La majeure partie du personnel le connaissait déjà.

Il l'interrogea :

« Puis-je louer le salon-bar supérieur du 747 pour y mettre mon équipe ? »

Le préposé écarquilla les yeux. Perot se doutait bien de ce qu'il pouvait penser : l'équipe de M. Perot, habituellement, se composait de quelques businessmen tranquilles et parfaitement habillés ; là, apparemment, il était avec une bande de garagistes qui sortaient d'un moteur particulièrement sale.

Le préposé s'excusa :

« Malheureusement, sir, nous ne pouvons vous le louer en raison de la réglementation sur les lignes internationales. Mais je pense que, si vos compagnons montent s'installer au salon-bar, le restant des passagers ne viendra pas trop vous déranger. »

Perot voyait ce qu'il voulait dire.

Quand Perot prit pied dans l'avion, il dit à une hôtesse :

« Je veux que ces hommes aient tout ce qu'ils désirent à bord de cet appareil. »

Puis il avança. L'hôtesse, les yeux grands ouverts, se tourna vers sa collègue :

« Qui diable est cet homme ? »

Sa collègue la renseigna.

Le film était censé être *La Fièvre du samedi soir*. Mais le projecteur ne marchait pas. Boulware ne cacha pas sa déception ; il avait déjà vu ce film, mais il avait éprouvé le désir de le revoir une seconde fois. A la place, il s'enfonça dans son fauteuil et se contenta de bavarder avec Paul.

Presque tous les autres montèrent au salon-bar. A l'exception, une fois encore, de Simons et de Coburn, qui s'allongèrent pour s'endormir aussitôt.

Au beau milieu de l'Atlantique, Keane Taylor, qui, toutes ces dernières semaines, s'était baladé avec un bon quart de million de dollars avant d'en remettre, finalement, une partie aux uns et aux autres, se mit subitement en tête de tout recompter.

Il déplia une couverture sur la moquette du salon et entreprit de collecter l'argent. Les membres de l'équipe, un par un, repêchèrent les liasses de billets du fin fond de leurs poches, de leurs bottes, de leurs chapeaux, de leurs manches de chemise. L'argent alla rejoindre la couverture.

Un ou deux passagers des premières, malgré l'aspect peu engageant de l'équipe de M. Perot, étaient néanmoins montés au salon-bar. Mais là, quand cette inquiétante bande de barbus puants, habillés de bonnets de laine et de manteaux grossiers, se mit à répandre plusieurs centaines de milliers de dollars et à *compter* cet argent, ils décampèrent.

Quelques minutes plus tard, une hôtesse apparut dans le salon, s'approcha de Perot :

« Certains passagers se demandent si nous ne devrions pas informer la police en ce qui concerne votre équipe, dit-elle. Voudriez-vous descendre pour les rassurer ?

— J'en serai ravi. »

Perot regagna la cabine des premières. Il se présenta aux passagers des sièges avancés. Certains d'entre eux avaient déjà entendu parler de lui. Il commença à leur raconter ce qui était arrivé à Paul et à Bill.

Tandis qu'il parlait, d'autres passagers se mirent à dresser l'oreille. Le personnel de cabine s'arrêta de travailler et resta figé. Puis, une partie du personnel des classes économiques arriva. Bientôt, ce fut la vraie foule.

Il vint à l'esprit de Perot que le monde entier serait friand d'une telle histoire.

Là-haut, l'équipe jouait un dernier tour à Keane Taylor. Tout en collectant l'argent, Taylor avait laissé tomber trois liasses de dix mille dollars. Bill les lui avait glissées dans sa propre poche. Bien évidemment, les calculs tombaient faux. Les autres, assis par terre en tailleur indien, étouffaient leurs rires tandis que Taylor, une nouvelle fois, recomptait tout.

Taylor s'énervait :

« Comment ai-je pu me gourrer de trente mille dollars ? Zut ! Tout est pourtant là ! Peut-être bien que j'ai plus ma tête à moi. Bon Dieu, qu'est-ce qui m'arrive ? »

A cet instant, Bill reparut dans le bar :

« Quel est le problème, Kean ?

— Manquent trente mille dollars. Je ne sais vraiment pas ce que j'ai fabriqué. »

Bill extirpa les trois liasses de sa poche :

« C'est ça, que tu cherches ? »

Ils partirent tous d'un gigantesque éclat de rire.

« Donne-moi cet argent ! aboya Taylor. Nom de Dieu, Gaylord, je regrette de ne pas t'avoir laissé moisir en prison ! »

Ils redoublèrent de rire.

L'avion amorça sa descente sur Dallas.

Ross Perot était assis près de Rachid. Il lui récitait le nom de tous les endroits qu'ils survoleraient. A travers le hublot, Rachid contemplait la terre brune et plate, les routes larges et interminables, lignes droites sur des kilomètres et des kilomètres. L'Amérique.

Une sensation douce habitait Joe Poché. Il s'était rêvé capitaine d'une équipe de rugby du Minnesota, une équipe victorieuse à l'issue d'un match difficile. Cette même sensation lui était venue à son retour du Vietnam. Poché avait fait partie d'une équipe solide. Il s'en était sorti. Il avait beaucoup appris. Il avait mûri.

La seule chose, maintenant, qui lui manquait pour se sentir parfaitement heureux, c'étaient des sous-vêtements propres.

Assis près de Jay Coburn, Ron Davis demanda :

« Dis, Jay, qu'est-ce qu'on va faire de nos vies désormais ? »

Coburn sourit :

« Je ne sais pas. »

Ce serait bizarre, songea Davis, de se retrouver de nouveau derrière un bureau. Cette idée ne l'emballait pas vraiment.

Il se rappela brusquement que Martha était maintenant enceinte de trois mois. Il essaya d'imaginer sa femme avec un ventre bombé.

Je sais ce dont j'ai envie, se dit Davis. D'un Coca. Un Coca en boîte. Tiré d'un distributeur. Dans une station-service. Et puis d'un poulet frit à la Kentucky.

Pat Sculley, lui, se répétait :

« Plus jamais de taxi orange. »

Sculley était assis à côté de Jim Schwebach : les deux hommes étaient réunis à nouveau. En dépit de leur petite taille, ils formaient un duo redoutable. Mais, en l'occurrence, pendant toute cette aventure, ils n'avaient pas eu à tirer un seul coup de feu.

Ils venaient de passer en revue toutes les leçons à dégager, pour E.D.S., de ce sauvetage. La compagnie avait des projets dans d'autres pays du Moyen-Orient et s'ouvrait le chemin de l'Extrême-Orient : devrait-il y avoir, sur place, dans ces pays lointains, une équipe de sauvetage permanente, des professionnels de la casse, entraînés, aguerris, armés, prêts à assurer des opérations de couverture ? Non, conclurent-ils : cette situation devait être considérée comme unique. Sculley constata qu'il n'avait pas la moindre intention de continuer à travailler dans des pays sous-développés. Les petits matins de Téhéran avaient constitué, pour lui, une épreuve insoutenable : se serrer à plusieurs dans un taxi orange, subir la musique persane qui braillait dans le taxi, se quereller inévitablement avec le chauffeur sur le prix de la course. Où que je travaille, désormais, se dit-il, quoi que je fasse, j'irai à mon bureau par mes propres moyens, dans ma propre voiture, une grande et grosse américaine avec air conditionné et musique douce. Et, quand j'irai aux toilettes, au lieu de m'accroupir sur un foutu trou à même le sol, il y aura des sanitaires à l'américaine, blancs et propres.

Quand l'appareil toucha le sol, Perot lui dit :

« Pat, vous serez le dernier à sortir. Je veux que vous vous assuriez que tous puissent passer les formalités sans le moindre problème.

— Certainement. »

L'avion roula sur la piste jusqu'à ce qu'il s'arrête. La porte s'écarta. Une femme entra :

« Où est-il ?

— Ici », fit Perot, en désignant Rachid.

Rachid fut le premier à quitter l'appareil.

Merv Stauffer s'en est occupé, songea Perot.

Les autres débarquèrent ensuite et se dirigèrent vers les douanes.

De l'autre côté de la barrière, la première personne que vit Coburn fut le rondouillard à lunettes, Merv Stauffer, souriant d'une oreille à l'autre. Coburn prit les épaules de Stauffer et l'embrassa. Stauffer plongea la main dans sa poche. Il en ressortit l'anneau de mariage de Coburn.

Coburn en fut tout ému. Il avait confié sa bague à Stauffer pour qu'elle reste en sûreté. Stauffer, depuis lors, avait été la cheville de toute l'opération. De Dallas, assis devant son téléphone, son oreille avait permis que tout se concrétise. Coburn lui avait parlé presque tous les jours, relayant les ordres de Simons, réceptionnant les informations : il savait mieux que quiconque l'importance du rôle joué par Stauffer. La fiabilité absolue de cet homme. Au-delà de ça, après tout ce qui venait de se passer, Stauffer s'était souvenu de la bague de mariage.

Coburn la passa à son doigt. Pendant les temps morts de Téhéran, il s'était fait pas mal de tracas à propos de son mariage. Mais, là, maintenant, tout cela était sorti de son esprit. Il chercha Liz des yeux.

Merv lui conseilla de gagner la sortie de l'aérogare et de monter dans le bus qui les attendait. Coburn s'exécuta. Dans le bus, il vit Margot Perot. Il sourit, lui serra la main. Puis, brusquement, l'air fut rempli par des cris de joie. Quatre enfants, éperdument excités, se jetèrent sur lui : Kim, Kristi, Scott et Kelly. Coburn éclata d'un grand rire sonore et tenta de les étreindre tous en même temps.

Liz se tenait derrière les enfants. Coburn se dégagea gentiment. Ses yeux étaient remplis de larmes. Il enlaça sa femme. Il ne pouvait plus parler.

Quand Keane Taylor monta dans le bus, sa femme ne le reconnut pas. Son mari, d'ordinaire élégant, portait un anorak de ski orange crasseux et un bonnet de laine. Il ne s'était pas rasé depuis une semaine. Il avait perdu quinze kilos. Il resta en plan devant sa femme pendant plusieurs secondes, jusqu'à ce que Liz Coburn intervienne :

« Alors, Mary, on ne veut pas dire bonjour à Keane ? » Ses enfants, Mike et Dawn, bondirent sur lui. Taylor, aujourd'hui, fêtait son anniversaire. Il avait quarante et un ans. Ce fut le plus bel anniversaire de son existence.

John Howell repéra sa femme. Angela, assise à l'avant du bus, juste derrière le chauffeur. Elle portait Michael, onze mois, sur ses genoux. Le bébé était en blue-jean et tee-shirt rayé. Howell le souleva :

« Bonjour, Michael ! Tu te souviens de ton papa ? »

Il s'installa au côté d'Angie, lui passa un bras autour des épaules. Enfoncé dans son siège, il avait l'air un peu empoté. Howell, par nature, était trop timide pour étaler son affection en public. Mais il n'en continua pas moins de la serrer, c'était si bon.

Ralph Boulware fut accueilli par Mary et les filles, Stacy et Kecia. Il souleva Kecia :

« Bon anniversaire ! »

Tout s'était passé comme prévu. Il avait accompli ce qu'il était censé accomplir. Et la famille était là, à leur rendez-vous. Ralph avait le sentiment d'avoir prouvé quelque chose, ne serait-ce qu'à lui-même. Toutes ces années passées dans l'Air Force, à bricoler des appareils ou à regarder tomber des bombes du haut de son avion, il n'avait jamais eu vraiment l'impression de mettre à l'épreuve son courage. Pour leurs exploits au sol, ses proches avaient été décorés. Mais Ralph, lui, avait toujours éprouvé la sensation inconfortable d'avoir eu un rôle facile. Un peu comme ce type, dans les films de guerre, qui sert le petit déjeuner aux vrais soldats avant qu'ils ne partent au combat. Il s'était toujours demandé s'il avait vraiment l'étoffe d'un homme.

Il se revit en Turquie, bloqué dans Adana, forçant le blizzard au volant de cette foutue Chevrolet, changeant la roue sur cette route meurtrière avec les fils du cousin de M. Fish. Il repensa au toast porté par Perot : à ceux qui ont annoncé ce qu'ils allaient faire — et qui l'ont fait. La réponse monta en lui. Oh ! oui. L'étoffe d'un homme, il l'avait.

Les filles de Paul, Karen et Ann Marie, portaient des jupettes écossaises. Ann Marie, la plus petite, vint à lui en premier. Il la souleva de terre en l'étreignant contre son cœur. Karen, l'aînée de ses petites filles, était trop grande pour être portée en l'air, mais il la serra tout aussi fort. Derrière, il y avait Ruthie, habillée tout en nuances pastel. Il l'embrassa longuement, puis leva les yeux sur elle avec un grand sourire. Il n'aurait pas pu s'arrêter de sourire, même s'il l'avait voulu. A l'intérieur de lui-même, il se sentait fondre. Ce fut la plus belle sensation de toute son existence.

Emily fixait Bill comme si elle n'arrivait pas à y croire :

« Mon Dieu, dit-elle faiblement. C'est tellement bon de te revoir, mon chéri... »

Le silence retomba sur le bus au moment où il l'embrassait. Rachel Schwebach se mit à pleurer.

Bill embrassa les filles, Vicki, Jackie, Jenny, puis il posa son regard sur son fils. Chris avait l'air d'un petit homme dans le costume bleu qu'il avait reçu pour Noël. Ce costume, Bill l'avait déjà vu quelque part. Il lui rappelait une certaine photo de Chris posant, devant le sapin de Noël, avec son nouveau costume : cette photo était accrochée au-dessus de son lit, dans une cellule de prison, il y a bien longtemps, très loin d'ici...

Emily continuait de le toucher, pour s'assurer qu'il était bien là.

« Tu es superbe », dit-elle.

Bill savait qu'il avait une allure épouvantable.

« Je t'aime », lui répondit-il.

Ross Perot monta dans le bus :

« Il ne manque personne ?

— Mon papa ! » fit une petite voix plaintive.

C'était Sean Sculley.

« Ne t'en fais pas, dit Perot pour le rassurer. Il va sortir. C'est lui qui nous couvre. »

Pat Sculley avait été arrêté par un fonctionnaire des douanes qui lui avait demandé d'ouvrir sa valise. Il transportait tout l'argent. Bien entendu, le douanier n'avait pas manqué de tomber dessus. Des collègues accoururent. Sculley fut conduit dans un bureau pour y être interrogé.

Les agents sortirent des formulaires. Sculley tenta de s'expliquer mais ils ne voulaient rien entendre. Ce qu'ils voulaient, c'était qu'il remplisse ces formulaires.

« Cet argent est-il à vous ?

— Non, il appartient à E.D.S.

— Vous l'aviez avec vous quand vous avez quitté les Etats-Unis ?

— Le gros de la somme, oui.

— Quand et comment avez-vous quitté les Etats-Unis ?

— Il y a une semaine. Sur un 707 privé.

— Destination ?

— Istanbul, puis la frontière iranienne. »

Une autre personne entra dans le bureau :

« Etes-vous M. Sculley ?

— Oui.

— Je suis terriblement désolé pour tous les ennuis que vous venez de subir. M. Perot vous attend dehors. »

Il se tourna vers les gardes :

« Vous pouvez déchirer ces formulaires. »

Sculley eut un sourire et quitta le bureau. On n'était plus au Moyen-Orient. On était à Dallas. Là où Perot était Perot.

Sculley monta dans le bus, vit Mary, Sean, Jennifer. Il les serra contre lui, les embrassa, puis demanda :

« Qu'est-ce qu'on attend ?

— Il y a une petite réception en votre honneur », fit Mary.

Le bus se mit à rouler. Pas longtemps. Il s'arrêta, quelques mètres plus loin, devant une nouvelle entrée. Ils réintégrèrent l'aéroport. On les pilota jusqu'à une porte baptisée « Concorde Room ».

Quand ils entrèrent, plus de mille personnes se levèrent en criant des bravos, en applaudissant.

Quelqu'un avait dressé une immense banderole. On pouvait lire :

John Howell
n° 1
des papas

Jay Coburn fut stupéfait par la taille et la réaction de la foule. Quelle bonne idée d'avoir prévu un bus pour donner aux hommes l'occasion de retrouver leurs familles, en privé, avant d'arriver ici ! Qui avait arrangé tout ça ? Stauffer, bien entendu.

Tandis qu'il traversait le salon, les mains se tendaient, les mots fusaient : C'est bon de te revoir ! Bienvenue ! Il souriait, serrait des mains — David Behne était là, Dick Morrison était là, les visages étaient voilés par les larmes, les phrases se fondaient en un chaud et gigantesque « Hello ! »

Quand Paul et Bill s'avancèrent avec leur femme et leurs enfants, les vivats se transformèrent en hurlements.

Ross Perot, au premier rang, sentait les larmes qui lui montaient aux yeux. De sa vie, il n'avait jamais été aussi fatigué. Mais sa joie était immense. Il songea à la somme de chance et de coïncidences qui avait rendu possible le sauvetage : le fait qu'il connaissait Simons, que Simons se soit déclaré partant, qu'E.D.S. ait engagé des anciens du Vietnam, qu'*ils* se soient déclarés partants, que son état-major fût rompu aux opérations d'envergure internationale grâce à l'expérience acquise pendant la campagne en faveur des prisonniers de guerre, que T.J. ait pu louer un avion, que la foule ait balayé la prison de Gasr...

Et il se dit que tout aurait pu mal tourner. Il évoqua le proverbe :

« Le succès a mille paternités, mais l'échec reste orphelin. »

Dans quelques minutes, il monterait sur l'estrade pour raconter à tous ces gens l'épopée, l'échappée de Paul et de Bill. Ce serait difficile de leur résumer avec des mots les risques pris, voire la terrible addition si l'opération avait capoté... Il se rappela, un jour où il avait quitté Téhéran, la superstition avec laquelle il avait comparé sa chance à des grains de sable s'écoulant dans un sablier ; tout le sable s'était écoulé. Il se sourit à lui-même, saisit le sablier imaginaire, le retourna.

Simons se pencha à l'oreille de Perot :

« Vous vous souvenez que vous m'avez proposé de me payer ? »

Perot ne l'oublierait jamais. Quand Simons vous perçait de son regard glacé, on pouvait geler sur place.

« Bien sûr, que je m'en souviens. »

Simons inclina sa tête :

« Vous voyez, là ? »

Paul, sa fille Ann Marie dans les bras, avançait vers eux, pendant que la foule amicale l'acclamait :

« Je vois, dit Perot.

— Voilà. Je suis payé en retour », dit Simons. Et il tira sur son cigare.

Finalement, le silence s'installa. Perot prit la parole. Il fit venir Rachid, passa un bras autour des épaules du jeune homme :

« Je désire vous présenter un membre clef de notre équipe de sauvetage. Pour reprendre les mots du colonel Simons, Rachid pèse à peine soixante-cinq kilos. Mais il possède trois cents kilos de courage ! »

Tout le monde éclata de rire. Nouveau tonnerre d'applaudissements.

Rachid leva les yeux. Maintes et maintes fois, il avait envisagé l'Amérique. Mais, même dans ses rêves les plus fous, il n'avait jamais imaginé un pareil accueil !

Perot se mit à raconter. Tout en écoutant, Paul fut saisi d'une humilité singulière. Il n'était pas un héros. Les héros, c'étaient les autres. Il était un peu privilégié. Il faisait partie, tout simplement, de la plus belle équipe de la planète.

Bill parcourut des yeux la foule, repéra Ron Sperberg, un collègue, un ami de longue date. Sperberg était coiffé d'un grand chapeau de cowboy. Nous sommes de retour au Texas, se dit Bill. Cette terre est le cœur des U.S.A., l'endroit le plus sûr du monde : ici, ils ne peuvent plus nous atteindre.

Cette fois, le cauchemar était vraiment terminé. Nous sommes de retour. Nous sommes sains et saufs.

Nous sommes chez nous.

ÉPILOGUE

Jay et Liz Coburn divorcèrent. Kristi, la cadette des filles, la plus émotive, choisit de vivre avec son père.

Coburn fut nommé directeur des ressources humaines pour le compte d'E.D.S. Federal. En septembre 1982, lui et Ross Perot junior furent les premiers à boucler un tour du monde en hélicoptère. L'appareil qu'ils utilisèrent est aujourd'hui exposé au National Air and Space Museum, à Washington D.C. Il est baptisé *Spirit of Texas*.

Paul devint contrôleur de gestion aux comptes d'E.D.S. Bill fut nommé directeur du marketing pour la branche santé publique.

Joe Poché, Pat Sculley, Jim Schwebach, Ron Davis et Rachid continuèrent de travailler pour E.D.S. dans divers endroits du globe. La femme de Davis donna le jour à un garçon, Benjamin, le 15 juillet 1979.

Keane Taylor fut nommé directeur général d'E.D.S. pour les Pays-Bas, où il fut rejoint par Glenn Jackson. Gayden garda la direction d'E.D.S. International, restant ainsi le supérieur hiérarchique de Taylor.

John Howell entra comme associé à part entière au cabinet de Tom Luce, Hughes & Hill. Angela Howell eut un deuxième enfant, Sarah, le 19 juin 1980.

Rich Gallagher démissionna d'E.D.S. le 1er juillet 1979. Venu de la côte Est, il ne s'était jamais senti vraiment des leurs. Lloyd Briggs et Paul Bucha, tous deux également originaires de la côte Est, quittèrent E.D.S. à peu près vers la même époque.

Ralph Boulware, lui aussi, déserta E.D.S. à la suite d'une mauvaise querelle avec Ross Perot, qui laissa aux deux hommes un sentiment de tristesse et d'amertume.

Lulu May Perot, la mère de Ross Perot, s'éteignit le 3 avril 1979.

Ross Perot junior, une fois diplômé de l'université, commença à travailler pour son père à l'automne 1981. Un an plus tard. Nancy Perot l'imitait. Perot, lui, ne fit que continuer à gagner de plus en plus d'argent. Ses actifs immobiliers augmentèrent leur valeur, sa société de forage mit au jour des puits de pétrole, E.D.S. décrocha des contrats de plus en plus nombreux, de plus en plus importants. L'action E.D.S., d'une valeur de dix-huit dollars quand Paul et Bill avaient été arrêtés, était cotée quarante-huit dollars quatre ans plus tard.

Le colonel Simons s'éteignit le 21 mai 1979 après une série de crises cardiaques. Pendant les dernières semaines qui lui restèrent à vivre, Anita Melton, l'hôtesse excentrique du Boeing 707, fut sa compagne fidèle. Leur relation fut bizarre, tragique : ils ne devinrent jamais amants au sens physique du terme, mais ils s'aimèrent. Ils habitèrent le pavillon d'amis des Perot, dans la propriété de Dallas. Elle lui apprit à faire la cuisine. Il l'initia à la course à pied, chronométrant ses performances. Ils se tenaient très souvent par la main. Après la mort de Simons, son fils Harry et Shawn, sa femme, eurent un petit garçon. Qui s'appela Arthur Simons Junior.

Le 4 novembre 1979, l'ambassade des Etats-Unis à Téhéran fut, de nouveau, investie par les activistes iraniens. Cette fois, ils prirent des otages. Cinquante-deux Américains furent détenus prisonniers pendant plus d'un an. Une mission de secours, montée sur l'initiative du président Carter, connut une fin lamentable, en plein cœur de l'Iran, dans un désert. Mais Carter, lui, n'avait pas Bull Simons.

APPENDICE

DEVANT LE TRIBUNAL D'INSTANCE DU NORD-TEXAS, CIRCONSCRIPTION DE DALLAS

ELECTRONIC DATA SYSTEMS CORPORATION IRAN CONTRE

LA SÉCURITÉ SOCIALE DU GOUVERNEMENT IRA-NIEN, LE MINISTÈRE DE LA SANTÉ DU GOUVERNE-MENT IRANIEN, LE GOUVERNEMENT IRANIEN

Nº CA3-79-218-F

Extraits des conclusions

Ni E.D.S.C.I. ni aucun de ses représentants n'ont obtenu le contrat dans des conditions illégales. Aucune preuve n'a établi qu'il y avait eu corruption d'un fonctionnaire ou d'un employé des défendeurs afin d'obtenir le contrat, et il n'a pas été prouvé non plus l'existence de pratiques frauduleuses ni de corruption de fonctionnaires pour l'obtention dudit contrat...

Le prix fixé par le contrat n'était pas exorbitant ; il a été prouvé au contraire que ce prix était raisonnable et en accord avec les sommes demandées à d'autres par E.D.S. pour des services similaires. Ledit prix soute-nait la comparaison avec les sommes demandées par d'autres dans le domaine de la santé pour des services similaires...

La non-présentation par la Sécurité sociale et par le ministère de notification écrite du refus de factures à payer était inexcusable et constituait donc une rup-ture de contrat. La nomination du docteur Towliati comme directeur adjoint de la Sécurité sociale n'apportait aucune excuse dans ce sens. Je ne trouve aucune preuve que les services du docteur Towliati aient influencé le processus d'approbation des factures, pas plus que je ne trouve la preuve que le docteur Towliati n'ait pas pu comme il convenait veiller à la bonne exécution des clauses du contrat. Bien au contraire, il a été établi que le ministère et la Sécurité sociale avaient eu toutes les occasions de vérifier la bonne exécution du contrat par E.D.S.C.I. En outre, je ne trouve pas de preuve crédible de pratiques frauduleuses, ni rien qui établisse qu'E.D.S.C.I. ait eu la complicité de quiconque pour obtenir à tort l'approbation pour le paiement de ces factures ni pour empêcher les défendeurs d'évaluer comme il convenait la bonne exécution du contrat par E.D.S.C.I...

E.D.S.C.I. n'a pas manqué matériellement aux obligations prévues par le contrat ; au contraire, E.D.S.C.I. dans l'ensemble l'a exécuté suivant les conditions et aux dates prévues pour chacune des phases du contrat jusqu'au 16 janvier 1978, date d'expiration du contrat...

Une action en recouvrement par le défendeur ne s'appuie sur aucune preuve tendant à établir qu'E.D.S.C.I. a obtenu le contrat par des manœuvres frauduleuses, par corruption de fonctionnaires ou de personnes privées. La preuve notamment n'a pas été établie que les relations d'E.D.S. avec le groupe Mahvi étaient illégales. L'exécution par E.D.S.C.I. dudit contrat n'a violé aucune loi iranienne...

Le plaignant a fourni en abondance des preuves établissant la réalité et le résultat de ses services : témoignages de ceux qui ont installé et géré les systèmes de traitement de données, documents photographiques illustrant des aspects des processus mis au point ainsi que rapports préparés conjointement par E.D.S.C.I. et par le ministère sur les avantages procurés par l'exécution du contrat. Aucune preuve crédible n'a été apportée à l'encontre de ces conclusions...

Extraits du jugement

Il est ordonné que le plaignant, ELECTRONIC DATA SYSTEMS CORPORATION IRAN, obtienne conjointement et solidairement de la Sécurité sociale du gouvernement iranien et du ministère de la Santé du gouvernement iranien la somme de QUINZE MILLIONS CENT SOIXANTE-DIX-SEPT MILLE QUATRE CENT QUATRE DOLLARS (15 177 404), plus 2 812 251 (DEUX MILLIONS HUIT CENT DOUZE MILLE DEUX CENT CINQUANTE ET UN) dollars à titre de dommages et intérêts, plus 1 079 875 (UN MILLION SOIXANTE-DIX-NEUF MILLE HUIT CENT SOIXANTE-QUINZE) dollars comme honoraires d'avocat, à quoi viennent s'ajouter les intérêts sur toutes ces sommes au taux de 9 (NEUF) pour cent par an à compter de ce jour, plus tous les dépens y afférant...

REMERCIEMENTS

Bien des gens m'ont aidé en me parlant pendant des heures d'affilée, en répondant à mes lettres, ainsi qu'en lisant et en corrigeant le manuscrit de ce livre. Pour leur patience, leur franchise, et leur bienveillante coopération, je remercie tout particulièrement :

Paul et Ruthie Chiapparone, Bill et Emily Gaylord ;

Jay et Liz Coburn, Joe Poché, Pat et Mary Sculley, Ralph et Mary Boulware, Jim Schwebach, Ron Davis, Glenn Jackson ;

Bill Gayden, Keane Taylor, Rich et Cathy Gallagher, Paul Bucha, Bob Young, John Howell, « Rachid », Kathy Marketos ;

T.J. Marquez, Tom Walter, Tom Luce ;

Merv Stauffer, pour qui rien n'est impossible ; Margot Perot, Beth Perot ;

John Carlen, Anita Melton ;

Henry Kissinger, Zbigniew Brzezinski, Ramsey Clark, Bob Strauss, William Sullivan, Charles Naas, Lou Goelz, Henry Precht, John Stempel ;

Docteur Manuchehr Razmara ;

Stanley Simons, Bruce Simons, Harry Simons ;

Lieutenant-colonel Charles Krohn du Pentagone ;

Major Dick Meadows, major général Robert McKinnon ;

Docteur Walter Stewart, Docteur Harold Kimmerling.

Comme d'habitude, j'ai été aidé par deux infatigables documentalistes, Dan Starer à New York et Caren Meyer à Londres.

J'ai bénéficié aussi de l'assistance du remarquable personnel du standard au siège d'E.D.S. à Dallas.

Plus de cent heures de conversation enregistrées ont été transcrites principalement par Sally Walther, Claire Woodward, Linda Huff, Cheryl Hibbitts et Betty DeLuna.

Je remercie enfin Ross Perot dont la stupéfiante énergie et l'extraordinaire détermination sont à la base, non seulement de ce livre, mais de l'aventure qu'il raconte.

BIBLIOGRAPHIE

BENY, Roloff, *Persia, Bridge of Turquoise*, Thames & Hudson.

CARTER, Jimmy, *Keeping Faith. Memoirs of a President*, Collins.

FORBIS, William H., *Fall of the Peacock Throne*, McGraw-Hill.

GHIRSHMAN, R., *Iran*, Penguin.

GRAHAM, Robert, *Iran*, St. Martin's Press.

HELMS, Cynthia, *An Ambassador's Wife in Iran*, Dodd, Mead.

KEDDIE, Nikki R., *Roots of Revolution*, Yale University Press.

LEDEEN, Michael and William LEWIS, *Debacle : The American Failure in Iran*, Knopf.

MAHEU, René and Bruno BARBEY, *Iran*, Editions Jeune Afrique.

PAHLAVI, Mohammed Reza, *Answer to History*, Stein & Day.

ROOSEVELT, Kermit, *Countercoup*, McGraw-Hill.

SCHEMMER, Benjamin F., *The Raid*, Harper & Row.

STEMPEL, John D., *Inside the Iranian Revolution*, Indiana University Press.

SULLIVAN, William H., *Mission to Iran*, Norton.

Composition réalisée par JOUVE

Imprimé en France sur Presse Offset par

BRODARD & TAUPIN

GROUPE CPI

La Flèche (Sarthe).
N° d'imprimeur : 12648 – Dépôt légal Édit. 22510-06/2002
LIBRAIRIE GÉNÉRALE FRANÇAISE - 43, quai de Grenelle - 75015 Paris.

ISBN : 2 - 253 - 07693 - 7   ◈ 30/7693/2